Karl-May-Wel
Die Ziffern bezeichnen die
Karl-May-Bände 1-70

KARL MAY'S GESAMMELTE WERKE

BAND 47

PROFESSOR VITZLIPUTZLI

KARL-MAY-VERLAG BAMBERG

PROFESSOR VITZLIPUTZLI

UND ANDERE ERZÄHLUNGEN

VON

KARL MAY

187. TAUSEND

KARL-MAY-VERLAG BAMBERG

INHALT

Herausgegeben von Roland Schmid

Satz und Druck: Druckerei St. Otto-Verlag, Bamberg
ISBN 3-7802-0047-3

PROFESSOR VITZLIPUTZLI

Ein Buch und ein Sonderling

Es ist schon soviel über Professoren geschrieben worden, und zwar gut und oft auch weniger gut, daß ich fürchten müßte, den Leser zu langweilen, wollte ich ein ähnliches Garn spinnen. Aber das fällt mir gar nicht ein. Meine Geschichte hat nämlich mit einem wirklichen Professor nichts zu tun. Denn mein Freund, Professor Vitzliputzli, war weder ein Professor, noch weniger war ihm sein Spitzname etwa von grausam scharfen Schülerzungen gegeben worden. Er wurde nur von seinen Bekannten so genannt, weil — doch der Leser wird ja sehen.

Mein erstes Zusammentreffen mit diesem merkwürdigen Mann war keineswegs so, daß sich daraus auf unser späteres freundschaftliches Verhältnis hätte schließen lassen.

Ich weilte gerade in Dresden und sah im Schaufenster einer Buchhandlung ein längst vergriffenes und sehr seltenes Buch über die Sprache der Inka zum Verkauf ausgestellt. Im nächsten Augenblick hatte ich die Türklinke in der Hand und befand mich im Laden. Auf meinen Wunsch nahm der Verkäufer das Buch aus der Auslage und gab es mir. Aufmerksam blätterte ich es durch. Das Buch war sicherlich kostbar, aber dennoch erschien mir der Preis, zehn Taler, etwas übertrieben hoch, wenigstens für meine Verhältnisse. Ich bemerkte das dem Buchhändler, worauf er erwiderte, daß noch ein anderer Käufer die Schrift zu erwerben begehre; ich brauchte sie also nicht zu nehmen. Nun begann ich zu schwanken. Da die Kenner der altindianischen Sprachen so selten sind, daß man sie fast an den Fingern aufzählen kann, wurde meine Neugier rege, und ich erkundigte mich nach dem Namen des Mannes.

„Wie er in Wirklichkeit heißt, weiß ich nicht", beantwortete der Verkäufer meine Frage. „Er wird von allen, die ihn kennen, nur ‚Professor Vitzliputzli' genannt."

„Wie kommt er zu diesem merkwürdigen Namen?"

„O, ganz einfach. Er hat die Eigentümlichkeit, beim Reden mit allen möglichen indianischen Sprachbrocken um sich zu werfen, und da hat ihm ein Spaßvogel diesen Spitznamen gegeben, der ihm auch geblieben ist, so daß sein wirklicher Name allmählich in Vergessenheit geriet."

„Was ist er in seinem Beruf?"

„Das, was man einen Beruf zu nennen pflegt, hat er nicht. Er lebt ganz allein mit einer Haushälterin und beschäftigt sich nur mit Büchern, die von indianischen Sprachen handeln. Das Haus verläßt er selten, und wenn er es tut, geschieht es, um einen oder den anderen Buchhändler aufzusuchen und zu spähen, ob er für seine sprachwissenschaftlichen Zwecke etwas ergattern kann. Bei dieser Gelegenheit habe ich seine Bekanntschaft gemacht und — — wahrhaftig, da draußen steht er eben! Wenn Sie ihn kennenlernen wollen, so haben Sie jetzt die beste Gelegenheit, denn er kommt sicherlich herein."

Ich drehte mich um und betrachtete durchs Fenster den Mann, der vor der Auslage stand und die ausgestellten Bücher musterte. Er hatte eigentlich nichts Auffälliges an sich. Höchstens, daß seine Kleidung sich in einem Zustand befand, der die nötige Sorgfalt vermissen ließ, ohne jedoch den Eindruck der Verwahrlosung zu erwecken. Haar und Bart waren ungepflegt. Alles in allem bot er das Bild eines Mannes, der kein Wässerlein zu trüben vermag und glücklich ist, wenn man ihn gewähren und seine eigenen Wege gehen läßt. Jedenfalls besaß er nicht die geringste Ähnlichkeit mit dem fürchterlichen Kriegsgott der Ureinwohner Mexikos, dessen Anblick schon gelindes Gruseln einflößt. Alter Huitzilopochtli, wenn du wüßtest, wie wenig Achtung man heutzutage vor deinem einst gefürchteten, dann aber von Heinrich Heine verballhornten Namen hat!

Der Professor war jetzt mit der Besichtigung der Auslage fertig. Offenbar hatte er nicht das Gewünschte entdeckt, denn er machte eine Bewegung der Ungeduld und wandte sich der Tür zu. Gleich darauf stand er im Laden. Ohne von meiner Anwesenheit Kenntnis zu nehmen, fragte er den Verkäufer mit einer dünnen und etwas zittrigen Stimme:

„Ich wünsche das Buch über die Inkasprache. Sie haben es doch wohl noch nicht verkauft, was die Tehuaindianer mit toku be kito ausdrücken?"

Der Buchhändler erwiderte bedauernd: „Ich bin soeben dabei, es an diesen Herrn zu verkaufen."

„So ist es also noch zu haben", sagte der Alte rasch und in frohem Ton. „Geben Sie mir das Buch, im Tonkawadialekt netsch tota genannt! Hier sind die zehn Taler. Ich bin also doch noch zur rechten Zeit gekommen. Ausgezeichnet! — die Diggerindianer würden sagen: tschala-bim!"

Damit streckte er die Hand aus, um mir das Buch wegzunehmen. Dieses kurze Verfahren war nun allerdings nicht nach meinem Geschmack. Es konnte mir nicht einfallen, so ohne weiteres dem sonderbaren Alten gegenüber auf mein Vorkaufsrecht zu verzichten. Darum warf ich ein:

„Entschuldigen Sie, mein Herr, aber Sie sehen, daß ich eben mit dem Buchhändler über das gleiche Werk verhandle."

Erst jetzt geruhte der „Professor", mir seine Aufmerksamkeit zu schenken. Er sah mich an, wie wenn ich etwas ganz und gar Unbegreifliches gesagt hätte; dann schüttelte er langsam den Kopf:

„Ich verstehe nicht — die Acomaindianer würden dies ausdrücken mit sa ts' isch kan. Sie wollen anscheinend damit sagen, daß Sie das Buch kaufen möchten — toku me kito würden die Tehua sagen, wobei darauf zu achten ist, daß man den Buchstaben ‚m' deutlich spricht, damit die Worte nicht mit dem fast gleichlautenden Ausdruck für ‚verkaufen' verwechselt werden können. Dann muß ich Ihnen zu meinem Bedauern erklären, daß ich Ihnen das Werk unmöglich abtreten kann, weil ich es unbedingt benötige — asch-ti heißt es im Apatsche."

„Und ich muß Ihnen ebenso höflich als bestimmt bemerken, daß ich vor Ihnen dagewesen bin und also das Vorrecht besitze. Und das lasse ich mir von Ihnen nicht nehmen."

Der Alte geriet in Erregung: „Was nennen Sie ‚nehmen'? Ich will Ihnen nichts stehlen — was die Navajos[1] mit anisi, die Utahindianer[2] indes mit i-ingi wiedergeben. Auch ich beanspruche Ihnen gegenüber mein Recht. Dieser Herr wird Ihnen bestätigen — emtumki sagt der Keioweh, der Moqui[3] dagegen ya-a-ata —, daß ich schon lange ein Auge — im Komantsche puile, im Taos dagegen tschehan genannt — auf das Buch geworfen habe. Ich komme also vor Ihnen. Ich hoffe, daß Sie diesen meinen Standpunkt billigen werden, denn ich halte Sie für einen anständigen Mann — was die Apatschen mit inda-inschu bezeichnen würden."

Indem ich diese Rede wiederhole, muß ich sagen, daß sie in Wirklichkeit noch viel mehr mit Ausdrücken aus allen möglichen Indianermundarten gespickt war und man daher sehr aufpassen mußte, um den Sinn der Worte zu verstehen. Würde ich die genaue Ausdrucksweise des Alten schildern, so würde sie im Druck langweilig wirken.

Ich war schon mit genug Sonderlingen zusammengekommen, als daß mich das Benehmen dieses Gelehrten befremden konnte. Ein oberflächlicher Beurteiler hätte ihn für stolz und eingebildet gehalten und geglaubt, der Mann wolle mit seinen Sprachkenntnissen prahlen. Ich

1 Sprich: nawachos 2 Sprich: jutah, auch juteh 3 Sprich: moki

war indes anderer Meinung. Der sonderbare Kauz weilte offenbar, wo er ging und stand, bei seinen indianischen Sprachproben und ließ keine Gelegenheit, auch nicht ein gewöhnliches Gespräch, vorübergehen, um sie seinem Gedächtnis einzuprägen. Daß er dabei auf seine Mitmenschen eine erheiternde Wirkung hervorbringen mußte, daran dachte er wohl nicht. Ich hatte zuerst seinem Kommen ziemlich gleichgültig entgegengesehen, aber jetzt begann mir sein Verhalten Vergnügen zu bereiten.

Der Mann hinterm Ladentisch hatte mir während der Worte des „Professors Vitzliputzli" verständnisvoll zugeblinzelt und mischte sich jetzt ins Gespräch.

„Aber weshalb haben Sie denn das letztemal das Werk nicht gleich mitgenommen, wenn Ihnen soviel daran liegt?"

„Weil ich kein Geld bei mir hatte. Ich hatte meine Börse vergessen — die Apatschen sagen tu-binasch-ter."

„Nun, dann müssen Sie eben jetzt die Folgen tragen. Wenn dieser Herr das Buch behält, so kann ich nichts dagegen machen."

„Aber ich muß das Buch haben — im Tonkawa yevuesch genannt. Es kostet eigentlich zehn Taler. Ich gebe Ihnen dafür elf — was bei den Sioux[1] oka on je heißt."

„Aber bitte", fiel ich ein, „dieser Laden ist doch kein Versteigerungsraum!"

„Seien Sie ruhig!" fuhr er mich an, durch meinen Widerstand wirklich zornig gemacht. „Ich habe es mir einmal in den Kopf — bei den Schwarzfüßen otokan genannt — gesetzt, und ich muß und werde meinen Willen haben. Was wollen Sie denn mit dem Buch anfangen? Sie verstehen ja doch keine Silbe davon. Lassen Sie doch von den Dingen, die Ihnen nicht liegen, die Finger — die Utah geben dieses Wort wieder mit — mit — — mit — — —"

1 Sprich: suh

„Mit masiuv", kam ich seinem Gedächtnis zu Hilfe, was mir nicht schwerfiel, da ich bereits mit diesem Indianerstamm in Berührung gekommen war.

„Ja, mit masiuv", schrie er mich an, noch mehr erzürnt, weil ihm der richtige Ausdruck nicht gleich eingefallen war und er sich dadurch, wie er wahrscheinlich glaubte, eine Blöße gegeben hatte. Eigentlich hätte es ihm merkwürdig erscheinen müssen, daß ich dieses Utahwort kannte, aber dies fiel ihm offenbar in der Erregung, in der er sich befand, nicht auf. Er fuhr im Gegenteil eifrig weiter:

„Ich dagegen habe jahrelang nach diesem Buch gesucht — otungva sagen die Tehua — und nun ich es endlich gefunden habe, gebe ich es nicht mehr her, nicht um zwanzig Taler, nicht um fünfzig, nicht um hundert — ti-uita-ti heißt diese Zahl in der Isletasprache. Ich werde es verteidigen wie ein Löwe — okmek nennen ihn die Tonkawa — und wenn Sie, mein Herr, mir den Besitz streitig machen wollen, dann sind Sie ein böser Mensch — atschpe taeschit bei den Komantschen — dann sind Sie ein — — —"

„Halt!" unterbrach ich ihn scheinbar zornig, denn ich hielt es jetzt für an der Zeit, ihm eine bessere Meinung von mir beizubringen. „Ich bin kein Hund — bei den Warm-Spring-Indianern kussikussi, bei den Sioux dagegen schonka genannt — den Sie nach Belieben prügeln dürfen — die Azteken sagten dafür tlahuiteki. Ich bin auch keineswegs der Esel — bunto im Tehua — für den Sie mich, die Indianersprachen betreffend, zu halten scheinen. Vielleicht habe ich, was das anlangt, im kleinen Finger — schi larzarzhe im Apatsche, mehr Wissen, als Sie im Kopf — tso sagen die Schoschonen dafür. So, jetzt wissen Sie meine Meinung! Damit Sie aber sehn, daß mein Herz — i iwa heißt dies im Mojave — nicht von Stein ist — kaka sagen die Inka — überlasse ich Ihnen freiwillig das ersehnte Buch. Da haben Sie es, und machen Sie schleunigst, daß Sie weiterkommen — was die Jemes[1] mit pove, die Moqui mit temue, die Dakota mit ya-iyaya, die Navajos mit inal, die Apatschen dagegen mit nutintar wiedergeben!"

Es war ein spaßhaftes Bild. Die Blicke des Verkäufers flogen, während ich die indianischen Worte hervorsprudelte, erstaunt zwischen mir und dem Professor Vitzliputzli hin und her. Er hielt uns wohl beide für ein wenig übergeschnappt. Den köstlichsten Anblick bot indes der Alte. Mit weit hinaufgezogenen Augenbrauen und geöffnetem Mund starrte er mich an, und von seinem Gesicht war eine ganze Stufenleiter von Gefühlen abzulesen, angefangen vom höchsten Zorn bis zur größten Überraschung. Als ich geendet hatte, hielt er die Augen lange starr auf mich gerichtet und sagte kein Wort. Er machte auch keine Bewegung, um das Buch, das ich ihm hinhielt, zu nehmen. Erst, als ich es auf den Ladentisch legte und mich zum Gehen wandte, kam Leben in die bewegungslose Gestalt. Und in einem vollständig veränderten Ton sagte er:

„Richtig, ganz richtig! Die Apatschen sagen nutintar, weil es sich um das Gehen einer einzelnen Person, nämlich der meinigen handelt. Wäre von zwei Personen die Rede, so müßten Sie nudotosch sagen, während es bei drei und mehr Personen nudokar heißen würde." Dann ergriff er meinen Arm und fuhr fort: „Herr, wer sind Sie — haki omi heißt es im Moqui — daß Sie über so erstaunliche Kenntnisse verfügen? Und wer war Ihr Lehrer? — smasmalkra heißt es im Moskito."

„Mein Lehrer? Ich habe keinen gehabt, sondern meine Kenntnisse in jahrelangem Verkehr mit allen möglichen Indianerstämmen erworben."

„Wirklich? So sind Sie ja für meine Zwecke unbezahlbar. Sie müssen mit mir kommen — im Tonto miuschyame — und mir bei meinen Arbeiten helfen. Wollen

1 Sprich: chemes

Sie? Sagen Sie ja — omem würde es in der Diggersprache heißen. Ich werde Sie gut bezahlen, sehr gut — mah schuse sagen die Mandaner. Ich werde — werde Ihnen dafür sogar das Buch über die Inkasprache überlassen."

Ich erklärte ihm lachend, daß ich dieses Opfer von ihm nicht verlange und mich freue, seine Bekanntschaft gemacht zu haben. Dann wollte er es nicht anders, ich mußte ihn in seine Wohnung begleiten, wo er mit seiner behäbigen Magd Johanna, auch kurzweg Hanne genannt, die ihm den Haushalt in Ordnung oder vielmehr in Unordnung hielt, ein äußerst zurückgezogenes Dasein führte. Hier erfuhr ich auch seine Geschichte.

Er hatte das Gymnasium mit Auszeichnung verlassen und sich auf der Hochschule der Philologie gewidmet. Dabei warf er sich mit Feuereifer auf sein Lieblingsfach: die Indianersprachen. Bei deren Erforschung aber war es zuletzt auch geblieben. Obgleich sein Wissen so umfassend wurde, daß er eine Prüfung in Sprachwissenschaft mit Glanz bestanden hätte, ließ er sich doch trotz aller Überredungskünste seiner Freunde nicht dazu bewegen. So gingen die Jahre dahin, und aus dem jungen Musensohn wurde ein altes bemoostes Haupt, eben der Professor Vitzliputzli. Der Lebensunterhalt machte ihm übrigens keine Sorge, denn ein kleines Vermögen, das er geerbt hatte, setzte ihn in den Stand, ein sorgenloses, wenn auch bescheidenes Dasein zu führen. Unbeweibt und ohne nähere Verwandte, lebte er nur für seine sprachwissenschaftlichen Bücher, kramte Tag und Nacht in fremdländischen Werken herum und wußte dafür zuweilen nicht, welchen Namen seine Haushälterin hatte. Er ließ den Kaffee stehen, bis Spinnweben darauf lagen, und polterte dann darüber, daß er zu heiß sei, weil er von der Bearbeitung der ketschuanischen Schnalzlaute schwitzte. Und er verbrannte sich mit der heißen, mit Talg gefetteten Kartoffelsuppe die Zunge und den Gaumen und behauptete doch, daß sie ihm zu abgekühlt sei, weil er augenblicklich die Beugung eines grönländischen Dingworts im Kopf herumschüttelte. Nebenbei gesagt, war er der sanftmütigste Mensch unter der Sonne. Wirklich zornig habe ich ihn nur einmal gesehen, und zwar bei der Begegnung, der ich eben die Bekanntschaft mit ihm verdanke.

Das war mein erstes Zusammentreffen mit Professor Vitzliputzli.

Bald darauf ging ich auf Reisen.

Als ich nach geraumer Zeit in die Heimat zurückkehrte, fand ich unter dem Stapel von Post, die sich während meiner Abwesenheit angesammelt hatte, auch einen Brief von ihm. Er teilte mir darin mit, daß er sich nicht mehr in Dresden befinde. Er war kränklich geworden; die Stubenluft und der Bücherstaub hatten ihn angegriffen, und seinc „Kollegen" von der Medizin waren in ihn gedrungen, seinen Wohnsitz auf dem Land zu nehmen, womöglich im Gebirge. Sie predigten zuerst tauben Ohren, bis er endlich einmal, gerade als er sich mit dem Dakota-Zeitwort yuhnaschkinyan = „spuken" herumwarf, die Wahrnehmung machte, daß er selbst „spu—ckte", und zwar Blut. Da bekam er plötzlich Todesangst — im Tonkawa tschu-tschukyo-vauva-khon genannt — und wohnte schon einen Monat später in einem hochliegenden, erzgebirgischen Dörfchen, zunächst nur zur Probe. Als es sich herausstellte, daß ihm die Höhenluft sehr gut bekam, kaufte er sich dort ein Häuschen und ließ Hanne, die Haushälterin, nachkommen. Zwar war es nicht seine Absicht, für immer hier zu bleiben, wie er mir schrieb. Aber ich konnte mir leicht denken, wie die Sache enden werde. Und die Zukunft gab mir denn auch recht. Er beschäftigte sich so fortwährend und ausschließlich mit seiner alten Braut Sprachwissenschaft, daß er nicht ans Fortgehen denken konnte und sich erst dann, als er den Tod nahen fühlte, daran erinnerte, daß er eigentlich nicht so lang hatte bleiben wollen.

Ich hielt die Verbindung mit ihm aufrecht, das heißt, was bei ihm Verbindung genannt werden kann. Er hatte nie eine Briefmarke zu Haus, und um für einen nötigen Brief eine solche holen zu lassen, fehlte es ihm meistens an Kleingeld, wozu kam, daß die Haushälterin keine Zeit hatte, weil sie gerade mit der Kaffeemühle beschäftigt war und den „Mokka" unmöglich ausriechen lassen durfte. So erhielt ich nur ganz selten eine Nachricht von ihm.

Wenn er dann aber einmal Kleingeld zu einer Mitteilung hatte und die Magd auch Zeit fand, den Brief aus dem Haus zu bringen, dann beeilte ich mich, ihm zu antworten, oder ich fuhr, falls ich mich auf einen oder zwei Tage frei machen konnte, gleich selber zu ihm hinaus. — — —

Eine Ziege, eine Katze und eine Haushälterin

Es war ein wunderschöner Herbsttag, als ich die Bahn verließ, um meinen alten Freund zu besuchen. Von der Bahnstelle hatte man damals bis zu dem betreffenden Dorf volle drei Stunden zu gehen, wenn man nicht die Post benutzen wollte, die freilich nur einmal täglich verkehrte. Ich entschloß mich deshalb, nicht zu fahren, sondern zu Fuß zu wandern. Ich mochte einschlagen, welchen Weg ich wollte, so kam ich meist durch Wald. Und wie schön ist der deutsche Wald im Herbst, wenn die Färbung der Blätter vom dunkelsten Grün bis zum hellsten Rotgelb in allen möglichen Schattierungen wechselt!

Die Strecke kannte ich leidlich; ich sage leidlich, denn ich ging nicht die Poststraße, auf der niemand fehlen konnte, sondern schlug, wie man da oben sich ausdrückt, „Bauernwege" ein, die mich so recht mitten durch den Wald und durch einige kleine Dörfer führen mußten.

Ich dachte dabei an die Wälder des Südens und die Urwälder Nordamerikas, soweit ich sie kennengelernt hatte, und sagte mir wieder und immer wieder, daß die Fremde keinesfalls das bietet, was es in der Heimat Schönes gibt und was doch so wenig geschätzt und beachtet wird.

Die Dörfchen, durch die ich kam, boten in der stillen Einsamkeit, in der sie lagen, einen reizenden Anblick. An den kleinen Fenstern erschienen neugierige Köpfe, um sich darüber zu wundern, daß es einen Fremden gab, der in diese abgelegene Gegend kam. Wenn mir jemand begegnete, erhielt ich auf meinen freundlichen Gruß eine noch freundlichere Antwort. Als ich nun gar in einer Schenke einkehrte, waren bald ein Dutzend Männer da, die den fremden Gast angucken wollten, und in der Küche versammelten sich, von der angeborenen Wißbegier herbeigetrieben, eine Anzahl von Weiblein und Jungfräulein, die zu schüchtern waren, hereinzukommen und von Zeit zu Zeit die Äuglein an die Türspalte hielten, um mich zu betrachten. Wenn ich dann hinsah und ihnen zunickte, so erklang ein verschämtes Kichern, und eine hörte ich sagen: „Er hat's halt gesehn, daß ich hineingeguckt hab. Der hat aber ein scharfes Gesicht! Und genickt hat er ooch. En sauberer Herr! Beinah wie ein Wachmeister vons Gericht!"

Nur um etwas zu verzehren, trank ich ein Glas Bier und aß Brot mit Butter und Käse. Ich bekam ein ganzes, sechspfündiges Bauernbrot, ein Halbpfundstück Butter und einen mächtigen Kümmelkäse vorgesetzt und langte, da es mir mit jedem „Happen" besser schmeckte, tüchtig zu. Und als ich nach meiner Schuldigkeit fragte, klang es fast wie in Uhlands Gedicht vom Apfelbaum:

„Und frag' ich nach der Schuldigkeit,
so schüttelt er den Wipfel,
gesegnet sei er allezeit,
von der Wurzel bis zum Gipfel!"

Das Bier kostete sechs Pfennige, Brot, Butter und Käse zusammen fünfundzwanzig Pfennige. Ich erklärte, daß ich doch für viel mehr verzehrt habe. Da meinte die Wirtin:

„Das kommt bei uns halt net so drauf an; wir erbauen's ja selber. Hier ist's halt anders als in der Stadt. Die Portion kostet fünfundzwanzig, eener ißt mehr und der andre weniger; da gleicht sich's wieder aus. Da sollten Sie erst mal unsre Leute hier einhauen sehn! Da langt's halt nicht weiter als vom Maul bis 'nunter zum Magen."

Ich zahlte eine Mark. Als ich mich weigerte, das zu nehmen, was herausgegeben wurde, war das Erstaunen ungeheuer, und als die Wirtin einem, der hinter mir saß, einen Schnaps brachte, flüsterte ihr dieser zu:

„Du, Karline, mit dem ist es nich richtig. Das is entweder een heemlicher Bankier oder gar een verkappter Millionär. Er wird wohl in den Reichstag gewählt sein wollen und tut darum so dicke hier. Ich aber lasse mich nicht irremachen und wähle den alten wieder. Meenste nich ooch?"

Nun ging es wieder weiter. Als ich mich umschaute, sah ich, daß mir Männlein, Weiblein und Jungfräulein alle nachsahen. Ich schwenkte den Hut. Da riefen sie mir nach: „Glückliche Reise und auf Wiedersehn!"

Einer aber, jedenfalls der mit dem Schnaps, schrie hinterdrein: „Adjeh, Lasker, adjeh, Bebel! Mit dem Reichstag, da hast dich verrechnet!"

Dann kam wieder Wald, breiter und weiter Wald. Er lag still und majestätisch wie ein Opferhain unserer Vorfahren. Es regte sich kein Lüftchen; nicht das leiseste Rauschen ging durch die Wipfel, nur der Hall meiner Schritte war dumpf zu hören.

Nach vielleicht fünfviertel Stunden hatte ich mein Ziel erreicht. Das Haus des Professors war das erste vor dem Dorf. Ich zog die Glocke. Zweimal, viermal, fünfmal klingelte ich, dann endlich ließ sich eine verkehrt aufgesetzte Perücke im kleinen Treppenfenster sehen.

„Wer — wie — was?" schnarrte es von oben herab. Die Haushälterin bediente sich, um sich weitere Fragen zu ersparen, dieser knappen Zusammenfassung.

„Ist der Kaffee fertig?" rief ich hinauf, wie stets, ganz gleich, ob es morgens, mittags oder abends war.

„Herr des Himmels ! Sie sind's, Sie! Ich werd's gleich melden. Ich mahle gleich und tu ein Mäßchen mehr hinein. Heißes Wasser habe ich immer; das wissen Sie ja!"

Die Perücke verschwand — und ward nicht mehr gesehen. Ich wartete fünf Minuten, zehn Minuten. Als aber auch dann die Magd nicht wiederkam, um mir wenigstens die Haustür zu öffnen, wurde mir die Sache zu dumm. Ich erinnerte mich des günstigen Umstands, daß die gute Hanne sich der Kaffeemilch wegen eine Ziege hielt. Vielleicht konnte ich durch oder über den Ziegenstall ins Haus gelangen. Ich sprang also über den Zaun, ging hinters Haus und prüfte das Gelände. Über den Stall hinweg war nicht hineinzukommen, das bemerkte ich beim ersten Blick. Nun, dann vielleicht durch den Stall hindurch! Es würde sich wohl irgendein Loch finden, durch das ich hineinzuschlüpfen vermochte. Ich war auf meinen Reisen schon schwierigeren Verhältnissen begegnet. Was war dieses einfache Häuschen im Vergleich zu dem siebenfach verschlossenen Haus des Abrahim Mamur am Ufer des Nils[1] oder gar zu dem unzugänglichen Felsenpueblo im fernen New Mexiko[2]! Und doch hatte ich in beide den Weg gefunden. Also würde es mir auch hier glücken. Wozu war ich denn Old Shatterhand? Ich begann also die äußere Wand des Ziegenstalls loszureißen. Leider stellte sich meinem Vorhaben ein Hindernis in Gestalt der Ziege, die mich nicht durchkriechen lassen wollte. Nachdem ich sie siegreich hinausgeworfen

[1] Siehe Ges. Werke Bd. 1 „Durch die Wüste"
[2] Siehe Ges. Werke Bd. 22 „Satan und Ischariot"

hatte, bemerkte ich zu meiner Befriedigung, daß sich in der Wand des Hauses, an die der Stall grenzte, ein Fenster befand, das nur angelehnt war. Ich stieß es auf und stieg in einen Raum, der nach der Unordnung, die darin herrschte, und zufolge einiger Gewandstücke, die ich als der Magd gehörig erkannte, das Zimmer Johannas sein mußte. Nachdem ich das auf solch scharfsinnige Weise festgestellt hatte, wollte ich durch die Tür auf den Gang hinaustreten, und ich hätte es auch getan, wenn sich nicht die Katze diesem meinem Beginnen widersetzt hätte. Sie lag mit ihren Jungen in einem Korb neben der Tür und machte Miene, mir ins Gesicht zu springen. In bewundernswerter Geistesgegenwart ergriff ich einen Regenschirm, der unter dem Bett ein friedliches Dasein fristete. Ich spannte ihn auf, um mich zu schützen, und so gelang es mir, mit seiner Hilfe die Alte nebst den Jungen samt dem Korb in den Ziegenstall zu treiben. Nun hätte meinem weiteren Vordringen nichts mehr im Weg gestanden, aber zuvor mußte ich noch ein Gezänk wegen Hausfriedensbruchs schlichten, weil die Ziege inzwischen hereingekommen war und mit den Hörnern auf die Katze losging. Endlich war auch diese Aufgabe zu gegenseitiger Zufriedenheit gelöst, und ich konnte meinen Weg fortsetzen. Als ich auf den Gang hinaustrat, sah ich eben Johanna mit dem Kaffee die Treppe hinauf verschwinden. Ich folgte ihr und wurde nun, da die Tür zum Zimmer des Professors nur angelehnt war, Zeuge folgender Unterhaltung:

„Da, gnädiger Herr, der Kaffee!“

Vitzliputzlis Nase steckte wahrscheinlich in irgendeiner indianischen Grammatik; er hörte nicht.

„Herr Professor!“

Da nahm er das Haupt aus Alaska empor und blickte sie abwesend an.

„Der Kaffee!“ wiederholte sie.

„Ja, ja doch — ovui sagen die Moqui.“

Die Nase steckte sich wieder ins Buch.

Da gab ihm die Magd einen gelinden Stoß in die Seite und rief.

„Herr Professor, zwei Tassen! Sehn Sie denn nicht?"

Er fuhr in die Höhe, kam zu sich, sah nun allerdings die Tassen mißtrauisch an und fragte erstaunt:

„Zwei? — bei den Zuñiindianern[1] quilli. Warum denn das? Es soll doch niemand zu mir! Sie wissen, liebe Johanna, daß ich für mich wohne und keinen Verkehr haben will!"

„Nun, bei einem machen Sie wohl eine Ausnahme."

„Wen meinen Sie denn?"

„Ihren Freund halt, Karl May aus Dresden."

„Wie kommen Sie grad jetzt — titschi sagen die Apatschen — auf den?"

„Weil er da ist."

„Da? Wo? — hetetá auf Tonkawa."

„Herr des Himmels! Fragt er, wo? Natürlich unten an der Haustür! Da steht er schon eine Stunde lang und Sie kommen nicht zu sich!"

„Eine Stunde! Weshalb lassen Sie ihn denn nicht herein?"

„Weil er gleich nach dem Kaffee fragte. Ich mußte also sofort alles für den Besuch herrichten. Er scheint einen schauderhaften Durst zu haben. Wenn Sie meinen, daß zwei Tassen nicht reichen, so — — —"

Jetzt endlich war der Professor völlig mit der Lage vertraut. Er frohlockte:

„Schweigen Sie, laufen Sie, rennen Sie, machen Sie unten auf. Er kommt mir eben recht! Er soll mir vor allen Dingen erst einmal sagen, ob der für die archäologische Forschung wertvolle Schluß wichtig ist, den ich daraus zu ziehen geneigt bin, daß im Keioweh die beiden Worte ‚Kessel' und ‚Stein' die gleiche Bezeichnung haben, nämlich tsu. Ich möchte daraus schließen, daß man ein

1 Sprich: sunji —

nicht allzu weit zurückliegendes Fortbestehen der Steinzeit in Amerika anzunehmen hätte."

„Es ist richtig, liebster Herr Professor", fiel ich von der Stubentür her ein. „Besonders von den Keiowehs weiß ich, daß ihre Kochtöpfe zum Teil heute noch aus gebrannter Erde oder Steingut bestehen. Und denken Sie auch daran, daß — vor der Einführung von Metallkesseln — in Rindenkesseln mit Hilfe erhitzter Steine gekocht wurde."

„Dachte es, dachte es mir", nickte er zufrieden. „Aber, lieber Freund — tiguvh im Utah — Sie sind hier oben? Ich hörte, Sie ständen unten an der Haustür!"

„Dort habe ich gestanden. Da aber die Tür verschlossen blieb und ich das liebliche Knarren der Kaffeemühle vernahm, suchte ich anderswo einen Zugang. Ich bin durch den Ziegenstall und das Zimmer Johannas eingestiegen, wobei ich leider die Ziege und die Katze, die sich mir feindlich entgegenstellten, aus ihren gewohnten Wigwams vertreiben mußte und — — —"

„Meine Ziege, meine Katzen!" kreischte Johanna, mich unterbrechend, auf, stürzte hinaus und rannte die Treppe hinab.

Der Professor aber schüttelte mir die Hand, deutete auf die Tassen und sagte:

„Trinken Sie, bevor er kalt wird! — gosgasé heißt das im Navajo."

Ich folgte seiner Aufforderung.

„Wollen Sie noch eine Tasse?" fragte Vitzliputzli.

„Nein, danke! Jetzt nicht, vielleicht später."

„So kommen Sie schnell mal her! Ich habe mir eben jetzt die Aufgabe gesetzt, zu beweisen, daß die Sprache der Ugalenzen mit dem athapaskischen Sprachstamm verwandt ist. Dabei sollen Sie mir helfen. Setzen Sie sich — die Acoma sagen dafür tschiyoya. So! Hier ist das Wörterverzeichnis. Schlagen wir einmal Seite — — — was ist denn das da unten?"

Im Erdgeschoß begann es nämlich in diesem Augenblick auch ugalenzisch oder athapaskisch herzugehen. Man hörte die Ziege meckern, die Katze miauen und die Johanna heulen. Wir eilten hinab in ihre Schlafstube. Da saß die Katze hoch oben im Wandkober, und Hanne kniete klagend beim Bett, um die jungen Katzen unter die Decke zu bergen. Die Ziege war nämlich unterdessen des Katzengeschlechts Herr geworden, hatte es in die Schlafstube zurückgetrieben und stand, durch ein wahrhaft homerisches Meckern verratend, daß sie sich in einem höchst aufgeregten Zustand befinde, mit den Hinterfüßen in dem herabgeworfenen und zerbrochenen Spiegel, während sie für die Vorderbeine auf dem Waschtisch ein Unterkommen gesucht hatte. Da steckte der eine Fuß im Waschkrug und der andere in Johannas Sonntagshaube. Mit den Hörnern aber stieß sie unausgesetzt nach der Wand über dem Tisch, wo der Kober mit der Katze hing. Links schien die liebe Sonne durchs Fenster und rechts drang es wie trauter Mondenschein durch den eingerissenen Ziegenstall herein. Leider hätte ein Maler oder Zeichner keine Zeit gefunden, dieses liebliche Stilleben seiner Mappe einzuverleiben, denn das Bild wurde durch den Professor blitzschnell verändert. Er warf sich mit Todesverachtung auf die Ziege und riß sie zu Boden. Die liebliche Spenderin der Kaffeemilch wollte sich das nicht gefallen lassen und ging zur Vergeltung in einer unbegreiflichen Verwechslung der Personen auf die gute Johanna los. Die kniete noch am Bett, sprang aber entsetzt auf und warf der Angreiferin die junge Katze, die sie gerade in der Hand hielt, an den Kopf. Das Kätzchen jammerte auf, wodurch die Katzenmama an ihre Mutterpflicht erinnert wurde. Sie schnellte aus dem Wandkober herunter, schwang sich auf Johanna und begann mit den Vorderpfoten deren Perücke so zu bearbeiten, daß die langjährige Vertreterin der Hausfrau sich hilfesuchend auf den Professor stürzte. Dieser riß ihr in verwegener Tatkraft das liebe Vieh vom Kopf und warf es samt der Perücke durchs offene Fenster. Da er aber unterließ, das Fenster zu schließen, so kam die Katze wieder hereingesaust, nicht aber auch die Perücke, die einstweilen draußen blieb, freundlich von der Sonne beäugelt. Mir war es inzwischen geglückt, die Ziege in den Stall hinauszudrängen, und da die Katze ihr Junges aufnahm und mit ihm ins Bett zu den anderen sprang, so war scheinbar zunächst kein weiterer Angriff zu erwarten.

Leider mußte ich sofort erkennen, daß diese Ansicht falsch war, denn es gab einen Angriff, und was für einen! Und der Unglückliche, auf den er sich richtete, war leider ich. Johanna stemmte nämlich die Fäuste in die Seite und fauchte mich an:

„Nein, so eine Bescherung! Ich bin ganz außer mir! Sagen Sie doch einmal, wer sie angerichtet hat!"

„Nun wer?"

„Wer? Das fragen Sie noch? Sie sind es, Sie! Man sollte Sie für einen Räuberhauptmann halten. Sie reißen den Leuten die Häuser ein und steigen am offenen Tag in die Zimmer achtbarer Persönlichkeiten!"

„Nicht ein Haus, sondern einen Ziegenstall habe ich geöffnet, und dieses Zimmer war die Schlafstube der Katzen. Sind diese auch achtbare Persönlichkeiten, liebe Hanne?"

„Seien Sie still! Ich bin nicht Ihre liebe Hanne! Liebe Hanne sagt man nur zu einer Geliebten oder Braut, und ich bin Ihre Braut noch lange nicht!"

„Johanna, Johanna!" wagte der Professor in beruhigendem Ton dazwischen zu werfen.

„Halten Sie den Mund!" fuhr sie ihn an. „Sie sind auch mit schuld! Warum haben Sie die Ziege zurückgerissen? Ist das verständig? Ist das zart, wie ein so gutes, treues Tier es verlangen kann? Sehn Sie doch einmal, wie es nun hier bei uns aussieht! Alles liegt am

Boden! Und da der Wasserkrug und die Hau — — —"
Sie hielt inne, starrte die Haube an, schlug dann die Hände zusammen und wehklagte: „Meine Haube, meine gute Sonntagshaube! Wie sieht die aus!"

Sie stürzte auf den Waschtisch zu, nahm das Schmuck- und Bedeckungsstück ihres ehrwürdigen weiblichen Hauptes beim Band, wirbelte uns die Haube vor der Nase herum und fuhr fort:

„Ist das eine Haube, ist das noch eine?"

„Ich denke doch, daß es nichts anderes sein soll", entgegnete ich.

„Soll, soll! Jawohl soll es eine sein, aber es ist keine mehr! Herr des Himmels! Zu Weihnachten werden es erst vier Jahre, daß mir der Herr Professor das Geld dazu gegeben hat; es ist meine neueste, meine allerneueste! Wie habe ich sie gehalten und behütet! Und nun ist mir heute die Ziege hineingeraten! Sagen Sie doch, Herr Professor, und Sie, Sie Räuberhauptmann, ist die Haube für die Ziege oder für mich?"

„Für Sie!" antworteten wir im schönsten Einklang.

„Also! Wenn sie aber für mich ist, so konnten Sie zu Hause bleiben, anstatt hierher zu kommen und mir die Ziege hineinzutreiben! Wer richtet mir die Haube wieder vor? Hier in dem einsamen Dorf gibt's ja keine Menschenseele, die einem solch ein Prachtstück wiederherstellen kann. Was setze ich nun auf, wenn ich in die Kirche gehn will oder gar wenn ich Gevatter stehe? Der Bäcker drüben, bei dem ich früh die Semmeln hole, hat schon so von weitem gemunkelt, daß ich Pate werden soll. Und nun mit dieser Haube! Da muß ich ja mit der größten Schande davonlaufen!"

Sie war in gutem Fahrwasser und wollte weitersprechen. Wenn sie einmal angefangen hatte, so spann sie in einem Atem weiter und fand kein Aufhören, das wußte ich. Aber es gab ein Mittel, sie augenblicklich zum Schweigen zu bringen, und das wandte ich an, indem ich den zerbrochenen Spiegel aufnahm und ihr vors Gesicht hielt. Es steckten noch einige größere Scherben darin, so daß sie sich darin betrachten konnte. Sie sah aber zunächst gar nicht hinein, sondern blickte mich verwundert an:

„Was ist's mit dem Spiegel? Soll etwa ich ihn wieder ganz machen?"

„Das verlangt niemand, aber schauen Sie einmal hinein!"

Sie folgte dieser Aufforderung und staunte dann: „Das ist ein Globus, ein Glo — — —"

„Kein Globus", unterbrach ich sie. „Wahrscheinlich haben Sie nur die obere Rundung erblickt. Ich werde den Spiegel tiefer halten. So, sehn Sie jetzt?"

Kaum hatte sie einen Blick hineingeworfen, so fuhr sie zurück und rief verdutzt: „Das ist doch mein Gesicht, das meinige!"

„Natürlich!"

„Aber ohne — ohne — — —"

Jetzt griff sie nach dem Kopf. Die liebe Johanna hatte nämlich keine Haare mehr; sie war kahl, vollständig kahl.

Als sie die Nacktheit desjenigen Teils ihrer Person fühlte, den sie vorher für einen Globus gehalten hatte, zeterte sie:

„Meine Perücke, meine Perücke! Wo ist meine Perücke?"

„Zur Katze!"

„Wer — wie — was?"

„Zur Katze. Die Katze hat sie mit durchs Fenster genommen."

„So liegt sie noch draußen, draußen im Schmutz, wo wir gestern noch Kohlen abgeladen haben. Herr des Himmels, so ein Unheil!"

Sie schoß hinaus, wir dagegen gingen ins Arbeitszimmer des Professors. Dort angekommen, trank der gute

Vitzliputzli eine Schluck Kaffee, sann mit einer so ernsten Miene nach, als ob er über die Quadratur des Zirkels nachdenke, und fragte hierauf:

„Lieber Kollege, wissen Sie vielleicht, wo — he-uvan im Tonkawa — sich in meiner Wohnung Hammer — maziyape im Dakota — und Nägel befinden?"

„Nein."

„Die Wand des Ziegenstalls ist doch, wenn ich mich recht besinne, aus Holz — thleloeve im Zuñi?"

„Ja, sie besteht aus Brettern."

„Aus Brettern! Wie man so etwas auseinanderzureißen vermag! Sie sind ein wahrer Goliath! Hoffentlich aber lassen sich Bretter durch Nägel wieder vereinigen?"

„Ja, Herr Professor, man nennt das zusammennageln."

„Gut, sehr gut — avan at sagen die Utah. Aber wer soll das hier in diesem entlegenen Dorf tun?"

„Ich, Herr Professor!"

„Ach, ich entsinne mich — schi binaschna heißt dies im Apatsche. — Sie können alles, durchaus alles. Sie haben mir, wenn ich mich recht erinnere, schon einmal einen Regenschirm zusammengeleimt, eine Stiefelstrippe angeflickt und einen Strohhut — taki sagen die Digger — gewaschen. Ja, Sie können alles. Sie werden also die Güte haben, die Bretter wieder in feste Vereinigung zu bringen. Das wäre erledigt — täkiho-imbo-vay sagen die Tehua. Das übrige aber wird sich nicht so leicht verbessern und ergänzen lassen. Was den Spiegel betrifft, so — — —"

„So hole ich morgen einen aus Annaberg", ergänzte ich.

„Sehr gut! Und die Haube, ja die Haube! Die macht mir Sorgen! Könnten Sie die nicht auch gleich mit dem Spiegel in Ordnung bringen lassen?"

„Ich werde sie zu einer Putzmacherin tragen und gehörig aufdonnern lassen, so daß die gute Johanna ihre helle Freude daran haben soll."

„Vortrefflich — ha-asch enokh-tso sagen die Tonkawa. So sind wir also jetzt diese Sorgen los und können — doch vorher noch eins — huänehpiyeh wird dies im Tehua ausgedrückt. Es ist eine Bitte.“

„Sprechen Sie nur, Herr Professor!“

„Und Sie nehmen es mir nicht übel, ganz gewiß nicht übel? — nischkahdissiwinisch heißt es im Odschibwä.“

„Ganz gewiß nicht!“

„Nun also: wenn Sie mich einmal wieder besuchen, so bitte, liebster Freund — ketepanon im Tonkawa — kommen Sie nicht wieder durch den Ziegenstall herein! Die Johanna könnte sich darüber erregen. Nicht wahr, Sie lassen mich mit diesem bescheidenen Wunsch keine Fehlbitte tun?“

„Ich erfülle ihn. Aber neugierig bin ich, wie ich dann hineingelangen soll, wenn Johanna nicht aufmacht. Nachdem ich vorher klingelte, hat sie erst Holz gehackt, Feuer gemacht, Kaffee gemahlen und was sonst noch. Wenn ich wieder mal die Glocke ziehe, sollte sie mir wenigstens die Hausschlüssel zum Fenster herunterwerfen.“

„Ja, das kann sie, das soll sie sogar, denn Sie sind mir ein sehr lieber Besuch; ich lasse ja sonst keinen Menschen zu mir. Gut, Sie sollen den Hausschlüssel durchs Fenster haben; oder noch besser, ich werde gleich nachher, erinnern Sie mich daran, nach einer Schnur oder einer Leine suchen, an der Ihnen Johanna den Schlüssel langsam und bedächtig hinablassen kann. Sind Sie damit zufrieden?“

„Vollkommen!“

„Gott sei Dank! Nun das vorüber ist, können wir zur Hauptsache schreiten. Ich arbeite an einem Werk, dessen Inhalt auch Ihnen gefallen wird. Soll ich Ihnen die Benennung sagen?“

„Ich bitte darum.“

„Sie lautet: ‚Über die synthetischen Verbindungen der

Präposition ah mit Nominalstämmen der Sprache der Pokonchiindianer'. Was sagen Sie dazu?"

„Nicht übel! Die Pokonchiindianer gehören doch zur Maya-Quichégruppe. Also beschäftigen Sie sich jetzt mit dieser?"

„Seit langer Zeit. Sie sind ja auch so ein Indianerfex. Es ist mir manches, ja wohl vieles, unklar, und ich denke — wa puschi da husch sagen die Mandaner — daß Sie mir nützen können. Nicht?"

„Vielleicht; falls es möglich ist, so geschieht es mit Vergnügen."

„Gut, schön! Also können wir beginnen — bárebiire sagen die Tehua. Ich werde Ihnen vorlesen, doch muß ich vorher erwähnen, daß die Präposition ah — —"

„Bitte, bitte! Lassen wir dies zunächst! Ich habe Ihren Ziegenstall auszubessern, und es werden sich wohl auch sonst noch Mängel finden, die meiner warten. — Diese Sachen müssen vor allen Dingen in Ordnung gebracht werden. Die Gelehrsamkeit nehmen wir dann am Abend vor."

„Ja, ich weiß, Sie arbeiten und schreiben nur am Abend und des Nachts — autsunje im Tuscarora. Aber ich möchte lieber gleich wissen, was — — —"

„Nichts, gar nichts werden Sie jetzt erfahren. Ich arbeite geistig nicht gern am Tag, weil der Geist da zuviel zerstreut und gestört wird; das halte ich auch hier bei Ihnen so. Jetzt besichtigen wir Ihr Haus und machen jedes Loch zu, das wir finden. Dann essen wir, hierauf gehn wir spazieren und —"

„Spazieren!" unterbrach er mich. „Sie wissen doch, daß ich das niemals tue!"

„Ja, Sie tun es leider niemals, aber ich werde Sie heute dazu zwingen. Sie sind ins Gebirge gezogen, um gesund zu werden, nun dürfen Sie sich aber auch nicht einschließen, sondern müssen tüchtig Luft und Sonne kneipen."

Als ich ihn nach dem Essen zu dem geplanten Spaziergang aufforderte, weigerte er sich eine Weile, dann mußte er mit.

So war mein alter, lieber Professor Vitzliputzli. Er lebte nur für seine Wissenschaft und hatte fast keine Bedürfnisse. Er aß alles, was ihm vorgesetzt wurde, er trank alles, selbst das Schlechteste, wenn es nur den Körper zusammenhielt. Gesellschaft mied er und lebte von Jahr zu Jahr immer einsamer und zurückgezogener. Ich war der einzige, mit dem er noch zeitweise verkehrte, worüber man sich allgemein im Dorf wunderte. Er arbeitete viel, und seine Handschriften häuften sich zu ganzen Bergen an, aber er veröffentlichte nie etwas. Unter seinen Arbeiten befanden sich wahre Perlen, das wußte ich. Wie oft hatte ich gebeten, ihn förmlich gedrängt, mit einem Verleger in Verbindung zu treten, vergeblich! Seine stete Antwort war, daß er es seinen Erben überlasse, die Arbeit seines Lebens der Öffentlichkeit zu überantworten. Und wer der Erbe sei, das durfte und wollte ich nicht fragen.

Ein Schrank, eine Hirschhaut und ein Hering

Zwei Jahre später sah ich ihn zum letztenmal.

Ich war damals umgezogen und hatte mich in einem Vorort Dresdens niedergelassen. Das schrieb ich ihm und gab ihm zugleich meine Wohnung an. Gegen Abend ging mein Brief fort; am nächsten Nachmittag mußte er ihn bekommen. Das war auch wirklich der Fall, und diesmal lud er mich nicht brieflich zu sich ein, sondern ich erhielt ein Telegramm mit den Worten: „Kommen Sie sofort! Höchst wichtige Entdeckung!“

Und ich kam. Es war vielleicht vierzehn Tage vor Weihnachten, ein sehr kalter und stürmischer Wintertag. Als ich die Wohnung des Professors erreichte, fand ich sie natürlich verschlossen. Ich läutete zwei-, drei-, fünfmal vergeblich. Da riß ich so an der Glocke, daß ein Toter hätte erwachen mögen. Jetzt endlich wurde oben das Fenster mühsam aufgeschoben, denn es war eingefroren, und Vitzliputzlis Stimme rief herab:

„Wer ist da? — keschel nono, wie die Jemesindianer sagen."

„Ich, Herr Professor!"

Das Fenster war so zugeweht gewesen, daß er es nicht ganz aufgebracht hatte. — Jetzt aber, da er mich hörte, schob er es mit Gewalt vollends auf, steckte den Kopf ganz heraus und jubelte:

„Sie sind's, Sie! Endlich, endlich! Wie habe ich auf Sie gewartet!"

„Wo ist Johanna?"

„Ich weiß es nicht — schai nek-enokh würden die Tonkawa sagen. Ist sie denn nicht zu Hause?"

„Das müssen Sie doch besser wissen als ich, der ich jetzt erst komme. Ich habe lange vergeblich geklingelt."

„So wird sie ins Dorf gegangen sein. Warten Sie nur eine Minute, eine Sekunde, einen Augenblick! Sie sollen den Schlüssel haben; ich gehe nur, um einen Bindfaden, eine Leine, eine Schnur zu holen, um ihn hinabzulassen."

Ihn herabzuwerfen wäre doch viel kürzer gewesen, aber der gute Professor Vitzliputzli war nun einmal so, und niemand konnte das ändern.

Ich mußte warten, denn er war rasch wieder vom Fenster zurückgetreten. Und ich wartete auch, zunächst fünf Minuten. Dann rief es von oben herunter:

„Ich habe noch nichts gefunden."

Abermals fünf Minuten, da erklang es tröstlich:

„Ich habe immer noch nichts."

Wenn es Sommer gewesen wäre! Aber es war so kalt im Stehen, und es gab nichts, womit man sich die Zeit verkürzen konnte. Wahrhaftig, es verstrichen noch fünf Minuten. Oben regte sich nichts, und die liebe Johanna ließ sich auch nicht blicken. Sollte ich noch einmal den

Ziegenstall einreißen? Dann mußte ich ihn wieder zusammennageln. Aber zu längerem Warten hatte ich auch keine Lust. Ich stieg also abermals über den Zaun und ging ums Haus herum, nach einer Gelegenheit spähend, hineinzukommen. Schon war ich um die dritte Ecke und hatte die vierte vor mir, da geriet ich an ein Fenster, dessen Laden zwar verschlossen war, an dem aber eine Angel fehlte. Hier wollte ich einen Versuch machen. Es kostete fast gar keine Anstrengung, die andere Angel aus den verrosteten Nägeln und dem morschen Holz zu reißen und dann den Laden einfach wegzunehmen. Als dies getan war, sah ich, daß das Fenster trotz der Kälte offenstand. Man hatte es zwar zumachen wollen, dies aber nicht ganz fertiggebracht, da es verquollen war. Die Scheiben waren, um einen Erzgebirgler-Ausdruck zu gebrauchen, „wie die Spindelbretter gefroren". Ich drückte das Fenster auf; es gab zuerst nur langsam und dann überhaupt nicht nach. Es mußte sich ein Gegenstand dahinter befinden, den ich wegen des Eises an den Scheiben nicht sehen konnte. Aber aufgehen mußte es! Ich stemmte mich also mit aller Kraft dagegen. Da endlich gab es nach, und darauf folgte ein Krachen, Prasseln und Klirren, als ob das Erdbeben in eine Porzellanhandlung gefahren wäre. Hatte ich da etwa wieder Unheil angerichtet? Sehr wahrscheinlich! Doch das war nun nicht mehr zu ändern, ich stieg also ein. Drin angekommen, sah ich, wodurch der Lärm verursacht worden war. Da lag ein umgestürzter Schrank und daneben ein alter Kistendeckel, der recht bequem in die Fensteröffnung paßte. Ich zog daraus folgenden scharfsinnigen Schluß: das Fenster hatte sich nicht schließen lassen; um die Kälte, die durch die noch bleibende Ritze drang, abzuwehren, hatte Johanna den Kistendeckel wie einen Laden innen vorgelegt und darauf noch das Spind vors Fenster geschoben. Licht brauchte hier — in die Speisekammer — nicht hereinzukommen, weil an der anderen

Seite oben noch eine kleine Lichtöffnung war. Durch die Kraft, die ich angewendet hatte, war der Deckel auf die hintere Seite des Schranks geschoben und dieser umgeworfen worden.

Ich muß versuchen, den Stand der Dinge wiederherzustellen, was mir mit dem Deckel und Spind wahrscheinlich gelingen mußte. Weniger leicht war das mit dem Inhalt des Schranks. Das Prasseln und Klirren, das ich gehört hatte, ließ trübe Ahnungen in mir aufsteigen, und obgleich ich sonst gar nicht abergläubisch bin, habe ich auf diese Art von Ahnungen immer etwas gegeben.

Zunächst schob ich das Fenster wieder zu, so weit es ging; dann hob ich den Schrank auf, der sein gutes Gewicht hatte; ich hatte mich ja auch tüchtig plagen müssen, bis er glücklich umgefallen war. Beim Aufrichten gab es wieder ein verhängnisvolles Kollern, Klingen und Klirren, das mich sehr lebhaft an meine Jugend erinnerte: es brachte ganz dieselbe „Halb zog sie ihn, halb sank er hin"-Stimmung in mir hervor, die ich unter der Gänsehaut gefühlt hatte, wenn der Vater mit der einen Hand vorn freundlich mit dem Finger winkte, während die andere hinten verräterisch den Stock auf dem Rücken hielt. Der Stecken vertauschte dann gewöhnlich den väterlichen Rücken mit dem meinigen, nur mit dem einen Unterschied, daß er dort in träger Ruhe verharrt hatte, während er hier überaus lebendig zu werden pflegte.

Der Schrank war verschlossen, doch der Schlüssel steckte. Ich schloß auf. Welch ein Anblick bot sich mir! Die Haare stiegen mir zu Berge, und jedes einzelne schien noch einen besonderen Ruck in die Höhe zu machen. Man höre: die gute Johanna hatte hier ihr Eingemachtes aufbewahrt. Es gab da Büchsen, Flaschen, Töpfe und Gläser, meist aber „hatte" es sie gegeben, denn ihre Gestalt, Form, Bestandteile und Inhalt hatten sich in Wonne aufgelöst. Der Schrank schien eine ganze Feinkost- und Dauerwarenhandlung enthalten zu haben.

Freilich konnte ich mir nur ein sehr allgemeines Urteil darüber bilden, weil alles unter- und übereinander lag und alles durcheinanderfloß; ein Urteil im Besonderen war weder für das Auge noch für die Nase möglich, da kein Gegenstand mehr vom anderen zu unterscheiden war. Ich versuchte, mich durch die Nase zurechtzufinden. Es roch nach aufgesetztem Kalmus, Arnika und Sliwowitz, nach eingedickten Quitten und einer spirituösen Auflösung von venetianischer Seife mit Salmiak, nach Apfeldicksaft, Pflaumenmus und Zwiebelsaft, nach eingelegten Aprikosen, Pfirsichen und geschabtem Meerrettich, nach Himbeersaft und Ölsardinen, nach Pfefferkraut und Rosmarin, nach Reseda und Salzgurken, nach Baldrian, Rosenöl und Lauchzwiebelchen in der Tunke — das alles fand ich heraus oder glaubte es herauszufinden, und noch vieles andere dazu. Wäre meine Nase vor mir gestorben, sie hätte sich heut im Grab herumgedreht.

Aber die gute Fee des Hauses hatte in diesem Schrank auch noch weiteres aufbewahrt. Da lag ein Filzschuh in der Bohnenbrühe, eine seidene Schmetterlingsschleife im Arnika, zwei Strümpfe in lieblicher Eintracht inmitten von Pflaumenmus. In einer Lampenglocke lagen zwei Lachsheringe, eine Zervelatwurst bog sich im Winterhut, daneben Zuckermandeln und eine Schachtel mit Kampferpillen; die Glocke war boshafterweise ganz geblieben, daneben war eine Tintenflasche zerbrochen, und in ihrem bisherigen literaturfreundlichen, schwarzen Inhalt schwammen rote Krebsnasen und gelbe Apfelsinenscheiben. Kurz und gut, es gab da ein Durcheinander von Gerüchen, Speisen, Getränken, Scherben, Flaschenhälsen, Topfhenkeln, Gläserböden und anderen schönen Dingen, das kaum so gründlich ausgefallen wäre, wenn man sich Mühe gegeben hätte, es absichtlich zustande zu bringen. Für einen Unbeteiligten mochte es ein lustiger Anblick sein; ich aber fühlte mich nicht unbefangen, und es wurde mir leidlich unbehaglich zumute. Da stand ich als missetätiger Pudel vor einem Werk, dessen ich mich weidlich zu schämen hatte.

War es denn nicht vielleicht möglich, diese Beschämung abzuwenden?

Ich sann und sann. Das war heute fast noch schlimmer als damals das Ereignis mit der Ziege und den jungen Katzen, die — — — halt, heureka, die Katzen! Ob sie wohl noch da waren? Wenn nicht mehr die Jungen, so doch jedenfalls die Alte, von der ich wußte, daß sie tagsüber in Johannas Stube schlief und des Nachts durchs Haus spazierenging.

Glücklicherweise war die Tür von innen zu öffnen; so kam ich in den Hausflur und hinüber ins Schlafzimmer meiner guten „Wer-wie-was?". Dank allen guten Geistern! Die Katzenmama lag im Korb und zwei Kätzchen hausten auf dem Bett. Die Alte hielt ihre Kinder für selbständig und blieb ruhig liegen, als ich diese liebevoll auf meine Arme nahm; sie blieb auch gleichgültig, als ich mich mit ihnen entfernte. Drüben wieder angelangt, steckte ich sie in den Schrank, schloß ihn zu, legte den Kistendeckel wieder ans Fenster und schob dann den Schrank in seine frühere Lage. Drinnen leckte und schmatzte es behaglich; jedenfalls hatten sich die lieben Tiere nicht über die Tinte, sondern über etwas Besseres gemacht.

Um der zu erwartenden Entdeckung im Gefühl meiner Unschuld beiwohnen zu können, mußte ich den Laden draußen wieder vorlegen und also so aus dem Haus zu kommen versuchen, daß man nicht sagen konnte, ich sei schon drinnen gewesen. Das ging nicht durch die Hintertür, weil ich diese nicht von außen wieder verriegeln konnte; ich mußte durch ein Fenster hinaus. Deshalb kehrte ich nach Johannas Schlafzimmer zurück und öffnete ein Fenster. Um es von draußen wieder zuziehen zu können, benutzte ich mein Taschenmesser, an dem sich ein Korkzieher befand. Den schraubte ich in den Fensterrahmen, stieg hinaus, zog das Fenster zu und drehte den Korkzieher wieder heraus, um nach der Haustür zurückzukehren. Daß meine Stapfen mich verraten würden, brauchte ich nicht zu fürchten; die beiden Leutchen waren viel zu bescheiden, sich den Luxus des dazu erforderlichen Scharfsinns zu erlauben.

Von Johanna war noch immer nichts wahrzunehmen. Ich klingelte, nachdem ich den Laden vorgelegt hatte, wieder, und zwar so stark und anhaltend, daß es schon nach kurzer Zeit abermals von oben herab fragte:

„Wer ist unten? — khate ti sagen die Navajos."

„Na, ich noch immer, lieber Herr Professor!"

„Ach, ja, ja, Sie! Das hatte ich doch ganz vergessen. Ich bin nämlich gerade über den schallnachahmenden Bestandteilen der Indianersprachen. Da müssen Sie mir helfen!"

„Sie wollten mir doch den Schlüssel an einer Schnur herablassen."

„Allerdings. Ich besinne mich jetzt des Umstands; aber ich fand keine Leine, und da mich eine Art von melodischem Gekling und Geklirr — dilgusch sagen die Apatschen — an die Schallnachahmungen der Indianer lebhaft erinnerte, so wurde ich von der Leine ab- und den Indianern zugelenkt und setzte mich wieder zur Arbeit. Nun aber sollen Sie sofort — hitanok würden es die Tonkawa ausdrücken — hereingelassen werden!"

„Mit der Leine?"

„Ja."

„Ich denke, Sie haben keine gefunden?"

„Ich werde schon noch eine finden; ich suche sofort wieder!"

„Hören Sie, liebster Professor, da fallen Ihnen die Indianer doch wieder ein, und ich muß noch länger in Nacht und Kälte stehenbleiben! Es ist vielleicht besser,

Sie kommen herab und schließen mir auf oder werfen den Schlüssel herunter."

„Wahrhaftig! Das ist das Einfachste! Das hätte ich schon längst tun können! Gleich, gleich, ich hole den Schlüssel augenblicklich!"

Er verschwand oben, kam nach Verlauf von fünf Minuten wieder ans Fenster und rief:

„Er ist weg! Ich hatte ihn vorhin in der Hand — teho nane heißt bei den Rikkariern dies Wort —, dessen erinnere ich mich bestimmt. Haben vielleicht Sie eine Ahnung, wohin ich ihn gelegt habe, lieber Freund?"

„Ja, das kann ich Ihnen ziemlich genau sagen: an einen Ort, wo Sie ihn nur durch den reinsten Zufall nach einigen Monaten wiederfinden werden! Das Suchen aber wird zu nichts führen."

„Das ist freilich möglich, und ich werde also lieber gar nicht länger nachforschen. Was aber tun Sie inzwischen, da Sie von Monaten — kilja sagten die Inka — reden?"

„Ich reise wieder ab."

„Unmöglich! Ich brauche Sie doch zu meinen indianischen Schallnachahmungen und habe Ihnen außerdem einen Fund zu zeigen, einen großartigen Fund, den ich zugesandt bekam, um meine Meinung über ihn abzugeben. — Was ist nun da zu machen? Läßt sich kein Ausweg finden?"

„Hm! Vielleicht!"

„Welcher? — hä ono mu sagen die Tehua."

„Ich reiße den Ziegenstall abermals ein."

„Das wäre höchst bedenklich! Ich weiß nicht, ob wir wieder Nägel haben, und die Johanna wird ihre Ziege — konkheitson im Tonkawa — nicht im offenen Stall stehenlassen wollen, da es jetzt so kalt ist — stuya in der Sprache der Schwarzfüße genannt. Gibt es denn keinen anderen Weg ins Haus — tipi sagen die Dakota?"

„Am Ende doch! Wenn ich zum Beispiel wüßte, daß

die Johanna noch im Verlauf des gegenwärtigen Jahres aus dem Dorf wiederkäme, so würde ich auf sie warten. — Wir stehen ja schon im Dezember."

„Richtig, richtig, die Johanna! Die muß ja auch herein und wird ihren Schlüssel mithaben. Seit sie drüben beim Bäcker Gevatterin gewesen ist, kehrt sie dort immer länger ein als sonst und — ah, dort seh ich sie kommen; Sie werden also gleich hereinkönnen, liebster Freund! Eilen Sie aber dann sofort herauf — oghidahkumig sagt der Odschibwä."

Er zog sich vom Fenster zurück. Die Sache kam mir trotz der Kälte höchst lustig vor. Dieser liebe Mann hatte den Umsturz und das Zerbrechen der Gefäße gehört und es als eine „Art von melodischem Gekling und Geklirr" bezeichnet. Sonderbarer Heiliger! Mir war es freilich viel weniger melodisch vorgekommen.

Als Johanna schließlich nahte und mich erblickte, rief sie schon von weitem:

„Sie hier an der Tür! Doch nicht etwa schon lange?"

„Nahezu eine Stunde!"

„Herr des Himmels! In dieser Kälte! Warum haben Sie denn nicht geklingelt?"

„Das habe ich; aber der Professor hat den Schlüssel verlegt."

„Wie immer! Gerade das, was er augenblicklich braucht, findet er nicht. Und jetzt, seit die alberne Haut gekommen ist, sieht es in seinem Kopf noch viel schlimmer aus als vorher."

„Was für eine Haut?"

„Ein altes Fell, das gar nichts wert ist, mit roten Punkten und Strichen. Kein Schuster würde es für tauglich halten, um Oberleder zu Pantoffeln daraus zu machen. Darüber sitzt er Tag und Nacht und brummt dummes Zeug dazu, was man nicht verstehen kann. Ich wünsche viel Glück! Aber kommen Sie nun herein! Ich werde Ihnen gleich einen tüchtigen, heißen Kaffee kochen und vorher einen Likör zur Erwärmung holen. Ich weiß zwar, daß Sie Spiritussachen nicht lieben; aber in dieser Kälte machen Sie wohl eine Ausnahme, und ich habe ihn selbst aufgesetzt; er ist wirklich ausgezeichnet und steht wohlverwahrt im Schrank."

O weh! „Das Unglück schreitet schnell!" Die Eumeniden, Furien, Erinnyen und alle übrigen Rachegöttinnen hatten sich schon hochgeschürzt auf den Weg gemacht, um sich unter dem Vorwand eines Likörchens für mich hinten in der Speisekammer zu versammeln. Den Anfang sah und hörte ich schon im Geist; aber welches Ende würde es nehmen?

Ich begab mich sogleich hinauf zum Professor. Er saß am Tisch vor einem Manuskript, sprang auf mich zu und hielt mir die Hand entgegen:

„Endlich, endlich! Und diesmal glücklich durch die Tür und ohne jede Gewaltsamkeit, das freut mich, freut mich sehr — tschekvo sagen die Tonkawa. Bekommen Sie Kaffee?"

„Wahrscheinlich."

„Schön; dann schauen wir vor allen Dingen einmal dieses Fell an. Vorher aber möchte ich gern wissen, ob Sie bei Indianern Nachahmungen von Schall und Geräusch, von Naturlauten gehört haben?"

„Oft und viel."

„Herrlich! Da sind Sie mein Mann! Geben Sie mir gleich einige Proben! Ich muß hören, ob ich mich wirklich auch in dieser Angelegenheit auf Sie verlassen kann. Man sollte doch annehmen, daß wilde Stämme weit mehr Klangmalereien besitzen als Bildungsvölker. Nicht?"

„Nein. Ich bin kein Anhänger der sogenannten Dingdong-Lehre. Wer soviel wie ich mit den Wilden zusammentraf, der weiß, daß sie auch nicht mehr Nachahmungen besitzen als wir."

„Aber sie leben im Freien, mehr in der Natur als wir und haben ihr sicher auch mehr Laute abgelauscht, die in ihre Sprachen übergegangen sind. Wir ahmen das Schießen — neschuano im Tonkawa — mit ‚Piff, paff, puff' das Fallen ins Wasser mit ‚Patsch', das Schellen mit ‚Klingling', das Zerbrechen mit ‚Klirr' nach. Unsere Kinder nennen den Hund — litschane im Apatsche — ‚Wauwau' und das Schaf — die Tehua sagen kua — ‚Mähmäh'. Schallnachahmungen sind es auch, wenn wir unsere größte Eule nach ihrer Stimme ‚Uhu' nennen. Das Pferd ‚wiehert', die Kuh ‚muht', der Esel ‚jaht' und die Biene ‚summt'. Nennen Sie mir doch einige Worte aus dem Indianischen, die, ebenso wie diese deutschen, Nachahmungen sind!"

„Soll ich sie nur nennen oder meiner Stimme gleich den nachahmenden Klang verleihen?"

„Das letztere natürlich, das letztere! Stellen Sie sich vor mich her! So! Und fangen Sie an! Lachen Sie einmal indianisch!"

„Gut! Am schönsten lacht der Tonkawa. Hören Sie: ‚tschascha tschatscha-schaja!'" Natürlich sprach ich dieses Tschatscha nicht, sondern ich lachte es.

„Vortrefflich!" rief er aus.

„Singen heißt im Moqui: ‚tao-lao, tao-lao, tao-lao'." Diese Laute sang ich.

„Haben Sie Ausdrücke für Donner? Wie zum Beispiel unser Rrrrrrollllen, oder auch Grrrrrollllen?"

„Ja, der Azteke sagte in dumpfem Ton: ‚tlatlatzinilitztli' und der Moxoindianer: ‚tirruruekko'. Den Blitz bezeichnet der Apatsche mit dem sehr schnell ausgesprochenen Wort: ‚hatatitla'. Das rasche Wort ‚intahinta' bezeichnet bei demselben Indianer die Lebhaftigkeit, Lebendigkeit. Das langgezogene Geheul des Präriewolfs ahmt der Moqui mit ‚kuehhueh', der Tehua mit ‚kojoh' und der Taosindianer mit ‚kohewah' nach."

Diese Namen heulte ich wie ein Wolf. Dabei ging die Tür auf. Ich sah die gute Johanna, die sich augenscheinlich in großer Aufregung befand und mit schnellen

Schritten hereinstürmen wollte. — Als sie aber mein schreckliches Geheul hörte und das noch schrecklichere Gesicht erblickte, das ich nur ihretwegen nun dazu machte, blieb sie erschrocken stehen und staunte uns mit großen, ängstlichen Augen an.

„Herrlich, herrlich!" rief der Professor, indem er vor Freude in die Hände klatschte. „Das ist's ja, was ich brauche — aschti sagt der Apatsche — und was ich doch nicht genügend konnte! Weiter, lieber Freund, weiter!"

„Ja, weiter!" sagte ich, um Johanna noch nicht zu Wort kommen zu lassen. Im Guarani heißt der Uhu ‚urkurea'. ‚tschil-tschil, tschil-tschil' ist beim Diggerindianer ein Vogel, nach seinem Zwitschern so benannt. Den Klang eines Kessels, an den geschlagen wird, bezeichnet der Utah mit dem nachahmenden Wort ‚timbuimbamban' und — — —"

Ich hatte diese Worte natürlich dumpf geuhut, hell gezwitschert und dann meiner Stimme auch den Klang des Kessels gegeben. Drauf fuhr ich fort:

„Und den Begriff ‚heiß' bezeichnet der Moqui, indem er das Geschrei eines Verbrannten nachahmt, mit dem Wort ‚utuhu-u', und — — —"

Ich kam in meinen Darstellungen nicht weiter. Den entsetzlichen Schrei des Verbrannten, den ich aus voller Lunge ertönen ließ, konnte Johanna denn doch nicht anhören, sie stürzte auf mich zu, packte mich an den Armen, schüttelte mich und stöhnte:

„Halten Sie ein, hören Sie auf! Sind Sie denn beide übergeschnappt? Das klingt ja das ganze Dorf entlang, daß alle Häuser wackeln! Die Leute müssen doch denken, das wilde Heer ist bei uns eingekehrt! Und dazu reißen Sie Gesichter, als ob Sie ein ganzes Faß voll Kolik im Leib hätten! Das ist ja jammervoll!"

„Nein, das ist herrlich, das ist prächtig, das ist einzig — nakate nscho würde der Apatsche sagen! Man muß es nur verstehen, liebe Johanna!" jubelte der Professor.

„Verstehen? Na, wer das versteht, der muß alle fünf Sinne mitsamt dem Verstand verloren haben! Daß ein wenig gebrummt werden würde, das habe ich allerdings gedacht. Doch auf ein solches Heulen, Wüten und Toben war ich nicht gefaßt, nein. Das geht hier in unserem stillen Haus ja gerade wie bei den Wilden, wie bei den Hottentotten und Tataren zu! Wer soll das aushalten, ohne auch mit verrückt zu werden!"

„Johanna, Johanna!" warf der Professor begütigend ein.

„Ach was, Johanna! Stellen Sie sich doch nicht so, als ob Sie noch imstande wären, einen ehrlichen deutschen Namen auszusprechen! Sie sind in letzter Zeit der reinste Indianerhäuptling geworden! Ich bin die einzige vernünftige Seele zwischen diesen vier Pfählen. Aber kann ich denn alles allein machen, wenn es von anderer Seite Dummheiten über Dummheiten gibt? Was haben Sie nun wieder einmal unten in meinem Schrank angestellt?"

„In welchem Schrank? — ko-uah altese sagen die Apatschen, was ‚kleines Haus' bedeutet, weil sie eine eigene Bezeichnung für das Wort ‚Schrank' nicht haben."

„Lassen Sie mich mit Ihrem Quatsch in Ruhe! Es ist mir ganz und gar schnuppe, wie Ihre Indianer das Ding heißen!" rief sie erbost. „Und Sie fragen mich noch dazu, in welchem Schrank? Tun Sie doch nicht so, als ob Sie es nicht wüßten! In der Speisekammer!"

„In der Speisekammer? Was soll ich denn da angestellt haben? Ich komme überhaupt nie da hinein. Das wissen Sie ja ganz genau!"

„Aber vorhin sind Sie doch drin gewesen!"

„Ist mir gar nicht eingefallen. Selbst wenn ich gewollt hätte, wäre es nicht möglich gewesen, denn ich hätte keine Zeit dazu gehabt — schai katu lel würden die Tonkawa ungefähr dies ausdrücken. Ich hatte nachgeschlagen, in welcher Weise die Eigenart der Reduplikation bei der Bildung des Plurals, des Superlativs und der Verbalbeugung verwendet wird."

„Ja", fiel ich eifrig ein, „so heißt im Tonkawadialekt gestern: takhaschtak von tagasch, Sonne; im Dakota heißt ganz schwarz: sapsapa von sapa, schwarz; bei den Warm-Spring-Indianern heißt Hund: kussikussi und Pferd bloß kussi; mukhlimukhli heißt Fliege, mustmustsin Kuh oder Büffel, mitsaimitsai Wurzel, und im Aztekischen sagt man anstatt Reisigbündel gar tlatlatlalpisti-tentli. Das sind alles Verdopplungen oder Wiederholungen, und wenn — — —"

„Hören Sie auf mit Ihrem lapistifendikendi!" schrie sie dazwischen, während sie sich beide Ohren zuhielt. „Was gehen mich Ihre Indianer mit den Reisigbündeln an! Hier ist die Rede von ganz anderen Dingen. Wir sprechen von unserem Speiseschrank. Da Sie alles wissen und sogar indianisch reden, so werden Sie mir wohl auch sagen können, wie die Katzen in die Mandeln gekommen sind?"

„Die Katzen?" fragte ich staunend, harmlos, unbefangen.

„Die Katzen — musa im Tehua genannt —?" echote der Professor.

„Ja die Katzen!" fauchte Johanna wütend. „Die sind im Schrank! Wissen Sie, was das zu bedeuten hat? Wissen Sie — — — doch nein, Sie können ja gar nichts wissen, da Sie doch gar nicht hier gewesen sind. Aber dieser da muß es wissen, der Herr Professor. Er ist in seinen indianischen Gedanken hinuntergelaufen und hat die Katzen eingesperrt, kann sich aber nun durchaus nicht auf das Unheil besinnen, das er damit angerichtet hat."

„Aber, liebste Hanne, ich bin gar nicht unten gewesen! Es ist eine unumstößliche Tatsache, daß ich nur auf das Klingeln hin aus dem Zimmer gekommen bin, um draußen durchs Fenster zu schauen — una sagen die Zuñi."

„Ja, ja! Und dann sind Sie in Ihren gelehrten Ge

danken die Treppe hinunter, anstatt in Ihre Stube zurückzulatschen!“

„Mein Fuß — nampa im Schoschonischen — hat die Treppe nicht berührt. Wenn Sie das nicht glauben wollen, so bin ich augenblicklich bereit, tausend Eide darauf abzulegen.“

„Gehen Sie mit Ihren Eiden! Ein Eid von Ihnen hat ja gar keinen Wert, weil Sie jetzt nie mehr wissen, was Sie vor fünf Minuten getan und angerichtet haben. Die Tatsache, die ich vorgefunden habe, gilt mehr als alle Ihre tausend Eide; die Tatsache beweist, und ich werde sie Ihnen vor die Augen führen. Kommen Sie also einmal mit herunter, jetzt gleich! Sie sollen Ihre blauen Wunder sehen!“

Sie nahm ihn beim Arm und zog ihn mit überschneller Gewalt nach der Tür und die Treppe hinab. Ich folgte neugierig hinterher. Die lieben Kätzchen kauerten neben der Hintertür im Winkel und leckten sich die Mäuler. Die Tür zum Vorratsraum stand offen, ebenso der Schrank, auf dessen wüsten Inhalt Johanna den Professor hinwies:

„Da schauen Sie, da ist die Bescherung! Was sagen Sie dazu? Stehen Ihnen nicht die Haare zu Berge? Wenn Sie da keine Rührung Ihres Gewissens verspüren, so haben Sie gar keins und sind auf immer und ewig für die Menschheit verloren!“

„Das ist ja entsetzlich! Das ist allerdings schrecklich!“ gestand er, indem er den Wirrwarr, den er vor sich sah, anstarrte. „Da ist ja alles, alles zerbrochen! — die Komantschen sagen — sagen — — sagen — — —“ in der Bestürzung fand er das richtige Wort nicht.

„Was die Komantschen sagen, ist mir gleich“, fuhr sie ihn grimmig an. „Mir ist anderes viel wichtiger.“

„Wer hat denn das getan?“

„Die Katzen natürlich, die Katzen!“

„Wie kommen die denn in den Schrank?“

„Ja, wie kommen die hinein? Das ist es ja eben, was ich von Ihnen erfahren will.“

„Ich weiß nichts davon, gar nichts — vo gihan gina sagen die Tehua. Ich bin daran so unschuldig wie ein neugeborenes Kind oder wie die liebe Sonne am Himmel — kakoh im Keioweh. Wie hat sich das nur zugetragen?“

„Ganz dasselbe frage ich eben auch. Und ich denke, daß kein Mensch darüber so gut Auskunft geben kann wie Sie!“

„Ich? Keineswegs! Dieser Schrank steht nicht in meinem Bereich, sondern in dem Ihrigen, Sie müssen also wissen, wie es hat geschehen können.“

„Ich? Da hört denn doch verschiedenes und alles auf! Ich soll es wissen, ich!“

„Natürlich! Besinnen Sie sich nur. Denken Sie nach! Vielleicht irren Sie auch. Ich sehe ja die Katzen gar nicht drin!“

„Herr des Himmels! Welch ein Mann! Denken Sie denn, ich soll sie drinlassen, damit sie mir in dieser Tunke und Tütsche vielleicht noch gar ersaufen? Das fehlte noch!“

„So sind sie also wirklich im Spind gewesen?“

„Ja, sogar sehr waren sie darin. Ich kam herein, um für Ihren Freund einen Likör zu holen, weil der arme Teufel ein so erfrorenes Gesicht machte, daß er mich ordentlich dauern konnte. Schon als ich den Schlüssel ansteckte, hörte ich drin ein Schmatzen und Zulpen, das mir durch alle Glieder fuhr. Ich dachte, es wären Mäuse oder gar Ratten. Aber prosit die Mahlzeit! Als ich aufmachte, waren es die jungen Katzen, die da im Eingemachten saßen und sich gütlich taten. Ich denke, mich rührt der schönste Nervenschlag! Die armen Tiere haben im dunklen Kasten natürlich eine wahre Todesangst ausgestanden und herausgewollt. Darum sind sie auf und ab gesprungen, von einem Fach ins andere, und es ist selbstverständlich, daß sie dabei alles umgeworfen und zerbrochen haben.“

„Ja, ganz selbstverständlich!“ nickte er, völlig ins Anschauen der Verwüstung versunken.

„Das sagen Sie so ruhig, so gleichgültig!“ fauchte sie noch erregter. „Ist es vielleicht auch so selbstverständlich, daß die Katzen in den Schrank gesperrt worden sind?“

„Nein, liebe Johanna, das halte ich für gar nicht selbstverständlich! Es ist dies vielmehr, selbst wenn ich es von der mildesten Seite betrachte, ein Vorkommnis, das besser hätte unterbleiben sollen!“

„Meinen Sie das wirklich? Nun, so stimmen wir überein, obgleich ich es nicht mit derselben Milde betrachte. Sie haben sich Ihr Urteil selber gefällt!“

„Mein Urteil? Wieso? Ich bin es ja nicht gewesen!“

„Na, ich auch nicht!“ schrie sie erbost. „Jetzt gibt es noch ein drittes Wesen hier im Haus, nämlich die Ziege. Die also muß es gewesen sein, wenn wir beide es nicht getan haben!“

„Aber Johanna, Sie werden doch zugeben, daß die Ziege, wenngleich sie uns eine vorzügliche Milch — uabo im Tehua — für den Kaffee — kakhe sagen die Tonkawa — liefert, denn doch kein vernünftiges Wesen ist, das den Schlüssel eines Schrankes zu handhaben versteht.

„Das weiß ich, ohne daß Sie es mir sagen; aber Sie leugnen, und ich leugne; also kann es nur die Ziege gewesen sein.“

Die Sache nahm eine Wendung, die sehr geeignet war, den Frieden des Hauses zu schädigen. Daß mein alter Professor in den Verdacht kommen oder geradezu beschuldigt werden könnte, diese elende Tat, dieses niederträchtige Verbrechen begangen zu haben, daran hatte ich selbst nicht gedacht. Ich nahm also nun auch einmal das Wort:

„Der Herr Professor ist es nicht gewesen, Hanne!“

„Wer denn? Etwa ich?“

„Nein.“

„Also die Ziege?“

„Auch nicht. — Ich war es, Hanna, und ich werde Ihnen einen Betrag aushändigen, damit Sie wenigstens die Ihnen durch meine Schuld in Verlust geratenen Gegenstände wieder ersetzen können.“

„Sie? Si—i—i—ie?“ dehnte sie erstaunt. „Ist das Ihr Ernst?“

„Ja.“

„Wirklich? So bin ich neugierig auf die Erklärung, die Sie geben werden.“

„Ich wollte herein, und niemand öffnete. Durch den Ziegenstall zu gehen, verbot mir mein früheres Versprechen. So nahm ich da draußen den Laden weg, stieß den Kistendeckel herein und habe mit ihm leider auch den Schrank umgestoßen.“

„Ach so!“ lachte sie überlegen. „Dann sind Sie wohl hereingestiegen?“

„Ja.“

„Und haben die Katzen in den Schrank geschlossen?“

„Ja.“

„Und Sie denken, daß ich Ihnen das glauben soll? Ich kann Ihnen das Gegenteil beweisen.“

„Nun?“

„Der Laden ist ja noch zu!“

„Den habe ich wieder verschlossen.“

„Und der Kistendeckel liegt vor dem Fenster!“

„Ich habe ihn wieder hingelegt.“

„Wie wären Sie denn hinausgekommen?“

„Durch ein Fenster in Ihrer Schlafstube.“

„Stand eins offen?“

„Nein, ich habe es mir geöffnet.“

„Ausrede!“

„Gehen Sie hinüber, so werden Sie sehen, daß es nicht zugewirbelt ist!“

„Wenn es nicht zu ist, so habe ich vergessen, es zuzumachen. Nein, ich durchschaue Sie. Ihre Absicht ist mir klar! Eine Absicht, die mich allerdings sehr rühren kann."

„Ach, welche denn?"

„Sie wollen sich für mich opfern!"

„Für Sie? Hm! Wieso denn?"

„Ich weiß, daß Sie viel auf mich halten, denn ich lasse es mir angelegen sein, Ihnen stets einen Kaffee vorzusetzen, wie Sie ihn auf Ihren Reisen und zu Hause nie bekommen. Das erquickt Sie; Sie sind ja so eine alte Kaffeeschwester oder vielmehr so ein alter Kaffeebruder. Diese Fürsorge hat mir Ihr Herz gewonnen. Nicht?"

„Ja, ich will nicht in Abrede stellen, daß ich Sie ein klein wenig lieb habe."

„Na, also!" meinte sie erfreut. „Weil nun jetzt der Professor vergessen hat, daß er hier unten gewesen ist, und darum denkt, ich habe die Katzen in den Schrank geschlossen, wollen Sie sich aufopfern und alles auf sich nehmen, Sie guter, edelmütiger Mensch, Sie!"

„Nein, nein!" fiel da Vitzliputzli ein. „Die Sache ist ganz anders."

„Ach was, anders! Ich möchte wissen, wie anders sie sein könnte!" entgegnete sie eifrig.

„Das will ich Ihnen sagen, liebe Johanna. Ihre Folgerung ist zwar richtig, aber Sie verwechseln die Personen: unser lieber Freund will nicht Sie retten, sondern mich."

„Ah! Wieso?"

„Es mag zwar sein, daß er Ihnen so eine Art von Teilnahme oder Zuneigung widmet, denn Sie sind, einige wenige Mucken abgerechnet, eine gar nicht üble Persönlichkeit; aber es ist doch selbstverständlich, daß er mir, seinem langjährigen Freund, eine noch viel größere Liebe schenkt. Also wird er, wenn er jemand retten will, jedenfalls viel eher an mich als an Sie gedacht haben. Ich befinde mich ja auch in dem unbegreiflichen Verdacht, in gewisser ursächlicher Beziehung zu den Katzen und deren Taten gestanden zu haben, und wer tiefer zu blicken — komui sagen die Isleta — vermag, der muß begreifen, daß ich der Rettung noch bedürftiger und auch würdiger bin als Sie. Ich wage also zu behaupten, daß ich es bin, für den dieser edelmütige Mann — schojenem ko-ovap sagen die Taosindianer, die Yuma dagegen ipah eskuailk — sich aufopfern will."

„Nein, sondern für mich!" widersprach sie.

„Schreien sie, wie Sie wollen, ich weiß doch, daß ich es bin!"

„Und Sie können sagen, was Sie wollen, ich bin es, ich allein! Und dafür soll er auch gleich seinen warmen Kaffee haben. Der arme Teufel hat solange draußen und dann wieder hier gestanden! Er muß doch der Auflösung nahe sein! Und wir streiten uns hier herum, ohne an ihn zu denken. Ich laufe sofort! Er soll nicht umsonst die Absicht gehabt haben, für mich die Schuld auf sich zu nehmen!"

Damit rannte sie hinaus.

Da soll man noch sagen, daß es eine Gerechtigkeit auf Erden gibt! Ich stand mit einem so bösen Gewissen vor dem offenen Schrank und auf der Stätte meiner Missetaten, daß es mir vor mir selber hätte grauen können: aber statt unter der Wucht meiner Gewissensbisse zusammenbrechen zu müssen, wurde ich mit dem Ruhmeskranz des Edelmuts und der größten Aufopferungsfähigkeit gekrönt. Ich war ein Retter aus schwerer Not, dessen selbstloses Heldentum mit warmem „Bliemchenkaffee" gefeiert werden sollte. Das hatte ich wirklich nicht verdient!

Der Professor blickte seiner guten Hanne nach und wandte sich dann, als ihre Schritte verklungen waren, mit der Frage an mich: „Wollen Sie aufrichtig sein mit mir, lieber Freund! Für wen haben Sie sich opfern wollen, für mich oder für Johanna?"

„Natürlich für den Unschuldigen!"

„Bin ich schuldig?"

„Nein."

„Das genügt! Ihre edle Tat hat also mir gegolten. Das knüpft das Band, das mich mit Ihnen vereint, noch fester. Geben Sie mir Ihre Hand — nonpeh sagen die Sioux — Ich muß sie drücken!"

Er schüttelte sie aus Leibeskräften und fuhr dann fort:

„Nun aber lassen Sie uns dem Schauplatz der Zerstörung den Rücken — kholtsok sagen die Diggerindianer — kehren! Ich habe Ihnen Großartiges zu zeigen. Kommen Sie herauf!"

Wir stiegen die Holztreppe empor. Eben als der Professor vor mir in sein Zimmer trat und ich ihm folgen wollte, machte Johanna auf der anderen Seite ihre Tür auf, faßte mich am Arm, zog mich in die Küche, machte die Tür hinter mir zu und sagte:

„Jetzt seien Sie aber aufrichtig mit mir! Für wen haben Sie sich aufopfern wollen?"

„Natürlich für den Unschuldigen."

„Halten Sie mich für schuldig?"

„Nein. Ich bin überzeugt, daß Sie bei dieser Katzengeschichte ganz und gar unschuldig sind."

„Ich verstehe, ich verstehe! Das wollte ich wissen! Sie haben nicht den Professor, der doch der Schuldige ist, sondern mich im Sinn gehabt. Das werde ich Ihnen nie vergessen. Wissen Sie, nachdem Sie mir unten Ihre Liebe gestanden haben, will ich nun auch Ihnen sagen, daß Sie mir sehr ans Herz gewachsen sind. Nun sollen Sie aber auch einen Kaffee haben, einen Kaffee, sage ich Ihnen, der sich gewaschen hat!"

„Liebste Hanne, mir ist er ungewaschen viel lieber. Es darf nicht allzuviel Wasser dazu genommen werden."

„Schön! Aber desto mehr Zusatz!"

„Nein, nein!“

„Nicht? Was die Männer für Ansichten von einem guten Kaffee haben! Wie soll ich dann den Kaffee machen? Sagen Sie es mir!“

„Auf türkische Art.“

„Die kenne ich nicht.“

„So hören Sie! Während Sie den Kaffee brennen, muß —“

„Er ist schon gebrannt“, fiel sie ein.

„Den mag ich nicht. Nehmen Sie eine Vierteltasse voll grüne Bohnen! Diese werden in einer Pfanne, die zugedeckt sein muß, gebrannt. Inzwischen müssen Sie für heißes Wasser sorgen. Sind die Bohnen gebrannt, so werden sie im Mörser ganz zu Mehl gestoßen; dabei muß der Mörser auch zugedeckt werden, damit der Duft nicht verfliegt. Der gestoßene Kaffee kommt in die Tasse, kochendes Wasser darauf, und der türkische Kaffee ist fertig. Sie sehen, daß es sehr leicht ist, nicht?

„Kinderleicht! Haben Sie keine Sorge! Sie sollen einen Kaffee haben, wie — — —“

„Wo stecken Sie denn, lieber Freund?“ wurden wir von der Tür her unterbrochen. „Ich glaube gar, hier in der Küche, während ich drüben mit der neuesten Entdeckung aus Idaho auf Sie warte!“

„Alle guten Geister!“ rief Johanna. „Da erscheint er ja gar im Fell! Das wird immer ärger hier im Haus!“

Der gute Professor hatte allerdings ein fremdartiges Aussehen, wenn es auch nicht gerade zum Erschrecken war. Er hatte nämlich ein Fell wie einen Mantel um sich hängen und eine lederne Binde um den Kopf.

„Ich bin schon auf dem Weg“, sagte ich. „Ich wollte nur unsere Johanna in der Zubereitung des türkischen Kaffees unterrichten.“

„Türkisch! Lassen Sie das, lieber Freund! Wir haben es mit Indianermundarten und mit noch viel Wichtigerem zu tun. Kommen Sie herüber! Es wird schon finster — tokano sagen die Wihinascht. Johanna mag die Lampe anzünden!"

„Die nehme ich gleich mit."

Damit ging er, und ich folgte ihm alsbald mit der brennenden Arbeitslampe. Er erwartete mich in der Mitte des Zimmers stehend und meinte:

„Setzen Sie das Licht auf den Tisch, und sagen Sie mir vor allem, ob Sie White den Jüngeren kennen."

„White den Jüngeren? Wen meinen Sie da? Whites gibt es gar viele."

„Nun, White drüben in Boisé-City."

„Den Indianerherrscher? Ja, den kenne ich."

„Schön, dachte es mir! Also mit dem stehe ich seit einiger Zeit in regem Briefwechsel, denn wir wollen gemeinsam ein Werk über die Felseninschriften indianischen Ursprungs herausgegeben. Da hat er mir nun ein Fell geschickt, ein Fell mit indianischen Zeichnungen, die natürlich nur aus Figuren bestehen. Ich soll diese Zeichnungen enträtseln, und er ist begierig, ob meine Lösung mit der seinigen übereinstimmt."

„Nun, haben Sie gelöst?"

„Einiges. Das übrige verursacht mir viel Mühe. Deshalb schrieb ich Ihnen. Ich werde Ihnen das Fell sofort zeigen und auch den Wampumgürtel, den er mir mitgeschickt hat und den ich gleichfalls entziffern soll."

Er ging eifrig im Zimmer umher und sah in alle Ecken.

„Was suchen Sie denn?" fragte ich.

„Das Fell — nauvall im Tonkawa genannt."

„Das haben Sie ja umhängen."

„Ach so! Richtig. Wir wollen es uns dabei bequem machen und das Fell auf der Diele ausbreiten. Die Lampe setzen wir dann darauf; da haben wir die beste Beleuchtung."

„Aber das Bücken ist dann unbequem."

„Bücken? Das brauchen wir nicht. Wir legen uns daneben auf die Diele. Bequemer können wir es gar nicht haben."

Gut, so wurde es gemacht. Das Fell kam auf den Boden, die Lampe darauf, und wir legten uns daneben, um die leicht mit dem Messer eingeritzten und mit roter Farbe überriebenen Figuren zu untersuchen. Der Professor ließ mir Zeit, einen Überblick zu nehmen, und forschte dann:

„Wofür halten Sie dieses Fell, diese Schrift?"

„Bevor man die einzelnen Figuren gelesen hat, ist es schwer, ein Urteil über das Ganze zu fällen. Zufälligerweise aber kenne ich den Mann, der dies geschrieben hat, und kann Ihnen auch sagen, was seine Figuren zu bedeuten haben."

„Nun?"

„Es ist die Beschreibung eines Kriegszuges, den der ‚Große Hund' gegen die Krähenindianer unternommen hat."

„Großer Hund?"

„Ja, so heißt der Häuptling der Schlangenindianer, von dem diese Schrift stammt."

„Woher wissen Sie das?"

„Die erste Figur ist ein Reiter, der nicht die Jagd-, sondern die Kriegswaffen in den Händen hat; also handelt es sich um einen Kriegs-, nicht um einen Jagdzug. Aus seinem Mund geht ein Strich in die Höhe; dieser Strich endet an der Figur eines Hundes, und zwar ist dessen Gestalt verhältnismäßig groß gezeichnet. Der Strich kommt aus dem Mund; das bedeutet, der Reiter wird so genannt, wie die Figur über ihm heißt, also ‚Großer Hund'. Unter den Füßen seines Pferdes ist eine Schlange gezeichnet, und er hat die Häuptlingsfeder am Kopf. Der Reiter ist also ‚Großer Hund', Häuptling der Schlangenindianer."

„Schön, schön! Wenn das so weitergeht, werden wir bald fertig sein. Und Sie haben den Mann gekannt?"

„Ich habe mancherlei von ihm gehört."

„Gut! Jetzt weiter!"

Da aber kam Johanna herein, um mir den Kaffee zu bringen.

„Hier ist der ‚Türkische'", sagte sie. „Ich hoffe, er wird Ihnen gut schmecken."

Ich erhob mich, um zu trinken. Da stand die Gute mit siegesbewußter Miene da, mit ihrer allergrößten Fleischbrühtasse in der Hand. Und was war das für eine Tasse! Sie konnte leidlich einen halben Liter fassen. Wie niedlich dagegen ein Fingan, so ein türkisches Täßchen, ist, das kaum die Größe eines Eierbechers hat! Es dämmerte eine Ahnung in mir auf, daß es mit diesem ‚Türkischen' irgendeine Bewandtnis haben müsse, und nur zaghaft streckte ich die Hand nach der Tasse aus.

„Was — was ist denn das?" fragte ich, als mein Auge auf den Inhalt fiel.

„Na, der ‚Türkische'!"

„Der sieht ja nicht schwarz aus!"

„Das ist von der Ziegenmilch. Von der habe ich freilich sehr viel gebraucht."

„Ja, das sehe ich. Und Zucker haben Sie wohl auch hineingetan?"

„Eine ganze Masse! Ich weiß schon, was sich schickt, zumal Sie es sind, der ihn trinken soll."

Da war meine Ahnung also in Erfüllung gegangen: türkischen Kaffee mit Zucker und zwei Fünftel Liter Ziegenmilch! Aber ich hatte wirklich gefroren; die Mischung war warm, und ich wollte Johanna, der ich vorhin unten „meine Liebe erklärt hatte", nicht kränken; aus diesen Gründen trank ich den „Ziegentürken" und machte eine möglichst verklärte Miene dazu.

„Nun, wie schmeckt er?"

„Ausgezeichnet!"

„So? Na, da werde ich Eindruck machen!"

„Wieso?"

„Drüben beim Gevatter Bäcker. Die rühmen sich, den besten Kaffee in der ganzen Umgegend zu trinken, nun sollen sie aber mal diesen ‚Türkischen' zu kosten bekommen! Was die staunen werden!"

Da packte mich der Schalk, ihr zu sagen:

„Staunen würden sie aber noch mehr, wenn Sie ihnen den Winterkaffee zu kosten gäben!"

„Winterkaffee? Gibt es denn solchen?"

„Ja. Der Türke hat Sommerkaffee und Winterkaffee."

„Welcher Unterschied ist denn zwischen beiden?"

„Der, den ich jetzt getrunken habe, war Sommerkaffee. Ich dachte, Sie hätten die Zutaten für den Winterkaffee nicht bei der Hand; darum habe ich ihn mir nicht bestellt, obgleich er viel besser schmeckt."

„Zutaten? Welche denn?"

„In eine Tasse, wie diese hier ist, muß man einen Teelöffel Ingwer und drei Tropfen Anisöl tun. Aber dann!"

Ich schnipste mit dem Finger und schnalzte mit der Zunge, wie man zu tun pflegt, wenn man von einem großen Leckerbissen spricht.

„Aber dann?" meinte sie mit strahlendem Gesicht. „Ist er denn gar so fein?"

„Wundervoll, sage ich Ihnen!"

„Na, dann lasse ich mich baldigst damit sehen, darauf können Sie sich verlassen! Ich gebe einen türkischen Winterkaffee und lade die vornehmsten Nachbarn dazu ein."

„Haben Sie denn die Zutaten?"

„Ja, Ingwer ist da, und Anisöl kann ich beim Schmied bekommen."

„Beim Schmied? Wieso? Handelt der mit Drogen?"

„Nein, aber er hat einen kranken Hund, einen Pudel, dem die Haare ausfallen. Da hat der Tierarzt Anisöl verordnet, mit dem der Pudel eingerieben wird."

„Hm! So!"

„Ja, ich weiß, daß der Schmied davon übrig hat und mir gern eine Wenigkeit davon ablassen wird. Aber ich halte es geheim. Niemand darf erfahren, was zu diesem türkischen Winterkaffee genommen wird. Wie aber steht es mit dem Abendessen, meine Herren?"

„Wir essen nicht — na noye tehuiyo be sagen die Tehua", erklärte der Professor kurz und hoheitsvoll.

„Nicht essen? Ist das Ihr Ernst?"

„Ja, wir haben dieses Fell zu entziffern, und Sie wissen ja, daß ich niemals esse, wenn ich mit so wichtigen Dingen beschäftigt bin. Das Essen stört."

„Aber Sie dürfen dies nicht auch von den anderen verlangen, Sie haben einen Gast."

„O, der hungert noch viel lieber als ich, wenn er so ein Fell vor Augen hat."

„Das glaube ich nicht. Wer so lange in der Bahn gesessen hat und dann so weit gelaufen ist, muß Hunger haben. Andere Herren gehen mit ihren Gästen in den Gasthof, um ein Glas Bier mit ihnen zu trinken. Das laß ich mir gefallen; das ist anständig. Sie aber vergraben Ihren besten Freund hier zwischen Ihren vier Wänden und — — —"

„Schweigen Sie!" unterbrach er sie, „davon verstehen Sie nichts! Mein Freund kommt zu mir, um mit mir zu arbeiten, nicht aber, um Bier zu trinken — hibig sagt der Komantsche —, das er anderswo ebenso haben kann."

„Aber essen muß er doch!"

Das betonte sie so nachdrücklich, daß er sich beklommen zu mir wandte: „Wie ist es? Wollen Sie wirklich essen? Ich habe heute zu Mittag gegessen."

„Und ich saß zur Mittagszeit im Zug", antwortete ich aufrichtig.

„Hm! Dann allerdings, dann — dann erscheint es geraten, daß Sie etwas genießen, lieber Freund. Aber was? Etwas, was schnell gekocht und schnell gegessen ist.

Wenn ich mich recht entsinne, so haben wir gute Kartoffeln — sagombe nennen sie die Tehua. Essen Sie die?"

„Ja."

„Und Hering auch?"

„Auch."

„Gut, Johanna, machen Sie Kartoffeln mit Hering! Das ist sehr schnell fertig und dabei leichter verdaulich als Hasen- oder Gänsebraten."

„Aber Herr Professor, Sie können einem Gast doch nicht Kartof — — —"

„O doch!" fiel ich ihr in die Rede. „Ich esse Kartoffeln sehr gern."

„Na meinetwegen! Den Hering mache ich Ihnen mit Zwiebeln, Essig und Öl, damit er wenigstens kein so armes Aussehen hat."

„Machen Sie sich mit Ihren Zwiebeln und Ihrem Öl zum Zimmer hinaus!" rief der Professor unwillig. „In meinem Haus gibt es keine Armseligkeit. Wer da weiß, daß die Ernährung des Geistes hoch über derjenigen des Leibes — vadlo nennen ihn die Jemesindianer — steht, der steckt sich seinen Magen nicht voller Lebensmittel, die doch keinen Zweck mehr haben, wenn sie verdaut worden sind."

Sie ging. Wir aber legten uns, so lang wir waren, neben dem Fell nieder, um uns weiter mit der Zeichnung zu beschäftigen. Dabei ertappte ich mich aber häufiig bei dem verbrecherischen Gedanken, daß die geistigen Nahrungsmittel wahrscheinlich auch keinen Zweck mehr haben, wenn sie verdaut worden sind, und daß es im Menschenleben Augenblicke geben kann, in denen eine warme Biersuppe der geistigen Gesundheit zuträglicher ist als die Prüfung eines mit Ocker oder mit Zinnober eingeriebenen Hirschkuhfells.

Trotz dieser prosaischen Abschweifung meines Geistes kamen wir so rasch vorwärts, daß wir mit unserer Aufgabe fertig waren, als Johanna nahte, um uns zum

Essen zu rufen. Es gab also das echt erzgebirgische Essen „Erdäpfel in der Montur mit Schneiderkarpfen", das sind Kartoffeln in der Schale mit Hering. Kartoffeln gibt es dort in vielen Familien dreimal, früh und abends mit Salz und mittags beim Hauptgericht mit Hering. Die Leute sind so arm, daß eine Familie von sieben oder acht Köpfen sich in einen einzigen Hering teilen muß. Und doch leben in meiner erzgebirgischen Heimat die besten Staatsbürger und treuesten Untertanen, die man sich denken kann.

Als unser Abendessen beendet war, schleppte mich der Professor wieder auf seine Stube, zog ein Heft aus der Tasche und wollte mir eine salbungsvolle Ansprache halten über den Wert der Beschäftigung des Geistes, nachdem der Leib das seinige erhalten habe. Ich unterbrach ihn jedoch, indem ich mich mit großer Beredsamkeit für die Vorteile einer Zigarre und eines Glases Wein im Anschluß an einen „Schneiderkarpfen" ins Zeug legte. Durch welche heimtückischen Mittel es mir gelang, den enthaltsamen Professor zum Genuß dieser bisher gemiedenen Gifte, einer Zigarre — von den Navajoes khlil — und sogar eines Glases Wein — von den Tehua binto genannt — zu bewegen, und welche Erfolge die gute Hanne mit ihrem „Winterkaffee" bei ihren Freundinnen erzielte, davon erzähle ich vielleicht ein andermal.

Für solche Leser, die ein besonders zartes Gewissen besitzen, möchte ich nachträglich noch hinzufügen, daß ich vor meinem Scheiden den im Schrank angerichteten Schaden ersetzte, nachdem ich eine reumütige und zerknirschte Beichte abgelegt hatte. Der Professor, der schon wieder in seinen indianischen Sprachproben schwelgte, hörte sie nur mit halbem Ohr an. Bei Johanna dagegen hatte ich einen härteren Stand. Diese erteilte mir erst nach langen Friedensverhandlungen meinerseits und geharnischten Ermahnungen ihrerseits die erbetene Freisprechung. — — —

Es soll mich freuen, wenn ich für meinen Freund Vitzliputzli durch obige Darstellung die Teilnahme meiner Leser erworben habe. Leider ist das, was ich jetzt zu berichten habe, weniger erfreulich.

Ich befand mich wieder einmal nach längerer Abwesenheit zu Hause und meldete mich brieflich beim Professor an. Nach zwei Tagen kam der Brief mit dem Postvermerk „Adressat gestorben“ zurück. Ich machte mich sofort auf die Reise und fand das Haus von einem Schneider und einem Korbmacher bewohnt. Dieser hatte es vom Erben gekauft, dessen Namen und Aufenthalt ich nur mit Mühe erfahren konnte. Er war Gutsbesitzer in der Gegend von Treuen im Vogtland. Nachdem ich die Gräber meines alten Freundes und auch seiner Johanna, die bald nach ihm das Zeitliche gesegnet hatte, besucht und bekränzt hatte, fuhr ich nach Treuen.

Der Erbe so reicher Geistesschätze befand sich auf dem Feld. Ich suchte ihn dort auf und trug ihm mein Anliegen vor.

„Ach, der Professor“, lachte er dummklug. „Dem war die Gelehrsamkeit in den Kopf gestiegen; von der Welt, vom Leben, vom Geschäft hat er nichts verstanden. Er hat von den Zinsen eines kleinen Kapitals gelebt, das ich geerbt habe; es ist wenig genug. Das Haus, die baufällige Bude, habe ich sofort verkauft. Wie das Haus, so der Preis, ein wahres Lumpengeld!“

„Und die Bücher?“ fragte ich gespannt.

„Die Bücher? Na, die erst! Kein Mensch konnte sie lesen, und kein Mensch wollte eins haben. Ich habe sie in die Papiermühle verkauft.“

„Um des Himmels willen, ist das wahr?“

„Was konnte ich denn anderes tun?“

„Aber wenigstens die Manuskripte haben Sie behalten?“

„Manuskripte? Was ist das für Zeug?"

„Die Pakete von beschriebenen Blättern in den vier unteren Kisten des kleinsten Bücherschrankes."

„Ach, die französischen Wische? Sind auch in die Papiermühle gekommen, das Pfund für einen Pfennig."

Ich glaubte umfallen zu müssen, aber es war so und konnte nicht geändert werden. Die Papiermühle! Der Erfolg eines arbeitsreichen Gelehrtenlebens in der Papiermühle!

Dieser Bauer hatte sich nach dem alten Dorfschullehrer gerichtet, der die Manuskripte für französische Schülerhefte gehalten hatte. Ich reiste wieder zurück und kam nach dieser Papiermühle, um vielleicht noch einiges zu retten. Ich dachte, der Besitzer oder irgendeiner seiner Beamten müßten doch unbedingt gemerkt haben, daß die Bücher und diese Schriften mehr wert seien, als in der Papiermühle zerrissen und zerkleinert zu werden, hatte mich aber getäuscht. Schon der Anblick der Mühle ließ auf ihre Bewohner schließen; eine kleine Gebirgsmühle, nicht etwa ein großartiges Unternehmen mit Dampfbetrieb und hundert Beamten und Arbeitern. Dort fand ich nur den Müller, einen beschränkten Mann, der aber pfiffig zu sein glaubte, und zwei Taglöhner, die noch viel unwissender waren als er. Natürlich hatten die Leute alles verarbeitet; es war kein einziger Fetzen mehr da.

Mir ist manchmal der Gedanke gekommen, daß vielleicht ich selbst es war, den der Professor meinte, wenn er sagte, daß er die Veröffentlichung seiner Werke seinem Erben überlasse. Möglich! Ich war ja der einzige, mit dem er noch verkehrte, wenn auch spärlich genug; aber ein Testament war nicht vorhanden. Ich mache mir noch heute Vorwürfe darüber, daß ich niemals mit ihm über diesen Gegenstand sprach; nicht meinetwegen etwa, sondern um der Welt seine wertvollen Arbeiten zu sichern.

Armer Professor, dein Leben war umsonst! Aber nein, es war nicht umsonst, denn es war ausgefüllt mit ernsten Arbeiten, die dich glücklicher gemacht haben als manch anderen Gelehrten, dem die Palme des Ruhms und der öffentlichen Anerkennung zuteil geworden ist. Und gerade deswegen bist du mir doppelt verehrungswürdig, lieber guter Professor Vitzliputzli, und so lange ich lebe, werde ich dein Andenken im Herzen tragen, als das Andenken eines in der Einfalt seines Herzens unendlich lieben Menschen. Und damit nehme ich von dir Abschied, mein lieber alter Freund! Lebwohl — how ke che wa — sagen die Sioux.

WENN SICH ZWEI HERZEN SCHEIDEN

Die Familie des Strumpfwirkers

Der liebe Leser ist gewöhnt, von mir in ferne Länder zu fremden Völkern geführt zu werden und von Ereignissen und Begebenheiten zu erfahren, die ihm abenteuerlich erscheinen. Da erhebt wohl manch einer den Blick vom Buch und fragt: „Ist denn das wirklich geschehen? So etwas kann doch nur in Romanen vorkommen!“

Ja, das kommt allerdings auch im Roman vor, nämlich im Roman des Lebens. Wer sein Auge nicht nur auf die großen Ereignisse der Politik, der Wissenschaft, des Verkehrs usw. wirft, sondern auch einen Blick für die kleinen Vorkommnisse des persönlichen Lebens besitzt, wer es versteht, der Entwicklung des Einzelmenschen zu folgen, für den eine sonst ganz unbemerkte Tat, ein ganz verschwindendes Geschehnis von der größten Wichtigkeit sind, der hat sicher die Erfahrung gemacht, daß das Leben der fruchtbarste und phantasiereichste Romanschreiber ist, den es geben kann.

Oft habe ich mit Lesern gesprochen, die sagten: „Ja, da, wo sie gewesen sind, da geschieht noch etwas; aber wandern Sie nur einmal bei uns umher! Sie werden nicht so viel finden, daß Sie ein paar Seiten, viel weniger ein ganzes Buch darüber schreiben können!“

Wie irrig ist das! Ich möchte behaupten, über jeden meiner Bekannten ein fesselndes Buch schreiben zu können und habe, den vorigen Sprechern ganz entgegen, viele Leute getroffen, die meinten: „Wenn ich Ihnen meine Erlebnisse erzählen würde, so vermöchten Sie mehrere Bücher damit zu füllen.“

Ja, das Leben ist der phantasiereichste Romanschriftsteller; seine Erzählungen spielen nicht nur in Amerika,

Asien und Afrika, nicht nur bei den Indianern, Mongolen, Polynesiern, Zulukaffern und Arabern, sondern auch in Europa, in Deutschland, in Bayern, Sachsen und Lippe-Detmold. Und die Phantasie dieses Romanschreibers ist in einem kleinen Städtchen des Harzes oder Thüringer Waldes, in einem verlorenen Dorf der Lüneburger Heide oder der ungarischen Pußta oft ergiebiger und glänzender als in der Sahara oder in den Urwäldern von Hinterindien. Man steht dabei, man sieht und hört es, ja man erlebt es sogar mit und hat dennoch keine Ahnung davon, daß es einem „Helden der Feder" den reichsten Stoff für ein Buch bieten kann. —

In meinem Roman „Satan und Ischariot" habe ich ein besonderes Ereignis aus meinem Leben nur flüchtig gestreift, weil es in keinem unmittelbaren Zusammenhang mit der Handlung stand; nicht etwa, weil ich es für nebensächlich hielt. Im Gegenteil! Es warf, wenn auch nur für kurze Zeit, in meiner Gedanken- und Gefühlswelt so stürmische Wellen, daß ich mich damals nur ungern entschloß, es dem Leser vorzuenthalten. An dieser Stelle soll das Versäumte nachgeholt werden.

Der Redakteur einer bekannten Dresdner Verlagsbuchhandlung war krank geworden und hatte mich gebeten, für ihn einzuspringen. Ich hatte zugesagt und bedurfte zunächst einiger Tage, um mich einzuarbeiten. Die Krankheit verschlimmerte sich, der Redakteur starb, und der Verleger trug mir die gutbesoldete Stelle an. Auch konnte ich im Geschäftshaus wohnen: seine Frau räumte mir zwei hübsche Zimmerchen ein. Ich wollte mich indes nicht binden und sagte ab, mußte aber versprechen, wenigstens so lange zu bleiben, bis er eine passende Kraft gefunden habe. Da gab es Arbeit über Arbeit, um so mehr, als Weihnachten vor der Tür stand und die Aufträge sich häuften.

Mitten in meine Arbeit hinein platzte eine Einladung meines alten Freundes, des Professors Vitzliputzli, dessen

Leben ich vorhin geschildert habe. Trotz meiner Überlastung stimmte die Einladung doch so mit meinen Wünschen zusammen, daß ich mich keinen Augenblick besann, sie anzunehmen. Sooft ich nämlich zu Hause weilte, machte ich gewohnheitsmäßig jedes Jahr um die Weihnachtszeit einen Ausflug ins Erzgebirge, um alte Erinnerungen aufzufrischen und die um diese Jahreszeit einzigartige Schönheit meiner heimatlichen Berge zu genießen. Mit einiger Mühe brachte ich es fertig, mich für wenige Tage loszureißen.

Ich schlug auch diesmal, wie gewöhnlich, von der Haltestelle der Bahn aus nicht die Poststraße ein, auf der man nicht fehlen konnte, sondern, wie man sich da oben ausdrückt, sogenannte Bauernwege, die mich so recht quer durch den Wald führten. Vorher ließ ich mir aber in der Bahnhofswirtschaft zwei tüchtige Butterbrote streichen und mit Schinken und Wurst belegen. Dann noch eine halbe Flasche Wein in die Tasche., und nun war es für drei Stunden ganz gut auszuhalten.

Bald hatte mich der Wald aufgenommen. Er lag ruhig und majestätisch wie ein Opferhain der heidnischen Germanen. Es regte sich kein Lüftchen; nicht das leiseste Rauschen ging durch die Wipfel; sie schliefen unter der weißen Decke, die auf ihnen lag. Nur das Knirschen meiner Schritte war zu hören. Hier und da ging die Fährte eines Wildes über den Weg, oder ich sah die tiefen, großen Stapfen eines armen Teufels, der „Holz gelesen“ hatte.

Ich war vielleicht noch dreiviertel Stunden von meinem Ziel entfernt, als ich in einen Hohlweg kam. Dort bemerkte ich eine Menschenspur, die kurz vor mir getreten worden war. Der Betreffende mußte sehr langsam und schwer gegangen sein, denn die Stapfen waren tief eingedrückt und durch Streichungen miteinander verbunden; die Füße hatten sich also nicht über den Schnee zu erheben vermocht.

Als ich um eine Biegung des Hohlwegs schritt, sah ich, wer die Spur verursacht hatte.

Da stand eine alte Frau mit einem Tragkorb auf dem Rücken, den sie auf einen aus der Wegwand hervortretenden großen Stein gestützt hatte. Der Korb war mit „Leseholz" gefüllt, und obendrauf war noch ein Haufen geschnürt, der wenigstens doppelt soviel enthielt wie der Korb selber. Die Frau war, selbst für diese arme Gegend, schlecht gekleidet: ein zerschlissener Rock, eine dürftige Schürze, in die sie jetzt die Hände gewickelt hatte, eine alte, vielfach geflickte Jacke und ein Tuch, um den grauen Kopf geschlungen. Schuhe und Strümpfe sah ich nicht, weil sie im tiefen Schnee steckten. Sie schien leise vor sich hinzuweinen, hörte aber auf, als ich mich näherte.

„Grüß Gott, Mütterchen!" sagte ich, als ich an ihr vorüberkam.

Sie dankte nicht laut mit Worten, sondern nickte nur mit dem Kopf. Dabei nahmen ihre eingefallenen Lippen jene Stellung an, in der sie bemüht sind, das Weinen zu verbeißen; in den Augen standen Wassertropfen. Ich blieb stehen, und unwillkürlich entschlüpfte mir die Frage: „Haben Sie Hunger?"

Da war es mit der Beherrschung zu Ende; sie wickelte die Hände aus der Schürze, verhüllte damit das Gesicht und weinte laut.

Ich ließ das eine kurze Zeit geschehen, zog ihr dann die Hände und die Schürze vom Gesicht weg und wiederholte meine Frage:

„Sie haben Hunger? Nicht wahr?"

„Ja", gestand sie nun flüsternd.

„So setzen Sie den Korb ab, ich habe zu essen."

„Den Korb, den darf ich nich runtertun, ich bring ihn dann nich wieder off den Rücken."

„Tun Sie's nur; ich werde Ihnen helfen."

„Das geht halt nich. Sie können doch nich so lange

warten, bis ich mich ausgeruht habe. Eh ich wieder weiterkann, wird's wohl noch lange dauern. Der Korb ist halt viel zu schwer für mich."

„Warum haben Sie ihn denn so hoch gefüllt und aufgetürmt?"

„Weil ich muß. Wenn ich heut keen Holz nach Hause bring, so haben wir morgen keen Brot zu essen."

„Das ist ja mehr als traurig! Aber setzen Sie nur ab! Ich bleibe da, bis Sie weitergehen können."

Ich half ihr, sich des Korbes zu entledigen, zog meinen Überrock aus, hing ihn der vor Frost Zitternden um, öffnete das Paketchen mit den Schinken- und Wurstbroten, gab es ihr und forderte sie auf:

„Da, essen Sie, und setzen Sie sich dabei nieder! Sie sind ermüdet, und meinem Rock schadet es nichts, wenn Sie darauf ausruhen."

Sie sah die Schnitten an und weinte wieder.

„Weinen Sie nicht, sondern essen Sie!" bat ich.

„Essen? Das kann ich nich", hauchte sie.

„Sie haben doch Hunger?"

„Ja, aber jeder Bissen würde mir im Mund quellen. So was Gutes gibt's bei uns im ganzen Jahr nich zu essen. Wenn das meine Leute zu Hause hätten! Sie sind so gut, lieber Herr; aber wenn Sie nichts dagegen haben, so nehme ich die schönen Bemmen mit nach Hause."

„Um sie zu verteilen?"

„Ja."

„Nein, die essen Sie, und zwar jetzt gleich! Wenn Sie so müde und hungrig sind und nicht essen, wie wollen Sie da mit diesem schweren Korb heute heimkommen? Sie bleiben doch unterwegs im Schnee stecken und müssen erfrieren. Essen Sie nur! Ich gebe Ihnen dann auch noch etwas für die Ihrigen."

Diese Versicherung brachte sie zum Essen. Es war rührend anzusehen, mit welcher Hast ihr zahnloser Mund die Speise zu sich nahm und wie es ihr dabei doch sichtlich weh tat, den Schinken und die Wurst mit zu genießen.

„So feines Brot gibt's halt bei uns nich", erklärte sie. „Und so viel Butter drauf! Und gar noch Schinken und ooch Wurst dazu! Das gibt's bei uns am größten Feiertag nich!"

„Was sind Sie denn? Sind Sie verheiratet?"

„Schon lange Jahre nich mehr. Ich bin Witwe und lebe bei meinem Schwiegersohn, dem Strumpfwirker Vogel."

„Er hat wohl große Familie?"

„Fünf Kinder. Das gibt mit mir acht Esser."

„Wieviel verdient Ihr Schwiegersohn?"

„Wenn's hoch kommt, so werden's in der Woche sechs Mark, und alle Jahre gibt's zweemal lange Pausen, in denen der Stuhl ohne Arbeit steht."

„Acht Esser und sechs Mark in der Woche! Da heißt's freilich rechnen und haushalten, um durchzukommen!"

„Haushalten und hungern, lieber Herr. Die Kartoffeln sind schlecht geraten, und der strenge Winter dazu! Nichts auf dem Leib und nichts im Leib! Das liebe Weihnachtsfest ist da. Reiche Leute backen Stollen und Kuchen, hängen Lichter an die Bäume und geben sich Geschenke. Wir aber müssen Gott danken, wenn wir Kartoffeln in der Schale haben und een bißchen Salz dazu."

„Haben Sie denn niemand, der Sie unterstützen kann?"

„Wer sollte uns was geben? Es hat ja jeder selber nichts bei uns."

„Ja, ja, es ist ein armes Dorf; das weiß ich. Es liegt zu hoch im Gebirg. Aber ihr guten Leute bleibt auch auf der Scholle kleben, die euch, da sich die Menschen doch vermehren, schließlich nicht mehr ernähren kann. Warum geht ihr nicht dorthin, wo es mehr Verdienst und Arbeit gibt?"

„Das kann ich nich sagen, lieber Herr; dazu bin ich nich klug genug. Aber es gibt Leute, die meenen, wir blieben auf unseren Bergen, weil wir sie gar so lieb hätten, und das kann freilich wahr sein. Dann habe ich außer meiner Tochter eenen Sohn gehabt, der is in die Fremde gegangen, aber genützt hat's nichts."

„Ist er nicht glücklich gewesen?"

„Wer weiß es! Er ging als Handwerksbursch fort; er war Schuster, wissen Sie. Eenige Male hat er uns geschrieben, aber nich viel Gutes. Der letzte Brief kam aus Hamburg; da stand drin, daß er gar nüber nach Amerika wollte."

„Ist er auch hinüber?"

„Das kann wohl sein, weil's eben in dem Brief gestanden hat; aber sicher wissen wir's nich."

„Und dann haben Sie wohl nichts wieder von ihm gehört?"

„Keen Wort. Er wird wohl unterwegs untergegangen sein, denn wenn er glücklich drüben angekommen wäre, so hätte er doch wenigstens een eenzigmal an seine arme Mutter und an seine Schwester gedacht. Wenn er ooch arm geblieben wäre, so kostet es doch wohl drüben nich so sehr viel, een Brief nach Sachsen zu schicken."

„Das ist wahr. Ich bin auch schon drüben gewesen und kenne also die Verhältnisse. Der ärmste Mann verdient da so viel, daß er recht gut wöchentlich mehrere Briefe freimachen könnte, ohne sich Schaden zu tun."

„Nich wahr? Das habe ich mir ooch sagen lassen. Er wird also wohl gestorben sein. Das hat mir lange, lange weh getan, aber jetzt habe ich mich drein ergeben. Besser wäre es freilich, er lebte noch und könnte seiner Mutter dann und wann was schicken. Ich würde es ihm danken, und der liebe Gott tät's ihm gewiß vergelten!"

Hätte die arme, doppelt arme Frau gewußt, daß ihr Sohn ein Millionär war! Er war nicht ertrunken, sondern glücklich hinübergekommen. Den Namen Ludwig Jäger änderte er in das englische Lewis Hunter um. Vom Glück begünstigt, brachte er es durch eine Heirat zu einem großen Schuhwarenladen in Neuyork. Dann lieferte er im Krieg gegen die Südstaaten Stiefel und Schuhe, zuletzt auch anderes für das Heer und verdiente damit ein schweres Geld[1]. Der Mensch hatte seine Mutter, die er durch ein Tausendstel seines Vermögens reichmachen konnte, völlig vergessen. Das wußte ich jetzt, als ich mit ihr im Walde stand, freilich noch nicht; ich erfuhr es erst später.

Als sie gegessen hatte, entkorkte ich die Weinflasche und gab ihr zu trinken.

Wie das schmeckte, und wie ihre Augen sich belebten! Dann aber sagte sie:

„Was is denn das für een Schnaps? Der ist aber gut! Wie der den Magen und das Herz erwärmt!"

„Es ist kein Schnaps, sondern Wein."

„Herrjemerschnee, Wein, gar ooch noch Wein! Wenn das meine Leute wüßten! Na, sie erfahren's noch, denn ich erzähl's ihnen ja, wenn ich nach Hause komme."

„Haben Sie noch keinen Wein getrunken?"

„Im ganzen Leben nich! Den können nur steenreiche Leute haben, und so eener sind Sie ja!"

„Ich? Wie vermuten Sie das?"

„Weil ich Sie kenne."

„Sie kennen mich?"

„Freilich wohl! Sie sind der Herr Lingenist, der manchmal zum Professor Vitzliputzli kommt."

„Lingenist? Sie meinen Linguist[2]? Woher wissen Sie, daß ich das bin?"

„Das alte Fräulein Hanne hat's erzählt, als sie beim Bäcker Weikert Gevatter gewesen ist. Aber nun hab ich gegessen und ein paarmal getrunken: jetzt muß ich sehen, wie ich weiterkomm. Ich bin schon seit ganz früh im Wald."

[1] Jonathan Meltons Brief, den ich in der Brieftasche seines Oheims Harry Melton fand (siehe Ges. Werke Bd. 21 „Krüger Bei")
[2] Altertümlicher Ausdruck für Sprachforscher.

„Seit früh! Ist das möglich?"

„Ja. Es war noch dunkel, als ich ging."

„Aber vorher haben Sie zu Hause gegessen?"

„Een Schälchen Kaffee hab ich getrunken, wissen Sie, Kaffee von gebrannten Möhren."

„Und gegessen?"

„Da hab ich mir vier kalte Kartoffeln mitgenommen; die wurden aber schon unterwegs alle."

„Das ist alles, was Sie heute genossen haben?"

„Alles. Wenn ich heimkomme, gibt's warme Kartoffelsuppe. Was das dann für een Labsal ist, lieber Herr, wenn man so durchfroren ist, das kann ich gar nich sagen."

„Eine Tasse Möhrenkaffee und vier kalte Kartoffeln! Da sollten Sie nicht so weit in den Wald gehen und nicht so viel aufladen."

„Das können Sie gut sagen; aber was gibt's zu essen, wenn ich nich genug Holz mitbring? Grade jetzt, kurz vor Weihnachten, hat mein Schwiegersohn keene Arbeet, und meine Tochter liegt krank zu Hause. Da schnitzt er, um sich nur een Paar Pfennige zu verdienen, Holzlöffel, wofür er eenen Groschen für das Dutzend bekommt, und ich geh in den Wald, um Holz zu lesen; das wird kurzgehackt, in Bündeln gebunden und in die Stadt getragen, wo ich fürs Bündel fünf Pfennig erhalte. Jetzt liegt das Holz alles unterm tiefen Schnee, und man hat weit zu gehen, um eenen tüchtigen Korb voll zusammenzubringen. Darum bin ich heute so lange unterwegs. Sehen Sie nun: je mehr ich bringe, desto mehr Fünfer verdiene ich."

„So sagen Sie mir einmal, wieviel Bündel gibt das Holz, das Sie hier haben?"

„Vier."

„Also für zwanzig Pfennig! Und dafür schinden Sie sich von früh bis abends bei Schnee und Kälte im Wald herum!"

„Oh, das is ja noch nich alles. Das Holz muß doch erst gehackt und nachher in die Stadt getragen werden, zwee Stunden weit, — Aber jetzt wird's Zeit, daß ich fortmache!"

„Trinken Sie erst noch einmal! Und dann stecken Sie die Flasche ein, damit Ihre kranke Tochter auch einen Schluck Wein bekommt. Und dieses hier stecken Sie dazu!"

Ich gab ihr die Flasche sowie ein Geldstück. Sie sah es an und hielt es mir wieder hin:

„Sie haben sich vergriffen, lieber Herr. Das ist keen Fünfer und keen Groschen, das is ooch keene halbe Mark, was ich gar annehmen könnte. Das kenne ich gar nicht, das is doch gelb!"

„Nehmen Sie es nur! Es ist nicht zu wenig und nicht zu viel. Der Kaufmann weiß schon, was es gilt."

„Na, dann dank ich ooch. Gott vergelt's! Wissen Sie, was ich da mach?" Sie hob den Zeigefinger, zog ein glücklich-pfiffiges Gesicht, wie wenn jemand eine frohe Überraschung bereiten will, und fuhr fort: „Heut is Samstag, da is abends Gesangverein!"

„So? Gibt's in Ihrem Dorf einen Gesangverein?"

„Und was für eenen! Es sind da Leute, die schöne Stimmen haben, aus mehreren Dörfern zusammengetreten, über dreißig Mitglieder. Sie wechseln ab; bald wird die Singstunde in diesem und bald in jenem Dorf abgehalten. Es gibt gute Sänger darunter, aber mein Schwiegersohn ist doch der beste!"

„So! Was singt er?"

„Was in den Büchern steht, wo die Noten drin sind."

„Ja, ja! Aber ich meine, welche Stimme er hat."

„Stimme? Ja, richtig, sie singen ooch manchmal von Stimmen statt aus Büchern."

„Sie verstehen mich nicht. Singt er tief oder hoch?"

„Manchmal tief und manchmal hoch, wie's die Noten grad mit sich bringen."

„Natürlich, aber ich meine, ob er Baß singt?"

„Nee."

„Tenor?"

„Ja, ja, so heeßt das Ding. Tenor singt er, ersten Tenor. Er schmilzt."

„Wie? Er schmilz? Was soll das wohl heißen?"

„Na, daß er eben schmilzt. Das sagt der Herr Direktor, weil seine Stimme gar so schön ist."

„Ach so; er hat eine schmelzende Stimme?"

„Richtig! Eene schmelzende Stimme hat er: er schmilzt so schön. Aber, was ich sagen wollt: wenn Gesangverein is, so wird doch immer was getrunken, und da kann mein Schwiegersohn nich mittun, weil's ihm am Besten fehlt; er is der ärmste von allen. Höchstens gibt ihm mal een anderer eenen Schluck. Heut haben Sie mich beschenkt. Sie wollen mir nich sagen, was es ist, aber vom Kaufmann werd ich's schon erfahren. Wenn's über zwanzig Pfennige sind, so kriegt der Schwiegersohn eenen ganzen Groschen davon, daß er ooch mal een ordentliches Glas Bier vor sich hinsetzen kann. Da haben Sie doch nichts dagegen?"

„Gar nichts; ich lobe Sie vielmehr dafür."

„Nich wahr? Er verdient's, er verdient's wirklich! Denn wir haben am Ort auch eine Musikkapelle. Und wissen Sie, wer der Vorstand ist? Mein Schwiegersohn!"

„Was Sie nicht sagen!"

„Ja, der versteht mehr als Löffel schnitzen!" erklärte sie mit Stolz. „Den sollten Sie mal hören, wenn er een Lied mit seinem Instrument, auf der Tschinellen, begleitet!"

„Auf der Tschinellen? Sie meinen wohl auf dem Cello?"

„Ja, so wird das Ding ausgesprochen. Es wird eenem ordentlich schwummelig zumute, wenn man ihn spielen hört. Das weint und schluchzt, daß man am liebsten selber weinen möchte. Aber mein Schwiegersohn meent, daß es sein Junge, mein Enkelkind, noch viel besser könne."

„Ein Junge? Wie alt?"

„Fünfzehn."

„Was spielt er?"

„Erste Geige."

„Erste? In diesem Alter?"

„Oh, mein Schwiegersohn sagt, daß er alle, die er kennt, über den Haufen geigt."

„Das ist ja außerordentlich! Könnte ich ihn vielleicht einmal spielen hören?"

„Das gloob ich nich."

„Warum nicht?"

„Vor Fremden schämt er sich."

„Das wird er doch nicht! Wenn er so gut geigt, hat er doch nicht nötig, sich zu schämen."

„Er ist aber nu mal so. Und das kann niemand ändern."

„Da er fünfzehn Jahre alt ist, wird er sich schon für einen Beruf entschlossen haben. Was will er werden?"

„Was soll er werden! Ganz dasselbe, was sein Vater ooch is: Strumpfwirker und Musiker nebenbei."

„Nebenbei? Das wäre jammerschade! Wenn er Talent hat, wird ihn sein Vater doch nicht als Dorfmusikant hier sitzenlassen!"

„'s wird wohl nich anders werden. In die Stadt kann er ihn nich geben, des Lehrgelds wegen, was er nich offbringen kann, und er hat ooch gar keene Lust, von zu Hause fortzumachen."

„Wer ist sein Lehrer gewesen?"

„Sein Vater. Aber itzt geigt er ihn zehnmal über den Haufen!"

„Dann möchte ich ihn wirklich einmal hören. Können Sie das denn nicht möglich machen?"

„Nee. Wenn der Franz nich will, da ziehn zehn Pferde nich eenen Strang. Er mag eemal von Fremden nichts nich wissen. Aber — — na, vielleicht tät er's Ihnen doch zuliebe!"

„Meinen Sie?"

„Ja, möglich ist es, weil Sie mir zwee große Bemmen gegeben haben mit Wurst und Schinken, und sogar eenen Wein, was wir das ganze Leben lang nich kriegen. Aber itzt hab ich lang genug geschwätzt. Itzt muß ich endlich fort!"

„Ja, gehn wir! Ich werde Ihnen den Korb aufhelfen."

Ich hob ihn ihr auf den Rücken. Solange ich ihn hielt, ging's; sobald ich die Hände wegnahm, knickte sie nieder; sie hatte sich zu sehr angestrengt und war jetzt zu schwach, die Last weiterzutragen.

„So geht's nicht", sagte ich. „Wir müssen den Inhalt verringern, wir müssen Holz wegnehmen."

„Nee, ach nee!" rief sie aus. „Es muß so bleiben, vier Bündel muß es geben."

„Wir nehmen so viel, wie zu einem Bündel gehört, hinweg, und ich gebe Ihnen die fünf Pfennige, die Sie dadurch einbüßen."

„Nee, ach nee! Sie haben mich genug beschenkt. Ich werd's schon noch fertigbringen."

Aber sie traute ihren achtzig Jahren zuviel zu. Es war von ihr schon bei gutem Wetter und gutem Weg in diesem Alter eine ganz ungewöhnliche Leistung, einen solchen Korb zu tragen, wie erst in dieser Kälte und bei dem tiefen Schnee! Aber sie wollte unbedingt nichts hinwegnehmen lassen, obgleich sie bei jedem Versuch zusammenknickte. Das war die kindische Hartnäckigkeit des hohen Alters, das die Eigenheiten der frühen Jugend wieder anzunehmen pflegt. Ich machte kurzen Prozeß, nahm den Korb auf den Rücken, den Überrock auf den Arm, den Stock in die Hand und sagte:

„Dieser widerspenstige Korb wird auf meinem Rücken williger sitzen als auf dem Ihren. Kommen Sie!"

Sie stand starr und verwundert.

„Bitte, kommen Sie, Mütterchen! Jetzt wird es wohl besser klappen.“

„Was“, rief sie aus. „Sie — Sie — Sie wollen den Korb tragen? Das — das — das geht ja nicht!“

„Es geht sehr gut, wie Sie sehen!“

„Nee, das — das geb ich nich zu!“

„Sie müssen es zugeben, denn ich bin schon auf dem Weg. Wenn Sie nicht mitkommen, laß ich Sie stehen.“

Ich ging, und sie kam unter eifrigen Einsprüchen und Bitten hinterdrein. Ich ließ mich aber nicht einholen, sondern hielt mich so im Schritt, daß sie immer, wenn auch nicht weit, hinter mir zurückblieb. Ihr Widerspruch verstummte nach und nach, und endlich fügte sie sich still in die ihr ungeheuerlich dünkende Begebenheit.

Wir kamen mit der Zeit aus dem Wald und hatten das Dorf vor uns. Da wollte sie den Korb haben, ich aber gab ihn nicht her.

„Aber Herr Lingenist, wo denken Sie hin!“ sagte sie. „Wenn jemand kommt, so wird's weitererzählt!“

„Was schadet das? Ist es eine Schande, einen Korb zu tragen?“

„Nee, gar nich. Bei uns scheniert das keenen, aber so een feiner Herr, und noch dazu een Lingenist und guter Bekannter vom Professor! Was würde der sagen!“

„Nichts. Kommen Sie nur! Wo ist Ihr Haus?“

„Das kleene Häuschen kurz vor dem Spritzenhaus links am Berg.“

„Das kenne ich. Kommen Sie! Oder wollen Sie mich allein gehen lassen? Ich habe nichts dagegen.“

Sie kam mir nach, schnell und eifrig. Sie wollte mich einholen, um den Korb selber zu nehmen, ich ließ sie aber nicht ganz herankommen. So ging es halb und halb im Trab durch das Dorf. Überall fuhren die Köpfe an die Fenster, und wo einer auf der Straße war, da blieb er mit offenem Mund stehen und starrte uns nach. Mir machte das kleine Abenteuer Spaß; das alte Mütterchen aber schämte und ärgerte sich. Endlich sah ich das Spritzenhaus und links davon das kleine Häuschen, das sie mir bezeichnet hatte; ich ging darauf zu. Da kam ein junges Mädchen aus der Tür, mit einem Wassereimer in der Hand. Es war ärmlich gekleidet, vielleicht siebzehn Jahre alt, aber ein reizendes Kind. Wenn sie sich so weiterentwickelte, mußte sie eine Schönheit werden. Als sie uns sah, blieb auch sie stehen; sie erschrak förmlich.

„Wohnen Sie hier?“ fragte ich.

„Ja.“

„Wie heißen Sie?“

„Martha. Martha Vogel.“

„Schön! Hier, Martha, haben Sie den Korb und auch die Großmutter. Machen Sie ihr eine recht warme Kartoffelsuppe! Morgen werde ich Ihren Vater besuchen.“

Ich setzte den Korb ab, zog den Überrock an und ging wieder zurück, denn Professor Vitzliputzli wohnte auf der Seite, auf der wir ins Dorf gekommen waren.

Wie aber hatte sich das in der Zeit von zwei Minuten verändert! Überall gab es offene Türen, vor denen die Bewohner standen, um mich wie ein Wundertier anzustaunen. Überall wo ich vorüberkam, hörte ich freundliche Grüße, und die Hüte, Mützen und Zipfelmützen flogen von den Köpfen. Ich stand im Begriff, der Held des Tages zu werden. — — —

*

Am nächsten Mittag nach Tisch ließ ich den Professor trotz seines heftigen Widerspruchs allein zwischen seinen indianischen Zahlwörtern und Lautnachahmungen zurück und ging ins Dorf, um den Strumpfwirker Vogel aufzusuchen. Ich kam da in ein recht ärmliches Häuschen. Es bestand nur aus zwei Stuben, die nicht getüncht waren. Die kranke Frau lag im Bett. In der

Ecke am Fenster stand der Arbeitsstuhl, der aber jetzt Feiertage hatte. In der anderen Ecke sah ich einen Kachelofen, um den eine Bank ging. Zwischen Wand und Ofen blieb ein schmaler Raum, die sogenannte „Hölle", in der das mit Brettern beschlagene Holzgerippe eines alten Kanapees stand; darauf hockten die drei jüngeren Kinder. Die älteste Tochter, Martha, die ich schon gestern gesehen und gesprochen hatte, reinigte das Geschirr vom Mittagessen her, und der Vater saß inmitten der Stube auf einem niedrigen Schemel und schnitzte an einem Stück Holz herum, das wohl ein Holzlöffel zu werden versprach, aber im gegenwärtigen Zwischenzustand einem jener Holzkeile nicht unähnlich sah, mit dem die Holzknechte im Wald die Klötze auseinandertreiben. Das war also der erste Tenorist mit der schmelzenden Stimme. Sein Gesicht war blaß und eingefallen; er sah überhaupt leidend aus, und der Anzug, den er trug, war mehr als dürftig zu nennen. Auf der Ofenbank saß die Alte, deren Korb ich gestern getragen hatte, und ein größerer Junge flüchtete sich bei meinem Eintreten schleunigst hinter Martha, wo er sich versteckte und sich wie ein kleines Kind an ihre Schürze klammerte.

Die Stube hatte ein sehr ärmliches, aber ebenso reinliches Aussehen. An der Wand hing eine Geige und an der anderen waren die gedruckten Worte eingerahmt:

„Mit Gott fang an, mit Gott hör auf,
das ist der beste Lebenslauf!"

Was mir gleich beim ersten Blick auch heute wieder auffiel, das war die ganz eigenartige Schönheit der noch nicht siebzehnjährigen Tochter. Sie war schon über ihr Alter hinaus erblüht, hatte ein starkes und langes, helles Germanenhaar, aber bräunliche Gesichtsfarbe und schwarze, mandelförmige Damaskusaugen mit langen, vollen und dunklen Wimpern. Ihre Hände waren ungewöhnlich klein und ebenso ihre Füße, was man trotz der hölzernen Pantoffeln bemerkte, in denen sie steckten.

Wenn sie sprach oder lächelte, sah man zwei Reihen kleiner, kerngesunder, bläulich angehauchter Perlenzähne. Ich glaube, einige Jahre früher wäre ich recht wohl imstande gewesen, auf dieses hübsche und so sittsame Kind einige hundert Verse loszulassen, natürlich mit den unvermeidlichen Reimen Herz und Schmerz, Triebe und Liebe, Not und Tod.

Vogel stand von seinem Schemel auf, als er mich eintreten sah. Ich grüßte rundum und gab ihm die Hand. Er wagte in seiner Schüchternheit die meinige kaum zu berühren.

„Nun, wie geht's, Vater Vogel?"

„Dank Ihnen ooch für die Nachfrage. Wie man's eben nimmt. Wir sind zufrieden."

„Und die Großmutter! Hat sie sich von der gestrigen Anstrengung bereits erholt?"

„O, das war nich so schlimm. Sie sagte, sie hätt' es noch nie nich so gehabt. Sie haben ihr ja zwee große Bemmen mit Wurst und Schinken gegeben, den Tragkorb durch den Wald und durchs Dorf heeme getragen und nachher gar noch een Goldstück geschenkt. Na, was die für Oogen gemacht hat, als ihr's der Krämer sagte, was das Goldstück wert war. Sie hat mir vor lauter Freude gleich fuffzig Pfennige off eemal zu Bier gegeben; ich hab's aber nich vertrunken, denn ich brauch's zur Medizin für meine kranke Frau."

„Was fehlt ihr denn?"

„Ja, das wissen die Doktors selber nich; der eene redet so und der andere anners. Es ist eene wahre Plage. Die Martha hat in der Stadt gedient und uns immer ihren Lohn geschickt; das is aber itzt ooch zu Ende, denn sie hat nach Haus gemußt, weil die Mutter nichts arbeeten kann. Wenn die erst wieder gesund is, dann muß sie wieder fort."

„Der liebe Gott wird helfen", tröstete ich. „Lassen Sie nur den Kopf nicht hängen! Aber ich bin eigentlich wegen Ihres Franz gekommen. Ich möchte die Geige gern sehen. Darf man sie herunternehmen?“

„Nee, nee; die is meine; die is meine!“ zeterte es hinter der Gestalt Marthas.

Vater Vogel holte die Geige aber doch herab.

„Die is meine, die is meine“, wiederholte der Junge. Ein fünfzehnjähriger Junge und noch so kindisch! War er verzogen worden, oder lag das so in seiner Natur?

Sein Vater stimmte die Saiten, nahm auch den Bogen vom Nagel und rief dem Jungen zu: „Komm her, Franz, und zeig dem Herrn mal, wie sie klingt!“

„Nee!“ antwortete der, indem er immer hinter der Schwester stehenblieb, sie mochte sich drehen, wie sie wollte.

Wir baten, der Vater und ich: „So komm doch!“

„Nee!“

„Warum nich?“

„Ich schäme mich!“

„So een großer Junge! Na, mach nur!“

„Nee, ich komm nich!“

„Der Herr gibt dir eenen Fünfer!“

„Nee!“

„Eenen ganzen Groschen!“

„Ach nee!“

„Fünfzig Pfennig“, schlug ich vor.

„Nee, ich komm nich!“

Ich gebe diese Szene nur wegen des Gegensatzes zum Späterfolgenden so treu und ausführlich wieder.

„Geh hin, Franz!“ versuchte es nun die Großmutter: „Du weeßt doch, was für een guter Herr das is!“

„Nee!“

„Er hat mich doch beschenkt!“

„Nee!“

„Warum denn aber nicht?“

„Er ist mir zu fein!“

„Ach, das tut nichts. Er is doch gar nich so stolz, wie du denkst."

„Nee, ich komm nich!"

Kurz und gut, man gab sich alle erdenkliche Mühe mit dem jungen Burschen; man bot, man drohte mit Schlägen, doch vergeblich. Seine Antwort blieb immer dieselbe: „Nee, ich komm nich!" Und hinter seiner Schwester war er nicht hervorzubringen. Das mußte anders angefangen werden. Ich sagte also:

„Lassen Sie ihn nur! Was hab ich denn davon, wenn ich ihn spielen höre! Ich will selbst einmal die Geige versuchen."

Ich zog den Mantel und auch den Rock aus und setzte mich in Hemdsärmeln auf den Sitz des Arbeitsstuhls, wo ich zu geigen begann — wie ein Anfänger, erst ein paar Tonleitern, dann einige Kindermelodien wie „Wer meine Gans gestohlen hat", oder „Alles neu macht der Mai, macht die Seele frisch und frei". Als ich in dieser Weise fortfuhr, ertönte hinter Martha ein kindisches Lachen, und dann hörte ich den Jungen sagen:

„Der kann nischt, gar nichst! Der is een Schafskopf!"

Ich ließ noch einige Melodien hören und fragte dann wie nur so nebenbei: „Kann denn der Junge spielen?"

„Ja", antwortete der Vater.

„Na, viel wird's nicht sein! Erstens ist die Geige schlecht, denn so ein alter Kasten ist mir noch gar nicht vor die Augen gekommen."

Da steckte er den Kopf hinter der Schwester hervor und sah mich mit blitzenden Augen an. Daß ich seine Geige schlechtmachte, das begann seine befestigte Stellung ins Wanken zu bringen.

„Und zweitens", fuhr ich fort, „ist hier kein geeigneter Ort dazu. Woher soll auf so einem Dorf die Gabe zum Violinspiel kommen! Wer weiß, was für Zeug der Junge da zusammenkratzt; spielen aber kann er jedenfalls nicht."

Da rief er von seiner Verschanzung mir zornig zu: „Na, so wie Sie kann ich's ooch! Und noch viel, viel besser!"

„Lüge nicht;"

„Ich mach keene Lügen! Ihretwegen schon gar nicht!"

„Was willst du den gelernt haben!"

„Na, wenn ich solche Puppenlieder spielen sollt, wie Sie, und noch dazu so unreene greifen, da tät ich mich in die Seele 'nein schämen!"

Ich hatte seinen Künstlerstolz wachgerufen und sah mich meinem Ziel näher. Daß er grob wurde, gab mir Spaß.

Ich fuhr fort:

„Und ich schämte mich ins Herz hinein, mich so zu verstecken, wenn ich wirklich was gelernt hätte! Ich kann übrigens noch andre Sachen spielen, die viel, viel schwerer sind. Horch einmal!"

Ich spielte einen kinderleichten Tanz.

„Na, wenn das schwer ist!" lachte er überlaut.

„Du, schneid' nur nicht auf! Du tust nur groß, aber nachmachen kannst du es nicht."

„Nich?" fragte er, indem er seine befestigte Stellung aufgab und hervortrat. „Was Sie spielen, das spiele ich alles nach!"

„Tu nicht so dick! Wenn ich etwas spiele, das du noch nicht kennst, wie willst du das nachmachen?"

„Sie können ja nischt, gar nischt! Da spiel ich oogenblicklich alles nach!"

„Unsinn!"

„Is wahr!" schrie er mich an, wobei er näher kam.

„Das kommt auf eine Probe an. Aber da wirst du gleich das Kanonenfieber bekommen und ausreißen."

„Ich reiß net aus! Mit meiner Geige brauch ich keene Angst zu haben", versicherte er, indem er ganz herkam. „Wollen wir wetten?"

„Ja", nickte ich verächtlich.

„Ziehen Sie keen solches Gesichte! Sie verlieren doch! Was gilt die Wette, daß ich alles nachspiele, was Sie mir da vorkratzen?“

„Bestimme es selbst!“

„Een neues Kopptuch für meine Großmutter.“

„Wie kommst du auf das Kopftuch?“

„Weil sie eens braucht. Sie friert an die Ohren, sagt sie. Ich werd ihr's itzt ergeigen.“

Der Junge war kein übles Kerlchen. Er sah seiner ältesten Schwester ähnlich. Daß er für seine Großmutter sorgen wollte, gewann ihm meine Teilnahme noch mehr, als er sie schon vorher besessen hatte. Er stand gerade vor mir da, die beiden Hände in die Seiten gestemmt, und sah mich sehr herausfordernd an.

„Aber wenn du verlierst, so mußt du das Kopftuch zahlen!“

„Wir haben Geld, zehn Mark!“ antwortete er zuversichtlich.

„Gut, so mag die Wette gelten! Du wirst aber sehen, wie rasch du sie verlierst.“

„Fangen Sie an! Es wird ooch was Rechts sein!“

Daß ich die beiden Röcke ausgezogen hatte und nun hemdärmelig dasaß, das hatte seiner Festung den ersten Stoß gegeben, denn ich sah nun nicht mehr so „nobel“ aus wie vorher. Jetzt war er gereizt. Man merkte ihm an, daß er den Beginn kaum erwarten konnte. Ich nahm eine sehr wichtige Miene an und spielte „Muß i denn, muß i denn zum Städtele hinaus“. Dann hielt ich ihm die Geige hin.

„Das mach ich nich nach; das geig ich nich“, meinte er wegwerfend. „Mit solchen Sachen fangen wir gar nich an. Wenn Sie weiter nischt können, so bezahlen Sie lieber gleich das Tuch!“

Da spielte ich die ersten beiden Sätze eines Marsches.

„Das mag eher gehen“, sagte er und geigte sie mir nach.

Dann folgten einige andere, schwerere Sachen, die er sofort wiederholte. Hierauf brachte ich Gungls Heimatklänge mit Flageolet; er strich sie mir mit Anmut nach. So ging es von Versuch zu Versuch, stufenweise immer höher, und er folgte mir, ohne ein einziges Mal sich zu vergreifen oder auch nur zu stocken. Natürlich verzichtete ich auf Dinge, die selbst ein ausgelernter Geiger nicht ohne Noten hätte nachspielen können; er sollte ja die Wette gewinnen; es genügten kurze Sätze, die immer schwieriger wurden, sein Können zu erforschen. Als ich dann merkte, daß er zu ermüden begann, legte ich die Violine weg und gestand:

„Mehr kann ich nicht; ich höre auf."

„Na, wer hat denn da die Wette gewonnen?" lachte er stolz.

„Du."

„Und Sie müssen das Kopptuch geben!"

„Ich bezahle es, was kostet eins?"

„Nee, das geht nich! Ich will nich das Geld, sondern das Tuch, wie es ausgemacht ist."

„Gut, so kaufe ich eins und bringe es her. Du hast mich wirklich übertroffen. Kannst du denn auch noch besser spielen als so, wie ich es bis jetzt gehört habe?"

Da nahm er freiwillig die Geige, lehnte sich mit dem Rücken an den Arbeitsstuhl und sagte:

„Pfeifen Sie mir mal eene hübsche Melodie vor!"

„Was für eine?"

„Eene unbekannte. Können Sie sich nich gleich eene machen?"

„Ich will's versuchen."

Ich pfiff ihm einen gleich selbst erfundenen Satz von acht Takten vor. Er wiederholte ihn einige Male, um ihn sich genau einzuprägen, und bearbeitete ihn dann auf der Geige; das heißt, der fünfzehnjährige Knabe begann, frei zu phantasieren. Natürlich war das nicht das Spiel eines technisch wie theoretisch durchgebildeten

Künstlers. Der Junge hatte keine Ahnung von der eigentlichen Technik der Violine, von der sein Vater, der sein einziger Lehrer war, ja auch nichts verstand; aber er spielte wohl über eine Viertelstunde lang in einer Weise über das ihm gegebene Thema, daß ich erstaunte und zu der festen Überzeugung kam, daß er nicht nur Talent besaß, sondern genial veranlagt war. Er ahmte nicht nach, sondern er spielte schöpferisch. Er war ein geborener, von Gott begnadeter Violinspieler. Als er die Geige dann fortlegte, streichelte ich ihm die erregten Wangen und sagte:

„Deine Großmutter soll drei Tücher haben und nicht nur eins. Kann man nicht welche hier zu kaufen bekommen?"

„Ja", nickte er vergnügt, „der Krämer handelt damit."

„So gehst du nachher mit mir hin und suchst sie selber aus. Hast du nicht Lust, ein berühmter Geiger zu werden?"

„Das möchte ich halt schon!"

„Der viel, viel Geld verdient und seinen Eltern ein schönes Haus schenken kann?"

„Ja, da mach ich off der Stelle mit."

„Aber da müßtest du von hier fort."

„Wohin?"

„In eine große Stadt, zu einem Kapellmeister und ins Konservatorium."

„Nee, da komm ich nich!"

„Aber die Berühmtheit, die du da erlangst?"

„Die krieg ich ooch hier!"

„Und das Geld, mit dem du die Geschwister unterstützen kannst?"

„Ich werd mir ooch hier schon was verdienen. Ich komm nich mit!"

„Machen Sie nur den Jungen nicht scheu!" bat der Vater. „Ich geb ihn nicht her."

„Nee, fort lassen wir ihn nich!“ erklang es vom Bett herüber.

„Ja, der bleibt hier!“ stimmte auch die Großmutter bei. „Wie lang hab ich noch zu leben? Ich tät ihn wohl gar nie nich wiedersehn!“

Und dabei blieben sie vorläufig.

„Nun, darüber sprechen wir später noch einmal“, meinte ich.

Damit zog ich meine beiden Röcke wieder an, setzte den Hut auf und sagte:

„Und jetzt geh ich zum Krämer. Franz mag mitkommen.“

Dort suchte sich der Junge drei nach seiner Ansicht wunderbare schöne Tücher aus, die in allen Regenbogenfarben prangten.

„Die hab ich gewonnen; die hab ich der Großmutter ergeigt!“ rief er aus, indem er mit ihnen davonlief.

Ich ging während meines Aufenthalts im Dorf noch einigemal zum Strumpfwirker Vogel und gab mir alle Mühe, den Leuten beizubringen, daß es die größte Versündigung an ihrem Kind sei, ihm den Weg zum Glück zu verschließen, doch vergebens. Sie gaben ihn eben nicht her. Und wenn ich den Jungen, der eine herzliche Zuneigung zu mir gefaßt hatte, hernahm, so mochte ich ihm sagen, was ich wollte, seine letzte Antwort blieb immer nur die früher schon gehörte: „Ich komm nich mit; nee, ich geh nich mit!“ Ich ließ endlich, wirklich erzürnt über sie, von ihnen ab. Die Tochter schien die einzige zu sein, die einsah, wie gut ich es meinte, doch konnte sie nichts gegen die Querköpfigkeit der anderen tun.

Ein neuer Paganini

Ich glaubte nach dieser Abfuhr die ganze Angelegenheit für endgültig abgetan, wurde aber im nächsten Frühjahr an sie erinnert. Mit der schönen Jahreszeit begannen in Dresden die Konzerte im Freien, die ich häufig besuchte. Am Schluß eines solchen saßen wir, einige nähere Musikfreunde, noch beisammen, um uns über das heutige Programm weiter zu verbreiten, als es während des Konzerts selbst möglich gewesen war. Der Kapellmeister kam auch hinzu. Er war übel gelaunt und antwortete, als wir ihn nach der Ursache fragten:

„Mein erster Geiger hat gekündigt, gleich jetzt nach dem Konzert, weil ich ihm eines Fehlers wegen eine Bemerkung machte. Diese Herren sind jetzt so zartfühlig und nervös, daß es eine wahre Kunst ist, sie länger als ein Vierteljahr beim Taktstock zu erhalten. Besonders die ersten Geiger. Jeder von ihnen hält sich natürlich für einen Paganini, auf den die Millionen nur so warten."

„Ja, die alten Zeiten sind auch in Ihrem Fach vorüber", klagte ein reicher Rentner, der nie ein Konzert des Kapellmeisters versäumte. „Früher lernte man sich die Jungen an, setzte einen jeden an das für ihn passende Instrument, zog ihn langsam groß und konnte versichert sein, daß es nicht leicht einem einfallen werde, sogleich nach dem Flüggewerden in die Welt zu laufen. Heute ist das anders; es gibt einen ewigen Wechsel, ein immerwährendes Hasten und Jagen nach Ersatz der abgehenden Kräfte. Ich möchte nicht Kapellmeister sein!"

„Warum nicht! Wenn dieses Suchen nur von Erfolg wäre! Finde ich aber im Laufe des Monats nichts Gescheites, so muß ich nehmen, was sich mir bietet, und jage nach vier Wochen den Neuen wieder fort, um mit einem noch Neueren noch größeren Ärger zu haben. Ich würde viel, sehr viel dafür geben, wenn ich einen begabten Menschen fände, den ich mir für die erste Violine heranbilden könnte, ohne befürchten zu müssen, daß er mir nach der Lehrzeit gleich wieder von dannen geht."

„So?" fragte ich. „Wieviel würden Sie denn geben?"

„Nun, auf einen Tausender würde es mir nicht ankommen."

„Topp! Ich halte Sie beim Wort! Ich kann Ihnen helfen."

„Haben Sie vielleicht einen Paganini für mich?"

„Ja, droben im Gebirge."

„Wie alt?"

„Fünfzehn."

„Und da wollen Sie schon wissen, daß er ein erster Geiger wird?"

„Ich habe ihn gehört. Genügt Ihnen das nicht?"

„Wenn Sie das in diesem Ton sagen, muß es genügen; dann steckt in dem Jungen sicher ein ausgesprochenes Talent."

„Noch mehr! Ich möchte behaupten: sogar ein Genie!"

„Donner und Doria! Wer ist denn dieser zukünftige Wilhelmi oder Ola Bull?"

„Er ist der Sohn eines armen Strumpfwirkers oben im Gebirge. Ich hätte die Familie gern dazu bestimmt, den verheißungsvollen Jungen in die Stadt zur Ausbildung zu schicken, bin aber so gründlich abgeblitzt, daß ich die Leute eigentlich nicht mehr belästigen wollte. Aber nach dem, was Sie vorhin sagten und wünschten, möchte ich doch noch einen Versuch machen, diesen genial veranlagten Knaben vom öden Strumpfwirkerstuhl wegzureißen. Sooft ich bisher an den Jungen dachte, hat es mir immer wie ein schwerer Vorwurf wegen einer unerfüllten Pflicht aufgelegen. Vielleicht helfen Sie mir, mich des Vorwurfs zu entledigen, indem ich durch Sie diese Pflicht erfülle."

„Das klingt ja ungemein feierlich."

„Es ist mir allerdings sehr ernst mit dieser Sache. Hören Sie!"

Ich erzählte meine auf die Familie Vogel bezüglichen Erlebnisse. Die anwesenden Herren hörten mit großer Aufmerksamkeit zu, die sich, besonders bei dem Kapellmeister, immer mehr steigerte. Als ich geendet hatte, sprang er auf und rief:

„Wenn es so ist, dann fahre ich unbedingt hinauf zu diesen Leuten. Der Junge ist eine prachtvolle Erwerbung für mich. Den muß ich haben! Denken Sie, daß ich ihn erhalte?“

„Nicht leicht“, antwortete ich. „Es kommt aber immerhin auf einen Versuch an, der Ihnen nur die Versäumnis zweier Tage kosten würde.“

„Ja; aber Sie müssen mit, denn ich befürchte, daß der sonderbare Kerl mir gar nichts vorspielen würde. Und ich könnte das Nützliche mit dem Angenehmen verbinden, indem ich einen früheren Schüler von mir besuche, der jetzt die Kapelle in Bad Ottenstein bei Schwarzenberg übernommen hat. Ich denke, daß Sie sich auch zwei Tage losmachen können. Sie fahren also mit. Mir paßt es am besten übermorgen mit dem ersten Zug. Und Ihnen?“

„Ich stecke allerdings bis über die Ohren in Arbeit. Doch werde ich es zu ermöglichen suchen.“

„Schön! Abgemacht! Aber dieser neue Stern am Himmel der Tonkunst muß gefeiert werden. Heda, Kellner! Bringen Sie eine Flasche vom Besten!“ — —

Wir fuhren also am übernächsten Morgen und kamen am Nachmittag oben an. Natürlich begaben wir uns sofort nach der Wohnung des Professors Vitzliputzli, der, als er den unbekannten Gast sah, nicht übel Lust zeigte, uns die Tür vor der Nase zuzuwerfen. Glücklicherweise beschäftigte er sich gerade mit der Untersuchung der verschiedenen Klangfarben der indianischen Musikinstrumente, und es gelang mir, ihn zu überzeugen, daß ein Kapellmeister mit seinem feinen und wohlgeübten Ohr die geeignetste Person sei, in dieser Angelegenheit sein Sachverständigenurteil abzugeben. Er fühlte sich tatsächlich im Verlauf der Unterhaltung so zufriedengestellt, daß ich, als der Abend hereinbrach, dem Professor gute Worte geben mußte, bis er uns die Erlaubnis erteilte, ihn zu verlassen und die Familie Vogel aufzusuchen.

Wenn es mir so große Mühe gemacht hatte, den Knazu bewegen, bloß mir etwas vorzuspielen, so stand zu befürchten, daß er zweien gegenüber noch schüchterner sein werde. Daher schlug ich dem Kapellmeister vor, er solle vor dem Haus warten, während ich allein hineingehen wollte.

Als ich die Stube betrat, saß die Familie beim Abendessen. — Kartoffeln mit ein wenig Quark. Es war wirklich herzerfreuend, wie schnell und froh alle von ihren Sitzen fuhren, als sie mich erblickten. Die Frau hatte sich leidlich erholt und lud mich, nur der Gewohnheit folgend, zum Essen ein. Ich erhielt, als ich mir einige Kartoffeln geschält hatte, einen Löffel voll Quark auf einer Untertasse vorgesetzt. Bei der ältesten Tochter kam und ging die Röte im Gesicht; sie hatte in einer bessergestellten Familie gedient und wußte gar wohl, daß ich eigentlich nicht an ihren Tisch paßte. Aber Franz, der Junge, auf den ich es abgesehen hatte, blickte ganz stolz darein, daß ich heute gezwungen war, meinen Hunger aus seiner Schüssel und auf seine Kosten zu stillen. Das brachte uns einander näher, und als ich verschiedene gleichgültige Fragen an ihn richtete, zögerte er mit seinen Antworten gar nicht so wie im vergangenen Winter.

An der Wand hing eine neue Geige.

Als Vogel sah, daß sie meine Aufmerksamkeit erregte, erklärte er:

„Das haben wir halt nur Ihnen zu verdanken; es is von dem Geld gekooft, was Sie der Großmutter geschenkt haben. Ich habe fünf Mark dafür bezahlt; die vorige aber hat bloß zwanzig Groschen gekostet."

„Also über noch einmal so teuer! Das ist allerdings ein großer Unterschied."

„Ja; aber sie is ooch danach. Woll'n Sie sie vielleicht einmal hören?"

„Gern; nachher wenn Sie gegessen haben."

„Ja, da mag der Franz mal was Ordentliches vorspielen."

Der Knabe weigerte sich heute nicht. Er ging, als die letzte Kartoffel verzehrt war, um die Geige zu holen, gab sie mir in die Hand und fragte zutraulich:

„Is die nich viel besser als die vorige, he?"

„Es scheint so. Für fünf Mark kann man aber auch schon etwas verlangen. Das Aussehn ist gar nicht übel."

„Sie sollen's gleich zu hören bekommen."

Er nahm sie mir wieder aus der Hand und begann zu geigen. Schon nach wenigen Augenblicken bemerkte ich, daß er in der kurzen Zeit ganz bedeutende Fortschritte gemacht hatte, und regte ihn durch einige wohlberechnete Zurufe an, sein Bestes zu zeigen. Ich stand mit dem Rücken gegen die Tür, er aber so, daß er diese im Auge hatte. Da brach er plötzlich mitten im Spiel ab und fuhr, als ob er ein Gespenst erblickt habe, mitsamt der Violine hinter den Strumpfwirkerstuhl. Ich sah mich um. In der geöffneten Tür stand der Kapellmeister.

„Sie hatten vollständig recht", rief er mir zu. „Unsere Reise wird sich reich lohnen!"

„Wer — — wer — — is denn das? Was — — was wollen denn Sie?" fragte der Hausherr in seinem ‚geschmolzenen Tenor'.

„Ihren Sohn will ich."

„Meinen — — meinen Sohn? Meinen Jungen? Wozu denn?"

„Um einen Musiker aus ihm zu machen."

„Das is gar nich nötig, denn das is er doch schon jetzt."

„Nein. Jetzt ist er noch ein Stümper; aber er besitzt das Zeug dazu, ein tüchtiger Künstler zu werden."

„Was — was wäre er itzt? Een — een Stümper?"

Der Junge steckte den Kopf hinter dem Arbeitsstuhl hervor, um sich den Mann einmal genauer zu betrachten, der es wagte, ihn einen Stümper zu nennen.

„Ja, ein Stümper", wiederholte der Kapellmeister. „Durch einen tüchtigen Lehrer — — —"

„Lehrer?" unterbrach ihn der Vater. „Denken Sie etwa, daß er keenen tüchtigen Lehrer gehabt hat?"

„Ja, das denke ich."

„Ach! So! Und wissen Sie denn, wer sein Lehrer gewesen is und noch heut is?"

„Sie!"

„Ich! Sehn Sie doch mal an! Das wissen Sie also, und dennoch behaupten Sie, daß er keenen guten Lehrer gehabt haben soll!"

„Das war keineswegs so gemeint, wie Sie es auszudeuten scheinen. Sie dürfen dieses Wort ja nicht übelnehmen, denn — —"

„Übelnehmen? I, wo denn gar! Es fällt mir gar nich ein, Ihnen was zu verübeln! Eenem Menschen, der von der Sache so wenig versteht wie Sie, kann kein Vernünftiger was übelnehmen. Sie reden wie der Lahme vom Tanzen und wie der Blinde von der Farbe! Da is der Herr Lingenist hier doch een ganz andrer Kerl! Der war ganz entzückt über meinen Jungen! Der Franz een Stümper und ich een schlechter Lehrer! Nee, so was geht noch weit über die Mützenprobe! Junge, gleich gehste mal her und spielst dem fremden Kerl das Stück vor, was du in der letzten Woche eingeübt hast! Komm nur her! Brauchst dich vor so eenem Neidhammel nich zu schämen!"

Franz schien derselben Ansicht zu sein. Sein Stolz und sein Zorn waren erwacht. Er wollte zeigen, was er gelernt hatte. Er trat hinter dem Stuhl hervor, setzte seine Geige an, warf auf den Kapellmeister einen verächtlichen Blick und begann zu spielen. Es war eine nicht leichte Übung in Es-Dur von Czerny oder Clementi. Ich kannte sie nicht, und ich gestehe gern, daß es mir wohl nicht gelungen wäre, sie ganz fehlerfrei vom Blatt zu spielen. Er hatte ein sehr schnelles Tempo angenommen; die Töne quollen nur so unter den Fingern der linken Hand hervor. Es war klar, daß er gerade durch diese Schnelligkeit Eindruck machen wollte. Als er fertig war, wendete sein Vater sich in sehr zuversichtlichem Ton an den Kapellmeister:

„Na, haben Sie's gehört! Das hat er von mir, von seinem Vater und Lehrer!"

„Spielen Sie das Übungsstück auch?" fragte der Dresdener Künstler.

„Nee. Für mich is es freilich viel zu schwer. Ich bin nur Cellist; aber Unterricht kann man ooch geben, ohne een Virtuos zu sein!"

„Das ist richtig; aber der Unterricht ist dann auch darnach. Man muß dem Schüler zeigen können, wie es gemacht werden soll."

„Na, da pfeifen Sie doch mal, Sie Klugpfeifer, Sie! Sie halten mich also noch immer für keenen guten Lehrer und den Jungen für eenen Stümper?"

„Ja."

Der Strumpfwirker war jetzt ein ganz anderer Mann geworden. Von seinem sonst so bescheidenen, ja verschämten und furchtsamen Auftreten war nicht eine Spur mehr vorhanden. Die vermeintliche Kränkung hatte ihn in Harnisch gebracht. Er riß seinem Sohn die Geige und den Bogen aus der Hand und hielt beides dem Kapellmeister hin:

„Da, da, machen Sie's doch besser! Ich will doch sehn, ob Ihre Kunst ooch so groß is, wie Ihr Mund, den Sie über mich und meinen Jungen offreißen! Also los!"

Ja, er fing an, der Kapellmeister, aber wie! Nach einigen kräftigen Bogenstrichen begann er eins jener prickelnden Meisterstücke, an denen unser heutiges

Künstlertum so reich ist. Was soll ich es beschreiben! Vogel fuhr bei den ersten Klängen förmlich vor Schreck zurück, während das Stück auf seinen Sohn gerade die entgegengesetzte Wirkung ausübte. Der glitt näher und näher und staunte den Spieler mit weit geöffneten Augen an. Dann stieg er auf den Sitz des Arbeitsstuhls, um die Finger und Bogenbewegungen genauer beobachten zu können. Seine Augen strahlten heller und heller; seine Wangen färbten sich röter und röter; er war begeistert und entzückt. Als das Stück zu Ende war, faltete er die Hände und sagte:

„Das — das möcht ich ooch können! Das — — das muß ich ooch so lernen, Vater!"

„Nun", fragte der Kapellmeister den alten Vogel lächelnd, „kann ich ebensogut spielen, wie ich den Mund aufzureißen verstehe?"

„Das — — das — — das war ja schrecklich schön, geradezu fürchterlich schön!"

„Sie sind also zufrieden mit mir?"

„Fragen Sie doch nich so! Wer's so kann, wie Sie, der braucht nischt mehr zu lernen!"

„Da irren Sie sich! Ich habe noch viel zu lernen und übe mich täglich. Aber nun will ich Ihnen auch zeigen, wie die Übung gespielt werden muß, die Sie Ihren Sohn gelehrt haben. Passen Sie auf!"

Das klang nun freilich ganz anders! Der Junge hatte vorhin die Töne nur geschickt und geschmeidig herausgeworfen; jetzt aber kam der musikalische Gedanke und dessen Durchführung in allen ihren Abstufungen zu einer klaren, reizvollen Geltung.

Die Zuhörer blieben zuerst vor Staunen sprachlos. Dann jubelte der Junge:

„Vater, du kannst nischt, und ich kann ooch nischt; aber ich muß es lernen!"

„Dazu gehört ein tüchtiger Lehrer", bemerkte der Kapellmeister.

„Aber den gibt's hier nich!"

„So komm mit mir! Ich will dir Unterricht geben."

„Wohin denn?"

„Nach Dresden."

„Nee, nee, das geb ich nich zu! Das is zu weit!" fiel der Vater ein.

„Ja, ich geb's ooch nich zu!" stimmte die Mutter bei. „Der Junge is nich Ihrer, sondern unser!"

„Er soll auch der Ihrige bleiben! Aber er wird bei mir ein berühmter Mann werden!"

„Wenn er mit fort soll, dann lieber nich! Wer sind Sie denn eegentlich, daß Sie so mir nischt, dir nischt hierher kommen und uns den Jungen nehmen wollen?"

„Dieser Herr ist Königlicher Kapellmeister in der Residenz", erklärte ich. „Durch ihn wird nicht nur Ihr Sohn, sondern Ihre ganze Familie glücklich werden."

„Königlicher — — Kapell — — meister?" murmelte die Großmutter. „Das is een großes Tier! Na, Tochter und Schwiegersohn, überlegt's euch ordentlich, bevor ihr den Herrn fortweist! Ich wollt erst ooch nischt davon wissen, daß der Junge fort soll; aber wenn er gar so een Talent hat, und wenn sich solche Leute seiner annehmen wollen, da wär's am Ende doch nicht recht, wenn wir ihn derheeme behielten."

„Red doch nich!" widersprach Vogel. „Du gibst ihn doch selber ooch nich her! Hier bei uns verdient er sein Geld. Wenn's ooch nur een paar Pfennige sind, so können wir's doch gebrauchen. Dort aber müßt er viele Jahre Lehrjunge sein und verdiente keenen Pfennig; ja, wir müßten ihm sogar noch alles schaffen, was er braucht, und in Dresden is das viel teurer als hier bei uns."

„Diese Sorge sollen Sie sich nicht machen", entgegnete der Kapellmeister, „ich bin bereit, sie Ihnen abzunehmen, falls Sie mir Ihren Sohn anvertrauen."

„Ohne daß wir's nachher zu bezahlen brauchen?"

„Ja."

„Kleeder, Wäsche, Wohnung, Essen und Trinken?"

„Alles!"

„Und wie lang müßt er bei Ihnen bleiben?"

„Darüber hätten wir uns zu vereinbaren."

„Und wie lang dauert's, bis er sich was verdient?"

„Ich bin bereit, ihm nach drei Monaten schon ein kleines Gehalt auszuzahlen."

„Wieviel?"

„Je nach den Fortschritten, die er macht. Sagen wir einmal, dreißig Mark für den Monat in der ersten Zeit, nach abermals drei Monaten fünfzig."

„Dreißig Mark! Und nachher gar schon fuffzig! Hast's gehört, Frau?"

„Ja; aber ich will nich!"

„Bedenk aber doch, das schöne Geld!"

„Wenn ooch! Ich mag nich! Der Junge bleibt da; ich geb ihn eemal nich her! Hört, Kinder, der Franz soll fort! Was meent ihr dazu?"

„Nee, nee, nee!" antworteten die Kleinen heulend.

„Da haben Sie's! Er darf nich fort. Die Kleenen geben ihn ooch nich her. Es ist besser, wenn er in der Heimat bleibt."

„Nein, es ist nicht besser, weder für ihn noch für Sie. Er kann Sie später unterstützen; Sie können wohlhabende Leute werden!"

„Ja, aber ob's wahr is!"

„Und er kann Musikdirektor werden."

„Das sagen Sie nur bloß."

„Oder Kapellmeister."

„Hören Sie, machen Sie uns das nich gar so lustig her! Es kommt doch später anders, als man heute denkt. Ich geb ihn nich her; er bleibt da; er geht nich mit."

Man merkte, daß die Frau am meisten dagegen war. Der Mann und die Großmutter waren schon halb gewonnen. Die älteste Tochter hatte bis jetzt kein Wort dazu gesagt; nun begann auch sie, ihrer Mutter zuzureden, doch vergeblich; diese stemmte sich mit aller Kraft dagegen, den Sohn herzugeben.

Da kam mir ein Gedanke. Wir wollten nach Bad Ottenstein. Dort gab es Konzert. Diese Leute hier hatten wohl noch kein eigentliches Konzert gehört und keinen Kapellmeister dirigieren sehen. Wie, wenn wir sie mitnahmen? Wenn sie den Leiter mit dem Taktstock sahen und sich sagten, daß aus ihrem Sohn auch so ein großer Geist werden solle, dann gelang es uns vielleicht, ihn aus den mütterlichen Banden loszubekommen. Ich beschwichtigte also:

„Überlegen Sie sich den Vorschlag des Herrn Kapellmeisters nur in Ruhe! Wir haben ja Zeit. Ich wollte für heut einen andern Vorschlag machen, lieber Vogel. Haben Sie schon einmal so ein richtiges Cellosolo mit Orchesterbegleitung gehört?"

„Nee, noch nich", antwortete er. „Ich hätte freilich gern mal so was Ordentliches gehört; aber's Geld gibt's nich her. Man müßte in die Stadt gehn und dort een Konzert bezahlen. Das is für Unsereenen aber viel zu teuer."

„So will ich Ihnen die Gelegenheit dazu geben. Wir wollen morgen nach Ottenstein, da spielt die Badekapelle. Haben Sie Lust, mitzukommen, wenn wir die Fahrt und alle Unkosten für Sie bestreiten?"

„Warum nich? Von Herzen gern."

„So brauchen wir zwei Wagen, denn Franz und Ihre Frau sollen auch mit, und wenn Martha Lust hat, darf sie auch mitfahren. Die Großmutter wird inzwischen gern bei den Kleinen bleiben."

Hei! War das eine Freude, die ich da anrichtete! Ins Bad, ins Konzert! Nicht zu Fuß, sondern zu Wagen! Und mit so vornehmen Herren! Das waren für diese armen Leute vier höchst triftige Gründe, aus einem Entzücken in das andere zu fallen. Die Beteiligten flossen von Freude und Dankbarkeit über, und als wir gingen und Vogel uns hinausbegleitete, hörte ich seine Frau hinter ihm zu ihrer Mutter sagen:

„Der Herr Lingenist is doch der Gescheiteste und Guteste. Der fährt uns gar noch zum Konzert!" —

Am nächten Tag fuhren wir nach dem Mittagessen nach Schwarzenberg und Bad Ottenstein hinüber. Professor Vitzliputzli war auch mit bei der Gesellschaft. Den Kapellmeister hatte ich gebeten, über seine Pläne mit dem Knaben vorläufig zu schweigen, um seine Eltern, besonders aber die Mutter, nicht kopfscheu zu machen.

Wie stolz blickten diese Leute um sich! In jedem ihrer Blicke lag, wenn jemand uns begegnete, die Aufforderung: „Schaut uns doch mal an! Seht ihr denn nicht, was für vornehme Leute wir sind? Wir fahren ins Bad und gar noch zum Konzert!" In Ottenstein ging der Kapellmeister gleich, seinen Bekannten aufzusuchen. Er kehrte unverrichteter Sache zurück, war dabei aber ganz vergnügt. Den Grund davon sah ich ein, als er meldete:

„Mein früherer Schüler ist mit seiner Musikkapelle nach Zwönitz; ich kann ihn also leider nicht sprechen. Dafür aber spielt heute eine Militärkapelle aus Zwickau hier."

Die Soldaten in ihren Waffenröcken machten jedenfalls einen noch größeren Eindruck auf unsere Gefährten; das dachte er sich, und das dachte ich mir auch. Wir nahmen dicht bei der Musik Platz. Der Raum füllte sich nach und nach mit Besuchern, und dann stellten sich die Hoboisten ein. Wie schauten die Glieder der Vogel schen Familie, als sie so viele Spielleute mit blanken Knöpfen, goldenen Tressen und sonstigen Auszeichnungen sahen! Und nun gar, als der Stabstrompeter in seinem Festschmuck kam!

„Wer is denn das?" fragte die Frau.

„Das muß een großer Offizier sein!"

„Es ist der Musikdirektor", antwortete ich.

„Der Musikdirektor? Ojemine! Is das aber een feiner und goldener! Wie is der denn das geworden?"

„Wahrscheinlich ist er nach Dresden gegangen, um tüchtig Geige oder ein anderes Instrument spielen oder blasen zu lernen, hat das Konservatorium besucht und ist dann in eine Militärkapelle eingetreten."

„Könnt unser Franz das Konservatorium ooch besuchen, wenn er in Dresden wäre?"

„Ja."

„Hm! Wie weit is denn eegentlich Dresden von uns?"

„Wenn man früh abfährt, ist man mittags dort."

Der Stabstrompeter hob den Taktstock; die erste Nummer begann. Ich beobachtete meine Leute. Franz schwamm in Wonne; Martha lauschte wie atemlos und sah sehr oft zu mir herüber, wohl, um an meinem Gesicht zu erkennen, ob das Stück mir auch gefalle. Ihr Vater hatte zwar die Miene eines Kenners angenommen, doch wurde diese immer weniger kritisch, und endlich gab er sich dem Eindruck, den die Musik auf ihn machte, ganz ohne Widerstreben hin. Auch die Mutter besaß nicht die Kraft, diesen Tönen, diesen Tressen und Knöpfen und diesem zweierlei Tuch zu widerstehen; sie war entzückt; das sah man ihr deutlich an. Ihre Augen gingen zwischen dem Dirigenten und ihrem Sohn hin und her. Sie mochte sich wohl sagen, wie dieser sich in der Uniform eines Stabstrompeters ausnehmen würde. Als das Stück zu Ende war, rief sie aus:

„Nee, so was! Das is doch eenzig in der Welt!"

„Was denn?" fragte ihr Mann. „Wir derheeme machen doch ooch Musik!"

„Ach, wer redet denn von Musik?"

„Na, von was denn?"

„Der Respekt, der großartige Respekt!"

„Wo denn?"

„Den die andern vor dem Obersten haben. Die hängen mit ihren Oogen nur so an seinem Gesicht, und wie er winkt, so geht's. Wenn er die Arme breet macht und bloß mit den Fingern wedelt, so blasen sie duhsemang und immer duhsemanger; aber wenn er die Arme in die Luft wirft, so geht's gleich wie mit allen Teufeln los. Es is doch schön, wenn een Mensch so was Ordentliches zu bedeuten hat! Nich?"

„Ja, aber wenn ich wollte und so eene Kapelle hätt', könnt ich's ooch."

„Du? Geh weg, Alter! Das tät dir gar nicht stehn! Aber unser Junge, der Franz! Und so eene Uniform dazu! Herr Lingenist, also, wenn man früh fortfährt, da is man zu Mittag schon in Dresden?"

„Ja", antwortete ich mit innerem Vergnügen.

„Und könnt so een junger Musikant ooch mal heeme fahren?"

„Natürlich."

„Oder is es vielleicht gar erloobt, ihn mal in Dresden zu besuchen?"

„Auch das! Ganz wie Sie wollen!"

Von jetzt an wurde sie nachdenklicher; sie begann im stillen mit ihrem gestern ausgesprochenen Entschluß zu kämpfen. Diese Nachdenklichkeit steigerte sich von Stück zu Stück. Nach der ersten Abteilung des Spielplans wendete sie sich wieder an mich:

„Meenen Sie, daß der Franz in Dresden ordentlich zu essen kriegte?"

„Besser, viel besser als zu Haus!"

„Und früh seinen warmen Kaffee?"

„Das können Sie sich doch denken. Und in der Residenz gibt's keinen solchen Blümchenkaffee mit Zichorie wie bei Ihnen."

In der zweiten Abteilung war ein Pistonsolo eingeschaltet, das der Stabstrompeter selber blies. Er erntete großen Beifall. Alles klatschte, und er mußte das Stück wiederholen.

Darauf fragte sie mich:

„Wie heeßt denn so eene Trompete, off der er so scheene geblasen hat?"

„Posthorn."

„Was denken Sie, könnt' unser Franz das Ding nich ooch lernen?"

„Wenn er Lust dazu hat, bekommt er in Dresden die beste Gelegenheit dazu."

„Hören Sie, Herr Lingenist, es scheint in Dresden doch etwas anders zu sein, als ich mir vorher dachte."

„Anders ist es allerdings, ganz und gar anders. Wenn Sie einmal hinkämen, würden Sie sich wundern."

„Was kost's denn off der Eisenbahn?"

„Fünf Mark hin und zurück in dritter Klasse."

„Fünf Mark, also eenen Taler und zwanzig Neugroschen! Um Gotteswillen!"

„O, das könnten Sie dann schon erschwingen, da ja Ihr Sohn bald gut verdienen würde und Ihnen das Reisegeld schicken oder vergüten könnte."

Als die zweite Pause anbrach, war sie in ihrem Innern schon soweit, sich bei mir zu erkundigen:

„Also in schlechte Gesellschaft käme er dort nich?"

„Nein, er hätte auch gar keine Zeit dazu. Tagsüber hätte er Unterricht, und des Abends würde er sich an Konzerten beteiligen, die dort als die feinsten bekannt sind."

„Da kommen wohl vornehme Leute hin?"

„Ja, Offiziere, zuweilen sogar der König und die Königin."

„O jemine, der König und die Königin! Die würde unser Franz also zu sehn kriegen?"

„Gewiß."

„Was für een Glück und für eene Auszeichnung! Ich hab sie noch net gesehn, solange ich schon lebe, und der Junge kriegte sie sofort zu Gesicht! — Mann, hast's gehört?"

„Ja", entgegente er, der sich bis jetzt nicht geäußert hatte. Ich bemerkte, daß sein Gesicht einen entschlossenen Ausdruck angenommen hatte.

„Und was sagste dazu?" fragte sie.

„Was is da zu sagen! Er geht eben hin!"

„Nach Dresden?"

„Ja. Ich werde doch keen solcher Unmensch sein, ihn zurückzuhalten, wenn so was Großes aus ihm gemacht werden soll. Das is ja eene Ehre, die dem ganzen Dorf widerfährt."

„Eene Ehre!" wiederholte sie halblaut, schon jetzt im Vorgefühl dieser Ehre schwimmend.

„Also du hast nichts dagegen?"

„Nee. Und du?"

„Ich ooch nich. Aber ich will ihn nich ganz alleene fortgehn lassen!"

„Ganz alleene? Wie meenste das?"

„Es muß jemand aus der Familie bei ihm sein; anders tu ich's nich! Er is noch viel zu jung, um in die weite Welt zu gehn. Er muß jemand von uns bei sich haben. Darauf bestehe ich; sonst geb ich ihn nich her."

„Aber wer soll denn mit? Etwa du?"

„Nee, ich kann doch unmöglich fort!"

„Ich ooch nich. Oder deine Mutter?"

„Wo denkste hin! Die is viel zu alt dazu."

„Na, wer denn sonst?"

„Ich will mir's überlegen."

Und am Schluß des Konzerts, als der Beifall gar kein Ende nehmen wollte, klatschte sie auch mit und sagte dann zu mir:

„So was Großartiges habe ich noch nich gehört! — Was sagen Sie zu unsrer Martha, Herr Lingenist."

„Sie scheint ein gutes, braves Mädchen zu sein."

„Das is sie ooch; darauf können Sie sich verlassen! Sie is schon in Dienst gewesen und hat gutes Lob davongetragen. Ihre Herrschaft wollte sie gar nicht fortlassen;

sie mußte aber, meiner Krankheit wegen. Jetzt, wo ich wieder gesund bin, kann ich sie ooch wieder entbehren. Täten Sie sie mit nach Dresden nehmen?"

„Hm. Um dies beantworten zu können, muß ich vorher wissen, was sie dort soll."

„Bei ihrem Bruder soll sie sein."

„Bestehn Sie wirklich darauf?"

„Ja. Alleene laß ich ihn off keenen Fall fort. Wenn die Martha nich bei ihm sein kann, da bleibt er derheeme."

Ich sah den Kapellmeister fragend an. Er bemerkte der guten Frau:

„Sie wissen nicht, daß Sie damit mir und Ihrem Sohn die Angelegenheit erschweren. Er wird bei mir wohnen und wie ein Familienglied behandelt. Als was soll dann seine Schwester bei uns sein?"

„Nun, eben als seine Schwester."

„Die auch ihre freie Wohnung, Kost und so weiter beansprucht?"

„Hm, ja, das is nu so eene Sache. Was Sie da sagen, das kann ich freilich nich verlangen. Könnte sie denn nich als Dienstmädchen bei Ihnen eintreten?"

„Das allerdings; aber wir haben ein Mädchen, das schon jahrelang bei uns ist; sie will nicht fort, und wir sind mit ihr sehr zufrieden. Na, vielleicht läßt sich ein Ausweg finden. Also Sie geben mir den Jungen?"

„Ja; aber eene Bedingung habe ich noch!"

„Noch eine? Welche?"

„Daß ich und mein Mann ihn begleiten dürfen. Wir müssen uns doch überzeugen, daß er ordentlich untergebracht wird."

„Dagegen habe ich nichts; Sie fahren also mit, und zwar morgen schon."

„Morgen?" fragte sie erschrocken. „So rasch? Warum denn das? Können wir ihn denn nich noch een paar Wochen behalten?"

„Das hätte keinen Zweck und wäre ganz im Gegenteil eine nicht zu entschuldigende Zeitverschwendung. Da ich selber hier bin, ist es besser, ich nehme ihn mit."

„Aber wir haben uns doch gar nich darauf eingerichtet."

„Es wird trotzdem gehn. Das, was die Kinder mitzunehmen haben, wird nicht so bedeutend sein, daß es längerer Vorbereitungen bedarf. Sie fahren morgen mit. Sind Sie damit einverstanden, so bezahle ich Ihnen die Fahrkarten und alles, was Sie in Dresden brauchen."

„Das wäre freilich hübsch, aber es geht doch nich so rasch. Von meiner Schnappenjacke sind hinten die Bänder los."

„Die nähen Sie heut abend an."

„Un meine Schuhe müssen gewichst werden!"

„Das ist in zehn Minuten geschehn."

„Da kommen Sie schöne an! Die müssen sechs- oder achtmal gewichst werden, ehe sie Glanz kriegen, weil sie jahrelang nur immer mit Fischtran eingeschmiert worden sind. Und mit meinem Mann seinen Stiefeln is es ebenso. Ungewichstes Schuhwerk aber ziehn wir off keenen Fall an, denn wir wissen ooch, was sich schickt. Was würden die Menschen in Dresden sagen, wenn wir nur geschmiert dort rumliefen! Nee, das geht nich, das geht partuh nich an! Wenn een Junge den König und die Königin zu sehn bekommt, da müssen seine Eltern ooch nobel sein!"

„Sie werden dennoch mit Ihren Vorbereitungen noch heut abend fertig werden. Wir helfen sämtlich mit."

Die guten Leute förderten noch verschiedene Einwande, die meist zum Lachen waren, ans Tageslicht; alle wurden ihnen aber kräftig widerlegt, wobei uns die Tochter helfend zur Seite stand. Diese strahlte vor Vergnügen darüber, daß sie mit nach der Landeshauptstadt reisen und dort bleiben sollte.

Als wir endlich zur Einstimmigkeit gelangt waren,

ließ der Kapellmeister Papier, Tinte und Feder bringen, um gleich hier an Ort und Stelle die beiden Stücke des Vertrags anzufertigen. Es wurden drei Lehrjahre festgesetzt, während deren der Lehrling von ihm alles, was zum Leben nötig war, ebenso unentgeltlich wie den Unterricht bekommen sollte. Dann hatte er noch drei Jahre in gut besoldeter Stellung zu verbleiben, worauf er Herr seiner weiteren Entschlüsse wurde. Zur Sicherung des Kapellmeisters wurden tausend Mark Reugeld festgesetzt. Die Parteien unterzeichneten, dann der Professor und ich als Zeugen.

So war also das, was ich für so schwer gehalten hatte, doch gelungen. Wir fuhren nach Hause, nachdem es schon dunkel geworden war. Vogels saßen mit ihrem Jungen und dem Kapellmeister in dem einen Wagen; sie wollten sich jetzt keine Minute von ihrem Sohn trennen. In dem anderen saß ich mit der Tochter im Rücksitz, vor uns der Professor neben dem Fuhrmann. Es wurde nur wenig oder fast gar nicht gesprochen. Da suchte plötzlich Martha mit ihrer Hand nach der meinigen, zog sie an den Mund, küßte sie und ließ sie dann so rasch los, als ob sie über ihr Beginnen erschrokken sei. Dann hob sie ihr Gesicht zu mir auf und sagte, wohl um sich zu entschuldigen:

„Das haben wir Ihnen zu verdanken. Sie sind so gut.“ —

*

Am nächsten Morgen ging es fort. Das ganze Dorf befand sich in Aufregung. Die Bewohner nahmen Abschied, als ob es fürs ganze Leben sei. Die Scheidenden machten ihrer gedrückten Stimmung durch Tränen Luft, der Kapellmeister aber winkte und nickte mir fröhlich zu. Er hatte, was er haben wollte.

Was machten dann, als wir in der Hauptstadt ankamen, die guten Leute für Augen und Gesichter! Sie blieben an jedem Fenster stehen, wollten in jede Droschke laufen und sich von jedem Pferdebahnwagen überfahren lassen. Dabei gab es uns Spaß, wie sie, die ihre altmodische Gebirgstracht trugen, die Augen aller Vorübergehenden auf sich zogen. Zwei Tage verbrachten sie in Dresden und kehrten dann, überwältigt von allem, was sie da gesehen hatten, in ihre Heimat zurück. Martha konnte nicht sofort als Dienstmädchen eintreten und wurde zunächst als Gast betrachtet.

Martha

Ich wohnte noch im Verlagshaus in der Dresdner Altstadt; die Wohnung des Kapellmeisters lag nur vier Straßen weit entfernt; dennoch bekamen wir uns wohl drei Wochen lang nicht zu sehen, denn ich war mit Arbeit ebenso überhäuft wie er, konnte keines seiner Konzerte besuchen und fand auch nicht die Zeit, einmal in seiner Wohnung nachzufragen. Da meldete mir eines Nachmittags der Redaktionsdiener eine Dame, die mit mir sprechen wollte:

„Alt?" fragte ich.

„Nein, jung. Vielleicht sechzehn Jahre."

„Fein gekleidet?"

„Auch nicht, aber sauber."

„Vielleicht angehende Schriftstellerin. Habe keine Zeit."

„Wenn die Schriftstellerin ist, so müßte ich mich sehr irren. Sie sieht, obgleich sie sehr hübsch ist, aus, wie ein Gänschen vom Lande, das sich in seine besten Federn gekleidet hat."

„So mag sie kommen!"

Es war Martha. Sie kam zwar einigermaßen verlegen, aber doch zutraulich zu mir an den Schreibtisch und gab mir die Hand:

„Grüß Gott, Herr Redakteur! Der Herr Kapellmeister weiß, daß ich zu Ihnen bin; aber wenn Sie keine Zeit haben, komme ich ein andermal."

Sie sprach nicht ihre erzgebirgische Mundart, denn sie hatte bei ihrer früheren Herrschaft hochdeutsch sprechen gelernt.

„Für Sie habe ich immer Zeit", antwortete ich. „Setzen Sie sich und sagen Sie mir, ob ich Ihnen irgendeinen Dienst erweisen kann!"

Sie nahm sehr bescheiden nur auf einer Ecke des Stuhls Platz, zog ein Papier aus der Tasche und meinte:

„Ja, ich habe eine Bitte, eine sehr große Bitte. Wollen Sie so gut sein und einmal dies lesen!"

Ich nahm das Papier. Man sah, daß es schon alt gewesen war, als darauf geschrieben wurde. Welch eine Schrift sah ich da! Sie war selbst für mich kaum zu enträtseln.

„Die Mutter hat's geschrieben", entschuldigte sich das Mädchen. „Ich sollte es Ihnen gar nicht geben, weil so sehr viel Fehler darauf sind, die Mutter kann's aber nicht besser."

Ich las:

An mayne Dochter Martha:

Wenn die Mussikandenjungen solgen Sbaaß mitt dir magen, den du nich austeen kanst und wen du darum vort willst und wen du da liewer zu dem Herr Linkennitzten möchst, so haewn Wir nikst dargegen. Er ißt ein kuter Mensch und gar nicht stolz und hat kayne Frau verheiyrat und kann ein Mägdchen brauchen waß keyn arbeidt macht und erlich ist. Ge also tzu ihn und sag ihn, daß tu nikst dargegen haßt. Daß schreipt dir deine Muhter, weil dein Vater nicht schreipen kann, den er hatt sich ein bössen Fingern geschnietten. Kürrschbaum blüht und Kraußens Kuh hatt ein Kalp bekomen, ißt gesund. Sei treu und erlig und grüß Deine Muhter.

Ein anderer hätte wahrscheinlich über diesen Brief gelacht; mir aber kam dieser Kampf mit der Rechtschreibung fast heilig vor. Die mehr als einfache Frau hatte ihn gewagt aus Liebe zu ihrer Tochter. Als ich jetzt einen kurzen Blick auf diese warf, sah ich, daß ihre Wangen hoch gerötet waren und ihre Augen ängstlich forschend an meinem Gesicht hingen. Der Inhalt dieses Briefes erklärte mir ihr Erröten. Sie hatte mir ihr Anliegen nicht mündlich vorgetragen, sondern mir das Schreiben gegeben, damit ich auf solche Weise erführe, worüber sie nicht reden mochte. Sie war von den Lehrlingen oder auch Musikern des Kapellmeisters belästigt worden und wollte darum nicht mehr dort bleiben, hatte aber nicht eher einen Schritt getan, als bis ihre Eltern einverstanden waren. Sie wollte gern zu mir und war nun auf meine Entscheidung ängstlich gespannt. Diese konnte leider nicht nach ihrem Wunsch ausfallen; ich mußte mich aber einer umschreibenden Wendung bedienen:

„Liebes Kind, ich würde Ihre Bitte gern erfüllen, aber ich kann kein Mädchen bei mir anstellen; es gibt bei mir zu wenig zu tun."

„Könnte ich nicht die überflüssige Zeit zum Nähen benützen oder zu sonstigen Arbeiten?"

„Ja, aber ich kann doch keinen Dienstboten gebrauchen. - Erstens habe ich keinen Raum dazu, und zweitens ist meine Wohnung und Stellung hier nur vorübergehend. Sobald ein Nachfolger für meine Redaktionstätigkeit gefunden ist, geh ich wieder auf Reisen. Sie wären also schnell abermals stellungslos."

Sie sah niedergeschlagen vor sich hin.

„Aber bei dem Kapellmeister möchte ich auch nicht bleiben!"

„Das sollen Sie auch nicht. Sie sagten mir, daß er Sie zu mir geschickt habe, also weiß er, worum es sich handelt. Bleiben Sie nur noch einige Tage dort; ich werde mich sofort nach einer geeigneten Stellung für Sie umsehen und Sie dann benachrichtigen."

Mit diesem Bescheid mußte ich sie entlassen. Ich erfuhr von dem Kapellmeister, daß seine Leute nicht etwa ungezogen gegen sie gewesen waren, aber großes Wohlgefallen an dem schönen Mädchen gefunden und es mit allen möglichen und unmöglichen Ritterdiensten überhäuft hatten. Die Anbetung dieser halbwüchsigen Virtuosen in spe hatte ihr aber nicht behagt; darum wollte sie fort.

Nachdem sie mich verlassen hatte, trat ich meinen Rundgang durch die Geschäftsräume an und sah dabei, daß Martha draußen vor der Tür mit unserem Oberdrucker sprach. Das ging mich nichts an, und ich beachtete es nicht. Am nächsten Vormittag hatte ich den Setzersaal zu besuchen und schritt dann durch die Druckerei. Als ich den oberen Saal betrat, erblickte ich zu meinem Erstaunen — Martha, die als Punktiererin auf den Stufen der großen Buntdruckmachiene stand. Sie war halb von mir abgewendet und sah mich nicht.

Ich erschrak beinahe. Dieses brave und so leicht eingeschüchterte Mädchen hier unter Arbeitern und Arbeiterinnen, die zwar sittlich völlig unbeanstandet waren, aber es doch in Beziehung auf Umgang und Sprache unter sich nicht allzu genau nahmen. Sie konnte nur vom Oberdrucker eingestellt worden sein, und zwar gestern, als er mit ihr vor der Tür sprach. Er befand sich draußen in der Stereotypie, und ich ging, um mit ihm zu sprechen. Er kam gleich auf mich zu und fing von selbst an:

„Haben Sie die neue Punktiererin gesehen, Herr May? Ich glaube, das ist eine Arbeiterin, die wir nicht plötzlich fortzujagen brauchen wie die vorige."

„Wieso?"

„Ein braves Mädchen, sittsam und arbeitswillig!"

„Wie sind Sie denn zu ihr gekommen?"

„Ich sah sie aus der Tür kommen und dachte, sie hätte hier nach Arbeit gesucht. Deshalb bot ich ihr die Stelle an."

„Sagte sie schnell zu?"

„O nein. Ich mußte sie in die Druckerei führen und ihr alles zeigen. Dann handelte es sich um eine Wohnung, die sie auch gefunden hat."

„Wo?"

„Bei mir. Sie gefiel mir, da habe ich sie zu meiner Frau geschickt, die ihren Narren auch sogleich an ihr gefressen und ihr das kleine Stübchen gegeben hat. Sie ist aus dem Gebirg und hat einen Bruder hier, der Musiker wird und das Konservatorium besuchen soll, stammt also wahrscheinlich aus einer braven Familie."

„Hat sie Ihnen nicht erzählt, was oder wen sie im Haus gesucht hat?"

„Nein, ich habe sie nicht gefragt."

„So will ich Ihnen sagen, daß ich sie und auch ihren Bruder kenne. Ich wünsche, daß sie rücksichtsvoll behandelt wird und die unter den Arbeitern gebräuchlichen Redensarten nicht zu hören bekommt. Sie verstehen mich. Wenn sie irgend etwas brauchen oder wünschen sollte, so sagen Sie es mir!"

Damit war die Sache für einstweilen abgemacht. Ich konnte mir freilich nicht erklären, was Martha veranlaßt hatte, auf das Angebot des Oberdruckers einzugehen, da ich ihr doch versprochen hatte, mich nach einem passenden Unterkommen für sie umzusehen. Nun hatte sie allerdings eine saubere Arbeit, wohnte bei recht ehrbaren Leuten und verdiente bis vierundzwanzig Mark in der Woche. Ich hörte, daß sie dieses Geld nur zu wirklich Notwendigem verwendete, und freute mich darüber.

Im übrigen tat ich so, als ob ich sie noch gar nicht bemerkt hätte. Doch sah ich gar wohl, daß sie sich, sooft ich den Maschinensaal betrat, in Verlegenheit befand und mir mit dem Blick überallhin folgte.

Endlich gab es einmal ein zufälliges Begegnen, dem nicht auszuweichen war. Sie wollte zwar mit einem leisen Gruß an mir vorüber, ich blieb aber stehen und redete sie an:

„Sind Sie mit Ihrer Stellung zufrieden, Martha?"

„Ja", hauchte sie.

„Verursacht die mechanische Arbeit Ihnen keine Anstrengung?"

„O nein, sie ist sehr leicht."

„Sehen Sie zuweilen Ihren Bruder?"

„Täglich. Er besucht mich regelmäßig eine Stunde in meiner Wohnung."

„Gefällt es Ihnen dort?"

„Sehr! Die Leute haben keine Kinder und halten mich wie ihre Tochter."

„Das ist mir lieb. Aber wie sind Sie denn eigentlich auf den Gedanken gekommen, in einer Druckerei zu arbeiten?"

„Es gibt da guten Verdienst; davon kann ich den Eltern schicken. Sie haben schon zwanzig Mark bekommen und hätten noch mehr erhalten, wenn ich nicht so viel anschaffen müßte."

„Das ist freilich wahr. Das Päckchen, das Sie mit nach hier brachten, war reichlich klein. Also der Verdienst ist Ihnen recht; aber ob auch alles andere? Haben Sie unter Ihren Mitarbeiterinnen Bekanntschaften geschlossen?"

„Nein, das tu ich nicht; es gefällt mir auch keine einzige. Ich habe meinen Bruder und meine Arbeit, brauche also keine Freundin."

„Bleiben Sie bei dieser Meinung; es ist die richtige! Aber Sie hätten doch eigentlich auf mein Versprechen etwas geben sollen. Ich hätte Sie in ein gutes Haus, aber nicht in eine Fabrik, eine Druckerei gebracht. Weshalb haben Sie nicht gewartet?"

Sie errötete und schwieg.

„Oder wenigstens mich vorher, ehe Sie ja sagten, um Rat gefragt?"

„Weil — — weil — — —"

„Nun, weil — —? Sprechen Sie doch aus!"

„Weil Sie mir abgeraten, es mir nicht erlaubt hätten", gestand sie ein.

„Wenn Sie das wußten, warum haben Sie da diese Arbeit dennoch angenommen?"

„Weil — — weil — — —" Sie stockte abermals.

„Haben Sie kein Vertrauen zu mir? Ich denke, daß Sie mir die Wahrheit sagen können. Oder nicht?"

„Ja."

„Nun also! Warum sind Sie dennoch hier eingetreten?"

„Weil — — weil — —", antwortete sie so leise, daß ich es kaum hören konnte, „weil Sie mich nicht als Dienstmädchen nehmen konnten."

Ich schwieg einige Augenblicke, um mir diese ihre Worte zu überlegen. Da richtete sie sich aus ihrer zaghaften Stellung in die Höhe und fügte schnell hinzu:

„Sie sind so gut mit uns gewesen, und wir haben Ihnen alles zu verdanken. Wenn ich nicht bei meinem Bruder sein kann, will ich da sein dürfen, wo Sie sind!"

Darauf drehte sie sich um und eilte davon. Also aus Dankbarkeit gegen mich! Das rührte mich. Ich nahm mir vor, sie in ihrer jetzigen Stellung zu lassen und ihr diese so leicht und lohnend als möglich zu machen. Meine zwei Zimmer wurden von einer Arbeiterin in Ordnung gehalten. Da ich mit ihr unzufrieden war, lohnte ich sie also ab und übertrug diese Arbeit Martha, die ganz glücklich darüber war. Sobald ich des Morgens ins Geschäftszimmer gegangen war, kam sie, um ihres Amtes zu walten, was regelmäßig ein Stündchen Zeit in Anspruch nahm. Kehrte ich dann mittags zurück, so fand ich immer irgend etwas, irgendeine Kleinigkeit vor, die den Zweck hatte, mich zu erfreuen. War es eine Feldblume, ein hübsches, unterwegs abgebrochenes Blatt oder irgendeine kleine Veränderung im Zimmer, ich ersah aus allen diesen Dingen, welch einen zarten Sinn, welch ein zartes Gefühl diese arme, ungebildete Strumpfwirkerstochter besaß. Es wurde kein Wort darüber gesprochen; sie wußte aber dennoch, daß ihr Zweck, mich zu erfreuen, in Erfüllung ging.

Die Gemahlin des Besitzers unseres Hauses, eine sehr kluge gütige Dame, nahm sich des umfangreichen Geschäfts beinah ebenso an wie er selber. Sie befand sich sehr oft in den Arbeitssälen, und da war die neue Punktiererin ihr bald aufgefallen. Sie beobachtete sie und sprach mit mir darüber. Infolgedessen wuchs ihre Teilnahme für das brave Mädchen, und sie erbot sich, es in die Familie aufzunehmen. Was ich aber nicht erwartet hatte, das geschah: Martha nahm diese Stellung nicht an.

So vergingen noch Monate, und endlich fand sich ein Nachfolger für den verstorbenen Redakteur. Ich war sehr froh, denn ich wollte so gern wieder fort, hinüber nach Brasilien. Der neue Herr trat an, und ich blieb noch einige Tage, um ihm das Einarbeiten zu erleichtern. Der Verlagsinhaber erwies sich freigebig gegen mich, denn er zahlte mir kurz vor meinem Scheiden eine ganz unerwartete Sondervergütung, und seine Frau erklärte mir, daß die zwei Zimmer, die ich bewohnt hatte, nicht bezogen würden und mir nach meiner Rückkehr wieder zur Verfügung stünden. Ich mußte ihr versprechen, von diesem Anerbieten Gebrauch zu machen.

Zwei Tage vor meiner Abreise durchschritt ich die Druckersäle zum letztenmal. Ich sah, daß Martha zu ihrem Maschinenmeister etwas sagte, worauf er die Transmission aushängte und die Maschine halten ließ. Sie stieg die zwei Stufen herab und kam auf mich zu. Sie hatte mit mir zu reden. Und das mußte mich verwundern, da wir sonst gar nicht miteinander sprachen.

„Sie gehen übermorgen fort, Herr May?" fragte sie.

„Ja."
„Darf ich erfahren, wohin?"
„Über den Atlantischen Ozean."
„Da kommen Sie wohl nicht gleich wieder?"
„Ein Jahr kann es wohl dauern."
„Die gnädige Frau will Ihre Zimmer für Sie bereit halten. Werden Sie dann wieder hier wohnen?"
„Wahrscheinlich. Und Sie? Wo werden Sie nach einem Jahr sein?"
„Noch hier."
„Als Punktiererin?"
„Ja."
„So nehmen Sie doch die Stellung an, die die gnädige Frau Ihnen angeboten hat."
„Nein, sie gefällt mir nicht."
Nach diesen bestimmt gesprochenen Worten stieg sie wieder auf ihre Maschine, die in Bewegung gesetzt wurde.
Während der nächsten Nacht konnte ich nicht schlafen; ich hatte viele Briefe zu schreiben und wurde damit erst gegen Morgen fertig. Es war zu spät, das Bett aufzusuchen, und so legte ich mich im Wohnzimmer angekleidet auf das Sofa und schlief bis über die Zeit hinaus, in der ich sonst ins Kontor zu gehen pflegte. Ich habe von meinen Reisen her einen sehr leisen Schlaf. Ein etwas stärkerer Lufthauch kann mich wecken. Da war es mir, als ob mir jemand leise über das Haar strich, einmal und mehrere Male, und dann legten sich zwei Lippen auf meinen Mund. Das konnte nicht Wirklichkeit, sondern das mußte Traum sein, sagte ich mir und behielt die Augen zu, um diesen sonderbaren Traum ja weiterzuträumen. Draußen vor dem Haus knarrte ein schwerer Lastwagen vorüber — ich schlug die Augen auf und sah vor mir, auf dem Tisch, einen mächtigen Feldblumenstrauß in der Vase stecken. Martha wußte, daß ich Feldblumen gern hatte. Sie war hier gewesen; sie

hatte geglaubt, ich sei schon längst wach und nicht mehr im Zimmer; die Tür war, weil ich während der Nacht gearbeitet hatte, unverschlossen geblieben.

Ich stand auf und sah mir den Strauß von allen Seiten an; er gab mir zu denken. Martha hatte hier geweilt; daran konnte ich nicht zweifeln. Aber die Hand, die mir liebkosend über den Kopf gestrichen hatte, und dann der Kuß? War das nur Traum gewesen, oder — — — Unsinn! Ein so junges, schönes Wesen wird einem so ganz und gar poesielosen Prärieläufer und „Lingenisten" während des Schlafs einen Kuß geben! Es war ein dummer Traum!

Gegen Abend, als die Druckerei geschlossen wurde und Martha heimgehen wollte, rief ich sie zu mir herauf, um ihr die Aufwartung zu bezahlen. Sie streckte zwar die Hand nach dem Geld aus, zog sie aber zurück, als ob sie fürchte, daß die Silberstücke glühend gemacht seien.

„So nehmen Sie doch!" sagte ich.

„Ich kann nicht", antwortete sie.

„Sie haben es doch am Schluß aller früheren Monate genommen!"

„Heut nicht, nein, heut nicht!"

„Sind Sie bei Ihrer beneidenswerten Gesundheit plötzlich nervös geworden? Sie sind ganz blaß!"

„Ja, der Kopf tut mir sehr weh."

„Das ist mir leid, aber doch kein Grund, Ihren so wohlverdienten Lohn zurückzuweisen."

„Ich mag ihn heute nicht. Bitte, legen Sie ihn hier auf den Tisch! Ich hole ihn mir morgen früh."

„Wie Sie wollen. Aber Sie bringen mich in Verlegenheit, denn nun werden Sie höchstwahrscheinlich auch das nicht nehmen wollen, was ich außerdem für Sie habe und Ihnen zurücklassen wollte."

„Wohl ein Geschenk, als Trinkgeld?"

„Nicht! Sie sind mir keine Arbeiterin, keine gewöhnliche Aufwartung gewesen; Sie haben immer im stillen daran gedacht, mich zu erfreuen. Das ist Ihnen stets gelungen, und da wollte auch ich Ihnen eine kleine Freude machen und Ihnen ein Andenken, hören Sie, kein Geschenk, kein Trinkgeld, sondern ein Andenken zurücklassen."

„Was ist's? Zeigen Sie! Was ist's?" fragte sie, indem ihre Wangen sich röteten.

„Eine Kleinigkeit, eine Blume nur. Sie haben mir so oft Feldblumen gebracht, die ich liebe; nun sollen Sie auch einmal von mir eine haben."

„Die nehme ich; die nehm ich gern. Ich werde sie aufheben und in Papier legen, daß kein Blättchen verlorengeht."

„Das ist nicht nötig; die Blätter halten an dieser Blüte fest, wie in Metall gegossen. Schauen Sie!"

Ich entnahm eine Skabiose aus dem Felsengebirg dem Behälter, worin ich sie bereit gehalten hatte, und gab sie ihr. Sie stieß einen Ausruf der Bewunderung aus, als sie das seltsame Gebilde in die Hand nahm. Es glänzte wie in Silber gesetzte Kristalle.

„Herrlich! So etwas habe ich noch nie gesehen! Das ist aber doch keine Feldblume, keine natürliche Blume!"

„O doch, aber überzogen. Ich habe drüben im Yellowstone-Park, wo es Hunderte von heißen Quellen, Geisern und Vulkanen gibt, wo sich auch die Erde öffnet, um flüssiges, natürliches Glas kochen zu lassen, einige dieser Blumen gebrochen und in eine solche Öffnung gehalten; sie haben sich mit dem Schweiß des Glases überzogen und diese reizende Form und diese glänzenden Farben angenommen. Werden Sie diese Blume nehmen?"

„O wie gern! Ich danke Ihnen!"

Sie küßte mir vor Freude die Hand wie damals, als wir auf der Rückfahrt von Bad Ottenstein im Wagen saßen, und eilte dann schnell hinaus. Das Geld aber ließ sie liegen.

Nun gab es noch einzupacken, hunderterlei Kleinigkeiten, die mir jenseits des Ozeans nützlich sein mußten. Darüber verging die Zeit; unten vor dem Fenster wurde es plötzlich hell, und es erklang im vierstimmigen Männerchor das Lied:

„Wenn sich zwei Herzen scheiden,
die sich dereinst geliebt,
das ist ein großes Leiden,
wie's größer keines gibt.“

Das war das Doppelquartett, das aus fünf Setzern und drei Maschinenmeistern bestand. Sie brachten mir ein Abschiedsständchen und hatten dazu dieses Stück gewählt, von dem sie wußten, daß es mein Lieblingslied ist, denn ich hatte es wie oft zum Klavier gesungen.

Darauf mußte ein Dank erfolgen. Ich ging also zu ihnen und führte sie hinüber in die gegenüberliegende Wirtschaft, wo sie des Abends zu verkehren pflegten. Ein Tropfen Wein, das war diesen Familienvätern etwas Ungewöhnliches. Er öffnete ihnen das Herz und die Lippen, und sie erklärten mir, daß alle gewünscht hätten, ich möchte bleiben und nicht immer so wie ein Irrwisch in der weiten Welt herumlaufen. Der Oberdrucker war auch dabei. Er war gesprächig geworden und machte mich darauf aufmerksam, daß er im Begriff stehe, mir ein Geheimnis mitzuteilen.

„Welches denn? Ist's etwas Gutes?“

„Ja.“

„Dann heraus damit!“

Er setzte sich so, daß die anderen nicht hören konnten, was wir sprachen, und sagte: „Martha Vogel wird, wenn Sie nach einem Jahr wiederkommen, wohl nicht mehr auf ihrer Buntdruckmaschine stehn.“

„O doch! Sie hat mir gesagt, daß sie bleiben will.“

„Sie wird aber nicht bleiben, sondern wo ganz anders stehen.“

„Nun, wo?“

„Auf der Bühne.“

„Was? Auf der Bühne? Will sie unter die Schauspieler gehen?“

„Ja.“

„Das wäre jammerschade! Wer hat ihr dieses giftige Insekt ins Ohr gesetzt?“

„Einer, der es versteht, nämlich der Kapellmeister, der ihren Bruder bei sich hat.“

„Das möchte ich nicht glauben, ich kenne ihn und weiß, daß er sich sehr bedenken wird, ehe es ihm einfällt, ein Menschenkind in solche Bahnen zu leiten. Er weiß nur zu wohl, daß das Glück dort sehr häufig gesucht wird, aber am wenigsten zu finden ist.“

„Und dennoch ist es so. Er will auch, grad wie Sie, der Entdecker eines berühmten Künstlers oder einer Künstlerin sein. Martha ist kürzlich bei ihrem Bruder gewesen und hat ein Lied mit ihm gesungen. Das hat der Kapellmeister gehört. Die sofort angestellte Probe hat ergeben, daß sie eine überaus schöne Stimme hat. Das war vor vier Wochen, und nun sind sie daran, diese Stimme auszubilden. Tagsüber arbeitet sie an der Maschine; des Abends bekommt sie Unterricht.“

„Warum nimmt er sie da nicht von der Maschine weg?“

„Er hat gewollt, aber sie will nicht. Sonderbares Mädchen, nicht?“

Dabei sah er mich pfiffig von der Seite an.

„Ja“, antwortete ich.

„Hat aber einen tieferen Grund, den ich niemand sagen darf und Ihnen am allerwenigsten.“

Er hätte ihn mir doch wohl gesagt und auch noch vieles andere dazu, wenn er nicht jetzt von seinen Kameraden in Beschlag genommen worden wäre.

Also Martha wollte, oder vielmehr, sie sollte eine Sängerin werden! Dieser Gedanke war mir widerwärtig!

Das Äußere hatte sie dazu, vielleicht auch die Stimme, denn ihre ganze Familie war musikalisch veranlagt. Aber ihr Herz, ihr Gemüt, ihre Einfachheit, ihre trotz der Jugend so ausgesprochene Gediegenheit! Alle diese Vorzüge kamen dadurch in Gefahr, verlorenzugehen! Konnte ich das verhindern, etwas dagegen tun? Jetzt nicht, heute nicht, dazu war es zu spät, denn kurz nach Mitternacht ging der Zug. Aber nach meiner Rückkehr durfte ich auf Erfolg hoffen. Sie war verständig und hörte gewiß gern meine Gründe an. Ein Jahr! Da stand sie noch nicht auf der Bühne. In so kurzer Zeit wird keine Sängerin fertig.

Der Ölprinz

Meine Abwesenheit von der Heimat dauerte diesmal elf Monate. Als ich auf der Heimkehr in Bremerhaven landete, lernte ich, wie ich bereits anderswo erzählte[1], in Löhrs Hotel einen jungen Mann kennen, der drüben sein „Glück" gemacht und es bis zum Ölprinzen gebracht hatte. Er hieß Konrad Werner und ist nicht zu verwechseln mit dem schon erwähnten Ludwig Jäger, dem Schwager des Strumpfwirkers Vogel, der ebenfalls in der Neuen Welt reich geworden war. Jetzt kehrte Werner in die Heimat zurück, um nach seiner Mutter zu sehen, die noch im Armenhaus lebte, wo er selber geboren war. Auch gedachte er sich in Deutschland „eine Frau zu suchen", wie er mir vorschwärmte. Da seine Heimat droben im Erzgebirg lag, war unser Weg der gleiche, und ich hatte nichts dagegen, daß er sich mir auf der langen Eisenbahnfahrt anschloß. Wir fuhren bis Leipzig zusammen. Hier trennten wir uns. Ich stieg in den Zug nach Dresden, während mein Reisebegleiter die Richtung über Zwickau ins Gebirg einschlug. Bevor wir uns trennten, versprach er mir noch, mich, sobald es ihm

1 Siehe Karl May, Ges. Werke Bd. 21 „Krüger Bei".

möglich sei, in Dresden zu besuchen. Hätte ich damals geahnt, welches Unglück dadurch auf eine Person heraufbeschworen wurde, die meinem Herzen näherstand, als ich harmloser Weltbummler mir träumen ließ, ich hätte nicht so rasch in ein Wiedersehen mit diesem Mann, dessen wahren Charakter ich erst später zu meinem Schaden kennenlernte, eingewilligt.

Wie der freundliche Leser sich erinnern wird, war mir von dem Dresdner Verlagsbuchhändler, dessen Redaktion ich vorübergehend geleitet hatte, gesagt worden, daß man mir meine damalige Wohnung bei ihm bereitstellen werde. Darum hatte ich von Bremerhaven aus diesem Herrn meine Ankunft telegraphisch gemeldet. Ich wurde mit großer Herzlichkeit empfangen und von der Dame in meine zwei traulichen Räume geführt. Auf dem Tisch des Wohnzimmers stand die bekannte Vase mit einem frischen Feldblumenstrauß.

„Von Martha Vogel, die Ihre Aufwartung wieder übernehmen wird, falls Sie es erlauben", erklärte meine Wirtin.

„Steht sie noch immer in Arbeit bei Ihnen?" fragte ich, erfreut darüber, gleich in der ersten Viertelstunde etwas über das Mädchen zu hören.

„Noch immer! Und wir sind sehr zufrieden mit ihr, denn sie ist unsere zuverlässigste und anständigste Arbeiterin. Das Mädchen hat sich ungemein herausgebildet. Ich möchte wissen, woher sie es nimmt."

„Steht sie noch an der Buntdruckmaschine?"

„Ja. Sie nimmt keine andere Arbeit an. Ich wollte sie gern als Stütze zu mir nehmen, aber die alte Maschine scheint es ihr angetan zu haben. Einige Male fragte sie nach Ihnen, ob Sie uns geschrieben hätten und ob Sie nach Ihrer Rückkehr wieder in die Schriftleitung treten würden; sie hält große Stücke auf Sie. Welche Freude, als ich ihr infolge Ihrer Drahtung sagte, daß Sie heut eintreffen würden! Sie bat mich, Ihnen ja keine andere

Aufwartung zu geben, und hat heut schon frühzeitig diesen Strauß gebracht. Was aber die Skabiosen bedeuten, die sie gesondert gebunden hat, kann ich nicht sagen."

„Wissen gnädige Frau vielleicht, wie es ihrem Bruder geht?"

„Der hat riesige Fortschritte gemacht und beginnt Aufsehen zu erregen. Wir haben auf einigen Konzerten Einzelvorträge von ihm gehört, die uns in Staunen setzten. Der Kapellmeister ist aber auch stolz auf diesen seinen Schüler."

Das freute mich herzlich! Meine Voraussagungen in Beziehung auf den armen Strumpfwirkerjungen schienen also in Erfüllung zu gehen. Was die Skabiosen seiner Schwester sollten, das wußte ich gar wohl; ich hatte ihr vor meiner Abreise ja jene Skabiose aus dem Nationalpark geschenkt.

Da heut Sonntag war, an dem nicht gearbeitet wurde, bekam ich Martha nicht zu sehen. Am anderen Morgen ließ ich, wie ich es früher getan hatte, beim Fortgehen die Wohnung unverschlossen und fand bei meiner Rückkehr, daß sie inzwischen dagewesen war. Ich hatte in der Druckerei nichts mehr zu suchen, und der Zutritt war Fremden verboten; als ehemaliger Schriftleiter aber gab ich mir selbst das Recht, Zutritt zu nehmen, und machte einen Rundgang durch die verschiedenen Säle. So kam ich auch in denjenigen, worin sich die Buntdruckmaschine befand. Auf ihrem Tritt stand Martha gerade so wie früher und doch auch nicht so wie früher. Ihre Züge waren nicht hagerer, aber feiner, die Linien ihres Gesichts und ihrer Gestalt edler geworden.

Sie hatte mich nicht kommen sehen. Als ich näher trat, ließ der Drucker die Maschine halten. Sie blickte sich nach der Ursache um und sah mich; sie wurde glühend rot, dann wieder leichenblaß und griff sich nach dem Herzen.

„Guten Morgen Fräulein Vogel", grüßte ich. „Sie waren in meinem Zimmer?"

Sie nickte, als ob sie jetzt nicht sprechen könnte.

„Dann vielen Dank für den gestrigen Feldstrauß. Es war wirklich eine liebe Überraschung für mich. Die Skabiosen sagten mir gleich, wer ihn für mich gepflückt hatte."

Nach diesen Worten ging ich weiter, ohne ihre Stimme gehört zu haben, und bekam Martha heut und auch am nächsten Tag nicht wieder zu sehen. Am dritten Nachmittag klopfte es bei mir. Ich öffnete, und wer stand vor mir? Der Ölprinz.

„Da haben Sie mich", sagte er. „Wenn ich lästig falle, kann ich nicht dafür. Warum haben Sie mich eingeladen!"

„Vom Lästigfallen kann keine Rede sein. Sie überraschen mich im Gegenteil auf das angenehmste, wenn ich leider auch erraten muß, daß die Ursache für Sie weniger erfreulich, ja vielleicht sogar traurig sein wird."

„Da haben Sie recht", meinte er, nachdem er eingetreten war und Platz genommen hatte. „Ich traf meine Mutter nicht mehr an."

„Sie ist tot?"

„Leider, leider! Wie glücklich war ich in dem Gedanken, ihr jetzt ein ganz anderes Leben bieten zu können, als ihr bisheriges gewesen ist."

„Ich will nicht versuchen, Sie mit dem Gemeinplatz zu trösten, daß die schönsten Hoffnungen des Menschen nicht in Erfüllung zu gehen pflegen."

„Danke Ihnen! Und doch bedarf ich gar wohl des Trostes. Ich habe mich der Vernachlässigung meiner Mutter anzuklagen. Daß ich ihr einiges Geld geschickt habe, kann mein Gewissen nicht erleichtern. Ich hätte selbst kommen oder, falls dies nicht möglich war, ihr einen zuverlässigen Menschen schicken müssen, um sie zu mir zu holen."

„Daß Sie um Ihre Mutter trauern, ist selbstverständlich, aber sich mit solchen Vorwürfen zu quälen, dazu liegt kein Grund vor. Denn Sie sind ja selber erst seit Jahresfrist in gute Verhältnisse und dann in jähem Aufstieg zu Reichtum gekommen. Da ist es jedem Einsichtigen klar, daß Sie sich erst in Ihrem so überraschend geschaffenen Wirkungskreis zurechtfinden mußten."

Das sagte ich natürlich, um sein Herz zu erleichtern, und doch war es mir selbst traurig zumute, wenn ich mir den Gegensatz ausmalte. Drüben der Millionär, dem selbst in der halben Wildnis, in der seine Ölwerke lagen, alle Genüsse zur Verfügung standen, und hüben im Armenhaus seine Mutter! Ich machte, um ihn zu zerstreuen, einen kurzen Ausflug mit ihm und hatte dann im Sinn, ihn abends ins Hoftheater zu führen. Vorher besuchten wir eine altbekannte Weinstube, in der sich um diese Zeit die hervorragenden Künstler der Hauptstadt ein kurzes Stelldichein zu geben pflegten. Dort saß mein Freund, der Kapellmeister. Als er mich erblickte, stand er rasch auf, kam auf mich zu und sagte:

„Wo stecken Sie denn eigentlich, lieber Freund? Gestern hörte ich, daß Sie zurück seien, und heut habe ich Sie gesucht wie ein verlaufener Pudel seinen noch verlaufeneren Herrn. Gut, daß der Zufall Sie mir in die Hände führt!"

„Warum?" fragte ich, nachdem wir uns die Hände geschüttelt hatten.

„Warum! Man merkt es, daß Sie von den Feuerländern kommen. Haben Sie es denn nicht gehört? Wissen Sie es nicht?"

„Was denn?"

„Sie haben also wirklich keine Ahnung, wer heut singt?"

„Keine Spur einer Ahnung! Wer ist denn dieser Stern am Himmel des Gesanges, der Sie so aus allen Fugen bringt?"

„Ein Komet, und zwar ein neuentdeckter!"
„Ah, da begreife ich. Wo ist er denn aufgegangen?"
„Im schönen Land des Paprikas."
„Eigentlich ein Ding, vor dem die Musen sich hüten sollen, dieser Paprika. Soll ganz besonders die Stimme verderben! Also eine Ungarin?"
„Ja."
„Jung?"
„Welche Frage! Ein neu entdeckter Komet kann doch nicht eine alte Schachtel sein."
„Jedenfalls auch hübsch, sonst würden Sie nicht so begeistert sein?"
„Eine Schönheit, sage ich Ihnen!"
„Und wie heißt dieser Komet?"
„Janka Szilagyi. — Was haben Sie heut vor?"
„‚Hamlet', im Hoftheater."
„Lassen Sie ‚Hamlet' sein oder nicht sein, und kommen Sie mit mir in den Liederabend!"
„Hm! Haben Sie drei Plätze nebeneinander?"
„Werde es ermöglichen. Weshalb drei?"
„Weil ich ohne diesen Herrn nicht kommen könnte."
Ich stellte die beiden einander vor, und wir gingen in den Liederabend, der in einem Gasthaus ersten Ranges stattfand. Als wir den Saal betraten, war er schon so gefüllt, daß nur wenige Plätze leer standen. Für den Kapellmeister aber waren stets einige Sitze vorbehalten. Wie die Vortragsfolge sagte, waren heut drei Sängerinnen zu hören: eine berühmte Sopranistin, eine ebenso berühmte Altistin und sodann die Ungarin, der neu entdeckte Komet. Janka Szilagyi war noch nirgends aufgetreten, und die Kunde, daß das neue Licht sogleich neben Sternen ersten Ranges leuchten sollte, hatte alles, was sich sangeskundig nannte, herbeigezogen.
Zuerst trat die Sopranistin auf. Sie sang eins jener Glanzstücke, denen der Beifall niemals fehlen kann, und nahm ihn mit der Miene einer Königin entgegen, der

man die schuldige Huldigung bringt. Dann sang die Altistin eine Kavatine oder so etwas aus irgendeiner Oper, was natürlich ganz denselben tief ergebenen Beifall hervorrief. Und nun sollte Janka Szilagyi kommen.

„Bitte, zeigen Sie doch einmal die Vortragsfolge“, bat ich den Kapellmeister.

Er hatte sie mir vorhin nicht gegeben, sondern nur die Namen der drei Künstlerinnen vorgelesen. Jetzt griff er in seine Taschen und sagte:

„Die Vortragsfolge? Ja, wo habe ich die denn eigentlich hingesteckt? Ich finde sie nicht.“

„So sagen Sie mir wenigstens, was sie singen wird!“

„Singen? Hm! Ich glaube ein Lied, wohl gar ein Lieblingslied von Ihnen.“

„Eine Ungarin, und ein Lieblingslied von mir? Das wäre! Welches denn?“

„Wahrscheinlich — — Hm! Warten Sie; da ist sie ja schon!“

Ja, da war sie! Und wie anders als ihre beiden Berufsgenossinnen! Die Sopranistin war in rosa Seide gekleidet und mit Edelsteinen behangen gewesen wie ein Schmuckfenster; die Altistin hatte von der Schulter oder noch tiefer an in lauter echten weißen Spitzen gesteckt, mit Perlen im hochaufgeputzten Haar. Aber diese Ungarin — — — Ungarin? Ich gab dem lieben Kapellmeister vor Überraschung einen sanften Stoß. Ungarin! Welch eine Täuschung! Das war ja Martha Vogel, meine Aufwartung, unsere Punktiererin an der Buntdruckmachine!

Sie betrat langsam die Bühne und verbeugte sich leicht und ernst, ganz so, als ob sie schon tausendmal vor einer ausgewählten Zuhörerschaft gesungen habe. Die reiche Fülle des Haares war ihre einzige Zierde und eine gefüllte Skabiose ihr einziger Schmuck. Sie trug ein schlichtes schwarzseidenes Kleid, eng an den Hals schließend und unten bis auf den Boden reichend. Sie war ernst und züchtig, viel mehr Madonna als Sängerin. Mein Auge hing an dieser schönen Erscheinung, und ich fühlte eine Angst, die mir fast den Atem benahm. Wenn sie nicht bestand! Wenn sie umwarf! Welch ein Wagnis von meinem Freund, sie hier als Ungarin einzuführen, und zum erstenmal in ihrem Leben vor einer Zuhörerschar auftreten zu lassen!

Da begann die Musik die Einleitung. Ich hörte, es war mein Lieblingslied: Wenn sich zwei Herzen scheiden —. Weshalb hatte sie grad dieses gewählt? Wußte sie, daß der Kapellmeister mich suchte, daß ich sie hören würde?

„Wenn sich zwei Herzen scheiden,
die sich dereinst geliebt,
das ist ein großes Leiden,
wie's größer keines gibt.
Es klingt das Wort so traurig gar:
Fahr wohl, fahr wohl auf immerdar,
wenn sich zwei Herzen scheiden,
die sich dereinst geliebt."

Sie begann leise, aber sicher, ohne zu zittern. Ihre Stimme wuchs bis zum Schluß der ersten Strophe nur allmählich an. Die Hörer lauschten. Das war eine tiefe, reine Stimme, ein Mezzosopran, von dem man zu ahnen begann, daß er wie Orgelton erklingen und erbrausen könne. Dann folgte die zweite Strophe:

„Da ich zuerst empfunden,
daß Liebe brechen mag,
war mir, als sei verschwunden
die Sonn' am hellen Tag.
Wie klang das Wort so traurig gar:
Fahr wohl, fahr wohl auf immerdar!
Da ich zuerst empfunden,
daß Liebe brechen mag!"

In dieser Strophe schwoll die herrliche Stimme zu einer Mächtigkeit an, von der man sozusagen fühlte, daß sie jede Ecke, jeden Winkel des großen Saals ausfüllte. Dann senkten sich die Wogen, die Sonne war am hellen Tag verschwunden; das Leben und die Kraft entflohen, und in tiefer, trostloser Klage erstarb das Lied in der dritten Strophe:

„Mein Frühling ging zur Rüste,
ich weiß gar wohl, warum:
Die Lippe, die mich küßte,
ist worden für mich stumm.
Das eine Wort nur sprach sie klar:
Fahr wohl, fahr wohl auf immerdar!
Mein Frühling ging zur Rüste,
ich weiß gar wohl, warum!"

Sie senkte den schönen Kopf zum Gruß und verschwand im Hintergrund. Kein Mensch bewegte sich, aller Augen hingen an der Tür, durch die sie verschwunden war; aber keine Hand wollte in die andere klatschen. Man holte tief Atem. Es ging ein hörbarer Hauch der Entspannung durch den Saal. Nur nach und nach erklang hier und dort ein Flüstern, und es dauerte minutenlang, bis endlich einer und noch einer und dann auch ein dritter wagte, ein lautes Wort zu sagen.

„Was ist denn das?" fragte mich der Ölprinz. „Niemand klatscht! Hat diese Ungarin dem Publikum etwa nicht gefallen?"

„Im Gegenteil! Sie hat den höchsten Erfolg errungen, den eine Sängerin sich nur wünschen kann. Das sonst übliche Anerkennungszeichen wäre eine Entweihung. Das fühlt hier jedermann."

„Gott sei Dank! Es wollte mir schon angst und bang werden. Die beiden vorigen erhielten so gewaltigen Beifall, und bei ihr regte sich keine Hand! Jetzt bin ich zufriedengestellt. Zwanzig Dollars, fünfzig, nein, hundert Dollars gäbe ich, wenn sie käme, um dieses Lied noch einmal zu singen! Was sagen Sie zu ihr?"

„Hm!" machte ich. Es war mir nicht lieb, daß er jetzt auf mich einsprach. Er störte die Klänge, die diesem Lied in meinem Innern nachtönten. Deshalb antwortete ich ihm nur mit diesem Hm!

„Gefällt sie Ihnen etwa nicht?" fragte er eifrig und aufdringlich.

„O doch!"

„O doch! Welch eine Antwort! Welch ein Ausdruck, wenn es sich um ein so engelsgleiches Wesen handelt! Wissen Sie, was Sie in Bremerhaven zu mir gesagt haben?"

„Vielerlei!"

„Ja, vielerlei. Ich meine von diesem Vielerlei aber nur das, was ich mir am besten gemerkt habe: ‚Es muß einen hell durchzucken: Das ist die Richtige!' Verstanden?"

Ich erschrak beinah über diese Worte und fragte, wobei ich ihm ins Gesicht sah: „Meinen Sie etwa, daß — — —?"

„Ja, ich meine, daß ich die Ungarin mit nach Amerika nehmen werde."

„Sind Sie des . . .?"

„Nein, sondern es ist die ‚Stimme vom Himmel', von der Sie sprachen. Die Sängerin mit der Madonnengestalt, dieses Mädchen, das genau so singt, als ob es bete, wird meine Frau!"

„Denken Sie, daß sie mit Ihnen geht?"

„Ja."

„Oho!" entfuhr es mir fast zornig.

„Oho? Da gibt's kein Oho! Ich schlage Sie mit Ihren eigenen Worten: ‚Wenn es die richtige Stimme in mir ist, so fühlt sie in sich ganz dieselbe Stimme'."

„So wollen Sie sie aufsuchen?"

„Ja."

„Wer sagt Ihnen, wo sie wohnt?"

„Das werde ich auf alle Fälle erfahren."

„Und wenn sie schon liebt, wenn ihr Herz schon gesprochen hat?"

„Fällt ihr gar nicht ein! Dieses Mädchen weiß noch nicht, was Liebe ist. Ihr Herz wartet noch auf den zündenden Funken. Darauf wette ich meine Millionen!"

„Master Werner, Sie würden die Millionen wahrscheinlich verlieren!"

„Unsinn! Oder wollen Sie mit wetten?"

„Nein, denn ich habe keine Millionen, um sie Ihnen entgegenzusetzen. Und selbst, wenn Sie recht hätten, wenn diese Ungarin noch nichts von Liebe wüßte, so sind Sie nicht der einzige, den sie heut entzückte. Es kann leicht andere geben, die ganz so denken wie Sie."

„Das mag sein; aber es wird mir keiner zuvorkommen. Und wer mir den Weg kreuzt, den werde ich zwingen, ein wenig in einen geladenen Pistolenlauf zu blicken."

„Wirklich? Wenn nun ich es selbst wäre, der Ihren Weg kreuzt?"

Unsere Worte folgten sich Schlag auf Schlag. Er war erregt, und ich war es nicht minder. Trotzdem führten wir natürlich die Unterhaltung nur halblaut. Ich befand mich unter einem Bann, in der Gewalt eines Zaubers, der mir gänzlich fremd war. Es stieg ein Ärger in mir auf, der immer größer wurde, je höher er kam. Oder war es nicht Ärger, sondern etwas anderes, was ich bisher noch nicht gekannt hatte? War es vielleicht gar — Eifersucht? Ich gab meine Antworten mit wirklicher Bitterkeit. Auf meine letzte Frage drehte er sich schnell völlig zu mir herum, ließ sein Auge an mir herunterlaufen, senkte den Kopf und sagte stockend:

„Dann wäre es — freilich mit dem — Pistolenlauf nichts. Sie würden mich ausstechen!"

Plötzlich hob er den Kopf wieder in die Höhe und fuhr heiter fort:

„Aber Unsinn! So etwas ist ja gar nicht denkbar!"

„Warum?"

„Warum? Das fragen Sie? So hören Sie doch nur: Old Shatterhand und heiraten! Wie reimt sich das zusammen?"

„Wieso?"

„Sie passen in die Prärie, ins Felsengebirge. Sie kriechen in die Höhle des grauen Bären, um die Bestie zu erlegen; aber an der Seite eines schönen zarten Weibes vermag ich Sie mir nicht vorzustellen!"

„Junger Mann, sind Sie wirklich ein solcher Menschenkenner? Ist Old Shatterhand wirklich ein so durch und durch rauher Kerl, daß er eines weicheren Gefühls nicht fähig ist?"

„Das wohl kaum! Aber in die Ehe passen Sie doch nicht. Sie würden Ihrer Frau schon nach kurzer Zeit davonlaufen, um zu Winnetou zu flüchten und sich mit ihm in die Urwälder zu verlieren. Ich aber weiß, daß ich der Diener, vielleicht der Sklave meiner Frau sein werde."

„Das ist keine Ehre für einen Mann."

„Weshalb nicht? Ist es nicht ein Glück für einen Mann, eine schöne Frau zu besitzen, ihr zu dienen, alle ihre Wünsche zu erfüllen, sie mit Reichtümern zu beglücken? Können Sie das?"

„Nein."

„Ja, Ihnen fehlen meine Millionen!"

Es war mir noch nicht gelungen, innerlich wieder ruhig zu werden; daher ärgerten mich die letzten Worte doppelt, und ich platzte heraus:

„Sie scheinen Ihre Millionen für das Beste zu halten, was es auf Erden gibt; aber man kennt andere Schätze, die sich nicht wie ein Ölsumpf mit vierhundert Dollars blindlings erwerben lassen. Setzen Sie sich mit Ihrem Vermögen auf eine Waagschale; wenn dann Old Shatterhand in die andere steigt, wird es sich zeigen, wer von beiden schwerer ist!"

„Alle Wetter! Habe ich Sie beleidigt?“ fragte er mich. „Dann verzeihen Sie mir! Es war nicht so gemeint.“

Vielleicht war ich zu scharf gewesen, vielleicht auch nicht. Ich wurde aber glücklicherweise aus der Verlegenheit, ihm etwas erwidern zu müssen, durch den Kapellmeister erlöst, der vom Ende des Liedes an bis jetzt die Anwesenden gemustert hatte und sich jetzt zu mir wandte:

„Nun, was sagen Sie zu meiner Ungarin? Nicht wahr, vortreffliche Leistung?“

„Ja, Sie haben mich großartig überrascht. Ich erfuhr am letzten Abend vor Beginn meiner Reise, daß Sie diesen Stern entdeckt hatten, und nahm mir vor, ihn nach meiner Rückkehr Ihren Fängen zu entreißen.“

„Das war nicht gut gemeint!“

„O doch! Aber ich ahnte nicht, welche Stimmittel dieses Mädchen besitzt.“

„Sie geben mir also recht?“

„Vollständig. Wer hat das Lied gewählt, das sie soeben sang?“

„Sie selbst; sie hat es von Ihnen gehört.“

„Und was singt sie noch?“

„Hier ist die Vortragsfolge; ich habe sie endlich gefunden“, lächelte er.

Ich las „Abendgebet“. Es stand der Name des Komponisten nicht dabei.

„Von wem ist dieses Lied?“ erkundigte ich mich.

„Der Komponist ist unbekannt.“ Wieder zuckte ein eigenartiges Lächeln um seinen Mund.

„Haben Sie etwa abermals eine Überraschung?“

„Nun ja. Sie werden es hören, und so gestehe ich es Ihnen lieber gleich jetzt: ich selber bin der Komponist. Den Text werden Sie vielleicht kennen.“

„Wer ist der Dichter?“

„Freundchen, Sie wollen zuviel auf einmal wissen. Warten Sie!“

„Wenn Sie nichts sagen, muß ich schon. Aber Ihre Schülerin singt nur noch diese Nummer. Wann geht sie nach Haus?"

„Sofort, wenn sie den letzten Ton gesungen hat."

„Wer ist bei ihr?"

„Ihre Wirtin, die Frau des Maschinenmeisters oder Oberdruckers, oder was er ist. Sie kennen sie ja."

„Wollen Sie mir und sich einen Gefallen tun?"

„Welchen?"

„Mein Nachbar zur anderen Seite, Master Werner, ist so entzückt von Martha, daß er sich entschlossen hat, ihr seine Millionen anzutragen."

„So schnell? Ist's Ernst?"

„Es scheint so."

„Das paßt mir nicht. Meine Mühen sollen Früchte tragen. Eine so gottbegnadete Sängerin darf sich ihre Zukunft nicht in einem amerikanischen Ölgebiet verstänkern. Weiß er, wer sie ist?"

„Nein."

„Gut, so soll er sie nicht finden!"

„Ich vermute, daß er sich noch heut Mühe geben wird, ihre Wohnung zu erfahren. Wahrscheinlich bricht er gleichzeitig mit ihr auf und fängt sie draußen ab."

„Dann wollen wir einen Riegel vorschieben. Bevor das Lied zu Ende ist, werde ich stillschweigend verschwinden und sie durch eine Seitenpforte nach der anderen Straße geleiten. Doch still, die erste Sängerin."

Die Diamantenfee trat wieder auf, nach ihr die Altistin; ich hatte für beide kein Auge und kein Ohr, obgleich sie sich umgekleidet hatten und noch reicher geschmückt erschienen als vorher. Dann kam Martha wieder, wie vorhin in Schwarz. Das Orchester, das heute nicht vom Kapellmeister, sondern von seinem Vertreter geleitet wurde, begann das Vorspiel. Es waren schlichte, ernste Töne. „Abendgebet" lautete der Titel. Es klang wie sanftes Waldesrauschen; und da begann die Sängerin:

„Müde bin ich, geh zur Ruh,
mach die Augen nicht gleich zu;
Heimweh unter fremdem Dach
hält mich wohl noch lange wach.

Falte meine Hände fromm:
Lieber Himmelsfriede, komm!
Breite über dieses Haus
und daheim dich segnend aus!

Hab ich unrecht heut getan,
führ mich, Gott, auf reinre Bahn;
sei barmherzig im Gericht;
straf mich, doch verstoß mich nicht!

Und ihr Lieben um mich her,
mir zum Schutz, zur starken Wehr,
die ihr freundlich mich bewacht,
dank sei euch und — gute Nacht!"

Der Kapellmeister hatte wahr gesprochen, als er sagte: „Ein Gedicht, das Sie vielleicht kennen werden." Das, was jetzt gesungen wurde, war ein Gedicht von mir selber, das man in einer Zeitschrift des Verlages abgedruckt hatte. Er hatte die Stimmung meisterhaft getroffen, und ebenso meisterhaft wurde die Vertonung vorgetragen. Welche Weichheit und Innigkeit im Ausdruck! Martha erntete stürmischen Beifall. Dieses Mal wurde geklatscht; sie mußte viermal zurückkommen. Am eifrigsten tobte mein Amerikaner. Er schien dadurch ihre Aufmerksamkeit auf sich ziehen zu wollen. Der Kapellmeister hatte sich kurz vorm Ende dieses Liedes durch einen Händedruck von mir verabschiedet und rasch den Saal verlassen.

„Das war herrlich! Das war einzig! So etwas habe ich noch nicht gehört", meinte der Ölprinz, als er mit Klatschen aufhörte, weil ihm die Hände schmerzten. „Ich bleibe bei dem, was ich gesagt habe: sie ist die Richtige.

Ich gehe, um sie abzufangen. Dazu bedarf ich Ihrer Hilfe nicht. Gute Nacht!"

Er wählte seine Ausdrücke nicht mehr so wie früher. „Dazu bedarf ich Ihrer Hilfe nicht!" Das war sehr kurz und ohne Umstände. Ich wurde auf die Seite geschoben. Warum ärgerte ich mich so sehr darüber? Sonst war ich doch nicht so empfindlich! Ich fühlte, daß ich bei gewöhnlicher Stimmung über ihn gelacht hätte; das brachte ich jetzt aber nicht fertig. Überhaupt war ich ganz und gar mit mir unzufrieden und blieb höchst verdrießlich sitzen, als der Saal sich zu entleeren begann. Die Lobreden, die Ausdrücke der Bewunderung für die neue Sängerin, die ich dabei hörte, ergrimmten mich. Was hatten diese fremden Menschen mit Martha zu schaffen! Wer hatte ihnen erlaubt, von ihr zu sprechen! War nicht ich und immer nur ich allein die Ursache, daß sie nach der Hauptstadt gekommen war?

Da wurde das vorletzte Licht des großen Leuchters ausgeblasen, und ich ging. Als ich auf die Straße gelangte, sah ich den Ölprinzen. Er trat rasch auf mich zu und fragte:

„Haben Sie sie gesehn?"

„Wen?"

„Fragen Sie doch nicht! Die Ungarin natürlich!"

„Nein."

„Ich auch nicht. Sie muß also noch drin sein."

„Schwerlich! Die ist längst fort."

„Da hätte sie hier an mir vorüber gemußt."

„Nicht gerade nötig. Es gibt noch andere Ausgänge", meinte ich, indem ich die schönste Schadenfreude fühlte.

„Wo denn?"

„Nach der anderen Straße. Das Hotel ist, wie Sie sehen, ein Eckhaus."

„Alle Wetter! So stehe ich also, vor Sehnsucht zitternd, hier, und indessen huscht sie da drüben hinaus?"

„Ja, so ist es, mein Verehrtester!" lachte ich vergnügt.

„Sie scheinen sich über diesen meinen Mißerfolg zu freuen!“

„Ich lache, weil die Schlauheit, mit der Sie sich hier aufgestellt haben, mir Spaß macht. Die Millionen tun es doch wohl nicht allein. Habe ich Ihnen nicht gesagt, daß der Kapellmeister, der neben mir saß, der eigentliche Vorstand des Orchesters ist?“

„Ja, als Sie uns bekannt machten.“

„Er muß also über die Verhältnisse der Sängerin am besten unterrichtet sein. Warum haben Sie ihn nicht gefragt?“

„Alle dreitausend Teufel, das ist ja richtig! Anstatt mich wie einen Ölgötzen hierher zu stellen, brauchte ich ihm nur ein Wort zu sagen! Weshalb haben aber Sie nicht gefragt?“

„Weil ich nicht erfahren will, wer sie ist!“

„Sie konnten und sollten es unbedingt für mich tun! Doch, das läßt sich nachholen. Ich suche ihn noch heut auf. Er muß zu finden sein. Sie sind sein Freund und kennen also die Gaststätten, wo er verkehrt?“

„Ja.“

„Wo wird er jetzt sein?“

„Bei der Ungarin.“

„Aus welchem Grund?“

„Er mußte ihr als Kapellmeister doch zu ihrem Erfolg Glück wünschen. Daher ging er schon während ihres zweiten Vortrages fort, und da er nicht zu mir zurückgekehrt ist, bin ich überzeugt, daß er die Dame nach Haus begleitet hat.“

„Den Teufel soll er begleiten! Ist er verheiratet?“

„Sehr! Seinetwegen brauchen Sie keine Eifersucht zu fühlen.“

„Ich bin allerdings eifersüchtig. Wehe dem, der die Hand nach ihr ausstreckt! Nun gut: wenn er sie bis an ihre Tür gebracht hat, verabschiedet sie ihn. Wohin geht er dann?“

„In irgendein Kaffeehaus oder einen Gasthof."
„So kommen Sie schnell!"
„Wohin?"
„Ihn suchen!"
„Dazu bedürfen Sie meiner Hilfe wohl ebensowenig wie vorhin. Gute Nacht!"

Ich drehte mich um, ließ ihn stehen und ging rasch fort. Ich erzähle das aufrichtig, füge aber hinzu, daß ich mich heut dieses gegen einen Gast ruchlos zu nennenden Verhaltens herzlich schäme. Vielleicht entschuldigt es mich einigermaßen, daß ich an jenem Abend ganz und gar nicht der war, der ich sonst gewesen bin. Es war ein Zwiespalt in mir eingezogen. Ich fühlte in meinem Innern zwei Stimmen, konnte aber nicht sagen, welche die richtige, die ehrlich meinende war.

Ich lief also fort, durch mehrere Straßen, über den Schloßplatz, die Augustusbrücke, die Haupt- und die Bautzner Straße, immer weiter, bis ich mich bei nächtlich dunklem Himmel in der einsamen Dresdner Heide, im Wald, befand. Das war mir gerade recht. Man wird innerlich am schnellsten klar, wenn es äußerlich um einen dunkel ist. Welche Heidepfade ich da gegangen bin, weiß ich nicht mehr. Ich versuchte, in mich hineinzuschauen, und konnte den Wirrwarr, den es da gab, nicht durchdringen. Freundschaft, Zuneigung, bloße Teilnahme, Liebe, Mißtrauen, Mißgunst, Eifersucht, empörter Stolz, Mitleid, Entzücken, Skabiosen, Old Shatterhand, die Höhle des grauen Bären, in die ich gehören sollte, jener heimliche Kuß vor meiner Abreise, der Ölprinz, die Skabiose auch heute im Haar der Sängerin, dabei doch tausend Zweifel, mein Lieblingslied und das Gedicht, die sie für ihr erstes Auftreten gewählt hatte, die Millionen des Amerikaners und mein zuweilen sehr hagerer Geldbeutel, meine Erfahrungen und seine Unerfahrenheit, mein Charakter und seine Haltlosigkeit, sie nach innen und außen ein Juwel, er aber ein oberflächlicher, kenntnisloser, nur durch eine Woge des Zufalls emporgehobener Mensch, der ebenso schnell wieder versinken konnte. — — Das alles wirbelte und drehte sich in mir herum und wollte nicht auseinander kommen, wollte sich nicht klären. Ob sie mich liebte? Ich wagte es nicht zu glauben, ich, der Bär! Ob ich sie liebte? Ja, das war eine böse Frage! Hatte ich nicht gesagt, es müsse einen durchzucken: das ist die Richtige! Ihn hatte es durchzuckt, aber mich nicht. Als ich sie vor ihrem Häuschen zum erstenmal sah, erblickte ich in ihr wohl ein liebes, schönes Kind, auf das einige Reime zu verbrechen ich unter Umständen wohl imstande sei. Weiter hatte ich nichts gefühlt. Und jetzt trieb es mich nächtlicherweise da im Wald umher! Sollte sich die Liebe auch nach und nach entwickeln können? Vielleicht besitzt Amor zwei Arten von Pfeilen, die einen, die er ganz plötzlich verschießt, und andere, mit denen er sich heimlich, langsam und innerlich kichernd heranschleicht, um sie einem bei offenen Augen oder vielmehr trotz offener Augen so recht blutdürstig nach und nach ins Herz zu bohren? Wer kann das wissen! Was ich bisher über diesen kleinen Schlingel hatte erfahren können, war so viel wie gar nichts. Der alte Lehrer Langhammer hatte uns neunjährigen Knaben erzählt, daß Amor, von den Römern auch Kupido, von den Griechen aber Eros genannt, es besonders auf ein kleines, hübsches Mädchen, Psyche, abgesehen habe. Bald meine er es gut mit ihr und bringe ihr Pfefferkuchen vom Jahrmarkt mit, bald quäle er sie in so unausstehlicher Weise, daß sie große Ströme von Tränen vergieße. Das sei durchaus nicht hübsch von ihm. Er habe übrigens immer sehr spitzige Pfeile bei sich, mit denen er schon unendliches Unheil angerichtet habe und auch wahrscheinlich ferner noch anrichten werde. Er sei, alles in allem ein gemeingefährlicher Bösewicht. Wir wurden wütend auf diesen Buben und zogen mit selbstgefertigten Pfeilen und Bogen hinaus auf das Feld und in den Wald, um ihn für die leidende Menschheit und besonders für die liebe, kleine Psyche unschädlich zu machen, haben ihn aber leider nicht zu Gesicht bekommen — damals nicht, und auch später habe ich ihn nicht gesehen, ihm aber den heiligen Knabenzorn mit großer Treue bewahrt. Sollte dieser Missetäter sich gerade wegen dieses Zornes an mich geschlichen haben, um sich zu rächen?

Das war die Hauptfrage, zu der ich keine Antwort fand. Der Tag graute bereits, als ich über die Marienbrücke in die Altstadt zurückkehrte. Zu Hause legte ich mich nieder, doch stellte sich der Schlaf erst nach Verlauf von wohl einer Stunde ein.

Blitzschläge

Als ich erwachte, war es spät am Vormittag, kurz vor der Frühstückspause der Verlagsangestellten. Martha kam um diese Zeit, um die in der Wohnung etwa gestörte Ordnung wiederherzustellen. Sie trug ihr Arbeitskleid und gab mir eine Karte, die mehrfach eng zusammengefaltet war.

„Sie steckte im Schlüsselloch", erklärte sie.

Auf der Karte war zu lesen: Mr. Konrad Werner, Oil-Swamp, California. Er war also schon dagewesen und wieder gegangen. Sie konnte ihn aber nicht gesehen haben, da sie im Druckersaal arbeitete, wo er keinen Zutritt hatte. Darum fragte ich sie nicht nach ihm. Sie sah heute bleich aus, und die unsichere Art, wie sie sich im Zimmer zu schaffen machte, verriet, daß sie sich verlegen fühlte.

„Sie scheinen nach dem gestrigen Abend ermüdet zu sein", sagte ich, „Sie sollten sich heute einen Ruhetag gönnen."

„Das geht nicht", antwortete sie, indem sie die beschäftigte Hand sinken ließ und sich mit niedergeschlagenen Augen zu mir kehrte. „Ich fühle mich auch gar nicht ermüdet. Das Singen strengt mich nicht an; es ist mir eine Lust."

„Ich hörte damals erst ganz kurz vor meiner Abreise, daß der Kapellmeister Ihnen Unterricht erteile. Weshalb haben Sie mir nichts davon gesagt, Martha?"

„Weil er es mir verbot; Sie sollten überrascht werden."

„Nun, diese Überraschung ist Ihnen aufs vortrefflichste gelungen. Ich beglückwünsche Sie von ganzem Herzen zu der herrlichen Gabe, die der Herrgott Ihnen verliehen hat. Nicht nur überrascht war ich, sondern geradezu entzückt."

Ich gab ihr die Rechte. Sie legte ihr Händchen hinein und ließ es da ruhen.

„Nun möchten Sie aber wohl Ihre bisherige Arbeit aufgeben", fuhr ich fort, „da Ihre Zukunftspläne jetzt ganz andere sein werden."

Sie hob die Augen nicht empor und schüttelte den Kopf, ohne sonst zu antworten.

„Nicht? Was fesselt Sie denn so an Ihre Maschine?"

Jetzt hob sie die Wimpern und sagte:

„Ich habe meine Tätigkeit hier sehr liebgewonnen."

„Aber Sie müssen sie dennoch aufgeben. Ihr jetziger Beruf erfordert das. Es ist dies ein zwar schöner, aber auch gefährlicher und dornenvoller Beruf. Ist der Kapellmeister so aufrichtig gewesen, Ihnen dies zu sagen?"

„Nein. Es war auch nicht nötig, es mir zu sagen, denn mir wird dieser Beruf keine Gefahr bringen."

„Glauben Sie das nicht, Martha! Es gibt — — —"

Ich wollte weitersprechen, sie unterbrach mich aber:

„Ich habe nur dieses eine Mal gesungen und singe nicht wieder."

„Unmöglich!" rief ich aus. „Das kann Ihr Ernst nicht sein."

„Es ist mein völliger Ernst; ich habe es beschlossen und werde es halten!"

„Warum haben Sie da Unterricht genommen? Ihre hohe Begabung, Ihre herrliche Stimme, sollen diese Schätze vergraben werden?“

„Nein“, lächelte sie verlegen. „Ich werde auch später singen, aber nicht öffentlich, nicht in Konzerten oder gar auf der Bühne, sondern daheim.“

„Daheim — — — —!“

Was lag nicht alles in diesem Wort und in diesem ihrem Entschluß! Sie stand so schön, so lieb, so verschämt vor mir, ihre Hand noch immer in der meinigen. Fast hätte ich sie ans Herz gezogen, aber — — „Old Shatterhand paßt in die Prärie, ins Felsengebirge, in die Bärenhöhle, nicht aber an die Seite eines schönen, zarten Weibes!“ Mein Blick fiel in den Spiegel. Dort gab es ein ernstes, sonnverbranntes Gesicht, das eines Mannes, den das Leben bisher noch niemals freundlich angelächelt hatte. Und vor mir stand das Glück in seiner schönsten, jugendlichsten Gestalt. War es nicht eine schwere Sünde, diese Schönheit, diese Jugend an dieses braune Gesicht, an ein Leben, das mir vielleicht niemals Ruhe bot, zu ketten? Ja, gewiß.

„Also daheim, nur daheim?“ wiederholte ich, indem ich nicht ohne Überwindung ihre Hand fallenließ. „Sie haben damit einen großen und wichtigen Entschluß gefaßt. Ihre einstige Häuslichkeit wird eine Stätte der edelsten und reinsten Genüsse sein. Behalten Sie dazu Ihren jetzigen Gottesglauben, Ihre jetzige Frömmigkeit, so wird es Ihnen am wahren Glück niemals mangeln. Aber wird der Kapellmeister diesem Entschluß beistimmen?“

Es waren Tränen in ihre Augen getreten, und auch mir war es so recht weh zumute. Sie erwiderte:

„Wenn ich da auf Ihren Beistand rechnen dürfte!“

„Das können Sie, und das sollen Sie. Ich werde mit ihm sprechen. Und nun, bitte, sagen Sie mir einmal eins recht aufrichtig, Martha: Weshalb haben Sie für Ihr gestriges und einziges Auftreten mein Lieblingslied gewählt?"

„Weil ich kein schöneres kenne."

„Und dann die andere Komposition? Wie ist der Kapellmeister zu dem Text gekommen? Ich weiß, daß er die Zeitschrift nicht besitzt."

„Ich sah die Hefte oft hier auf dem Schreibtisch liegen", flüsterte sie verlegen. „Ich blätterte darin und — — — und — — —"

„Und — — — weiter!"

„Und habe mir erlaubt, sie einigemal heimlich mit nach Hause zu nehmen, um — — — um — — —"

„Um — — — bitte?"

„Um die Gedichte während der Nacht abzuschreiben. Sind Sie mir böse darüber?"

„Nein. Ich hätte Ihnen die Hefte geschenkt, wenn ich geahnt hätte, daß Ihnen diese ernsten Verse gefallen. Warum aber haben Sie gerade mein Lieblingslied und dieses mein Gedicht gewählt?"

„Weil wir Ihnen so sehr viel verdanken", antwortete sie errötend, „und weil — — — weil — — — weil ich überhaupt nicht für andere, nur für Sie singen wollte."

Bei diesen Worten durchzuckte es mich wie ein elektrischer Schlag. Was war das? Täuschte ich mich, oder war es ein Traum? Da war sie ja, diese schnelle Erkenntnis: das ist die Richtige! Ich streckte den Arm nach ihr aus, aber sie hatte sich während der letzten Worte schon nach der Tür gewendet.

„Halt, Martha! Nur noch eins!"

Sie blieb stehen.

„Waren Sie am Morgen vor meiner Abreise, als ich noch auf dem Sofa schlief, hier im Zimmer?"

„Ja", gestand sie erglühend, da sie den Strauß, den sie hereingebracht hatte, nicht ableugnen konnte.

„Und auch am Sofa, sehr nahe am Sofa?"

„Nein, nein, das nicht, nur das nicht!" rief sie aus und eilte fort.

Ich stand da wie im Traum und blickte nach der Tür, die sich hinter ihr geschlossen hatte. War der Kuß also kein Traum, sondern Wirklichkeit gewesen? Nur für mich hatte sie singen wollen! Und nur „daheim" wollte sie ferner singen! Sollte Old Shatterhand dann doch nicht bloß in eine Bärenhöhle passen, sondern fähig sein, auch zartere Wesen richtig zu behandeln oder ihnen wenigstens Teilnahme einzuflößen?

Draußen stand ein schweres Gewitter am Himmel; aber ich mußte hinaus. Ich setzte den Hut auf, knöpfte den Regenmantel über und ging. Eben trat ich aus meinem Zimmer, da kam der Oberdrucker aus der Schriftleitung.

„Um Gottes willen, wollen Sie jetzt fort?" rief er mir zu. „Sehen Sie nicht die Blitze? Hören Sie nicht den Donner? Es wird ein sehr schweres Gewitter werden!"

„Ich gehe nicht weit."

„Ach, nur frühstücken? Das kann man wohl wagen. Haben Sie die Karte erhalten, die Herr Werner Ihnen an die Tür gesteckt hat?"

„Ja. Wissen Sie davon?"

„Natürlich! Ich habe ihn durch die ganze Druckerei geführt. Er war wohl eine Stunde da und hat dann einen Hundertmarkschein, denken Sie, Herr May, einen ganzen Hundertmarkschein, für Bier gestiftet."

„Ach! Wie ist das gekommen?"

„Ganz einfach. Ich wollte hinauf in die Falzerei, da sah ich ihn, den ich nicht kannte, auf Ihre Tür zugehen. Ich sagte ihm, daß Sie jetzt wahrscheinlich noch nicht zu sprechen seien, weil die Spannhölzer noch in dem offenen Schlafzimmerfenster steckten. Das ist stets ein Zeichen, daß Sie noch ruhen. Er sagte, daß er irgendwo in einem nahen Gasthaus warten wollte. Da wurde die Tür zu unserem Saal weit geöffnet, um einen Rollwagen durchzulassen; der Fremde blickte hinein und sah unser Fräulein Martha auf der Maschine stehen. Er machte ein ganz unbeschreibliches Gesicht und fragte, wer sie sei und ob sie vielleicht singen könne."

„Haben Sie ihm das gesagt?"

„Ja, ich sollte wohl nicht?"

„Nein. Sie wissen jedenfalls, daß ganz besonders hier niemand von dem gestrigen Konzert hören soll. Hat er davon gesprochen?"

„Ja."

„Und Sie gestanden ein, daß sie da gesungen hat?"

„Ja. Er drückte mir ein Zehnmarkstück in die Hand, und Sie wissen, daß ein Arbeiter solchen Gründen schwer widerstehen kann."

„Ich würde Ihnen gern jetzt fünfzig Mark geben, wenn Sie widerstanden hätten. Vielleicht haben Sie da einen Fehler begangen, der viel größer ist als Sie wohl denken. Nun erzählen Sie mir aber aufrichtig das Weitere!"

„Gern! Er sagte, er hätte noch nie eine so große Druckerei gesehen, und ob es nicht möglich sei, daß er Zutritt nehmen dürfe. Ich erwirkte ihm beim Alten die Erlaubnis dazu und habe ihn umhergeführt."

„Überall?"

„Nein. Er schien nur Wert auf den Maschinensaal und ganz besonders auf den Buntdruck zu legen."

„Also für die Maschine, an der Ihre Mieterin arbeitet! Hat er mit ihr gesprochen?"

„Längere Zeit. Er ist einige Male zu ihr zurückgekehrt. Der Meister erhielt auch ein Trinkgeld und ließ die Maschine stehen."

„Schöne Ordnung das! Es soll nicht geplaudert, sondern gearbeitet werden. Wissen Sie vielleicht, was er erzählt hat?"

„Ja, Fräulein Martha hat es mir gesagt."

„Nun?"

„Daß er in Amerika lebt, daß er Ölprinz und Millionär ist, daß er Sie sehr gut kennt und von Ihnen viel erzählen kann. Dann hat er mich und meine Frau für heute abend nach dem ‚Kaffee König‘ eingeladen.“

„Und Martha? Ich vermute sehr, daß sie auch eingeladen wurde.“

„Natürlich, auch sie.“

„Wird sie mitkommen?“

„Ja; sie wollte nicht, aber er redete ihr so lange zu, bis sie einwilligte.“

„Ach, also doch!“

„Halten Sie das für einen Fehler? Sie hat nur eingewilligt, weil ich mit der Frau dabei bin, und weil er von Ihnen erzählen kann. Sie hört so gern von Ihnen, und er sagte, daß er hundert Abenteuer von Old Shatterhand wisse.“

„So! Weiter!“

„Weiter nichts. Er ging dann fort, nachdem er seine Karte in die Tür gesteckt und mir den Hundertmarkschein für die Leute gegeben hatte.“

„Gut. Sagen Sie niemand, daß ich das nun weiß, was Sie mir erzählt haben!“

„Auch Fräulein Martha nicht?“

„Ihr nicht, ihm nicht, Ihrer Frau nicht und überhaupt keinem Menschen. Ich hoffe, daß Sie mir das versprechen!“

„Natürlich! Und Sie kennen mich und wissen, daß ich dieses Versprechen halten werde!“

Er ging in seinen Saal, und ich trampelte auf die Straße hinaus ins Regenwetter. Wie schnell hatte sich meine Stimmung verändert! Er hatte sie gefunden! Das war an sich nicht schlimm; aber sie hatte mir seine Karte gebracht und nicht gesagt, daß er mit ihr gesprochen habe. Sie hatte sogar verschwiegen, daß sie von ihm eingeladen worden war. Ich, der sonst so ruhige und überlegsame Mann, fühlte mich dadurch so mißgestimmt, so erzürnt, daß ich immer weiter stampfte, die Weißeritz entlang und zur Stadt hinaus ins Ostragehege.

Es goß wie aus Kannen; Blitz fiel auf Blitz, und zwischen den einzelnen Donnerschlägen gab es fast gar keine Pausen. Das war selbst meinem Regenmantel zu viel; ich stellte mich unter eine der in langen Reihen stehenden riesigen Linden, obgleich ich wohl wußte, daß man dergleichen Schutzplätze während eines Gewitters möglichst zu vermeiden habe. Der Regen kam immerfort wie ein See herab, und seine stürzenden Fluten wurden von förmlichen Feuerklumpen durchzuckt. Einmal schien es mir, als ob so ein Blitz seine Richtung gerade nach meinem Baum nehmen wolle. Ich sprang darunter hervor und stellte mich unter einen anderen, der ungefähr zwanzig Schritte entfernt stand. Das war eigentlich lächerlich, denn es ist ja unmöglich, die Richtung eines Blitzes zu bestimmen und seiner ungeheuren Schnelligkeit zu entkommen; ich handelte aber unwillkürlich, und die Eingebung, der ich gefolgt war, rettete mir das Leben, denn kaum stand ich unter dem zweiten Baum, so gab es ein Krachen, als ob die Erde zerbersten wolle; eine ungeheure Feuergarbe stürzte vom Himmel; die ganze Umgegend schien in Flammen zu stehen; Zweige, starke Äste und schwere Holzsplitter flogen umher; ich stand wie betäubt und war geblendet; als nach einiger Zeit meine Augen ihre Sehkraft wieder erlangt hatten, erblickte ich nur noch den Stumpf des Baumes, unter dem ich zuerst gestanden hatte. Er war vom Blitz getroffen worden, und dieser hatte seinen gewaltigen Wipfel zerrissen und in einzelnen Stücken umhergeschleudert. Daß mich keines getroffen hatte, verdankte ich nur dem Umstand, daß ich zu dem anderen Baum geflüchtet war und mich hinter dessen dickem Stamm verbarg.

Ich faltete die Hände und wollte beten, wollte Gott für meine Rettung danken; ich brachte es nicht zu Worten; die Lippen bebten, vermochten aber nicht einen Laut hervorzubringen. Auch die Beine zitterten; sie wollten mir nicht gehorchen; ich riß mich fast mit Gewalt von der Stelle los, auf der ich stand, und kehrte nach der Stadt zurück. Der Schlag, dem ich entgangen war, hatte mein Inneres zur Ruhe gebracht. Der Sturm im menschlichen Herzen muß schweigen, wenn der Herr durch seine Donner und Blitze redet.

Zu Hause wurde ich vollends ruhig. Es gibt eine mächtige Hand, an der alle Menschen gehen. Was sind alle unsere Gedanken und Gefühle gegenüber Gottes Willen! Es war in mir so still geworden, daß ich bis zum Abend arbeiten konnte, ohne von dem, was mich am Morgen bewegt hatte, abgelenkt zu werden. Dann wanderte ich nach dem Kaffeehaus, in dem ich Martha zu sehen hoffte; ihr dortiges Verhalten sollte zwischen ihr und mir entscheiden.

Ich saß stundenlang. Die Erwarteten kamen nicht. Da trat ein befreundeter Herr zu mir, um mich zu begrüßen. Dabei meinte er:

„Ich hätte nicht geglaubt, Sie hier zu treffen. Warum versäumen Sie die viel bessere Unterhaltung, die Ihnen geboten ist?“

„Welche Unterhaltung?“

„Den Vereinsball der Buchdruckereibesitzer. Es werden lebende Bilder gestellt, und wie ich höre, gibt es dann einen Umzug aus dem Mittelalter, zu dem sogar das Hoftheater die Trachten gestellt hat. Sie sind natürlich auch geladen?“

Ja, ich war allerdings geladen. Mein Wirt, der Verlagsbuchhändler, der Vorstandsmitglied des Vereins war, hatte mir die Karte persönlich gegeben. Da ich aber dergleichen Festlichkeiten nicht zu besuchen pflegte, hatte ich die Sache außer acht gelassen. Jetzt aber kam mir ein Gedanke. Die Mitglieder hatten das Recht, einen oder auch einige hervorragende und treue Arbeiter mitzubringen, was als eine vielbegehrte Auszeichnung für diese galt. War der Oberdrucker vielleicht noch nachträglich eingeladen worden?

Ich machte mich also auf den Weg nach dem Saal, in dem der Ball stattfand, und ging dort auf die Empore, von der aus ein vollständiger Überblick ermöglicht war. Die lebenden Bilder waren bereits vorüber; man rüstete sich zum Umzug der Masken. Richtig! Am Schenktisch stand der Oberdrucker bei seinem Arbeitgeber, und da drüben unter dem Wandleuchter saß seine Frau mit Martha; den Sitz neben ihr hatte der Amerikaner eingenommen. Er sprach eifrig auf sie ein, und sie schien ihm nicht ohne Wohlgefallen zuzuhören.

Die Frau blickte zufällig zu mir herauf; sie sah mich und machte die anderen beiden auf mich aufmerksam. Der Ölprinz verließ sofort seinen Platz und kam nach oben. Sein Gesicht glänzte vor Vergnügen, als er mich mit den Worten begrüßte: „Warum kommen Sie so spät? Fräulein Vogel hat schon einigemal nach Ihnen gefragt."

„Wußten Sie denn, daß ich kommen würde?"

„Das verstand sich doch von selbst. Der Oberdrucker sagte es. Er hatte von seinem Dienstherrn gehört, daß Sie eine Karte haben."

„Und ich wußte nicht, daß auch er eingeladen ist."

„Das ist erst kurz vor Mittag geschehen, sozusagen als Belohnung für das gelungene Bild, dessen Probedruck er heute hergestellt hat. Die Gattin seines Herrn hat es ihm dabei ans Herz gelegt, ja auch Fräulein Vogel, seine beste Punktiererin, mitzubringen. Die Dame scheint sehr für Martha eingenommen zu sein."

„Martha? Hm! Sie kennen bereits den Vornamen?"

„Allerdings. Wir Amerikaner pflegen uns nicht lange bei den Einleitungen aufzuhalten. Sie wissen ja: Zeit ist Geld!"

„Wie aber kommen Sie hierher?"

„Sehr einfach. Ich hatte den Oberdrucker mit seiner

Frau und Martha für den Abend in ein Kaffeehaus bestellt; da ich es für besser hielt, sie nicht dort zu erwarten, so eilte ich zu ihnen, sie abzuholen. Und das war gut, denn sie wären nicht gekommen. Sie standen im Begriff, hierher zu gehen. Natürlich schloß ich mich ihnen an. Ich wurde dem Vorsteher vorgestellt und erhielt die Erlaubnis zum Eintritt. Wissen Sie, wenn diese Leute hören, daß man Ölprinz und Millionär ist, öffnen sie bereitwillig die Türen. Am meisten freut mich dabei, daß ich Ihnen einen Streich gespielt habe.

„Wieso einen Streich?"

„Sie haben nicht gewünscht, mich hier zu sehen."

„Sagen Sie: nicht gewußt oder nicht geglaubt!"

„Auch nicht gewünscht! Sie geben doch zu, daß Sie Martha kennen, und zwar schon lange?"

„Allerdings."

„Und daß Sie mir dies gestern abend verschwiegen haben?"

„Ich war dazu verpflichtet."

„Wieso?"

„Es sollte kein Mensch erfahren, wer die Sängerin eigentlich sei."

„Aber mit mir konnten Sie doch wohl eine Ausnahme machen, mit einem guten Bekannten!"

„Ich habe hier in Dresden so viele gute und auch noch bessere Bekannte, daß, wenn ich mit jedem eine Ausnahme hätte machen wollen, die meisten gestrigen Konzertbesucher das Geheimnis erfahren hätten. Und da Sie geradezu leidenschaftlich darauf erpicht waren, die Bekanntschaft der Sängerin zu machen, mußte ich mich Ihnen gegenüber doppelt zur Verschwiegenheit verpflichtet fühlen."

„Ganz gut! Sie sehen aber ein, daß es Ihnen nichts genützt hat. Haben Sie meine Karte an Ihrer Tür gefunden?"

„Ja."

„So werden Sie auch erfahren haben, daß ich in der Druckerei gewesen bin und dieses herrliche Mädchen gesehen und gesprochen habe. Ich wiederhole mein gestriges Wort: sie wird meine Frau!"

„Da wünsche ich Ihnen alles Gute!"

„Ach, Sie beglückwünschen mich schon? Gestern abend sprachen Sie anders!"

„Weil ich nicht annehmen durfte, daß Sie die Sängerin so schnell entdecken würden."

„Oh, ich hätte sie auf alle Fälle entdeckt. Ich wäre nicht eher von Dresden fortgegangen, bis ich sie gefunden hätte. Darauf können Sie sich verlassen! Und da ich sie gefunden habe, gehe ich ihr nicht eher von der Seite, als bis ich mit ihr einig geworden bin."

„Einig geworden? Ist es denn ein Handel, den Sie da treiben?"

„So ähnlich. Ein Kompaniegeschäft. Sie gibt ihre Schönheit, und ich gebe meine Millionen. Meinen Sie nicht, daß beide Teilhaber sich dabei gut stehn werden?"

„Ich besitze gar keine Meinung über dergleichen Geschäfte."

„Es sind die besten, die es gibt, und darum lache ich heute über den Gedanken, der mir gestern Sorge machte. Vielleicht erraten Sie ihn?"

„Nein."

„Denken Sie, ich war so dumm, Sie für einen Nebenbuhler zu halten."

„Ah, so!"

„Ja, wirklich! Es ist kaum glaublich; aber ich hatte wirklich diesen unsinnigen Gedanken. Darum bemühte ich mich so angelegentlich, Ihnen beizubringen, daß Old Shatterhand in die Prärie gehört und als Ehemann undenkbar ist. Sind Sie mir bös darüber?"

„Muß ich Ihnen nicht vielmehr dankbar dafür sein, da es mir sonst vielleicht doch einmal eingefallen wäre, eine arme, ahnungslose Dame unglücklich zu machen?"

„Das meine ich auch. Aber kommen Sie doch mit hinab! Martha freut sich darüber, daß Sie hier sind."

„Gehn Sie nur voraus! Ich folge nach. Eben setzt sich der Maskenzug in Bewegung, und der ist von hier oben am besten zu sehn."

„Schön, ich gehe. Aber vorher noch eine Frage! Tanzen Sie?"

„Wozu diese Erkundigung?"

„Sie wollen damit sagen, daß sie ganz und gar überflüssig ist? Richtig! Old Shatterhand und — tanzen! Lächerlich! Aber wenn Sie die Absicht doch gehabt hätten, an Martha wären Sie nicht gekommen."

Er stieg, lustig vor sich hinlachend, die Stufen zum Saal wieder hinab. Ich hatte lebhafte und aufrichtige Teilnahme für ihn empfunden, jetzt war er mir widerwärtig, nicht etwa aus Eifersucht, o nein! Er hatte sich vorher im Zaum gehalten und mir die Achtung nicht verwehrt, auf die ich bei ihm Anspruch machen durfte. Seit seiner Ankunft in Dresden aber ließ er sich gehn, und ich sah nach und nach ein, daß ein gut Teil des früheren Landstreichers in ihm steckte. Das beste war, ihm ferner aus dem Weg zu bleiben. Daß Martha so schnell und leicht auf seine Absichten eingehen werde, hielt ich, wenn auch nicht für ganz unmöglich, so doch wenigstens nicht für wahrscheinlich. Es wiesen ja alle ihre Eigenschaften darauf hin, daß sie seine Unfertigkeit und innere Hohlheit schnell durchschauen werde.

Leider war diese Voraussetzung irrig. Ich hatte noch nicht erfahren, daß eine Herzensenttäuschung das Weib zum unglücklichsten Entschluß zu führen vermag.

Sie war, und darüber konnte es gar keinen Zweifel geben, unter allen anwesenden Frauen und Mädchen die schönste. Die Einfachheit ihrer Kleidung brachte, anstatt ihr zu schaden, dies erst recht zur Geltung, und ich gestehe gern, daß mein Blick immer von neuem zu ihr hingezogen wurde.

Als der Zug sich wieder aufgelöst hatte, stieg auch ich in den Saal hinab. Der Amerikaner hatte sich für kurze Zeit von Martha entfernt; dies benutzte ich, zu ihr zu gehen und sie um die Tanzkarte zu bitten. Sie reichte sie mir in sichtbarer Verlegenheit hin; die Ursache erkannte ich, als ich sah, daß sämtliche Tänze schon vergeben waren. Hinter jeder Nummer stand der Name des Ölprinzen. Eben als ich ihr die Karte wieder reichte, kam Werner zurück und klopfte lachend auf meine Schulter:

„Alles vergriffen, nicht wahr! Ich habe es Ihnen ja gesagt, daß Sie nicht an sie kommen. Sie wollte zwar einen oder einige Tänze offenlassen; für wen, das konnte ich mir denken. Darum überzeugte ich sie, daß ein Grislybär sich schlecht zum Tanzen eignet."

Am liebsten hätte ich ihm eine Ohrfeige gegeben, die jedenfalls wohlverdient gewesen wäre; ich übersah aber seine Ungezogenheit und wendete mich mit ruhigen Worten an sie:

„Ich hätte freilich gern um einen Walzer gebeten. Ist das nicht noch zu ermöglichen, Fräulein Vogel?"

„Wenn Herr Werner es erlaubt", hauchte sie. „Wenden Sie sich an ihn!"

„Nein, ich erlaube es nicht", erklärte er. „Wer den Vorrang haben will, muß eher kommen. Es fällt mir nicht ein, auf mein Recht Verzicht zu leisten!"

Ich musterte ihn kalt und scharf von oben bis unten und erwiderte:

„Dann Verzeihung, Herr Werner! Ich wußte nicht, daß Sie so bedeutende Rechte auf diese Dame besitzen. Dennoch kann Ihnen die Ermahnung wohl keinen Schaden bringen, daß sich für einen Gast und Fremden, der Sie doch sind, wohl etwas mehr Rücksicht schicken würde!"

Ich ging, und zwar aus dem Saal in ein Nebenzimmer, wo ich Unterhaltung bei Bekannten fand. Nur ganz zufällig bemerkte ich dann, daß der Amerikaner Martha zur Tafel führte und sich lustig mit ihr unterhielt. Später machte mir mein Hauswirt den Vorschlag, eine Partie Karambolage mit ihm zu spielen, und so verfügte ich mich mit ihm nach dem Billardzimmer. Wir hatten eben das zweite Spiel begonnen, als ich Martha suchend unter der Tür erscheinen sah. Sie erkannte, daß wir beide allein in dem Raum waren, kam auf mich zu und sagte, indem ihre Wangen sich dunkel röteten:

„Es gibt Damenwahl, einen Walzer. Darf ich bitten?"

Was sollte ich tun? Eine niedrige Rache lag mir fern, und doch entfuhr es mir, ohne alle Absicht, sie zu kränken:

„Sie sehn, daß ich nicht von hier fort kann, Fräulein. Ich muß also danken, zumal ich annehmen darf, daß Sie ohne Erlaubnis des Herrn Werner gekommen sind."

Mein Spielgegner hatte, als sie zu mir sprach, erstaunt aufgehorcht. Er war seinen Arbeitern ein gütiger und wohltätiger Herr, hielt aber dabei sehr auf Abstand. Kaum hatte ich ausgesprochen, so fiel er ein:

„Recht so, lieber Freund! Und Sie, Martha, mögen sich merken, daß es selbst bei der Tanzmusik nicht geraten ist, über seinen Stand hinauszulangen. Zuletzt kommt es so weit, daß sogar ich selbst von meinen Arbeiterinnen zum Tanz eingeladen werde!"

Sie war sehr bleich geworden. Ihre Augen hingen eine kleine Weile starr an seinem Mund, an seinem jetzt so strengen Gesicht; dann drehte sie sich um und ging hinaus.

„War das nicht ein wenig zu hart?" fragte ich ihn.

„Tut sie Ihnen vielleicht leid?"

„Allerdings."

„Mir gar nicht. Solche Überschreitungen der gesellschaftlichen Trennungslinie müssen entschieden zurückgewiesen werden. Es mag möglich sein, daß ich da vielleicht etwas zu streng urteile. Wenn man aber in diesen Anschauungen erzogen ist, fällt es schwer, sich davon frei zu machen. Diese Martha ist ein sehr braves Mädchen, aber von meiner Frau doch schon verzogen worden. Sie hat ihre Vermahnung weg. Denken Sie nicht mehr an diesen Zwischenfall, und spielen wir weiter!"

Wir spielten, da ich keine Lust zu etwas anderem hatte, noch einige Partien und spazierten dann in den Saal zurück. Vergebens schaute ich mich um: ich bemerkte Martha und den Amerikaner nicht mehr.

Später traf ich den Oberdrucker, der mich besorgt fragte:

„Können Sie vielleicht sagen, was mit Fräulein Martha geschehen ist? Sie kam vor einiger Zeit verstört zu uns und sagte, daß sie sofort nach Haus müsse."

„Gab sie nicht einen Grund an?"

„Ja doch, aber keinen vernünftigen."

„Welchen?"

„Sie sei eine Arbeiterin und passe nicht hierher unter die feinen Herrschaften."

„So muß jemand sie beleidigt, ihr irgendeine dem ähnliche Bemerkung gemacht haben?"

„Sehr wahrscheinlich. Ich fragte sie darnach, doch antwortete sie nicht."

„Ist sie fort?"

„Ja."

„Allein?"

„Mit dem Amerikaner."

„Was? Herrenbegleitung? Sie mußten Ihre Frau mit ihr gehen lassen!"

„Das wollte ich auch, aber sie wies mich so barsch ab, daß ich still sein mußte. Sie sagte, Herr Werner sei zwar nur als Gast, als Fremder hier, es werde aber ihrer Ehre dennoch ganz und gar nichts schaden, wenn sie sich ihm anvertraue; auch greife sie damit keineswegs über ihren Stand hinaus, denn Herr Werner sei im Armenhaus geboren und brauche auf keine große Buchdruckerei stolz zu sein. Was sie damit hat sagen wollen, ist mir ein Rätsel!“

„Um so weniger werden Sie es rätselhaft finden, wenn ich meine Worte von heute morgen wiederhole, daß Sie mit Ihrer Dienstwilligkeit für den Amerikaner einen gewaltigen Pudel geschossen haben. Sie werden die Folgen davon wohl kaum verantworten können.“

„Folgen? Welche Folgen sollte es haben?“

„Martha wird uns mit dem Amerikaner davonlaufen!“

„Davonlaufen?“ wiederholte er, mich erschrocken ansehend. „Das ist unmöglich!“

„Sogar sehr wahrscheinlich!“

„Lieber würde ich es glauben, wenn man mir sagte, daß — — daß — — —“

„Daß — — — nun, weiter!“

„Daß sie mit Ihnen — — —“

„Was mit mir?“

„Sie werden es mir übelnehmen?“

„Nein. Ich bin nicht in der Stimmung, etwas übelzunehmen. Also heraus damit!“

„Daß sie mit Ihnen über alle Berge und Meere gehen werde.“

„Unsinn!“

„Ja, ja, es ist so! Ich weiß, daß sie mit ganzem Herzen an Ihnen hängt.“

„Täuschung!“

„Nein, nein! Wenn Sie wüßten, wie oft und gern sie von Ihnen gesprochen hat. Grad in die Zusammenkunft mit dem Amerikaner hat sie nur darum eingewilligt, weil er sagte, daß er Sie kennt und sehr viel von Ihnen erzählen kann.“

„Aber sie ist nicht in das Kaffeehaus gekommen, sondern mit ihm zum Ball gegangen.“

„Weil ich die Einladung dazu nachträglich erhielt,

weil sie von der Frau unseres Alten aufgefordert wurde mitzukommen, und endlich, weil wir überzeugt waren, daß auch Sie da sein würden."

„Mag sein. Sie wird dennoch mit Werner nach Amerika gehen; passen Sie auf! Ich wette, daß sie schon morgen vormittag an ihrer Maschine fehlen wird."

Mit dieser Vermutung hatte ich recht, denn als ich den Geschäftsinhaber am nächsten Tag zufällig traf, sagte er mir:

„Martha scheint mir die gestrige Zurechtweisung übelgenommen zu haben, denn sie hat mir sagen lassen, daß sie krank sei und für einige Tage nicht kommen könne."

Als ich zwei Tage später Veranlassung hatte, einmal in die Buchdruckerei zu gehen, war sie noch immer nicht wieder da. Der Oberdrucker lauerte mich ab und sagte mir, so daß niemand es hörte:

„Herr May, Sie scheinen doch mit Fräulein Martha und dem Amerikaner recht zu haben."

„Wieso?"

„Es spinnt sich etwas zusammen, denn sie sind auf vier Tage miteinander in die Sächsische Schweiz gereist."

Diese Nachricht überraschte mich doch, aber nicht so, wie es der Fall gewesen wäre, wenn ich Eifersucht empfunden hätte. Es blieb alles ruhig in mir. Und die Erkenntnis befestigte sich in mir, daß Martha nicht die Blume sei, die bestimmt war, auf meinem Weg zu blühen. Zwar gönnte ich sie dem Ölprinzen nicht, denn ich hielt ihn nach wie vor nicht für den Mann, ein Mädchen wie Martha glücklich zu machen, aber ich konnte doch auch ohne Ärger an ihn und die letzten Tage zurückdenken. —

*

Ja, es spann sich etwas zusammen. Nach vierzehn Tagen erhielt ich von Werner folgenden Brief:

„Verehrter Herr!

Ich mache Ihnen die Freude, Ihnen mitzuteilen, daß mein Herzenswunsch sich erfüllt hat. Wenn Sie nächsten Sonntag kommen wollen, können Sie unserer Vermählung beiwohnen. Die armselige und ausgehungerte Strumpfwirkersbande ist ganz glücklich, einen so schwerreichen Schwiegersohn zu kriegen, und wird voller Wonne mit uns nach Amerika gehen. Ich nehme natürlich die ganze Familie mit. Die Bude, in der sie wohnen, schenken wir einfach der Feuerwehr zum Niederbrennen; sie ist nichts mehr wert.

Sollten Sie wieder einmal eine Martha finden, so fangen Sie es klüger an! Ist mir doch erzählt worden, daß Sie in meine Braut verliebt bis über die Ohren gewesen sind.

Ergebenst Konrad Werner, Ölprinz."

Mit diesen Zeilen hatte er sein Inneres sehr scharf wiedergegeben. „Ich mache Ihnen die Freude" war natürlich höhnisch gemeint. Daß er von Marthas Eltern so mißachtend sprach und ihr liebes Häuschen eine „Bude" nannte, die er wegbrennen lassen wollte, ließ auf keinen zartfühlenden Charakter schließen. Und daß er mir den Rat erteilte, es später klüger anzufangen, konnte mich aus seinem Mund weder ärgern noch beleidigen.

Wieder verging eine Zeit, wohl ein Vierteljahr. Ich arbeitete fleißig an einem längeren Manuskript und kam wenig fort. Dann besuchte ich wieder einmal eins der Konzerte meines Freundes, des Kapellmeisters. Franz Vogel, mein Schützling, spielte die erste Geige. Während der Pause kam sein Lehrmeister zu mir und fragte:

„Was sagen Sie zum ersten Geiger? Hat er sich nicht vortrefflich gemacht?"

„Ausgezeichnet! Er hat eine Zukunft vor sich."

„Ja. Aber dennoch gestehe ich, daß ich mich über seinen Charakter, seine Ehrlichkeit noch mehr freue als über die Fortschritte, die er gemacht hat."

„Ehrlich? Wieso? Ist es ein Vorzug, wenn ein Mensch ehrlich ist? Ich halte das für keine große Tugend, sondern einfach für seine Pflicht."

„In diesem Fall ist es ein Vorzug. Er hätte mir ebenso mit Undank lohnen können wie seine Schwester. Sie wissen doch, daß sie geheiratet hat?"

„Ja."

„Jenen öligen und doch so luftigen Amerikaner, der nur immer die Worte Ölprinz und Millionär im Mund führte?"

„Er hat es mir kurz vor der Hochzeit geschrieben."

„Haben Sie später wieder darüber gehört?"

„Nein."

„Sie sind fort, Eltern und Geschwister mit. Nur Franz ist dageblieben."

„Das ist ihm allerdings hoch anzurechnen!"

„Ja, zumal ihm alle gute Worte gegeben haben und sein windiger Schwager ihm goldene Berge versprochen hat. Er verharrte aber fest dabei, daß er unmöglich fort könne, weil er mir sein Wort gegeben habe, bei mir zu bleiben."

„Sein Vater hatte doch den Vertrag, in dem von einem Strafgeld die Rede war, unterschrieben?"

„Das wollte der Amerikaner bezahlen. Der scheint überhaupt keinen guten Eindruck auf meinen Schüler gemacht zu haben, denn dieser hat ihm zwar versprochen, seinerzeit, wenn er nicht mehr an mich gebunden ist, hinüberzukommen, redet aber nie ein Wort von ihm."

„Es wundert mich überhaupt, daß die alten Leute, die so sehr an ihrer Heimat hingen, daß sie ihren Sohn nicht einmal nach Dresden lassen wollten, mit über den Ozean gegangen sind."

„Was wollen Sie! Geld tut alles; sie haben von dem berühmten Millionär gehört, und das hat ihnen natürlich die Köpfe verdreht."

„Was die Millionen betrifft, so habe ich gar kein rechtes Vertrauen zu ihnen oder vielmehr zu ihrem Besitzer. Er hat in den letzten Tagen nicht den Eindruck auf mich gemacht, als ob seine Hand sie festhalten könne."

„Er mag sie immer vertun; es fließen ja neue aus seinem Ölsumpf nach."

„Oh, man kennt Quellen, die sehr reichlich flossen und aber dann gar bald keinen Tropfen mehr gaben. Ist nicht auch der Entdecker der reichsten Goldmine später im Armenhaus gestorben?"

Das Gespräch mußte unterbrochen werden, weil die Pause vorüber war.

Das war für lange Zeit zum letztenmal, daß ich von dem Ölprinz, von Martha und Franz Vogel sprach und hörte, die mich lange und so lebhaft beschäftigt hatten, und die beinahe bestimmend in meinen Lebensweg eingegriffen hätten. Wie so ganz anders hätte sich mein späteres Dasein wohl entwickelt, wenn ich, wie ich zuerst fast versucht gewesen war, dem Ölprinzen in seinem Kampf um Martha die Stirn geboten hätte und als Mitbewerber um ihre Hand aufgetreten wäre! Ob aber auch zu meinem Glück? Es gab einen Augenblick, da ich die Arme nach diesem reinen Wesen ausstreckte und da ich diese Frage mit einem überzeugten Ja beantwortet hätte. Heute bin ich aber anderer Meinung. Das Glück des Menschen liegt nicht immer, ja nicht einmal oft in der Erfüllung seines Herzenswunsches. Und für meine Person, der ich an eine göttliche Führung glaube, bin ich der Überzeugung, daß es so hat kommen müssen. Es war gut so! Auch für Martha! Ich ahnte nicht, daß mein Weg noch einmal den ihrigen kreuzen werde und daß ich ein zweitesmal bestimmt sei, eine nicht unbedeutende Rolle im Leben der beiden Geschwister zu spielen. Aber als ich Martha nach Jahren im fernen Westen und in ganz anderen Verhältnissen wiedersah, in Verhältnissen, die der Gattin eines Millionärs als drückend erscheinen mußten, da staunte ich über sie. Sie hatte sich entwickelt. Nicht etwa nur körperlich, sondern vor allem seelisch. Sie hatte eine Schule besucht, die über ihr ganzes Wesen einen unbeschreiblichen Zauber ausbreitete, der ihr in diesem Maß früher nicht eigen gewesen war und ihre Schönheit nur noch mehr erhöhte, und diese Schule war — — das Leid.

Sollten die Geschwister Vogel die Teilnahme des Lesers erworben haben, so daß er den Wunsch hat, mehr über ihre späteren Lebensschicksale zu erfahren, so möge er mein Werk „Satan und Ischariot“ zur Hand nehmen. Dort wird er die Beantwortung der Fragen finden, die ihm im Anschluß an die vorliegende kleine Erzählung auftauchen mögen.

DER GLÜCKSSCHIMMEL

Der alte Belling-Husar

Wer von euch hat den hochwohlehrbaren Herrn Stadtkassierer Hermann Micksch in Stolp noch gekannt? Wohl kaum jemand, denn er ist nun schon seit langer Zeit zum großen, ewigen Weckruf gegangen. Aber wer ihn kannte, der dachte gewiß nicht ohne Achtung an ihn, und wer nun gar mit ihm persönlich zu tun hatte, der empfand sicher eine Art Ehrerbietung.

Micksch hatte in früheren Jahren bei den Husaren gestanden und es bis zum Wachtmeister gebracht. Er hatte sich dort ein strammes Wesen und das Befehlen so angeeignet, daß er es auch mit in sein späteres Privatleben herübernahm. Das Reiten war ihm während seiner langjährigen Dienstzeit in Fleisch und Blut übergegangen, so daß er sich in der dabei notwendigen Stellung am wohlsten fühlte. Nie nahm er auf einem Sofa Platz; und setzte er sich auf einen Stuhl, so geschah es in der Weise, daß er die Lehne vorn in den Händen hatte und mit seinen Beinen den gehörigen Schenkeldruck auf die vier Füße des Möbels auszuüben vermochte. War er dabei in ruhiger Stimmung, so blieb er auch wie andere Leute am Platz halten. Brachte ihn aber irgend etwas in Aufregung oder gar zur Begeisterung, so ritt er auf dem Stuhl in der Stube hin und her, als habe er noch seinen alten, lieben Dienstschimmel unterm Sattel.

In einer solchen Ruhelosigkeit mußte er sich auch heute befinden; sie schien aber keine freundliche Ursache zu haben; denn sein hageres Gesicht lag in tiefen Falten, und seine Hände erhoben sich sehr fleißig von der Stuhllehne zum Schnurrbart, um dessen Spitzen in die Luft zu drehen. Noch vor fünf Minuten hatte er am ersten Fenster der Stube gesessen und sehnsüchtig in die Dämmerung hinausgeschaut, ob die zwei Busenfreunde wohl erscheinen möchten, mit denen er das gewohnte Spielchen machen wollte. Er hatte niemand gesehen und war voller Ungeduld mit seinem Stuhl bis an das zweite und dritte Fenster „geritten“; da sie aber immer noch nicht kamen, so drehte er den Sessel herum und trabte brummend bis ans erste Fenster zurück. Hier fühlte er, daß es mit seiner Geduld nun zu Ende sei. Er drehte sein hölzernes Reitpferd nach der Tür, rüttelte an der Lehne, daß es krachte und fuhr dann mit der Faust durch die Luft, als habe er einen Säbel darin.

„Himmelmohrenelement, ist das eine Zucht mit diesem Zivil! Schon seit zwanzig Minuten hat es acht geschlagen, und noch keiner ist da. Es ist nicht zum Aushalten mit Leuten, die der Herrgott nicht unters Militär gesteckt hat. Da bin ich es doch anders gewohnt! Als ich damals bei den Belling-Husaren stand, hatte ich mich so an Pünktlichkeit gewöhnt, daß alle Tage die Sonnenuhr über der Rathaustür nach mir gerichtet wurde, wenn ich mit meinem Schimmel die Gasse heraufgeritten kam. Das Zivil aber —“

Er wurde unterbrochen.

Es klopfte an der Tür.

„Herein!“ rief er mit dröhnender Baßstimme.

Ein dürftiges, vornübergebeugtes Männchen trat ein und grüßte mit einer Freundlichkeit, der ein klügerer als Micksch sicher die Absicht angemerkt hätte.

„Schönen Diener, Herr Oberstwachtmeister! Ich muß sehr um Entschuldigung bit — —“

„Halt Er das Maul mit seinem ewigen Oberstwachtmeister, und merke Er es sich endlich einmal, daß ich nicht Major, sondern Feldwebel bei der Reiterei, also Wachtmeister gewesen bin! Es ist doch eine Sünde und eine Schande mit diesem Zivil, das keinen Dragoner von einem Kochlöffel unterscheiden kann! Warum kommt Er denn volle dreiundzwanzig Minuten zu spät?"

„Ich muß mich sehr entschuldigen, Herr Rittmeister, daß ich — —"

„Wachtmeister bin ich und nicht Rittmeister!" unterbrach ihn Micksch donnernd, indem er vor Ärger mit seinem Stuhl einen Seitensprung machte.

„Verzeihung, Herr Wachtmeister, daß ich nicht eher kommen konnte! Ich hatte eine Abhaltung, die nicht mit angerechnet war."

„Eine Abhaltung, die gibt's nicht, die ist rein unmöglich. Ja, bei diesem Zivil ist alles gleich: komme ich heute nicht, so komme ich morgen! Beim Militär ist's aber anders. Als ich damals bei den Belling-Husaren stand, da kannte man das Wort Abhaltung nicht. Einmal beim Streckenreiten stand mir ein Turm im Weg. Das wäre für einen Zivilisten doch sicher eine Abhaltung gewesen. Ich aber sauste mit meinem Schimmel im Galopp zur Tür hinein, die Wendeltreppe hinauf und mit einem Riesensprung von oben wieder hinab. Das alles so schnell, daß ich nicht einen halben Zoll zurückgeblieben bin. Was hat es denn eigentlich gegeben, daß Er um dreiundzwanzig Minuten verhindert worden ist?"

„Ich ging über den Markt, um den Gevatter Pfefferkorn mitzunehmen, und der sagte mir, daß er nicht kommen kann."

„Was? Der Pfefferkorn kann nicht kommen? Da wird ja aus unserem Spiel nichts! Weshalb kann er nicht?"

„Weil ihm das Zipperlein wieder in den Beinen liegt. Ich mußte eine ganze Zeit bei ihm bleiben, um ihn zu trösten. Daher kam ich so spät."

„Das Zipperlein? Ja, ja, so was kann nur dem Zivil zustoßen, dem liegt das Reißen alle vierzehn Tage einmal in den Beinen, und dann gibt's ein Jammern und Wehklagen, daß sich die Steine erbarmen möchten.

Da ist's doch beim Militär anders! Als ich bei den Belling-Husaren stand, lag mir das Zipperlein einmal so gewaltig im Leib, daß mir's die Knie bis herauf an die Achselschnüre gezogen hat. Der Feldscher gab mich schon auf, und der Schimmel hat vor Kummer vier Wochen kein Futter zu sich genommen. Ich aber habe mich unter eine Wäschemangel gelegt und mir die Beine wieder gerade rollen lassen. So eine Kur ist allerdings nichts für euch arme Schlucker; die hält bloß ein Wachtmeister bei den Husaren aus! Aber was wird denn nun mit unserem Spiel? Wollen wir den Strohmann setzen?"

„Herr Oberstwacht — —"

„Wachtmeister bin ich, wenn es Ihm endlich einmal beliebt!"

„Allerdings! Also, Herr Wachtmeister, ich möchte Euch bitten, für heut vom Kartenspiel abzusehn."

„Vom Kartenspiel absehn?" fragte Micksch und fuhr mit seinem Stuhl um einige Schritte zurück. „Das ist seit vielen Jahren kein einziges Mal vorgekommen. Warum also heut eine Ausnahme machen, wo wir ohnehin nur einmal in der Woche spielen?"

„Weil ich Euch etwas vorzutragen habe, was mir wichtiger erscheint als das Spiel."

„Ich wüßte nicht, was mir wichtiger wäre als das, was ich mir vorgenommen habe. Ich wollte heute spielen, und so wird also heute auch gespielt. Im Notfall spiele ich ganz allein! Wenn Er nicht will, so kann Er ja gehen. Aber wiederzukommen braucht Er dann auch nicht mehr."

„Ich bin Euch ja gern zu willen, Herr Oberstwacht — — Herr Wachtmeister; aber ich ersuche Euch wirklich dringend, mich vorher über meine Angelegenheit sprechen zu lassen!"

„Über Seine Angelegenheit? Er hat eine Angelegenheit mit mir? Da macht Er mich wirklich über alle Maßen neugierig. Also gut, ich will Ihm volle zehn

Minuten Zeit geben, diese Angelegenheit in Ordnung zu bringen. Setz Er sich nieder und mach Er kurz und bündig Seine Meldung!“

Der Kleine folgte diesem Gebot und begann mit etwas unsicherem Ton:

„Ihr wißt, Herr Stadtkassierer, wer — —“

„Halt! Ist’s etwa eine Stadtkassengeschichte, die Er mir vorzutragen hat?“

„Nein. Es ist eine Privatangelegenheit.“

„Nun, so nenne Er mich nur immer Wachtmeister, wie sich’s schickt. Stadtkassierer heiße ich nur dann, wenn es sich um eine Amtsangelegenheit handelt. Euch Zivilisten sind diese Unterscheidungen freilich niemals beizubringen.“

„Ich werde es zu merken suchen. Also, Ihr wißt ja, wer und was ich bin — “

„Natürlich weiß ich das. Er ist der Spezereikrämer Hiller und macht im Landsknecht die größten Pudel weit und breit.“

„Das mag sein. Ein Fehler im Spiel hat nicht viel zu bedeuten, wenn man sonst den Kopf auf dem rechten Fleck hat und sein Geschäft versteht. Ihr wißt auch, wie es mit mir steht, Herr Wachtmeister. Ich bin ein tätiger und sparsamer Mann, weiß aus dem Heller einen Groschen zu machen und habe mir ein Sümmchen gespart, wie es hier in Stolp kaum ein zweiter aufzuweisen hat.“

„Ja. Er ist der wohlhabendste Mann in der ganzen Stadt und der größte Pfennigfuchser dazu. Was Er hat, das hat Er von andern Leuten zusammengeschunden und sitzt nun über Seinem Geldkasten wie ein feuerspeiender Drache, den keine zehn Herkulesse totschlagen können. Aber warum spricht Er denn auf einmal von Seinem Vermögen? Er vermeidet doch sonst jedes Wort darüber.“

„Ihr werdet das gleich hören, Herr Wachtmeister!

Also, was ich sagen wollte: ich habe mir das Meinige sauer erworben, aber nicht etwa, um es zu hüten wie ein Drache, wie Ihr vorhin sagtet, sondern ich habe in meinen jungen Jahren nur gearbeitet und gespart, um nachher das Leben ruhig und ohne Sorge genießen zu können."

„Hm! Ein ganz gescheiter Gedanke, wenn es wahr ist, daß Er ihn gehabt hat. Aber ich weiß noch immer nicht, was Er eigentlich mit alledem will. Acht Minuten sind bereits vorüber, und Er hat also noch zwei übrig. Spute Er sich, denn sobald die zehn vorbei sind, geht das Spiel los!"

„Was ich will? Ja, das kann ich eigentlich nicht so schnell erklären. Ich habe nun so viel, daß ich mich zur Ruhe setzen und mir das Leben angenehm machen könnte. Aber dazu fehlt mir eins, und das ist gerade die Hauptsache."

„Die Hauptsache? Die besteht ja eben in dem Geld, meiner Ansicht nach."

„Wie man's nimmt!" entgegnete Hiller. „Das Geld ist die Grundlage, auf der man bauen muß. Aber zu einem gemütlichen Leben gehört noch mehr. Das Notwendigste ist allemal eine — eine — Frau."

„Eine Frau?!" rief Micksch und machte mit seinem Stuhl einen Heckensprung, der den ehrsamen Spezereikrämer beinah über den Haufen gerissen hätte. „Himmelmohrenelement, was ist Ihm denn da für eine riesenhafte Dummheit in den Kopf gefahren? Eine Frau will Er sich nehmen? Hat Er vielleicht den Koller, oder steckt Ihm sonst irgendein Rappel im Leib?"

„Nichts von alledem, mein bester Herr Wachtmeister! Wenn es wirklich so eine riesenhafte Dummheit wäre, sich eine zu nehmen, so wärt Ihr sicher unverheiratet geblieben."

„Höre Er, das ist etwas ganz anderes! Damals, als ich bei den Belling-Husaren stand, wollte meine Löhnung weder hinten noch vorn zureichen. Nur aus diesem Grund sah ich mich endlich nach einer Frau um, die mit allerhand Weiberkram ein weniges verdienen konnte. Es ist der einzige dumme Streich, den ich bei den Belling-Husaren begangen habe, obwohl ich sagen muß, daß meine Alte die reine Seele war, fast so gut und lammfromm wie mein Schimmel. Freilich, ihre Mucken hatte sie auch, denn wo wäre wohl eine Frau ohne dergleichen Dorn und Spitzen! Es hat manches Ärgernis gegeben, das ich mir besser hätte ersparen können. Na, jetzt ist sie tot, Gott hab sie selig, und die Trude, das Mädel, die muß auf's Wort gehorchen, daß die Gelenke knacken. Die habe ich mir erzogen und eingeübt, daß sie zur Feueresse hinausführe, wenn ich sie schickte. Wer die mal bekommt, der ist unter Tausenden der einzige, dem ich das Heiraten vergeben will."

„Ganz dasselbe meine ich auch, Herr Wachtmeister, und eben aus genau diesem Grund wollte ich mit Euch reden."

„Aus diesem Grund? Mit mir reden? Wegen der Trude?" rief Micksch und machte bei jeder dieser drei Fragen mit seinem Stuhl einen Satz nach rückwärts. „Höre Er, ich fange wirklich an zu glauben, daß Er nicht ganz bei Trost ist."

„Wieso denn, Herr Stadtkass — Herr Wachtmeister?"

„Weil Er, der Spezereikrämer Hiller, der niemals beim Militär gestanden hat und kaum einen Major von einem Laubfrosch unterscheiden kann, die Tochter eines langgedienten und ehrenvoll verabschiedeten Wachtmeisters von Sr. Majestät Belling-Husaren zur Frau begehrt. Das ist doch der reine Wahnsinn!"

„Doch vielleicht nicht so sehr, wie Ihr denkt!" entgegnete Hiller beleidigt. „Wir Zivilisten sind ebensogut Menschen wie Ihr vom Militär. Und wenn Ihr selbst vorhin sagtet, daß das Geld die Hauptsache ist, so haben wir von dieser Hauptsache wohl mehr als Ihr. Habe ich recht oder nicht?"

„Hm, das kommt sehr darauf an! Bei einem Vergleich zwischen uns beiden kann ich dies freilich nicht ableugnen. Aber Er muß doch wohl auch zugeben, daß es im Offizierskorps, und ganz besonders bei der Kavallerie, manche Herren gibt, deren einer hundert und mehr Spezereikrämer aufwiegt! Als ich noch bei den Belling-Husaren stand, diente bei meiner Schwadron ein Rittmeister, der so reich war, daß er zum Nachtisch nur marinierte Dukaten und eingelegte Doppellouisdors verspeiste."

„Das mag sein! Aber erstens ist Eure Tochter doch für keinen General bestimmt, und zweitens wißt Ihr ja nur zu gut, daß auch ich meine Verdienste habe; ich bin Oberleutnant bei der Schützengilde."

„Ja, das ist Er! Und wenn ihr exerziert, so quiekt Er seine Befehle wie ein junger Gänserich, dem die Stimme noch außen am Schnabel hängt. Eure Schützengilde ist auch bloß für den Kuckuck. Da sollte Er mich einmal befehlen hören! Als ich noch bei den Belling-Husaren stand, wurde im Regiment der Stabstrompeter abgedankt, weil meine Stimme sogar im Kanonendonner eine halbe Meile weit gehört wurde. Einmal, es war an einem ruhigen, windstillen Morgen, exerzierten wir in der Gegend von Zossen. In Potsdam rückten um dieselbe Stunde die Dragoner aus. Der Oberst ruft mir das Kommando zu; ich rufe: ‚Reee—gi—ment — rrrrechts schwennkt — — —!!!!‘, und was meint Er, was geschieht? Vor Potsdam schwenkten die Dragoner von der Straße ab und rechts in das Feld hinein. Hält Er das für möglich?"

„Warum nicht, Herr Wachtmeister? Wenn Ihr es erzählt, so gibt es keinen Zweifel. Ich habe allerdings keine solche Meilenstimme, aber meinen Mann stelle ich doch, und wenn ich die Tütendreherei beiseitelege und mich mit einer hübschen jungen Frau ins Privatleben zurückziehe, so sollt Ihr schon sehen, daß ich mir Achtung zu verschaffen weiß. Was ich brauche, das habe ich, und so werde ich den Leuten einmal zeigen, daß ich zu leben verstehe. Deshalb möchte ich Euch", fügte er langsam und mit Betonung hinzu, „ersuchen, einmal nach einem zuverlässigen Reitpferd auszuschauen. Ihr versteht Euch ja auf den Roßhandel besser als ich, und sollt die Mühe nicht umsonst haben!"

Noch niemals hatte der Stuhl einen solchen Riesensprung gemacht, wie in diesem Augenblick. Micksch schnellte auf ihm von der Fensterseite des Zimmers fast bis an die gegenüberliegende Wand. Seine Augen waren vor Verwunderung weit aufgerissen, und unter dem gewaltigen Schnurrbart gähnte eine Öffnung, durch die ihm der schlaue Spezereikrämer bis in den Magen zu sehen vermochte.

„Wa—wa—wa—was? Er Himmelmohrenelementer will sich ein Reitpferd kaufen? Ist Er denn vor Hochmut toll?"

„Nein! Ein bißchen spazierenfahren werde ich zuweilen, reiten aber wenig oder gar nicht. Meine Absicht ist nur, Euch ein Vergnügen zu bereiten, wenn Ihr mein Schwiegervater werden wollt. Das Pferd halte ich lediglich für Euch, und wenn ich es einmal auf ein Stündchen brauche, so werdet Ihr es mir wohl überlassen."

„Er redet wahrhaftig, als wäre Er bereits mit der Trude verlobt. Aber ich will Ihm gern gestehen, daß der Gedanke gar nicht übel ist. Was würde das Bürgervolk die Augen aufreißen, wenn der alte Wachtmeister und Stadtkassierer Hermann Micksch wie in seinen jungen Jahren wieder durch die Stadt galoppierte! Und nun gar erst die Militärs, die würden sich blau ärgern, wenn sie sähen, daß unsereiner noch weit besser zu Pferd sitzt als die jetzigen neubacknen Gelb- und Grünschnäbel! Aber ein Schimmel müßte es sein, ein Apfelschimmel, wie mein Hans, den ich hergeben mußte, als ich den Abschied nahm."

„Das versteht sich von selbst! Wenn Ihr einmal ein Reitpferd haben sollt, so könnt Ihr Euch auch die Farbe wählen", entschied Hiller. Er kannte den Alten genau, der seine Tochter sicher keinem Zivilisten zur Frau gab, wenn ihm dabei nicht außerordentliche Vorteile winkten. Der Gedanke, ein Reitpferd zu besitzen, hatte den früheren Husaren sofort in einer solchen Weise in Beschlag genommen, daß ihm von all den Bedenken, die er andernfalls vorgebracht hätte, kein einziges in den Sinn kam. Der in Aussicht gestellte Apfelschimmel bestach ihn so völlig, daß er mit seinem Stuhl bis hart an den Freier heranritt und ihm die Rechte auffordernd entgegenstreckte.

„Hiller, Er ist ein Kerl, gegen den ich wohl manches vorbringen könnte. Er hat keine Figur, ist bereits über die Jünglingszeit hinaus, hat niemals beim Militär gestanden, spielt einen schauderhaften Landsknecht und hat es noch nicht ein einzigesmal so weit gebracht, auf die Minute hier bei mir einzutreffen. Aber Er hat auch seine Verdienste, wie Er vorhin richtig sagte. Sein Geschäft versteht Er ausgezeichnet, hat ein hübsches Vermögen, besitzt keine ganz üblen Lebensansichten und — was mir ganz besonders von Ihm gefällt — Er ist ein Mann, der seinen Schwiegervater in Ehren halten wird. Ich hätte nichts gegen die Heirat, wenn ich sicher sein könnte, daß Er mit dem Reitpferd auch wirklich Wort hält."

„Ich halte Wort, Herr Wachtmeister. Ihr könnt Euch gleich morgen das Geld bei mir holen, das Ihr zum Kauf braucht."

„Gut, dann schlag Er ein! Ich werde jetzt die Trude rufen und ihr sagen, was sich zugetragen hat."

„Wird sie unserm Plan auch beistimmen?" warf der

Spezereikrämer etwas besorgt ein. Er wußte, daß er einen Nebenbuhler hatte, der nicht zu unterschätzen war.

„Weshalb denn nicht? Glaubt Ihr etwa, daß sich das Mädchen einen anderen Willen erlaubt als den meinigen? Was ich will, das will ich. Sie weiß das und wird sofort ja sagen. Zwar habe ich schon öfters einen Unteroffizier bemerkt, der mit den Augen an ihrem Fenster hängenbleibt; aber der darf Ihn nicht bang machen. Es ist der Wildenbrandt, der Aufschneider, der einmal gesagt hat, es gäbe noch viel bessere Reiter, als ich bin. Er sollte mir nur kommen. Ich wollte ihm — —"

Es klopfte.

„Herein!" rief der in seinen Ausführungen unterbrochene Wachtmeister.

Die Tür wurde geöffnet.

Der Eintretende war ein junger, stattlicher Mann in Husarentracht.

Er trug die Abzeichen eines Unteroffiziers.

„Guten Abend, Herr Wachtmeister!" grüßte er, wobei er die Hacken klirrend zusammenschlug und die Hand zur Stirnhöhe hob.

„Ach, schön guten Abend, mein Bester! Was führt denn Ihn zu mir?"

„Ich bitte, mit Euch ein Wort unter vier Augen sprechen zu dürfen."

„Unter vier Augen? Warum denn das? Hat Er mir ein wichtiges Staatsgeheimnis mitzuteilen?"

„Das nicht; aber die Angelegenheit, die mich zu Euch führt, ist nicht für Fremde."

„Eine Angelegenheit hat Er? Das ist ja recht schön! Vielleicht ist es dieselbe, die ich heute schon einmal mit einem andern besprochen habe. Doch das werde ich ja hören, sobald es Ihm nur beliebt, sie mir mitzuteilen."

„Das ist eben meine Absicht. Doch sagte ich schon, daß die Sache nicht für fremde Ohren bestimmt ist."

„Fremde Ohren gibt es jetzt nicht in meiner Stube. Dieser Mann hier ist mein Busenfreund, der alles hören kann, was Er mir zu sagen hat. Schlag Er also los mit Seiner Neuigkeit!"

„Wenn Ihr es so befehlt, Herr Wachtmeister, muß ich gehorchen. Ich komme wegen Eurer Tochter Trude. Wir haben uns kennengelernt und sind einander lieb geworden. Darum möchte ich Euch bitten, zuweilen ein Stündchen meiner Urlaubszeit bei Euch verbringen zu dürfen, damit Ihr Euch ein Urteil über meine Person und meine Gesinnung bilden könnt. Ich bin überzeugt, daß Ihr dann — — —"

„Seine Überzeugung ist mir gleichgültig!" fiel ihm Micksch in die Rede, „und Seine Person und Seine Gesinnung auch. Er hat also meine Tochter kennengelernt? Davon weiß ich ja gar nichts! Beim Zivil läuft man zusammen, ohne zu fragen woher und wohin; beim Militär pflegt man aber anders zu verfahren. Als ich noch bei den Belling-Husaren stand, habe ich einmal bei einem Vater um ein Mädchen angehalten, das ich noch gar nicht gesehen hatte. Es versteht sich doch von selbst, daß man hinter dem Rücken der Eltern nichts vornimmt. Er freilich hat nicht Ehrgefühl genug, dies einzusehen, und so hätte Er besser getan, auch heute Seinen Besuch zu unterlassen. Das Mädchen bekommt Er nicht, und an Seiner Gegenwart ist mir nichts gelegen. Bleibe Er mir also in Zukunft vom Leib!"

„Wie es zu der Zeit gewesen ist, als Ihr bei den Belling-Husaren gestanden habt, Herr Wachtmeister, davon weiß ich nichts zu erzählen; ich kann nur von jetzt berichten, und da ist es allerdings Sitte, daß man sich ein Mädchen erst ansieht, bevor man es heiratet. Ich habe nach diesem Gebrauch gehandelt und nichts getan, was meine Ehre verletzen könnte."

„Wie klug Er doch sprechen kann, grad so klug wie damals, als Er behauptet hat, daß Er besser reiten könne als ich. Höre Er, Wildenbrandt, Er ist ein Prahler, ein Großtuer; und was hinter solchen Leuten steckt, das weiß man. Geh Er, ich habe nichts mit Ihm zu schaffen!"

„Ist dies Euer letztes Wort, Herr Wachtmeister?"

„Mein letztes. Er kann besser reiten als ich, und wird also auch sonst besser als ich wissen, was die Glocke geschlagen hat, wenn ein ehrenvoll verabschiedeter Wachtmeister von den Belling-Husaren zu Ihm sagt, daß Er gehen soll."

„Das weiß ich allerdings besser als Ihr: sie hat eben zur Hochzeit geschlagen. Ich bin Unteroffizier bei den Belling-Husaren und habe es bis auf einen Schritt zum Wachtmeister gebracht. Ein tüchtiger Unteroffizier im Dienst aber wiegt wenigstens grad so schwer, wie ein verabschiedeter Wachtmeister, und so könnt Ihr Euch denken, daß ich mich nicht so mir nichts dir nichts ohne allen stichhaltigen Grund von der Tür weisen lasse. Ich habe die Trude lieb, sie mich auch, und wenn Ihr mir nicht beweisen könnt, daß eins von uns beiden des anderen unwert ist, so trete ich nicht zurück, sondern erkläre Euch, daß sie meine Frau wird."

„Will Er wohl machen, daß Er hinauskommt, Er Himmelmohrenelementer!" rief Micksch zornsprühend und galoppierte mit seinem Stuhl grad auf Wildenbrandt los. „Ich sage Ihm, Er bekommt sie nicht!"

„Und ich sage Euch, ich bekomme sie! Gute Nacht!"

Wildenbrandt öffnete die Tür und schritt sporenklirrend die Treppe hinab. Unten stand die Geliebte in banger Erwartung. Aus dem lauten Ton, in dem die Unterhaltung geführt worden war, hatte sie auf das Ergebnis geschlossen und fragte jetzt leise:

„Nicht wahr, er hat nein gesagt?"

„So ist's!" sagte Wildenbrandt zornig. „Und als einzigen Grund hat er angegeben, daß ich behauptet habe, ich könne besser reiten als er. Ich habe allerdings so gesagt, aber nur, weil er sich über mich und meinen Apfelschimmel lustig gemacht hat. Er nennt ihn einen alten Ziegenbock und sagt, ich sitze drauf wie der Affe auf dem Kamel. Kann ich dafür, daß er auch einen Apfelschimmel geritten hat und nun seine beleidigenden Vergleiche zwischen sich und mir zieht?"

Der Zornige hätte seinem Herzen noch länger Luft gemacht, wenn nicht soeben die Stimme des Wachtmeisters erschollen wäre.

„Trude, herauf zur Befehlsausgabe!"

„Komm, tritt hier herein!" flüsterte das Mädchen. Sie öffnete eine Tür und schob ihn in den dunklen Raum. „Ich schließe dich ein, damit dich niemand bemerkt, und werde dir nachher berichten, was es oben gibt!"

Rasch zog sie den Schlüssel ab und stieg die Treppe empor.

Als sie ins Zimmer trat, hielt der Vater noch immer wutentbrannt auf seinem Stuhl vor der Tür.

„Kennst du den Unteroffizier Wildenbrandt?"

„Ja."

Sie war gewohnt, ihre Antworten in bündiger Weise zu geben.

„Du hast eine Liebschaft mit ihm?"

„Ja."

„Er sagt, du wärst ihm gut. Ist das wahr?"

„Ja."

„Schön! Ich befehle dir hiermit, ihm nicht mehr gut zu sein. Denn ich habe dir bereits einen Mann bestimmt, nämlich diesen da!"

„Das ist nicht möglich, Vater!"

„Warum nicht? Was ich tue, das ist allemal möglich! Als ich noch bei den Belling-Husaren stand, habe ich manches möglich gemacht, was andere für eine Unmöglichkeit gehalten haben. Einmal hatten wir ein Treffen in der Pfalz; eine feindliche Kanone schoß stets grad mitten in unsere Reihen hinein; wir befanden uns in einer weit vorgeschobenen Stellung und hätten aus der Haut fahren mögen vor Ärger, uns so ruhig wegputzen lassen zu müssen. Da zog ich meine Pistolen, gab dem Nebenmann das Ladezeug, und während er nur immer lud, zielte ich grad auf die Mündung der Kanone und schoß auf diese Weise jede Kugel entzwei, die sie uns entgegenschickte. Ich erhielt für diese Geschicklichkeit eine Denkmünze, habe sie aber später verloren. Da war doch das rein Unmögliche möglich gemacht! Meinst du nun, daß ich mich vor deiner Unteroffiziersliebe fürchte?"

„Nein!"

„Na also! Der Oberleutnant von der Schützengilde, Herr Hiller, hat vorhin bei mir um deine Hand angehalten. Ich habe sie ihm zugesagt, und du wirst nun wissen, was du zu tun und zu lassen hast. Verstehst du mich?"

„Ja."

„Du wirst es gut haben bei ihm, davon hat er mich überzeugt. Du wirst die reichste und vornehmste Frau im Ort sein und die Freude erleben, daß dein Vater täglich spazierenreitet."

„Du? Woher nimmst du denn das Pferd?"

„Das wird dein Mann mir schenken. Morgen schon zahlt er das Geld, und dann werde ich mich sofort nach einem tüchtigen Schimmel umsehen."

„So hast du mich für ein Pferd verschachert?"

Er fuhr mit seinem Stuhl zurück, als sehe er sich plötzlich der Mündung einer Kanone gegenüber. Dann wirbelte er die beiden Spitzen seines Schnurrbartes in die Luft, schlug mit den Füßen an die Stuhlbeine und rief mit blitzendem Auge:

„Was meinst du, du Himmelmohrenelementshexe? Verkauft hätte ich dich? Meine eigene Tochter erklärt mich, den Stadtkassierer und von den Belling-Husaren ehrenvoll verabschiedeten Wachtmeister Micksch, für einen Menschenhändler, für einen Rabenvater, für einen — —“

Er trabte auf seinem Stuhl in der Stube hin und her, und hielt endlich mit einem krachenden Ruck vor dem Spezereikrämer, den er grimmig bei der Brust packte. „Höre Er, was soll ich mit der ungeratenen Tochter machen? Soll ich sie fortjagen, soll ich — he, so sage Er doch, was ich mit ihr machen soll!“

Der Gefragte hielt ängstlich den Zornigen mit beiden Armen von sich ab. „Herr Wachtmeister, verheiratet sie, dann seid Ihr sie und das Ärgernis los, und der Schimmel ist Euer!“

„Ja, das werde ich machen. Sie m u ß Ihn nehmen, und zwar zur Strafe für den Rabenvater. Und den Schimmel, auf dem soll sie mich alle Tage reiten sehen als Züchtigung für die Gehorsamsverweigerung!“

Er warf sein prasselndes Pferd herum zu ihr und donnerte:

„Trude, du kennst mich. Wenn du noch ein einziges Wort mit dem Wildenbrandt sprichst, so geschieht etwas! Hast du's gehört?“

„Ja!“

„Du heiratest den Herrn Oberleutnant Hiller! Morgen bekomme ich den Schimmel und in acht Tagen ist die Verlobung. Weggetreten!“

Sie gehorchte dem Befehl und verließ das Zimmer.

Während der ehrenvoll verabschiedete Wachtmeister oben noch lange seine möbelzerstörenden Reitkunststücke ausführte, öffnete Trude unten die Tür und stattete dem Geliebten den versprochenen Bericht ab. Mancher Rettungsplan wurde von den beiden jungen Leuten ausgesonnen und wieder verworfen, und Hiller hatte schon längst das Haus verlassen, als der Unteroffizier sich endlich von seinem Mädchen verabschiedete. Er ließ sie nicht ohne Trost zurück.

„Es bleibt dabei, Trude. Sofort geht's zur Jungfer Adelheid, wo der Leutnant v. Blücher wohnt. Er ist ein Schlaukopf und hält große Stücke auf mich. Wenn irgendein Rat möglich ist, so weiß er ihn, und ist eine Tat notwendig, so läßt er mich sicher nicht im Stich. Gute Nacht!"

Nach einem zärtlichen Abschiedskuß nahm Wildenbrandt vorsichtig den Pallasch in den Arm und schlich unhörbar davon.

Micksch ahnte nicht, daß die Tochter, die er sich so gut erzogen hatte, zu einer Widersetzlichkeit entschlossen war, für die es kein Beispiel gab seit damals, „als er noch bei den Belling-Husaren stand".

Jung-Blücher

Jungfer Adelheid saß am Fenster und schaute sehnsüchtigen Blicks hinüber nach dem Laden, hinter dessen Glasscheiben zuweilen ein hageres, gelbbleiches Gesicht vorüberhuschte.

Lange Jahre hatte sie an demselben Fenster gesessen und hinübergesehen nach denselben Glasscheiben, erst mit heißem Verlangen, dann mit ängstlicher Ungeduld, und endlich mit unheilbarem Weh im Herzen; denn niemals hatte sich das Gesicht ihr zugewendet, niemals war ein freundliches Lächeln ihr zuteil geworden.

Und wenn der Abend sich mit seinem verschwiegenen Dunkel über die Erde neigte und alles sich fand, was sich liebte, dann verließ auch der Herr Spezereikrämer Hiller seine Wohnung, aber nicht, um die Pfade der Liebe zu wandeln, sondern er ging entweder zum alten Micksch, um Karten zu spielen, oder er unternahm einen einsamen Spaziergang vor das Tor, um sich die neuen Warenpreise zu berechnen und ungestört dem Gedanken an Gewinn und Vorteil nachhängen zu können.

Wenn dann seine Gestalt im Schatten der Tür verschwunden und das grausame Klirren des Hausschlüssels verklungen war, so zog auch sie sich zurück und begab sich zur Ruhe, um am nächsten Tag ihre ewig erfolglosen Beobachtungen von neuem zu beginnen.

„Ach, was haben doch die Männer für verständnislose und unbedürftige Herzen", seufzte sie. „Er ist so einsam und allein, und ich hätte ihn gewiß sehr glücklich gemacht. Er ist zwar nicht mehr so jung und schmuck wie früher, nicht den zehnten Teil so schneidig und reizend, wie zum Beispiel der Herr v. Blücher, aber ich liebe ihn dennoch."

Da ertönte die Klingel des Vorsaals. Sie ging hinaus und öffnete.

Draußen vor der Tür stand der Bursche des Husarenleutnants.

„Darf ich um den Kellerschlüssel bitten, gnädiges Fräulein?"

„Mit Vergnügen darf Er das!" antwortete sie.

Im stillen dachte sie:

„Was doch die Leute vom Militär für liebenswürdige Menschen sind! Seit ich den Herrn v. Blücher bei mir wohnen habe, bin ich ein gnädiges Fräulein geworden und werde von jedermann mit Ehrerbietung behandelt. Ach, wenn doch der Herr Kaufmann Hiller auch Husar geworden wäre; er würde gewiß nicht so gleichgültig sein!"

Und laut fügte sie hinzu:

„Er will gewiß wieder Wein aus dem Keller holen?"

„Ja."

„Zu so früher Tageszeit schon?"

„Es ist Besuch da, und die Herren Offiziere lassen sich nichts anderes vorsetzen."

„Besuch? Ich sah doch niemand kommen, obwohl ich mich schon lange am Fenster befinde."

„Hm, das glaube ich wohl", lachte der Diener. „Die

Herren sind nicht durch die Straße, sondern hinter der Stadt hergekommen und über den Zaun gesprungen."

„Über den Zaun gesprungen?" fragte sie erstaunt. „Warum gingen sie denn nicht durch die Pforte? Sie steht doch am Tag stets offen."

„Weil sie zu Pferd waren."

„Zu Pferd? Mein Gott, so sind sie wohl über den Zaun geritten, über meinen schönen Zaun hinweggesprengt?"

„Freilich."

„Und die Pferde haben mir die Blumen vernichtet und das Gras niedergestampft?"

„Das weiß ich nicht; denn ich habe mich nicht danach umgesehen. Die Tiere stehen jetzt unten im Vorratsgewölbe."

„In meinem Vorratsgewölbe!" jammerte sie. „Wo ich die Eier, die Butter, das Gemüse und tausend andere zerbrechliche Dinge aufbewahre! Sind die Herren denn von Sinnen?"

„Auch das weiß ich nicht. Ich werde sie aber gleich einmal danach fragen und Euch dann Bescheid sagen, gnädiges Fräulein."

„Um Gotteswillen, tu Er das nicht! Sie würden sehr böse werden und ich wäre darüber untröstlich. Aber ist es denn möglich, über einen so hohen Zaun hinwegzureiten? Wenn nun einer gestürzt wäre und den Hals gebrochen hätte!"

„Gnädiges Fräulein, wir Leute von den Belling-Husaren brechen niemals den Hals! Jetzt aber muß ich fort. Soll ich einmal nachschauen, ob sich die Pferde über die Eier und das Gemüse hergemacht haben?"

„Ja, mein Lieber, ich bitte Ihn um diese Gefälligkeit. Ich würde es gern selbst tun, aber ich wäre ja gleich des Todes, wenn ich öffnete und so ein Tier blickte mich mit den großen, fürchterlichen Augen an. Ist der Herr Leutnant auch schon zu Haus?"

„Nein. Er befindet sich noch auf dem Übungsplatz, wird aber bald heimkehren."

Es war so, wie er sagte: Blücher hielt mit seiner Fuchsstute — damals das anerkannt beste Pferd im ganzen Regiment — auf dem freien Raum vor der Stadt, wo die täglichen Übungen stattzufinden pflegten, und drängte sein mutiges Roß in die glänzende Husarenschar, die sich unter der Führung des Obersten zum Heimritt anschickte.

Unter den schmetternden Klängen der Trompeten hielten die schmucken Reiter ihren Einzug in die Stadt. Gar manches schöne Auge folgte ihnen, und gar mancher bewundernde Blick ruhte auf dem Leutnant, dessen schlanke, kräftige Gestalt, von der knappen Husarenuniform hervorgehoben, so leicht und sorglos im Sattel saß und dessen hell und kühn über die wohlgebogene Adlernase blitzendes Auge hier und da empor nach einem Fenster flog.

Blücher[1] war einer der tüchtigsten, flottesten und — hübschesten Offiziere. Das wußten nicht nur seine Vorgesetzten, sondern auch die Schönen der Stadt.

Nach Auflösung der Truppe stand er im Begriff, sich nach seiner Wohnung zu begeben, als der Unteroffizier Wildenbrandt in dienstlicher Haltung an ihn heranritt.

„Mit Erlaubnis, Herr Leutnant; darf ich eine Bitte aussprechen?"

„Betrifft sie den Dienst?"

„Nein, sondern eine eigene Angelegenheit."

„So komme Er zu mir, sobald Er sein Pferd versorgt hat! Ich werde Ihn erwarten."

Als er an dem Heim des Stadtkassierers vorbeitrabte, klirrte ein Fenster, und eine Stimme rief in unterwürfigem Ton:

1 Gebhard Leberecht von Blücher (der spätere „Marschall Vorwärts"), geb. 16. Dezember 1742 zu Rostock, gest. 12. September 1819 zur Krieblowitz (Schlesien)

„Herr Leutnant, ich bitte um ein Wort!“

Er zog das Pferd herum.

„Ah, guten Morgen, Herr Wachtmeister! Was haben Sie auf dem Herzen?“

„Eine Frage ist's, die ich Ihnen vorlegen möchte.“

„So fragen Sie nur zu!“

„Ich stehe im Begriff, mir ein Reitpferd zu kaufen.“

„Ein Reitpferd? Wozu denn?“

„Nun, wozu anders als zum Reiten!“ antwortete Micksch etwas verletzt.

„Natürlich, natürlich“, lachte der Offizier. „Aber wer soll es den reiten?“

„Wer sonst als ich! Oder glauben der Herr Leutnant, daß ich nicht mehr imstand bin, mich im Sattel zu halten?“

„Ich traue Ihnen alles mögliche zu, Herr Wachtmeister! Aber was habe ich mit Ihrem Pferdehandel zu schaffen?“

„Sie sind der gewiegteste Pferdekenner und in den Ställen der ganzen Umgegend zu Haus. Wissen Sie nichts Passendes für mich? Auf alle Fälle muß es ein Apfelschimmel sein. Ich kaufe mir ein Pferd zum Vergnügen, also einen Spazierschimmel, mit dem man sich nicht zu schämen braucht.“

„So, so! Hm, für den Augenblick fällt mir grad nichts Passendes ein. Aber warten Sie, ich werde mich besinnen und Ihnen dann Nachricht geben.“

„Schön, Herr Leutnant, danke! Ich bin gern zu jedem Gegendienst bereit.“

Mit militärischem Gruß zog er sich vom Fenster zurück, und Blücher ritt kopfschüttelnd davon. Er konnte den Prunk eines „Spazierpferdes“ mit dem Einkommen des verabschiedeten Wachtmeisters nicht in Einklang bringen.

Daheim übergab er seine Fuchsstute dem Burschen und trat in sein Zimmer, wo er die drei anwesenden Kameraden mit einer Miene bewillkommnete, die verriet, daß er sie auch während seiner Abwesenheit hier nach Belieben schalten und walten ließ.

Der einfache Raum war mäßig groß, und die ganze Einrichtung deutete darauf hin, daß sein Bewohner nicht sonderlich viel auf häusliche Bequemlichkeit und entbehrliche Pracht gab. Mehrere stark abgenutzte Polsterstühle, ein derber Eichentisch, von dem die Decke entfernt war, um einem halbgeleerten Flaschenkorb Platz zu machen, ein großer, wuchtiger Schrank, durch dessen geöffnete Tür verschiedene Uniformstücke neugierig schauten, und ein alter Schreibtisch mit unendlich vielen Fächern bildeten nebst den verräucherten und in sorglose Falten verzogenen Vorhängen die Ausstattung der Stube, die der später weltberühmte Mann damals bewohnte.

Doch ein Hauptschmuck muß noch erwähnt werden. Die ganze den Fenstern gegenüberliegende Wand war mit allerlei merkwürdigem Reitzeug, mit älteren und neuen kostbaren Sätteln und mit Waffen aller Art bedeckt. Neben dem Dienstsäbel hing die schön verzierte Damaszenerklinge eines Paschas, und zwischen zwei schwer mit Silber beschlagenen Reiterpistolen aus der berühmten Werkstatt des Meisters Erneste in Paris funkelte die graue, schneidige Klinge eines seltenen malaiischen Yatagans.

„Ihr benutzt euern Urlaub auf eine sehr ausgiebige Weise“, meinte Blücher, auf die geleerten Flaschen deutend. „Doch laßt euch nicht stören, ich tue mit.“

Er ergriff einen der umfangreichen Humpen, in denen der dunkelglühende Burgunder blinkte, und trank ihn mit einem kräftigen Zug aus.

„Was treibt euch denn so früh schon in meine Kasematte?“ fragte er dann. „Der Durst nach meinem Roten pflegt sich doch gewöhnlich erst am Nachmittag bei euch einzustellen.“

„Wir kommen, um deine Meinung zu hören", antwortete einer, der die Abzeichen eines Oberleutnants trug.

„Worüber?"

„Wir saßen bei unserem Rudorf hier, tranken unschuldigen Kaffee und bissen neubackene Hörnchen dazu; kurz und gut, wir waren die unbefangensten Menschen von der Welt und freuten uns unseres Daseins. Da plötzlich fiel es unserem Teufel, dem langen Venske, ein, das Kraut der Zwietracht in unsere paradiesische —"

„Schweig, Treskow, mit deinen ewigen Gleichnissen!" fiel ihm der Genannte in die Rede.

Er war eine lange, hagere Gestalt, mit schwarzem, weit herabhängendem Schnurrbart.

„Die Sache ist sehr einfach: Treskow behauptete, keiner von uns vermöge mit seinem Pferd eine fünf Fuß hohe, feste Schranke zu überspringen. Ich hielt ihm Widerpart; wir stritten uns hin und her und wären jetzt noch im selben Zwist, wenn nicht Rudorf auf den Gedanken geraten wäre, dich als Schiedsrichter vorzuschlagen. Wir saßen sofort auf, machten einen Probesprung über deinen viereinhalbfüßigen Zaun, und da sind wir! Nun aber sag uns, wer recht hat!"

„Natürlich du, Venske. Dein Schwarzer hat feste Knochen, und sofern du ihn gut in die Zügel nimmst, so brauchst du dich vor den fünf Fuß nicht zu fürchten."

„Das bestreite ich!" rief Treskow. „Wenn es keine feste Schranke wäre, so wollte ich es eher für möglich halten."

„So glaubst du wohl auch nicht", entgegnete Blücher, „daß ich mit meiner Stute fünfeinhalb Fuß überflogen habe?"

„Nein", erklärte Treskow. „Du reitest besser als wir alle, und ich habe ganz gehörige Achtung vor deinem Tier; aber ich meine doch, daß du dich in dieser Höhe ein wenig irrst."

„Willst du es bewiesen haben?"

„Du vermagst den Beweis nicht zu führen."

„Was gilt die Wette?" erwiderte Blücher. Denn Spiel und Wette liebte er leidenschaftlich, und wo sich eine Gelegenheit dazu bot, versäumte er sie gewiß niemals.

„Was setzt du?"

„Fünfzig Dukaten!"

„Angenommen. Schlag ein!"

Die Hände der beiden Offiziere fielen bekräftigend ineinander, als der Bursche soeben die Tür öffnete.

„Was gibt's?" forschte Blücher, sich zu ihm wendend.

„Der Unteroffizier Wildenbrandt ist draußen. Er sagt, er sei bestellt."

„Laß ihn eintreten!"

Als der Genannte bemerkte, daß der Leutnant nicht allein war, konnte er trotz der straffen Haltung, mit der er grüßte, eine kleine Verlegenheit nicht bemeistern.

„Da mich keine dienstliche Meldung herführt, erlauben mir vielleicht der Herr Leutnant später wiederzukommen?" meinte er.

„Weshalb das? Trage Er immerhin Sein Anliegen vor; wir sind hier ganz unter uns!"

„Ich darf die Herren doch unmöglich mit einer Sache belästigen, die nur allein für mich von Wert ist."

„Setzt Er bei meinen Kameraden nicht die gleiche Teilnahme für einen braven Husaren voraus, wie bei mir?"

„Ich befürchte, ausgelacht zu werden."

„Oh! Ich versichere Ihm, daß dies nicht geschehen wird. Er ist nicht der Mann, der eine Lächerlichkeit begeht. Also heraus damit, Wildenbrandt!"

„Ich habe mich nämlich verliebt."

„Verliebt? Das ist allerdings kein bewundernswerter Husarenstreich. Wer ist denn die tapfere Amazone, die es wagt, einen Belling-Husaren so übers Ohr zu hauen?"

„Es ist die Tochter des Stadtkassierers Micksch."

„Ah, mein lieber Wildenbrandt, da hat Er keinen schlechten Geschmack! Ich sah das Mädchen einigemal am Fenster sitzen und glaube, sie ist nicht übel."

„Der Herr Leutnant haben recht. Die Trude ist ein hübsches Mädchen und steckt so voller Tugenden wie mein voriger Apfelschimmel voller Mucken. Nur einen einzigen Fehler hat sie, und deswegen wollte ich Sie um einen guten Rat bitten."

„Mich wegen eines Fehlers Seiner Geliebten um einen guten Rat bitten? Will Er ein Mittel hören, ihr diesen Fehler auszutreiben?"

„Ja, das war's, was ich wollte."

„Höre Er, mein Lieber, Seinem vorigen Apfelschimmel — ach", unterbrach er sich plötzlich lachend, „erinnere Er mich nachher mal an die liebe, alte Liese, die Ihm so viel Mühe und Ärger bereitet hat! — also Seinem vorigen Apfelschimmel hätte ich vielleicht von seinen Mucken helfen können. — Ob mir das aber auch bei Seinem Mädchen gelingen wird, das bezweifle ich sehr. Meine Erfahrungen reichen da nicht recht weit."

„Und doch vermögen Sie es, Herr Leutnant, das weiß ich. Wenn Sie sich einmal etwas vorgenommen haben, so gelingt es Ihnen, denn Sie gehen nie wieder zurück."

„Ja, ‚Vorwärts', das habe ich mir zur Losung gemacht, aber vor Frauenmucken fühle ich doch eine gewaltige Angst. Welchen Fehler hat denn das Mädchen?"

„Ich soll sie nicht bekommen!"

„Ach so!" staunte Blücher. „Das ist allerdings der größte Fehler, den ein Mädchen haben kann. Ist sie Ihnen denn gut?"

„Von Herzen."

„Also ist der Vater gegen Sie. Warum?"

„Weil ich einmal behauptet habe, daß es Leute gibt, die besser reiten können als er, und weil ihr der Alte schon einen Bräutigam ausgesucht hat."

„Das sieht ihm ähnlich. Wer ist der Erwählte?"

„Der Spezereikrämer Hiller da drüben."

„Der — — —?" meinte der Leutnant gedehnt. „Der will Ihm das hübsche, frische Mädchen wegschnappen? Der Kerl ist ja trockener als seine Tüten und dürrer als seine Nudeln! Will Er sich das so ruhig gefallen lassen?"

„Fällt mir nicht ein und der Trude auch nicht. Wir haben uns gestern abend gesprochen, fanden jedoch das rechte Mittel nicht. Vielleicht wäre noch etwas zu machen, aber der Micksch ist ein eingefleischter Reiter, und der Krämer hat ihm einen Apfelschimmel zugesagt, wenn er das Mädchen bekommt."

„Ah — jetzt geht mir ein Licht auf!"rief Blücher, indem er von seinem Stuhl emporsprang und mit hastigen Schritten in der Stube auf und nieder schritt. „Warte Er mal, ich merke, daß mir ein Gedanke kommt!" Dann blieb er vor dem Unteroffizier stehen und blickte ihn mit lustig blitzenden Augen an: „Weiß Er, wer Seinen früheren Apfelschimmel damals beim Ausmustern erstanden hat?"

„Ja. Er steht noch heute draußen beim Schulzen von Fahrenkow in bester Kost und Pflege. Ich habe ihn erst kürzlich gesehen."

„So ist er wohl gut erhalten?"

„Sogar sehr gut; man sieht ihm seine alten Tage gar nicht an."

„Das paßt prächtig! Höre Er, Wildenbrandt, Er soll das Mädchen bekommen. Ich will Ihm mit Rat und Tat beistehen. Sein Schatz wird es wohl wert sein, daß man etwas für ihn tut. Der Krämer aber ist ein abscheulicher Kerl, obgleich er den besten Burgunder führt, und was den alten Micksch betrifft, so will ich ihn belehren, daß ein hübscher Husar einem alten, ausgetrockneten Pfefferhändler allemal vorzuziehen ist. Also Er nimmt sofort in Angelegenheiten des Leutnants v. Blücher einen kurzen Urlaub — die Bescheinigung werde ich Ihm gleich schreiben — reitet hinaus nach Fahrenkow und sagt dem

Schulzen, er solle mir umgehend den Schimmel schicken, ich hätte einen Käufer dafür!"

„Zu Befehl, Herr Leutnant!"

„Er bringt die alte Liese zu mir, reitet aber nicht durch die Straße, sondern zieht sie durch den Garten in den Hof!"

„Zu Befehl, Herr Leutnant!"

„Das übrige wird Er seinerzeit erfahren. Jetzt ist Er entlassen, und hier ist das Papier mit der Bescheinigung. Reite Er schnell! In einer Stunde kann Er wieder eingetroffen sein."

Wildenbrandt verließ mit freudigem Herzen das Haus.

Die anwesenden Offiziere hatten dem Gespräch zugehört, ohne daran teilzunehmen. Jetzt aber brachen sie ihr Schweigen.

„Sag einmal, Blücher", meinte der lange Venske, „du machst ein ganz erstaunlich unternehmendes Gesicht. Was für eine Absicht hast du eigentlich mit dem Schimmel?"

„Das ist mir selbst noch nicht recht klar. Der Wachtmeister hat mich vorhin gefragt, ob ich kein Spazierpferd für ihn weiß; es muß aber unbedingt ein Apfelschimmel sein, weil er früher einen solchen geritten hat. Da kommt mir nun unsere ausgemusterte Liese zustatten. Sie geht fürs Leben gern ins Wasser. Dabei weiß ich genau, daß Micksch halbtot ist, wenn er nur die geringste Pfütze zu sehen bekommt. Er ist vor einigen Jahren einmal in einen Teich geraten und hat seit dieser Zeit eine unüberwindliche Abneigung gegen alles Nasse, soweit es nicht mit Alkohol verbessert ist. Außerdem besitzt die Liese eine solche Zuneigung für mich und meine Fuchsstute, daß sie trotz Sporen und Zügel und des besten Reiters mit uns beiden durch dick und dünn geht, sobald ich ihr nur die Hand entgegenhalte. Es ist das eine Folge der verschiedenen Gewaltritte, die ich mit Wildenbrandt früher unternommen habe. Damals hat sie der Unteroffizier so abgerichtet, daß sie einen fremden Reiter nicht eher absitzen läßt, als bis sie den betreffenden Wink dazu erhält. Zu alledem rechne ich noch, daß sie als ehemaliges Militärpferd unseren Signalen unmöglich widerstehen wird. Es scheint mir also genug Stoff zu einem lustigen Streich vorhanden, der den alten Stadtkassierer zu Verstand bringen und ihn darüber belehren wird, ob er wirklich besser reitet als sämtliche Angehörige des hiesigen Standortes. Ich meine — — —"

Er wurde durch eine neue Meldung des Burschen unterbrochen. Auf sein zustimmendes Kopfnicken trat ein kleines, verwachsenes Bürschchen ins Zimmer und überreichte ihm ein zusammengefaltetes Papier. Als er es geöffnet hatte und mit dem Auge überflog, zuckte es wie Zorn über sein kräftig gebräuntes Antlitz. Bald aber machte sich darauf ein Zug geltend, der für einen Unbekannten schwer zu enträtseln gewesen wäre.

„Wer bist du eigentlich, Kleiner?" forschte er.

„Ich bin der neue Ladendiener des Herrn Spezereikrämers Hiller".

„Der mir hier die Rechnung über den von ihm bezogenen Burgunder nun zum zweitenmal schickt und mich zur Zahlung mahnt. Sag deinem Herrn, er solle sofort zu mir herüberkommen, wenn er bezahlt sein will!"

Der Ladenjüngling machte sich schnell aus dem Staub, um seinem Herrn Kunde zu bringen. Hiller äußerte keine Verwunderung. Er nahm an, daß Blücher dem ihm unbekannten Diener die Summe nicht habe anvertrauen wollen, warf sich in den großschößigen, blauen Staatsrock und schritt in selbstbewußter Haltung über die Straße.

Jungfer Adelheid saß wie gewöhnlich am Fenster und sah den Heimlichgeliebten auf ihre Tür lossteuern.

Ein heiliger Schreck bemächtigte sich ihres zarten Gemütes. Sollte sie doch nicht so unbeobachtet geblieben sein, wie sie immer gemeint hatte? Kam er vielleicht, um — — —? Ach, wie schlug doch ihr Herz auf einmal so fieberhaft selig, wie zitterten ihre Hände und Füße so wonnig! Sie huschte zur Tür, öffnete leise und horchte hinab. Die Pforte zum Vorzimmer des Leutnants wurde geöffnet; also nicht ihr, sondern ihm galt der Besuch! Aber was wollte Hiller bei dem Offizier? Sie war vorhin einige Augenblicke vom Fenster fort gewesen und hatte infolgedessen das Kommen und Gehen des Ladendieners nicht bemerkt. War es nicht möglich, daß der Spezereihändler den Herrn v. Blücher um seine gütige Vermittlung in dieser zarten Angelegenheit bitten wollte?

Sie mußte Gewißheit haben und beschloß daher, auf jeden Fall den Burschen auszufragen.

Während sie oben an der Treppe stand und auf jeden Laut, der sich unten vernehmen ließ, mit gespannter Anstrengung lauschte, trat Hiller in die Stube, in der ihn die Offiziere mit Blicken empfingen, unter denen es ihm eigentümlich zumut wurde. Ängstlich heftete sich sein Auge auf Blücher, der in kerzengerader Haltung und mit über die Brust verschränkten Armen am Tisch lehnte und dabei ein Gesicht machte, als wolle er ihn samt dem blauen Staatsrock mit einem einzigen Biß verschlingen.

Er grüßte demütig, völlig eingeschüchtert unter der Vorahnung eines Unheils, das über ihn hereinzubrechen drohte.

„Laß Er Seine Höflichkeiten!“ bedeutete ihm Blücher in barschem Ton. „Nach dem, was Er sich gegen mich erlaubt hat, sind sie am unrechten Fleck.“

„Erlaubt, Herr Leutnant?“ fragte er ängstlich. „Das klingt ja fast, als hätte ich etwas Böses getan, und ich bin mir dessen nicht bewußt.“

„Er soll darüber sofort die rechte Aufklärung erhalten, und hat hier weiter nichts zu tun, als kurz und bündig die Fragen zu beantworten, die ich an Ihn stellen werde."

Die Gestalt des Krämers wurde unter dem Eindruck dieser strengen Worte womöglich noch dünner als sonst.

„Ich werde mich bemühen, so kurz und bündig wie möglich zu sein!" versicherte er.

„Das ist Ihm auch sehr anzuraten! — — Also: wer bin ich?"

„Der Herr Leutnant v. Blücher."

„Gut. Kennt Er meine Verhältnisse?"

„Ja."

„Sind diese etwa in Unordnung?"

„Das wird niemand zu behaupten wagen!"

„Mach Er keine Flausen! Er hat es ja doch behauptet!"

„Ich?" fuhr Hiller erschrocken auf.

„Ruhig! Er hat diese Behauptung nicht durch das Wort, sondern durch die Tat ausgesprochen. Wer einen Offizier um die Bezahlung einiger lumpiger Flaschen Wein mahnt, der erklärt durch dieses beleidigende Verhalten nichts anderes, als daß er ihn für zahlungsunfähig hält. Seine erste Rechnung habe ich vorige Woche bekommen; sie wurde nicht berichtigt, weil ich an die Kleinigkeit wirklich nicht wieder gedacht habe. Heute nun schickt Er mir eine zweite ins Haus. Ist das nicht eine Unverschämtheit, die ihresgleichen sucht?"

„Aber, Herr Leutnant, ich versichere —"

„Nichts hat Er zu versichern; denn hierfür gibt's keine Entschuldigung!"

„Und doch gibt es eine solche, wenn nur der Herr Leutnant die Gnade haben wollen, mich anzuhören."

„Da wäre ich doch wirklich neugierig."

„Ich will Ihnen offen gestehen: ich habe meinem Schwiegervater, dem Herrn Stadtkassierer und Wachtmeister Micksch —"

„Dem Stadtkassierer und Wachtmeister Micksch? Der soll Sein Schwiegervater werden? Dessen Tochter will Er heiraten? Na, darüber sprechen wir uns noch weiter! Was hat Er Seinem Schwiegervater — he?"

„— ein Reitpferd, einen Apfelschimmel versprochen."

„Alle Wetter! Aber was hat denn der Apfelschimmel mit meinem Burgunder zu schaffen?"

„Der Herr Wachtmeister will sich noch heute vormittag das Geld zu dem Pferd holen, und da — —"

„Das Geld zu dem Pferd holen? Hat Er ihm denn eine bestimmte Summe dafür ausgeworfen, oder ist der Handel bereits abgeschlossen?"

„Keines von beiden. Der Herr Stadtkassierer und Wachtmeister will wohl nur sehen, ob ich Wort halte. Da nun aber meine Kasse gerade heute auf eine solche Ausgabe nicht eingerichtet ist, so —"

„— so schmiß Er dem Leutnant v. Blücher die größte Beleidigung ins Gesicht, die es für einen Offizier geben kann. Wenn Er glaubt, daß meine Bezahlung dem alten Wachtmeister zu dem versprochenen Apfelschimmel verhelfen soll, so mag Er meinetwegen Seinen Willen haben, aber die Folgen muß Er natürlich auf sich nehmen."

„Die Folgen? Welche meinen der Herr Leutnant?"

„Das wird Er gleich hören."

Er trat an den Schreibtisch, öffnete eins der zahlreichen Fächer und nahm die verlangte Summe heraus.

„Hier hat Er Sein Geld! Wäre Er nur der Pfefferkrämer Hiller, so würde ich Ihn jetzt, da Er die Bezahlung hat, durch meinen Burschen auf die Straße werfen lassen. Da Er aber zufällig Offizier der hiesigen Schützengilde ist, so will ich in anderer Weise mit Ihm sprechen. Er hat mich gemahnt, Herr Oberleutnant; Er ist ein Flegel; hört Er's, Herr Oberleutnant, ein Erzflegel, den man eigentlich ohrfeigen sollte! Als Offizier von der Schützengilde wird Er wissen, was

Er jetzt zu tun hat. Und sollte Er in Beziehung auf den Flegel wirklich ohne alle Kenntnis sein, was die Ehre fordert, so braucht Er nur Seinen zukünftigen Schwiegervater fragen und ihm sagen, daß der Herr v. Blücher jedem zu Diensten steht, der ein solches Wort nicht leiden will. Jetzt aber mache Er, daß Er hinauskommt!"

Ganz steif vor Entsetzen wandte sich Hiller nach der Tür. Halb bewußtlos wankte er über die Straße. Wie im Traum betrat er seine Wohnstube, warf sich dort, an allen Gliedern zitternd, auf das knarrende Sofa und stierte bewegungslos zur Decke empor.

So fand ihn Micksch, der ihn besuchen wollte und beim Anblick des halb Erstarrten besorgt auf ihn zutrat.

„Was fehlt Ihm denn, Er Himmelmohrenelementer, daß Er sich hier auf die Pritsche legt und Augen macht wie einer, den der Blitz erschlagen hat?"

Es erfolgte keine Antwort.

„Nun, geruhe Er doch den Mund zu öffnen, damit man hört, was es mit Ihm gegeben hat!"

„Gegeben? Mit mir?" erwiderte Hiller, wie aus einem bösen Traum erwachend. „Ach ja, Herr Stadtkass — — Herr Wachtmeister, es hat etwas gegeben, und zwar etwas Fürchterliches!"

„Das klingt ja wahrhaftig, als hätte Ihn der leibhaftige Gottseibeiuns überfallen und Ihm den Kopf auf den Rücken drehen wollen."

„Nun, der Teufel war's ja eigentlich nicht, aber es bleibt trotzdem nicht weniger schlimm: mit mir ist's aus!"

„Mit Ihm ist's aus?" forschte Micksch. „Und doch war's nicht der Teufel? Wer war's denn?"

„Der Leutnant v. Blücher", seufzte Hiller.

„Jetzt hört aber alles auf! Den Herrn v. Blücher mit dem Satan zu vergleichen! Was hat Er denn mit dem gehabt?"

„Ich habe ihn gemahnt wegen des Burgunders, den er noch nicht bezahlt hatte. Das hat er mir übelgenommen. Er ließ mich hinüberkommen."

„Nun?"

„Da hat er mich vor den Offizieren, die bei ihm saßen, angeschnauzt, daß mir die Haare zu Berge standen, von Ohrfeigen und Hinauswerfen gesprochen und —"

„Donnerwetter! Und das hat Er geduldig eingesteckt?"

„Was konnte ich denn machen? Nicht einmal reden durfte ich! Und zuletzt verabreichte er mir gar einen Brocken, an dem ich mich totkauen werde."

„Welchen denn?"

„Ich habe die Worte und den Sinn eigentlich nicht so recht verstanden, aber es ahnt mir, was es zu bedeuten hat."

„Wie sagte er?"

„Er meinte: ‚Wäre Er nur der Pfefferkrämer Hiller, so würde ich Ihn auf die Straße werfen lassen. Da Er aber zufällig Offizier der hiesigen Schützengilde ist, so will ich in anderer Weise mit Ihm sprechen. Er ist ein Flegel, Herr Oberleutnant, ein Erzflegel, den man eigentlich ohrfeigen sollte! Als Offizier von der Schützengarde wird Er wissen, was Er nun zu tun hat, und sollte Er es nicht wissen, so braucht Er nur Seinen zukünftigen Schwiegervater zu fragen.'"

„Das ist freilich eine schlimme Geschichte! Was hat Er denn geantwortet?"

„Nichts habe ich gesagt, gegangen bin ich."

„So, gegangen ist Er und vor Angst hier auf das Sofa gefallen! Was wird Er nun tun?"

„Nicht das geringste! Ich bin ein seelenguter Kerl und tu niemand etwas!"

„So habe ich's nicht gemeint. Er muß doch etwas unternehmen auf die Beleidigung hin, die Ihm da drüben geworden ist."

„Fällt mir nicht ein! Ich bin nicht rachsüchtig; ich werde dem Leutnant alles verzeihen.“

„Da wäre Er ja ein ganz ehrloser Halunke! Glaubt Er denn, daß der Herr v. Blücher Seine Verzeihung annehmen wird?“

„Es ist mir gleichgültig, ob er sie annimmt oder nicht. Ich vergelte Böses mit Gutem und sammle glühende Kohlen auf seinem Haupt.“

„Das ist ja alles recht schön, denn es steht so in der Heiligen Schrift zu lesen; aber hier ist es doch anders. Die Drohung mit der Ohrfeige und dem Hinauswerfen und nun gar noch den Erzflegel, den darf Er nicht auf sich sitzen lassen. Er ist Offizier bei der Schützengilde und will mein Schwiegersohn werden. Das sind zwei triftige Gründe, Seine Ehre zu wahren und lieber dreinzuschlagen, als sich ungestraft so unverschämt beleidigen zu lassen.“

„Ich schlage aber nicht drein! Ich weiß, was mir gut ist und was ich vertragen kann. Ein Zweikampf aber ist für meine Gesundheit schädlich, und wer gegen die Gesundheit wütet, der ist ein Selbstmörder.“

„Da ist Er auf dem Holzweg! Der Zweikampf ist der Gesundheit nur zuträglich. Als ich noch bei den Belling-Husaren stand, hatte ich wöchentlich fünf bis sechs Waffengänge zu bestehen. Zweimal habe ich mich sogar mit dem Oberst geschlagen, wobei mir der Generalmajor sekundierte. Ich bin gesund und munter dabei geblieben und ein alter Kerl geworden. Er sieht also wohl, daß ein Zweikampf für den wohlgeschulten Schützen und guten Fechter weiter nichts ist als eine kräftigende Leibesbewegung.“

„Ich danke schön für diese Art von Leibesbewegung! Wenn ich mich angenehm bewegen will, so krabble ich mir hinter den Ohren; und will ich mich kräftigen, so schiebe ich mir ein gutes Frühstück in den Mund. Dabei werde ich wenigstens ebenso alt wie Ihr bei Eurem

Säbelgeklirr und Pistolengeknall, und brauche auch keinen Generalmajor, der mir sekundiert."

„So! Da hat Er allerdings Ansichten, die die Schützengilde bei einem ihrer Offiziere und ich bei meinem Schwiegersohn unmöglich billigen könnte. Wenn die Sache ruchbar wird, so wird man Ihm die Achselstücke nehmen, und aus der Verbindung mit meiner Tochter kann trotz des Apfelschimmels nichts werden."

„Was Ihr da sagt!" rief Hiller, indem er erschrocken von dem Sofa emporschnellte. Die letzten Worte des Wachtmeisters gaben ihm seine Spannkraft wieder. Er war mit Leib und Seele bei der Schützengilde und stolz auf seinen Rang. Der Gedanke, ihn einzubüßen, war ihm unerträglich. Ebenso verhielt es sich mit dem zweiten Punkt. Er war bisher einsam durchs Leben gegangen und hatte den Gewinn als einziges Ziel all seiner Arbeit gekannt. Die Liebe war ihm fremd geblieben, bis er eines Abends bemerkte, daß Trude, die Tochter seines Spielgenossen, sich zu einem allerliebsten Mädchen entwickelt hatte. Von diesem Abend an war sein kleines, hartes Herz groß und weich geworden; und diese süße Neigung wuchs höher und höher, ließ ihm keine Ruh bei Tag und Nacht und veranlaßte ihn schließlich, um die Hand des Mädchens anzuhalten. Er mußte dabei seiner Knauserei durch das Versprechen eines Apfelschimmels einen harten Stoß geben; aber einesteils wußte er, daß nur auf solchem Weg zum Ziel zu gelangen sei, und anderenteils blieb das Pferd sein Eigentum und konnte zu jeder beliebigen Zeit, sobald Trude seine Frau geworden war, wieder verkauft werden.

„Nein, aus der Schützengilde wird man mich nicht streichen; ich dulde es nicht! Und Ihr dürft das Wort nicht brechen, das Ihr mir gegeben habt."

„Man wird es tun, darauf verlasse Er sich, das ist so Ehre und Gesetz. Und mein Wort kann ich zurücknehmen, sobald es mir beliebt, falls ich nämlich sehe, daß Er kein Ehrgefühl im Leib hat. Meine Tochter kriegt allemal einen Mann, und wenn ich sie dem Unteroffizier Wildenbrandt geben sollte!"

Das war dem Spezereikrämer denn doch zuviel. Der Wildenbrandt? Nein, der durfte sie nicht bekommen. Lieber wollte er sich von einem ganzen Dutzend spitziger Degen aufspießen lassen.

„Ja, so sagt mir doch, was ich in dieser Angelegenheit eigentlich zu tun habe, um Euch zufriedenzustellen! Ihr redet von meiner Ehre, die verletzt worden ist; ich fühle aber gar nicht, daß sie mir weh tut."

„Desto schlimmer für Ihn, wenn Er eine Ehre besitzt, die so steinhart ist, daß sie sogar einen Erzflegel nicht fühlt! Er hat weiter nichts zu tun, als den Leuntnant v. Blücher zu fordern."

„Wenn's weiter nichts ist! Das kann ich schon tun, zehnmal für einmal."

„Gut! Endlich kommt Er zu Verstand! Zur Forderung ist es notwendig, daß Er sich einen unbescholtenen Mann als Kartellträger nimmt."

„Was ist das?"

„Einer, der dem Leutnant die Forderung bringt."

„Der ist bald gefunden! Wollt Ihr es übernehmen, Herr Wachtmeister?"

„Mit Vergnügen! Es gibt für mich keine größere Lust, als Säbel blitzen zu sehen und Kanonen donnern zu hören."

„Säbel blitzen? Kanonen donnern? O Jammer! Habe ich denn so Fürchterliches zu erwarten?"

„Na, Kanonen werden grad nicht dabei donnern, denn der König wird Ihm zum Ordnen Seiner Ehrensachen nicht die ganze preußische Artillerie zur Verfügung stellen. Aber mir ist es doch einmal ganz eigentümlich ergangen. Als ich noch bei den Belling-Husaren stand, forderte ich einst einen Hauptmann von der Artillerie; ich kam mit einem Säbel und er mit einem

Vierundzwanzigpfünder: er hatte den ersten Schuß; ich wartete, bis die Kugel kam, und hieb sie mitten auseinander. Dann drang ich auf den Kerl ein und machte es mit ihm genauso wie mit der Kugel: ich teilte ihn mit einem einzigen Hieb in zwei Hälften, die rechts und links zur Erde fielen. Solche Abenteuer wird Er freilich nicht zu bestehen haben."

„Das ist mir lieb zu hören. Welcher Art werden denn die meinigen sein?"

„Das kommt auf Herrn v. Blücher an."

„Um Gotteswillen! Inwiefern auf ihn?"

„Weil er die Waffen bestimmen wird, das heißt, ob ihr mit Degen oder Schießwaffen kämpft."

„Degen? Schießwaffen? Entsetzlich! Ich kann ja gar nicht fechten, und wenn ich einen Schuß höre, so falle ich um! Meine Nerven sind so empfindlich, daß ich in meinem Laden kein Pulver führe, viel weniger aber schießen darf."

„Das denkt Er nur! Ich habe nun genug mit Ihm verhandelt und bin des Redens müde. Er hat die Wahl. Soll ich Sein Sekundant sein oder will Er die Forderung bleiben lassen? Seine Achselstücke stehen auf dem Spiel und Seine Braut dazu. Entscheide Er sich rasch, sonst gehe ich meiner Wege!"

„So mögen mir die Vierzehn Heiligen Nothelfer gnädig und barmherzig sein! Geht hinüber und fordert ihn! Ich mache heut nachmittag mein Testament."

„Zu dieser Vorsicht will ich Ihm allerdings geraten haben. Der Blücher ist ein Schütze, wie kein zweiter; und den Säbel versteht er erst recht zu führen. Denk Er aber beim Testament auch an mich und Seine Braut! Wie steht es denn mit dem Pferd? Hat Er das Geld bereitgelegt?"

„Ich hätte es wohl; aber wenn ich totgeschossen werde, so wird ja aus der Heirat nichts, und ich hätte Euch den Apfelschimmel vergebens gekauft."

„Dann werden Ihm die paar Taler, die er kostet, auch gleichgültig sein, und Er hätte wenigstens die Genugtuung daß ich alle Tage hinaus auf den Gottesacker geritten käme und den Schimmel über Seiner letzten Ruhestätte dreimal wiehern ließe. Aber mit dem Totschießen geht es nicht so schnell. Vielleicht kostet es Ihn bloß die Hand, oder den Fuß, oder das Ohr, und das läßt sich schon ertragen."

„Die Hand — den Fuß — das Ohr? Und das nennt Ihr ‚bloß'? Gibt's wirklich kein anderes Mittel, den Erzflegel von meiner Ehre wieder herunterzubringen?"

„Keins!"

„Gut, Ihr sollt das Geld haben! Es mag immerhin zum Fenster hinausgeworfen sein; mit mir ist's nun doch auf alle Fälle aus. Kauft Euch dafür, was Ihr wollt, einen Apfelschimmel, einen Fuchs, meinetwegen auch einen Orang-Utan oder eine Seeschlange! Aber das Wiehern auf meinem Grab könnt Ihr bleiben lassen! Wenn mir hier oben schon auf eine so schauderhafte Weise mitgespielt wird, so will ich wenigstens da unten meine Ruhe haben!"

Der Zweikampf im Wasser

Während der Nacht hatte es heftig und anhaltend geregnet und das Stolpeflüßchen trieb seine angeschwollnen, trüben Wellen durch die Dämmerung des anbrechenden Morgens.

Die Straßen und Gassen der Stadt schwammen im Wasser, und die Landwege waren fast bis zur Bodenlosigkeit aufgeweicht.

Drei Häuser gab es, in denen Regsamkeit und Leben herrschte, während die Bewohner der übrigen noch in tiefem Schlummer lagen.

An derselben Stelle, wo Jungfer Adelheid gestern dem Kommen des heimlich Geliebten gelauscht hatte, stand sie auch jetzt und horchte mit angehaltenem Atem nach unten, von woher sich schallende Hammerschläge vernehmen ließen. Der Klang, den sie verursachten, war dumpf und hohl; sie konnte ihn nicht deuten, aber sie begriff, daß es sich jedenfalls um etwas Furchtbares handelte. Noch am vergangenen Abend hatte sie vom Burschen des Leutnants vernommen, daß Blücher von dem Spezereikrämer auf Leben und Tod gefordert worden war. Der Schlaf war von ihren Augen gewichen, und ihr Herz klopfte stürmich um den teuren Mann.

Sie konnte es nicht länger aushalten; sie mußte hinab, um zu erfahren, was das unheilverkündende Pochen zu bedeuten habe.

Als sie hinunterkam, fand sie den Burschen und den Unteroffizier Wildenbrandt beschäftigt, einen großen, hölzernen Kasten zusammenzunageln. Er war lang und schmal, gerad als ob ein Mensch in ihm Platz finden sollte.

„Was baut ihr denn da zusammen?“ fragte Adelheid ahnungsvoll.

„Einen Sarg, gnädiges Fräulein.“

„Einen Sarg? O Gott! Für wen denn?“

„Für den Schützengilden-Oberleutnant Hiller.“

„Für — wen? Ist — er denn — gestorben?“

„Noch nicht. Aber nachher wird er erschossen!“

„Schrecklich! Er meint wohl im Zweikampf von Herrn v. Blücher?“

„Ja.“

„Das ist ja fürchterlich! Gibt es kein Mittel, diesen unmenschlichen Handel rückgängig zu machen?“

„Keins. Und wenn Ihr mir nicht glauben wollt, dürft Ihr nur Herrn v. Blücher selber fragen.“

„Ist er in seinem Zimmer?“

„Ja.“

„So melde Er mich an!“ bat sie nach kurzem Besinnen.

Als sie bei dem Offizier eintrat, fand sie ihn mit

den beiden Reiterpistolen beschäftigt, die an der Wand zu hängen pflegten.

„Verzeihung, Herr Leutnant! Die Sorge um Ihr Wohl treibt mich so ungewöhnlich früh schon zu Ihnen."

Nicht umsonst hatte er sie täglich an ihrem Fenster sitzen und den gegenüberliegenden Laden beobachten sehen.

Ihre stille jungfräuliche Neigung zum alten Hiller war ihm nicht entgangen.

„Ich danke Ihnen. Was macht Sie denn so besorgt um mein Wohl?"

„Ich erfuhr, daß Sie im Begriff stehen, eine Ehrensache auszufechten, und habe große Angst, daß Ihnen dabei etwas Schlimmes zustoßen könnte."

„Beruhigen Sie sich, mein gnädiges Fräulein! Ich gebe Ihnen mein Wort, daß mir nichts Übles widerfahren wird."

„Aber ich habe doch gehört, daß bei solchen Begegnungen Blut fließen muß."

„Da haben Sie allerdings recht gehört."

„Aber mein bester Herr Leutnant, es muß doch für einen Christenmenschen unmöglich sein, den Nächsten so mir nichts dir nichts ums Leben zu bringen."

„Das ist wahr! Aber ich setze den Fall, dieser Nächste will es nicht anders? Übrigens habe ich nicht die Absicht, den Herrn Spezereihändler umzubringen. Ich werde nur auf ihn schießen, und dann ist es seine Sache, wohin er sich von meiner Kugel treffen läßt."

„Oh, ich bin sicher, daß Sie ihn grad in die Brust oder in die Stirn treffen werden, bester Herr Leutnant. Ach, tun Sie es doch nicht!"

„Weil Sie wünschen, daß dem Herrn Nachbar nichts geschieht? Habe ich recht, gnädiges Fräulein?"

Sie schlug unter dem forschenden Blick der blauen Augen die Wimpern schamvoll nieder und fand auf diese unverhohlene Frage keine Antwort.

Er fuhr fort:

„Lassen Sie mich offen zu Ihnen reden! In Augenblicken, in denen man dem Tod nahesteht, kennt man keine alltäglichen Höflichkeiten, sondern geht ohne Seitenwege auf sein Ziel los. Sie möchten den Herrn Spezereihändler gern heiraten!"

„Heiraten?" lispelte sie erblassend. „Oh! Woher wissen Sie es?"

„Ich weiß es. Es ist mir bekannt, daß Sie ihn liebhaben. Leider ist er seit vorgestern mit der Tochter des alten Stadtkassierers Micksch versprochen, der ihm sein Kind für ein Reitpferd verhandelt hat. Der Schwiegervater hat es mir selbst erzählt. Das arme Mädchen ist einem anderen herzlich zugetan. Sie kennen ihn auch; es ist der Unteroffizier Wildenbrandt, den Sie draußen im Flur getroffen haben. Nur die Empörung über diesen Menschenschacher ist es, die den heute stattfindenden Zweikampf herbeigeführt hat."

„Was höre ich!" jammerte sie, die Hände zusammenschlagend.

„Ich habe dem Wildenbrandt zugesichert, daß er sein Mädchen bekommen soll. Deshalb werde ich seinem Nebenbuhler eine Kugel zu kosten geben, die er wohl nicht gleich wieder verdauen wird."

„Nein, Herr Leutnant, schießen Sie ihn nicht tot! Es ist wahr, ich denke oft und viel an ihn und würde kein Opfer scheuen —"

Sie unterbrach sich. Die Angst um den Geliebten hatte sie rückhaltloser sprechen lassen, als es sonst ihre Gewohnheit war.

„Bitte, vollenden Sie Ihre Rede", mahnte er. „Vielleicht ist es noch möglich, eine Änderung zum Guten herbeizuführen."

„Wirklich? Ich würde viel darum geben, wenn —"

„Nun, wenn?"

„Wenn — wenn — hundert Taler, zweihundert, dreihundert — ach, ich weiß vor Angst gar nicht, was ich sagen soll."

„Ich weiß genug, mein gnädiges Fräulein! Sie geben dem armen Unteroffizier dreihundert Taler zur Einrichtung, wenn er die Tochter des Wachtmeisters Micksch heiratet. Und ich gebe Ihnen ein ähnliches Versprechen, wie es Wildenbrandt von mir bekommen hat."

„Ein ähnliches Versprechen —? Ach so!" meinte sie errötend. „Ja, ich gebe diese Summe, ich gebe sie gern, wenn Sie Wort halten."

„Ein Mann, ein Wort. Schlagen Sie ein! Topp!"

Sie legte ihre Hand in die dargebotene Rechte und verabschiedete sich dann wesentlich ruhiger, als sie gekommen war.

Er blickte ihr lächelnd nach. Daß er ihr ein Versprechen gegeben hatte, von dem er noch nicht wußte, wie es zu lösen sei, machte ihm vorerst keine Sorge. Er hätte auch nicht Zeit gehabt, sich damit zu quälen, denn nahendes Sporengeklirr machte ihn auf das Erscheinen der Kameraden aufmerksam, die nahten, um dem ungewöhnlichen Morgenritt beizuwohnen. —

*

Auch im Haus des Stadtkassierers herrschte frühzeitig Leben. Er war eben aus dem Holzschuppen, worin der gestern erhandelte Apfelschimmel einstweilen untergebracht worden war, hereingekommen, um die Stücke einer Husarenuniform anzulegen, die er sich als ein heilig gehaltenes Andenken an seine ehrenvoll zurückgelegte Militärzeit aufbewahrt hatte.

Trude schlief. Sie durfte nicht ahnen, zu welch ernstem Gang der Vater sich rüstete. Als er den alten, nur mit großer Mühe blankgeputzten Schleppsäbel umgegürtet hatte, betrachtete er seine kriegerische Gestalt im Spiegel.

„Ich bin doch ein Himmelmohrenelementswachtmeister!" schmunzelte er. „Als ich noch bei den Belling-Husaren stand, war ich der schönste Mann im ganzen Regiment, und noch heute, wenn ich des Königs Rock anhabe, sehe ich aus wie einer, vor dem die anderen Achtung haben müssen. Und nun noch der Apfelschimmel! Die Offiziere begeben sich bei diesem Wetter sicher nicht zu Fuß in den Wald hinaus, und so wird es mir, da ich das Pferd habe, auch nicht einfallen, mir schmutzige Beine zu machen. Ich komme ebenso stolz zu Roß wie sie."

Er schritt leise, um die Tochter nicht aufzuwecken, die Treppe hinab, zog den vorher gesattelten Schimmel auf die Straße, stieg auf und trabte mit stolzer Miene in den grauenden Morgen hinein. —

*

Den Spezereihändler fand er in fürchterlicher Angst und Unruhe vor.

„Nun, wie steht's, ist Er soweit?"

„Ja", piepste der Gefragte kleinlaut.

„So! In diesem Anzug will Er, der Oberleutnant von der Schützengilde, sich mit einem Offizier von den Belling-Husaren schlagen? Ist Er denn bei Sinnen?"

„Soll ich vielleicht zu der Menschenschlächterei gar noch meinen teuren, blauen Staatsrock anziehen?"

„Auf Seinen Staatsrock ist es nicht abgesehen, sondern auf Seine Uniform."

„Auf meine Uniform? Die mich ein so schweres Geld gekostet hat? Die soll ich anlegen? Bei diesem Wetter? Fällt mir nicht ein!"

„Es wird Ihm schon einfallen. Wer bei einer so außerordentlichen Begebenheit seinen Rang verleugnet, darf sich auch nicht wundern, wenn er als unehrenhafter Mensch behandelt wird."

„Aber wenn ich erschossen werde, so wird ja der schöne Waffenrock mit Blut und Schmutz bespritzt."

„Das ist ganz gleich. Jetzt holt Er die Uniform, sonst mag Er sich einen anderen Sekundanten suchen!"

Hier war nicht länger zu widerstehen. Hiller legte schleunigst seine Schützengildenuniform an und trat dann mit dem gestrengen Schwiegervater hinaus auf die Straße.

„Ich glaube gar, Ihr wollt zu Pferd hinaus!" staunte er, als er den Apfelschimmel erblickte.

Die Sorge um sein kostbares Leben hatte ihn so gleichgültig gegen alles andere gemacht, daß er das Tier vorher nicht weiter beachtet hatte. Auch bemerkte er nicht, daß drüben in dem gegenüberliegenden Haus jemand am Fenster stand und mit bleichem Angesicht herunter auf die Straße schaute.

„Das versteht sich von selbst. Ein ehrenvoll verabschiedeter Wachtmeister von den Belling-Husaren setzt sich zu Pferd, wenn er eine solche Ehrensache mit zu verhandeln hat. Bei Ihm ist das etwas anderes. Er ist Mitglied der Schützengilde und muß zu Fuß gehen. Vorwärts marsch!"

Er war aufgestiegen, setzte seinen Schimmel in Bewegung und ritt in gemütlichem Schritt dem Tor zu. Hiller stelzte in einer unbeschreiblichen Stimmung neben ihm her und ärgerte sich nicht wenig darüber, daß er als der rechtmäßige Besitzer des Pferdes gezwungen war, die Beine zu gebrauchen, während der Stadtkassierer in der Haltung eines Generals hoch oben im Sattel thronte.

„Aber, Herr Wachtmeister", brummte er, als sie außerhalb der Stadt angelangt waren, „das geht doch eigentlich nicht, daß Ihr auf meinem Schimmel reitet, und ich laufe wie ein Schulbube hinter Euch her, werde bis an den Federstutz vom Dreck bespritzt und mache mir meine kostbare Uniform zuschanden."

„So? Er sieht es doch deutlich, daß es geht. Und was Er da von Seinem Pferd sagt, das kann ich nun gar nicht begreifen. Es ist doch mein; Er hat es mir gekauft!"

„Da seid Ihr sehr im Irrtum, Herr Wachtmeister. Ich habe es für mich gekauft und Euch nur zum Gebrauch überlassen."

„Dagegen will ich allerdings nichts sagen, denn wenn Er es mir zum Gebrauch überläßt, so kann ich es ja behalten, solang ich es benutzen will."

„Ihr werdet Euch aber auf meine Bedingung entsinnen, daß ich es auf ein Stündchen bekomme, falls ich es besteigen will."

„Besteigen? Nein, Er hat nur vom Fahren gesprochen, jetzt aber wird geritten."

„Ihr seht doch wohl ein, daß ich hier unten im Schlamm ersticken muß, wenn es so fortgeht. Laßt mich wenigstens ein bißchen aufsitzen!"

„Was will Er?" staunte Micksch. „Zu mir heraufsetzen will Er sich?"

„Ja. Es ist kein Mensch in der Nähe, und niemand wird es sehen, daß wir zu zweien reiten. Nehmt nur Rücksicht auf den schauderhaften Weg, den ich bis an die Knie durchwaten muß! Ich habe mich Euch doch auch gefällig erwiesen."

„Hm! Der Schimmel ist stark und kann uns beide eine Strecke weit tragen. Na, da komme Er, und setze Er sich hinter mich! Aber halte Er sich fest an, damit Er nicht hinunter in den Mehlbrei rutscht!"

Nach einigen vergeblichen Versuchen gelang es dem Spezereihändler und Schützengildenoberleutnant, hinter seinem Schwiegervater Platz zu nehmen. Es war das erstemal, daß er ein Pferd bestieg; er zog die Beine soweit wie möglich in die Höhe, klammerte sich mit beiden Armen ängstlich an den Stadtkassierer an und gab sich im Lauf des ungewöhnlichen Rittes alle erdenkliche

Mühe, das kostbare Gleichgewicht nicht zu verlieren.

„Drücke Er mir nur nicht die Rippen ein!“ mahnte Micksch, als sie eine kurze Strecke vorwärts gekommen waren. „Er sitzt mir ja auf dem Nacken wie ein alter Infanterietornister.“

„Kann ich dafür?“ entgegnete Hiller. „Der Schimmel wirft die Beine, als wolle er in die Wolken steigen, und ich rutsche dabei immer weiter über den Schwanz hinunter. Mir wird's ganz jämmerlich zumut, grad wie einem, der auf dem Kirchturm sitzt und den Krampf in die Beine bekommt.“

„Das hätte Er sich gleich denken können. Ein Apfelschimmel ist kein Sofa und ein Gildenschütze noch lange kein Kosakenhäuptling. Mache Er sich wieder hinunter, sonst bekommt Er die Seekrankheit und fällt mir in die Buttermilch, aus der ich Ihn zeitlebens nicht wieder herauskriege! — Beeile Er sich!“ fügte er hinzu; „dort aus dem Seitenweg scheint jemand zu kommen, und das wäre mir eine schöne Geschichte, wenn man uns beisammen auf dem Pferd träfe.“

„Ihr könnt doch absteigen. Die Reihe, zu laufen, ist nun an Euch! Dann sitze ich besser und werde den Schwindel los. Ein Oberleutnant mit Achselstücken gehört doch wohl eher auf den Schimmel als ein Wachtmeister, der kein — —“

„Ah, guten Morgen, meine Herren!“ ließ sich in diesem Augenblick eine helle Stimme vernehmen. Blücher kam mit seinen Begleitern zwischen den am Weg stehenden Büschen dahergesprengt. „Ah“, rief er lachend, „wie fein und lieblich ist es, wenn Brüder einträchtig beieinander wohnen!“

Der alte Wachtmeister geriet in eine schauderhafte Verlegenheit. So ein Reinfall war ihm noch niemals widerfahren. Er drehte sich zurück und gab dem Krämer einen Stoß, der ihn fast vom Pferd geworfen hätte.

„Wird Er wohl nun endlich einmal zusehen, daß Er hinunter und auf die Beine kommt, Er Himmelelementer Er! Dreidutzendmal habe ich's Ihm schon gesagt. Er aber scheint heute keine Ohren mehr zu haben."

„Das Pferd ist mein; ich bleib sitzen!" erklärte Hiller, während er sich bemühte, den halbverlorenen Halt wiederzugewinnen. Er durfte sich unmöglich vor den Herren Offizieren vom Stadtkassierer demütigen lassen.

„Solang ich's brauche, ist es mein!" widersprach dieser. „So war es ausgemacht, und so muß es auch gelten. Wenn Er nicht auf der Stelle absteigt, nehme ich das Tier in die Höhe, und dann wird Er erfahren, wie weich es sich im Schlamm sitzt."

„Lassen Sie den Herrn Oberleutnant immerhin bleiben, wo er sitzt!" suchte Leutnant Rudorf zu begütigen. „Sie haben das Pferd gekauft, und er hat es bezahlt; also haben Sie gleiche Rechte und müssen zu zweien reiten. Vorwärts, Kinder!"

„Ja, vorwärts" stimmte Blücher bei, indem er seiner Fuchsstute den Schenkel zu fühlen gab. „Die Zeit vergeht, und Ihr wißt, daß ich heute Blut sehen muß."

Er strich dem Apfelschimmel im Vorbeireiten über die Nase, schnalzte mit dem Finger und schoß dann im Galopp davon. Jetzt machte sich das alte Husarenpferd geltend. Es spitzte die Ohren, schnaubte einige Male und folgte dann mit seinen beiden Reitern in weiten Sätzen der Stute nach.

„Mein Jesses, Herr Wacht — Herr Stadt — Herr Ritt — Herr Schwiegervater, haltet mich fest, sonst fliege ich in die Luft!" brüllte Hiller.

„Hab — keine — Zeit!" rief dieser atemlos zurück. „Der Schimmel — hat — den Teufel — im Leib. Fliege Er — wohin Er will! Als — ich noch — bei — den Belling-Husaren stand — da hatte ich einmal — — —"

Die Rede blieb ihm im Mund stecken. Blücher war jetzt vom Weg abgebogen. Der Ritt ging mitten in die

Büsche hinein, und die Zweige schlugen dem Wachtmeister klatschend um die Ohren. Er konnte weder sehen noch hören; das Sprechen verging da von selbst. Er mußte alle Geschicklichkeit aufbieten, um nur sitzen zu bleiben, und konnte sich also unmöglich um das Schicksal des Spezereihändlers bekümmern. Dieser schloß die Augen, zog die Beine in die Höhe und schlang sie um die Hüften des Wachtmeisters. Solange dieser sich hielt, war also auch er gesichert. Und so brauste die verwegene Jagd prasselnd durch Strauch und Busch, bis endlich Blücher auf einem freien Platz hielt, wo zwei Männer die Kommenden erwarteten.

Es waren der Bursche und Wildenbrandt. Sie hielten neben dem vorhin gezimmerten Kasten vor einem tiefen Loch. Hacke und Schaufel in ihren Händen bezeugten, daß sie es eben erst aufgeworfen hatten.

Sobald der Schimmel stand, machte Hiller Miene, schleunigst herabzuklettern. Doch das in seine alte Gewohnheit fallende Tier schlug hinten in die Höhe und ließ ihn nicht eher herunter, als bis Blücher mit erhobener Hand ein Zeichen gab. Mühsam turnten seine zwei Reiter herunter.

„Was ist denn das für ein Loch?" keuchte Micksch, der sich den Schweiß von der Stirn wischte. „Das Himmelmohrenelementsvieh hätte mich ja beinahe hineingeworfen."

„Es ist für Ihren Herrn Schwiegersohn bestimmt", antwortete Blücher gleichmütig, indem er abstieg und an die Grube trat, um ihre Weite mit der Größe des Kastens zu vergleichen. „Einer von uns beiden wird fallen, das versichere ich Ihnen; und wer es sein wird, darüber kann gar kein Zweifel sein."

„Für meinen Schwiegersohn?" Der Wachtmeister sah mit einem Gesicht drein, das schwer zu beschreiben war. „Wollen Sie ihn denn geradezu totschießen?"

„Selbstverständlich. Wenn einer von der Schützengilde es wagt, einen Husarenoffizier zu fordern, so wird unsererseits die Sache so scharf wie möglich genommen. Das müssen Sie als alter Kavallerist doch wissen."

„Also nicht bloß ein wenig angeritzt, sondern wirklich erschossen soll er werden! Nachher in den Kasten und dann in das Loch? So gefährlich für ihn habe ich es mir allerdings nicht vorgestellt. Als ich noch bei den Belling-Husaren stand, habe ich wöchentlich wenigstens sechs bis acht Zweikämpfe gehabt, aber getötet, eingekastet und begraben ist niemand dabei worden."

„Das mag sein. Doch beginnen wir; die Zeit vergeht!"

Auch die anderen Offiziere, die den drei Reitern in raschem Trab gefolgt waren, stiegen ab. Wenn sie auf den Spezereihändler blickten, fiel es ihnen schwer, den äußerlichen Ernst zu bewahren. Hiller hatte das Gespräch des Wachtmeisters mit dem Leutnant angehört und stand auf dem Platz wie einer, über den das Jüngste Gericht hereinbricht. Der Federhut war ihm während des Gewaltritts verlorengegangen, die Haare hingen ihm wirr ums angstbleiche Gesicht, und seine Hände lagen gefaltet ineinander, als erwarte er schon jetzt die tödliche Kugel.

Treskow trat vor. Er war der Zeuge Blüchers und begann den üblichen Versuch zu einem friedlichen Ausgleich der Sache.

„Schon gut!" schnitt ihm Blücher kurz die Rede ab und zog die Pistole hervor. „Ersparen wir uns alle unnützen Worte, und schreiten wir lieber zur Tat! Herr Wachtmeister, messen Sie die Entfernung ab, fünfzehn Schritt, nicht zu weit! Ich werde einstweilen versuchen, ob meine Hand heute sicher ist. Da oben der einzelne Zapfen an der Tannenspitze soll herunter. Aufgepaßt!"

Der Schuß krachte, und der Zapfen flog zerschmettert in die Luft.

„So, es geht! Will der Herr Oberleutnant nicht vielleicht auch einen Probeschuß tun?"

Dieser schüttelte nur verneinend den Kopf. Es war ihm wie im Traum. Er wußte kaum, daß er noch lebte. Er hatte außer seinem alten Schützengewehr noch niemals ein Schießeisen in der Hand gehabt; und sein Gegner hatte aus so bedeutender Höhe das kleine Ziel herabgeholt. Es gab nichts anderes zu erwarten als den Tod.

„Also sind Sie Ihres Armes sicher? Das ist mir lieb. Treten wir an!“ lächelte Blücher.

Die Pistolen wurden geladen. Jeder der beiden Gegner erhielt eine in die Hand, und nun war der fürchterliche Augenblick gekommen.

Hiller mußte an seinen Platz geschoben werden. Es wurde ihm schwarz vor den Augen, und in den Ohren tobte und toste es ihm, als brande darin die ganze Ostsee.

„Herr Leutnant“, rief Micksch in bittendem Ton, „ich ersuche Sie gehorsamst um eine möglichst milde — —“

„Sparen Sie alle vergebliche Mühe, Herr Wachtmeister! Ich weiß genau, was ich zu tun habe, und einen Schwiegersohn bekommen Sie allemal wieder. Also, Herr Oberleuntnant, auf Kommando beide zugleich schießen! Zielen Sie genau, ich werde es auch tun!“

Er hob die Waffe und richtete sie auf die Brust seines Gegners; aber Hiller folgte seinem Beispiel nicht. Vor seinen Augen die drohende Mündung der Pistole, die im nächsten Augenblick die tödliche Kugel entsenden würde, und hinter sich das unheimlich gähnende Loch mit dem „Sarg“, bereit, seinen armen, zerschossenen Leichnam aufzunehmen — — das war zuviel für den geängstigten Spezereikrämer. Mit einem Ächzen, aus dem die ganze Qual seines Herzens sprach, schleuderte er die Pistole weit von sich. Dann machte er kehrt und floh wie ein gehetztes Wild den Weg zurück, auf dem ihn der Schimmel hergetragen hatte. Nach einigen Sätzen die einem Panther Ehre gemacht hätten, war er zwischen den Büschen verschwunden. Die Offiziere warfen sich Blicke zu, aus denen eine nur mühsam unterdrückte Lachlust blitzte, und auch um den Mund Blüchers zuckte es verräterisch. Doch brachte er es fertig, sich zu beherrschen und so zu tun, als ob er im höchsten Grad entrüstet sei.

„Kreuzmillionenschockschwerenot! Was soll das heißen? Ich glaube gar, der Kerl will auskneifen! Herr Wachtmeister, was sagen Sie dazu? Steigen Sie sofort auf Ihren Schimmel und holen Sie Ihren Schwiegersohn zurück! Ich muß sein Blut haben!"

Im Herzen des Wachtmeisters, dem die Absonderlichkeit der ganzen Veranstaltung nicht zum Bewußtsein kam, kämpften widersprechende Empfindungen miteinander. Er war im Grund ein gutmütiger Mensch, der kein Wässerlein trüben konnte, und darum freute es ihn, daß sich sein zukünftiger Schwiegersohn durch die Flucht dem sicheren Tod entzogen hatte. Andererseits wurmte es ihn aber auch gewaltig, daß Hiller bei dem ganzen Ehrenhandel so wenig militärisches Gefühl an den Tag gelegt hatte. Dazu kam, daß er sich über den Auftrag Blüchers ärgerte, der ihm, wie er sich ganz richtig sagte, nicht das mindeste zu befehlen hatte. Wäre er klug gewesen, so hätte er erkannt, daß Blücher nur eine Gelegenheit suchte, nun auch mit ihm anzubinden, und hätte sich zurückgezogen. So aber ließ er sich von seinem Zorn zu der Antwort hinreißen:

„Herr Leutnant, wenn Ihnen so nach dem Blut meines Schwiegersohnes gelüstet, so besteigen Sie nur selber Ihre Stute und holen Sie ihn zurück!"

Blücher blickte ihn spöttisch von oben herab an. „Es ist Ihnen wohl angst um das teuere Leben Ihres Schwiegersohnes? Trösten Sie sich, es gibt noch genug Spezereikrämer auf der Welt."

„So!" rief Micksch, immer zorniger werdend, „vielleicht gibt es auch der Leutnants genug."

„Das ist möglich", antwortete Blücher. „Aber jedenfalls sind sie mehr wert als alle möglichen Krämer und Stadtkassierer zusammengenommen."

„Soll das vielleicht eine Beleidigung sein, Herr v. Blücher?"

„Wie Er's nimmt."

„Er?" Das war dem alten Bramarbas noch nicht widerfahren; in dieser Weise war er seit langen Jahren nicht angeredet worden.

„Wenn ich's nun als eine solche nehme? Glauben Sie nur nicht, daß ich mich vor Ihnen fürchte! Als ich noch bei den Belling-Husaren stand, bin ich einmal allein in eine feindliche Batterie hineingeritten, habe die Bedienungsmannschaft samt der Bedeckung niedergesäbelt und die vier Kanonen nachher zu meiner Schwadron gebracht. Ich erhielt für diesen Streich eine Denkmünze; sie ist mir aber später wieder verlorengegangen. Solcher Abenteuer könnte ich viele erzählen; glauben Sie da etwa, daß ich mich vor Ihnen fürchte, der nicht einmal halb so alt ist wie ich?"

„Über das Alter wollen wir nicht streiten. Aber ein Aufschneider ist Er, wie es keinen zweiten gibt."

„Herrrrr —!" brauste der Alte auf. „Soll das etwa wieder eine Beleidigung sein?"

„Wie Er's nimmt! Er wird es aber jedenfalls wieder als keine gelten lassen."

„Meinen Sie? Wenn ich es nun als eine Beleidigung nehme?"

„So weiß Er als ehrenvoll verabschiedeter Verteran und jetziger Stadtkassierer, was Er zu tun hat. Wer ganz allein eine Batterie erstürmt, der muß trotz des verlorenen Ordens seine Ehre verteidigen, sobald sie angegriffen wird."

„Gut; ich fordere Sie."

„Schön! Ich bin jetzt einmal im Zug, und im Kasten ist Platz genug für Ihn."

„Wir wollen erst abwarten, wer von uns beiden hineinkommt. Denken Sie denn, daß es mir einfällt, mich mit Ihnen zu schießen? Nein, die Säbel müssen blitzen!“

„Darüber zu entscheiden, ist wohl nicht Seine, sondern meine Sache. Aber ich will Ihm den Gefallen tun und den Degen wählen.“

„Schön! Und Ort — Zeit?“

„Jetzt, aber nicht hier! Er hat sich gestern den Schimmel gekauft, und ich will Ihm Gelegenheit geben, uns zu zeigen, daß Er keinen schlechten Handel gemacht hat. Wir fechten zu Pferd und reiten deshalb hinaus ins freie Feld.“

„Angenommen!“ zwang sich der Wachtmeister zu sagen. „Aber wie steht es denn mit dem Kampfzeugen? Wird einer der Herren mir die Ehre erweisen?“

„Selbstverständlich. Das kann Er aber auch ausmachen, wenn wir am Platz sind. Jetzt also auf die Pferde und vorwärts, fort von hier!“

Dieser Aufforderung wurde Folge geleistet. Als sie das Gebüsch hinter sich hatten, wandte sich Blücher an Treskow.

„Nun gilt's deine fünfzig Dukaten! Hältst du das Geländer am Mühlwasser für eine feste Schranke?“

„Jawohl.“

„Gut! Es ist wohl einige Zoll noch über fünfeinhalb Fuß hoch. Mach dich gefaßt auf's Zahlen!“

„Du wirst doch nicht gar bei der Ausführung deines Planes einen so gefährlichen Sprung wagen! Bedenke doch, daß du den Wachtmeister auch ohne Tollkühnheit dahin bringen kannst, wo — — — “

„Ah bah! Ich brauche die fünfzig Füchse notwendig und verdiene sie heute lieber als morgen. Aber ihr reitet sofort zum Müller und laßt ihn das Wasser zum Graben abstellen!“

„Wie es ausgemacht ist!“ meinte Treskow mit einem

vergnügten Seitenblick auf Micksch, der von der Unterhaltung nichts gehört hatte.

Blücher drängte jetzt sein Pferd an den Schimmel, strich diesem über die Nase und schnalzte mit dem Finger.

„Was soll diese Zärtlichkeit mit meinem Tier?“ grollte der Wachtmeister. In der Erinnerung an den halsbrecherischen Ritt durch den Busch begann ihm die Ahnung aufzusteigen, daß hinter dem Verhalten des Leutnants irgend etwas stecke.

„Das wird Er gleich sehen!“ antwortete dieser, gab seinem Pferd die Sporen und flog im Galopp davon.

Der Apfelschimmel warf den Schwanz in die Luft, wieherte freudig auf und griff dann mit den Beinen aus, als wolle er seinen Reiter in vierundzwanzig Stunden um die Erde tragen. Die Jagd begann von neuem, und zwar mit einer Schnelligkeit, daß in kurzer Zeit eine ganz beträchtliche Strecke zurückgelegt wurde.

Sie ging einer Gegend zu, wo die Stolpe eine ansehnliche Erweiterung bildet, in deren Nähe damals eine große Mühle lag. Dieser Ort war es, den Blücher bei seinen früher mit Wildenbrandt unternommenen Ausflügen als Ziel gewählt hatte, um sich mit den Pferden im tiefen Wasser zu tummeln. Er kannte ihn genau und wußte, daß es oberhalb des Mühlwerkes eine Bodenerhöhung unter der Oberfläche gab, so daß die Tiefe an dieser Stelle nicht ganz Mannshöhe betrug.

Er sprengte gerade darauf zu. Als der Wachtmeister die glatte, schimmernde Fläche des trügerischen Elementes erblickte, begann es ihm unheimlich zu werden. Je näher er ihr kam, desto mehr bemerkte er aus der Richtung, die Blücher einhielt, daß dieser einen Sprung ins Wasser vorhabe. Er gab sich Mühe, sein Pferd anzuhalten. Aber der Schimmel ließ sich nicht mehr lenken; er hatte das Wasser gerochen, blies die Nüstern sehnsüchtig auf und setzte in weiten Griffen hinter der Fuchsstute her, die ihm hier so oft eine wackere Führerin gewesen war. Schon war das Geländer zu erkennen. Es war stark gebaut, fest und hoch. Darüber konnte ein Pferd kaum hinwegkommen. Und doch ließ Blücher seinen Fuchs laufen, was er nur konnte.

„Herr Leutnant, Herr Leutnant! Halten Sie doch ihre verfluchte Stute an! Himmelmohrenelement, da — da — da — —!“

Mit einem mächtigen Satz war der kühne Husarenleutnant über die Schranke hinweg. Das Wasser schlug schäumend über ihm und seinem Roß zusammen. Der Schimmel strengte alle seine Sehnen an und folgte.

„Herr Leutnant —! Alle guten Geister — —! Gott sei meiner armen Seele — — —!“

Das Wasser verschloß ihm den Mund. Nach einigen Sekunden erschien er mehrere Schritte von seinem Pferd entfernt, pustend und mit Händen und Füßen um sich schlagend wieder auf der Oberfläche. Die Tragkraft des Wassers hatte ihn aus dem Sattel gehoben. Blücher bemerkte es, glitt vom Pferd, schwamm auf ihn zu und faßte ihn beim Schopf. Die Fuchsstute strebte dem wohlbekannten Landungsplatz zu, wo sie stets aus der Flut gestiegen war, und der Schimmel folgte ihr in treuer Anhänglichkeit. Rudorf, Treskow und der lange Venske waren, nachdem sie das Gelingen des Riesensprunges mit bewundernder Anerkennung beobachtet hatten, unbekümmert um die vier schwimmenden Wesen seitwärts geritten und in der Richtung nach der Mühle zu verschwunden.

Micksch bemerkte von alledem nichts. Er wußte nur das eine, daß er sich in der Stolpe befinde und daß nun seine letzte Stunde gekommen sei. Das Wasser drang ihm durch Ohren, Mund und Nase; er stieß es gurgelnd von sich und wehrte sich halb bewußtlos und in krampfhaften Bewegungen gegen den fürchterlichen Tod, dessen eiskalte Schwingen ihn erbarmungslos umrauschten.

„So halte Er doch still!" tönte die befehlende Stimme Blüchers wie aus meilenweiter Entfernung an sein Ohr. „Sonst lasse ich Ihn los, und Er mag meinetwegen ertrinken!"

Jetzt erst fühlte er, daß ihn jemand bei den Haaren gefaßt hielt. Der Gedanke an die Möglichkeit einer Rettung ließ seine bereits schwindenden Lebensgeister zurückkehren und, gehorsam dem Gebot, verhielt er sich so ruhig, wie es ihm die unendliche Angst seines Herzens gestattete.

„So, jetzt kann Er festen Fuß fassen. Trete Er auf und öffne Er die Augen, damit Er sieht, wo Er sich befindet."

Er wurde bei der Schulter gefaßt und mit den Füßen kräftig niedergedrückt. Sie berührten den sicheren Grund, aber das Wasser ging ihm so hoch, daß es ihm den Atem versetzte und seine zitternde Gestalt immer wieder in die Höhe hob.

„Herr Leutnant", rief er, die Augen noch geschlossen und die Arme gerade emporstreckend, „ich muß bei lebendigem Leib jämmerlich ersaufen. Ich — kann nicht — schwimmen!"

„So hat er heute die beste Gelegenheit, es endlich zu lernen."

„Nein, nein, ich danke für diese Gelegenheit, ich mag es nicht lernen, ich — will — ich will hinaus!"

„Dann mache Er endlich die Augen auf, damit wir mit Seiner Forderung ins reine kommen, denn eher lasse ich Ihn nicht von dannen!"

„Mit meiner Forderung? Ich fordere nichts als nur mein armes bißchen Leben. Ich bin der friedfertigste Mensch, den es nur geben kann."

„Red Er keine Dummheiten! Er hat mich in Gegenwart von fünf Zeugen auf Säbel gefordert. Das kann Er als ehrenvoll verabschiedeter Wachtmeister von den Belling-Husaren nicht leugnen. Jetzt aber befinden wir uns auf der Stelle, die ich mir zum Kampfplatz ausersehen habe."

Der Schreck über diese Worte riß dem Wachtmeister endlich die Augen auf. Er sah ringsum Wasser, nichts als Wasser, das in stillen, heimtückischen Wellen auf ihn einflutete. Es wurde ihm grün und gelb vor dem erstarrenden Blick, und die erschrockenen Lider schlossen sich ebenso schnell, wie sie sich geöffnet hatten.

„Kampfplatz?" zeterte er. „Hier? Mitten im Wasser? Das ist unmöglich! Ich tue nicht mit!"

„So lasse ich Ihn hier allein, und Er mag warten, bis Ihn die Frösche und Kröten anbeißen!"

Bei dieser Vorstellung zog der Geängstigte unwillkürlich die Beine in die Höhe. Sofort fuhr er mit dem Kopf unter Wasser. Blücher hob ihn empor und brachte ihn in seine vorige Stellung zurück.

„Da sieht Er, wie es Ihm geht, wenn Er auf Seiner Weigerung beharrt. Nun mache Er nur einmal ordentlich die Augen auf, sonst kann Er versichert sein, daß ich die Geduld verliere und Ihn Seinem Schicksal überlasse. Ein ehrenvoll verabschiedeter Wachtmeister von den Belling-Husaren wird sich doch vor ein paar Tropfen Wasser nicht fürchten."

„Ein paar Tropfen!" jammerte er. „Ein paar Tropfen sollen das sein! Es wibbelt und kribbelt von Eidechsen, Fröschen und Kröten um meine Beine, und das Wasser geht mir bis an den Hals. Das sollen nur ein paar Tropfen sein! Da bleibt mir doch der Verstand stehen!"

„Da halte Er ihn nur so fest wie möglich, denn Er wird ihn noch sehr notwendig brauchen! Wenn das Wasser jetzt bis an seinen Hals reicht, so wird es Ihm in kurzer Zeit bis an den Mund gehen, und dann ist es aus mit Ihm. Bemerkt er nicht, daß es immer höher und höher steigt? Der Müller hat das Schleusenbrett geschlossen, und so wird es vielleicht schon in zehn Minuten über Ihm zusammenschlagen."

„Herr Leutnant, Sie sind ein entsetzlicher Mensch! Sagen Sie doch nur schnell, was ich eigentlich tun soll!"

„Ziehe Er blank, sonst schlage ich Ihn ohne Gegenwehr nieder!"

Der Sprecher zog den Degen und ließ ihn drohend vor der Nase des Wachtmeisters funkeln.

„Also hier soll ich elend umkommen! Als ich noch bei den Belling-Husaren stand, hätte ich an so etwas niemals gedacht. Gibt's denn kein Mittel, diesem abscheulichen Tod zu entgehen? Ich will gern alles tun, was Sie verlangen, nur schaffen Sie mich aus diesem nassen Jammertal hinüber ans Ufer!"

„Hm, Er ist mir ein schöner Hasenfuß, daß Er vor der Handvoll Brühe hier so zittert! Aber wenn es Sein Ernst ist mit dem Versprechen, will ich Rücksicht auf unsere bisherige Freundschaft nehmen und mich billig finden lassen."

„Was verlangen Sie?"

„Ich muß Ihn zuvor etwas fragen. Weiß er denn, daß Hiller den Apfelschimmel schon wieder verkauft hat?"

„Nein. Aber das ist gar nicht möglich, denn ich habe ihn doch noch!"

„Nur für kurze Zeit. Nach der Hochzeit wird er wieder abgeholt. Der Pferdehändler Ganzow hat es meinem Burschen noch gestern abend erzählt; er kennt den Schimmel und hat ihn also ungesehen kaufen können. Der Krämer hat Ihn mit dem Tier nur aufs Eis geführt; er ist zu geizig, Ihm zuliebe eine solche Ausgabe zu machen. Sobald das Mädchen sein ist, geht der Apfelschimmel flöten."

„Da soll den Himmelmohrenelementer doch gleich —; aber der Zorn hilft mir nichts mehr. So ist der Kerl ja ein ganz armseliger Lügner und Betrüger!"

„Ich begreife auch nicht, wie Er sich so gewaltig in ihn vergucken konnte. Da ist mir der Wildenbrandt doch ein anderer Mann für Seine Tochter, und Er dürfte sich beglückwünschen, ihn zum Schwiegersohn zu bekommen."

„Ich —? Den —? Zum Schwiegersohn —? Nie!"

„Der Wildenbrandt wird bestimmt Sein Schwiegersohn! Das ist ja eben die Bedingung, unter der ich Ihm aus der Tinte helfe."

„Der Wildenbrandt ist mir zuwider. Er hat mich riesig beleidigt."

„Spreche Er nicht von Beleidigung! Was Wildenbrandt gesagt hat, das ist wahr! Er pflegt bei Seinen Erzählungen den Mund ungeheuerlich voll zu nehmen, Herr Wachtmeister, und ist selber schuld, wenn Seine Angaben Mißtrauen erregen. Es geht Ihm das Wasser schon beinahe bis an den Mund: jetzt wird's mit Ihm bald Schluß sein."

„Aber der Wildenbrandt ist ein Habenichts und bloß Unteroffizier. Ein Soldat, der noch im Dienst steht, ist kein Mann für meine Tochter. Es kann lange Jahre dauern, bis er eine Anstellung erhält und eine Frau ernähren kann. — Himmelmohrenelement, ich kann nicht stehen; das Wasser reißt mich um! Schaffen Sie mich doch um aller Heiligen willen aus dieser unglückseligen Überschwemmung hinaus!"

„Gebe Er nur zuerst Seine Zustimmung zu meinem Vorschlag, der annehmbarer ist als Er meint! Der Wildenbrandt ist kein Habenichts; er hat dreihundert Taler bei meiner Wirtin und fünfzig Dukaten bei mir stehen. Beim nächsten Geburtstag des Königs wird er Wachtmeister. Ich weiß dies genau; denn er steht schon auf der Liste. Was aber später die Anstellung betrifft, so wird er sicher eine finden. Ich selber will dafür Sorge tragen. Entscheide Er sich schnell! Entweder sagt Er ja, oder wir schlagen uns! Ich warte keine Minute länger."

„Aber ich habe doch dem Hiller mein Wort gegeben, und das darf ich nicht brechen, solange er selber den Vertrag hält."

„Er hat ihn durch den heimlichen Weiterverkauf des Schimmels schon gebrochen. Außerdem ist er aus reiner Angst davongelaufen. Schande genug für Ihn als Schwiegervater! Er wird ihm noch heute sein Wort zurückgeben. Also los!"

Wieder blitzte der Säbel drohend vor den Augen des Wachtmeisters, der jetzt bis an den Schnurrbart im Wasser stand.

Er mußte den Kopf heben, um es sich nicht in den Mund dringen zu lassen.

„Schauderhaft!" sprudelte er. „Ich muß ja sagen, wenn ich nicht jämmerlich vom Wasser zerplatzt werden soll. Schaffen Sie mich hinaus; der Wildenbrandt soll das Mädchen haben!"

„Abgemacht also! Und heute abend ist die Verlobung, wie?"

„Meinetwegen!"

„So will ich jetzt Seinen Apfelschimmel rufen, damit Er aufsteigen kann!"

„Ja, was wird denn mit dem?"

„Reichen Seine Mittel aus, um das nötige Futter beschaffen zu können?"

„Ich denke ja, wenn ich mich sonst etwas einschränke."

„Dann soll Er ihn behalten dürfen!"

Blücher ließ einen scharfen Pfiff erschallen. Die Fuchsstute, die mit ihrem Kameraden am Ufer weidete, hob den Kopf und ging ruhig ins Wasser. Der Schimmel spitzte die Ohren, schlug mit dem Schwanz einen kurzen Wirbel und sprang ihr dann nach.

In kurzer Zeit befanden sich beide Wassermänner außerhalb des Teiches.

„So!" meinte Blücher, indem er sich wieder seiner früheren höflichen Redeweise bediente. „Jetzt reiten Sie schnell nach Haus und suchen sich zu erwärmen, damit Ihnen das kalte Bad keinen Schaden bringt! Ich aber muß meine Kameraden abholen."

„Darf ich zuvor eine Bitte aussprechen, Herr Leutnant?“ fragte der Wachtmeister, dessen pudelnasse Gestalt an allen Gliedern zitterte.

„Tun Sie es!“

„Lassen Sie niemand etwas von der heutigen Begebenheit erfahren! Es wäre um mein Ansehen geschehen, wenn die Sache ruchbar würde.“

„Schön! Auf unsere Verschwiegenheit können Sie sich verlassen; nur geben Sie acht, daß Sie nicht selber zum Verräter werden. Wir sehen uns heute noch wieder. Bis dahin leben Sie wohl!“

Er lenkte sein Roß von dem triefenden Stadtkassierer ab und ritt der Mühle zu. Dort fand er die drei Kameraden, die ihn mit Spannung erwarteten.

„Wie ist es abgelaufen?“ fragten sie einstimmig.

„Gut, sehr gut!“ lautete die Antwort. „Der Wildenbrandt kann zufrieden sein.“

Dann wandte er sich zum Müller.

„Ich habe Ihm einen Anzug für mich zustellen lassen. Führe Er mich an einen Ort, wo ich mich umziehen kann, und besorge Er dann etwas Warmes!“

Bald darauf trabten die Offiziere wohlgemut der Stadt zu.

Treskow hatte seine Wette verloren und sich zur Zahlung der fünfzig Dukaten bereit erklärt. War es ihm schon wunderbar, daß Blücher mit seiner Fuchsstute die fünfeinhalb Fuß überwunden hatte, so schien es ihm gar unbegreiflich, daß auch der alte Apfelschimmel hinübergekommen war.

Blücher lachte. „Es war ein Jugendstreich des guten Tieres, der ihm zum zweitenmal wohl kaum gelingen dürfte. Deine Dukaten bekommt der brave Wildenbrandt von mir zur Aussteuer!“

Schon hatten sie eine bedeutende Strecke zurückgelegt und standen im Begriff, aus dem Busch auf offenes Gelände zu biegen, als der lange Venske, der voranritt, sein Pferd anhielt und mit der Rechten nach der Mündung des Holzweges deutete, den sie gekommen waren. Eine Schwadron Husaren war zu sehen, die trotz des aufgeweichten Bodens in scharfem Trab übers freie Feld fegte.

„Ah", meinte Rudorf, „der Rittmeister v. Platow mit seinen armen geplagten Teufeln! Der muß hinaus, und wenn es Heringstonnen schneit!"

„Gebt einmal genau acht", erinnerte Blücher, der der letzte gewesen war und dem die anderen die Aussicht verdeckten, „ob ihr unseren tapferen Schimmel mit dem alten Micksch dabei bemerkt!"

„Wieso soll er dabeisein?"

„Ich denke mir's nur so. Der Apfelschimmel kann keinem Signal widerstehen, und wenn er Kavallerie sieht, so muß er mitmachen. Davon bringen ihn weder Sporen noch Zügel ab. Es sollte mich wundern, wenn der Wachtmeister nicht der Schwadron begegnet wäre."

„Ja, ja, richtig, lachte der lange Venske, „dort reitet er mitten drin in Reih und Glied. Na, Micksch, jetzt kannst du etwas erleben!"

„Den hat der Platow mit dem größten Vergnügen aufgefischt, und ich kann mir lebhaft vorstellen, was es für eine Teufelshetze geben wird. Der arme Kerl ist naß bis auf die Haut; aber ich wette hundert gegen eins, daß er in einer Viertelstunde vor Hitze siedet."

Sie ließen die Schwadron vorüber und setzten dann ihren Weg weiter fort. In der Stadt suchte ein jeder seine Wohnung auf. —

Jungfer Adelheid am Ziel

Fräulein Adelheid saß unterdessen wie auf spitzigen Nadeln am Fenster ihres Zimmers. Sie hatte den heimlich Geliebten sich aus seiner Wohnung entfernen sehen. Seitdem war eine lange Zeit verstrichen, und es bemächtigte sich ihrer eine heftige Angst, trotz der Versicherung des Leutnants, daß Hiller kein Leid geschehen werde. Wenn sich etwas Unvorhergesehenes ereignet hatte! Wie leicht konnte eine Kugel eine andere Richtung nehmen, als beabsichtigt worden war. Da — ihr Herz begann einen jubelnden Trommelwirbel zu schlagen — sah sie eine Gestalt eiligen Laufs um die Ecke biegen. Sie trug keinen Hut und die Haare hingen ihr wirr und feucht ins Gesicht; die Kleidung, die eine Uniform zu sein schien, starrte vor Schmutz. Es war der Spezereikrämer, der eben von seinem Ehrenhandel heimkehrte. In fliegender Eile schloß er die Tür zu seiner Wohnung auf und war im nächsten Augenblick verschwunden.

Jungfer Adelheids Gesicht strahlte vor Freude. Blücher hatte also Wort gehalten und Hiller geschont. Oh, wenn er doch auch sein anderes Versprechen vom Heiraten wahrmachen wollte! Nach längerer Zeit erblickte sie den Burschen des Leutnants und Wildenbrandt, die mit dem leeren Kasten zurückkehrten, der ihr zuerst solches Entsetzen eingeflößt hatte. Und wieder nach einer Stunde sah sie den Leutnant hoch zu Roß erscheinen, frisch und strahlend vor Lebenslust wie immer.

Gott sei Dank! So war also kein Blut geflossen, und es war alles gut abgelaufen. Aber war dies wirklich der Fall? Wie sie auch spähte und spähte, sie sah das hagere, gelbbleiche Gesicht des Krämers nicht mehr am Fenster der gegenüberliegenden Wohnung erscheinen. Auch der Laden blieb geschlossen, und die Kunden, die zum Einkaufen kamen, mußten unverrichteterdinge wieder abziehen. War der Krämer am Ende vor Aufregung krank geworden? Der Vormittag und der Nachmittag vergingen, der Abend kam, und noch hatte sich der Geliebte nicht gezeigt. Es wurde ihr doch wieder bang, und schon überlegte sie, ob es nicht geraten sei, den Leutnant ernstlich zu fragen, als es an die Tür klopfte. Beim Öffnen stand Blüchers Bursche vor ihr.

„Verzeihung, gnädiges Fräulein! Darf ich fragen, ob Sie ein wenig Zeit haben?"

„Weshalb fragt Er?"

„Weil mich mein Herr zu Ihnen schickt. Er läßt Sie bitten, einmal hinab in den Keller zu kommen, dessen Schlüssel ich Ihnen noch gar nicht wieder eingehändigt habe."

„Schön; ich gehe gleich mit Ihm."

Der Keller war von einer Laterne notdürftig erleuchtet. In der Mitte stand — Jungfer Adelheid bemerkte es mit heimlichem Grauen — der Kasten, der heute früh mit im Busch gewesen war. Blücher, Rudorf, Treskow und der lange Venske waren anwesend und blickten mit düsterer Grabesmiene auf einen Mann, der von Wildenbrandt an den Armen festgehalten wurde, um ihn am Auskneifen zu verhindern. Es war — Jungfer Adelheid unterdrückte einen Schrei der Bestürzung — der Spezereikrämer und Oberleutnant der Schützengilde, Hiller.

„Hat Er wirklich geglaubt", hörte sie eben Blücher zu diesem sagen, „daß Er sich auf so billige Weise Seiner Verpflichtung entziehen könne?"

Der Gefragte gab keine Antwort, sondern blickte nur ängstlich von einem der Männer zum anderen, um in ihren Zügen zu lesen, was sie mit ihm vorhatten.

„Er hat sich zwar", fuhr Blücher fort, als er keine Antwort erhielt, „in Seinem Haus wie in einer Burg verrammelt. Hält Er mich wirklich für einen so schlechten Soldaten, daß Er meint, ich könnte diese Festung nicht erstürmen?"

Hiller wußte nicht, was er darauf erwidern sollte, und schwieg deshalb beharrlich.

„Er ist heute früh davongelaufen, weil Er nicht in den Kasten kommen wollte. Aber es hilft Ihm nichts. Er muß trotzdem hinein. Seine Augenblicke sind gezählt. Leutnant Blücher ist nicht der Mann, der mit sich spaßen läßt. Wenn er einen Ehrenhandel hat, so ficht er ihn bis zum Ende aus." Er wandte sich an den Burschen. „Hast du die Pistole?"

„Zu Befehl, Herr Leutnant!"

„So gib ihm die Waffe!"

Der Bursche griff in die Tasche und zog eine geladene Pistole hervor, die er dem Spezereikrämer in die Hand drückte.

Dieser blickte bestürzt empor. Die Angst veranlaßte ihn zu der Frage:

„Was soll ich denn mit dem Ding tun?"

„Das fragt Er noch? Heute morgen ist ausgemacht worden, daß geschossen werden solle, bis einer von uns beiden gefallen ist. Wir leben beide noch, folglich beginnen wir jetzt von neuem."

„Von neuem?" Der Krämer fuhr zusammen, als ob er bereits die tödliche Kugel im Herzen habe. „Nein, da tu ich nicht mit. Ich nehme meine Forderung zurück. Ich bitte Ihnen alles ab, den Burgunder, die Rechnung, das Mahnen, alles, was Sie nur wollen."

„Herr Leutnant!" ließ sich da eine leise bittende Stimme vernehmen, und eine Hand legte sich begütigend auf seinen Arm. „Schießen Sie ihn nicht tot; lassen Sie Gnade für Recht ergehen! Ich wäre selbst gleich des Todes, wenn hier in meinem Haus eine so furchtbare Tat geschähe."

Jungfer Adelheid war es, die den Geliebten in Gefahr glaubte und nun dazwischen trat, um ihn zu retten.

„Hm, das ist wahr! Ihr Haus, mein gnädiges Fräulein, käme in einen bösen Ruf, wenn es ruchbar würde, daß um mitternächtige Zeit ein totgeschossener Spezereihändler darin sein Wesen treibt. Daran habe ich allerdings nicht gedacht, und ich möchte wohl gern auf Sie Rücksicht nehmen. Aber was haben Sie und ich davon, wenn wir ihn leben lassen?"

„Ich —?" fragte sie verlegen. „Sie wissen ja, mein

bester Herr v. Blücher, daß — ich — daß — ich gern — —"

„Ja, ich weiß, daß es besser wäre, wenn ich ihm eine Kugel durch den Kopf jagte; denn dann würde das arme Mädchen von ihm erlöst, das er mit Gewalt an sich bringen will."

„Mit Gewalt!" warf Hiller ein. „Ich tue niemand Gewalt an. Ich habe sie nicht gezwungen, ihr Vater hat mir das Jawort freiwillig gegeben. Seinetwegen lasse ich mich aber nicht über den Haufen schießen."

„Und gerade seinetwegen muß Er sterben. Ich habe es hier dem Wildenbrandt versprochen, daß er die Trude bekommt, und wenn Er nicht freiwillig von ihr läßt und die Verlobung aufgibt, so muß ich Ihn hier mit der Pistole wegputzen!"

„Mein Leben ist mir lieber als die Trude. Ich will von ihr nichts mehr wissen!"

„Würde Er das auch dem Wachtmeister sagen?"

„Wenn's nicht anders ist, ja."

„Gut, ich halte Ihn beim Wort, und Er wird nachher mit zu Micksch gehen! Sein Leben hängt aber noch von einer Bedingung ab, die ich Ihm zu stellen habe."

„Noch eine Bedingung? Das nimmt ja gar kein Ende!"

„Wenn Er aus Rücksicht auf meinen Willen die Trude aufgibt, so halte ich es für meine Pflicht, Ihm eine andere Frau zu verschaffen."

„Eine andere Frau? Ich mag keine, ich will nicht das geringste mehr von Weibern hören; sie bringen lauter Unheil."

„Da irrt Er sich. Man muß nur eine nehmen, die einem gut ist und die zu einem paßt. Und da weiß ich allerdings eine Dame, die für Ihn gerade wie geschaffen ist."

„Da wäre ich doch begierig, sie zu sehen."

„Das kann Er!" antwortete Blücher, sich nach der Jungfer umdrehend. Er erblickte sie nicht mehr. Sobald sie gemerkt hatte, daß sich das Gespräch auf ihre Person lenkte, war sie in züchtiger Schamhaftigkeit verschwunden. Darum fuhr der Sprecher fort: „Geh Er nur hinauf zu Fräulein Adelheid, die ist Ihm schon längst gewogen, sie besitzt ein stattliches Vermögen und steht im richtigen Alter zu Ihm. Das ist eine ganz andere Partie für einen Mann, der Oberleutnant bei der Schützengilde ist, als die arme Wachtmeisterstochter."

„Fräulein Adelheid? Die? Die wäre mir gewogen?" staunte Hiller. Er war freudig überrascht. Daß er in seinem Alter noch eine so wohlhabende Frau bekommen könne, hatte er niemals geglaubt. Da hätte Blücher allerdings recht; das war eine ganz andere Partie für ihn.

„Ist Er mit mir einverstanden?" fragte der Leutnant.

„Ja, ich bin vollkommen einverstanden."

„Schön! Nun habe ich nur noch eine Bedingung, unter der ich meine Pistole wieder zurücklege. Es ist die letzte und auch die leichteste. Sie betrifft den Apfelschimmel. Er hat ihn schon wieder verschachert."

„Verschachert, woher wissen Sie das?"

„Ich hab's aus einem sicheren Mund. Aber Er wird den Verkauf rückgängig machen; denn der Micksch will den Schimmel behalten!"

„Der ist gar nicht so dumm! Den Apfelschimmel behalten, wenn ich seine Tochter nicht heirate! Nein, das geht nicht!"

„Es geht ganz prächtig. Die reiche Heirat, die Er macht, bringt Ihm das Tier zehnmal wieder ein."

„Aber ich weiß doch noch gar nicht, ob sie auch wirklich zustande kommt."

„Das Fräulein sagt sofort ja, das versichere ich Ihm. Dann aber behält der Wachtmeister das Pferd, nicht wahr?"

„Mag er es haben; ich wünsche ihm Glück zu dem wahnsinnigen Viehzeug, das mir alle Knochen im Leib zusammengeschüttelt hat."

„Jetzt geh Er hinauf zu meiner Wirtin und werde Er einig mit ihr! Dann kommt Er in meine Wohnung! Ich werde auf Ihn warten."

„Darf ich zuvor um etwas bitten?"

„Nun?"

„Erzählen Sie niemand von dem, was heute geschehen ist!"

„Es kommt ganz auf Sein Verhalten an, ob wir schweigen oder reden. Wenn Er selbst den Mund hält, so wird niemand etwas erfahren." — — —

Der ehrenvoll verabschiedete Wachtmeister und lobesame Stadtkassierer Hermann Micksch saß wieder auf seinem Stuhl am Fenster und lugte in den dunklen Abend hinaus. Er wußte, daß Blücher sein Wort halten und kommen werde. Trude befand sich bei der Lampe am Tisch und war mit einer Handarbeit beschäftigt. Sie zerbrach sich den Kopf darüber, was heute wohl vorgefallen sein konnte; denn der Vater befand sich in einer Stimmung, die sie noch nie bei ihm beobachtet hatte.

„Ich möchte nur eigentlich wissen, wann er eintreffen wird! Ein Leutnant sollte doch etwas schneller sein können! Ja, wenn es ihm so in den Beinen juckte, wie meinem alten Apfelschimmel! Denke dir, Trude, heute bin ich über eine Schranken hinweggesetzt, die über zwölf Ellen hoch war, und zwar geradewegs hinein ins Wasser. Der Leutnant v. Blücher war dabei und wäre bei einem Haar ertrunken, wenn ich ihn nicht herausgezogen hätte. Als ich noch bei den Belling-Husaren stand, habe ich manch einen schönen Sprung gemacht, aber so einen gewaltigen doch nicht."

Das Mädchen nickte ihm anerkennend zu.

„Und nachher begegnete ich der Schwadron des tollen Rittmeisters v. Platow. Mit dem habe ich gewettet, daß er mit samt seinen Soldaten mich und den Schimmel nicht fangen könne. Wir sind drei Stunden lang umhergejagt, und ich habe die Wette gewonnen."

Er ritt mit seinem Stuhl an das nächste Fenster. Plötzlich rief er: „Da kommt einer! Trude, nimm die Lampe und leuchte dem Herrn die Treppe herauf!"

„Wer ist es denn?"

„Der Herr Leutnant v. Blücher. Ich hör's am Gang und am Degengeklirr. Er hat eine ganz eigene Art, auf der Straße daherzurasseln."

Er hatte richtig gehört. Blücher kam die Treppe herauf, grüßte das Mädchen freundlich und trat dann in die Stube.

„Guten Abend, Herr Wachtmeister! Haben Sie sich erholt?"

„Erholt?" meinte der Alte mit einem Seitenblick auf die Tochter. „Wovon soll ich mich denn erholt haben? Ein Wachtmeister von den Belling-Husaren braucht sich niemals zu erholen, denn es gibt nichts, was ihn ermüden könnte."

„Ganz meine Meinung! Der Herr Rittmeister v. Platow läßt Sie grüßen. Er möchte gern wissen, ob — —"

„Oh, mein bester Herr Leutnant", fiel ihm Micksch mit demselben Seitenblick auf die Tochter in die Rede, „hat nichts zu sagen, hat nichts zu sagen; ich kenne den Herrn und werde nicht dringlich sein."

„Schön!" antwortete Blücher lächelnd, da er diese Seitenblicke zu würdigen wußte. Er nahm gemütlich Platz. „Wie geht's dem Apfelschimmel?"

„Ganz prächtig! Werde ich ihn behalten können?"

„Ja, der Spezereihändler wird es Ihnen selber versichern."

„Kommt er heute noch?"

„Ganz sicher, ich glaube, da ist er schon. Ach nein, es ist einstweilen ein anderer."

Die Tür hatte sich geöffnet. Wildenbrandt trat ein und wandte sich in meldender Haltung an den Offizier.

„Eingetroffen, Herr Leutnant, zur Rücksprache mit dem Herrn Wachtmeister."

„Recht so; sage Er ihm, was Er auf dem Herzen hat!"

Der Unteroffizier trat dankend zurück und wandte sich an Micksch:

„Herr Wachtmeister, ich hatte schon einmal die Ehre, Ihnen zu sagen, daß ich und Trude uns liebhaben. Sie waren gegen unsere Neigung. Seit dem heutigen Zwischenfall aber ist Ihre Ansicht wohl eine andere geworden; denn nach dem prachtvollen Sprung ins Wasser haben Sie dem Herrn Leutnant aus — —"

„Halt Er einmal ein!" rief der Stadtkassierer, während er mit seinem Stuhl um einige Ellen vorwärts ritt und einen besorgten Blick auf seine Tochter warf. „Ich habe gar nichts gegen Ihn, und wenn das Mädchen ja sagt, so ist es mir auch recht, vorausgesetzt, daß alles Versprochene gehalten wird. Das unliebsame Ereignis braucht Er gar nicht zu erwähnen, und der Sprung in die Stolpe war erst recht eine Kleinigkeit, die ein ehrenvoll verabschiedeter Wachtmeister von den — —"

„Guten Abend!" ertönte es schüchtern unter der Tür. Hiller stand auf der Schwelle. Er hatte die mißhandelte Uniform mit dem Staatsrock vertauscht.

„Nur immer herein!" ermunterte ihn Blücher. „Es ist gerade die rechte Zeit zur Beglückwünschung."

„Das will ich auch tun!" antwortete der Spezereihändler. „Herr Wachtmeister, ich habe Euch einiges zu sagen."

„Und ich Ihn einiges zu fragen!" fiel Micksch ein. „Hat Er den Apfelschimmel verkauft?"

„Ich hatte ihn wieder verkauft, weil — weil — — weil — —"

„So! Er ist ja ein ganz außerordentlicher Himmelmohrenelementer!"

„Verzeihung, Herr Wachtmeister, es ist inzwischen anders geworden. Ihr könnt den Apfelschimmel behalten. Und was Eure Tochter betrifft, so — so — so — —"

„Nun?"

„So könnt Ihr sie auch behalten!“

„Ah, seh Er doch einmal an! Sie gefällt Ihm wohl nicht mehr, seit Er totgeschossen werden sollte? Wie ist es ihm denn eigentlich ergangen, seit — —“

„Ich bin verlobt“, unterbrach ihn Hiller vorsichtig, „und habe von meiner Braut den Auftrag bekommen, dem Unteroffizier Wildenbrandt hier diese dreihundert Taler zum Angebind auszuhändigen.“

„Und ich“, setzte Blücher hinzu, „füge dieser Summe fünfzig Dukaten bei, die ein Freund des Unteroffiziers ihm schenken will. Hier sind sie.“

„Himmelmohrenelement!“ rief Micksch und machte mit seinem Stuhl einen Satz, als wolle er durch die Stubendecke reiten, „wenn es in dieser Weise Geld regnet, so ist mir der Schwiegersohn noch mehr willkommen.“

„Die dreihundert Taler nehme ich an“, meinte Wildenbrandt mit frohem Lachen. „Was aber die fünfzig Dukaten betrifft, so ist der Schimmel mit im Preissprung gewesen. Erlauben der Herr Leutnant, daß sie ihm zugut kommen?“

Blücher nickte zustimmend.

„Hier, Herr Schwiegervater, sind die Füchse. Bauen Sie einen Pferdestall und kaufen Sie Futter und Streu für das gute Tier!“

Der Satz, den jetzt Micksch mit seinem Stuhl ausführte, war vollständig unbegreiflich; er hätte ihn auf dem Apfelschimmel nicht kühner machen können.

„Ist's wahr, Wildenbrandt, Goldkerl?“ fragte er aufspringend und die Arme ausbreitend. „Komm an mein Herz, Junge!“

Er schob den Schnurrbart auf die Seite und gab Unteroffizier einen schallenden Schmatz. Dann faßte er die Tochter am Arm und schob sie dem Geliebten zu.

„Da habt ihr euch, ihr Himmelmohrenelementer! Herr Leutnant, Sie haben Ihr Wort prachtvoll gehalten. Als ich noch bei den Belling-Husaren stand, gab es wohl auch Offiziere, die sich gewaschen hatten, aber einen solchen wie den Herrn v. Blücher habe ich nicht gekannt. Der Hiller hat seine, der Wildenbrandt hat seine und ich — ich habe auch meinen, nämlich den Apfelschimmel, und der ist mir lieber als alle Ehrenzeichen, die ich bekommen habe; sie sind mir doch wieder verlorengegangen. Wenn ich etwas zu befehlen hätte, Herr Leutnant, so wären Sie in zwei Jahren Oberst, in vier Jahren General und in sechs Jahren Feldmarschall. Der richtige Kerl sind Sie dazu.“ — — —

DIE KRIEGSKASSE

Der Obermüller konnte den Niedermüller nicht leiden, und der Niedermüller war dem Obermüller nicht gewogen. Das hatte seine Gründe. Die Obermühle war bis vor zehn Jahren die einzige Mühle im Tal gewesen, und ihr Besitzer hatte sich recht gut dabei gestanden; da war der jetzige Niedermüller gekommen, hatte seine neumodische Klapper an den Bach gesetzt und dem Nachbar die Mahlgäste weggenommen. Der Obermüller hielt das für eine teuflische Konkurrenz, zumal er den teuren Prozeß verlor, den er anstrengte, um sich seines Wettbewerbers zu erwehren. Dieser aber war ein durchtriebener Pfiffikus, lachte sich eins ins Fäustchen und hatte seine Freude über den Ärger seines nun mehr und mehr verarmenden Berufsgenossen.

Doch die zwischen den beiden Männern herrschende Abneigung hatte noch einen anderen Grund. Der Obermüller war nämlich ein echtes, braves Rheinlandskind und konnte es nicht verwinden, daß das schöne deutsche Vaterland am Rhein unter dem Druck der rücksichtslosen französischen Herrschaft schmachtete. Der Niedermüller aber, der von der Obermoseler Gegend herabgekommen war, pflegte heimlich nach Frankreich hinüberzuschielen und kannte keinen anderen Herrgott als den großen Bonaparte, der den Mut gehabt hatte, seine gewaltige Hand nach ganz Europa auszustrecken.

Nun hatte der Niedermüller eine Tochter, der wegen ihrer Schönheit, Sittsamkeit und Herzensgüte, vielleicht auch wegen des zu erwartenden Erbes die Jungburschen alle im Weg herumliefen. Aber das machte doch die Sache nicht anders, vielmehr steigerte sich die Abneigung des Obermüllers ganz bedeutend, als er bemerkte, daß sie es seinem Franz auch angetan hatte, der des Abends um die Niedermühle strich und am Tag vor lauter Zerstreuung statt des zu mahlenden Getreides einen Kartoffelsack in den „Rumpf" ausleerte.

Auch heute hatte er allerlei Ungebührlichkeiten, die sonst gar nicht in seiner Art lagen, begangen, und als es nun Abend geworden war, fuhr er mit den Armen in das Sonntagsnachmittagswams und schickte sich zum Fortgehen an.

„Wohin willst du, Franz?" fragte der Vater mit jenem unzufriedenen Ton, der jetzt öfters bei ihm zu hören war.

„Hinunter ins Dorf; es gibt heute Tanz."

„Wirst aber wohl nicht ganz hinkommen, weil dir die Niedermühle im Weg liegt!"

„So geh ich an ihr vorbei."

„Oder bleibst ein wenig stehen, bis die Anna herauskommt."

Franz errötete. „Soll ich denn etwa vor ihr ausreißen, Vater?"

„Nein, das ist nicht notwendig; aber du weißt, daß ich das fremde Volk da unten nicht leiden mag. Der Niedermüller ist ein Franzosenfreund; er hat uns um unser Brot gebracht und ist schuld, daß wir Tag für Tag unser Leben wagen müssen, wenn wir nicht verhungern wollen. Die Anna mag gut sein, aber du kannst schon noch eine andere bekommen!"

„Aber ich mag keine andere, Vater! Wir haben uns lieb, und du würdest ihr gewiß auch gut sein, wenn du sie so kenntest wie ich. Sie spricht gar herzig von dir und der Mutter und möchte gern an euch gutmachen, was ihr Vater Ungutes an euch getan hat."

„So!" meinte der Obermüller nachdenklich und seine Stimme klang beträchtlich milder. „Sie hat mich zwar immer freundlich gegrüßt, wenn ich ihr begegnet bin, weiter aber kenne ich sie nicht. Was sagt denn ihr Vater dazu?"

„Der weiß noch nichts davon. Er will, sie soll den Zolloffizier Jambrieu nehmen, den französischen Gecken, der in St. Goar angestellt ist."

„Siehst du! Wenn die Anna so denkt, wie du sagst, so möcht es meinetwegen möglich sein, daß ich einmal ja sage, aber der Alte wird es nimmermehr zugeben, daß sie den Sohn seines Todfeindes heiratet. Such dir also eine andere! Du bist durch ganz Deutschland gewandert und auch mehrere Jahre in Frankreich gewesen, und wer so viel gesehen und gelernt hat, der bekommt schon eine tüchtige Frau."

Der Sohn antwortete nicht, sondern nahm die Mütze zur Hand und schritt nach der Tür. Er hatte sie schon geöffnet, als hinter ihm die Weisung ertönte:

„Punkt elf bist du wieder daheim! Es gibt heute ein gutes Geschäft, und um zwölf müssen wir über das Wasser sein. Wir haben Neumond, so daß uns nicht leicht jemand sehen wird. Wenn uns der Zufall nicht die ganze Zollwache auf den Hals führt, so stecken wir ein schönes Geld in die Tasche. Mit einem oder einigen nehmen wir es schon auf."

„Ist's viel, was wir zu laden haben?"

„Mehr als gewöhnlich, und darum wird auch die Gesellschaft voll beisammen sein. Vielleicht wird es gar an Fahrzeugen fehlen."

„So nehmen wir den Kahn des Niedermüllers mit. Anna wird mir den Schlüssel dazu geben."

„Weiß sie denn, daß — — —?"

„Ja, sie weiß es. Sie ist ganz zufällig dahintergekommen, und ich konnte nicht leugnen. Aber ihr anderen braucht keine Sorge zu haben; ich hab's nur von mir gestanden."

„So! Und sie hat nichts verraten? Das ist brav von dem Mädchen!" sagte der Vater. „Ich sehe nicht ein, warum die einen Deutschen den Zucker und Kaffee teurer bezahlen sollen als die anderen, und zwar bloß deswegen, weil Herr Napoleon einen Grenzstrich zwischen sie gezogen hat."

„Soll ich also den Kahn nehmen?" fragte der Sohn.

„Ja; nur nimm dich in acht, daß der Alte nichts merkt! Du brauchst da gar nicht wieder zur Obermühle zu kommen, sondern kannst gleich hinüberrudern. Du weißt ja, wo wir zu treffen sind."

Franz ging. Er war ein rüstiger, auch hübscher Bursche, dem ein Mädchen schon gut sein konnte; das wußte die Anna am allerbesten, und darum lehnte sie bereits seit einer Viertelstunde am Gartenzaun und horchte in die stille Nacht hinaus, ob sich der bekannte Schritt des heimlich Geliebten nicht bald vernehmen lassen wolle. —

Es war zwölf Uhr nachts. Im Zollhaus zu St. Goar saß der Leutnant Jambrieu bei der Lampe und schrieb an einem Bericht, den er morgen in der Frühe an seine Vorgesetzten nach Bacharach abgehen lassen wollte. Das Schreiben lief ihm heute gar nicht recht aus der Hand. Seine Gedanken waren auf der Niedermühle, wo es ein schmuckes deutsches Mädel gab, das dem Franzosen gar sehr gefallen hatte.

„Morbleu!" murmelte er, die Feder zur Seite legend, „ich bringe diesmal keinen gescheiten Satz fertig, weil mir das verteufelte Mädchen im Kopf liegt. Ich bin so nervös und unruhig. Sollte das vielleicht eine Ahnung sein? Ich habe gehört, sie scharmiert mit dem Franz aus der Obermühle. Vielleicht steckt sie gerade jetzt mit ihm in einer Ecke und läßt sich das rote Mündchen küssen. Wenn ich so etwas bemerkte, ich stäche den armseligen coïon[1] den Degen durch den Leib! Coïon, ja, so hat der Kaiser gesagt, und so ist es auch wahr; coïons sind sie alle, diese choucroute[2], Brigands und Spitzbuben, die in ganzen Banden den Schmuggel betreiben, ohne daß man ihnen beikommen kann."

1 Feigling 2 Sauerkraut (-Esser)

In diesem Augenblick hörte er eilige Fußtritte dem Haus nahen, und einige Sekunden später trat ein langer, hagerer Mann ins Zimmer, dem der Schweiß in großen Tropfen auf der Stirn stand.

„Verzeihung, Herr Leutnant, daß ich so spät störe!" entschuldigte er sich; der Angeredete ließ ihn aber den beabsichtigten Satz nicht beginnen, sondern erwiderte, sich erhebend, mit dem Ton eines Gönners: „Ihr seid es, Niedermüller? Ihr stört mich nicht, und wenn Ihr mitten in der Nacht mich aus dem Schlaf weckt. Was führt Euch zu mir? Ihr seid ja ganz außer Atem!"

„Es ist auch die Sache danach, Herr Leutnant, und ich bin in meinem ganzen Leben noch nicht so gelaufen wie jetzt, um noch zur rechten Zeit zu kommen!"

„Zur rechten Zeit? Diable! Das klingt ja fast, als hättet Ihr mir eine wichtige Botschaft zu bringen. Setzt Euch und sprecht!"

Der Müller nahm auf dem dargebotenen Stuhl Platz und begann:

„Sie kennen den Obermüller und seinen Sohn, den Franz, Herr Leutnant?"

„Ja. Warum fragt Ihr?"

„Sie wünschen die Schmuggler zu fangen, die Ihnen bisher so geschickt entgangen sind?"

„Ob ich will? Sacré nom du dieu, ich habe keinen heißeren Wunsch, als sie einmal auf frischer Tat zu ertappen. Sie schaffen nun seit Jahr und Tag die kostbarsten Waren im Wert von vielen tausend Francs über die Grenze, ohne daß es gelunen ist, ihrer habhaft zu werden. Aber was hat das mit dem Obermüller zu tun?"

„Er ist ein Mitglied der Bande oder gar ihr Anführer."

„Hélas! Ist das möglich! Woher wißt Ihr es?"

„Das sollen Sie gleich hören! Schon seit einiger Zeit habe ich bemerkt, daß die Anna zu einer gewissen Abendstunde in den Garten geht; es ist mir aufgefallen, und ich beschloß, ihr einmal nachzuschleichen, um zu sehen, was sie zu so ungewöhnlicher Zeit da draußen zu tun habe. Heute bin ich ihr nachgehuscht, und was denken Sie, was ich entdeckt habe?"

„Nun?"

„Sie stand mit dem Franz am Zaun und verhandelte allerlei ungereimte Dinge mit ihm. Ich war schon im Begriff, mich zu erkennen zu geben, als er von ihr den Schlüssel zu meinem Kahn verlangte, auf dem ich den jenseitigen Kunden das Mehl zu bringen pflege."

„Weiter, weiter!" drängte der Zolloffizier.

„Weiter? Ich bin fertig, das übrige können Sie sich denken!"

„Denken? Hm, ja. Also der Franz scharmiert mit Eurer Tochter. Das habe ich mir längst gedacht! Ich hoffe aber, daß — — —"

„Keine Sorge, Herr Leutnant! Nun ich weiß, was hinter meinem Rücken vorgeht, werde ich darauf achten, daß es nicht wieder geschieht."

„Natürlich! Aber Ihr könnt doch unmöglich mit Eurer Geschichte fertig sein?"

„Ich bin fertig, denn das andere ist für mich gleichgültig", meinte der vorsichtige Müller, der seine Tochter nicht in Gefahr bringen wollte. „Nur das habe ich zu sagen, daß der Bursche mit meinem Kahn hinüber ist; sein Vater fuhr später auch ab, und etwas weiter unten bemerkte ich ebenfalls einige Boote, die vorsichtig hinübersteuerten. Man hatte die Ruder mit Lappen umwunden. Es gilt jedenfalls ein Unternehmen, und ich bin daher Hals über Kopf nach St. Goar gelaufen, um Ihnen Nachricht davon zu bringen."

„Ich danke Euch, Niedermüller; es wird Euer Schaden nicht sein!" antwortete Jambrieu und begab sich nach der Tür, um den im Vorraum befindlichen Zollwächter herbeizurufen. Nachdem er ihm die nötigen Befehle erteilt hatte, schnallte er sich den Degen fester, steckte die geladenen Pistolen bei und warf den Mantel über.

„So, jetzt bin ich bewaffnet, und nun allons, Niedermüller! Ihr geht ruhig nach Haus; es braucht niemand zu wissen, wem ich die Kunde verdanke; ich aber begebe mich nach dem Stelldichein, an dem ich meine Leute erwarten werde."

Die beiden Männer verließen das Haus und schritten am Ufer abwärts, bis sie den Platz erreicht hatten, wo nach der Aussage des Niedermüllers Franz mit dem Boot abgestoßen war. Der Müller verabschiedete sich hier, um nach seiner Wohnung zu gehen, der Leutnant aber begab sich nach einer in der Nähe liegenden Stelle, wo er bereits einige seiner Untergebenen vorfand, die er durch den schnell abgesandten Boten an diesen Ort befohlen hatte. In kurzer Zeit stießen noch mehrere hinzu, und bald waren die Wächter in einer Anzahl versammelt, die genügend war, auch einen größeren Trupp, als die Schwärzer gewöhnlich zu bilden pflegten, siegreich in Empfang zu nehmen.

Der Offizier verteilte seine Leute stromabwärts und stromaufwärts in einer Weise, daß eine bedeutende Strecke des Rheins von ihnen beobachtet werden und ihre Vereinigung auf das gegebene Zeichen doch leicht und schnell erfolgen konnte. Bald lag tiefe Stille auf der Gegend, die in jedem Augenblick der Schauplatz eines erbitterten Kampfes werden konnte.

Die Zeit verging. Mitternacht war längst vorüber. Es schlug eins und zwei. Da endlich ließ sich unterhalb des Ortes, an dem Jambrieu sich befand, ein klagender Unkenruf vernehmen.

So rasch und geräuschlos wie möglich eilte der Leutnant vorwärts und traf fast zu gleicher Zeit mit den anderen bei dem Zollbeamten ein, der das Zeichen gegeben hatte.

„Was gibt's, Sombrier?" fragte er ihn. „Hast du etwas bemerkt?"

„Bücken Sie sich nieder, Herr Leutnant", lautete die

Antwort, „daß Ihr Auge in gleiche Linie mit dem Wasser kommt, und blicken Sie dort hinüber!“

Der Offizier folgte der Weisung und suchte das nächtliche Dunkel in der Richtung zu durchdringen, die ihm der erhobene Arm des Sprechers angab. Der leise Phosphorschimmer, der die Oberfläche des Wassers kennzeichnete, ließ einige schwarze Punkte erkennen, die auf dem Strom sich bewegten und bei ihrem Nahen sich mehr und mehr vergrößerten.

„Voilà, da sind sie! Tretet zurück; laßt sie ruhig aussteigen und die Boote befestigen. Dann aber rasch auf sie los!“

Er hatte sich in seiner Voraussetzung verrechnet: Die Schmuggler waren vorsichtiger, als er dachte. In sicherer Entfernung vom Ufer ließen sie die Boote halten, und bald zeigte ein leises Plätschern, daß einer von ihnen ins Wasser gesprungen war, um an das Land zu schwimmen und daselbst nachzusehen, ob alles sicher sei.

Mit kraftvollen Armen teilte der Kundschafter die Flut, stieg langsam die Dammböschung empor und blieb hier horchend stehen. Da klang ein leiser Ton durch die Nacht, so leise, daß er einem anderen vielleicht entgangen wäre; er aber hatte ihn vernommen und griff zum Messer.

„Sacré“, murmelte Jambrieu zwischen den Zähnen, „muß ich auch jetzt gerade an den verteufelten Säbel stoßen! Ich werde dem Kerl den Rückweg abschneiden, damit er nicht zurück ins Wasser kann!“

Er hatte einen höchst unklugen Entschluß gefaßt. So leise er auch aufzutreten versuchte, der Schmuggler vernahm doch das Geräusch seiner Schritte und wandte sich nach dem Strom um. Jedenfalls war es seine Absicht, die Boote schwimmend wieder zu erreichen; er konnte sie aber nicht ausführen, denn noch hatte er keinen Fuß im Wasser, so fühlte er sich von dem Offizier gepackt und angehalten.

„Zurück!“ rief er mit laut schallender Stimme; „die Zollratten sind da!“ Zu gleicher Zeit strengte er sich an, von dem Leutnant loszukommen.

Es glückte ihm nicht, denn zahlreiche Hände hatten sich ausgestreckt, die ihn packten, und während er mit den überlegenen Gegnern rang, zog einer von ihnen die geöffnete Blendlaterne unter dem Mantel hervor und ließ ihm den hellen Schein ins Gesicht fallen.

„Der Franz!“ rief es, „der Franz aus der Obermühle!“

„Bindet ihn!“ fügte der Offizier hinzu.

Franz war erkannt; gelang es ihm nicht, zu entkommen, so war sein Los die Galeere. Der starke Bursche fühlte bei diesem Gedanken seine Kräfte sich verdoppeln: Wie der Bär die Hunde, so schüttelte er die kleinen, schmächtigen Franzosen von sich ab; sie stürzten rund um ihn zur Erde, und nur Jambrieu hielt so fest, daß nicht von ihm loszukommen war.

„Laß los, Bonapartenpudel, sonst magst du sehen, wie es dir geht!“

„Meint du, coïon? Zeig doch, was du kannst!“

„Sollt's gleich sehen!“ antwortete er.

Der blasse Schimmer einer blanken Messerklinge leuchtete auf den Offizier nieder; der stieß einen kurzen, schrillen Wehlaut aus, fuhr zuckend mit den Armen in die Luft und brach dann zusammen.

Mit einigen Sprüngen brachte Franz sich aus dem Bereich seiner Feinde und war im nächsten Augenblick in der Finsternis verschwunden. Ein fernes Plätschern bewies, daß die Boote den Warnungsruf beachtet hatten und schleunigst davonruderten. Der Fang war den Häschern entgangen. — —

Es war um Weihnachten. Der Winter war übers Land gegangen und hatte seine Schneeflocken auf Feld und Flur gestreut. Deutschland lag unter der erwartungsvollen Stille, wie sie dem Sturm vorherzugehen pflegt;

am Rhein war die politische Schwüle am drückendsten, und der Heilige Christ, der sonst so fröhliche Gesichter findet, begegnete gar manchem ernst blickenden Auge, das von Dingen redete, die der Mund nicht auszusprechen wagte.

Auch auf den beiden Mühlen ging es ruhig zu. Von Franz hatte man seit jener Nacht nichts wieder gehört. Jambrieu war von der erhaltenen Messerwunde vollständig genesen und wohnte jetzt in der Niedermühle. Er schien sich in St. Goar nicht mehr sicher zu fühlen und hatte diese Unterkunft gewählt, weil er bei dem zu erwartenden Rückzug der Franzosen gern ein reiches deutsches Mädel mitgenommen hätte.

Anna sträubte sich zwar nach Kräften gegen die ihr vom Vater aufgezwungenen Verbindung mit dem aufgeblasenen französischen Offizier, aber das Drängen des Leutnants wurde von Tag zu Tag nachhaltiger, und es war vorauszusehen, daß er den Müller endlich zu einem rücksichtslosen Machtspruch bewegen werde.

So war der zweite Feiertag gekommen. Die Familie saß noch spät in der vom brennenden Tannenbaum hell erleuchteten Stube und horchte auf die ruhmredigen Berichte über die Heldentaten der „grande nation“, die Jambrieu zum hundertstenmal vortrug. Da klopfte es an der Tür, und auf das laute „Herein“ des Müllers trat ein Mann ein, dessen zerfetzte Kleidung auf überstandene schwere Strapazen deuteten.

Er trug den linken Arm in der Binde und über das Gesicht ein Heftpflaster, das sich von der Nase bis fast ans Ohr erstreckte. Hätten ihn nicht schon die Wunden als Krieger gekennzeichnet, so wäre es sicher durch das Kreuz der Ehrenlegion geschehen, das seine breite Brust schmückte.

„Kut' Apend!“ grüßte er in gebrochenem Deutsch. „Kann ein arm' Soldat 'ab' un peu ßu ess', ßu trink' und ßu schlaf?“

Der Zolloffizier erhob sich sofort und zog den beklagenswerten Mann an den Tisch. Es verstand sich von selbst, daß ihm das Begehrte reichlich vorgesetzt wurde. Zahlreich waren auch die Fragen, die er während des Essens zu beantworten hatte. Er gehörte zu der großen französischen Armee, die sich aus Rußland zurückgezogen hatte, in Deutschland geschlagen wurde und ihre versprengten Teile als Bettlertrupps heim in das gelobte Frankreich sandte. Im Lauf des Gesprächs fand es sich, daß er ein Müller sei, und dieser Umstand bewog den Hausherrn zu der Frage, ob er auf der Niedermühle bleiben wolle, bis er sich von den ausgestandenen Beschwerden erholt habe. Der fremde Mann willigte mit Freuden ein und war nach vollendetem Abendbrot aufgefordert, sich von der Tochter des Hauses zur Ruhe weisen zu lassen.

Anna ergriff eins der Lichter, um ihn zu begleiten; es zitterte in ihrer Hand, aber sie brachte ihre Angst nicht eher zum Ausbruch, bis sie in der Kammer stand, wo kein Lauscher zu befürchten war.

„Franz!"

Nur den Namen sprach sie aus, aber der Ton sagte mehr, als alle Worte es vermocht hätten.

„Anna! So hast du mich erkannt?"

„Nicht gleich, aber endlich doch. Um Gottes willen, geh fort von hier; wenn du entdeckt wirst, bist du verloren!"

Er nahm das falsche Haar vom Kopf, entfernte den struppigen Bart aus dem Gesicht und warf die Binde fort, die seinen Arm gehalten hatte.

„Ich bleibe hier, Anna; ich muß hier bleiben, und niemand wird mich erkennen. Ein jeder hält mich für einen Franzosen, da ich die Sprache unserer Bedrücker sehr gut beherrsche."

„Nein, du mußt fort; ich würde sonst vor Angst sterben!"

„Es geht nicht; ich muß bleiben, Anna, und damit laß es gut sein! Wie steht es mit dem Jambrieu?"

„Ich bin gezwungen, ihn zu nehmen, wenn keine Hilfe kommt."

„Sie wird kommen, und zwar bald! Deswegen bin ich hier. Wie geht es meinen Eltern?"

„Sie sind gesund und wohl. Was ist's hier mit dem Pflaster? Kann man das auch heruntermachen?"

„Nein, der Hieb ist nicht falsch; ich habe ihn wirklich erhalten."

„Einen Hieb? Sag doch, wo!"

„Das werde ich dir später erzählen. Jetzt geh hinab, damit niemand Verdacht schöpft!"

Er schlang die Arme um sie, gab ihr einen herzlichen Kuß und schob sie dann zur Tür hinaus. Nachdem er diese verriegelt, öffnete er das Fenster. Es führte auf den Damm des Deiches, den der Bach hier bildete, und an den sich die Rückseite des Hauses lehnte. Mit einem gewandten Sprung stand er draußen und gelangte auf einem Umweg zu dem Pfad, der längs des Wassers hinauf zur Obermühle führte. Dort fand er die Tür verschlossen und alles Licht erloschen. Die Eltern, die er sehen wollte, waren schlafen gegangen. Sollte er sie in ihrer Ruhe stören? Nach kurzem Besinnen beschloß er umzukehren. Er mußte mehrere Tage bleiben und konnte sie also auch morgen aufsuchen.

Langsam schritt er den Weg, den er gekommen war, wieder hinab und stand, als er die Niedermühle erreicht hatte, eben im Begriff, seine Kammer aufzusuchen, als er Schritte vernahm, die sich von vorn dem Haus näherten.

Er blieb lauschend stehen. Es wurde geklopft, und als nach einiger Zeit der Müller aus dem geöffneten Fenster blickte, fragte eine Stimme in fremdländischem Akzent nach dem Leutnant Jambrieu.

Franz schlich sich näher und versteckte sich hinter

einem Haufen Reisholz, das in der Nähe der Tür aufgeschichtet lag. Der Leutnant erschien nach einiger Zeit; aber kaum hatte der späte Gast einige Worte zu ihm gesprochen, so faßte er ihn am Arm und zog ihn von der Tür hinweg bis in die nächste Nähe des unberufenen Lauschers.

Dieser vernahm jedes Wort der hastig geführten Unterhaltung und erhob sich, als die beiden Männer sich mit raschen Schritten entfernt hatten, mit einem tiefen Atemzug aus seiner gebückten Stellung.

Es währte eine lange Zeit, ehe sie wiederkehrten, aber nicht zu zweien, sondern zu dreien. Sie trugen einen schweren Gegenstand, machten einen möglichst weiten Bogen um die Mühle und verschwanden in dem Gesträuch, das den Teich von drei Seiten umgab. Nach wenigen Minuten knirschte es wie zerbrochenes Eis; es wurde ein kurzes Plätschern hörbar, als werde ein fester Gegenstand ins Wasser gesenkt und fahre, von den haltenden Händen losgelassen, mit dumpfem Schlag zu Boden.

Am nächsten Morgen fand der Müller statt des einen Franzosen, den er gestern aufgenommen, noch zwei, die durch den Leutnant hier ein Obdach gefunden hatten und für einige Tage hierzubleiben erklärten. Und zur selben Zeit traf man bei St. Goar auf einen leeren Wagen, vor den ein alter Gaul gespannt war, der traurig und hungrig den Kopf zur Erde senkte. Das Geschirr war aus irgendeinem Grund von seinem Führer verlassen worden.

Das Neujahr 1814 war gekommen. Draußen in der Welt bereiteten sich große Dinge vor, und auch in der Niedermühle schien ein Sturm im Anzug zu sein. Es mußte auch den Deutschen zu denken geben, daß die sonst so anmaßenden Franzosen von Tag zu Tag kleinlauter wurden; sämtliche Zollwächter hatten Nachricht bekommen, sich marschfertig zu halten, aber der Befehl zum Rückzug wurde nicht gegeben. Der Glaube an die Allmacht des großen Korsen war so stark, daß man an den erlittenen Niederlagen zweifelte und alle Augenblicke den Bericht erwartete, er sei an der Spitze seiner Legionen erschienen und habe den Feind mit einem seiner gewaltigen Schläge für immer zu Boden geworfen.

Die vier Franzosen, die jetzt die Mühle mitbewohnten, waren sich darüber einig, daß diese Hoffnung in Erfüllung gehen werde, und der eine von ihnen, der Müller war und das Kreuz der Ehrenlegion trug, übertraf sogar den Leutnant an Eifer, für seinen glorreichen Kaiser mit der Zunge zu fechten. Er schien ihm auch in anderer Beziehung den Vorrang ablaufen zu wollen; wenigstens bemerkte der eifersüchtige Jambrieu, daß zwischen ihm und Anna trotz seines nichts weniger als ansprechenden Äußeren eine immer wachsende Zuneigung sich entwikkelte, und schon zu wiederholten Malen hatte er daher im Begriff gestanden, sein vermeintliches besseres Recht nunmehr zur Geltung zu bringen.

Der Müller fühlte sich nirgends wohler als in der Gesellschaft dieser vier Männer, die den gleichen Abgott mit ihm hatten und — es sich an seinem Tisch trefflich schmecken ließen. Je mehr er gerade jetzt um seines politischen Bekenntnisses willen von den Nachbarn gemieden wurde, desto fester hielt er daran, und die Gerüchte, die über den Vormarsch der Verbündeten im Umlauf waren, machten so wenig Eindruck auf ihn, daß er die Verlobung Annas mit Jambrieu auf den heutigen Abend festgesetzt hatte.

Er hatte erwartet, bei der Tochter kräftigen Widerstand zu finden, und wunderte sich nicht wenig, als sie sein Machtwort mit der gleichgültigsten Miene hinnahm und die notwendigen wirtschaftlichen Vorbereitungen zu dem Familienfest ohne besondere Anweisung traf. Er glaubte, sie sei endlich klug geworden; denn ein französischer Zolloffizier war in seinen Augen ein Mann von Welt, und wenn eine deutsche Müllerstochter ihn zum Mann bekam, so hielt der Niedermüller das für eine „glänzende Partie“.

Es waren für den Abend wenig Gäste geladen; aber der Kreis der Verwandten und Hausgenossen war doch so zahlreich, daß sich bald eine angeregte Unterhaltung entwickelte, die gegen Mitternacht hin, wo das bindende Verlöbnis stattfinden sollte, infolge des reichlich genossenen Weins überaus lebhaft wurde.

Nur Jambrieu teilte nicht die frohe Laune der anderen, er bemerkte gar zu wohl die Blicke, die verstohlen zwischen Anna und dem Legionär gewechselt wurden; so wohlwollend er diesem in den ersten Tagen gegenübergestanden hatte, so wenig konnte er ihn jetzt leiden, und es schwebte von Minute zu Minute ein scharfes Wort auf seinen Lippen, das er nur zurückhielt, weil das schöne Mädchen ihm doch sicher war. Er gab sich Mühe, seine Eifersucht zu überwinden, und ergriff das gefüllte Glas, um einen Trinkspruch auf seinen Kaiser auszubringen. Alles stimmte in das „vive l’empereur!“ ein, und nur der Legionär bückte sich unter den Tisch, als sei ihm irgend etwas zur Erde gefallen.

Jetzt erhob sich auch der Müller zu einem Trinkspruch. Er spöttelte über die Feinde der Franzosen und forderte auf, die Gläser auf deren baldigen Untergang zu leeren. Alle folgten dieser Weisung, nur der Legionär blieb, sein Glas zwischen den Fingern drehend, sitzen.

„He“, meinte Jambrieu, „bist du an den Stuhl gewachsen? Was soll das heißen, daß du dich gar nicht rührst?“

„Das soll ’eiß, Napoleon sein perdü, Napoleon sein futsch, Napoleon sein kaput, sakt die Kossak“, antwortete jener in seiner gebrochenen Sprache.

Diese Worte brachten ein außerordentliches Aufsehen hervor; eine solche Versündigung an dem Franzosenherrscher war unerhört, und Jambrieu machte Miene, sich auf den Verbrecher zu stürzen, als plötzlich die Tür aufgerissen wurde und ein Zollbeamter mit Sack und Pack hereintrat, um dem Leutnant einen verschlossenen Brief zu überreichen.

Jambrieu besah den Umschlag. Das Schreiben kam von seinem Vorgesetzten. Er las es, und tiefe Blässe breitete sich über seine erschrockenen Züge.

„Der Feind ist da!“ rief er; „wir müssen fort. Rasch vorwärts in die Berge, bis der Kaiser ihn wieder packt und vernichtet!“

Jambrieu eilte zur Tür, prallte aber dort um einige Schritte zurück, denn davor stand die hochaufgerichtete Gestalt des Legionärs, der ihm die Pistole entgegenhielt.

„Wart Si nok ein klein wenik, 'err Leutnant“, meinte er lächelnd. „Sie 'hab' verkeß', mitßunehm' Ihr Braut!“

„Was soll das heißen!“ fragte der verblüffte Offizier.

„Es soll 'eiß', daß Franzos sein kaput und die 'err Leutnant sein auk kaput!“

„Kaput? Ich?“

„Oui, kaput, ßerr kaput!“

„Zurück, Schurke; laß deinen dummen Witz! Ich habe keine Zeit, ihn anzuhören.“

„Ah, die 'err Leutnant muß lauf', lauf' über die Berg vor der coïons, die choucroute freß' all' Franzos' und all' Douaniers. Hélas, die 'err Leutnant muß bleib' in diese chambre, bis komm' die coïons!“

Jambrieu wollte ihn fassen; der Legionär aber stieß ihn zurück, riß die Perücke vom Kopf, den Bart vom Gesicht und warf sein altes Wams vom Leib. Ein Schrei des Schreckens entfuhr der aufgeregten Versammlung, denn statt des verwundeten Franzosen stand Franz vor ihnen, der dem Zolloffizier mit einem raschen Griff den Degen entriß. Er trug eine schwarze, rot vorgestoßene Litewka, von der die goldgelben, halbmondförmigen Achselstücke sich glänzend hervorhoben; das dunkle Lederzeug steckte voller Waffen, und seine ganze Haltung wurde so drohend, daß keiner der Franzosen sich auf ihn zu werfen wagte, zumal alle seine ehrenvolle Uniform nur zu gut kannten: Er war ein Lützower.

Der mutige Deutsche lehnte den Degen Jambrieus hinter sich an die Wand und zog eine zweite Pistole hervor. Die Hähne knackten, ein leiser Druck der Finger und die tödlichen Schüsse mußten krachen.

„Kennen Sie mich jetzt, Herr Leutnant?“ fragte er ernst. „Sie wollten einst den Schmuggler fangen, jetzt hat er Sie im Sack. Und nun paßt auf, ihr Leute: Wer nicht sofort tut, was ich befehle, den schieße ich auf der Stelle nieder!“

Man sah es ihm an, daß er Ernst machen werde, und als ein kurzes, barsches „Setzt Euch!“ erscholl, suchten alle außer Jambrieu die verlassenen Sitze wieder auf.

„Herr Leutnant, ich schieße! Setzen Sie sich! Eins — zwei — —“

Der eingeschüchterte Offizier wartete die verhängnisvolle „Drei“ nicht ab.

„Aber was wollen Sie denn eigentlich von uns?“ fragte er kleinlaut, während er sich ruhig auf den Stuhl niederließ. „Wir werden Ihnen nicht das geringste zuleid tun, sondern ganz ruhig unseres Weges ziehen!“

„Ich habe noch mehreres mit Ihnen zu verhandeln!“ lachte der mutige Lützower. „Zunächst sage ich Ihnen meinen Dank für den Unterricht, den Sie mir über die großartige Lage der Ihrigen so ruhmredig gegeben haben.“

„Mille tonnerres!“ fluchte der bloßgestelle Zollbeamte zwischen den Zähnen.

„Ferner muß ich Ihnen dafür danken, daß Sie im Eis des Mühlteichs ein so deutliches Zeichen angebracht haben. Ich hätte sonst nicht so leicht die Stelle gefunden, wo der eiserne Kasten von Ihnen versenkt wurde.“

„Sacré bleu!“ Der Offizier sprang auf. „Ich muß fort;

der Kerl weiß alles! En avant, Ihr Leute, schlagt ihn nieder; wir müssen die Kriegskasse retten!"

Er kam nicht weit, der drohende Lauf der Pistole hielt ihn zurück. „Niedergesetzt!" erklang es scharf. „Für die Kasse werden bessere Leute sorgen als Sie!"

Des Leutnants Augen blitzten wütend auf, aber er mußte gehorchen, wenn er sein Leben nicht verlieren wollte. Franz wandte sich jetzt zum Niedermüller.

„Jetzt kommt an Euch die Reihe! In wenigen Minuten ist Euer Haus von den siegreichen Coïons besetzt. Wißt Ihr, wie Ihr stets von ihnen gesprochen und was Ihr ihnen erst vorhin noch gewünscht habt?"

Der Müller erbleichte; er vermochte nicht zu antworten.

„Euer Schicksal hängt von Euerm gegenwärtigen Verhalten ab. Ich habe keine Zeit zu langen Reden. Antwortet mir also kurz und bündig: Ist Eure Tochter noch frei?"

„Ja", erwiderte der Französling zitternd.

„Ihr habt Euch auf eine Verlobung eingerichtet. Der Herr Leutnant wird entsagen müssen. Anna, komm her!"

Das Mädchen, das angstvoll Zeugin des ganzen Vorganges gewesen war, trat zu dem Lützower. Der faßte ihre kleine, bebende Hand.

„Herr Niedermüller, Ihr wißt, daß wir beide uns liebhaben. Gebt mir die Anna zur Frau!"

Der Müller schwieg.

„Antwortet! Ja oder nein?"

Der Gefragte blickte ratlos im Kreis umher . . .

Eine neue Zeit hatte angehoben, ein neuer Geist des Mutes und der Zuversicht wogte durch Deutschlands Gaue. Lange hatten die tapferen Herzen und Geister ihr gewaltiges Werk verborgen treiben müssen, weil die Übermacht der Franzosen das deutsche Land knebelte. Nur die Geschöpfe der Franzosen rissen ihren Mund weit auf; die wackeren deutschen Männer aber sprachen still im vertrauten Kreis von der Not des Vaterlandes, von der verlorenen deutschen Heimat und von der drohenden Verelendung ihres einst so blühenden Landes.

Im geheimen, aber mit großer Zielsicherheit, hatte der Mann, dessen Vorfahren seit Jahrhunderten auf der stolzen Burg im schönsten Seitental des Rheins saßen, der Freiherr vom Stein, der zum Grundstein der neuen deutschen Freiheit werden sollte, gemeinsam mit den Russen das Werk vorbereitet, das der hochmütigen französischen Herrschaft ein Ende machte.

Wie schlugen begeistert die deutschen Herzen, als die welschen Soldaten, die mit hochfahrenden Welteroberungsplänen gegen Osten gezogen waren, nun besiegt und geschlagen in ihr Land zurückkehren mußten und der Deutsche wieder wagen durfte, frei aufzuatmen und ein freies Wort zu sagen, ohne daß die Spitzel der Franzosen dafür sorgten, daß er von Haus und Hof verjagt oder gar erschossen wurde. Da brachten deutsche Mädchen ihr Haar dem Vaterland zum Opfer, da wurden goldene Ringe für eiserne umgetauscht und aller entbehrlicher Zierat ward geopfert, um das Heer zu schaffen, das Napoleon Bonaparte endgültig vom deutschen Boden verjagen sollte.

Wie war es schwer gewesen, all die bangen Jahre hindurch den heimlichen Groll gegen die eitlen Sieger still mit sich umherzutragen; nun wallte es auf in den Herzen hochgemuter Deutscher, die Zuversicht eines neuen Frühlings zog durch die Seelen, und besonders am Rhein, am herrlichsten Strom des Vaterlandes, klangen die Becher, und die Lieder der Dichter jubelten, daß nun bald der Franzmann die deutschen Gaue verlassen müßte.

Die Begeisterung des nahen Sieges sprach auch aus dem jugendlichen Lützower, der jetzt endlich hoffen durfte, die Tücke des französischen Gecken heimzuzahlen und das geliebte Mädchen als seine Frau heimzuführen. Diese

Zuversicht des stolzen und tapferen Herzens war es, die auch die Französlinge erbleichen machte. Noch einmal sagte Franz mit scharfer Stimme: „Es wird Zeit, Niedermüller. Zögert nicht länger! Ja oder Nein?"

In diesem Augenblick erklang vom Hof herauf lautes Pferdegetrappel, ein scharfer Kommandoruf ließ sich vernehmen. Die Haustür wurde aufgerissen.

„Was fackelt ihr noch?" mahnte der Lützower. „Die Entscheidung ist gefallen; sie sind nun da — die choucroute, die coïons."

„Ich — habe — — nichts dawider!" lautete des Niedermüllers seufzende Antwort, während Jambrieu mit einer Armbewegung Einspruch erhob und aufsprang. Franz aber zog das Mädchen an sich und drückte einen innigen Kuß auf ihre Lippen.

„So ist's recht!" erklang da hinter ihm eine markige Stimme; „nur vorwärts, wer Glück und Sieg begehrt!"

Es war ein Greis, der diese Worte sprach. Er mochte siebzig Jahre zählen, aber seine Haltung war noch ungemein rüstig. Ein langer Mantel fiel von seinen Schultern, eine leichte Feldmütze bedeckte den graubehaarten Kopf; der dichte, weiße Schnurrbart stand ihm gar grimmig zu Gesicht, und wie er eintrat, die Linke am Degengriff, in der Rechten die kurze, qualmende Pfeife, und mit dem großen, scharfen Auge die Versammlung überflog, da hätte es wohl keiner gewagt, ein Wort zu sprechen, ohne von ihm gefragt zu sein. Er hatte die Lage sofort vollständig begriffen.

„Aha, eine Verlobung auf dem Degenkopf! Oder nicht?"

„Zu Befehl, Exzellenz, ja!" antwortete Franz mit grüßender Handbewegung.

„Wünsche viel Glück! Der Alte dort wird Wort halten müssen!" Und auf Jambrieu deutend, fuhr er fort: „Ist das der Zöllner, dem wir deine Nachricht verdanken, mein Sohn?"

„Zu Befehl!"

„Er wird uns die Moneten lassen müssen! Wo stecken sie?"

„Im Teich, Exzellenz."

„Fi donc!" lachte der alte sarkastische Feldmarschall, der vor kaum einer halben Stunde bei Kaub über den Rhein gegangen war. „Die Napoleons im kalten Wasser! Wir müssen sie erretten; zeig uns den Ort, mein Sohn!"

Der Feldmarschall strich Anna freundlich über das Haar und schritt hinaus; ein Wink an die Draußenstehenden genügte, die in der Stube befindlichen Personen unter sichere Wache zu bringen. Franz folgte ihm und nahm unten im Hof eine Hacke zur Hand.

Eine Schar Lützower hielt vor dem Haus. Die Berühmten Freischärler, die tapfere Vorhut der deutschen Erhebung, hatten den Rheinübergang eröffnet und waren von Blücher zur Begleitung nach der Mühle befohlen worden. Die Offiziere schlossen sich dem Feldherrn an. Beim Teich deutete Franz auf eine tiefe, hartüberfrorene Stelle, die unweit des Ufers lag.

„Hier ist's, Exzellenz! Sie haben den Kasten an Stricken befestigt, deren Enden sie so im Eise anbrachten, daß sie miteingefroren sind."

„Schön; so haben wir leichte Arbeit. Hack zu; ich habe nicht viel Zeit!"

Mit wenigen Schlägen war die Scholle herausgehauen; die Stricke wurden gefaßt, und bald lag der Kasten am trockenen Ufer des Teiches.

„Übernehmen Sie die Schatulle, Horwitz!" wandte sich Blücher an einen der Offiziere. „Und berichten Sie mir am Morgen über ihren Inhalt. Die Douaniers werden sofort mitgenommen! — Du aber, mein Sohn, hast zwei volle Tage Urlaub. Ich werde dafür sorgen, daß deine Verdienste nicht vergessen werden. Wohl dem, der seinem bedrohten Vaterland in schwerer Not zur Seite steht!"

Nach wenigen Minuten ertönte wieder lautes Pferdegetrappel, und bald lag die Niedermühle einsam wie zuvor im nächtlich dunklen Tal. In der Stube aber, wo der Feldmarschall die Liebenden überrascht hatte, ging es noch lange Zeit munter und lebendig her. Obermüllers waren geholt worden; Franz saß jetzt an der Seite Annas auf demselben Stuhl, der vorhin den Zollleutnant getragen hatte. Trinkspruch auf Trinkspruch erklang. Auch der Niedermüller, der, wie er sich bisher von den siegreichen Herren Franzosen hatte blenden lassen, nun vor dem so erfolgreichen jungen Mann eine ganz gehörige Achtung bekommen hatte, brachte den seinigen aus: Er klang ganz anders als kurz zuvor und hatte nicht mehr die Offiziere der fremden Besatzung zum Gegenstand, sondern verherrlichte den wackeren, alten „Marschall Vorwärts" und das befreite deutsche Vaterland.

AM ERNSTTHALER STAMMTISCH

Wie ich zu meiner Alten gekommen bin? Das ist nun allerdings etwas spaßig zugegangen. Also, da paßt mal auf!

Ich hatte zuletzt in Berlin gearbeitet, war dann fast ein Jahr lang im lieben deutschen Land umhergelaufen und kam so ziemlich abgerissen hierher nach Ernstthal: ein Paar Hosen, Loch an Loch, aber immer wieder ordentlich zugeflickt, wie sich's gehört, eine alte Weste ohne Knöpfe, einen Rock, dem man's nicht mehr ansah, was für eine Farbe er gehabt hatte, einen Hut, der mit seiner Krempe auf gespanntem Fuß lebte, ein Paar Stiefel, die früher einmal Stiefel gewesen waren, und Wäsche? Na, von der will ich gar nicht reden.

Es war nicht etwa meine Absicht, hier zu bleiben, denn ich wollte wieder nach Berlin zu meinem früheren Meister. Aber als ich wegen des Zehrgeldes zum alten Schmiede-Ludwig kam, da hat er mich so von der Seite angesehen und gesagt:

„Wenn ich wäre wie Er, da lief ich nicht so in der Welt umher."

„Inwiefern — inwieso?"

„Gucke Er sich nur mal ordentlich an, dann wird Er ganz von selber wissen, was ich meine!"

Da habe ich mich angeguckt und — bin dageblieben. Der Mann hatte recht. Es hat auch nicht lang gedauert, da hat mir das ordentliche Leben wieder gefallen; ich bin zu guten Kleidern und Sachen gekommen und habe meine Freude an mir selber gehabt. Es war noch kein ganzes Jahr vergangen gewesen, so hatten sie mich zum Obergesellen gemacht; und wenn ich des Sonntags auf den Saal oder in eine Wirtschaft gekommen bin, so habe ich mich zu den angesehensten Bürgern setzen und mit den vornehmsten Mädchen tanzen dürfen. So etwas tut einem wohl und macht das Leben und die Arbeit leicht.

Nun dürft ihr aber nicht etwa denken, daß ich viel hinter dem Bierkrug gesessen habe; nein, ich bin hübsch zu Haus geblieben, habe gelesen oder sonst etwas Nützliches getrieben, und nur wenn des Engelbäckers Lene einmal zum Tanz gegangen ist, da bin ich in meinen feinen Rock gefahren und in den Ratskeller gewandert, denn das Blitzmädel lag mir im Kopf und auch noch etwas tiefer, ohne daß ich eigentlich sagen konnte, wie sie da hineingekommen war.

Ein sauberes Weibsbild war sie und tüchtig dazu. Und was nun gar das Herz betraf, so hatte sie es ganz auf dem richtigen Fleck. Das bewies sie an ihrer Mutter, die nicht so bei rechter Gesundheit war, und an ihren kleinen Geschwistern, die mit ganzer Seele an ihr hingen. Kurz und gut, sie war gerade so, wie ich mir ein braves Mädchen gedacht hatte, und deshalb lief ich täglich wohl hundertmal unter die Tür und schaute über die Gasse nüber, ob ich das Köpfchen mit den langen, blonden Zöpfen mal sehen könnte. Wenn sich's nun traf, daß sie am Fenster stand und mir freundlich zunickte, da bin ich reicher gewesen, als der große Mogul, und der Hammer hat geklungen, daß es nur so eine Art hatte.

Aber es ist gar mancherlei dabei zu bedenken gewesen; denn ihr Vater war einer der Reichsten in der Stadt, und ich hatte nichts in der Lade als ein paar armselige Gulden, mit denen nicht viel anzufangen war. Mein Meister hatte freilich schon öfters gemunkelt, daß er sich zur Ruhe setzen und das Geschäft verkaufen wollte, und mich dabei wieder so schief angesehen wie damals; jedoch wußte ich nicht so recht, wo er eigentlich mit diesen Redensarten hinaus wollte. Deshalb hatte ich zu allem geschwiegen. Da — es war an einem Sonntag im Herbst — bekommt der Engelbäcker Besuch. Es kam ein reicher Bäckersohn aus Liebental, dem es nicht mehr zu Haus gefiel, weil sein Vater ihm eine Stiefmutter gebracht hatte.

Er wollte fort und sich um ein eigenes Geschäft bekümmern.

Dazu gehörte freilich eine Frau, und das — das sollte die Lene werden.

Ihr könnt euch gar wohl denken, daß mir diese rasch verbreitete Neuigkeit nicht einerlei war, und ich bin selbigen Nachmittag fast keine Minute vom Fenster weggekommen. Das war drüben eine Freude und Herrlichkeit, als ob das große Los ins Haus gefallen wäre, und nur die Lene ist zuweilen ans Fenster gekommen und hat herübergeschaut, so trübselig, daß ich mir vornahm, endlich einmal den rechten Mut zu fassen.

Am Abend bin ich auf den Ratskeller gegangen, und kaum war ich in den Saal getreten, so habe ich sie mit ihm tanzen sehen. Das hat mir einen ordentlichen Stich gegeben. Aber nachgehalten hat's nicht lang; denn kaum ist sie wieder auf ihrem Platz gewesen, so hat sie sich umgesehen und gesucht, bis sie mich stehen sah. Da ist's so freundlich auf ihrem lieben Angesicht geworden, daß ich gleich über den Saal hinübergelaufen bin und sie zum erstenmal gefragt habe, ob auch ich einen Tanz mit ihr machen dürfe.

Sie hat nichts dazu gesagt, sondern bloß genickt. Aber dieses Nicken ist ein ganz besonderes gewesen, und ich habe nun alles gewußt, alles! Als die Musikanten aufspielten, bin ich mit ihr angetreten. Doch da hat sich der fremde Bäcker vor mich hingestellt, mich so von oben angesehen und dabei gefragt:

„Was hat Er denn mit meiner Tänzerin zu schaffen?“

Mir ist zwar der Hochmut des Burschen in die Nase gefahren, aber ich habe mich zur Ruhe gezwungen und gesagt:

„Seine Tänzerin? Ich denke, jetzt ist sie die meinige.“

„Da irrt Er sich gewaltig, und das will ich Ihm beweisen."

Dabei faßt er die Lene am Arm und will sie wegziehen. Na, ihr kennt mich; wohin ich greife, da wächst kein Gras wieder, denn inwiefern — inwieso? Unsereins hat's mit Eisen zu tun, und als ich ihm nun meine Finger um den Arm lege, da hat er laut geschrien und sofort das Mädchen losgelassen. Na, ihr könnt es euch wohl denken, daß ich nun keine einzige Runde versäumt habe, und nachher auf dem Nachhauseweg, da sind wir miteinander einig geworden. 's war ein schöner Abend!—

So, das mußtet ihr alles wissen und noch einiges dazu!

Aus der Heiratsgeschichte mit dem Liebentaler ist natürlich nichts geworden; die Lene hat fest darauf bestanden, daß sie ihn nicht haben möge, und als ihr Vater darauf in sie gedrungen ist, hat sie ihm gesagt, weshalb, und ihm von mir erzählt. Darauf ist drüben ein Mordskrach losgebrochen, daß die Fenster gezittert haben, und die „Habenichtse" und „Rußfinken" sind bis über die Gasse herübergeklungen.

Das hat natürlich auch der Meister gehört und mich gefragt.

„So!" meinte er. „Daß es Ihm die Lene angetan hat, das habe ich lang schon bemerkt und mir auch gedacht, daß es so kommen werde. Aber habe Er nur keine Sorge! Ich werde morgen einmal hinübergehen und mit dem Meister Engel ein Wörtchen reden, das nicht zu Seinem Schaden sein soll. Es ist wahr, daß Er so ziemlich fadenscheinig hier eingewandert ist und auch jetzt nicht in volle Taschen greifen kann. Aber Er ist ein ordentlicher Kerl und ein tüchtiger Arbeiter dazu. Wenn Er Lust hat, so übergebe ich Ihm die Schmiede mit meiner Kundschaft; über den Handel werden wir einig werden, und es wird sich schon einrichten lassen, daß es Ihm nicht zu schwer fällt. Will Er, he?" Damit reichte er mir die Hand her.

Noch niemals hatte mir der alte, gute Mann eine so lange Rede gehalten. Und da ihr Inhalt so vorteilhaft für mich war, schlug ich freudig ein.

Am nächsten Nachmittag ging er hinüber, und ich wartete mit Sehnsucht auf den Bescheid, den er mir bringen würde. Aber als er endlich kam, las ich schon von weitem aus seinen Mienen die abschlägige Antwort, die er erhalten hatte.

„'s ist ein Geldprotz, der Bäcker", meinte er; „und von einem Schmied mag er vollends nichts wissen. Sehe Er sich nach einem anderen Mädel um! Er braucht ja nur die Hand auszustrecken."

„Meister, das ist ein schlechter Rat! Ich hab der Lene mein Wort gegeben, und das werde ich halten, und wenn ich zehn Jahre warten sollte."

„Steht's so bei Ihm? Na, dann nehme Er's nicht ungut! Ich wollte ja nur sehen, wie Er denkt. Die Lene hat ganz dieselbe Meinung; sie ist mir noch in den Flur nachgekommen und hat mir einen Gruß aufgetragen. Er solle nur den Mut nicht sinken lassen; sie bleibe Ihm treu und will des Abends so zwischen neun und zehn, wenn die Alten zu Bett sind, ein Licht ans Bodenfenster setzen, wenn sie Ihm etwas zu sagen hat; da solle Er an die Hoftür kommen." —

Und so wurde es auch gemacht. Eigentlich ist es keine bequeme und streng genommen auch keine redliche Sache, hinter dem Rücken der Eltern mit einem Mädchen zusammenzukommen, aber danach fragt die Liebe nicht. Das wißt ihr alle ebensogut wie ich. Da standen wir denn zuerst ein paarmal im Hof, dann traten wir in den Hausflur, dann in die Küche, weil's draußen doch gar zu kalt war, und endlich wagten wir uns in die Stube, in der, wie das bei alten Bäckereien oft der Fall ist, der Backofen von außen hineingebaut war. Auf dem warmen Backofen ließ es sich so schön sitzen und plaudern, und zuletzt war's gar nicht mehr, als wäre uns das

Beisammensein verboten. Ich bin mein Lebtag ein lustiger Kauz gewesen, die Lene war auch nicht auf die Nase gefallen, und so waren wir heiter und vergnügt trotz ihres strengen Vaters, ließen Gottes Wasser über Gottes Land laufen und dachten, daß es schon noch so kommen werde, wie wir uns wünschten. Mit den Türen wurde ich nach und nach so vertraut, daß ich sie leicht öffnen konnte. Zur Stube machte ich mir selbst einen Schlüssel, und so brauchte ich gar nicht mehr im Hof zu warten, sondern schlich mich geradewegs bis auf den Backofen und vertrieb mir die Zeit, bis das Mädchen herunterkam, mit allerhand Luftschlössern, die sich am besten im Dunkeln bauen lassen.

Wie es nun zugegangen sein mag, das weiß ich heute noch nicht, aber der Bäcker hat doch einmal etwas gemerkt und sich auf die Lauer gelegt. Da ist ihm auch das Licht aufgefallen, und er hat sich gleich gedacht, was das zu bedeuten hat. Der alte Schlaukopf hat aber nicht dergleichen getan, sondern ruhig gewartet, bis die Lene zum Schein hinauf in ihre Kammer gegangen ist. Da hat er sie leise eingeschlossen und ist dann wieder die Treppe hinuntergestiegen, um mich so recht gemütlich abzufangen.

Ich armer Teufel habe keine Ahnung von der Gefahr und freue mich wie ein Schneekönig, als ich das Licht brennen sehe.

„Gute Nacht, Meister!“ sage ich zum alten Schmiede-Ludwig.

„Gute Nacht; viel Vergnügen!“ antwortete er, und ich gehe.

Na, an das Vergnügen will ich denken! Ich trolle mich also langsam und vorsichtig über die Straße hinüber und um die Hausecke rum, steige über den Zaun, schleiche durch den Hof, öffne die Hintertür, nachher auch die Stubentür und mache es mir auf dem Backofen so recht bequem und gemütlich.

Es war an einem Sonnabend; 's ist mir gerade noch, als wär's heute! Zum Sonntag wird allemal mehr Backwerk verbraucht als an den anderen Tagen, und deshalb hatte der Bäcker an jenem Abend viel zu schaffen gehabt. Die große Beute war mit Brotmehl gefüllt und an ihren beiden Enden der Sauerteig gemacht worden; auf einigen Stühlen standen zwei kleinere Backtröge für den Kuchenteig und auf der ebenen Diele ein dreielliger Trog für den Semmelteig. Gesehen hatte ich das freilich nicht, weil es dunkel in der Stube war; aber gefühlt hatte ich's beim Erkunden, wie's die Soldaten nennen. An dem eigentümlich süßen Geruch merkte ich zu gleicher Zeit, daß die Hefe in den Trögen schon angefangen hatte zu gären.

Also, ich liege auf dem Backofen, denke so über dieses und jenes nach und wundere mich, warum heute das Mädel so lange auf sich warten läßt. Da auf einmal höre ich es neben mir rascheln. War das die Katze, oder was war es sonst? Eben will ich mich aufrichten, um mich zu überzeugen, da packt mich jemand beim Schopf, und in demselben Augenblick kniet es auf mir und legt mir den Finger um die Kehle.

„Ernst, Wilhelm, kommt rein. Ich hab ihn!" rief's, und nun wußte ich auf einmal, wer's war. Da hatte mich also der Alte doch ertappt, und draußen im Flur waren der Geselle und der Lehrjunge aufgestellt, die jedenfalls ihren Senf mit zur Walkerei geben sollten. Zum Glück aber konnten sie nicht herein, weil ich von innen abgeschlossen hatte. Dies tat ich regelmäßig jeden Abend, und Lene öffnete, wenn sie herunterkam, mit dem in ihrem Besitz befindlichen Schlüssel.

Was nun tun? Reden durfte ich nicht, damit er mir nichts beweisen konnte, wenn die Sache ja eine ungeschickte Wendung nehmen sollte. Gewalt wollte ich auch nicht gebrauchen, denn inwiefern — inwieso? Er war ja der Vater von meiner Liebsten. Und ausreißen? Ja, das war nun so ein Ding. Zu fürchten brauchte ich mich vor den dreien wohl nicht. Die hätte ich von einer Wand an die andere geworfen — aber der Lärm, der Heidenlärm, der dabei entstehen mußte! Dazu waren die Türen alle verschlossen, und ich konnte doch unmöglich die Schlüssel in aller Gemütsruhe aus dem Sack ziehen und mir während des Aufschließens den Buckel vollprügeln lassen.

Es war wirklich eine bedenkliche Lage, und dabei drückt mir der alte Hefekloß die Gurgel zusammen, als ob er einen Raubmörder unter sich hätte. Die Luft will mir schon ausgehen, da greife ich ihm unter die Arme, aber so sacht und sanft wie möglich, und schiebe ihn ein Stück von mir weg, so daß ich wieder Atem bekomme. Da aber fängt er an zu schreien, als ob er am Spieß stecke und ruft, daß man es drei Häuser weit hören kann:

„Hilfe, Hilfe! So kommt doch nur rein!"

„Ja, Meister, wir haben doch keinen Schlüssel! Mit dem haben Sie sich ja eingeschlossen!"

„So kriecht durch die Fußgrube und hebt den Schieber aus!"

Alle Wetter, an die Fußgrube, eine Art Versenkung, durch die der fertige Teig hinausgereicht wurde, um draußen in den Backofen geschoben zu werden, hatte ich nicht gedacht. Auf keinen Fall durfte ich auf diesem Weg die Hilfstruppen anrücken lassen. Ich gebe dem Bäcker also einen kleinen Klaps, daß er fortkugelt, und springe vom Backofen hinunter, aber — Prosit die Mahlzeit — nicht etwa auf die Stubendiele, sondern in den einen Backtrog, der da auf den Stühlen steht. Das alte Möbel kommt ins Wackeln. Ich fahre mit den Händen in der Luft herum, als wollte ich Mücken fangen, kann aber das richtige Gleichgewicht nicht wieder bekommen, falle also vornüber und schlage wie ein Dampfhammer in — den zweiten Backtrog. Der hat sich das Ding auch nicht vermutet und fährt vor Entsetzen ganz außer Rand und Band, daß wir im nächsten Augenblick alle sieben mit- und durcheinander unten auf dem Boden liegen, nämlich vier Stühle, die zwei Backtröge und ich.

Na, so ein Weihnachten! Ihr könnt euch den Mordslärm gar nicht vorstellen! Die beiden Kerls in der Fußgrube denken, die Welt geht in der Stube unter, und schreien, was sie nur schreien können; der Engelbäcker trompetet wie ein Elefant und kommt vom Backofen heruntergeschossen; natürlich will er mich wieder bei der Gurgel nehmen, gerät aber mit den Beinen in das unglückliche Möbellager und stürzt mitten hinein, und zwar so, daß er grad wieder auf mich zu liegen kommt.

Der Geselle hat unterdessen den Schieber geöffnet und steckt schon mit dem halben Leib in der Stube; der Lehrjunge schiebt draußen nach; ich muß mich also zu verabschieden suchen und springe auf. Der Bäcker aber hat sich an mir festgeklammert, und ich kann ihn nicht anders loswerden, als daß ich ihn oben und unten anfasse und ihn in den dreielligen Semmeltrog bette. Ehe er sich aus dem alten Kasten herausfindet, bin ich an der Tür, schließe auf und will nun nach dem Hof, aber — damit ist's nichts. Die Feuerwache hat draußen auf der Straße den Lärm gehört und Hilfe geholt. Hinten und vorn donnert es an den Türen, und von oben kommen die aus dem Schlaf geweckten Hausleute die Treppe herunter. Sapperlot, wohin soll ich nur fahren? — In die Küche, das ist die einzige Rettung, die es gibt.

Ich reiße also die alte morsche Tür auf, daß sie aus den verrosteten Angeln fährt und auf ein hölzernes Gestell fällt, auf der sich eine Menge von allen möglichen tönernen Töpfen, Torten- und Pfannkuchenformen befindet. Das gibt ein Geprassel, daß einem Hören und Sehen vergehen möchte. Ich aber habe keine Zeit, mich um diese Verwirrung zu bekümmern, sondern springe auf den Herd und stecke im nächsten Augenblick droben im Rauchfang auf der Räucherstange, wo ich mich häuslich einzurichten suche.

Mittlerweile hat sich Engel aus dem Trog gemacht und die Türen geöffnet. Beim Schein der Lampen und Laternen findet man sofort meine Spur, weil ich bei jedem Schritt Stücke des anklebenden Kuchenteigs verloren habe; und nun steht die Rotte Korah, Dathan und Abiram unten in der Küche, leuchtet mit ihren Rübölfunzeln in die Esse hinauf und reißt alle möglichen schlechten Witze über mich.

Na, ich wäre am liebsten mitten unter sie hineingesprungen; denn inwiefern — inwieso? Weil ich sie gar zu gern alle miteinander durchgewalkt hätte; aber das ging nicht.

So bleibe ich also droben hängen und lasse den ungebackenen Pflaumenkuchen mir langsam an den Beinen herunterlaufen, so daß er Klex auf Klex von meinen Füßen tropft.

„Will Er wohl herunterkommen!" ruft der ergrimmte Engelbäcker.

Ich bin mäuschenstill.

Darüber gerät der über und über bekleisterte Mann in neue Wut, steigt auf den Herd und langt mit den Händen in den Schornstein. Ich halte mich an einer Räucherstange fest und schüttle mit den Beinen; sofort hagelt und schloßt ihm ein dichtes Nudelgewitter ins Gesicht, so daß er wieder zurückspringt und dem Lehrjungen zuruft:

„He, Wilhelm, hol mal ein paar Arme voll dürres Kartoffelkraut aus dem Schuppen! Ich will den Kerl schon runterkriegen."

Jetzt wird die Sache bedenklich, aber hinunter gehe ich nicht, und sollte ich doppelt geschmort und dreifach gebraten werden; ich hebe also die Räucherstange aus und schiebe mich mit den Knien, Ellenbogen und Achseln nach Schornsteinfegerart in die Höhe. Das ist nun freilich eine schlechte Arbeit; ich muß die Augen schließen, denn der Ruß wirbelt nur so um mich herum, und jetzt — wahrhaftig, jetzt fängt's unter mir an zu knistern und zu prasseln, und der Rauch dringt mir in Mund und Nase. — Teufel noch einmal! Soll ich denn etwa hinunterplumpsen in das Feuer und mich dann als Wiener Backhähnderl verschnabulieren lassen? Nein, ich nehme also meine Gedanken zusammen, und husch — husch geht es empor, als hätte ich eine Dampfmaschine von zwanzig Pferdekräften vorgespannt. Oben fahre ich hinaus und ducke mich sorgsam hinter dem Essenkopf zusammen.

Ja, da standen sie — vorn auf der Gasse und hinten im Hof, und von Minute zu Minute wurde der Haufen größer. Zwar konnte ich nichts erkennen, denn es war stockrabendunkle Nacht, aber was gesprochen wurde, das verstand ich desto besser.

„Was ist denn los?“ fragte einer.

„Es ist jemand mit Dietrichen bei mir eingebrochen“, antwortete der Bäcker, der mich gern so tief wie möglich in die Tinte bringen wollte. „Ich bin aber dazugekommen, und da hat er sich in die Feueresse und dann wahrscheinlich aufs Dach zurückgezogen. Nachbar Keilhaus, besetzt Eure Bodenkammer, daß er nicht hinein kann!“

Da gab's nun freilich keine Zeit zu verlieren, denn durchs Nachbarhaus ging der einzige Weg, auf dem ich mich unsichtbar machen konnte, und so kletterte ich denn an dem First hin, um dem Nachbar mit seinen Leuten womöglich zuvorzukommen. Ein Glück war es nur, daß es weder geschneit noch gefroren hatte, sonst hätte mir die Dachfahrt schlecht bekommen können. Das Nachbarhaus war etwas höher als das des Bäckers, ich mußte mich also aufrichten, um hinüberzukommen; kaum aber hatte ich mich auf die Knie erhoben, so prasselten die alten halbverfaulten Schindeln unter mir, und ich fuhr mit einem Bein durchs Dach.

„Hört ihrs? Er bricht bei Keilhausers in die Kammer!" rief Engel; „kommt, jetzt kriegen wir ihn!"

Da hinüber durfte ich also nicht. Was war zu tun? Mit einigen kräftigen Stößen machte ich das Loch so weit, daß ich hindurch konnte und stieg hinein. Nun schnell hinunter und mitten durch die Gaffer hindurchgesprungen!

Ich suchte also nach dem Ausgang, aber — was war denn das? Hier Mauer und da Mauer, so eng, daß kaum eine Elle Raum zwischen ihnen war, und oben drüber weg das Dach. Bei dieser Untersuchung stieß ich an etwas Hartes; ich bückte mich: es war ein Topf, oben fest gebunden und so schwer, als ob er mit Blei ausgegossen wäre.

Da kam mir ein Gedanke, ein Gedanke — jurrjesses, wenn dort der alte Engel-Christlieb selig seine Geldtöpfe verwahrt hätte, die vom Engelbäcker schon über zehn Jahre lang gesucht wurden!

Rasch riß ich das Band und die Leinwand los und griff hinein. Alle fünfunddreißigtausend Pferdeeisen! Es war Geld, gutes rundes Geld! Silber, vielleicht war Gold mit dabei! Na, Engelbäcker, du kannst deinem lieben Gott danken, daß ein solcher Spitzbube bei dir eingebrochen ist, und — wahrhaftig, da steht noch einer, und der ist noch größer als der erste! Hurrjesses, Lene, freu dich! Mit dem Flennen ist's jetzt aus, denn inwiefern — inwieso? Weil ich derjenige bin, der deinen Alten im Sack hat!

Ich stecke mir also die Taschen voll, steige wieder hinaus aufs Dach und krieche zurück bis an die Feueresse. Eins, zwei, drei bin ich hinein, und nun geht's hinunter, rascher, rascher, als es beim Hinaufsteigen gegangen ist. Kein Mensch denkt, daß mich der Klapperstorch wieder durch die Esse bringen werde, und so komme ich ungesehen bis an die Stubentür, um ganz dreist einzutreten.

„Alle guten Geister —!“ schreit es mir entgegen, und alles springt vor lauter Angst hinauf auf den Backofen, die Meisterin, die Lene, die kleinen Geschwister und der Lehrjunge.

Ihr könnt es euch wohl vorstellen, daß ich wie der leibhaftige Teufel ausgesehen habe; erst der weiße Teigüberzug, nachher eine Rußhaut, dann das Schindel- und Ziegelpulver und endlich noch einmal durch den Schornstein, das war eine Kruste, wie sie sich der Gottseibeiuns nicht besser wünschen konnte — und in der Stube, na, da liegt noch alles über einem Haufen, die Stühle, die Backtröge, das Mehl, der Teig, und dort, da liegt mein einer Stiefelpantoffel, und hier der zweite; die habe ich bei der Katzenbalgerei verloren. Wart, ich will erst hineinfahren; denn inwiefern — inwieso? Sie kosten auch Geld!

Die da oben auf dem Backofen haben sich in den äußersten Winkel zusammengedrückt und denken, ihre letzte Stunde ist gekommen; als ich aber in die Pantoffel fahre, da bekommt die Lene Mut und ruft:

„Konrad, um Gottes willen, bist du's?“

Ja, man sollte gar nicht meinen, was so eine echte Liebe tut!

Da erkennt das Mädchen seinen Schatz sogar an den Stiefelpantoffeln!

„Na, wer soll's denn anders sein!“ sage ich.

„Da mach nur gleich, daß du fortkommst, sonst läßt dich der Vater einstecken! Warte, ich will erst sehen, ob die Luft rein ist!“

„Nur immer sachte! Da müßte ich doch auch dabei sein, bei der Verhaftung! Ich werde dir gleich zeigen, daß ich mich vor deinem Vater nicht fürchte. Geh und hole ihn doch mal!“

Das Mädchen sieht mich erschrocken an.

„Was fällt dir ein, Konrad? Sei doch gescheit und verschwinde! Es geht zuletzt doch nur über mich hinein, und ich stecke so schon tief genug in der Patsche.“

„Ich sage dir nur soviel, daß ich mit deinem Vater reden muß, und dann wird alles gut. Wenn du nicht willst, so schicke ich den Jungen oder gehe selber.“

Das drückt doch bei ihr durch; sie guckt mich zwar noch einen Augenblick lang ungewiß an, dann aber eilt sie schleunigst davon. Die anderen sind derweil wieder vom Backofen heruntergestiegen, und die Meisterin weint über den Schaden und macht mir sanfte Vorwürfe. Sie hat's immer mit der Lene gehalten und denkt, daß ich nun den Boden ganz und gar hinausgestoßen habe. Ich suche sie zu beruhigen, und darüber tritt der Bäcker in die Stube, hinter ihm die Lene und mein alter Schmiede-Ludwig. Der hat den Lärm auch gehört und sich gleich gedacht, wer der Einbrecher sein mag. Drum ist er auch gar nicht von der Seite des Engelbäckers weggegangen, um zur Schonung zu reden, wenn's schlimm ausfallen sollte.

„Was — da ist er ja!“ ruft der Bäcker, als er mich erblickt, und will gleich wieder hinaus, um die Feuerwache zu holen. Ich aber habe ihn schon beim Arm, schiebe ihn hinter den Tisch und drücke ihn so kräftig auf den Stuhl, daß er sitzenbleibt, als wäre er angenagelt. Die Sache war eigentlich nicht lustig, aber als ich ihn nun so dasitzen sehe, da muß ich wirklich gradhinaus lachen, denn inwiefern — inwieso? Der Mann bot in seinem Teigüberzug einen gar zu spaßigen Anblick.

Mein Gelächter hat ihn ergrimmt; er springt also auf und ruft:

„Höre Er, Er Nichtsnutz, Er —!“

„Halt,“ unterbreche ich ihn, „wartet erst, was ich Euch zu sagen habe! Da, guckt Euch mal dies Ding hier an!“ Dabei werfe ich ihm eine von den Münzen auf den Tisch.

Er greift danach, betrachtet sie, läßt sie auf dem Tisch klingen, sieht mich verdutzt an und fragt endlich:

„Was soll denn das, he?"

„Da, guckt Euch auch das an, und das — und das — da — das —!" sage ich.

Er hat auf einmal allen Ärger vergessen und fährt mit allen zehn Fingern nach dem Geld.

„Aber ich frage Ihn ja, was das soll, he!"

„Und das — das — das —!" Dabei werfe ich einen Taler nach dem anderen auf den Tisch, bis die Taschen leer sind.

Das ist dem Mann doch zu sonderbar; er steht auf und macht eine Miene, als wäre ich der Gottseibeiuns und wollte ihn um Seele und Seligkeit bringen; auch der Schmiede-Ludwig reißt den Mund auf, als wolle er einen Walfisch totbeißen.

„So," sage ich weiter, „das sind lauter alte, gute französische Laubtaler zu einem Taler, siebzehn Groschen und sechs Pfennigen; die hat der Engel-Christlieb selig anno vierzehn mit aus Frankreich gebracht, und wer zwei große Töpfe davon haben will, der mag zu mir kommen. Gute Nacht!"

Damit drehe ich mich um und will zur Tür hinaus. Aber da komme ich schön an.

„Halt!" schreit der Bäcker, daß die ganze Stube wackelt. „Wo hat Er das Geld her?"

„Das ist meine Sache. Ich weiß bloß, wo's der Christlieb her hat."

„Das wissen wir auch, aber wo er's hingesteckt hat, bevor er gestorben ist, der Geizhals, das wissen wir nicht, und das möchte ich wissen."

„So! Na, das könnt Ihr auch erfahren, wenn Ihr einmal Verstand annehmen wollt. Wir werden morgen weiter darüber reden."

„Morgen? Nein, heut, jetzt, sogleich will ich es wissen. Ich bin der Erbe, und es gehört mir."

„Und ich bin der Finder; holt's Euch doch mal ohne mich!"

„Na, was verlangt Er denn als Finderlohn?"

„Die Lene und so viel von den Talern, als ich bei meinem Meister für die Anzahlung brauche."

„Er ist verückt. Packe Er sich hinaus!"

„Gut, den Gefallen kann ich Euch tun!"

Ich gehe fort, bin aber noch nicht ganz an der Tür, so hat er mich gefaßt und zieht mich wieder zurück.

„Sei Er mal gescheit! Wo ist das Geld?"

„Seid einmal gescheit! Kriege ich das Mädel?"

„Die bleibt jetzt noch ledig!"

„Die Töpfe bleiben jetzt noch stehen!"

Da mengt sich der Schmiede-Ludwig in die Sache; die Meisterin wagt auch ein Wort, und die Lene legt sich aufs Bitten. Endlich springt der Bäcker auf und ruft:

„Na, da nehmt euch meinetwegen, wenn Er mir sagt, wo das Geld steckt!"

„Gut, Meister Engel. Eingeschlagen!"

„Topp!"

„Und zu Pfingsten ist die Hochzeit!"

„Ja, ja, meinetwegen schon am Karfreitag!"

„Gut, da brennt Euch mal ein paar Laternen an!"

Das geschieht; die Türen brauchen wir vor unberufenen Neugierigen gar nicht erst zu verschließen, denn das hat die Lene schon vorhin aus Vorsicht besorgt, und so steigen wir denn die zwei Treppen hinan, eins hinter dem anderen; erst ich, dann der Bäcker, nachher Meister Ludwig und so weiter. So geht's ganz hinauf bis auf den Hahnebalkenboden, und als wir da oben sind, meint der Bäcker:

„Aber hier oben gibt's ja nichts!"

„Abwarten!" sage ich, und begebe mich nach der Mauer. „So, jetzt sucht mal, ob Ihr was findet!"

Natürlich finden sie nichts, und so zeige ich denn auf die Mauer.

„Seht einmal her! Das habt ihr für die Brandmauer gehalten, aber es ist nur eine dünne Ziegelwand, die der Christlieb hergestellt hat, um seine Taler zu verstecken."

Mit einem derben Stoß trete ich ein Loch in die immer aufs hohe gestellten Lehmziegel, und wie eine Spinne auf die Fliege, so fährt der Bäcker nach den Töpfen. Als er sie herausbringt, will jedes zuerst hineingucken; er aber drängt sie alle weg und sagt:

„Nicht hier, nicht hier! Kommt runter in die Stube, da haben wir's bequemer!"

Während wir die Treppe hinabsteigen, pocht es an die Haustür. Es ist der alte Gerichtsdiener Eberhardt, der wegen des Einbrechers herein will. Der Meister aber fertigt ihn kurz ab, und dann geht's in die Wohnstube. —

Zum Aufräumen war keine Zeit, denn wir hatten jetzt Notwendigeres zu tun. Wir saßen bis in den lichten Tag hinein um den Tisch herum, haben gegessen, getrunken, geschwatzt, gelacht und — Geld gezählt, und als ich endlich mit dem Ludwig fortging, da hat der Engelbäcker mich umärmelt und gesagt:

„Höre Er, Konrad Reitz, Er ist kein unebener Kerl. Ich habe mich doch in Ihm getäuscht. Komme Er nur herüber, sooft es Ihm Seine Zeit erlaubt!"

Und die Lene, die ist mit bis an die Tür gegangen, und wir haben zum erstenmal als Braut und Bräutigam voneinander Abschied genommen. — — —

So, nun wißt ihr's, wie ich zu meiner Alten gekommen bin. Und nun wollen wir sie auch gleich mal hochleben lassen! Prost!

DER WOLLTEUFEL

„So! Nun kommst du dran, Daumannfritze!“

„Na, wenn ihr denkt, daß es nicht langweilig wird, da sollt ihr meinetwegen hören, wie ich mir meine Alte erobert habe. Bekommen sollte ich sie freilich nicht, gerade wie hier der Schmiedemeister Konrad Reitz, aber mein ist sie doch noch geworden; und daran ist der Wollteufel schuld; denn wenn der nicht gewesen wäre, so lief ich heut noch auf Feiersfüßen, wenn ich sie mir nicht derweil abgelaufen hätte.“

„Der Wollteufel! Was ist denn das für ein Kerl?“

„Für ein Kerl? I nu ja — ihr seid keine Seiden-, Zeug- und Wollenweber und habt also von dem Ding auch keinen Begriff. Ich muß es euch schon erklären; aber alles hat seine Zeit, und wenn ich's machen will, wie es sich gehört, so kann ich nicht mit dem Wollteufel anfangen, sondern erst muß mein Schwiegervater, Gott hab ihn selig! der alte Franke, drankommen.“

„Ah, der alte Frankengustav. Das war ein sonderbarer Kerl. Man hieß ihn auch den Gänserichfranke, weil —“

„Du, halt mal ein. Wenn ich erzählen soll, da erzähle ich, und wenn du dran bist, so erzählst du, das ist so parlamentarisches Benehmen, wie die Gelehrten sagen, und der Gänserich wird schon auch noch an die Reihe kommen. Also hört zu! — —

Unten am Markt, gerade neben der Apotheke, da wohnte der Zeug-, Leinen- und Wollenweber Gustav Ehregott Franke mit seiner Frau Johanna, was aber abgekürzt im Deutschen wie Hanne ausgesprochen werden muß. Er war mager und lang wie eine Zaunlatte; sie aber war fett und klein, mit einer Tallje von drei Ellen Umfänglichkeit. Beide besaßen eine Tochter, die bei der Taufe den Namen Röschen erhalten hatte. In ihrem achtzehnten Jahr war sie ein Mädchen, das man nicht ansehen durfte, wollte man nicht aus lauter Liebe einen Raptus kriegen, wie die Gelehrten sagen. Das hatte ich an mir selbst erlebt, und zwar ging das folgendermaßen zu:

Ich stamme eigentlich ganz oben vom Gebirge her; das wißt ihr alle. Dort gibt es aber so viel arme Leute, daß sie, wenn unglücklicherweise mal die lieben Kartoffeln nicht geraten, vor lauter Hunger einander aufessen möchten. Von großem Verdienst ist da oben nicht die Rede, und so gehen denn viele hinunter ins Niederland, um sich Arbeit zu suchen, oder sie legen einen kleinen Handel an und ziehen mit Löffeln, Bürsten, Band, Spitzen und dergleichen im Land umher. Mein Vater, der liebe Gott tröste ihn für die vielen Prügel, die ich geschmeckt habe, war ein armer Holzhacker, und meine Mutter klöppelte Spitzen; er verdiente in der Woche zwei Taler und sechs gute Groschen, und sie alle Tage achtzehn Pfennige, das machte bei sechs Kindern, einem Großvater und zwei Großmütterchen zusammen acht gute Groschen, vier Pfennige und elf Mäuler für den Tag. Zu beißen gab's da wenig, zu kauen noch weniger und zu essen am allerwenigsten. Ihr könnt es euch da vorstellen, daß der Magen fast noch mehr Verstand haben mußte als der Geldbeutel. Da gingen wir Kinder denn hinaus unter die Leute oder in den Wald, um ein Stückchen Brot, ein Tuch voll Schwämme oder eine Hucke Holz zu holen, und als ich so halbwegs herangewachsen war, nahm mich der Bruder mit auf seine Boorenfahrten.

Wenn im Gebirge die Heidel- und Preiselbeeren reif werden, so buckeln Hunderte von großen und kleinen Leuten im Wald umher, um diese Früchte zu sammeln, die dann in Körben und auf Karren hinunter ins flache Land und in die Industriegebiete geschafft werden, wo sie nicht so häufig vorkommen. Der Bruder war schon einigemal mit seinem Handwagen fort gewesen, und jetzt mußte ich auch mit.

Da kommen wir denn eines schönen Tages hierher nach Ernstthal, haben fast noch die volle Wagenladung und machen ganz gute Geschäfte. Wir halten auf der oberen Marktseite beim reichen Layritz, der uns so zwanzig und etliche Kannen, die Kanne zu fünf Pfennigen, abkauft. Nach dem Handel ruft er uns in die Stube, wo es ein bißchen Übriggebliebenes vom Mittagessen gibt. Weiß Gott, es war mein Leibessen, saure Flecke mit Möhren und Kartoffeln, drin. Wir legen uns also tüchtig hinein und merken nicht, was derweil mit unserem Wagen vorgeht. Da hat sich nämlich eine Anzahl von Jungens und Mädels eingefunden, denen unsere Heidelbeeren in die Augen stechen. Wegen des Hundes aber getrauen sie sich nicht heran, und nur das kleine Röschen wagt sich hin und steigt hintenauf, um sich eine Handvoll wegzustibitzen. Da springt der Karo in die Höhe und will auf das arme Ding zufahren. Der Wagen bekommt dadurch einen Ruck, setzt sich in Bewegung und rollt, weil der Markt abschüssig ist, schneller und immer schneller den Platz hinunter. Der Hund wird mit fortgerissen und bellt und heult; das Mädchen ist vornüber in die Heidelbeeren gestürzt, schreit wie ein Zahnbrecher, und krabbelt, um wieder in die Höhe zu kommen, mit Händen und Füßen in unserer leckeren Ware herum, und dahinterher stürmen die anderen und vollführen einen Lärm, daß die Leute mit den Köpfen durch die Fernsterscheiben fahren. Jetzt gerät der Wagen an einen Stein, macht eine Schwenkung viertelrechts, wie es beim Militär heißt, kippt um — und — pardauz! da liegt alles bunt durcheinander; untendrunter die Heidelbeeren und obendrauf der Hund, der Wagen, das Mädel und ein halbes Dutzend von dem anderen Gezücht, dem bei der Schwenkung die Deichsel zwischen die Beine gefahren ist. Na, so ein Jammertal! Das heult, schreit, bellt, kriecht und kribbelt alles durcheinander. Wir sind natürlich wie aus einer Pistole beim Layritz hinaus — und hinter der Bande her, stoßen mitten in den Haufen hinein und walken uns nach Herzenslust mit den Buben herum. Die erheben darüber ein Zetermordio, so daß die Alten herbeischießen und aus Leibeskräften wieder auf uns einschlagen. Mich faßt der alte Gänserichfranke beim Schopf und steckt mir eine, daß mir's himmelblau vor den Augen wird und ich in einen Turkel komme, der mich wie mit Pulvergewalt mitten durch den Haufen hindurch und an die dicke Frau Johanna treibt. Diese hat ihren Liebling in Gefahr gesehen, ist mit herbeigesprungen und steht gerade im Begriff, die Hände über dem Kopf zusammenzuschlagen, als ich an sie heranplatze. Der Stoß hebt ihr die Beine aus: sie klammert sich an mich, um nicht zu fallen; ich halte mich an ihr fest, um nicht nach den physikalischen Gesetzen, wie die Gelehrten sagen, wieder zurückzufliegen. Wir drehen uns im Dreizehnteltakt einigemal rund herum und kugeln dann, immer eins über das andre, ein Stück den Marktplatz hinunter. Der ehrsame Zeug-, Leinen- und Wollenweber Gustav Ehregott Franke denkt, ich will mich an seiner Hausehre vergreifen, kommt uns nachgeflogen, reißt uns auseinander und gerbt mir das Leder in der Weise, daß ich es als Marokko hätte verkaufen können, wie die Gelehrten sagen. Und um das Unglück nun vollständig zu machen, kommt der alte Polizeidiener Eberhard dazu und verhaftet uns mitsamt dem vollständigen Heidelbeergeschäft, wie es auf dem Markt steht und liegt.

Ja, lacht nur! Mir war's nicht wie Lachen zumute. Wie es mit den Beeren aussah, das will ich euch gar nicht beschreiben, denn das könnt ihr euch selber denken. Das war ein vollständiger Brei, und die sich drin herumgewälzt hatten, die sahen aus, als hätte es Tinte geregnet. Der Karo winselte und wimmerte zum Erbarmen; denn er hatte die Püffe und Tritte alle aus der „ersten Konstanz“ erhalten, wie die Gelehrten sagen. Der Bruder saß auf dem umgestürzten Wagen und rieb sich den Körper auf allen vier Seiten, und mir summte und brummte es um die Ohren, als stäke ich in einer Baßgeige.

Und so, in diesem Zustand, mußten wir ins Loch. Na, den Tag vergesse ich nicht und die Nacht noch viel weniger! Aber am anderen Morgen, da wurde es besser. Wir wurden zum Stadtrichter geführt, und dem erzählten wir alles, wie es gewesen war. Es wurden Zeugen geholt, und als das Lied zu Ende ging, da bekamen wir Schadenersatz und obendrein noch ein Schmerzensgeld. So gut waren wir unsere Heidelbeeren noch nie losgeworden.

Das Beste aber kam für mich hinterher. Damals lebte nämlich noch der Magister Grabenmacher. Wie er zu diesem Titel gekommen ist, weiß ich freilich nicht; er war von Beruf ein Schneider und später Schulmeister geworden. Als alter Junggeselle hatte er sich schon lange nach einem Jungen für seine Aufwartung umgesehen, aber immer nichts Gescheites bekommen können. Jetzt hörte er von unserem Unglück, und da er eine gute und mitleidige Seele war, so kam er zu uns und fragte mich, ob ich bei ihm bleiben möchte; er wolle etwas Tüchtiges und Gelehrtes aus mir machen, wenn ich fleißig und folgsam sei. Ich hatte wohl große Lust, doch konnte ich ohne die Eltern nicht ja sagen; da meinte er aber, das werde er schon brieflich abmachen, und so mußte ich gleich bei ihm antreten und den Bruder samt dem Karo allein gehen lassen.

Ich hab’s zwar nie bereut, aber der Heidelbeerschiffbruch ist doch nicht ohne unliebsame Folgen geblieben; der alte Frankengustav hat es lange Zeit nicht verwinden können, daß er meinetwegen hat zahlen müssen; und der Frau Johanna ist es auch nicht leicht geworden

den Riesensprung zu vergessen, den ich auf sie gemacht habe. Dafür jedoch habe ich es recht gut bei meinem Magister gehabt; viel zu tun gab's nicht in seiner ärmlichen Wirtschaft, und so konnte ich fast den ganzen Tag über den Büchern liegen. Daher kommt es auch, daß ich noch heute in allen Wissenschaften Bescheid weiß und eine Zelebertät bin in Sachen, von denen andere Leute nicht mal eine Ahnung haben. Ich sollte auf eine lateinische Schule gehen; ich weiß gar nicht mehr, auf welche. Und so studierte ich Tag und Nacht. Freilich Lateinisch nicht, dafür aber alles andere, was es nur geben kann, und zuletzt war ich so weit, daß mir mein Herr nicht mal mehr Red und Antwort stehen konnte.

Aber es sollte doch anders kommen als ich gedacht hatte; denn eines schönen Tages legte sich der Magister hin und bekam einen solchen Apoperflex, was auf deutsch Schlagfluß heißt, daß ich vor Schreck auch perflex dabei stand, freilich ohne Apo, was der gefährlichste Teil von der Krankheit ist — er war mausetot.

Nun kam das Gericht und sah seine Sachen durch. Da lag in dem Tischkasten ein Zettel, auf dem er mich zu seinem Alleinerben gemacht hatte. Der gute Mann mußte also doch etwas von dem Tod geahnt haben. Er wurde auf Erbschaftskosten begraben, und als ich von der Leiche nach Haus kam, war mir von dem universum nichts übrig geblieben als die Bücher, die kein Mensch hatte erstehen wollen, ein Pack alter Schreibereien, ein Vierteldutzend Pfeifenköpfe, ein Fiedelbogen, ein Schaufelstiel und zwei Töpfe, einer ohne Henkel und der andere ohne Boden.

Was nun? Ins Gebirge hinauf und hungerleiden, dazu hatte ich keine Lust, mit der lateinischen Schule war's aus — ich mußte also zu einem Handwerk greifen und sprach darüber mit meinem Vormund. Wegen der Erbschaft war mir nämlich, weil ich die Eltern nicht da hatte, so eine Art Vormund gesetzt worden, und wißt ihr, wer's war? Der Zeug-, Lein- und Wollenweber Gustav Ehregott Gänserichfranke. Wie es kam, weiß ich nicht, aber wo es im Ort eine Vormundschaft gab, da wurde niemand anders dazu genommen als er, und er machte sich zuletzt eine Ehre daraus, Allerweltsvormund zu sein. So hatte er denn auch bei mir ja gesagt, obwohl er mich nicht gut verschnupfen konnte. Er war also verpflichtet, mir mit Rat und Tat beizusehen. Nach langem Bitten und Betteln brachte ich ihn endlich so weit, daß er mich als Lehrjungen zu sich nahm, und das war mir vor allem gerade das allerliebste.

Weshalb? I nun ja, natürlich von wegen dem Röschen. Ihr müßt nämlich wissen, daß wir beide seit den Heidelbeeren sehr gute Freunde gewesen sind und immer zusammengesteckt haben, wenn's nur halbwegs möglich zu machen war. Dem guten Mädchen hat es herzlich leid getan, daß es mir damals so schlecht gegangen ist, und es ist ihr der Gedanke in den kleinen Lockenkopf gefahren, mich durch ihre Freundschaft für die Prügel zu entschädigen. Mir ist das herzlich lieb gewesen, und wenn ich nicht über den Büchern gesessen habe, so haben wir uns bei gutem Wetter stets im Freien umhergetummelt. Bei schlechter Witterung sind wir in den Hof geschlichen und haben uns in den Wollteufel gesteckt.

Na, seht ihr's nun, daß der Wollteufel auch noch ganz richtig drankommt! So eine biographische Geschichte will ihre gehörige Ordnung haben, wenn sie belletristig werden soll, wie die Gelehrten sagen. Eine ordentliche Geschichte zu erzählen, das ist nicht so leicht, als wie man's denkt; aber davon habt ihr keine Ahnung, und mit dem Wollteufel war's so:

Die Wolle wird in langen, dicken und großmächtigen Säcken gekauft. Wenn man so einem Kerl den Leib aufschneidet, da ist's kaum zu glauben, was außer der Wolle noch für Schmutz und anderes unnützes Zeug drinnen steckt. Dieser Unrat muß aus der Wolle herausgemacht werden, und daderzu ist eben der Wollteufel dagewesen. Das war ein langer, schmaler, vierbeiniger Kasten, hinten ein Loch mit einer Klappe und vorn ein Loch mit einer Klappe, in der Mitte aber eine Walze, in der ein Dutzend anderthalbelliger Arme steckten, die mit einem großen Schwungrad in Verbindung standen. Hinten wurde die Wolle hineingetan und die Klappe wieder zugemacht, und wenn man nachher das Rad in Schwung setzte, so schlugen die Arme in die Wolle hinein und peitschten sie in dem Kasten herum, daß es eine Art hatte. Dabei summte und brummte das alte Ding gerade, als wenn im Puppentheater der Beelzebub den Doktor Faust holt, und deshalb hatte es den Namen Wollteufel bekommen. Der Schmutz fiel unten durch ein Gitter, und durch die vordere Öffnung, die anderthalb Ellen ins Geviert hatte, wurde dann die gereinigte Wolle herausgenommen.

Diese Öffnung war groß genug zum Hineinsteigen für uns, und es saß sich so schön lauschig dadrin, wenn draußen der Regen niederprasselte oder die Wolken ein Graupelwetter herunterschüttelten. Nebeneinander hatten wir keinen Platz, deshalb blieb ich vorn sitzen, und sie mußte unter der Walze hindurchkriechen und sich dahinter setzen.

Erst ließen wir gewöhnlich die Klappe auf und lachten einander an; nachher aber machten wir zu und erzählten einander Gespenstergeschichten, und die paßten ganz gewiß dahinein in den finsteren, gruseligen Wollteufel.

Der stand natürlich nicht unter freiem Himmel, sondern in einem besonderen Lattenhäuschen, und mit diesem hatte es auch so seine eigentümliche Bewandtnis.

Das Haus des Gänserichfranke hatte nämlich nur einen einzigen winzig kleinen Hof, und der stieß an den Garten des Agenten Gleisinger. Dessen Frau war Hebamme, und weil sie ein hübsches Geld verdiente, so hatte er sein eigentliches Gewerbe, die Seilerei, an den Nagel gehängt und machte den Heiratsvermittler, spielte den Winkeladvokaten und trieb überhaupt allerlei Geschäfte, wie sie eben die Gelegenheit mit sich bringt. Er war ein guter Freund von Franke, war fast alle Abende mit ihm zusammen und hatte ihm von seinem Garten den für das Wollteufelhäuschen notwendigen Platz abgetreten. Darüber war eine Schrift angefertigt worden, und die lag bei Frankens in der Nürnberger Bilderbibel, die mit einigen anderen Büchern über der Tür auf dem Brett stand. Sie war von zwei Zeugen unterschrieben worden, nämlich von dem Klempnermeister Himmelreich und dem Tuchscherer Krauße.

Wenn nun auch die beiden recht dicke Freunde waren, so konnten doch wir, nämlich das Röschen und ich, weder den alten Gleisinger noch seinen Jungen recht leiden; der Alte hatte in seinem Gesicht so etwas, was mir gar nicht behagte, und mit seinem Sohn war ich erst recht spinnefeind. Denn der war ein rechter Störenfried und Spaßverderber, tat jedermann gern einen Schabernack und hatte es ganz besonders darauf abgesehen, uns im Lattenhäuschen zu überfallen und den Wollteufelfrieden zu brechen, wie die Rechtsgelehrten sagen. Da kam es denn oft zu einem tüchtigen Zusammenstoß, und das Ende vom Lied war allemal, daß ich ihn gehörig durchwalkte, obgleich er einige Jahre älter war als ich. Aber er war ein kleiner, dürftiger Kerl und ich ein kräftiger Bursche. Wenn ich nun so eine Schlacht gewonnen hatte, war ich stolz wie ein König auf meinen Sieg; denn das Röschen sagte dann allemal:

„Fritz, du wirst über alle Herr; ich werde mal deine Frau werden!“

So vergingen die Jahre; das Röschen wuchs und wurde immer schöner; ich wuchs und wurde immer länger, und der Gleisinger wuchs und wurde immer schlimmer. Wo nur irgendein unguter Streich ausgeführt worden war, da hieß es gewiß allemal: „Das ist der Gleisinger gewesen!“, und das ging so immer weiter, bis er endlich gar vors Gericht gekommen ist, wo sie ihn aber nicht besser gemacht haben.

Das gab ein gewaltiges Aufsehen im Ort; seine Mutter hat sich fast gar nicht trösten können, und sein Vater ist zu Frankes gekommen und hat gesagt, das sei nur so ein kleiner Jugendfehler, und der Leichtsinn müsse sich eine Frau nehmen, die ihn gehörig kurz halte. Der Franke hat freilich den Kopf dazu geschüttelt, der Gleisinger aber hat sich nicht aus der Fassung bringen lassen und endlich gar auf das Röschen angespielt. Da ist er freilich schön angekommen; denn ihr Vater hat ihm die Leviten gelesen, daß ihm gleich die Butter vom Brot gefallen ist und er sich ganz ruhig davongeschlichen hat.

Von da an aber ist Feindschaft gewesen zwischen Frankes und Gleisingers. Keins hat das andere mehr angesehen, und nur der Taugenichts ist dem Röschen auf Schritt und Tritt nachgelaufen und hat ihr nirgends Ruhe gelassen. Das hübsche Kind hat ihm gar sehr in die Augen gestochen, und er ist sogar des Abends über den Zaun gesprungen, um einmal mit ihr zusammenzutreffen.

Aber da sind zwei gewesen, die ihm die Suppe versalzen haben, nämlich ich und der Gänserich.

Na, seht ihr's, daß er auch noch an die Reihe kommt? Alles hat seine Zeit, sogar der Gänserich, obgleich man von einer Zeit bei ihm eigentlich gar nicht hat reden können, denn kein Mensch hat so recht gewußt, wie alt das Tier gewesen ist. Federn hat's bei ihm nicht mehr gegeben, sondern nur noch Stummel und Borsten, und wenn man den alten „Gack“ angegriffen hat, was aber nur wenige wagen durften, so war's gerade, als wäre ihm der dürre Balg mit Blei ausgegossen. Zum Schlachten und Braten taugte er schon seit Menschengedenken nicht mehr; dafür aber war er wachsamer als der beste Kettenhund, und wenn sich des Nachts irgendwo etwas regte, da hättet ihr nur den Lärm hören sollen. Seine Gänserichstimme hatte er schon lange nicht mehr, dafür aber konnte er heulen wie ein Brüllaffe, und wenn er einmal den Schnabel aufgesperrt hatte, so klappte er ihn gewiß nicht eher wieder zu, als bis eins von uns kam und ihm zurief „Gack, halts Maul!" Dann war's aber auch gleich wie mit einem Schlag alle; denn folgsam war er, das muß ich ihm noch heute zu seiner Ehre nachsagen. Ausgegangen ist er mit uns durch die Stadt und noch viel weiter, und der alte Franke ist des Sonntags fast gar nicht anders fort gewesen als mit ihm. Deshalb hat er auch der Gänserichfranke geheißen. Der alte wachsame Methusalem hatte seine Wohnung im Schweinestall, und Frankes zogen bloß deshalb keine Schinken und Schlackwürste, um den Urahnen nicht aus seinem Palast zu vertreiben. Der Stall stand Tag und Nacht offen, damit Gack nach Belieben heraus- und hineinwatscheln konnte, und nun brauche ich euch wohl nicht erst zu sagen, warum dem Gleisinger sein Zaunsprung so schlecht bekommen ist. Ich habe ihm den Rücken bearbeitet und der Gänserich die Beine, und welche Arbeit am dauerhaftesten gewesen ist, das hat bis heutigentags noch kein Mensch erfahren.

Aber die Sache hat auch ihre Schattenseiten gehabt. Dem alten Franke ist es nämlich aufgefallen, daß ich für seine Tochter so gar lebhaft ins Feld gezogen bin; darauf hat er uns beobachtet und ist bald dahinter gekommen, daß wir uns zuweilen geküßt haben. Wie ein Wetter ist er dazwischengefahren, hat das Mädchen in die Kammer gesperrt und mir meinen Wochenlohn ausgezahlt.

„Wie kann Er nur glauben", hat er gesagt, „daß ich so einem Heidelbeerjungen meine Tochter zur Frau gebe? Pack Er sich auf der Stelle, daß Er fortkommt!"

Und die Meisterin hat die Arme in die Seiten gestemmt und gemeint:

„Weiß Er noch, wie Er mich damals auf dem Markt herumgekollert hat? Und jetzt will Er gar tun, als wolle Er meinem Franke sein Schwiegersohn werden? Daraus wird nichts!“

Na, ich mochte mich mit den beiden Leuten nicht herumzanken, schlich mich zur Tür hinaus und ging in die Herberge. Ich hatte noch nicht einmal einen halben Tag dagesessen, so bekam ich einen neuen Meister, und die Sache war abgemacht. Aber nicht etwa mit dem Röschen, i bewahre, denn mit dem steckte ich alle Abend im Lattenhäuschen beisammen; vor dem Gänserich brauchte ich ja keine Angst zu haben. — —

*

Da komme ich denn eines schönen Abends auch zu ihr, und ihr erstes Wort ist:

„Weißt du schon, daß der Vater den Wollteufel wegsetzen soll?“

„Warum denn?“

„Der Gleisinger will sein Gartenstückchen wieder haben.“

„Das hat ihm doch dein Vater bezahlt!“

„Er spricht, es wäre nicht wahr.“

„Die Quittung liegt aber in der Bibel.“

„Ja, das ist's eben; sie ist dort weg.“

„I bewahre, wohin soll sie denn sein? Sucht nur erst mal richtig!“

„Wir haben die ganze Bibel Blatt für Blatt durchgesehen.“

„Das ist wundersam! Wer soll das Papier herausgenommen haben?“

„Weißt du, der Vater denkt, du bist's gewesen. Er meint, weil du mich nicht bekommen sollst und der Gleisinger auch nicht, so steckt ihr unter einer Decke und wollt ihm nun einen Streich spielen. Er ist fuchswild. Denn wenn er den Platz verliert, so muß er seine ganze Weberei bleiben lassen, weil er den Wollteufel nirgends anders aufstellen kann."

„Soso! Also für einen Spitzbuben hält er mich! Da muß doch gleich der Deixel drinnesitzen! Und du?"

„Ich weiß, daß du's nicht gewesen bist, Fritz. Der Gleisinger hat's getan und kein anderer; aber ich möchte nur wissen, wie er in unsere Stube gekommen ist."

„Wenn's wirklich jemand genommen hat, so ist er's gewesen, und auf mir lasse ich das nicht sitzen. Ich werde jetzt hineingehen und deinem Vater — —"

„Fritz, bist du denn nicht gescheit!" fiel sie mir in die Rede und hielt mich zurück. „Der Vater hat's nur so nebenhin gemeint, und wenn du dich mit ihm zankst, so geht mir's nicht gut. Er darf nicht wissen, daß ich mit dir rede."

Das sah ich ein und suchte meinen Ärger zu unterdrücken.

„Gut, da will ich dir zuliebe ruhig sein; es wird sich schon noch zeigen, ob ich ein ehrlicher Kerl bin oder nicht. Aber den Gleisingers, denen werde ich auf die Finger passen, und wehe ihnen, wenn ich das Korpus delikati bei ihnen sehe, wie die Gelehrten sagen."

Nun habe ich aufgepaßt Tag und Nacht, um den Spitzbuben zu erwischen, aber vergebens. Gleisingers sind zum Rechtsanwalt gegangen und haben geklagt; und nun ist bei dem Gericht ein Hin- und Herziehen losgegangen, das in alle Ewigkeit nicht zu Ende gehen wollte; denn damals gab's noch keine Stahlfedern, und die Herren Rechtsgelehrten konnten am Nachmittag kaum fertig werden, die Gänsekiele zu schneiden, die sie am Vormittag zerkaut hatten. Die beiden Zeugen, nämlich der Klempner Himmelreich und der Tuchscherer Krauße waren mittlerweile gestorben, und so haben also für den Franke die Aktien nicht gerade zum besten gestanden.

Da krame ich eines Abends nach der Arbeit in den alten Papieren herum, die ich mit der großen Erbschaft des Magisters bekommen hatte, und was finde ich? — Einen Entwurf, und wovon? — Von der Schrift, die dem Franke abhanden gekommen ist. Das Papier war zwar voll Kleckse, Öl- und Fettflecken, aber ich steckte es doch sofort zu mir und sprang voller Freude zu meinem früheren Vormund und Lehrmeister.

Der macht große Augen, als ich in die Stube trete und fragt mich barsch: „Was fällt Ihm denn ein, he — was hat Er hier zu suchen? Weiß Er nicht, daß ich Ihm mein Haus verboten habe?"

„Laßt doch das Geschimpfe, Meister, und wartet erst mal ab, was ich will! Wer hat denn eigentlich das Schriftstück aufgesetzt wegen des Lattenhäuschens?"

„Warum?"

„Das werdet Ihr gleich sehen; antwortet nur erst!"

„Der Magister Grabenmacher; damals lebte er noch, und der Gleisinger konnte gerade nicht schreiben, weil er sich in die Hand geschnitten hatte."

„Da, guckt Euch mal das Papier hier an!"

„Weshalb?"

„Weil es das Konzeptikus ist von der Schrift, und da könnt Ihr den Prozeß am Ende doch noch gewinnen."

„Warte Er mal rasch ein bißchen!" rief er da und suchte sich die Nasenklemme aus dem Tischkasten hervor. Dann putzte er den Lampendocht und fing an zu entziffern:

‚D—i—e — die — b—e—i — bei — d—e—n — den — beiden — — die beiden — — U—n— Un — — t—e—r — ter — Unter — — z—ei—ch— zeich — — Unterzeich — — n—e— ne — — Unterzeichne — — t—e—n—ten — — Unterzeichneten — — die beiden Unterzeichneten — —‘

So ging es fort fast eine halbe Stunde lang; wir anderen saßen dabei und waren mäuschenstill, um ihn nicht irre zu machen. Als er endlich fertig war, legte er das Papier behutsam auf den Tisch, nahm die Quetsche von der Nase, schob den Docht wieder zurück und sprach:

„Daumann, Er ist eine gute, ehrliche Haut, und ich habe Ihn unrechterweise im Verdacht gehabt. Da hat Er meine Hand; ich will's Ihm abbitten! Wir wollen gute Freunde sein, und ich werde Ihm gern allen möglichen Gefallen tun, aber — von dem Mädel muß Er wegbleiben; daraus wird nichts! Will Er mir das Papier dalassen?"

„Meinetwegen!"

„Gut; ich danke Ihm! Übermorgen kommt das Gericht aus Chemnitz gefahren, um sich den Platz einmal zu besehen; sie nennen das eine Kommission oder Konfession, ich weiß das Wort nicht so genau, und da werde ich das Konzeptikus abgeben. Jetzt kann Er gehen! Gute Nacht!"

Ich entfernte mich. Der alte Kerl hatte zwar keine solchen Umgangsformen gezeigt, wie ich erwartet hatte, aber was konnte ich denn machen? Ich mußte mich eben in Geduld fügen und bessere Zeiten abwarten. Und wißt ihr, die kamen rascher, als ich selber dachte. Nämlich das ging so zu:

Am anderen Abend, spät, als die Alten schon zu Bett waren, sitze ich mit dem Röschen drin in der Stube auf dem Sofa. Es regnete draußen, was nur vom Himmel herunter wollte, und da hatte sie es einmal gewagt, mich mit hineinzunehmen. Wir hatten uns wie gewöhnlich viel zu erzählen, und so verging die Zeit. Die Lampe durften wir nicht brennen; laut zu reden, fiel uns auch nicht ein, und so konnten wir vom Hof aus nicht gut bemerkt werden.

Da plötzlich hörten wir ein Geräusch, als wenn die Hintertür leise aufgemacht wird; dann kommt's sachte an die Stubentür geschlichen und horcht. Wir zwei halten den Atem an und lauschen. Jetzt steckt's einen Drükker an, dreht ihn ein paarmal herum und klinkt dann auf. — Damals gab's noch die alten Schlösser mit Schraubenklinken: Schlüssel brauchte man nicht, weil man die Klinke abdrehen oder anschrauben konnte, um zu verschließen oder wieder aufzumachen. Aber weil der einzige Schlosser in der Stadt nur eine Sorte von Schrauben zu machen verstand, so konnte man mit jedermanns Klinke in jedermanns Stube gehen.

Einige Augenblicke ließ sich nichts hören, dann flüsterte es:

„Hast du die Bibel?"

„Ja."

„Gut! So wollen wir Licht machen! Er hat den Wisch gewiß wieder dahineingelegt."

Das waren die beiden Gleisingers. Sie wußten also schon, daß der Franke das Konzeptikus von mir bekommen hatte, und wollten es sich jetzt holen. Entweder hatte der Frankengustav selber gegen jemand geplaudert, oder es war der neue Geselle zum Verräter geworden. Aber in diesem Augenblick kommt mich so ein dummer Nieserich an, und zwar was für einer — die Bibel fällt in die Stube, die Spitzbuben reißen aus, und ich? — Na, ich bin schnell gefaßt und schieße hinter ihnen her, durch den Flur zur Hintertür hinaus und in den Hof. Da bleibe ich stehen. Über den Zaun hinweg konnten sie noch nicht sein, so schnell war das nicht möglich — aber wo denn? Als ich so horche und überlege, geht's auf einmal im Schweinestall los:

„Gack — gack — gakak — gakgakgakgakgaaaaaak!"

Sofort schießt mir ein Gedanke durch den Kopf; morgen kommt die gerichtliche Abordnung und da muß der Kerl im Stall stecken bleiben, bis der Herr Amtmann mit seinen Leuten da ist. Aber den Franke darf ich nichts davon wissen lassen, sonst könnte er mir den ganzen Spaß verderben, und vielleicht — — na, rasch bin ich also im Stall, riegle die Tür zu und rufe leise:

„Halts Maul, Gack!"

Sofort ist das Tier ruhig, und es mag nun sehen, wie's mit seiner Einquartierung fertig wird. Ich aber suche mir den anderen, denn zweie konnten nicht beim Gänserich stecken, weil bloß für einen Platz darin war. Zuerst gehe ich in das Lattenhäuschen, aber da ist niemand, und schon will ich wieder fort, als ich einen Hieb ins Gesicht bekomme, daß mir das helle Feuer aus den Augen springt. Der andere hatte sich nämlich im Häuschen nicht sicher gewußt und war in den Wollteufel gekrochen; aber da hat ihm die nötige „Topographie" gefehlt, wie die Gelehrten sagen, und er ist mit den Beinen so an die Walze gestoßen, daß es mir die Kurbel in die „Physiologie" geschleudert hat. Ich aber fühle vor lauter Freude gar keinen Schmerz, mache die Klappe fest zu und suche nun das Mädchen auf, um ihr von dem Doppelfang zu berichten.

„Da muß ich gleich den Vater wecken", sagte sie.

„Du, den läßt du ruhig schlafen, sonst kriege ich dich im ganzen Leben nicht zur Frau!"

„Kriegst du mich denn, wenn ich ihn nicht hole?"

„Wollen sehen! Komm herein, wir wollen die Bibel wieder an ihren Platz legen, und dann werde ich dir sagen, was wir machen." — — —

*

Am anderen Morgen ist der Zeug-, Leinen- und Wollenweber Gustav Ehregott Franke beizeitener aufgestanden als gewöhnlich, weil ihm die Kommersion im Kopf herumgegangen ist.

„Was war denn das heut nacht für ein Lärm mit dem Gänserich?" hat er gefragt.

„Es wird jemand auf der Gasse vorbeigegangen sein!"

„Rösle, riegle ihn gleich mal fest ein, daß er nachher nicht etwa dem Gericht in die Beine fährt!“

Das hat dem Mädchen gepaßt. Freilich war er schon die ganze Nacht eingeschlossen gewesen, aber das sagte sie nicht.

Punkt neun sehe ich den Meister über den Markt zum Stadtrichter gehen, wo der Termin abgehalten werden soll. Alles ist da, sogar der Amtmann, der sonst immer zwölf Stunden zu spät kommt, und nur die Gleisingers fehlen. Da wird der Polizeidiener Eberhard zu ihnen geschickt, aber er kommt allein zurück und meldet, daß der Agent schon seit gestern abend nicht zu Haus gewesen sei.

Der Termin muß also verschoben werden, aber die Besichtigung kann stattfinden, und nun steige ich so nach und nach aus meinem Webstuhl und fahre langsam in die Stiefeln.

So ein Gerichtstag machte dazumal in unserem kleinen Nest Furole, wie die Gelehrten sagen, und vor Frankes Haustür standen die Menschen so dick beisammen, daß keine Stecknadel zur Erde fallen konnte. Ich drängte mich durch, und als ich in den Flur trat, hörte ich die beiden Frankes draußen im Hof klagen.

„Ja“, sagte eben der Amtmann, „dieser Entwurf zeigt höchstens, daß eine Schrift wie die betreffende hat angefertigt werden sollen, ob sie aber wirklich an- und auch ausgefertigt worden ist, das bleibt zu beweisen. Wenn ihr nicht schwören wollt, so ist der Prozeß für euch verloren.“

„Schwören!“ sagte der Meister voller Grausen. „Nein, schwören tu ich unter keinen Umständen! Lieber mag das Lattenwerk verlorengehen und meinetwegen auch der Hof, das Geschäft und das ganze Haus obendrein!“

Er war nämlich ein ängstlicher Mann, für den ein Eid einen Ruck zur Hölle bedeutete. — Da trete ich zu den Leuten.

„Meister, was gebt Ihr mir, wenn ich's mache, daß Ihr den Prozeß in einer Viertelstunde gewonnen habt?"

Sie gucken mich alle an, als ob ich geradewegs aus den Wolken herabgepurzelt sei.

„Was fällt Ihm ein? Will Er mich zum Narren machen?" fragt Franke, und der Amtmann tut's noch besser.

„Wer hier nicht bestellt ist, der hat nichts zu reden. Packe Er sich!"

„Oho, Herr Amtmann, das werde ich bleiben lassen! Ihr habt nun ein Jahr lang in der Sache herumgefixt und nichts Richtiges herausklauben können, und nun ich es in einer Viertelstunde ausmachen kann, werde ich mich nicht fortweisen lassen. ‚Nullum regulum sinum exceptum!' wie die Gelehrten sagen, und ich bleibe da, wenn ich auch nicht bestellt worden bin."

So eine Wissenschaft hat der Mann bei mir nicht vermutet, und die Ehrfurcht vor meinem Latein ist ihm gleich in alle Glieder geschlagen. Ich drehe ihm stolz den Rücken hin und frage den Meister zum zweitenmal:

„Also, was gebt Ihr mir?"

„Geben? Wenn Er's ausmacht? Was will er Denn haben?"

„Wenn ich das Röschen zur Frau bekomme, so habt Ihr in einer Viertelstunde den Prozeß gewonnen."

„Der Kerl ist heillos verrückt!" ruft der Amtmann aus Rache darüber, daß ich lateinisch mit ihm geredet habe, und er hat nicht antworten können. Ich will ihm auch gleich wieder eine Nuß zu beißen geben, aber da kommt das Mädel dazwischen, fällt ihrem Vater um den Hals und ruft einmal über das andere:

„Sag ja, Vater, er kann's!"

Das erbarmt auch die dicke Frau Johanna, und weil sie von vorn keinen Platz mehr hat, packt sie den Franke von hinten, und nun geht ein Schlabbermaul immer über das andere, bis er endlich mit den Händen an die Ohren fährt und verzweifelt ausruft: „Na, dann meinetwegen mag Er sie haben; aber den Prozeß muß ich gewinnen!“

„Gut“, sage ich. „Da kommt mal mit herein!“

Das Röschen hat schon längst einen Korb mit der allerschmutzigsten Wolle bereitgesetzt; den nehme ich und trete in das Lattenhäuschen, die anderen mir alle nach. Dort mache ich vorsichtig die hintere Klappe vom Wollteufel auf, schiebe die Wolle hinein und schließe wieder zu. Ich habe in meinem Leben so manches dumme Gesicht gesehen, aber so dumm wie damals war mir keins wieder vorgekommen. Die Leute wußten nicht, was sie aus mir machen sollten, guckten einander an, guckten mich an, guckten den Wollteufel an und wurden von Augenblick zu Augenblick immer konsternalischer. Und als nun gar der Wollteufel zu heulen und zu sausen anfing, da fuhren sie samt und sonders zur Tür hinaus, denn ihr könnt euch denken, daß ich mich nicht wenig ins Zeug legte und an dem alten Kasten drehte, als hätte ich die ganze Himmelskugel in Gang zu erhalten.

Dem da drin ist's jedenfalls auch nicht ganz selig zumute gewesen, denn kaum habe ich angefangen, so höre ich ihn zetern und schreien, daß es einen Stein erbarmen konnte. Aber die anderen haben gedacht, es ist der Wollteufel. Da mache ich die Klappe ein wenig auf und rufe hinein:

„Wo ist die Schrift?“

Keine Antwort; ich drehe also weiter. Nach einer Weile frage ich wieder — keine Antwort, immer weiter drehe ich. Da endlich, als ich das fünftemal frage, klingt's:

„Laß mich raus, nachher will ich's sagen!“

Na, die Augen hättet ihr sehen sollen, die jetzt gemacht wurden, als auf einmal der Wollteufel zu reden anfängt. Ich aber drehe ruhig weiter. Da sieht denn der da drinnen ein, daß es keine Rettung gibt, und als ich wieder fragte, antwortet er:

„In meinem Vater seinem Filzhut unterm Schweißleder."

„Gut, komm raus!" rufe ich, mache die vordere Luke auf und drehe, daß die Wollfetzen wie ein Schneegestöber im ganzen Hof herumfliegen.

Da kommt er gekrochen — aber wie! Du meine Güte, war der Kerl zugerichtet! Von der Nacht im Wollteufel war er zusammengeschrumpelt wie ein Stück dreißigjähriges Kuhfleisch, wenn's ins Wasser kommt. Die Ellbogen hingen bis an die Knie herunter, und der Rücken glich einer richtigen Kometenbahn. Vom Regen war er durch und durch naß geworden, denn die beiden Spitzbuben hatten erst lange draußen herumspioniert, und nun hing ihm die Wolle auf dem Leib, als wäre sie dort angewachsen.

„Alle guten Geister!" schreit der Amtmann. „Was ist denn das für ein Geschöpf?"

Ich habe ihm keine lange Erklärung gegeben, sondern bloß über den Hof hinübergerufen:

„Gack, komm raus, leid's nicht!"

Da erhebt sich drin im Stall ein Krawall, daß dem ganzen Gericht die Haare über dem Chimborasso hinüberfahren. „Hilfe, Feurio, Mordio!" schreit der Gleisinger, und dazu trompetet der Gänserich wie ein afrikanischer Elefant, wiehert wie ein Pferd und brüllt wie ein Tiger. Und als der alte Eberhard die Tür aufmacht, da kugelt sich der Agent auf allen vieren heraus. Er kann aber nicht in die Höhe kommen, weil der Erzvater Gack immer über ihm ist. Na, so ein Gestrample und Gewälze! Da sieht der Vogel plötzlich den jungen Gleisinger, der wie das lebendige Elend an der Schuppentür lehnt, und wer weiß, für was für ein Stück Vieh er ihn wegen der Wolle gehalten hat. Kurz und gut, jetzt stürzt er sich auf ihn, fährt von ihm wieder hinüber zu seinem Vater und stößt in dieser Weise gackernd, wiehernd und brüllend immer von einem zum andern. Dem alten Gänserichfranke gelingt es endlich, das wütende Tier wieder einzusperren.

Ich schlug der Kommersion vor, sofort bei Gleisinger Haussuchung zu halten, und sie tat es. Der Hut wurde gefunden und auch die Schrift darin. — —

Was es nun gegeben hat, das könnt ihr euch denken. Die Gleisingers haben nicht leugnen können und sind eingesponnen worden. Wo's besser ist, dort oder beim Wollteufel und Gänserich, das haben sie uns später nicht gesagt. Das Röschen und ich, wir sind ein Paar geworden. Gack hat den Spaß noch fünf Jahre überlebt und am Jahrestag allemal etwas besonders Feines zu essen bekommen.

Und der Wollteufel? Dem ist's eigentümlich gegangen: als ich das Geschäft übernahm, wollte die Kurbel nicht mehr gehen; ich schaffte also Jacquardmaschinen an und habe aus dem alten Kasten meinen Jungens und Mädels ein Wiegenpferd machen lassen, zwei Ellen lang, anderthalb hoch — — — je älter der Teufel wird, desto besser ist er zu etwas Lustigem zu gebrauchen! — — —

DER FISCHERJAKOB UND DAS WASSERFASS

Na also, da legt mal die Karten weg, und du da hinten in der Hölle, klappre nicht so mit der Kohlenschaufel, sonst könnt ihr off de Geschichte lange warten, weil se inzwischen wieder eingefrorn ist. —

Ich habe bei vielen Meestern gearbeetet; aber bei keenem eenzigen von ihnen bin ich so lange geblieben, wie beim Fischerjakob. Der war een kleenes, dürftiges Männel und stak so voller Gutmütigkeet und Offrichtigkeet, daß een prächtiges Auskommen mit ihm war. Seine Frau hieß mit ihrem Taufnamen eegentlich Wilhelmine; aber weil se de halbseidnen Schürzen so gern hatte, nannte er se nich anders als seine halbseidne Mine. Gewöhnlich war se een altes, gutes Schaf und trübte mit Vorsatz gewißlich keen Wässerchen; aber wenn se eemal in de Raasche gekommen war, so mußte mer ihr vorsichtig aus dem Wege gehn; denn dann ging ihr Plapper wie ne Dreckschleuder, und wer nich machte, daß er so rasch wie möglich fort kam, der konnte sich immer off een Graupelwetter einrichten.

Sie lebte mit ihrem Jakob gut und glücklich; aber so een kleenes Achtelchen hatte se doch ooch in der Hauskreuzlotterie gewonnen, und daran waren de Stare und Gimpel und der weiße Pomeranzen schuld.

Der Meester war nämlich een großer Vogelliebhaber, hielt es besonders mit denjenigen Vogelarten, denen man was anlernen kann, und hatte deshalb immer so Stücker zwölf bis sechzehn Gimpeln stecken. Da stand er denn nu oft mitten in der Nacht, wenn alles so hübsch stille und ruhig war, uff, holte sich nen Gimpel nuff in de Kammer, kroch dann wieder nein ins Bett, und setzte den Bauer uff de Zudecke, um dem Vogel sein Stück vorzupfeifen. Ebenso ging es mit den Staren, denen er die Zunge löste und dann das Reden lernte. Da lag denn nu de Mine derneben und hätte sich über diese Pfeiferei und Schwatzerei de Schwindsucht an den Hals ärgern mögen. Nischt ging ihr über een Kaffeeschälchen voll guten dicken Schlafs; aber bei der verflixten Gimpelei war an keene Ruhe gar nich zu denken, und schimpfen durfte se leider ooch nich. Sobald se nur muxte, rannte er im Hemde spornstreichs nunter in de Stube, holte de ganze Vogelei nuff und ließ nu grade ihr zum Schure eenen solchen Lärm los, daß se gleich vor Wut hätte dervonlofen mögen. Das war der eene Balken von dem Hauskreuz.

In der Woche war der Fischerjakob der fleißigste und ordentlichste Mensch, den mer sich nur denken konnte; aber sonntags und montags, da ging er schnapsen, und zwar zum alten, krummen Taubenullrich off der Neustadt. Der war ooch so een ausgehetzter Vogeljokel wie er und hatte für seine Kunden immer so eenige Fläschchens in Depose stehn. Da saßen se denn und hielten Leimrutenkirmes bis tief in de Nacht hinein, und wenn der Meester endlich heeme ging, so brauchte er mit seinem Spitz, den er sich dann regelmäßig angetrunken hatte, wenigstens drei Viertelstunden, bis er vor de Haustür kam, und ebenso lange dauerte es, bis er endlich de Gegend entdeckte, wo das Schlüsselloch war. Er trank nischt andres als weißen Pomeranzen, weil der so sehr gut für den Magen sein soll, und so viel Vögel er derheeme hatte, so viel Vögel ließ er sich ooch durch de Gurgel flattern; denn er hatte die höfliche Angewohnheet, jedem von seinen Staren und Gimpeln der Reihe nach, so wie se an den Fenstern hingen, eene Gesundheet zu trinken.

Wenn er nu endlich nach langem Fischpern das Schlüsselloch gefunden und de Haustür uff- und wieder zugeschlossen hatte, so ging er nicht etwa noff in de Kammer, sondern er krebste sich in de Stube und setzte sich da in den Großvaterstuhl, der im Winkel hinterm Ofen stand. Da erzählte er denn seinen Vögeln, was er heute alles erlebt und erfahren hatte, rechnete eenem jeden von ihnen vor, wieviel er schon off seine Gesundheet getrunken habe, und wenn ihm endlich doch mal das Maul wehe tat, so nahm er den Flederwisch und klopfte dermit oben an de Decke. Das war das Zeechen for de Mine, daß se offstehn und runterkommen soll, um ihn auszuziehn und zu Bett zu schaffen.

Freilich war das eene Zumutung, die mer eener andern nich gleich hätte machen dürfen; aber de Mine kannte seine Mucken und wußte, daß mit dem Pomeranzen nich zu spaßen sei. Vor langer Zeit schon hatte se mal versucht, liegenzubleiben. Aber das war ihr schlecht bekommen, denn der offgebrachte Meester war ihr mit dem Flederwisch in das Schamberdormi gestiegen und hatte ihr jeden eenzelnen von den eenmalhundertundzwanzigtausend Leviten off eene solche eindringliche Weise vorgegeigt, daß es ihr nich mal im Troome wieder eingefallen wäre, unter der Zudecke steckenzubleiben, wenn er unten pochte. Und das war der andre Balken von dem Hauskreuz.

Eeenes schönen Sonntags nu war der Jakob wie gewöhnlich ausgeflogen; ich aber mußte derheeme bleiben, weil ich ne neue Ankerkette anzuknüpfen hatte.

„He Wilhelm“, sagte de Meestern, als ich fertig war, „heut könnten Se mer mal eenen Gefallen tun!“

„Was denne?“

„Ich will gleich morgen in der Früh waschen, und bei der Kälte heut abend könnte mer da draußen off dem Hausboden das Wasser eingefrieren. Mer wollen doch das Wasserfaß rein in de Stube schaffen und dort hinter den Ofen stellen.“

Na, den Gefallen konnte ich ihr schon tun. Ich machte also Platz, setze den Großvaterstuhl hinter an de Wand, trug den Wasserständer herein und ging dann zu Bett. De Mine hat nachher noch Wasser geholt, bis das Faß geschweppt volle war und is dann ooch schlafen gegangen.

So eenige Zeit nach Mitternacht nu kommt der Meester heeme und krebst off allen vieren de Treppe noff. Als er de oberste Stufe erreicht hat, bleibt er, um wieder ins richtige Gleichgewicht zu kommen, stehn und lehnt sich an den Kleederschrank, der sich draußen befindet.

„Matz, Matz, ich bin da; der Fischerjakob kommt. Matz, Matz, Matz!"

„Jakob, Jakob!" ruft drin in der Stube der Star Nummer Eens. „Komm Jakob, komm!"

„Na gleich, gleich! Wart nur noch een bissel. Ich habe schauderhaftes Leibschneiden. Der Ullrich hatte heut meine Sorte nich, und da hab ich eenen Knorpel off deine Gesundheet trinken müssen. Matz, Matz, Mätzchen!"

„Komm Jakob, komm! Mine kocht Sa—Sauerkraut, Sauerkraut, Sauerkraut!"

„Mach mer keene Finte nich, Matz! Donnerstag gibt's Sauerkraut, heute nich."

„Jakob, Jakob, ich will heiraten, heiraten will ich, heihei, heierkraut!"

„Wart, itzt will ich der helfen, du Tausendgallee! Haste dich wieder mal verplempert? Paß off, itzt komme ich!"

Er läßt den Kleederschrank fahren und schießt ne Lerche über den Hausboden nüber, so daß er mit dem Koppe an de Stubentür rennt und alle Stare und Gimpeln in der Stube laut offschrein.

„Jakob, Jakob", ruft Star Nummer eens, „ich will Sauerkraut heiraten, Sauerkraut!"

„Guten Tag, Herr Stadtrichter!" schreit Star Nummer viere.

„Willkommen, o seeliger A-abend", pfeift Gimpel Nummе drei.

„Potz Gurkensalat, Gur, Gur, Gurkensalat!“ zürnt Star Nummer acht.

„Wartet doch nur, bis ich drinne bin, ihr Schwerenöter! Wo is denn heut nur de Klinke? Na, Mine, wenn de die aber etwa abgebrochen hast, da is der dein Brot gebacken! Immer muß mer bei euch Weibsen de Hand im Geldbeutel haben. Bald zerbricht een Topp, bald eene Flasche, bald eene Schüssel, und nu gar noch de Klinke!“

„Schmeckt das Pfeifchen, Frau Rosine, schmeckt, schmeckt, schmeckt das Pfeifchen, Frau Rosine?“ fragte Star Nummer sieben.

„Alte Neugierde du; warum soll ihr's denn nicht schmecken! Na, das is erst sonderbar! Bin ich denn off eemal so kleene geworden, daß ich das Türschloß eene Viertelstunde über der Nase hab? Und wahrhaftig keene Klinke und ooch keen Schlüsselloch! Na, Mine, de dauerst mich, aber ich kann nich anders; heut setzt's was! Heiliger Gimpel, itzt hab ich's! Das ist ja de Angel! Nee so was! Da bin ich an de verkehrte Seite geraten, und da is weiter niemand schuld als der Knorpel und das alberne Leibschneiden! Endlich, da is de Klinke. Mine, ich hab se; 's is nu gut! 's setzt nischt! Matz, ich bin da; ich bin hinne; Matz, Matz!“

„Jakob, Jakob, heut is Vogelschießen, Mine, Mine, Vogelschießen!“ ruft der Star Nummer drei.

„Das wäre mir een Vogelschießen! Meine paar Pfennige sind beim Taubenullrich sitzengeblieben, und de Mine gibt weiter nischt mehr raus.“

„Vivat, vivat, Vogelschießen, komm, Mine; Jakob komm, Jakob!“

„Halts Maul, Racker, wenn ich der's eemal sage, sonst machste mich falsch! Erst muß ich mich setzen, und dann kommt ihr alle dran; aber hübsch ordentlich der Reihe nach.“

Er tappt sich in seinen Schmollwinkel, dreht sich, als

er mit dem Fuß an den vermeintlichen Großvaterstuhl stößt, mit der Kehrseite gegen die Wand und —

Na, ihr alle wißt, daß eener, der so nen leidlichen Affen hat, beim Setzen nich hofmanierlich niedersäuselt wie een Tanzmeester, der seinen Schülern das feine Benehmen beibringen will, sondern das Ding geht so: erst macht mer de Beene breet, o wie ich es euch itzt vormache; nachher spreizt mer de Arme auseenander wie een Wegweiser, dem de Altersschwäche eene Viertelwendung links gegeben hat; dann macht mer de Oogen zu und legt de Ohren hintenüber wie een Ziegenbock, dem mer Meerrettich off die Nase gebunden hat; sodann macht mer Anstalt zur Kniebeuge, aber so behutsam, ungefähr wie eener, der mit eener Herde Hühneroogen eene Buß-, Bet- und Passionsfahrt in dem engen Stiefelgeschäfte machen will; zuletzt hält mer den Atem an und zieht de Stirne in de Höhe, um zu berechnen, in welche Himmelsrichtung das Meteor hinaus- oder hinunterzentrifugieren wird; endlich kommt een ahnungsvolles, aber ungewisses Schwingen und Schweben zwischen den Wolken, und nu — plumps! setzt mer drin, wie der Fischerjakob im Wasserfaß

„Feuer, Feuer; ich verbrenne, ich ersaufe, ich erfriere, ich ersticke; u—hu—hu—huuuuuh!“ brüllt er mit eener solchen Löwenstimme, daß droben de Mine denkt, de Welt wäre schon halb untergegangen, und mit emporstehenden Haaren aus dem Bette springt. Se hatte vergessen, den Deckel off das Faß zu legen, und der Meester war also mit demjenigen Körperteel, in dem gewöhnlich de wenigsten Kenntnisse stecken, infolge des gewaltigen Plumpses so tief in das Wasser hineingeraten, daß der ganz wie een Taschenmesser zusammengeknickte Körper in dem Bad stak und nur de Arme und de halben Beene oben rausguckten wie Fühlhörner aus nem Schneckenhaus. Wie een Frosch am Teichrand, so hielt er das off- und zuklappende Mundwerk überm

Wasser, um nach Luft zu schnappen; de Kälte fuhr ihm vom Wirbel an immer über den Buckel nunter bis in die Zehen nein, und seine unbeschreibliche Stellung erloobte ihm nich de geringste Anstrengung, sich aus der Mausefalle zu befrein.

Der Inhalt des Fasses war übergeloofen, hatte de ganze Stube überschwemmt und alles, was off der Diele lag, unter Wasser gesetzt.

„Mine, Mine, meine gute, liebe, halbseidne Mine, Hilfe, Hilfe!"

„Mine kocht Sauerkraut, Sa, Sa, Sauraten, ich will sauraten!" rief Star Nummer eens.

„Halt 'n Schnabel, Star, der de bist, mit deinem Heiraten. Mine, Mine!"

„Mach de Augen zu, mach de Augen zu, o Jüngling, liebst du deine Ruh!" pfiff Gimpel Nummer viere.

„Mine, komm zu deinem Jakob; ich kann nich pochen; ich stecke im Wasserfaß!"

„Heil dir im Siegerkranz, Herrscher des Vaterlands!" pfeift Gimpel Nummer eens.

„Mine, mach doch nur; die Stube schwimmt!"

„Die Milch läuft über, Herr Pastor, die Milch läuft über!" ruft Star Nummer zwee.

„Hol der Kuckuck deine Milch, du Esel von eenem Star! Mine, Mine, Mine!"

„Goldne Abendsonne, wie bist du so schön! Nie kann ohne Wonne deinen Glanz ich sehn", pfeift Gimpel Nummer sechs.

„Nee, über so een Weibsen! Die schläft, als hätte se's gepachtet. Die hört nich, die sieht nich, die fühlt nischt; und ich muß jämmerlich ersaufen, wenn se nich bald macht, daß se runterkommt. Na, das ist der letzte Knorpel, den ich getrunken habe, wenn ich überhaupt das Unglück überlebe!"

„Stille Nacht, heilige Nacht; alles schläft, einsam wacht", pfeift Gimpel Nummer zwee.

„Wenn de nu nich bald offhältst mit deiner infamen Fopperei, so komm ich hin, Gimpel du!"

„Komm her, Jakob, komm doch her!" ruft Star Nummer eens.

„Ja, wenn ich nur könnte, ihr heilloses Volk ihr; da sollte euch das Necken schon vergehn! Mine, Mine, meine allerallerbeste, halbseidne Mine!"

„Schmeckt das Pfeifchen, Frau Rosine, schmeckt das Pfeifchen?" fragt Star Nummer sieben.

„Nee, nu wird mers zu tolle mit deiner Frau Rosine, du Schindernickel du! Ich halt's nich mehr aus in dieser verfluchten Klemme! Das Wasser is mer innerlich schon ruffgestiegen bis in de Gurgel; wenn's bis ins Gehirn kommt, schnapp ich über, Mine, Mine, o meine Mine!"

Seine Lage wurde wirklich immer schlimmer; denn der Ständer war oben eng und unten weit, und so rutschte er immer tiefer nein. Der Rausch war schon längst verflogen. Es schüttelte ihn am ganzen Körper, und es war ihm zumut, als ob er wie een Häufchen Salz im Wasser auseenanderloofen müsse. Der Mordslärm da unten in der Stube hatte mich offgeweckt, und ich stieg de Oberbodentreppe nunter, um nachzusehen, was es gäbe. Da fand ich denn de Meestern, wie se vor der Tür stand und horchte. Se hatte sich de Geschichte gleich richtig zusammengereimt und erraten, in welchen Sperrsitz ihr Liebster geraten war; aber se hatte ooch ihre guten Gründe, den Alten noch een bißchen zerzappeln zu lassen.

„Wilhelm, sind Se ooch da? Mein Mann steckt im Wasserfaß und kann alleene nich wieder raus. Der muß heut Trumpf zugeben, sonst laß ich ihn stecken."

„Mine, Mine!" rief's drinne immer wieder. „Ach hätt ich dich nich geheiratet! Eene andre hätt mich schon lange rausgezogen!"

„Madle ruck, ruck, ruck, Madle ruck, ruck, ruck an meine grüne Seite", pfeift Gimpel Nummer fünf.

„Willste gleich ruhig sein! Das verwünschte Viehzeug bringt mich noch um, bevor ich den letzten Rutscher tanze! Mine, meine herzallerliebste, goldne Mine!"

„Wenn ich mich nach der Heimat sehn', wenn mir im Aug die Tränen stehn", pfiff Gimpel Nummer sieben.

„Was willste nur mit deiner Heimat? Sei doch froh, daß de wenigstens im Trocknen bist! Mine, Mine, ach komm doch nur! Wenn ich nur dies eenzigemal noch pochen könnte, ich wollte in meinem ganzen Leben nich wieder mit dem Flederwisch an de Decke pochen!"

„Is das wahr, Jakob?" fragte da nu endlich de Meestern haußen vor der Tür.

„Mine, biste da? Komm nur rasch rein; es geht mer sonst ans Kamisol!"

„Wenn de nich mehr pochen willst, da zieh ich dich raus, anders aber nich!"

„Komm nur! Ich poch, mein Seel, nich wieder."

„Und deine Vogeln bringste mer nich mehr in de Kammer, wenn ich schlafen will!"

„Das geht nich, Mine, beim besten Willen nich! Ich muß se in der Kammer anlernen, weil se in der Stube irre werden."

„'s geht, Jakob, 's geht, wenn de nur willst."

„Nee, 's geht wirklich nich; denn wenn ich eenem was vorpfeife, da quatschern mer's de andern ooch mit nach."

„Da gehste naus off de Holzschuppen."

„Da is mersch itzt zu kalt."

„Na, da bleib stecken. Gute Nacht, Jakob!"

„Mine, ich muß ersaufen; 's is keene Lüge!" Und als se nich gleich antwortete, setzte er in der größten Angst hinzu: „Komm rein; ich will off den Schuppen gehn; komm nur, komm!"

Jetzt endlich trat se in de Stube; aber als se merkte, daß ihr das Wasser in de Filzschuhe kam, sprang se mit eenem Schreckensruf wieder fort. Daran hatte se mit keener Silbe nich gedacht, daß das Wasser überloofen müsse, wenn so een Amphibium wie der Meester neinplumpst.

„Um Gottes willen, was is denn das für ne Schweinerei da hinne? Da schwimmt ja de ganze Stube im Wasser!"

„Mine, der heilige Christ hat beschert, der heilige Christ, Christ, Christ hat beschert!" rief Star Nummer fünf.

„Laß schwimmen, meine gute Mine, laß schwimmen; zieh nur mich erst raus!"

„Na, da komm, du alter Tolpatsch! Das haste von deinen weißen Pomeranzen."

„Ach, wenn's doch nur Pomeranzen gewesen wäre! Aber 's war nur Knorpel, der reene Knorpel."

„Und der hat dir deine fünf Sinne so durcheinander gebracht, daß de 's Wasserfaß für eenen Großvaterstuhl angesehn hast! Na, schäme dich! Wilhelm, helfen Se mit; er steckt zu feste drin."

„Zieht nur, zieht! Au; nehmt euch in acht! Ich bin durch und durch offgeweecht wie een Zwieback im Kaffeeschälchen. Wenn ihr nicht sachte tut, so loofe ich wie Brei auseenander. So; au! Ich kann mein Seel nich grad stehn; ich muß mich setzen. Wo ist denn nur der Großvaterstuhl?"

„Mine kocht Sauerkraut, Sau, Sau, Sauerkraut!" rief Star Nummer eens.

„Halts Maul, Star! Mir is nich wie Sauerkrautessen zumut. Nu kann ich de ganze Nacht da hier rumpatschen und offstreichen! Wo haste denn den Stuhl, Mine?"

„Ach was, Stuhl. Wer weeß, wo's den hingeschwemmt hat! Scher dich nur gleich ins Nest! Häng aber erst de Kleeder off de Leine, daß se gehörig abtropfen und wisch dich erst richtig mit der Handquäle ab, daß de mer's Bettuch nicht naß machst! Da hast se, und nu pack dich!"

„Wilhelm, komm Se, führen Se mich noff. Ich bin itzt so steif gefroren wie een Eiszapfen, und ich gloobe, daß ich mitten auseenander breche, wenn ich mich wo anstoße."

„Ein freies Leben führen wir, ein Leben voller Wonne!" pfiff Gimpel Nummer acht.

Ich aber packte den Meester beim Arm und schaffte ihn in de Kammer. Beim Ausziehn meente er, während ihm de Zähne zusammenklapperten:

„Wilhelm, passen Se mal off; ich trinke gewiß und wahrhaftig nich wieder, und meine Alte soll von itzt an ruhig schlafen können! Wenn's einem so ans Leder gegangen is wie mir heut, da kriegt mer nich nur den Knorpel, sondern ooch den Pomeranzen satt, mag es nu weißer sein oder meinetwegen ooch roter."

Und er hat wirklich Wort gehalten. Es hat ihn gewißlich keener von euch wieder mit eenem Spitz gesehn; und seine Vogeln hat er von dort an immer im Holzschuppen angepfiffen. Itzt is er nu schon seit Jahren tot; aber das Wasserfaß lebt noch, und wer von euch sich een ähnliches Sonntagsvergnügen machen will, der kann sich mal neinsetzen. Ich habe nischt derwider! — — —

DIE FALSCHEN EXZELLENZEN

Wer von euch hat die umherziehende Schauspielertruppe Uhlewald gekannt? Keiner? Das ist schade! Denn da könnt ihr auch nicht wissen, was für einen Knall es in Limberg gab, als es auf einmal hieß: „Uhlewald kommt!“ Das war eine lustige Gesellschaft, die Truppe Uhlewald, und der lustigste von allen war der Herr Direktor selbst. Er erfreute sich der liebevollsten Anhänglichkeit von seiten der ihm anvertrauten Künstlerseelen, und das hatte seinen guten Grund; denn er pflegte sein väterliches Tun nach zwei Wahlsprüchen zu richten, mit denen die Seinen durchaus einverstanden sein konnten. Der erste lautete: „Lieber selbst hungern, als meine Leute auf Moneten warten lassen“, und der zweite hieß: „Fehlt mir's, so haben's die Philister.“ Das half wirtschaften und war auch nicht gefährlich; denn er hatte eine ganz eigene Art und Weise, mit den Gläubigern zu verkehren, und wußte sie dermaßen aus der Vogelschau zu behandeln, daß sie es für eine Ehre hielten, den bekannten Platz hinter der Feueresse als Ankreidetafel benutzen zu dürfen.

Also: „Uhlewald kommt!“ hieß es in Limberg, und er kam auch. Aber nicht etwa auf einem alten, wackligen Rheumatismuskarren, sondern mit drei vollen, zweispännigen „Fudern“, von denen die beiden ersten die leblosen Notwendigkeiten bargen, während der dritte Wagen so voll Personen gepfropft war, daß sie auf allen Seiten herauszuquellen drohten.

Das dicke Oberhaupt mit dem runden, klugen und dabei so gutmütigen Gesicht saß vorn neben dem Kutscher und hielt fleißig Ausguck nach dem Ort, der berufen war, der Kunst für die Zeit einiger Wochen als Tempel zu dienen.

„Halt! Brr, Gevatter!“ befahl er, als sie den Gasthof zu den „Drei Schwänen“ erreicht hatten, wo die beiden andern Wagen schon hielten; „wir sind am Ziel, und nun rrraus aus der Arche mit euch buntem Volk!“

Er stieg zuerst auf die zuverlässige Erdenkruste und steuerte ohne Aufenthalt dem Gastzimmer zu.

Im Flur stieß er auf einen jungen Mann, der aus dem Hof herbeieilte.

„Ach, da ist ja der Anton? Grüß Gott, Herzensjunge! Da sind wir, Gott sei Dank, wieder in Limberg! Wie geht's, und wo steckt der Herr Papa?“

Der Angeredete war der Sohn des Wirts, ein hochgewachsener, stämmiger Geselle, dem man es auf den ersten Blick anmerken mußte, daß er aus einer wackeren und wohlvermögenden Familie stammte. Er reichte dem Angekommenen mit freundlichem Lächeln die Hand.

„Willkommen, Herr Direktor! Danke! Wie man's treibt, so geht's; und es wird sich ja wohl noch treiben lassen! Vater ist augenblicklich nicht zugegen, wird aber bald wieder da sein.“

„Treiben lassen? Mein Sohn, das klingt ja nach irgendeinem Rätsel!“

„Möglich! Es ist bei uns nicht alles mehr so ganz in Ordnung, wie bei Ihrem letzten Hiersein. Sie werden das bald merken. Wir leben gegenwärtig auf kriegerischem Fuß und haben alle Tage irgendein Gewitter auszuhalten. Eben jetzt ist der Vater wieder beim Rechtsanwalt, und ich bin überzeugt, daß es Blitz und Donner gibt, wenn er nach Hause kommt.“

„So so, hm hm! Ich sehe schon, da fehlt der Uhlewald, um dem Schwanenwirt wieder einmal den Kopf zurechtzusetzen. Du mußt mir die Sache noch näher erklären; zuvörderst aber will ich hineingehen, um die Frau Mutter zu begrüßen.“

Er trat in die Stube, wo ihn Wirtin und Gäste herzlich empfingen; denn er stand in gutem Andenken bei ihnen. Seine Rückkehr schien also geeignet, alte, längst aufgegebene Hoffnungen wieder zu beleben. Es dauerte nicht lange, so saßen die zwölf munteren Kinder der Bühne bei fröhlicher Unterhaltung im Kreis der ehrsamen Spießbürger, während die Fuhrleute ihre liebe Not hatten, den Inhalt ihrer Frachtwagen loszuwerden. Erst auf ein Machtgebot Uhlewalds fanden sich Hände, die Gepäckstücke an Ort und Stelle zu bringen. Nachdem das geschehen war, versammelte er das Häuflein, um seine Feldzugspläne zu entwickeln, in eine hinter der Gaststube gelegenen Kammer, die ihnen die Wirtin zur Verfügung gestellt hatte.

„So so, hm hm!“ meinte der Direktor. „Wollen uns doch einmal überlegen, wie wir uns hier in Limberg einzurichten haben! Das, meine Kinder, ist notwendig, weil beim letztenmal manches von uns hier hängengeblieben ist, was unsere guten Freunde eigentlich hätten vergessen sollen. Da ist zunächst Dienhold, der Schwanenwirt, eine alte, gute Haut, aber er will ‚gestreichelt‘ sein. Dem sind wir noch alles schuldig, was — — —“

Er wurde unterbrochen; der, von dem soeben die Rede war, erschien unter der Tür, eine Anzahl Zettel in der Hand, und fuhr ohne große Umstände mitten unter die Versammelten hinein.

„Guten Tag, Herr Direktor! Schön, daß Sie gleich alle beisammen sind; denn ich habe für jeden etwas mitgebracht.“

„Danke, Schwanenwirt!“ antwortete Uhlewald mit einem herablassenden vertraulichen Kopfnicken und ohne sich vom Stuhl zu erheben. „Etwas mitgebracht? Für jeden? So so, hm hm, da sehe ich doch, daß wir Euch lieb und wert sind. Aber Ihr habt Euch doch nicht etwa unsertwegen in Ausgaben gestürzt?“

„Nein, nein, ich habe nur unsere alten Rechnungen hervorgesucht und will sie Ihnen hiermit zur nochmaligen Durchsicht vorlegen.“

„Schön, mein liebes Gasthaus, daß Ihr Euch die Papiere so sorgfältig aufgehoben habt; Ordnung muß sein. Aber das Vorlegen ist bei uns nicht notwendig, da wir sie ja gar nicht durchzusehen brauchen. Wenn Ihr uns die Versicherung gebt, daß alles gehörig aufgeschrieben und nichts vergessen ist, so setzen wir keinen Zweifel in die Richtigkeit. Ihr wißt ja, daß Ihr Vertrauen und Kredit bei uns besitzt."

Der Wirt sah den Sprecher verblüfft an. „Ja, so meine ich es nicht, das ist klar! Ich bringe die Rechnungen nicht etwa, daß sie bloß geprüft, sondern daß sie endlich einmal berichtigt werden sollen. Ich habe zwei volle Jahre gewartet und denke, daß ich nun zu dem Meinen kommen werde."

„So so, hm hm! Ihr habt mich falsch verstanden! Glaubt Ihr etwa, daß wir gewohnt sind, einem jeden beliebigen Wirt unsere Rechnung in Verwahrung zu geben? Ich dächte, Ihr wärt der Mann dazu, vornehme Gesinnungen zu begreifen. Und dann werdet Ihr die Hochachtung und das Zutrauen, das wir Euch bewiesen haben, auch zu würdigen wissen."

„Ach was, vornehm! Was hilft mir das Vornehmsein, wenn sich der Beutel dabei schlecht steht! Ich will Ihnen einmal im einzelnen vorlesen, was ich alles zu fordern habe. Es sind schlechte Zeiten, und gerade mir geht es am allerschlechtesten. Ich brauche Geld, und wenn ich keines bekomme, so haftet mir Ihr Gepäck. Ich hätte schon damals soviel zurückhalten sollen, wie nötig war, meine Auslagen zu decken; das ist klar!"

„So so, hm hm! Geld wollt Ihr haben?" fragte erstaunt der Direktor. „Wenn Ihr weiter nichts verlangt! Da könnt Ihr Euch das einzelne Verlesen ersparen. Sagt, was Ihr im ganzen bekommt!"

Er griff mit überlegenem Lächeln in die Tasche seines Rocks und zog eine alte, rotlederne Brieftasche hervor, in der sich außer einigen vollgeschriebenen Merkblättern nichts befand als höchstens ein paar Briefumschläge und Besuchskarten; das wußten seine Untergebenen alle. Dabei hatte er sich erhoben und war ans Fenster getreten.

„Wahrhaftig, es ist gerade noch Zeit! So so, hm hm, Martin“, meinte er zum Souffleur, der der Tür am nächsten stand, „springen Sie doch einmal hinunter zu den Fuhrleuten! Sollen warten; wir laden wieder auf.“

„Wieder aufladen?“ fragte der Wirt. „Warum?“

„Weil wir nicht in den ‚Drei Schwänen‘, sondern im ‚Römischen Kaiser‘ spielen werden. Die Wagen sind einmal da, und so werden wir unsere Sachen doch nicht etwa huckepack durch die Stadt schaffen!“

„Im ‚Römischen Kaiser‘?“ fiel der Wirt ein. „Hier der erste Liebhaber ist doch vor acht Tagen in Ihrem Auftrag bei mir gewesen und hat mit mir abgeschlossen, daß Sie Ihre Vorstellungen in meinem Saal geben. Sie können nicht mehr zurücktreten.“

„Weshalb denn nicht?“

„Weil das gegen unser Übereinkommen wäre. Der Kaiserwirt würde eine Riesenfreude haben, wenn er die Einnahmen, die das Theater mit sich bringt, so mir nichts dir nichts zugeschwenkt bekäme, und ich wäre für lange Zeit lächerlich gemacht.“

„So so, hm hm! Also Ihr gebt zu, daß Ihr Gewinn von uns habt? Das ist aufrichtig und rechtschaffen von Euch, Dienhold, und bringt Euch in meiner Achtung wieder ganz beträchtlich in die Höhe. Aber im ‚Kaiser‘ werden wir trotzdem spielen, da ich es nicht notwendig habe, Beleidigungen zu dulden, die gegen mich und jedes einzelne Mitglied meiner Gesellschaft gerichtet sind. Mit dem Zurücktreten sind wir damit voll und ganz im Recht. Ihr seid ein kluger Mann und kennt das Gesetzbuch besser als mancher Rechtsanwalt. Daher wißt Ihr ebensogut wie ich, was es zu bedeuten hat, daß Ihr uns hier öffentlich als Eure Schuldner ausschreit. Man darf niemand in Gegenwart eines andern mahnen;

Ihr aber tretet zu uns zwölf Personen herein und setzt jeden einzelnen von uns in den Augen der andern auf ehrverletzende Art herab! Das ist eine zwölffache Beleidigung, die man gerichtlich verfolgen sollte. Wir spielen beim Kaiserwirt! Sagt, was wir Euch im ganzen zu berichtigen haben!"

„Eine zwölffache Beleidigung? Ja, mein bester Herr Direktor, so war das nicht gemeint, das ist klar! Ich dachte, weil Sie einander kennen, so wäre es — —"

„Ja, gerade weil wir uns kennen, ist die Beleidigung doppelt groß; denn in Gegenwart eines Unbekannten brächte so etwas natürlich weit weniger Schaden."

„Aber, Herr Direktor, so lassen Sie doch nur mit sich reden! Ich hänge schon jetzt in einer Amtsgeschichte, die mir den Kopf warm macht. Erst vorhin war ich beim Rechtsanwalt und muß befürchten, meinen Prozeß zu verlieren. Da kommen nun auch noch Sie mit einer zwölffachen Beleidigung! Wer soll das aushalten? Stekken Sie doch nur Ihre Brieftasche wieder ein! Ich habe gar kein Geld gewollt, sondern Ihnen nur zeigen wollen, daß meine Buchführung in Ordnung ist. Sie sind mir ja so sicher wie irgendeiner, das ist klar!"

„So so, hm hm! Das kann ein jeder: erst beleidigen, und dann jammern. Ich habe viel auf Euch gehalten, Dienhold, und überall vom Schwanenwirt in Limberg erzählt; darum tut mir's leid, daß ich Euch verkannt habe. Wir spielen im ‚Kaiser'; also gebt endlich einmal die Summe an, damit wir wieder fort können!"

Er öffnete die Brieftasche und zog einige angerissene Blätter hervor, mit denen er, zum Aufzählen bereit, sich dem Tisch näherte. Der Wirt schob ihn zurück.

„Ich bitte Sie, Herr Direktor, lassen Sie das heute! Jetzt bin ich der Beleidigte, denn Sie halten mich für einen Menschen, der solche Gäste, wie Sie sind, nicht zu schätzen und zu behandeln weiß. Es ist klar, daß ich Sie nicht habe mahnen wollen, und wenn ich nicht ernstlich böse werden soll, so stecken Sie Ihre Kassenscheine wieder ein! Sie haben ja für die ersten Tage soviel Ausgaben, daß es geradezu unverständig von mir wäre, Ihre Börse zu schwächen."

„Na, was das anbelangt, so wäre sie einem solchen Unverstand jedenfalls gewachsen, und Euer Bösesein könnte uns nicht viel Schaden bringen. Aber — so so, hm hm, ich war Euch stets gewogen, und es sollte mich dauern, wenn das nicht so bleiben könnte. Ihr mögt es also für eine ganz besondere Nachgiebigkeit ansehen, daß ich Eure Bitte erfülle. Ich meine, daß hier diese guten Leute nicht weiter an die Beleidigung denken wollen und damit einverstanden sind, daß ich nicht am Ende gar noch gewaltsam auf die Annahme der Bezahlung dringe. Und als Beweis unserer Verzeihung mag der Entschluß dienen, vom ‚Römischen Kaiser' abzusehen und hier bei Euch zu spielen. Seid Ihr jetzt zufrieden?"

„Vollständig, Herr Direktor!"

Der Genannte schob die Papiere mit huldvoller Miene in die Tasche zurück und meinte dann: „Was ist denn das für ein Rechtsfall, mit dem Ihr zu tun habt?"

„Ja, zu welcher Sorte von Prozessen er gehört, das weiß ich eigentlich selbst nicht. Als ich diesen Gasthof vom Bismarck kaufte, da — —"

„Vom Bismark?"

„Ja! Der frühere Wirt, Werner heißt er, hat viel Politik getrieben und mehr in Büchern gelesen als sich um seine Wirtschaft gekümmert. Später mußte er verkaufen und zog nach Ebersbach, wo er den Gasthof zu den ‚Drei Linden' pachtete. Dort ist er in den Armenvorstand gewählt worden, und seit er das Ämtchen hat, tut er dick, zumal seine Frau und die herangewachsene Tochter, die Lisbeth, das Geschäft gut in Gang gebracht haben. In seiner Gaststube hängen Bismarck, Moltke, der alte Kaiser und wer weiß, was sonst noch für große Geister und Machthaber. Er hat sich Bismarckbücher gekauft, weiß von niemand als von Bismarck, redet von nichts als von Bismarck und hat sogar seiner Frau ein bismarckfarbenes Kleid als Weihnachtsgeschenk gekauft, was doch schon viele Jahre nicht mehr in der Mode ist. Daher heißt ihn jedermann ‚Bismarck'. Der Kerl ist nicht recht bei Trost, das ist klar!"

„So so, hm hm! Hat er denn mit Eurem Prozeß etwas zu schaffen?"

„Freilich! Er vor allen Dingen. Als ich nämlich vor sechs Jahren die ‚Drei Schwäne' von ihm übernahm, da — da — na, wissen Sie, Herr Direktor, er war pleite und wollte nicht gern um die paar Pfennige kommen, die er noch hatte. Da habe ich ihm den Gasthof abgekauft und ihm nachher zuweilen, je nachdem ich es zusammenbrachte, etwas hinaus nach Ebersbach getragen. Als ich es für genug hielt, war's mit dem Zahlen aus. Da aber tritt der Mann plötzlich auf und behauptet, daß ich ihm noch Geld schuldig sei. Ich habe es nicht zugegeben, und darauf geht er vor Gericht und verklagt mich. Ich habe mich geweigert, den Eid zu leisten, weil — na, das ist Nebensache, und so hat sich der Prozeß fast zwei Jahre hingezogen. Übermorgen ist nun Schlußverhandlung oder Entscheidungstermin oder wie sie es nennen, und ich wäre da wohl zu meinem Recht gekommen. Plötzlich aber spricht der Werner — und das habe ich heute erst gehört —, daß er meine Unterschrift endlich gefunden habe die er solange gesucht hat; da — da ist der Prozeß verloren, das ist klar!"

„Wieso ist das klar? Was für eine Unterschrift hat er gefunden?"

„Na, halt die Unterschrift, daß ich ihm außerhalb des Kaufvertrags noch allerlei zu vergüten hätte, wovon seine damaligen Gläubiger nichts wissen sollten. Er meinte, daß ich ihm da heimlich noch etwas mehr hätte zahlen sollen, als ich geleistet habe, und ich meinte es nicht, weil er das Schriftstück verschlampt hatte. Nun ist es aber doch wieder bei ihm aufgetaucht, und mein Name steht darunter!"

„Ihr seid zwei Spitzbuben, einer wie der andere. Wißt Ihr das, Schwanenwirt? Und das richtige wäre, wenn ihr alle beide tüchtig bezahlen müßtet. Diese Unterschrift kann Euch und auch dem Bismarck viel zu schaffen machen. Sieht der Lindenwirt denn das nicht von selber ein?"

„Er hat erklärt, ihm sei jetzt alles gleich; einen Rechtsanwalt hat er nicht, weil er sich selbst für klug genug hält; der meinige aber schüttelt den Kopf dazu. An dem Unheil sind übrigens Sie auch mit schuld, Herr Direktor!"

„Ich? So so, hm hm! Inwiefern denn ich?"

„Wegen Ihrer Liebesgeschichten. In jedem Stück, das Sie vor zwei Jahren hier bei mir gaben, waren zwei ineinander verliebt, manchmal auch vier, und einmal gar sechs. Dadurch haben Sie meinen Jungen, den Anton, ganz verdreht gemacht, und er ist auf den dummen Einfall gekommen, daß er auch eine Liebste haben müsse. Das wäre nun freilich nicht so schlimm gewesen, denn er ist am Ende schon alt genug dazu. Aber daß er sich gerade dem Bismarck seine Lisbeth aussuchen muß, das kann mir nicht behagen."

„Ach, so so, hm hm! Also darum lebt man hier auf kriegerischem Fuß, und darum gibt es täglich ein Gewitter!"

„Hat er es Ihnen schon erzählt?! Er soll mich nur nicht in die Wolle bringen, sonst halte ich mein Wort, das ich ihm gegeben habe!"

„Was für eins denn, wenn man fragen darf?"

„Wenn er nicht von dem Mädchen läßt, so muß er aus dem Haus! Ich mag von der Ebersbacher Gesellschaft nichts wissen. Und nun gar den Bismarck, der mich verklagt hat und den Prozeß gewinnt, als Schwäher; ich führe vor Ärger aus der Haut; das ist klar."

„Hm! Das, von wegen aus dem Haus jagen, Schwanenwirt, das überlegt Euch ja erst richtig! Der Anton ist ein folgsamer und guter Junge; aber er hat da, wo es gilt, seinen Kopf für sich. Er wird wohl meinen, daß die Lisbeth für ihn paßt und daß die Kinder mit der Feindschaft der Eltern nichts zu tun haben. Ich kenne das Mädchen nicht; ist es denn so unrecht?"

„Ach nein! Man kann ihr nichts nachreden; sie ist hübsch, arbeitsam und häuslich, geht stets nett und sauber, und man könnte fast Achtung vor ihr haben, wenn der Bismarck mich nicht verklagt hätte und nun auch den Prozeß gewänne."

„So vergleicht Euch doch im Guten!"

„Herr Direktor, es ist klar, daß dies nicht geht. Der Werner gibt nicht nach, weil er gewinnt, und ich kann nicht nachgeben, wenn ich auch wollte, weil ich verliere."

„So so, hm hm! Würdet Ihr nachgeben, wenn Ihr am Gewinnen wäret? Seid einmal aufrichtig!"

„Ich —? Das weiß ich nicht. Möglich wäre es, denn — nun ja, der Streit hat mir viel Sorge gemacht, und man wird seines Lebens nicht mehr froh. Dazu kommt die Angst wegen der Unterschrift, denn durch diese wird doch unser damaliger Handel verkehrt. Wir hatten gar nichts Böses im Sinn; ich kam in den Gasthof, und er behielt so viel, daß er sich in Ebersbach einrichten konnte. Seine alten Schulden hat er nach und nach abgezahlt, und so könnte wohl keiner auftreten, der Schaden von uns gehabt hat. Es ist also nur wegen des guten Rufs, Herr Direktor. Ich wollte deshalb was geben, wenn die Sache zur Ruhe käme!"

„Gibt's denn keine Möglichkeit für Euch, doch noch zu gewinnen?"

„Nein, gar keine, wie mir vorhin der Rechtsanwalt zu verstehn gab, wenn der Bismarck nicht etwa die Gerichtsverhandlung versäumt; denn, wer nicht kommt, der hat verloren, das ist klar."

„Für welche Zeit ist er anberaumt?“

„Übermorgen Vormittag zehn Uhr, hier in Limberg.“

„So so — — — hm hm!“

Uhlewald machte ein ganz eigentümliches Gesicht. Die Seinen kannten diese Miene; man konnte stets daraus schließen, daß ihm irgendein schalkhaftes Plänchen durch den Kopf gefahren war.

„Wissen Sie vielleicht eine Hilfe, Herr Direktor?“ fragte der Wirt, der diesen Ausdruck in den Zügen seines Gastes bemerkte.

„Hilfe? Warum nicht? Mühe wird es freilich kosten, und Gefahr ist für mich auch dabei. Aber sagt, Dienhold, was gebt Ihr, wenn Ihr den Prozeß gewinnt?“

„Was ich gebe? Hier diese Papiere stecke ich in den Ofen, das ist klar; und bei der kommenden Rechnung werde ich mich außerdem noch dankbar zeigen.“

„Gut! Angenommen! Aber ich mache zwei Bedingungen.“

„Welche?“

„Erstens: Ihr laßt dem Anton seine Lisbeth!“

„Herr Direktor — —!“

„Wenn Ihr nicht wollt, so mag die Sache bleiben. Ich habe es gut gemeint.“

„Nennen Sie mir Ihr Mittel; vielleicht bringe ich es selber fertig.“

„Nein! So etwas kann nur unsereiner ausführen; dazu habt Ihr kein Geschick, Schwanenwirt, obgleich Ihr sonst ein anstelliger Kopf seid.“

„Geht es denn wirklich nicht ohne die Lisbeth?“

„Ist auch der Bismarck gegen diese Liebschaft?“

„Freilich, noch mehr als ich; das ist klar.“

„So so, hm hm, und trotzdem wird es nicht ohne sie gehn! Ihr müßt in den sauren Apfel beißen, Dienhold!“

„Nun, so mag es denn meinetwegen sein, wenn es wirklich so notwendig ist Es ist auch was wert, wenn man gewinnt.“

„Schön! Zweitens: Ihr tragt die Gerichtskosten."

„Fällt mir nicht ein! Wenn ich gewinne, ist es nicht nötig."

„Gut; so verliert den Prozeß!"

„Sie sind heut außerordentlich kurz, Herr Direktor. Es wäre doch geradezu lächerlich, die Kosten zu bezahlen, wenn ich gewinne."

„Und es ist ebenso lächerlich, ihn nicht zu gewinnen, weil Ihr die Kosten nicht bezahlen wollt; denn dann seid Ihr dazu gezwungen und habt obendrein die Forderung Eures Gegners zu berichtigen. Von allem andern, was dabei zu bedenken wäre, will ich gar nicht sprechen."

„Da mag es sein! Also ich nehme die Kosten auf mich, und der Anton mag sein Mädchen haben."

„So ist's abgemacht. Schlagt ein, Schwanenwirt!"

Während Dienhold mit erleichtertem Herzen das Zimmer verließ, wandte sich der Direktor fröhlich zu den Seinen: „So so, hm hm! Kinder, ich bin mit mir zufrieden und ihr könnt es auch sein. Aber macht mir doch mal ein wenig Platz!"

Er wand sich zwischen ihnen hindurch und trat zum Spiegel. Dort unterwarf er seine Züge einer sorgfältigen Betrachtung, schnitt zur Verwunderung der Zuschauer eine Reihe der verschiedensten Gesichter, und tat endlich gar etwas, was alle für unmöglich gehalten hätten: Er nahm sich die Perücke vom Kopf und gab den neugierigen Blicken eine bisher sorgsam verheimlichte Glatze preis, die, vollständig glatt, nur gerade über der Stirn einige wenige Härlein zeigte. Nachdem er auch sie aufmerksam in Augenschein genommen hatte, wandte er sich wieder zurück und richtete sein Auge prüfend auf den Souffleur.

„Treten Sie einmal näher, Martin!"

Der Gerufene folgte dem Befehl. Er war ein langer, hagerer, dabei aber kräftiger Mann, der in geeigneter Gewandung keine üble Erscheinung sein mußte.

„So so, hm hm! Das könnte gehn! Gestalt paßt, das Gesicht paßt auch; bleich, ohne Bart, ein wenig faltig. Hm! Wollen Sie einmal den Generalfeldmarschall Grafen von Moltke geben, Martin?“

„Ich — —?“ fragte der Souffleur erstaunt. „Sie scherzen wohl, Herr Direktor?“

„Es ist mein vollständiger Ernst, Männchen. Zwar habe ich Sie nie zu irgendeiner Rolle gebrauchen können, aber für meine jetzigen Zwecke werden Sie sich eignen. Also wollen Sie?“

„Mit Vergnügen, wenn nämlich kein Gehaltsabzug dabei zu befürchten ist.“

„Ohne Sorge, mein Lieber! Ich bin Ihnen zwar schon oft das gesamte Gehalt schuldig geblieben, aber Abzüge habe ich nie gemacht. Und sobald ich mal selber bei Kasse war, habe ich Ihr Guthaben immer ausgeglichen. Natürlich kriegen Sie auch diesmal Ihr volles Gehalt. Doch wann, das wissen die Götter.“

„Ihr Versprechen beruhigt mich“, sagte feierlich der Dürre.

„Schön! Sie treten also in einem kleinen Stück auf, das wir außerhalb der Bühne geben; ich als Bismarck, und Sie als Moltke. Über Ihre Rolle werde ich Sie heute noch unterrichten. Jetzt aber, Kinder, wollen wir unsere geschäftlichen Angelegenheiten wieder aufnehmen!“ —

„Das versteht ihr nicht! Ich muß das besser wissen, denn ich habe die Bücher darüber. Wenn ihr etwa meint, daß er vom Krieg nichts versteht, so irrt ihr euch gewaltig. Er hat schon als Junge reiten können wie ein Husarenleutnant und mit den Waffen umzugehn verstanden wie nur irgendeiner. Sogar den Herkules, was doch ein Kerl ist, der einen Löwen gleich totgequetscht hat, hat er in Schönhausen einmal mit der Vogelflinte von hintern angeschlossen, und damals war er noch ein Schulbube. Als Student ist er der beste Fechter gewesen, den es gegeben hat. Und denkt ihr vielleicht, daß ihn der Kaiser zum General gemacht haben würde, wenn er kein Geschick dazu hätte? Geht nur hinein in die Stube, wo er in seiner Kürassieruniform an der Wand hängt! Man sieht es ihm gleich an, daß er zum Kriegführen geboren ist."

Der Sprecher saß mit seinen Gästen vor dem Haus. Die jungen Burschen schoben Kegel und die älteren Männer hatten sich unter der alten, weitästigen Linde versammelt, um über Staatsangelegenheiten zu plaudern. Natürlich war der Werner dabei der Hauptsprecher; er konnte sich dieser seiner Lieblingsbeschäftigung auch ohne Sorge hingeben, denn die Lisbeth hatte helle Augen und flinke Beine, so daß niemand lang auf den bestellten Trunk zu warten brauchte. Es dämmerte bereits, und das ist bekanntlich die Zeit, wo sich's am gemütlichsten erzählen läßt.

„Die Geschichte vom Herkules habe ich auch gehört", meinte einer. „War denn der Kerl lebendig?"

„Nein, es war nur die Bildsäule, die dort im Park steht, aber es bleibt doch immer der Herkules, der sogar den Höllenhund einmal fast totgeschlagen hat. Ich weiß das genau, denn ich habe ein altes Buch darüber, worin es haarklein zu lesen ist. Es ist gut, wenn man sich mit solchen gelehrten Dingen ein wenig befaßt, denn man kann in der Politik ein Wörtchen mitsprechen und braucht sich von niemand etwas vormalen zu lassen. Auch in andern Sachen bringt es Nutzen. Da habt ihr zum Beispiel meinen Prozeß mit dem Limberger Schwanenwirt. Ein anderer hätte zum Rechtsanwalt laufen müssen; ich aber brauche keinen, denn ich verstehe mich auf die Gesetze ebensogut wie ein Jurist; ich habe ja ein Buch darüber."

„Wie steht's denn mit dem Streit?"

„Der ist so gut wie aus. Morgen früh um zehn Uhr haben wir Gerichtstag, und da werde ich die Schrift vorlegen, in der mein Recht bewiesen ist. Sie war mir vor sechs Jahren beim Umzug abhanden gekommen, und erst vorgestern habe ich sie im Gesangbuch wiedergefunden: So sorgsam hatte ich sie aufgehoben. Ich hätte wohl schon eher einmal hineingucken können, aber man hat nicht immer Zeit dazu, weil es noch ganz andere Werke zu studieren gibt. — Nun könnt ihr euch denken, was so ein Mann, wie Bismarck, zu arbeiten und zu lesen hat, wenn schon unsereiner den ganzen Tag über den Büchern liegen muß. Und dazu kommen noch die Zusammenkünfte, Vorträge, Besprechungen und Reisen. Jetzt ist er wieder einmal unterwegs, und zwar inkognito, wie man sich ausdrückt, wenn so ein Herr einmal unerkannt bleiben will. Nach Ebersbach freilich dürfte er nicht kommen, denn ich würde sofort wissen, wer er ist; ich habe ihn ja viermal in der Stube hängen."

„Wohin ist er denn gegangen?"

„Ja, das wird er niemand sagen; es war also auch keine Bemerkung in der Zeitung darüber gemacht. Habt Ihr das im Limberger Tageblatt noch nicht gelesen?"

Eifrig erhob er sich und ging ins Gastzimmer, aus dem er bald mit einer Zeitung zurückkehrte. Er schlug sie auseinander und bemühte sich, obgleich es schon stark dunkelte, die betreffende Stelle zu finden.

„Hier steht's: ‚Wie aus sicherer Quelle verlautet, hat sich infolge des drohenden Kriegs der Reichskanzler Fürst von Bismarck mit dem Grafen von Moltke unter fremden Namen auf eine militärische Erkundung begeben, über deren Ziel sich der Bericht allerdings in tiefes Schweigen hüllt.' — Nun, glaubt ihr jetzt, daß er vom Krieg auch etwas versteht? Die beiden großen Männer wissen schon im voraus, wann jener ausbricht und wo die Schlachten geschlagen werden. Das haben sie Anno sechsundsechzig bewiesen, siebzig und einundsiebzig ebenso; und wenn es jetzt wegen der Türkei mit den Russen und Franzosen losgeht, so sind die Pläne alle schon im voraus fertig. Ich weiß das, denn ich habe die Bücher darüber."

„Da wird's wohl wieder einmal Einquartierung geben, wenn wir auch den Kanonendonner hier nicht zu hören bekommen."

„Ihr redet, wie ihr's versteht, ich aber muß das besser wissen. Wir können doch unser Heer nicht spalten und die eine Hälfte nach Osten gegen die Russen und die andere nach Westen gegen die Franzosen schicken, sondern wir müssen unser Kräfte zusammenhalten und den Feind zu uns hereinkommen lassen; da kennt er sich nicht aus und wird gänzlich aufs Haupt geschlagen. Es ist also nicht unmöglich, daß wir hier in unserer Gegend die Kanonen noch brummen hören. Ich will euch einmal die ganze Politik deutlich auseinandersetzen; aber da müßt ihr mit herein in die Stube kommen, denn hier kann man die Zeitungen nicht mehr erkennen."

Er erhob sich, und die Gäste folgten seinem Beispiel. Sie hatten aber die Tür noch nicht erreicht, so blieben sie stehen. Ein vierspänniger Wagen kam im Galopp das Dorf herabgesaust und hielt vor dem Gasthof. Während der Kutscher in vornehmer Ruhe sitzenblieb, sprang ein Bedienter vom Bock und öffnete den Schlag. Ein Herr stieg aus. Es war eine hohe, militärisch stramme Gestalt mit einem etwas nach vorn gebeugten Kopf. Die Beine steckten in weit heraufgezogenen Reitstiefeln; den Körper umhüllte ein dunkler Zivilüberrock, den Kopf aber bedeckte eine rotrandige Soldatenmütze. Nachdem er mit einem raschen Blick die Umgebung gemustert hatte, winkte er mit der Hand zurück; der Wagen rollte wieder von dannen, er selbst jedoch schritt auf das Haus zu.

Als er an den neugierigen Gästen vorüberkam, zogen sie ehrerbietig ihre Mützen und Hüte und wünschten einen „schönen guten Abend". Er nickte leise mit dem Kopf und trat in die Gaststube, wo er nach einer kurzen Umschau am letzten Tisch Platz nahm. Der Wirt, der ihm mit den Dorfbewohnern gefolgt war, begrüßte ihn mit seiner besten Verbeugung und fragte nach seinen Wünschen. Statt einer hörbaren Antwort wies der Fremde auf eine der Bierflaschen, die auf dem Schanktisch standen. Werner verstand diesen stummen Wunsch und holte das Verlangte nebst einem Glas herbei. Dabei fiel sein Auge auf das Bild, das gerade über dem Kopf des schweigsamen Gastes hing; er war von der außerordentlichen Ähnlichkeit zwischen diesen beiden so überrascht, daß er mitten im Gehen haltmachte und die Flasche zu Boden fallen ließ. Der Unbekannte warf ihm einen scharfen, mißbilligenden Blick zu und hob wie warnend den Zeigefinger, an dem mehrere kostbare Ringe im Licht der Lampe blitzten.

Werner hob die unversehrt gebliebene Tonflasche wieder vom Boden auf, entkorkte sie, schenkte ein und trat mit einer Verbeugung zurück, die so ehrfurchtsvoll war, daß seine Stirn fast die Tischkante berührte. Sodann trat er zu den Dorfleuten, die inzwischen Platz genommen hatten und den Gast mit unverhohlener Wißbegier betrachteten.

„Moltke!!!"

Nur dieses eine Wort raunte er ihnen zu, wobei er sich in acht nahm, daß diese verräterische Bemerkung am anderen Tisch nicht gehört werde. Aber sofort fuhren alle Köpfe in die Höhe und alle Augen suchten eilig nach dem Bild, um es mit dem berühmten Urbild zu vergleichen. Die Ähnlichkeit mußte nichts zu wünschen übrig lassen, denn die Köpfe senkten sich wieder und wurden mit so bedeutungsvollen Blicken zusammengesteckt, daß der Fremde gewiß aufmerksam geworden wäre, wenn ihn nicht etwas anderes beschäftigt hätte. Er hatte nämlich den Überrock geöffnet, eine Anzahl Landkarten aus der Tasche gezogen und sie vor sich ausgebreitet. Er war nun so in deren Betrachtung versunken, daß er von der ihm gewidmeten Teilnahme nicht das mindeste bemerkte. Ebenso schien es ihm zu entgehen, daß zwischen dem geöffneten Rock eine Reihe blanker Knöpfe hervorfunkelte und ein reich betreßter Uniformkragen sichtbar wurde. Ohne ein einzigesmal von den Karten aufzublicken, war er eifrig beschäftigt, Bemerkungen einzutragen. Das Bier schien ihm dagegen zu schmecken, denn in Kürze mußte zum zweitenmal eingeschenkt werden.

„Der große Schweiger“ flüsterte der Wirt, der sich bei den andern niedergelassen hatte. „Gar kein Zweifel! Das hätte der Schriftleiter vom Limberger Tageblatt wissen sollen!“

Die anderen nickten zustimmend. Es war in dem Raum still wie in einer Kirche. Da ertönte ein leises Klopfen; der Wirt schnellte in die Höhe und trat in ehrerbietiger Haltung zu dem von ihm durchschauten Feldmarschall. Dieser näherte, ohne den Kopf von der Arbeit zu erheben, Daumen und Zeigefinger der linken Hand den bezeichnend gespitzen Lippen. Der kluge Wirt hatte ihn sofort verstanden, sprang nach einem in der Ecke befindlichen Brett und holte die wertvollste seiner Zigarren herbei. Gerade wollte er mit der Kiste zum hohen Herrn eilen, da winkte dieser gebieterisch nach der Tür. Denn es hatte sich das Rollen eines Wagens auf der Straße vernehmen lassen.

Werner stellte die Zigarren auf den Tisch und eilte hinaus. Wieder erblickte er eine vierspännige Kutsche, und wieder stieg ein Herr aus, der auf die Tür zugeschritten kam, während der Wagen davonsauste.

„Das ist der Gasthof zu den ‚Drei Linden‘?“ fragte der Ankömmling, und man hörte seiner Stimme die Gewohnheit des Befehlens an.

„Aufzuwarten, mein Herr!“

„Sind Sie der Wirt?“

„Ich habe die Ehre!“

„Ist ein fremder Herr hier angekommen?“

„Vor kurzer Zeit. Er befindet sich in der Stube, wenn es Ihnen beliebt einzutreten.“ Er riß die Tür so weit wie möglich auf. „Bitte, bemühen sich der Herr hier hinein! Da hinten an — — —“

Die angefangene Rede blieb ihm vor seligem Schreck im Mund stecken, denn er hatte im hellen Schein der Lampe einen Mann erblickt, dem es in Ebersbach unmöglich war, unerkannt zu bleiben. Dieser trug ebenfalls einen Zivilüberrock, seine Beine steckten ebenfalls in einem Paar weit heraufgezogener Reitstiefel, seinen Kopf bedeckte ebenso eine buntrandige Soldatenmütze, und auch er besaß eine geradezu bewundernswerte Ähnlichkeit mit den vier Bildnissen des Reichskanzlers an den Wänden. Und wenn ja noch ein Zweifel möglich gewesen wäre, so mußte dieser schwinden, als der Eingetretene sein Haupt entblößte. Der Kopf war kahl und zeigte über der Stirn die weltgeschichtlichen drei Haare.

Er nahm ohne weitere Umstände Platz, öffnete einige Knöpfe seines Rocks, streckte die Beine gemütlich aus und griff in die Zigarrenkiste, die der Lindenwirt diensteifrig herbeigebracht hatte. Als es ihm mit Hilfe Werners gelungen war, eine Probe des zweifelhaften Krauts ins Glimmen zu bringen, meinte er, den Rauch mit Wohlbehagen von sich blasend: „Alle Wetter Herr Feldmarschall — wollte sagen Herr Kamerad, die Zigarre ist nicht schlecht! Habe diesem Ebersbach so Feines gar nicht zugetraut und glaube, daß selbst in Varzin kein solches Deckblatt bezogen werden kann. Stecken Sie sich auch eine an!“

Der andere kam diesem Rat schweigend nach; dann vertieften sich beide in die Landkarten und gaben sich dabei ihre Meinungen in einer Sprache kund, von der keiner der Anwesenden ein Wort verstand. Das währte eine Zeitlang, bis endlich einmal ihre Ansichten auseinanderzugehen schienen. Das Ebenbild Bismarcks sprach eindringlich und wurde sogar etwas hitzig; sein Gegenüber blieb ruhig, schüttelte mißbilligend den Kopf und machte, die Worte sparend, eine bedenkliche Miene.

„Ach, was gibt es denn da zu zweifeln, Exzellenz — — Herr Kamerad", rief wieder deutsch der Hitzige. „Hier sind ja Leute, bei denen wir uns erkundigen können! Wirt!" Im nächsten Augenblick stand der Gerufene vor ihm. „Nicht wahr, Sie kennen uns nicht?"

„Wenn die Herren es so befehlen, nein!" antwortete Werner mit einem sehr pfiffigen Gesicht.

„Gut, so werden Sie auch keine störenden Folgerungen aus unseren Fragen ziehen! Wir wollen einmal den Fall setzen, die Russen stünden in Limberg und die Deutschen hier in Ebersbach; ließe sich da wohl mit der Kavallerie ein tüchtiger Stoß ausführen? Sie sind ein kluger Mann, das merke ich, und ich habe meine Gründe, Sie zu fragen."

Der Wirt warf einen selbstbewußten Blick auf die am vorderen Tisch Sitzenden und meinte dann: „Oh, auf solche Fragen verstehe ich schon zu antworten; ich habe ja die Bücher darüber. Freilich wird es gehen; ganz gut wird es gehen; denn Platz ist genug da."

„Gut", wandte sich der Dreihaarige an seinen Kameraden, „so schlagen wir sie mit der Reiterei!"

Der Angeredete zuckte mit der Achsel und warf dabei einen mitleidigen Blick auf die ohrenspitzenden Bauern.

„Sie meinen, Herr Feldmar — — Herr Kamerad, daß die Äcker dabei schlecht wegkommen werden? Ja, das bringt der Krieg einmal mit sich, und ich sehe gar nicht ein, warum wir die Hauptsache in eine andere Gegend verlegen sollen."

„Könnte man denn nicht einen Artillerieangriff machen?" fragte Werner, dem es unter den Nägeln brannte, seine Weisheit an den Mann zu bringen. „Da fliegen die Kugeln über die Felder weg, und man braucht auch nicht soviel Menschen daran zu setzen."

Bei dieser Erinnerung sprang der Schweigsame auf

und starrte mit unaussprechlicher Verwunderung den Ratgeber an. Dann tat er etwas, was bisher noch nicht geschehen war: Er redete mit dem Wirt.

„Das ist richtig! Großartig! Daran habe nicht einmal ich gedacht. Sagen Sie, haben Sie Strategie studiert?"

„So ein bißchen!" meinte Werner überglücklich. „Ich muß mich wohl darauf verstehen, denn ich habe die Bücher darüber."

„Das hätte ich eher wissen sollen. Vielleicht hätte ich dann meinen Plan anders entworfen; er paßt mir weder rechts noch links."

„Schadet nichts!" tröstete sein Genosse, indem er sich mit sorgloser Miene den Schnurrbart drehte. „Wir machen morgen früh noch einmal die Runde. Bei so wichtigen Dingen darf es auf einen halben Tag nicht ankommen. Hören Sie, Werner, Sie werden uns begleiten müssen; wir brauchen Ihren Rat!"

„Ich stehe ganz und gar zu Befehl", versicherte der Wirt, und aus seinem Gesicht leuchtete die helle Siegesfreude. Er dachte an nichts weiter als an die ungeheure Ehre, die ihm widerfuhr. Und das geschah in Gegenwart seiner Nachbarn und Bekannten!

„Aber wo halten wir da heute unser Nachtlager? Wir hatten doch ganz andere Anordnungen getroffen."

„Wo? Bei mir, meine Herrn, bei mir!" fiel der glückliche Werner schnell ein. „Ich bin nicht reich und habe auch keine Einrichtung, wie Sie es gewohnt sind; aber ich werde mir trotzdem Mühe geben, Sie zufriedenzustellen."

„Das ist annehmbar. Wie steht's, Herr Kamerad? Wollen wir — —?"

Der Gefragte gab seine Zustimmung durch ein vertrauensvolles Nicken zu erkennen.

„Abgemacht! Also zwei Zimmer und ein gutes Abendbrot! Dann wird geschlafen, und morgen früh Punkt fünf Uhr geht es nochmals auf Erkundung."

Damit war die Losung zu einer wirtschaftlichen Umwälzung gegeben, durch die die Befähigung des weiblichen Hausgesindes in ein glänzendes Licht gestellt wurde; denn schon nach kurzer Zeit meldete Werner:

„Die Zimmer sind bereit! Wollen die gnädigen Herrschaften sich hinaufbemühen!"

Er verschwand mit den beiden Fremden, und nun waren die Zungen der Zurückgebliebenen auf einmal gelöst. Daß man Bismarck und Moltke vor sich hatte, darüber gab es keinen Zweifel; und daß die Russen hereinkommen würden und zwischen Limberg und Ebersbach geschlagen werden sollten, das war ebenso sicher. Doch daß der Werner so ungemein gescheit sei, davon hatte man erst heute den Beweis erhalten. Durch Erwähnung des Kanonenangriffes hatte er den großen Moltke ja erst auf den richtigen Gedanken gebracht, und dieser wollte nun gar seinen Plan aufgeben, um mit dem Wirt einen neuen zu entwerfen.

„Wer weiß, was alles noch aus dem Werner werden kann!" rief einer.

„Der bleibt nicht hier in Ebersbach; das ist sicher."

„Ja, den büßen wir ein. Er hat doch recht: Es ist gut, wenn man sich zuweilen ein wenig mit den Büchern abgibt. Bei mir ist es nun freilich schon zu spät; aber meine Jungens müssen von heute an gehörig lesen lernen."

„Und ich halte mir von jetzt an so viel Zeitungen, wie es im Deutschen Reich gibt. Es ist kein Spaß, von solchen Männern um guten Rat gefragt zu werden."

„Wie schnell so etwas eintreffen kann. Erst vorhin hat er da draußen vorm Haus gesagt, daß die Russen und Franzosen herein nach Deutschland kommen müssen. Und jetzt ist schon der Moltke da und sieht sich die Gegend an, wo sie totgeschossen werden. Ich muß nur gleich heimspringen und es meiner Alten erzählen."

Dieses letzte Wort fuhr wie eine Bombe unter die Gesellschaft. Alle standen auf, denn jeder hatte es notwendig, die große Neuigkeit so weit wie möglich zu verbreiten. Nach wenigen Augenblicken war die Stube leer. Freilich nur auf kurze Zeit; denn die Kunde, daß Bismarck und Moltke im Gasthof abgestiegen seien und morgen früh mit dem Wirt einen Schlachtenplan zeichnen würden, ging wie ein Lauffeuer im Dorf herum, und bald konnte der Raum die Gäste gar nicht fassen, die sich herbeidrängten, um mit dem Auge vielleicht einen Rockzipfel der berühmten Männer zu erwischen.

Die Begeisterung, die unter der Versammlung herrschte, erhielt nur durch die Gewißheit, daß es hier in der Nähe zum Kampf kommen würde, einen Dämpfer. Die Klagen darüber flogen hin und her, und schon begann man den Schaden zu berechnen, den die Gemeinde dabei haben könnte, als einer auf einen glücklichen Gedanken kam.

„Hört, ihr Leute, ich will euch einmal etwas sagen!" rief er unter die Gäste. „Es ist noch nicht alles verloren, und wenn wir uns hinter den Werner stecken, so kann die Sache eine andere Wendung nehmen."

„Wieso denn?"

„Na, das ist doch sehr einfach; er geht morgen früh mit den beiden Herren hinaus aufs Feld und soll ihnen da seinen Rat geben. Da muß er nun behaupten, daß eine Schlacht hier bei uns nicht gewonnen werden kann. Wenn er seine Sache gut macht, so suchen sie sich eine andere Gegend aus."

„Das ist richtig, das müssen wir ihm sagen!" ertönte es im Kreis.

„Und hört ihr, dabei können wir den Langenbergern endlich einmal eins auswischen, die unserer Gemeinde immer in den Haaren liegen."

„Jawohl, jawohl! Die Schlacht muß bei Langenberg geschlagen werden!"

„Schreit doch nicht so fürchterlich!" mahnte der Wirt, der eben jetzt eintrat. „Die Herrschaften haben gegessen und wollen nun schlafen gehen. Was habt ihr mit den Langenbergern?"

„Komm, Werner, setz dich einmal her! Du sollst uns einen großen Gefallen tun!"

„Was denn für einen?"

„Wir mögen hier von der Schlacht nichts wissen, weil uns dabei alles zugrunde gehen wird."

„Zugrunde gehen? Ihr redet, wie ihr's versteht, ich aber muß das besser wissen! Der Schaden, den wir für den ersten Augenblick haben werden, hat nichts zu bedeuten. Unsereiner weiß ja alles schon im voraus, und so will ich euch verraten, wie es wird: Von rechts kommen die Franzosen, werden geschlagen und zahlen fünf Milliarden; von links kommen die Russen, werden geschlagen und zahlen fünf Milliarden. Von diesem Geld bekommt ein jeder von uns so viel, wie er Vergütung ansetzt. Der Bismarck und der Moltke haben bei mir gewohnt, und wenn ich nun gar noch den Plan mit fertig mache, so werden sie schon dafür sorgen, daß wir nicht schlecht wegkommen. Bei zehn Milliarden kommt es auf ein paar tausend Mark mehr oder weniger nicht an; ich werde ihnen das morgen zu verstehen geben."

„Das ist alles gut, aber es gibt dabei noch mancherlei zu bedenken. Wenn die Turkos und Zuaven kommen und dann noch die Kosaken und Mongolen, dann ist ja das Kind in der Wiege nicht sicher. Man hat gehört, wie es früher zugegangen ist; du hast doch auch Weib und Kind, Werner."

„Ja, das ist wahr, von dieser Seite habe ich mir die Sache noch nicht angesehen."

„Und das wäre doch eigentlich das größte Meisterstück von dir, wenn du den großtuerischen Langenbergern die Schlacht zuschwenken könntest mit allem, was drum und dran hängt. Denen könnten ein paar hundert Turkos und Mongolen nichts schaden. Und wir würden dir gewiß großen Dank wissen!"

„Das läßt sich hören! Den Langenbergern bin ich ohnedies nicht grün. Aber ich will mir die Sache doch einmal erst richtig überlegen! Eine Schlacht hat auch ihr Gutes, besonders für einen Gasthof. Der Ort wird berühmt, und nach vielen Jahren kommen die Fremden herbeigelaufen, um sich die Gegend anzusehen."

Den anderen war das nicht willkommen. Es erhob sich ein lebhaftes Hin- und Widersprechen, und man drang mit Bitten und Vorstellungen so lange in den Wirt, bis er seine Zustimmung gab.

„Nun gut, ihr sollt euern Willen haben; die Schlacht kommt nach Langenberg. Aber ihr dürft mir vor der Zeit nichts ausplaudern!"

„Das versteht sich von selbst. Was gesprochen worden ist, das bleibt unter uns. Und fertigbringen wirst du's wohl auch; du bist ja der Mann dazu."

„Habt keine Sorge! Ich werde die beiden Herrn so sachte von hinten herumkriegen, daß sie gar nichts merken. Gründe werde ich genug finden. Ja, ich verstehe mich auf den Krieg, denn ich habe meine Bücher darüber!" —

Es war schon ziemlich spät, als der letzte der Gäste das Haus verließ und Werner mit den Seinen sich zur Ruhe begeben konnte. Der Abend war für ihn sehr lebhaft gewesen, und die Aufregung hielt noch lange Zeit den Schlaf von seinen Augen fern. Doch war er wohl nicht die einzige Person, die munter blieb. Auch Lisbeth war auf ihr Stübchen gegangen, doch nur für kurze Zeit. Als sie glaubte, annehmen zu können, daß sie niemand mehr begegnen werde, schlich sie sich hinunter und trat durch die leise geöffnete Tür hinaus ins Freie.

An dem Tisch unter der Linde, wo der Wirt heute seine politische und kriegerische Weisheit offenbart hatte, saß einer, der sich jetzt erhob. Er trat auf das Mädchen zu, nahm sie ohne alle Einleitung beim Kopf und küßte sie herzlich.

„Guten Abend, Lieschen! Hast mich heute lang warten lassen."

„Sei nicht bös darüber, Anton; ich kann nichts dafür! Wir haben zwei Gäste bekommen, zwei Gäste, sag ich dir, die du im ganzen Leben nicht erraten würdest."

„Das ist möglich, denn in der Welt gibt es so viele Leute, daß ich sie nicht alle kennen kann. Und noch weniger kann ich wissen, wer von ihnen gerade heute abend bei euch eingekehrt ist. War es wirklich so etwas Außergewöhnliches?"

„Ganz und gar. Der Vater ist vor Freude und Seligkeit geradezu aus dem Häuschen. Denk dir nur, er hat heute mit keinem einzigen Wort von dem Prozeß gesprochen. Das ist doch viel!"

„So? Ist denn etwa der Kaiser dagewesen oder der Bismarck?"

„Wahrhaftig", staunte sie, „du hast' erraten! Oder hast du schon davon gehört?"

„Keine Silbe! Ich habe seit zehn Uhr dort am Zaun gestanden und auf dich gewartet. Ich darf mich hier doch nicht sehen lassen; wie kann ich also mit irgend jemand verkehrt haben? Aber das mit dem Erraten ist natürlich nur dein Spaß."

„Spaß? Nein, es ist mein völliger Ernst. Der Bismarck und der Moltke sind da und bleiben bei uns über Nacht."

„Papperlapapp!"

„Natürlich! Da droben in den beiden Stuben schlafen sie. Sie wollen unsere Gegend aufnehmen, weil hier die Russen und Franzosen geschlagen werden. Der Vater aber soll ihnen helfen, den Plan zu entwerfen. Er geht mit ihnen hinaus und führt sie überall herum."

„Papperlapapp!"

„Ach, laß dein Papperlapapp! Ich werde dir doch nichts weismachen. Sie sind gegen Abend gekommen, jeder in einer vierspännigen Kutsche, erst der Moltke und dann der Bismarck."

„So? Haben sie euch ihre Geburtszeugnisse und Taufscheine vorgezeigt?“

„Nein. Solche Herren kann man gar nicht nach dem Paß fragen; aber wir haben sie gleich erkannt, weil wir die Bilder haben.“

„Also wirklich? Dann ist's doch wahr, was heute im Blatt gestanden hat“, meinte er, und hätte sie mehr auf den Ton seiner Stimme geachtet, so wäre sie vielleicht auf den Gedanken gekommen, daß er von den hohen Gästen mehr wisse als er zugeben wollte. Er fuhr fort: „Der Schriftleiter war gestern bei uns zu Gast und hat die Neuigkeit von dem Uhlewald erfahren, der sie in einer Berliner Zeitung gelesen hat.“

„Uhlewald? Ist das der Theaterdirektor, der mit seiner Gesellschaft vor zwei Jahren bei euch spielte?“

„Ja; er ist jetzt wieder da. Kennst du ihn?“

„Nein. Es ist von hier zu weit nach Limberg, um abends ins Theater zu gehen. Aber ich möchte gern wieder einmal so etwas sehen!“

„Das kannst du haben. Er weiß, daß du meine Geliebte bist, und hat mir für dich Freikarten versprochen, so viele du haben willst. Du sollst sie dir morgen holen, wenn du nach Limberg zum Markt kommst.“

„Die können mir nichts nutzen, denn wenn es auch nicht so weit wäre, ich dürfte doch nicht hin. Du denkst eben nicht mehr an den Prozeß!“

„O doch; aber der Uhlewald ist ein gewaltig kluger Kopf, der schon manches fertiggebracht hat was keinem anderen gelungen wäre. Er behauptet, daß die Feindschaft ein Ende hat, wenn du morgen zu ihm in die ‚Drei Schwäne‘ kommst. Willst du, Lisbeth?“

„Ach, das sagt er nur so, weil er mich vielleicht gern sehen will. Mein Vater würde zwar nichts davon erfahren, wenn ich zu dir käme, aber der deinige, der jagte mich wieder zur Tür hinaus.“

„Was das betrifft, so wollen wir's erst einmal versuchen. Du kommst doch wie gewöhnlich zum Wochenmarkt? Da werde ich dich treffen, und das übrige wird sich finden. Der Zank und Ärger muß endlich ein Ende nehmen, sonst gehe ich aus dem Haus."

Er legte den Arm liebevoll um das hübsche Mädchen und zog es näher zu sich. Sie hatten sich so viel zu sagen, und dabei verging die Zeit so schnell, daß Lisbeth fast erschrak, als es auf dem Dorfkirchturm drei Uhr schlug. Sie stand auf.

„So spät schon! Jetzt muß ich schlafen gehen; denn um vier Uhr weckt mich der Vater wieder auf."

„So bleibst du lieber gleich wach. Die eine Stunde Schlaf nützt dir nun auch nicht viel. Wir gehen hinein in die Stube; da kannst du immer schon dafür sorgen, daß der Kaffee zur rechten Zeit fertig ist, und ich, nun, ich tinke auch eine Tasse."

„Aber wenn der Vater es merkt?"

„Sobald der oben lebendig wird, reiße ich aus."

„So komm mit! Ich verschließe die Haustür nicht wieder und riegle auch die Hoftür auf, damit du überall hinauskannst, wenn er unvermutet erscheinen sollte."

Sie schlichten sich in das Innere des Hauses. Erst traf das Mädchen die nötigen Vorsichtsmaßregeln und machte sich dann in der Küche zu schaffen. Inzwischen ging Anton in die Stube und trat vor die Wanduhr, die durch die Stille ihr einförmiges Ticktack hören ließ. Leise und schnell zog er einen Stuhl herbei, stellte sich darauf und drehte den Zeiger um über eine Stunde zurück. Damit hatte er seine heutige Aufgabe gelöst und suchte nun mit unbefangener Miene das Mädchen wieder auf.

Dieses wunderte sich allerdings einigermaßen, als es später den Unterschied bemerkte, Anton aber wußte sie zu beruhigen.

„Es hatte dreimal geschlagen. Das ist drei Viertel zwei gewesen, aber nicht drei Uhr. Wir haben uns geirrt. Hier sieh auf meine Uhr! Es stimmt!" — —

Werner war so lange wach geblieben, daß er zur festgesetzten Stunde noch nicht wieder munter war. Als er herabkam, war Anton schon längst ausgekniffen. Der erste Blick des Lindenwirtes fiel auf das Zifferblatt.

„Ein Viertel fünf! Sapperlot, da hätte ich es bald verschlafen, und es ist gut, daß du schon auf bist, Lisbeth. Mach schnell den Kaffee fertig! Die Mutter wird auch gleich kommen, und dann müssen wir die Herren wecken."

So geschah's. Der Tag war längst angebrochen; die Knechte zogen mit ihren Gespannen, neugierige Blicke herüberwerfend, auf die Felder, und ihre Herren befreiten sich von den Früharbeiten, um dem Ausmarsch der drei Kriegsgelehrten beiwohnen zu können. Aber als das erste von ihnen durch die Tür trat, kam ihm Werner mit zurückweisender Miene entgegen.

„Hört, heute morgen müßt ihr mir die Herrschaften in Ruhe lassen! Was müssen sie von mir denken, wenn ich es zugebe, daß sie hier wie in einem Tiergarten angeguckt und beobachtet werden? Kommt abends wieder! Da sollt ihr jedes Wort erfahren, was gesprochen worden ist."

Dem Mann leuchtete das ein; er verließ das Haus. Aber draußen auf der Straße hatte ihm kein Mensch etwas zu sagen. Er steckte also die Hände in die Hosentaschen und lehnte sich an den Zaun, um wenigstens von weitem zu genießen, was ihm in der Nähe verwehrt worden war. Die Zeit sollte ihm dabei nicht lange werden; denn es kam allmählich ein Nachbar nach dem anderen, und als die Erwarteten endlich aus der Tür traten, erblickten sie eine dichtgedrängte Volksmenge, die nur deshalb bei dem Erscheinen der beiden berühmten Leute nicht in laute Zurufe ausbrachen, weil die Herren nicht erkannt sein wollten. Diese aber bogen schnell in einen der Seitenpfade ein und waren bald den Augen der Nachblickenden entschwunden.

„Habt ihr sie gesehen? Was die für Augen machen, und für Beine! Man sieht es solchen Leuten doch gleich an, daß sie was Großes sind. So ein Gesicht und so einen Gang brächte keiner von uns fertig."

„Warum nicht? Beim Werner zum Beispiel fehlte gar nicht viel. Er machte ja eine noch viel vornehmere Miene als die beiden anderen!"

„Ja, der! Bei dem steckt's drin. Der weiß schon, was für ein Gesicht man aufstecken muß, wenn man in solcher Gesellschaft ist; denn er hat ja die Bücher darüber."

„Und wie er uns zublinzelte! Der ist schlau; ich möchte dabei sein und mit zuhören, wie fein er sie herumkriegt wegen der Langenberger!"

„Ja! Es ist nur schade, daß wir das alles erst heute abend erfahren. Wißt ihr was?"

„Nun?"

„Ich gehe nach Limberg, wo wir schon um zehn Uhr hören können, was ausgemacht worden ist; denn er muß zum Termin dort sein."

„Das ist wahr, und den versäumt er nicht. Sie sind zwar über eine Stunde später fortgegangen, als bestimmt war, aber vier Stunden sind eine lange Zeit, da können sie recht gut fertig sein. Ich gehe mit!"

„Ich auch!" meinte ein dritter. „Es ist heute Wochenmarkt, und da kann man sich leicht einen Behelf machen. Er muß bei den ‚Drei Schwänen' vorbei, wenn er auf das Amt geht, und sobald er fertig ist, lauern wir ihn ab."

Die Richtigkeit dieser Ansicht leuchtete allen ein. Es fanden sich mehr und mehr unter den Anwesenden, denen es plötzlich einfiel, daß sie etwas Notwendiges in der Stadt zu verrichten hatten, und wer einige Zeit später auf die Limberger Landstraße gegangen wäre, der hätte diese heute sicher außerordentlich belebt gefunden.

Als Dienhold die ersten Ebersbacher bei sich eintreten sah, hieß er sie herzlicher noch als sonst willkommen.

Er befand sich in einer außerordentlichen Spannung. Uhlewald hatte ihm aus naheliegenden Gründen von seinem Plan nichts mitgeteilt, sondern nur Anton ins Vertrauen gezogen. Dieser hatte gestern am späten Nachmittag die Füchse vor die Kutsche gespannt; darauf war der Direktor mit Martin und dem Zettelträger, der verschiedene Pakete bei sich geführt hatte, eingestiegen, und dann war es fortgegangen; wohin, das wußte der Schwanenwirt nicht, obgleich er es sich denken konnte. Noch spät am Abend hatte er von einem Gast, der Lohnkutscher war, gehört, daß Anton sich bei ihm für kurze Zeit zwei eingeschirrte Pferde geliehen und zur bestimmten Stunde auch wieder zurückgebracht habe. Er suchte zu erraten, was die vier Männer eigentlich vorgehabt hatten, aber es wollte dabei nichts Rechtes herauskommen. Vielleicht konnte er jetzt von den Ebersbachern etwas erfahren.

„Wie geht's da draußen bei euch?" fragte er, während er sie bediente.

„Danke gut, wenn man das Schlechte nicht rechnet."

„So ist's wohl überall. Und leider erfährt man jetzt mehr Schlechtes als Gutes. Das Geschäft stockt; das Geld fehlt; die Wirtshäuser stehen leer, und nur die Zeitungen machen gute Geschäfte. Nach ihnen greift man schon am frühen Morgen, um zu sehen, ob es endlich nun bald losgehen wird."

„Um das zu wissen, braucht man keine Zeitung. Los geht's, das ist sicher."

„Das fragt sich. Wo anders wollt ihr so etwas erfahren, als aus den Blättern?"

„In Ebersbach brauchen wir eure Blätter nicht. Diesmal wissen wir alles noch besser als die in Berlin."

„Da hat es euch wohl der Bismarck geschrieben?"

„Nein, geschrieben nicht."

„Ach ja! Ihr habt ja einen Bismarck draußen; da wäre das Schreiben eine Torheit."

„Ihr meint den Werner? Hört, ihr beide seid dicke Feinde; aber, Schwanenwirt, den Werner macht uns nicht schlecht; das ist ein Kerl mit Haaren auf den Zähnen!"

„So? Na, da seid froh, daß ihr ihn habt!"

„Ja, das sind wir auch; denn wenn wir ihn nicht hätten, stände es mit uns nicht zum allerbesten, wenn nächstens die Russen und Franzosen hier in die Gegend kommen."

„Ihr seid wohl nicht recht klug! Die Russen und Franzosen in unserer Gegend?"

„Wer von uns beiden nicht recht klug ist, das wird sich finden. Wir aber wissen, daß wir bald die Zuaven und Turkos samt den Kosaken und Baschkiren hier zu sehen bekommen. Freilich, woher wir es erfahren haben, das ist unsere Sache."

Werner hatte zwar gestern abend verboten, von dem Geschehenen zu sprechen; aber welcher Ebersbacher hätte unter solchen Verhältnissen zu schweigen vermocht? Die braven Bauersleute waren in die politischen Geheimnisse tiefer eingeweiht als das hohe Ministerium samt dem Reichstag und allen Prinzen und Prinzessinnen des kaiserlichen Hauses; und hier zu schweigen, das wäre die größte Sünde gegen die eigene Ehre gewesen. Dienhold kannte also die großen Ereignisse des gestrigen Abends und heutigen Tages bald ebensogut wie die Ebersbacher selbst, und nun war ihm auf einmal alles klar. Äußerlich mußte er zwar seine Ruhe bewahren, aber innerlich war er voller Freude und Jubel. Wie er seinen Gegner kannte, so war ein Besuch Bismarcks allerdings das einzige Mittel, ihn vom Termin abzuhalten, und die Angst vor der gefürchteten Stunde minderte sich von Minute zu Minute.

Endlich war es Zeit zur Gerichtsverhandlung. Dienhold griff nach der Mütze und ging. Das Zimmer hatte sich mit Gästen gefüllt, von denen nur wenige nicht aus Ebersbach waren. Man belagerte die Fenster; denn jetzt mußte auch Werner kommen, und ein einziger Blick genügte, zu sehen, ob ihm sein Vorhaben gelungen sei.

Es schlug zehn. Der Erwartete kam nicht. Es schlug ein Viertel und sogar halb elf; Er war noch nicht da. Eine Stunde gerade mußte auf ihn gewartet werden. So viel Frist gestattete ihm das Gesetz. War er aber um elf noch nicht erschienen, so hatte er den Prozeß verloren. Er mußte also bis dahin noch eintreffen.

Da fuhren plötzlich alle Köpfe ans Fenster. Werner war es nicht, nach dem man blickte, sondern Lisbeth, seine Tochter, die mit Anton daherkam und ins Haus trat. Ihr Begleiter führte sie sofort in die Küche zu seiner Mutter.

Das Erscheinen des Mädchens gab Veranlassung zu lebhaften Vermutungen und zu Fragen, die niemand beantworten konnte. So kehrte die allgemeine Aufmerksamkeit wieder der Straße zu. Es schlug drei Viertel. Die Erwartung wurde immer gespannter, und es war fast, als ob der Prozeß nicht bloß für Werner, sondern für jeden einzelnen der Anwesenden auf dem Spiel stehe.

Jetzt schlug es elf. Noch eine kurze Zeit verging, da kam einer die Straße herauf, dessen Gesicht vor Freude und Genugtuung erglänzte.

Zu gleicher Zeit sprang ein anderer die Gasse herab, in dessen Mienen sich Angst und Ärger aussprachen. Ohne nur einen einzigen Blick auf die Fenster der „Drei Schwäne“ zu werfen, rannte er am Gasthof und seinem Besitzer vorüber — er kam zu spät: Wer den Schwanenwirt ansah, der konnte nicht daran zweifeln.

Die Spannung, in der sich die Gäste befunden hatten, war jetzt gewichen. Sie befanden sich beim Gegner ihres Mitbürgers und hielten deshalb ihre Gefühle mehr zurück, als es an einem anderen Ort geschehen wäre. Es blickte niemand mehr durch die Fenster; denn Werner kam jedenfalls vor einer geraumen Weile nicht zurück; und so wurde den drei Männern, die jetzt da draußen zu sehen waren, keine Aufmerksamkeit geschenkt, obgleich sie diese wohl verdient hätten.

Zuerst kam einer, der allerlei Pakete trug; es war der Theaterdiener und Zettelträger. Wenige Augenblicke, nachdem er unter dem Eingang des Gasthofes verschwunden war, bogen zwei andere um die Straßenecke, ein wohlbeleibger Mann mit einem vollen, gutmütigen Gesicht, und an seiner Seite eine lange, hagere Person, der man es schon an der Kleidung anmerkte, daß des Lebens Glück nicht sonderlich gut auf ihn zu sprechen sei. Es war der Herr Direktor Uhlewald mit seinem Souffleur. Sie kamen gemütlich selbander dahergeschlendert, blieben vor dem Haus ein Weilchen stehen und traten dann in die Gaststube.

„Guten Morgen!“

Niemand antwortete, auch schien kein Platz mehr für sie übrig zu sein. Aber der Dicke schob sich ohne Umstände zwischen zwei Ebersbacher auf die Bank hin und sorgte mit Hilfe des Ellbogens dafür, daß der Dünne es sich neben ihm bequem machen konnte.

„Wer sind denn diese beiden? Die tun ja, als ob sie hier zu Haus seien!“

Dienhold hatte sich bis jetzt nicht wieder blicken lassen. Er saß droben in seiner Stube, die er verschlossen hatte, um die Freude über den gewonnenen Prozeß zunächst ungestört zu genießen. Auch ungetrübt? Es war doch, als käme zuweilen ein Gedanke geschlichten, der nicht recht zur gegenwärtigen Stimmung zu passen schien. War eine solche Freude, streng genommen, nicht Schadenfreude zu nennen? Auf welcher Seite hatte eigentlich das meiste Recht gelegen? Und welchem Umstand war der Sieg über den Gegner zu verdanken?

Uhlewald hatte vollständig richtig geurteilt, als er den Schwanenwirt eine „alte, gute Haut“ genannt hatte. Denn dieser gehörte zu jenen Naturen, die das Glück sogar gegen einen hartnäckigen Feind milder stimmt. Er dachte an die leichte Art und Weise, wie er in den Besitz des Gasthofes gekommen war, an die Sorgen der letzten zwei Jahre, an den einzigen Sohn, über den er nie eine begründete Klage auszusprechen gehabt hatte, an die Tochter Werners und an diesen selbst, der in diesem Augenblick sicher wie niedergeschmettert vor dem Gerichtsschreiber stand und — —

Er dachte nicht weiter, sondern er erhob sich vom Stuhl und ging, mit einem Entschluß ringend, im Zimmer auf und ab. Da klopfte es an die Tür.

„Dienhold, Schwanenwirt, macht doch einmal auf!"

Er öffnete. Es war der Direktor, der eintrat.

„So so, hm hm! Da hat man sich geplagt, damit der Mann da den Prozeß gewinnen soll, und nun es gelungen ist, versteckt er sich und schließt sich noch ein, um weder ‚Guten Morgen' noch ‚hab Dank' sagen zu müssen. Was ist mir denn das für ein Brauch!"

„Hören Sie, Herr Direktor, Sie beurteilen mich wieder einmal falsch; das ist klar. Der ‚gute Morgen' kann Ihnen nicht viel nützen, und was den Dank betrifft, so passen Sie einmal auf!"

Er trat zum Schreibtisch und nahm aus einem Kästchen die Papiere, die er gestern vorgelegt hatte. Sodann setzte er ein Streichholz in Brand, hielt die Rechnungen über die Flamme und schob sie in den Ofen.

„Was diesen Punkt betrifft, ja. Hier habt Ihr meine Hand; ich muß Euch Dank sagen. Aber was das andere betrifft — —"

„Das überlassen Sie mir selbst! Ich war soeben bei einem Gedanken, den ich ausführen würde, wenn der Werner Verstand haben wollte."

„So so, hm hm! Darf man ihn erfahren?"

„Warum nicht! Ich wollte ihn hereinrufen, wenn er vom Gericht kommt und mit ihm und dem Anton hinausfahren nach Ebersbach zur Lisbeth."

„Bravo, Dienhold; ihr seid ein Ehrenmann! Aber Ihr

könnt Euch den Weg ersparen, denn die Lisbeth ist unten in Eurer Küche. Ich traute Euch nicht so recht und wollte Euch deshalb überrumpeln."

„Ist sie da? Nun, dann fehlt bloß der Werner noch. Ich muß aufpassen, wenn — — —" Er war zum Fenster getreten und unterbrach, hinausblickend, seine Rede. „Da kommt er. Er muß herauf, das ist klar!"

Er ließ den lächelnden Uhlewald stehen und eilte hinab. Werner stand gerade im Begriff, gesenkten Hauptes am Eingang vorüberzuschreiten, als er am Arm gefaßt wurde. Er hielt den Schritt an, erhob den Kopf und konnte vor Erstaunen keine Worte finden, als er den Schwanenwirt mit freundlicher Miene vor sich stehen sah. Schnell jedoch verwandelte sich sein Staunen in den gewohnten Grimm und, den Arm frei machend, fragte er: „Was soll's? Was hast du noch mit mir zu schaffen?"

„Komm doch einmal mit herein zu mir! Ich hab mit dir zu reden."

„Du mit mir? Ich in dein Haus? In die ‚Drei Schwäne'? Niemals! Das wäre nicht geschehen, wenn ich gewonnen hätte, und nun erst recht nicht!"

Dienhold ergriff ihn wieder beim Arm und hielt ihn fest. „Ich will dich nicht beleidigen, Werner, sondern ich meine es gut mit dir; das ist klar! Komm mit herein, und du wirst's nicht bereuen."

„Niemals! Ich hab's gesagt und dabei bleibt's!"

„Und doch mußt du mit; ich gebe nicht nach. Und wenn du nicht meinetwegen mitgehst, so tu's doch wenigstens dem Anton und der Lisbeth zu Gefallen!"

Die Unterredung zwischen den beiden Feinden war im Zimmer bemerkt worden, und die Neugier trieb die anwesenden Ebersbacher herbei.

„Denen?" antwortete Werner. „Denen erst recht nicht, ich will dafür schon sorgen, daß du sie nicht wieder zusammen zu nennen brauchst! Meine Tochter hat nicht nötig, mit deinem Jungen zu liebäugeln."

„Dann denk an die Kosten, die du bezahlen mußt! Ich will mich, abgesehen vom heutigen Termin, im Guten mit dir vergleichen!"

„Ich brauche deinen Vergleich nicht. Die Kosten bezahle ich nicht, sondern ich werfe die ganze Geschichte um und fange den Streit wieder von neuem an; daß du es nur weißt! Und diesmal werde ich gewinnen, denn ich habe ja die Unterschrift. Und wenn du denkst, daß ich es nicht durchsetzen werde, so irrst du dich. Ich weiß es schon hinauszuführen; denn ich habe die Bücher darüber, und außerdem gibt es seit gestern abend zwei Männer, auf die ich mich verlassen kann. Was die sagen, das gilt!" Er wandte sich bei den letzten Worten an seine Dorfnachbarn. „Ihr werdet es wissen, wen ich meine."

„Freilich wissen wir's! Du mußt gewinnen; das steht fest! Aber sag, wie ist es denn gegangen?"

„Prächtig, sag ich euch!"

„So kommt die Schlacht nach Langenberg?"

„Natürlich! Ich weiß sogar schon den Tag, und hier — —", er zog einen großen, zusammengefalteten Bogen aus der Tasche — „hier ist der Schlachtenplan, wo alles bis ins kleinste draufgezeichnet und geschrieben steht. Ja, unsereiner weiß so etwas schon auszuarbeiten und anzudrehen, denn man hat ja die Bücher darüber."

„So willst du also nicht mit hereingehen?" fragte Dienhold.

„Nein! Mach deinen Vergleich mit wem du willst, aber nicht mit mir!"

„Gut! So habe ich dir nur noch eins zu sagen, und dann kannst du davonziehen. Komm einmal her!"

Er machte ihm eine leise Bemerkung in das Ohr. Werner fuhr zurück und sah ihn halb erschrocken, halb ungläubig an.

„Das wären zwei Falsche gewesen? Du lügst!"

„Oho! Fällt mir nicht ein! Was ich gesagt habe, das

ist klar; ich werde es dir auf der Stelle beweisen. Wart nur einen Augenblick!"

Er eilte in die Stube, kehrte mit einem Zeitungsblatt zurück, suchte eine Stelle auf und hielt ihm diese vor.

„Da lies, wenn du mir nicht glaubst!"

Werner nahm die Zeitung, und während des Lesens wurde seine Miene immer bedenklicher. Die Stelle lautete: „Ärztlichen Berichten zufolge ist die Rückkehr des Reichskanzlers aus Varzin nach Berlin noch nicht in Aussicht zu stellen, da der hohe Kranke während der letzten Tage so angegriffen war, daß er das Bett hüten mußte."

„Nun? Und hier ist noch eine Stelle, die du dir auch einmal genau ansehen mußt."

Diese zweite Meldung berichtete: „Der Generalfeldmarschall Graf von Moltke ist von seiner Reise zurückgekehrt, hat heute im Kriegsministerium vorgesprochen und wird morgen in besonderer Audienz von Sr. Majestät dem Kaiser empfangen werden."

„Na, ist das klar oder nicht?"

„Das hier kann doch eine Lüge sein."

„Komm mit herein! Du wirst alles erfahren!"

„Aber wer sind denn da die beiden Halunken — —"

Er setzte seine Rede, in der richtigen Einsicht, daß sie ihn selbst lächerlich mache, nicht fort.

„Du wirst sie auch noch sehen. Komm nur mit herauf!"

„Gut! Wenn ich dir einen Gefallen damit tue, so mag es sein. Ich gehe mit."

Die Zurückbleibenden konnten den letzten Teil der Unterhaltung nicht begreifen und kehrten kopfschüttelnd in die Stube zurück. Uhlewald war im Zimmer des Schwanenwirts geblieben.

„Kennst du den Herrn?" fragte Dienhold den Mitgenommenen.

„Nein."

„Sieh ihn dir nur einmal genauer an!"

„Es ist mir, als hätte ich ihn einmal gesehen, ich weiß aber nicht wo.“

Uhlewald lächelte. „So so, hm hm! Da muß ich Eurem Gedächtnis doch einmal auf die Sprünge helfen.“ Er öffnete die Tür: „Martin!“

Der Gerufene kam den Flur entlang und trat ein.

„Diesen da kennt Ihr vielleicht besser als mich?“

„Nein, aber ich muß ihn früher einmal gesehen haben.“

„Na, so paßt mal auf!“

Er zog sich wie gestern die Perücke vom Kopf, richtete sich stramm empor und warf aus einem vollständig veränderten Gesicht auf Werner einen Blick, der unmittelbar vom Reichskanzler geborgt sein mußte. Der Souffleur hatte sich an seine Seite gestellt und die so wohlbewährte Feldmarschallshaltung angenommen.

„Himmeltausendsapp — — ihr also seit die zwei Schlingel, die mich und das ganze Ebersbach an der Nase herumgeführt haben! Und ich bin euch nachgelaufen über Stock und Stein, durch dick und dünn, habe Karten gemalt und Pläne geschmiedet, und dabei meinen schönen Termin versäumt! Wart, euch werde ich kriegen! Ihr seid ja Majestätsbeleidiger, Bismarckverräter, Moltkeschänder, falsche Kriegsgerüchteverbreiter und wer weiß was alles sonst noch! Ihr sollt an mich denken! Ihr müßt ins Zuchthaus; ich bring's so weit, denn ich habe die Bücher darüber!“

„So so, hm hm! Spart Euren Atem, Mann, und redet anständig mit unsereinem! Ich bin der Theaterdirektor Eusebius Lucianus Uhlewald, das merkt Euch! Und nun sagt mir doch einmal, wer Euch weisgemacht hat, daß ich der Bismarck bin? Und mein Souffleur da, der arme, unschuldige Mensch, der soll auf einmal mit Kanonen, Bomben und Granaten zu tun gehabt haben! Hahahaha! Der gute Mann fällt in Ohmmacht, wenn er nur eine Knallerbse hört; und jetzt soll er der große Moltke sein! Ich glaube, Ihr seid nicht recht bei Trost!“

„Aber Sie haben es doch gelitten, daß wir Sie für die beiden gehalten haben!"

„Na, warum sollen wir das denn nicht? Ist es etwa eine Schande für einen Schauspieler und seinen Souffleur, für Bismarck und Moltke gehalten zu werden? Und wer hat uns gesagt, daß Ihr uns mit diesen berühmten Herrn verwechselt? Kein Mensch! Und wir, nun wir haben Euch ummöglich einen so heillosen Unsinn zutrauen können! Geht nur und klagt, wenn Ihr ausgelacht sein wollt. Ich sag Euch, Männchen, es ist am besten, Ihr schweigt über diese Geschichte. Und wir werden Euch zu Gefallen mitschweigen, wenn Ihr verständig seid und mit dem Dienhold Frieden schließt. Da, setzt Euch nieder und laßt in Güte mit Euch reden!"

Was jedem eine Unmöglichkeit gewesen war, der alte Menschenkenner brachte es fertig. Zwar war die Unterredung lebhaft und wurde sogar zuweilen hitzig, aber der ursprünglich gesunde und nur vom Haß beeinflußte Verstand der beiden Wirte ließ ihnen doch endlich in einem friedlichen Ausgleich das Beste erkennen. Da besonders Dienhold sich zu jedem billigen Zugeständnis bereitfinden ließ, so erklärte sich schließlich Werner für überwunden.

„Gut, ihr sollt euren Willen haben, weil ich des Streitens nun einmal müde bin. Ich könnte noch gar manches vorbringen, was der Sache für mich eine gute Wendung gäbe, denn ich habe die Bücher darüber. Aber wie gesagt, ich will euch beweisen, daß ich niemand gern ins Unglück bringe. Also, du bezahlst die Kosten alle?"

„Ja."

„Und was du mir noch schuldig bist, das — —"

„Ich bin dir nichts mehr schuldig! Und überdies ist dies ja auch ganz gleichgültig; der Anton ist mein einziger Erbe, und mit der Lisbeth ist es bei dir ebenso; sie werden also die fragliche Summe einmal bekommen, ob von mir oder von dir, das darf uns nicht mehr entzweien. Ich werde sie alle beide gleich heraufholen und die Mutter dazu."

„Alle beide? Ist denn die Lisbeth auch da?"

„Natürlich! Das ist klar!"

„Also hinter meinem Rücken ist das Mädchen — — na, ich will nicht schimpfen! Hol sie herauf! Aber halt! Erst müssen Sie mir mit der Hand versprechen, Herr Direktor, daß kein Mensch etwas davon erfährt, daß der Bismarck und der Moltke nicht die richtigen gewesen sind. Ich bin im Armenvorstand und mag mich nicht auslachen lassen."

„So so, hm hm! Ich will's versprechen, und der da, der sagt erst recht nichts, denn Ihr habt ihn ja gestern selbst den ‚großen Schweiger' genannt. Hier sind unsere Hände."

Die drei Personen, die unten in der Gaststube und Küche mit Zagen den Ausgang der Unterredung erwartet hatten, wurden geholt, und nun gab's so viel Glück und Freude, daß selbst das Herz Werners weich wurde.

„Hört nun einmal auf mit eurem Dank!" rief er. „Ich weiß nicht, was ich zu all dem Lob sagen soll, denn ich habe kein Buch darüber."

Dienhold wischte sich die Augen und versicherte: „Das ist die schönste Stunde in meinem ganzen Leben, das ist klar!"

Uhlewald hatte sich abgewendet, um seine Rührung nicht sehen zu lassen. „So so, hm hm", brummte er, „so wunderbar wie heut ist mir's seit langem nicht zumut gewesen, ich glaube, seit den Zeiten, als ich meine Selige noch hatte! Sie haben Sie doch auch gekannt. Martin und — —"

Er hatte sich herumgedreht in der Meinung, der Souffleur stehe noch neben ihm. Dieser jedoch war leise davongeschlichen. Draußen aber auf dem Flur blieb er stehen, fuhr sich mit der Hand in die dünnen schlichten Haare und klagte mit trübseligem Gesicht:

„Souffleur, Souffleur, o du jammervolles Individuum! Ich habe im Kasten gesteckt, solange ich lebe, und wenn ich sterbe, wird man mich auch in einem Kasten hinaustragen. Zu keiner Rolle habe ich es bringen können, zu keiner einzigen, weder auf der Bühne noch im Leben, nicht einmal zu einer drei Sekunden langen Schäferszene. Nur einmal habe ich es versucht, und das war bei einer Großmagd; aber hat die mich zur Treppe hinuntergefegt, hurrrr!"

Mit tragisch zitternden Schritten schob er sich in seine Kammer. — —

Die Ebersbacher waren nicht wenig überrascht, als sie aus dem Mund der Beteiligten vernahmen, was über ihren Häuptern vorgegangen sei. Die Lisbeth konnte doch sicher eine andere Partie machen, wenn sie die Berufung ihres Vaters in den Generalstab abgewartet hätte. Aber des Menschen Wille ist sein Himmelreich. Man konnte nichts dagegen sagen, zumal Dienhold ein volles Fäßlein hereinrollen ließ, damit ein jeder sich auf nassem Weg an der Versöhnung beteiligen könne.

Obgleich viel von dem bevorstehenden Krieg gesprochen wurde, verlief das Fest vollkommen friedlich und ungestört, jedenfalls weil kein Langenberger dabei war. Als Werner von den Wißbegierigen zu der Erklärung gedrängt wurde, an welchem Tag die Zuaven und Kirgisen geschlagen würden, wehrte er mit geheimnisvoller Miene ab: „Laßt das jetzt! Ich weiß alles, wie es kommen wird, denn ich habe es in meinen Büchern und auf dem Plan, aber ich darf es euch nicht eher verraten, als gerade acht Tage vorher. Ihr erfahrt es dann immer noch früh genug."

Und Dienhold stimmte bekräftigend bei: „Ja, Bruder Werner, das ist klar!"

DIE BEIDEN NACHTWÄCHTER

Wer da etwa glaubt, daß bloß der Adelige seine Ahnen zählt und mit Stolz von den Verdiensten seiner Vorfahren spricht, der befindet sich in einem gar gewaltigen Irrtum; denn die Anhänglichkeit, die so gerne nach rückwärts auf die Reihe der Ureltern blickt, ist einem jeden Menschen eigen und vom Kaiser bis herab zum Nachtwächter durch alle Abstufungen der Gesellschaft wahrzunehmen.

Bis herab zum Nachtwächter?

Jawohl! Und wer das etwa nicht glaubt, der mag nur nach Ammerstadt oder nach Wummershausen gehen, um sich von der Richtigkeit der obigen Behauptung zu überzeugen.

Beide Städte liegen etwas über zwei Stunden weit voneinander entfernt; die Verbindung zwischen ihnen wird durch einen Stellwagen erleichtert, der täglich zweimal hin und zurück fährt. Die Straße, die er dabei zu benutzen hat, ist zu beiden Seiten mit hohen Pappelbäumen eingefaßt, geht immer in schnurgerader Richtung fort und würde auch nicht die mindeste Abwechslung bieten, wenn nicht grad auf der Hälfte des Weges ein Wirtshaus stünde, auf dessen Schild in verwitterten Buchstaben die Inschrift „Gasthof zur goldnen Ente“ zu lesen ist.

In Ammerstadt, draußen im letzten Haus, wohnt der ehrsame Schuhmachermeister Hillmann, der von den Vätern der Stadt mit dem wichtigen Amt betraut worden ist, über das nächtliche Wohl seiner lieben Mitbürger zu wachen. Und in Wummershausen, draußen im letzten Haus, wohnt der ehrsame Schneidermeister Bachmann, der von abends zehn bis früh vier Uhr zu sorgen hat, daß nichts geschehe, was dem Glück der ihm anvertrauten Menschenkinder Gefahr bringen könnte.

Hillmann und Bachmann, die beiden Nachtwächter, sind auch wirklich Männer, die etwas zu bedeuten haben, und es ist wahrhaftig kein Spaß, für die Sicherheit einer ganzen Stadt die Verantwortung zu tragen. Und diese Verantwortung stammt nicht etwa erst aus neuerer Zeit, sondern sie hat schon seit Menschengedenken auf den Familien gelegen, da die Hillmanns in Ammerstadt und die Bachmanns in Wummershausen das Nachtwächteramt bekleidet haben, solange überhaupt von einem Hillmann oder Bachmann die Rede war. Ist es daher ein Wunder, daß sie stolz sind auf die Wohltaten, die von ihren Familien ausgegangen sind, und daß sie ihren Dienstspieß als eine Art Heiligtum betrachten?

Heute ist der zweite Weihnachtsfeiertag. Draußen schneit es, was nur immer vom Himmel herunter will, drinnen in der Stube aber knistert und pustet es im alten Kachelofen, hinter dem auf dem Großvaterstuhl ein Mann sitzt, den wir uns etwas näher betrachten müssen. Lang und dürr ist die hagere, ausgetrocknete Gestalt; lang und dürr sind die beiden Beine, die in einem Paar Lederhosen stecken, die früher einmal schwarz gewesen sind, jetzt aber in allen möglichen Farben schimmern; lang und dürr sind die Arme, mit denen er, jetzt gerade in einer Rede begriffen, wie mit Windmühlenflügeln in der Luft herumfuchtelt; lang und dürr ist auch das Gesicht, aus dem eine Nase hervorragt, deren scharfen Rücken man als Rasiermesser benutzen könnte, während die geraden Lippen und die kleinen, unruhig funkelnden Augen auf einen Mann schließen lassen, mit dem nicht gut Kirschen essen ist. Lang und dürr ist alles an ihm, nur nicht das zweifelhafte Kleidungsstück, das nicht viel mehr als die Hälfte seines Oberkörpers bedeckt und in ein Paar Ärmel mündet, die den gefährlichen Gang über den spitzen Ellbogen hinweg schon seit langer Zeit nicht mehr gewagt zu haben scheinen.

Dieses Ding war zu Urgroßvaters Zeiten einmal ein Pelz und hat manchen Sturm erlebt, was am Ende nicht viel zu bedeuten hätte, denn so eine alte, gutwillige Schafhaut vermag schon etwas auszuhalten. Aber — die Motten, die unglückseligen Motten, die haben den Amtspelz der Hillmänner von jeher zu ihrem Sommeraufenthalt gemacht; und da sie immer eine besondere Vorliebe für seinen unteren Teil besaßen, so waren dort regelmäßig mit Anfang Dezember die Haare verschwunden. Der zerfressene Streifen mußte abgeschnitten werden, der Pelz wurde von Jahr zu Jahr kürzer und stieg endlich an der langen Gestalt seines jetzigen Besitzers so weit in die Höhe, daß zwischen seinem unteren Saum und der Hosenschnalle ein zärtliches Verhältnis entstand, das bei den Angehörigen des Nachtwächters ein solches Ärgernis erregte, daß sie sich entschlossen, dem Gatten und Vater einen neuen Pelz zum Heiligen Christ zu bescheren.

Da aber waren sie schön angekommen; denn der Beschenkte erblickte in der Liebesgabe einen Angriff auf den heilig gehaltenen Erbsitz der Motten und befand sich eben jetzt dabei, diesem eine feurige Lobrede zu halten.

„Ja, ja, so geht's! Zwölf Hillmanns, hört ihr's, ein ganzes Dutzend Hillmans sind hintereinander Nachtwächter gewesen und haben den Schafpelz getragen und in Ehren gehalten; keinem ist er zu kurz gewesen, und mir auch nicht, denn was ihm an der Länge fehlt, das habe ich selber zuviel. Und nun soll er plötzlich nicht mehr gut genug sein? Heiliger Knieriem, ich weiß schon, worauf das hinzielt!"

„Worauf anders soll's denn hinzielen", sprach die Frau, die am Tisch saß und strickte, „als daß dich's des Nachts nicht mehr frieren soll!"

„Frieren? Wer hat euch denn aufgebunden, daß mich friert, mich, den dreizehnten Hillmann? Nichts da —

mich macht ihr nicht dumm! Weil der Bachmann, der Großtuer, vorm Jahr von seiner Tochter einen neuen Pelz gekriegt hat, soll ich nun auch mich mit einem so unnützen und teuren Ding in der Welt herumschleppen. Heiliger Knieriem, daraus wird nichts! Euch zuliebe will ich ihn heute noch einmal anziehen, dann aber ist's aus!"

„Ich weiß gar nicht, was du nur immer mit dem Bachmann hast! Der wohnt in Wummershausen und du in Ammerstadt; ihr geht euch einander nichts an, und — "

„Tu doch nur nicht, als ob du nichts wüßtest! Aber ihr sollt euch alle beide verrechnet haben mit euren sauberen Plänen, die ihr da hinter meinem Rücken schmiedet."

„So! Was wären denn das für Pläne?"

„Höre, bringe mich zum zweiten Feiertag nicht in die Wolle! So eine Frau tut, als könne sie kein Wässerchen trüben, und dabei hat sie es hinter den Ohren und hilft dem Jungen noch in seinen Dummheiten."

„Aha, jetzt komme ich auch an die Reihe!" klang es vom Fenster her, wo der Sohn Hillmanns, ein hübscher, kräftiger, etwa zweiundzwanzigjähriger Bursche, stand.

„Ja, freilich kommst du auch noch an die Reihe, du Taugenichts! — Oder willst du mir etwa sagen, von wem du die schönen gestickten Hosenträger gestern geschenkt bekommen hast?"

Der junge Mann konnte eine leichte Röte, die sein Gesicht überzog, nicht verbergen; er verzichtete auf eine Antwort.

„Nun? Warum wirst du rot? Warum stehst du nicht Rede und Antwort? Nicht wahr, ich hab's getroffen? Denkst du denn, ich hätte das L. B. nicht gesehen, das mit draufgestickt ist, und wüßte nicht, daß das ‚Lotte Bachmann' heißen soll?"

„Aber was hast du denn eigentlich gegen das Mädchen?" fragte der Sohn.

„Gegen das Mädchen? Heiliger Knieriem, nicht nur

gegen das Mädchen habe ich was, sondern die ganze Sippschaft kann mir gestohlen werden! Ihr Alter bildet sich wunder was drauf ein, daß er der vierzehnte Bachmann ist und ich erst der dreizehnte Hillmann. Ein einziger Bachmann wäre ebensoviel wert wie zehn Hillmänner, hat er gesagt! Und über meine neue Schnarre hat er sich auch lustig gemacht und mich deshalb einen Bretzeljungen genannt! Soll ich das etwa ruhig hinunterschlucken? Übrigens sind schon zur Zeit des starken August die Hillmänner den Bachmännern nicht grün gewesen; im Siebenjährigen Krieg haben zwei nebeneinander gedient und sich wegen eines Mädchens halbtotgeschlagen; nachher, als die Franzosen gekommen sind, ist' wieder so gewesen; da ist ein Hillmann in der Schlacht bei Leipzig — das war mein Großvater, Gott hab ihn selig! — mit übergegangen, und ein Bachmann — das war dem jetzigen sein Großvater — bei Napoleon geblieben, und das hat später vielen Streit gemacht. Und jetzt — jetzt, da ist's rein ganz aus. Ich bin nationalliberal und er hält's mit dem Fortschritt, wie ich mir habe sagen lassen. Hahahaha, Fortschritt — und lacht über meine Schnarre! Ich als Nachtwächter kann doch gar keinen größeren Fortschritt machen! Mag der Kerl immerfort in sein Ochsenhorn hineintuten, aber mich laßt in Ruhe mit ihm!" — —

*

Gerade um diese Zeit saß auch Bachmann hinter seinem Ofen, hatte die fetten Hände um das dicke Bäuchlein — ein seltsames Naturstück bei einem Schneider — geschlungen, sah behaglich dem Treiben der Schneeflocken zu und warf dann zuweilen zur Abwechslung einen liebevollen Blick auf die beiden Frauen, die eben bemüht waren, einen warmen Kaffee nebst Zubehör auf den Tisch zu stellen.

„'s ist doch nirgends schöner in der Welt als im Bett und hinterm Ofen!" sagte er. „Wenn man bei solchem Heidenwetter die ganze Nacht da draußen umherlaufen muß, da merkt man erst, was ein Bett und ein Ofen in der Weltgeschichte zu bedeuten haben."

„Da hast du recht, Alter! Drum komm her, ehe der Kaffee wieder kalt wird!"

Er folgte der Aufforderung seiner sorgsamen Hausfrau, und die Beharrlichkeit, mit der er zulangte, zeigte, wie trefflich ihm der Weihnachtskuchen mundete.

„Das ist aber doch keiner von unserem?" fragte er, indem er ein besonders leckeres Stück, das er eben in der Hand hielt, betrachtete.

„Der ist vom Herrn Bürgermeister. Er schickte vorhin einen ganzen Teller voll für das hübsche Lied, das du gestern abend gesungen hast."

„Ach so!" rief er lachend. „Na, da hat mir die Schnarre doch was eingebracht!"

„Was war's denn für ein Lied?" fragte die Tochter neugierig.

„Hab's selber gemacht; wirst's schon auch noch hören."

„Ja," meinte die Frau stolz, „so ein Nachtwächter ist was wert, der sich Lieder selber machen kann. Da kann man jedem vor seinem Fenster was singen, was er gern hört und was auf ihn paßt; und darum haben sie dich auch alle gern. Ich glaube, das hat noch kein Hillmann fertiggebracht."

„I bewahre. Die zwölf Hillmänner sind ganz brave Leute gewesen, aber eine poetische Ader hat keiner gehabt, und der jetzige, der dreizehnte, erst recht nicht. Ich möchte nur wissen, wie man mit so einer dummen Holzschnarre laufen kann; das hat weder Saft noch Kraft!"

„Ich kenne ihn gar nicht so recht; aber sein Sohn, der Eduard, soll ein braver, schmucker Bursche sein."

„Soll?" fragte Bachmann mit einem pfiffigen Gesichtsausdruck. „Höre, Alte, du willst doch nicht etwa jetzt anfangen, mir Flausen vorzumachen! Wer hat denn am Tag vor dem Heiligen Abend hier an dem Tisch mit Rosinen gelesen, he? Wer ist denn nachher in Wummershausen in der Mette gewesen? Gibt's etwa in Ammerstadt keine Kirche? Wer hat denn gestern da der Lotte die neuen Ohrglocken zum Heiligen Christ geschenkt, he? Und wer will denn heute abend in die ‚Goldne Ente' kommen, wohin unser junges Volk zum Tanz läuft?"

Sie blieb die verlangte Antwort schuldig, und auch das Mädchen blickte verlegen vor sich nieder.

„Ja, da sitzt ihr nun und könnt nicht bis drei zählen! Ihr denkt wunder, wie gescheit ihr's angefangen habt! Aber ein Bachmann läßt sich nicht so leicht an der Nase herumführen."

„Na, so zanke nur nicht, Alter! Wir haben's ja nicht bös gemeint."

„Zanken, das fällt mir gar nicht ein", meinte er gutmütig. „Mit euch kommt man damit nicht weit. Aber denken konntet ihr euch doch, daß ich es endlich auch erfahren mußte."

„Wir wollten erst sehen, wie's der Eduard meint, ehe wir dir was davon sagten."

„Papperlapapp, der meint's natürlich ehrlich! Das habt ihr gleich von Anfang an gar nicht anders gedacht, denn bei euch Weibsleuten meint's eben ein jeder ehrlich. Na, ich kann gegen den Jungen nichts haben und menge mich auch nicht in die Geschichte. Habe mehr zu tun, als mich um eure Liebelei zu kümmern. Aber viel wird nicht daraus werden; denn der Hillmann kann nun einmal die Bachmänner nicht leiden, und was der will, das will er. Der hat seinen Kopf für sich!" — —

Es war am Abend desselben Tages. Die Uhr an der Wand zeigte einige Minuten vor zehn; draußen wehte kein Lüftchen, aber der Schnee fiel so dicht, daß es nicht möglich war, auch nur auf einige Schritte Entfernung hin den Flockenschleier zu durchdringen.

Bachmann hüllte sich in seinen Pelz, setzte die Pfeife mit dem großen Meerschaumkopf in Brand, fuhr mit den beiden Händen in die dicken Fausthandschuhe und griff sodann nach Spieß und Horn.

„Gute Nacht, Mutter! Leg dich ruhig nieder, aber laß mir das Mädel nicht so lange draußen in der Kälte stehen, wenn sie vom Ball kommt!"

„Keine Sorge, Alter, werde es schon hören, wenn es klopft! Aber willst du dir nicht ein Stückchen Kuchen mitnehmen? Ich weiß, dir geht nichts über den Kuchen, und bis früh vier Uhr ist's eine lange Zeit; da kann man schon hungrig werden."

„Danke! Spare deine guten Sachen! Ich weiß mir schon zu helfen, wenn ich was brauche. Gute Nacht!"

„Gute Nacht!" antwortete sie und begleitete ihn hinaus, um die Tür von innen zu verriegeln. Aber in die Stube zurückgekehrt, machte sie nicht etwa Anstalt, sich schlafen zu legen, sondern schob vielmehr einige Schaufeln Kohlen in den Ofen, griff zum Strickstrumpf und ließ bald durch das geschäftige Klimpern der Nadeln vermuten, daß sie das vorhin erwähnte Klopfen schwerlich überhören werde.

Unterdessen schritt Bachmann die Gasse entlang und setzte, als jetzt der zehnte Stundenschlag vom Kirchturm erklang, das Horn an den Mund, um seinen musikalischen Verpflichtungen nachzukommen.

„Tut — hat zehn geschlagen — Lobt Gott den Herrn!" klang es durch die stille, schneehelle Nacht; dann setzte er seinen Weg weiter fort. Hier auf dem äußersten Punkt der Stadt war er nicht gewillt, seine Kunstfertigkeit zu zeigen; deshalb machte er es so kurz wie möglich. Der Ort dehnte sich lange hin, und man hatte sich zu beeilen, um in drei Viertelstunden von einem Endpunkt zum anderen zu kommen, zumal es für einen richtigen Nachtwächter doch fast immer Störungen gibt, die ihn aufhalten.

„Tut — hat zehn geschlagen — Lobt Gott den Herrn!" tönte es an der nächsten Gasse. Er zog den Kragen in die Höhe, stopfte den Tabak in der Pfeife nieder und setzte seinen Weg rasch wieder fort. Bei der nächsten Ecke trat er an einen Fensterladen, blickte durch eine Ritze hinein in das hellerleuchtete Zimmer und nickte beifällig mit dem Kopf.

„Das paßt! Da sitzt die ganze junge Gesellschaft um den Tisch, trinkt Grog und beißt Kuchen dazu. Sapperlot! Ist das nicht Apfelkuchen? Den hat meine Alte heuer nicht. Wartet, ich werde euch mal einen kleinen Wink geben!"

„Tu—u—ut!" Diesmal schonte er den Atem weniger als bisher; dann räusperte er sich und sang:

„Hört, ihr Herrn, und laßt euch sagen:
Die Glocke, die hat zehn geschlagen.
Bewahrt das Feuer und das Licht,
daß der Stadt kein Schad' geschicht.
Und lobet Gott den Herrn,
Apfelkuchen eß ich gern!"

Drin in der Stube erscholl ein lautes Lachen, und mit gewichtigem Nachdruck wiederholte er:

„Und lobet Gott den Herrn,
Apfelkuchen eß ich gern!"

Auf diesen sehr deutlichen Hinweis antwortete von innen ein sehr vernehmliches Klopfen an den Laden.

„Gut; sollst ein Stück haben und auch ein paar kräftige Schlucke dazu; aber einen neuen Vers mußt du noch singen, und gut muß er sein!"

„Und wer vielleicht in finstrer Nacht
Mit seinem Mädel Bestellmich macht,
der trolle sich von seinem Schatz
und geb ihr nun den letzten Schmatz.
Das lange Liebeln tut nicht gut,

im Bette sich's am schönsten ruht,
und treff ich so 'nen Freiersmann,
den leucht' ich mit der Laterne an!"

Der so schnell gereimte Knüttelvers schien das Wohlgefallen der Zuhörer erlangt zu haben, denn bald öffnete sich die Haustür und eine Stimme rief:

„Na, komm rein, alter Bänkelsänger; wirst ein Gläschen vertragen können bei dem Wetter heute!"

Bachmann schüttelte den Schnee von sich und trat in die Stube. Hier wurde seiner dichterischen Gabe lebhafte Bewunderung gezollt; er bekam den wohlverdienten Kuchen, und man trank ihm von allen Seiten so fleißig zu, daß es ihm schließlich angst wurde und er die Flucht ergreifen mußte.

„Verteufeltes Volk!" brummte er, wieder auf der Straße angekommen; „die hatten es darauf abgesehen, daß ich einen ‚Spitz' bekommen soll. Ich glaube, ich habe den Topf allein ausgetrunken. Na, das wäre eine schöne Geschichte; so was soll mir nicht vorkommen!"

Es war ihm jetzt auf einmal so warm, so eigentümlich wohl und leicht im Magen und unter der Pelzmütze, die Beine hatten eine ganz andere Spannkraft bekommen; drum ging es auch rasch vorwärts; das Tuten war ihm ein wahres Vergnügen, und ehe er sich's versah, stand er auf dem Marktplatz vor dem Rathaus.

Er setzte das Horn an und blies:

„Tut — hat zehn geschlagen!"

Nach einem kurzen räuspernden Husten sang er dann, so laut wie möglich:

„Und wenn es zehn geschlagen hat,
versammeln sich die Herrn der Stadt,
sie sinnen hin, sie sinnen her,
es spricht bald dieser und bald der.
Und ist das Sinnen und Reden aus,
so gehn sie klug wie zuvor nach Haus!"

Im Gastzimmer des Rathauses, wo man ihm aufmerksam zugehört hatte, erhob sich ein schallendes Gelächüber den spaßhaften Hieb, den er den „Herrn bei der Spritze“ versetzt hatte, und als er eintrat, wurde er mit lautem Jubel empfangen. Zwanzig — dreißig Gläser hielt man ihm entgegen; er mußte Bescheid tun, er mochte wollen oder nicht. Echt Bayrisch, Lager- und einfaches Bier, Nordhäuser, Kümmel, Pomeranzen, Punsch und Wein, alles mußte über seine widerstrebenden Lippen, und als er wieder ins Freie kam, schaute er sich bedenklich um; denn er konnte nicht mehr unterscheiden, ob es von oben nach unten schneite, oder ob der Schnee von unten in die Höhe fahre.

„Na, na, na!“ machte er. „Ich glaube, der Schnee fällt heute verkehrt!“

Kopfschüttelnd stolperte er in die nächste Straße hinein.

Dort lag der Gasthof zum „Schwarzen Bären“, der Bahnhof für die Stellwagenlinie Ammerstadt—Wummershausen, und vor dem wegen des Schneewetters geschloßnen Tor stand der ehrwürdige Omnibus, dessen Pflichteifer sich die etwaigen Fahrgäste anzuvertrauen hatten.

„Hm, ich muß mich ein bißchen setzen. So kunterbunt ist mir's in meinem ganzen Leben noch nicht im Bauch gewesen. Das muß ich vorbeilassen, wenn's nicht etwa gar die Cholera ist. Na, das wäre die reine Schlechtigkeit, mitten im Winter die Cholera, und noch dazu am zweiten Weihnachtsfeiertag!“

Er suchte nach der steinernen Bank, die an der einen Seite des Eingangs stand, und auf der er manches kurze „Ständchen“ gehalten hatte; aber sie war so überschneit, daß er sich bedenklich abwandte.

„Das geht nicht; da könnt ich mich schön erkälten, und zu der Cholera noch einen Schnupfen kriegen, der sich gewaschen hat. Eins von den beiden ist schon genug!

Hm! Da steht der alte Rumpelkasten; der fährt um elf Uhr fort. Wie wär's, wenn ich mich ein paar Minuten hineinsetzte? Na, besser allemal als hier auf der Bank!"

Er öffnete kurz entschlossen die Tür, stieg hinein, zog sie hinter sich zu und schmiegte sich behaglich in die Ecke. Die genossenen geistigen Getränke äußerten jetzt ihre einschläfernde Wirkung, und nach wenigen Augenblicken war der Nachtwächter vom tiefsten Schlaf befallen.

Die Zeit hatte keine sonderliche Lust, auf den Schläfer zu warten; sie rückte von Minute auf Minute weiter vor, und kurz vor elf öffnete sich das Tor des Gasthofes, um nebst Hausknecht und Kutscher die beiden Klepper hindurchzulassen, die auf der Linie Ammerstadt—Wummershausen die Stelle der Dampfkraft zu vertreten hatten.

„Pfui Teufel, ist das ein Heidenwetter!" fluchte der Hausknecht. „Du hast den Schnee wahrhaftig zwei Ellen hoch auf dem Bock liegen."

„Alberne Erfindung, so ein Omnibus!" schimpfte der Kutscher. „Muß ich da nach Ammerstadt fahren, obgleich kein einziger Mensch drin in der Bude sitzt. Mach, daß du fertig wirst! In der ‚Goldnen Ente' wird ein Eimer draufgegossen. Hühü!"

Die Pferde zogen an, und das Fuhrwerk setzte sich in Bewegung.

Der Schnee hatte sowohl die Schritte der beiden Männer als auch die Hufschläge der Tiere gedämpft, und da man in Anbetracht der herrlichen Schlittenbahn dem Stellwagen die Räder abgenommen und ein paar Schlittenkufen untergeschraubt hatte, so geschah alles mit einer solchen Geräuschlosigkeit, daß der Schlafende nichts merkte.

Wegen des hohen Schnees ging die Fahrt nicht sehr schnell vonstatten; dennoch aber nahm sich der Kutscher bei der „Ernte" so viel Zeit, als zum Genuß einiger

Nordhäuser gehört. Es ging sehr lebhaft zu. Man hatte von beiden Städten aus Schlittenfahrten bis hierher unternommen, und da also jeder seine gute Gelegenheit für den Rückweg hatte und es auch noch nicht Zeit zum Aufbruch war, so wollte sich niemand für die Benutzung des Omnibusses finden. Dieser setzte seinen einsamen Weg ohne Fahrgast fort.

In Ammerstadt hielt er vor dem Gasthof zum „Blauen Stern", der Kutscher stieg ab, spannte seine Pferde aus, führte sie in den Stall und ließ den Wagen stehen.

Weder dessen Bewegung, noch die Musik, die vom Saal der „Ente" auf die Straße schallte, hatten den guten Nachtwächter aufgeweckt. Jetzt aber, wo das Fuhrwerk plötzlich stillstand, schien einiges Leben in ihn zu kommen. Er hob den herabgesunkenen Kopf in die Höhe, streckte die Beine aus, erst langsam und unsicher, dann aber kräftiger und wollte, zum Bewußtsein seiner Pflicht gekommen, schnell in die Höhe fahren, stieß aber mit dem Kopf so kräftig an die Wagendecke, daß das alte Gerümpel in allen Fugen krachte und er wieder auf den Sitz zurückfiel.

„Tausendsapperlot, was ist denn das? Wo bin ich da hingerannt? Hat der Bärenwirt seit heute ein Dach über seine Bank machen lassen?"

Noch immer in dem Wahn, daß er auf der gewohnten Bank sitze, tastete er mit den Händen um sich und fühlte sich von hinten, rechts und links von Wänden eingeschlossen.

„Na, jetzt hört alles auf! Wo bin ich nur eigentlich hingeraten? Das ist ja eine ägyptische Finsternis! Ich muß mir mal Licht anbrennen!"

Er zog die Zündhölzer aus der Tasche, strich eins davon an, und gewahrte nun endlich, wo er sich befand.

„So dumm! Ich bin doch erst vor ein paar Minuten hineingekrochen und weiß schon nicht mehr, wo ich stecke. Das macht aber der Grog und der Wein und

Schnaps im Rathauskeller. Na, das soll nicht mehr vorkommen. Es ist nur ein Glück, daß es noch nicht elf ist, sonst hätte mich der Fritz ertappt, und das wär 'ne schöne Beschämung gewesen! Und die Pfeife ist mir auch aus den Zähnen gefallen. Wenn nun der teure Geburtstagskopf noch zerbrochen ist!"

Er hob sie auf und untersuchte sie, so gut sich das im Finstern tun ließ.

„Na, 's ist alles noch ganz. Immerhin ein Glück beim Unglück!"

Damit schob er sich aus dem Wagen hinaus.

Noch immer schneite es so dicht, daß kaum die nächste Umgebung zu erkennen war. Während des zweistündigen tiefen Schlafs hatte sich der kleine Rausch verflüchtigt, und es war ihm nun recht hübsch und wohl zumut.

„Was doch so ein kurzes Nickerchen tun kann! Höchstens fünf Minuten habe ich die Augen zugemacht und bin doch nun wie neugeboren. Aber da ist ja die Ecke: Tu—u—u—ut! 's zehn geschlagen! Lobet den Herrn!"

Er ging weiter und bemerkte nicht, daß hinter ihm eine Tür sich öffnete und ein dahinter verstecktes Liebespaar ihm verwundert nachblickte. Die Straße schien ihm zwar etwas länger als gewöhnlich, doch in dem hohen Schnee konnte man heute nicht so vorwärts kommen und — aber was war denn das? Eine ziemliche Strecke vor sich hörte er den Ton einer Schnarre und gleich darauf die Worte:

„Zwölf geschlagen! Lobt den Herrn!"

„Tausendsapperlot, da will mich einer foppen! Warte, Bursche, dich will ich schon erwischen!"

Im Schnellschritt ging es nun vorwärts; aber es war nichts zu sehen, und der Spaßvogel schien sich in ein Haus geflüchtet zu haben. Nur eine lange, hagere Gestalt ging dort einige Schritte vor ihm her. Der Mann war's jedenfalls nicht gewesen, sonst wäre er nicht so langsam und würdevoll dahergelaufen. Vielleicht war's der Herr Landrichter; der hatte auch so einen steifen Hahnenschritt.

Aber hier kam wieder eine Ecke; er griff zum Horn und setzte an.

„Tu—u—u—ut!“ Dann sang er:

„Hört ihr Herrn und laßt euch sagen,
die Glocke, die hat zehn geschlagen;
bewahrt das Feuer und das Licht,
daß — — —“

„Heiliger Knieriem!“ donnerte es ihm da mit solcher Gewalt in die Ohren, daß ihm die „Stadt“ mit dem „Schaden“ sofort im Hals stecken blieb. „Wer ist denn der Tausendsappermenter, der es wagt, hier herumzututen und die falsche Zeit auszurufen?“

„Tausendsappermenter? — Herumzututen? — Falsche Zeit? — Was fällt Ihm ein, und wer ist Er eigentlich, Er Nichtsnutz?“

„‚Er‘ nennt er mich, und ‚Nichtsnutz‘ dazu? Wart, ich werde Ihn lehren, die Leute aus dem Schlaf zu wecken und mich in meinem Amt da mit seiner Tute zu beleidigen. Marsch fort ins Loch!“

„In seinem Amt? — Beleidigen? — Ins Loch? Kerl, ist Er denn verrückt? Ich bin der Nachtwächter Bachmann und werde Ihm zeigen, was verhaften heißt! Vorwärts marsch, ins Loch!“

„Der Nachtwächter Bachmann? Heiliger Knieriem! Was will Er denn hier in Ammerstadt?“

„In Ammerstadt? Tausendsapperlot, denkt Er denn, ich weiß nicht, wo ich bin, und wie meine Vaterstadt heißt? Wer ist Er, frag ich noch einmal?“

„Ich? Ich bin der Nachtwächter Hillmann.“

„Der Nachtwächter Hillmann? Was will Er denn hier in Wummershausen?“

„In Wummershausen? Hahahaha! Jetzt weiß ich nun, wer von uns beiden der Verrückte ist.“

„Ja, ja, ich weiß es auch, und — —“

Er hielt mitten in der Rede inne, denn eben schlug es eins, erst die vier Viertel auf der kleinen Glocke und dann den Stundenschlag auf der großen. Vor Erstaunen und Überraschung vergaß er, den Mund zuzumachen: das waren ja nicht die Wummershausener, sondern die Ammerstädter Glocken!

„Nun, was sperrt Er das Maul auf? Es dämmert Ihm wohl jetzt in Seinem Kopf?"

„Tausendsapperlot, da bin ich mit dem Omnibus nach Ammerstadt gefahren und denke immer, ich habe bloß fünf Minuten drin geschlafen."

Jetzt ging Hillmann ein Licht auf, aber zugleich wurde ihm noch etwas anderes klar. Erkannte er nämlich die vorliegende Tatsache an, so mußte er Bachmann laufenlassen, und das lag nicht in seinem Sinn. Jetzt endlich hatte er den Todfeind, den „Vierzehnten", einmal im Sack, und er wollte ihn so lang wie möglich drin zappeln lassen.

„So, also der Bachmann will Er sein? Na, das wird sich ja finden, wer Er ist. Jetzt aber komme Er mit!"

„Mitkommen! Fällt mir gar nicht ein! Er ist der Hillmann, das weiß ich nun, und daß Er seinen Racker auf mich hat, obgleich ich Ihm noch nie etwas zuleid getan habe, das weiß ich auch. Es steht auch in Seiner Macht, verdächtige Leute festzunehmen; aber hier ist mein Spieß und mein Horn; daraus könnte Er ersehen, wer ich bin, auch wenn ich Ihm nicht persönlich bekannt wäre.Ich bin also sicher und brauche mich nicht einstecken zu lassen."

„Er ist mir persönlich nicht bekannt; und einen Spieß und ein Horn kann sich ein jeder verschaffen, der sich einen dummen Spaß machen will. Ich frage Ihn bloß, ob Er mitgehen will, oder ob ich mir Hilfe suchen soll. Er weiß wohl, was Widersetzlichkeit zu bedeuten hat?"

Bachmann durchschaute die Absicht seines Feindes, aber er sah ein, daß er sich in das Unvermeidliche fügen müsse, und seufzte:

„Na, dann los, wenn Er's verantworten kann! Tausendsapperlot, was werden sie in Wummershausen sagen, wenn sie morgen die Geschichte hören? Dreizehn Bachmänner —"

„Ja", fiel ihm der andere ins Wort, „dreizehn Bachmänner! Oh, wenn die wüßten, wie der Vierzehnte heute ins Kraut gelaufen ist. Aber so geht's, wenn man sich zu viel einbildet und ein Fortschrittler ist; da kommt man von Wummershausen nach Ammerstadt, man weiß nicht wie. Na, lauf Er was rascher! Habe keine Zeit, lange mit Ihm herumzuschleichen." — — —

*

Hillmann hatte seinen Gefangenen in das städtische Polizeiverlies gebracht. Er freute sich königlich über den Streich, den das Schicksal seinem Feind gespielt hatte und beschloß, diese Freude durch den Genuß eines „Bittern" zu erhöhen.

„Auf so einen Schreck kann man schon einen trinken; da wäre es ja riesendumm, wenn einen die paar Dreier dauerten. Na, wird es morgen ein Hauptspaß werden und ein Aufsehen, wenn ich den verlaufenen Wummershausener Nachtwächter mit Horn und Spieß durch die Stadt aufs Rathaus führe! Heute erfährt kein Mensch ein Wort; denn das Vergnügen will ich mir doch nicht verderben."

Er trat in die nächste Wirtschaft und spülte seinen „Bittern" gleich am Schenktisch hinunter. Aber, wie es so herzugehen pflegt, wer dem Teufel einen Finger bietet, gibt ihm bald auch noch die ganze Hand — er fand einige Bekannte, trank von ihnen, bezahlte auch noch „einige", und als er endlich wieder auf die Straße trat, war aus den vorgesetzten wenigen Minuten fast eine Stunde geworden. Er hatte ein Gefühl, als beständen seine langen Beine aus Watte, sein Leib aus einem Luftballon, sein Kopf aber aus einem Zentnergewicht. Die beiden Arme fuhren in der Luft umher wie die Vorderpfoten einer Katze, die mit der Nase in eine Schnupfdose geraten ist.

„Heiliger Knieriem, ist das ein Wetter! Der Schnee fällt so dick, daß er einen von einer Seite auf die andere schiebt. Ich möchte nur wissen, wem die Beine da unten eigentlich gehören, über die ich immer hinwegstolpere. — Hat eins — nein, wart mal, na weiter ist's noch nicht — hat eins geschlagen! Lobt den Herrn!"

Er versuchte, mit der Schnarre einen Winkel zu schlagen, aber —rrr, flog sie ihm aus der Hand und über die Gasse hinüber. Ganz erstaunt blieb er stehen und sah sich um.

„Wer ist denn der Kerl, der mir die Schnarre aus der Hand schlägt, he? Will Er mir sie gleich wieder holen!" Als keine Antwort erfolgte, schritt er selbst nach der Stelle, wo er sie vermutete, bückte sich nieder und — stand im nächsten Augenblick mit allen vieren im Schnee. Er gab sich alle Mühe, das Gleichgewicht zu behalten: vollends nieder wollte er nicht, in die Höhe konnte er nicht, weil ihm der Kopf zu schwer wurde, und so stand er bewegungslos wie ein Turnerbock auf der Erde, bis er endlich doch das Gleichgewicht verlor und sich kräftig auf die Seite legte. Glücklicherweise kam er dabei auf die verlorene Schnarre zu liegen.

„Ja, wenn keiner was findet, ich darf nur zugreifen — gleich hab ich's. Geschick, das ist die Hauptsache. Wenn ich nur wieder in die Höhe wär, da mag dann meinetwegen schnarren, wer will; ich laß sie mir nicht wieder aus der Hand werfen."

Mit großer Anstrengung gelang es ihm, sich aufzurichten, und nun ging's im Zickzack wieder die Gasse entlang. Nach einiger Zeit blieb er stehen.

„Gott sei Dank, da ist der ‚Blaue Stern', und da steht auch der Omnibus. Jetzt muß ich eine Viertelstunde ausruhen, hahahaha, gradeso, wie's der Bachmann gemacht hat, der dumme Kerl. Fährt der Mensch von Wummershausen nach Ammerstadt und fängt hier an zu tuten! Das muß er doch merken, wenn's fortgeht!"

Er öffnete die Tür und blickte ins Innere des Wagens.

„Nein, da gehe ich nicht rein, da ist mir's zu luftig. Im Rauchabteil ist's kleiner und also auch wärmer! Bin nur froh, daß ich heute den Spieß nicht bei mir habe; den brächte ich nicht hinein."

Mit aller Mühe führte er seinen Vorsatz aus, setzte sich nieder und schlief ein. — —

Währenddessen steckte Bachmann zwischen seinen vier nackten Wänden und ärgerte sich ingrimmig über die Torheit, durch die er sich in solche Verlegenheit gebracht hatte. Mit den lebhaftesten Farben malte er sich die Schande aus, die er zu erwarten hatte, und als er gar an die Schadenfreude dachte, die Hillmann an den Tag legen würde, sprang er von der harten Pritsche auf, stürmte in dem engen Raum hin und her und rüttelte endlich mit aller Gewalt an der Tür, die ihm den Weg zur Freiheit verschloß — — endlich stieß er einen Laut der Freude aus; denn sie hatte nachgegeben.

Das Holz, durch das die eisernen Haspen in der Wand festgehalten wurden, war von der hier herrschenden Feuchtigkeit angegriffen worden und verfault. Ein kräftiges Andrücken mit der Schulter — ein lautes Krachen, Rasseln und Klirren, und die alte Tür lehnte sich an die gegenüberliegende Wand des engen Ganges.

Niemand konnte das Geräusch gehört haben; denn das altersgraue und hinfällige Gebäude wurde, gebaut wie ein Schuppen, jetzt nur noch zur Aufbewahrung der Jahrmarktsbuden benutzt und hatte außerdem nichts als die Zelle aufzuweisen, die zum vorübergehenden Aufenthalt für ungefährliche Häftlinge gebraucht wurde.

Nicht weit vom Eingang lehnte sein Spieß, und da hing auch sein Horn an einer der Budenlatten; das wußte er. Nachdem er trotz der Dunkelheit beide gefunden, suchte er nach einem Ausgang. Das Tor war verschlossen, aber in der Vorderwand befanden sich einige Läden, die jedenfalls von innen zu öffnen waren. Er machte den Versuch — es gelang, und trotz seiner Beleibtheit befand er sich nach einigen Minuten im Freien.

„Tausendsapperlot", atmete er erleichtert auf, „einmal eingesponnen und nicht wieder! Warte nur, Hillmann, dir will ich's gedenken! Aber wie komme ich nach Wummershausen? Laufen kann ich doch in dem Wetter unmöglich, und hier bleiben? — nein, das geht nicht. Halt, der Omnibus geht ja jetzt bald wieder fort. Mit dem fahre ich — aber blind! Wenn mich niemand sieht, so ist die ganze Geschichte nicht wahr gewesen."

Vorsichtig durcheilte er die Stadt und trat dann an deren Ende hinter eine Scheune, um den Wagen zu erwarten.

Hans, der Kutscher, hatte sich im „Blauen Stern" ausgewärmt und brachte nun die Pferde wieder aus dem Stall. Der Hausknecht war ihm beim Anspannen behilflich.

„Bist nicht zu beneiden!" meinte dieser. „Im Sommer mag's gehen, aber im Winter ist's unnötig, dieses Nachtfahren."

„Alberne Erfindung, so ein Omnibus," antwortete der Angeredete; „muß ich da nach Wummershausen fahren, obgleich kein Mensch drin in der Bude sitzt."

Das Gefährt setzte sich in Bewegung, ohne daß der Kutscher den fest schlafenden Fahrgast bemerkte, den nur das Vorderfenster von ihm trennte. Auch davon sah er nichts, daß später eine dicke Gestalt hinten aufstieg und hinauf auf das Verdeck kletterte. Diese dachte sich:

„Tausendsapperlot, das ist eigentlich kein Vergnügen, heute da oben zu hocken; aber ich muß vorsichtig sein; 's ist von wegen der Ehre, und bei der ‚Ente' steigen vielleicht noch Spätlinge ein. Am besten ist's, ich lege mich der Länge nach auf das Dach; denn da herauf guckt gewiß niemand."

Er hatte nicht falsch vermutet. Als der Wagen bei der „Ente" hielt, kamen zwei junge Leute, ein Bursche und ein Mädchen, und stiegen ein.

„Richtig, 's ist die Lotte und der Eduard! Die haben sich wie gewöhnlich wieder so viel zu sagen gehabt, daß sie sitzen geblieben sind. Wahrhaftig, er steigt auch mit ein! Der muß doch dem Mädel außerordentlich gut sein, daß er so viel wagt. Denn ein Donnerwetter wird es setzen, wenn er morgen früh nicht zu Haus ist. Und dann läuft er bei diesem Schnee die zwei Stunden weit bis Ammerstadt — brrr! Na, bin auch mal so verrückt gewesen. Der Junge ist gut; ich hätte nichts gegen ihn, wenn nur der Alte herumzukriegen wäre!"

Solche Selbstgespräche hielt Bachmann oben auf dem Verdeck, während die beiden Liebenden unten im lauschigen Innern einander beim Kopf hatten und gar nicht wußten, wohin die Zeit gegangen war, als der Wagen plötzlich hielt.

„Brr!" befahl Hans. „Das wäre für heute überstanden; der Teufel hole die alte Bude!"

Er spannte die Pferde ab, führte sie in den Stall und ließ den Wagen stehen.

Lotte und Eduard waren sofort ausgestiegen, Bachmann aber mußte oben liegen bleiben, bis alles zur Ruhe war. Als Hans das Tor geschlossen hatte, erhob er sich leise, nahm Horn und Spieß zur Hand und schickte sich an, hinabzuklettern. Da ließ ihn ein Geräusch im Innern des Wagens innehalten.

„U—ah! U—ah!" ertönte ein lautes, anhaltendes Gähnen. „Potz Knieriem, wo stecke ich denn da? Na, hier Wand, da Wand, dort Wand und drüben auch Wand — und da unten meine Schnarre. Ich glaube gar, ich bin in den Omnibus hineingeduselt, gerade so wie der Bachmann, der Esel!"

Bachmann horchte auf. Das war ja sein guter „Freund“ Hillmann, daran war kein Zweifel.

„Tausendsapperlot! Wie kommt denn der in den Omnibus? Da muß ich horchen!“

Vorsichtig kroch er nach dem vorderen Teil des Verdecks, wo er jedes Wort des schlaftrunkenen Nachtwächters vernehmen konnte.

„U — ah! Lange kann ich nicht hier gesteckt haben, denn ich bin nur eben erst herein; da wird es wohl derweil zwei geschlagen haben. Muß nur nachher gleich mal zum Bachmann gehen, damit er mir nicht etwa Dummheiten macht; die alte Tür ist flügellahm, und das Schloß ist auch vom Rost durchlöchert. Na, freu dich, Vierzehnter, wenn dich morgen früh der Dreizehnte durch die Gassen führt. Und ins Blatt kommen muß der Spaß, gedruckt werden muß er; das tu ich nicht anders, und wenn ich's selbst bezahlen sollte.“

Jetzt machte der Sprecher Anstalt, den Wagen zu verlassen.

„Heiliger Knieriem, tut mir das Kreuz weh von dem Sitzen da drin! Der alte Pfefferkasten ist so niedrig, daß ich den Kopf habe zwischen die Beine nehmen müssen. Mir liegt's so schwer in den Knochen, als hätte ich stundenlang dringesteckt.“

Jetzt endlich stand er auf der Erde und machte den Versuch, sich umzuschauen.

„So einen Schnee hat's doch mein Lebtag noch nicht gegeben! Ich kann's dem Bachmann gar nicht übel nehmen, daß er Ammerstadt für Wummershausen angesehen hat. Freilich, mir hätte es nicht geschehen können, dazu haben die Hillmanns viel zu helle Köpfe; bei uns bleibt Ammerstadt Ammerstadt und Wummershausen Wummershausen.“

Dabei machte er eine kräftige Schwenkung und watete die Straße hinauf. An der nächsten Ecke blieb er stehen und drehte seine Schnarre.

„Zwei geschlagen! Lobt Gott den Herrn!“

Er arbeitete sich weiter in den Schnee, die ganze Gasse hinauf und bog dann links ab.

„So, das ist die Wiesengasse, und da wohnt der Bäcker Meinhold, den soll ich halb drei wecken.“

Er zählte die Haustüren ab, nannte bei jeder den Namen des Besitzers und pochte endlich laut und vernehmlich an eine davon. Dann schnarrte er, daß es weithin schallte und rief: „Zwei geschlagen — heda, Meinhold — lobt Gott den Herrn — ich bin's! Mach, daß du aus den Federn kommst!“

„Was ist denn das hier für ein Mordslärm am frühen Morgen!“ ertönte eine zornige Stimme.

„Wer schreit da vorn wie ein Nußknacker, he? Packt Euch ruhig nach Haus, oder ich will Euch heimleuchten!“

„Heimleuchten? Wer denn? Glaubt Ihr, daß sich jeder dumme Teufel bei uns hier herstellen, den Nachtwächter spielen und ehrbare Leute aus dem Schlaf wecken darf?“

„Heiliger Knieriem, hat der Kerl ein Lästermaul! Na warte, ich werde Ihn Mores lehren!“

„Mores lehren? Mich? Wer ist Er eigentlich?“ Damit kam der Sprecher näher und blickte Hillmann ins Gesicht. Dieser sah ihn auch genau an und packte ihn dann sofort beim Kragen.

„Halt, das ist ja der Bachmann, wie Er sich vorhin nannte! Kerl, da ist Er wohl gar aus dem Gefängnis gebrochen? Na, da hat Er sich eine schöne Suppe eingebrockt, und es ist nur gut, daß ich Ihn wieder habe. Marsch, jetzt werd' ich Ihn ins Rathaus führen; da gibt's keine lockeren Türen!“

„Suppe eingebrockt? — wieder habe? — ausgebrochen? — Ich verstehe Ihn gar nicht. Wer ist Er denn eigentlich, he?“

„Wer ich bin? Na, so 'ne schauderhafte Frechheit! Habe den Kerl erst vor einer Stunde eingewickelt, und jetzt fragt er mich, wer ich bin!“

„Frechheit? Tausendsapperlot, das hat mir noch niemand gesagt! Kerl, ich verhafte Ihn. Komme Er mit!"

„Was, Er mich verhaften? Er ist wohl ganz und gar übergeschnappt? Marsch!"

„Höre Er, was — —"

„Marsch, sage ich!"

„Was ich Ihm raten — —"

„Marsch, oder soll ich etwa Gewalt gebrauchen?"

„Nun gut, ich balge mich nicht mit Ihm herum, aber merke Er sich nur, daß Er sich an mir vergriffen hat und nicht mit mir gegangen ist! Ich bin der Nachtwächter Bachmann. Er ist in Wummershausen und hat mir Gehorsam zu leisten, wenn ich Ihn mitnehmen will."

„Heiliger Knieriem, marsch, sage ich, oder ich prügle Ihn mit seinem eigenen Spieß bis ans Rathaus!"

„Gut, ich gehe mit: Er mag verantworten, was Er tut!"

„Darüber braucht Er sich keine Sorge zu machen", tröstete jener und wandte sich noch einmal zurück: „Meinhold, hast's gehört? Ich kann mich nicht bis zum Karfreitag herstellen!"

So schritten die beiden ihres Weges fürbaß. An einer der nächsten Straßen blieb Hillmann stehen, schnarrte und rief sein:

„Zwei geschlagen — Lobt den Herrn!"

Da öffnete sich eine Tür und ein Mann trat hervor.

„Bachmann, was fällt dir denn ein? 's wird bald sechs schlagen! Hast wohl auch 'ne Schnarre, wie der in Ammerstadt?"

Es war ein Fleischer, der trotz des schlechten Wetters mit seinem Hund über Land gehen wollte. Er blieb stehen und wunderte sich, daß er keine Antwort bekam, die beiden Männer aber ruhig weitergingen.

„Draus werde klug, wer's begreifen kann! Eine Schnarre, und jetzt erst zwei Uhr!?"

Kopfschüttelnd stapfte er fort.

Die Worte des Mannes hatten Hillmann doch etwas stutzig gemacht; er schritt jetzt nicht mehr auf der Mitte der Gasse, sondern hielt sich an den Häusern hin und betrachtete sie so genau wie möglich. Er wurde immer mehr irr an sich, und da — da schlug es sechs, und was für eine Sechs!

„Heiliger Knieriem, hat das einen Ton! Aber, was ist denn das da auf einmal für eine Glocke? — Doch nicht die Ammerstädter!"

„Hab's Ihm ja gesagt, daß Er in Wummershausen ist."

„In Wummershausen? Er will mich wohl dumm machen, he?"

„Fällt mir nicht ein; das ist Er ja schon mehr als genug. Da, bleib' Er mal stehen und seh' Er sich diesen Wassertrog an! Kennt Er den? Oder hat Er in Ammerstadt auch so einen?"

„Den kenne ich; das ist der alte Bottich, worin die Schweden mal den Kaplan ersäuft haben! Heiliger Knieriem, wie komme ich denn eigentlich nach Wummershausen?"

„Das wird Er am besten wissen!"

„Freilich, nun kann ich mir's denken. Aber Er, wie kommt Er hierher?"

„Ich? Na, bei Ihm rappelt's gewaltig. Ich wohne hier!"

„Aber Er war doch vorhin in Ammerstadt, und ich habe ihn verhaftet."

„Verhaftet? Festgesetzt? Mich? Da ist er wohl betrunken gewesen und hat solch dummes Zeug geträumt?"

„Nicht? Nun hört aber alles auf! Das geht mir im Kopf herum wie eine Häckselmaschine."

„Da weiß man nun wenigstens, was Er im Kopf hat! Aber jetzt mache Er mir keine Redensarten mehr, und komme Er mit! Er verschlimmert sich sonst nur Seine Lage."

Das war dem auf seine gute Amtsführung so stolzen Hillmann zu viel. Er knickte zusammen und legte sich aufs Bitten. Bachmann schritt lange neben ihm her, ohne eine Antwort zu geben. Endlich aber blieb er vor einem Haus stehen, zog einen Schlüssel und öffnete die Tür.

„Da geht hinein! Ich wohne hier, und wir wollen die Sache besprechen!"

Unter der Stubentür blieb er überrascht stehen. Am Tisch saßen seine Frau, Lotte und Eduard beim Kaffee. Jene sprang sofort empor und kam auf ihn zugeeilt.

„Aber, sag mir doch um aller Welt willen, Mann, wo steckst du denn? Nach vier sollst du kommen, und jetzt ist es fast sieben!"

„Amtsgeschäfte, Amtsgeschäfte, Mutter; konnte beim besten Willen nicht eher!"

Auch Hillmann blieb an der Tür stehen und betrachtete mit weitaufgerissenem Mund und zornblitzenden Augen die Anwesenden. Er schien erst nicht glauben zu wollen, was er sah, dann aber trat er mit raschen Schritten zum Tisch und rief seinem Sohn zu:

„Kerl, was machst du denn in Wummershausen — und hier in dieser Stube?"

Eduard war so erschrocken, daß er nicht sofort zu antworten vermochte. Aber das war auch gar nicht notwendig; denn Bachmann nahm für ihn das Wort:

„Hört mal, Vater Hillmann, setzt Euch nieder und laßt ein verständiges Wort mit Euch reden!"

„Ach was da — ich mag Euer verständiges Wort gar nicht hören! Der Junge gehört nicht hierher, und aus der Geschichte wird nichts, ein für allemal!"

„Ein für allemal? Bedenkt wohl, was Ihr sagt!"

„Ein für allemal!" klang die bestimmte Antwort.

„Gut, dann nehmt Eure Mütze wieder und kommt mit!"

Er griff nach dem Spieß und schritt dem Ausgang zu. Hillmann blickte ihn verlegen an.

„Aber Bachmann, ich denke, wir wollen die Sache besprechen, wie Ihr vorhin sagtet?"

„Ganz richtig; aber da Er ‚mein verständiges Wort nicht hören will', so sehe ich nicht ein, weshalb ich Ihn nicht ins Gefängnis bringen soll. Vorwärts marsch!"

„Gefängnis? Was ist denn los?" riefen die anderen erschrocken.

„Das ist unsere Sache", wehrte Bachmann ab, „und geht euch nichts an! Ich sage aber soviel: wenn Er in fünf Minuten nicht seine Einwilligung gegeben hat, daß aus Eduard und Lotte ein Paar wird, so stecke ich Ihn ohne Gnade und Barmherzigkeit ins Loch."

Mit dem Spieß drohend, schritt er in entschlossener Haltung in der Stube auf und ab und sagte — natürlich nur mit anderer Anwendung — das Selbstgespräch auf, das Hillmann vorhin im Omnibus gehalten hatte:

„Na, freue dich, Dreizehnter, wenn dich nachher der Vierzehnte durch die Gassen führt. Und ins Blatt kommen muß der Spaß, gedruckt werden muß er, das tu ich nicht anders, und wenn ich's selber bezahlen sollte!"

Jetzt wurde es dem guten Hillmann doch etwas kühl unter dem Wams. Er sah, daß Ernst gemacht wurde und er nun wirklich Gefahr lief, schrecklich beschämt zu werden. Das Wort wollte nicht heraus; es würgte und brannte ihm auf der Zunge, aber endlich kam's doch:

„Heiliger Knieriem, ist das eine Not! So habe ich mein Lebtag nicht in der Tinte gesteckt; aber wenn's denn nun sein muß, so mögen sie sich einander in drei Teu—na, in Gottesnamen heiraten! Aber das bitte ich mir aus: von der Omnibusgeschichte darf kein Mensch was hören!"

„Einverstanden!" rief Bachmann und hielt ihm die Hand hin. „Topp, schlag ein, Bruderherz. Du sollst sehen, daß ich das Maul halten kann — natürlich nur so lange, wie ich mit dir zufrieden bin. Schreib dir das hinter die Ohren!"

Das war nun eine Freude und Herzlichkeit in dem kleinen Haus, als wäre das große Los zur Feueresse hereingefallen. Und als dann später die beiden Ammerstädter aufbrachen, um mit dem Tagesomnibus heimzukehren, meinte Hillmann, seinem Amtsgenossen die Hand schüttelnd:

„Du, die Bachmänner sind doch brave Kerle gewesen; das habe ich heute an dir gesehen."

„Na, an den Hillmännern hat man auch seine Freude haben können. Schade nur, daß sie sich gar nicht haben verstehen wollen!"

„Laß das gut sein! Von heute an wird's anders und besser."

Als sie an den „Schwarzen Bären" kamen, stieg Hans eben auf den Bock seiner „albernen Erfindung", und Eduard öffnete das Rauchabteil, um dort Platz zu nehmen.

„Halt!" wehrte ihm da der Vater ab. „Dahinein setze ich mich nicht. Da muß man ja den Kopf zwischen die Beine stecken, in dem alten Pfefferkasten, und kann nachher vor Kreuzschmerzen nicht laufen."

„Ist dir's denn schon einmal so ergangen?"

„Nein, das nicht — bin seit Menschengedenken noch nie in so einem Ding gefahren, aber — vorstellen, recht lebhaft vorstellen kann ich mir's."

DIE VERHEXTE ZIEGE

Es klopfte an die Tür des Schlafzimmers, und eine helle Mädchenstimme rief:

„Papa, steh auf; die Stube ist jetzt warm!"

„Gleich!" schnarrte es unter der sich bewegenden Bettdecke hervor. Eine weiße Zipfelmütze kam zum Vorschein, darunter eine fürchterliche, scharf gebaute Nase, dann eine dünne schiefe Linie, im gewöhnlichen Leben Mund genannt, ein aufwärts gebogenes, spitzes Kinn, ein weit hervortretender Kehlkopf, eine hochrote Gesundheitsflanelljacke, zwei unendlich lange Beine in einer weiten, schlingernden Schlafhose, und nun stand er da, der Herr Stadtrat, Hausapotheker und Kohlenwerksbesitzer Hermann Püschel in Raschnitz, stieß die beiden Fäuste soweit wie möglich ab, spaltete die dünne Linie zu einem letzten kraftvollen Gähnen und trat an die Wand, wo über dem Waschtisch der unvermeidliche Abreißkalender angebracht war.

„Was haben wir denn heute für ein Datum? Sapperlot, den ersten Oktober; das ist einer von den vier großen Unglückstagen im Jahr; am ersten Januar ist Adam aus dem Paradies vertrieben worden, am ersten April ging die Sintflut los, am ersten Juli sind Sodom und Gomorra untergegangen, und am ersten Oktober wurde der Teufel vom Himmel zur Erde heruntergeworfen. Nun geht er den ganzen Tag und besonders am Abend umher und treibt allerlei Unfug mit Mensch und Tier. Ich will nur gleich das Amulett umhängen, das meine selige Mutter von der alten Zigeunerin erhalten hat; da bin ich sicher, daß mich der Böse ungeschoren läßt!"

Der wohlehrbare Herr Stadtrat gehörte nämlich zu dem kleinen Häuflein von Gläubigen, denen die Sage heilig, der Kalender untrüglich und die Welt der Geister und Gespenster eine unumstößliche Gewißheit ist. Wer es wagte, an diesen Dingen zu rütteln, der hätte es auf immer mit ihm verdorben, obgleich er sonst, wenn man ihn richtig zu nehmen verstand, ein Mann war, mit dem es sich prächtig auskommen ließ.

Er fuhr in seine Kleidung und trat dann in die Wohnstube.

„Guten Morgen!“

„Guten Morgen, Papa“, antwortete das Mädchen, aber ohne die sonstige Freundlichkeit in den weichen Zügen.

Er warf einen halb prüfenden, halb unsicheren Blick auf sie. „Ich hoffe, daß du über Nacht zu Verstand gekommen bist! Wo bleibt die Milch?“

„Du wirst heute welche von der Kuh trinken müssen, Papa.“

„Von der Kuh? Warum?“

„Weil — weil — das Mädchen mag es dir selber sagen!“ Sie eilte fort und brachte nach wenigen Augenblicken das sichtlich verlegene Dienstmädchen zur Tür hereingeschoben.

„Was ist's“, fragte er erwartungsvoll, „daß ich heute Kuhmilch trinken soll? Weißt du nicht, daß ich sie nicht vertragen kann?“

„Herr Stadtrat, die Ziege ist — die Ziege muß — die Ziege hat —“

„Nun, was ist, was muß, was hat meine Angoraziege? Heraus damit!“

„Die Angoraziege hat — sich — heute nacht — heute nacht erhängt.“

„Erhängt? Meine Angoraziege — erhängt? Du hast wohl den Verstand verloren, he?“

„Nein, den habe ich noch; aber die Ziege, die ist futsch!“

„Also vorwärts, was hat's gegeben?“

„Sie muß eine unruhige Nacht gehabt und sich dabei mit dem Kopf in den Strick verwickelt haben; denn als ich heute früh in den Stall kam, um sie zu melken, hing sie —“

„Nun, hing sie —?“

„— an der Wand und war tot.“

„Und war tot! Meine Angoraziege, erhängt, erstickt, erwürgt, er—er—er— hinaus mit dir! Hinaus, sage ich, sonst — sonst —!“

Mit erhobenem Arm trat er auf das Mädchen zu, das schleunigst hinter der Tür verschwand. Er wendete sich um und stieg mit langen Schritten im Zimmer auf und ab. Dann blieb er mit zorngerötetem Angesicht vor der Tochter stehen.

„Hilde, ist's wahr?“

„Ja.“

„Ja! Also wirklich futsch! Gut, so muß auch die Sophie fort! Der habe ich die Ziege übergeben, und sie hat darauf zu sehen, daß so ein unerhörter Selbstmord nicht vorkommen kann. Sie hat dem Tier falsches Futter gegeben, ja, falsches Futter; deshalb ist eine indicatio eingetreten, wie wir Lateiner sagen, eine Verdauungsunmöglichkeit, ein Bauchgrimmen, das der Angora den Strick um den Hals gedreht hat. Fort muß die Sophie, und ich schreibe ihr ein Zeugnis ins Dienstbuch, daß sie zeitlebens an den heutigen Tag denken soll, der —— sapperlot“, unterbrach er sich, „ja, ja, da hat man's, heute ist der erste Oktober, an dem der Teufel vom Himmel geworfen wurde; der Tag fängt ganz herrlich an!“

Er begann seinen Sturmlauf von neuem.

„Schon der Vorabend war wundervoll. Kommt da der Holfert, der Mehlkleister, den sie vom Gymnasium gejagt haben, weil er zu dumm gewesen ist, und der es trotzdem drüben in den ‚Zwei Mohren‘ wagt, mein Latein lächerlich zu machen, obgleich ich das Seminar drei volle Jahrgänge hindurch besucht habe, und hält um die

Hand meiner Tochter an, der einzigen Tochter des Kohlenwerksbesitzers, Hausapothekers und Stadtrats Püschel; ist so etwas nicht unerhört? Und weil ich nein sage, da heult und jammert das Mädel, als ob die Welt verloren sei, und der Bursche hält mir eine Rede, na, vere anglium, gerade als ob er ein Engel sei und ich der schlimmste Rabenvater. Und heute, heute geht mir schon in aller Früh meine prachtvolle Angoraziege drauf!"

„Hat dir nicht erst kürzlich der Meinsdorfer Richter eine gute Milchziege angeboten?" wagte Hilde jetzt zu bemerken.

„Sei still; sie mag gut sein, aber eine Angora ist's doch nicht! Ich leide an einem epidemischen gastribus, wie wir Lateiner sagen, zu deutsch Magenkatarrh, wovon mich nach Hahnemann und Doktor Lutze nur fünf Tassen Ziegenmilch, frühmorgens warm getrunken, retten können. Diese Rettung habe ich der Angora nun drei Jahre lang zu verdanken, und heute, heute hat sie sich erhängt! Sic tibi terra levi — Friede ihrer Seele! Was tu ich nun?"

Sein Zorn begann einer ruhigen Stimmung zu weichen. „Was habt ihr mit der Ziege gemacht?"

„Sie liegt noch im Stall."

„Gut. Ich werde sie imputieren, um nachzusehen, wie lange sie noch gelebt hätte. Wenn ihr der Strick nicht gar zu viele Lebensjahre abgewürgt hat, kann die Sophie bleiben. Und was die Meinsdorfer betrifft, so will ich's mir überlegen. Kuhmilch aber trinke ich nicht. Koche mir eine Tasse homöopathischen Gesundheitskaffee aus der Fabrik von Krauß & Komp in Nordhausen!" — — —

Es war am Abend dieses Tages; das Essen stand auf dem Tisch, aber niemand wollte so recht herzhaft zulangen. Püschel hatte keine Eßlust. Der plötzliche Tod der Angoraziege lag ihm noch sehr am Herzen, und die gestrige Werbung des Buchbinders und Feinkurzwarenhändlers Otto Holfert mit der darauffolgenden Verstimmung hatten sich ihm auf den Magen gelegt. Hilde saß mit verweinten Augen an ihrem Platz und dachte an alles andere, nur nicht ans Essen. Das Dienstmädchen Sophie endlich hatte zwar die Beruhigung erhalten, daß sie bleiben dürfe, da die Ziege höchstens noch ein Jahr gelebt hätte, aber der heutige Schreck war ihr so in die Glieder gefahren, daß ihr Magen zunächst nichts benötigte.

Da erhob sich der Stadtrat, fuhr in den Ausgehrock, setzte sich die Mütze auf und griff zum Stock.

„Gehst du in die ‚Zwei Mohren', Papa?" fragte die Tochter.

„Nur für einen Augenblick, um mich zu entschuldigen, ich muß nach Meinsdorf zum Richter."

„Wegen der Ziege?"

„Ja. Ich will morgen wieder meine gewohnte Milch haben."

„Aber so spät!"

„Es ist noch nicht ganz acht Uhr, und die drei Viertelstunden bis da hinaus sind ja nur ein Spaziergang. Aber denke ja nicht etwa, daß du inzwischen machen kannst, was du willst. Wenn ich wiederkomme und erfahre, daß etwa der Mehlkleister dagewesen ist, so setzt's etwas!"

„Dem Otto wird's nicht einfallen, heute —"

„Papperlapapp, ich kenne das! Aber ich bin Homöopath, und die Liebe ist eine Krankheit, die nur allopathisch geheilt werden kann: Simia simius, wie wir Lateiner sagen. Der Buchbinder ist ein Habenichts, und du bist das reichste Mädel im Ort. Zu dir paßt kein anderer als der Rentner Koggelmann. Er hat schon einigemal so von weitem nachgefragt, und wenn es noch einmal geschieht, so werde ich von ganzem Herzen ja sagen."

„Den Koggelmann, das kleine fünfzigjährige Backäpfelmännchen? Den mag ich nicht!"

„So mag ich ihn um so lieber, und damit Punktum! Geht nicht etwa zu Bett, bevor ich heimkomme! Wenn ich die Ziege kaufe, so bringe ich sie gleich mit, und da muß Sophie den Stall bereit halten."

Er ging. Es war eigentlich nicht die rechte Tageszeit zum Ziegenhandel, aber sein Kohlengeschäft pflegte ihn für den Tag so in Anspruch zu nehmen, daß ihm für anderes nur der Abend frei blieb. Als er das Wirtshaus zu den „Zwei Mohren" erreicht hatte, trat er für einen Augenblick in die Gaststube. Heute war politische Sitzung um den Stammtisch, wo er als der eifrigste Zeitungsleser des Ortes gewöhnlich das endgültige Wort auszusprechen pflegte. Es ging also nicht anders, er mußte sich entschuldigen.

Die Gäste waren schon beisammen; auch Holfert saß an seinem gewohnten Platz.

„Was, Herr Stadtrat", meinte der Wirt, „gestiefelt und gespornt? Wo soll denn die Reise hingehen?"

„Nach Meinsdorf zum Richter. Ich will mir eine Geiß holen. Meine Angoraziege hat sich heute nacht erhängt."

„Die Angora? Erhängt?" Alles lachte. „Aus welchem Grund denn? Doch nicht aus unglücklicher Liebe?"

„Jedenfalls! Ich denke mir, sie ist von einem gewissen Buchbinder und Feinkurzwarenhändler angesteckt worden, der seit gestern den Kontagius dazu bei sich führt."

„Kontagium, das Kontagium heißt es, Herr Stadtrat!" meinte Holfert, erzürnt über den Hieb, der gegen ihn gerichtet war.

„Halte Er den Schnabel und stecke Er seine Nase lieber in die Grammatik, wo er sich über den Kontagius belehren kann! Ich habe drei Jahrgänge lang das Seminar besucht und den Betrieb der homöopathischen Hausapotheke des Doktor Nollenheim übernommen und spreche also ein Latein, vor dem sich Seine Kleisterpinselei verkriechen muß."

Der alte Herr hegte gegen den Buchbinder eine Abneigung; und das hatte seinen Grund. Alle Welt wußte, daß er das Seminar verlassen hatte, weil seine Begabung nicht hinreichend gewesen war. Holfert dagegen hatte die Universität besuchen wollen, aber leider davon absehen müssen, weil mit dem Tod des Vaters ihm die nötigen Mittel entzogen waren. Nun lagen sich die beiden Männer ob ihrer Gelehrsamkeit in den Haaren. Es hatte hier am Stammtisch schon manche heiße Schlacht gegeben, aus der Holfert stets als Sieger hervorgegangen war.

„Warum aber gehst du denn selber nach Meinsdorf?" fragte einer der Anwesenden, der einem etwaigen Streit zuvorkommen wollte. „Du konntest doch jemand schikken."

„Brauche keinen Makler, der mich über die Ohren haut; bin selber Manns genug, mir eine Ziege zu holen. Wirt! Einen Sliwowitz! Früh Ziegenmilch und abends einige Gläschen Sliwowitz. Merkt euch das, ihr Leute! Dann ist man sicher vor jeder Krankheit, oder tutum a morbis, wie wir Lateiner sagen."

„Tutus a morbo heißt es, Herr Stadtrat!"

„Ruhig soll Er sein, Er —! Er ist ja selbst ganz titus a morphium, und was Seine Klugheit anbelangt, so meckerte meine Angora zehnmal gescheiter als Er. Was hat Er denn auf dem Gymnasium getan, he? Tag und Nacht gebüffelt, um nur das kleine Einmaleins zu lernen; aber ein flotter Bursche, wie unsereiner war, pah! Was habe ich nicht als Schüler für herrliche Streiche und Abenteuer ausgeführt! Ich könnte ganze Nächte lang davon erzählen. Und Er — Er hat's zu keinem einzigen gebracht. Wenigstens habe ich noch nie davon gehört."

„Streiche? Hm, Herr Stadtrat, ihretwegen besucht man nicht die Schule; aber ich könnte Ihnen wohl auch so einiges Hübsche erzählen und warne Sie, den Teufel an die Wand zu malen; sonst — lupus in fabula — könnte ich gerade Ihnen einmal beweisen, daß ich —"

„Er —? Mir —? Ich möchte den sehen, der mich zum Narren halten könnte! Er am allerwenigsten!"

„Hopsa, Herr Stadtrat! Was gilt die Wette, daß ich Ihnen eine Nase drehe, wie Sie noch keine geschaut haben?"

„Bei ihm rappelt's! Aber weil Er es wagt, mit mir anzubinden, so soll Er sich lächerlich machen und Seine Strafe haben! Was hat Er Lust zu setzen?"

„Ich setze mein ganzes Hab und Gut gegen die Hilde. Topp?"

„Gegen die Hilde? Warum gerade gegen die? Mein Mädchen ist tausendmal mehr wert als alle Seine Siebensachen!"

„Aha, wird es Ihnen angst?"

„Angst? Sapperlot, das bilde Er sich nicht ein! Da will ich Ihm doch beweisen, daß ich mich vor Ihm nicht fürchte! Ich nehme Seine Wette an. Also höre er: Wir treffen uns morgen abend wieder hier. Wenn Er bis dahin Seine Nase fertig hat, so bekommt Er das Mädchen, sonst aber gehört sein Geschäft und alles, was Er hat, mir, und Er kann sich darauf verlassen, daß ich mir den Gewinn schon übermorgen nehme! Schlägt Er ein?"

„Ja. Topp!"

„Topp! Das Mädchen bekommt Er nicht; das weiß ich genau. Ich freue mich nur, daß Er mir endlich einmal Gelegenheit gibt, Ihm das große Maul zu stopfen. Ich werde Ihn lehren, mit dem Kohlenwerksbesitzer, Hausapotheker und Stadtrat Püschel anzubinden! Jetzt aber muß ich fort. Es ist zwar heute der erste Oktober, an dem der Teufel vom Himmel heruntergeworfen worden ist, aber ich brauche mich nicht zu fürchten, denn auf halbem Weg liegt die Wiesenschenke. Außerdem trage ich noch ein Amulett bei mir, das gegen allen Zauber hilft. Also übermorgen ist Seine Kleisterei mein Eigentum; hier sitzen die Zeugen; abgemacht und gute Nacht!"

Er verschwand. Die anderen waren infolge der unverhofften Wette in eine nicht geringe Aufregung geraten. Holfert erzählte von seiner zurückgewiesenen Werbung. Dann saß er, ohne auf die Reden um sich zu achten, eine Weile nachdenklich da, bis er endlich mit heiterem Gesicht in die Höhe fuhr.

„Kennt jemand die Ziege beim Meinsdorfer Richter?"

„Ich habe sie schon oft gesehen", meinte der Wirt, der auch Fleischerei betrieb und in allen Ställen der umliegenden Dörfer zu Haus war, „sie ist mittelgroß, dreijährig und schwarz ohne einen weißen Flecken, gerade wie der Bock, den ich gestern meinem Jungen mitgebracht habe. Er soll das Ziehen lernen."

„Wie der Bock —? Sie haben einen —? Der gerade so aussieht —? Hört einmal, ihr Leute, wenn ihr verschwiegen seid, so will ich euch etwas sagen!"

Die Köpfe wurden zusammengesteckt; Holfert erklärte seinen Plan; lautes Lachen ertönte, und der Wirt rief:

„Prächtig, herrlich; ich borge Ihnen den Bock, denn das wird ein großartiger Spaß, wenn der Alte nichts merkt."

„Keine Sorge! Der Wiesenwirt ist mein Pate, und ich kann mich auf ihn verlassen." —

*

Trotz der Gefährlichkeit des ersten Oktobers hatte Püschel glücklich Meinsdorf erreicht, die Ziege gekauft und machte sich nun damit auf den Heimweg.

„Hm", brummte er, „eigentlich ist es für einen Stadtrat und Hausapotheker keine passende Beschäftigung, so ein Viehzeug stundenlang hinter sich her zu zerren; aber selbst ist der Mann. Es ist besser, ich habe morgen früh meine Milch, als daß ich noch mehrere Tage warte und außerdem noch Auslagen habe. Bei der Wiesenschenke hänge ich sie an und trinke einen Sliwowitz!"

Die Ziege war schwer fortzubringen; sie wehklagte jämmerlich und stemmte sich mit allen vieren ein, so daß Püschel den Strick um die Hände schlingen und sich vorspannen mußte.

„Ein Vergnügen ist's auch nicht gerade", schimpfte er weiter. „Die Augen funkeln ja der Bestie wie glühende Kohlen, und wenn sie so fort schreit, so muß ich bei dem heutigen Tag und trotz meines Amuletts gewärtig sein, ihr Zetermordius ruft mir den Teuf — lupa in famulus, ich will lieber den Mund halten und machen, daß ich an die Schenke komme!"

Als die Ziege das Haus vor sich liegen sah, schwieg sie und begann besser zu laufen. Der Wirt stand mitten auf der Straße, als warte er auf jemand.

„Herr Stadtrat", rief er verwundert, „Sie hier, und mit einer Ziege! Wie kommt denn das?"

„Das sollen Sie gleich erfahren. Ich werde das Tier hier an den Zaun binden und mir drinnen einen Sliwowitz genehmigen."

Kaum war er hinein, so kam ein Mann um die Gartenecke herum, knüpfte die Ziege los und befestigte ein anderes gehörntes Tier an ihrer Stelle.

Püschel hielt sich nur einige Minuten auf, dann nahm er sein Tier wieder bei der Leine und machte sich, aus allen Kräften ziehend, von neuem auf den Weg.

„Sapperlot, hat das Vieh Gewalt gesammelt! Himmel heil —!"

Der Ruf blieb ihm vor Schreck im Mund stecken. Der Bock des Mohrenwirts war, einer so gewalttätigen Behandlung ungewohnt, von hinten auf ihn losgegangen und stieß mit den Hörnern so sehr auf ihn ein, daß der ehrsame Apotheker Mühe hatte, sich vor einer schmählichen Niederlage zu bewahren. „Holla, du Sapperlotsbestie, ich werde dich lehren, dich an mir zu vergreifen! Jetzt nehme ich dich bei den Hörnern, und nun vorwärts marsch, alte Liese!"

Es ging nicht so leicht als er dachte. Der Bock zog mit dem Kopf, ging in die Höhe und stieß, daß Püschel an allen Gliedern wie zerschlagen das Städtchen erreichte. Er vermied es, durch die Straßen zu gehen, und schlug vielmehr einen Seitenweg ein, um seine Wohnung zu erreichen.

Dort übergab er das Tier der wartenden Sophie.

„Hier hast du sie! Schaffe sie in den Stall, aber verriegle ihn gut; denn das niederträchtige Viehzeug hat Mucken!"

Ermüdet und abgespannt begab er sich hinauf in seine Stube, fuhr in das Nachtgewand und legte sich schlafen. —

„Papa", rief am anderen Morgen Hilde, „steh auf; die Stube ist warm!"

Er erhob sich und trat zum Kalender.

„Wer regiert heute? Ah, der heilige Vollrad; das ist ein guter Kerl, und ich kann meine Milch ohne Sorge trinken. Heute komme ich nicht aus dem Haus, und da möchte ich wissen, wie mir der Kleister-Otto eine Nase drehen will!"

Er begab sich in die Stube. Die Tochter war nicht allein; denn Sophie hatte sich schon vorsorglich eingefunden.

„Wo ist meine Milch?"

„Ich habe keine, Papa; denn die Ziege ist — ist — ist ja ein Bock!"

„Ein Bock! Heiliger Luzifer! Bist du verrückt?"

„Herr Stadtrat", mischte sich Sophie ein, „Sie haben einen Bock gekauft. Wo soll da die Milch herkommen?"

„Ja, Papa, ich habe mich überzeugt, es ist ein Bock!"

„Ein Bock? Meine Ziege, die ich eigenhändig untersucht und nach Hause geschleppt habe, ein Bock? Ihr habt alle beide den Verstand verloren! Hinunter in den Stall! Ich werde euch lehren, eine Ziege für einen Bock zu halten!"

Hier galt keine Einrede. Er schritt, mit seinen ewigen Beinen mehrere Stufen zugleich nehmend, voran, riß die Stalltür auf und sah hinein.

„Nun, da steht sie ja, ganz wie ich sie gekauft und — sapperl—!“

Das Wort blieb ihm stecken. Die schmale Linie unter seiner vor Schreck kreideweißen Riesennase spaltete sich zu einem Loch, als wolle er den Bock samt dem ganzen Stall verschlingen.

„Wahrhaftig, ein — ein Bock! Da ist der erste Oktober schuld, an dem der Teufel vom Him —“

Er warf die Stalltür zu, daß es krachte, und sprang die Treppe hinauf, als komme der vom Himmel geworfene Gottseibeiuns hinter ihm dreingesaust.

Als Hilde nach einiger Zeit in sein Zimmer blickte, sah sie die Spitze der Nachtmütze unter der weit emporgezogenen Bettdecke hervorragen. Der Schreck hatte ihn überwältigt und wieder in die Federn getrieben.

Dort lag er bis zur Abenddämmerung, ohne ein Wort hören zu lassen. Dann rappelte er sich auf und kam in die Wohnstube. Er hatte seine Ruhe wiedergefunden und sich das Ereignis zurechtgelegt.

„Warum hat die Sophie nicht gleich gestern abend was gesagt?“ fragte er Hilde.

„Sie hat das Tier ja gar nicht ansehen können, so bösartig ist es gewesen. — Du nimmst die Mütze. Wo willst du hin?“

„Nach Meinsdorf. Ich schaffe den Racker wieder hinaus und muß mein Geld zurückbekommen!“

Sie ließ ihn ruhig gehen. Er hatte den lächelnden Zug, der um ihren Mund lag, nicht bemerkt, und kaum war er mit dem Bock durch die Gartentür verschwunden, so verließ Sophie eilig das Haus, um eine Botschaft ihrer jungen Herrin auszurichten.

Als Püschel an die Wiesenschenke kam, stand der Wirt unter der Tür.

„Herr Stadtrat, schon wieder? Wohinaus?“

„Heda, sehen Sie sich mal hier das Viehzeug an! Was ist's? Eine Ziege oder ein Bock?“

„Hm, ein Bock natürlich. Aber ich denke —“

„Kommen Sie herein; ich muß Ihnen etwas Außerordentliches erzählen!“

Er hing den Bock an den Zaun und trat ein. Wieder kam eine Gestalt um die Zaunecke und bewerkstelligte eine zweite Umwechslung. Als dann der Stadtrat aus dem Haus trat und die Ziege abband, bat der Wirt:

„Sprechen Sie auf dem Rückweg wieder vor, Herr Stadtrat, ich muß wissen, was der Richter zu der Sache sagen wird.“

Er erklärte sich bereit und machte sich mit dem vermeintlichen Ziegenbock von dannen. In Meinsdorf zog er das Tier in den Hof des Richters, der ihm erstaunt entgegenkam.

„Was ist denn das, Herr Püschel? Warum bringen Sie die Ziege wieder?“

„Warum —? Die Ziege —? Seht sie Euch doch einmal an! Ist das eine Ziege, he?“

Der Mann nahm einer Magd die Stallaterne aus der Hand, um besser zu sehen.

„Nun, was denn sonst? Oder soll es vielleicht ein Kamel sein?“

„So? Da guckt doch her! Ist das etwa —“ Jetzt riß Püschel den Mund noch weiter auf als heute morgen. Doch er faßte sich rasch wieder; er ergriff den Strick und war im nächsten Augenblick mitsamt der Ziege zum Tor hinaus. Erst draußen vor dem Dorf hielt er inne.

„Tausendsapperlot, ist das ein Abenteuer! Ja, der heilige Vollrad ist ein braver Kerl; er macht stets wieder gut, was am ersten Oktober geschieht. Ich hätte mich beim Richter schön lächerlich gemacht, wenn ich nicht eiligst die Flucht ergriffen hätte; denn er hätte die Geschichte für ein Märchen, für einen fabilus gehalten, wie wir Lateiner sagen! Ich bin nur neugierig, was sie in der Wiesenschenke dazu meinen werden!"

Wieder hing er die Ziege an den Zaun der Wiesenschenke und ging in die Stube. Nach einiger Zeit erschien er, ein Licht in der Hand, mit dem Wirt und dessen ganzer Familie, um die Wahrheit seines unglaublichen Berichtes zu beweisen. Kaum waren sie ins Zimmer zurückgekehrt, so schlich sich Holfert nun zum drittenmal herbei, befestigte den Bock an Stelle der Ziege und machte sich mit dieser nach der Stadt von dannen.

Püschel folgte ihm ziemlich spät, da es sehr viel zu besprechen gab, ehe er fortkam. Wenn ihm der Bock auch mancherlei zu schaffen machte, so schlimm wie gestern war es heute doch nicht; das mannhafte Tier schien sich an die ungewohnten Ausflüge zu gewöhnen. Wieder die Stadt umgehend, gelangte der Stadtrat durch den Garten in seine Wohnung und rief die beiden Weiblichkeiten herbei.

„Hier habt ihr die richtige Ziege, und morgen bekomme ich meine Milch! Und damit es keine Ausrede gibt, Sophie leuchte einmal her! Was man sieht, das sieht man, oder, wie wir Lateiner sagen: Nihil est im intellerius, quod nuss pribus furioso im senfum. Ich habe mir gestern abend draußen in Meinsdorf vormelken lassen; sie gibt täglich drei — potz Himmeltausendsapp — alle guten Geister — Hilde, schlage drei Kreuze, es ist ein Bock, ein wirklicher, wahrhaftiger Bock! Ich habe nicht gedacht, daß der heilige Vollrad auch ein Vergnügen daran findet, die Ziegen in Bö—Bö—. Was ist denn das?"

Es hatte im Stall gemeckert; die Tür stand offen, und mit einigen steifbeinigen Sätzen war der Bock hinein.

Püschel riß dem Dienstmädchen das Licht aus der Hand und trat hinzu.

„Wo — wie — wa — was? Zwei solche Bestien, eine Ziege und — und —“ Wie am Morgen warf er die Tür zu, sprang die Treppe hinauf, eilte ins Wohnzimmer und — fuhr erschrocken zurück. Drin saßen die sämtlichen Stammgäste aus den „Zwei Mohren“, unter ihnen auch Holfert, und empfingen ihn mit dröhnendem Gelächter.

„Warum — weshalb — guten Abend — sapperlot, was wollt ihr hier?“

„Uns zur Verlobung einladen, Herr Stadtrat; denn Holfert hat gewonnen!“

„Verlobung — Holfert — gewonnen? Inwiefern, he?“

„Nun, weil er Ihnen nicht nur die versprochene Nase, sondern einen ganz gehörigen Ziegenbock gedreht hat!“

„Zie — Zie — Ziegenbock?“

„Freilich! Haben Sie denn den prachtvollen Umtausch in der Wiesenschenke nicht bemerkt?“

„Umt — Wiesensch —? Himmeltausendsapp — so ist es also nicht der erste Oktober gewesen, sondern Er Er — Er —“ Mit einem raschen Griff seiner langen Arme hatte er den Buchbinder gepackt. „Ich werde Ihn bei der Parabel nehmen, da Er es wagt, mich, den Kohlenwerksbesitzer, Hausapotheker, Lateinprofessor und Stadtrat Hermann Püschel zum Narren zu halten! — Ich schlage Ihm ein colophonium inflectus ins Gesicht, daß er denken soll —!“

„Falsch, Herr Stadtrat! Sie meinen colaphum inflig —

„Halte Er den Schnabel!“ donnerte Püschel ihm in die Rede, stieß ihn beiseite und war im nächsten Augenblick hinter der Schlafzimmertür verschwunden.

Ein lautes Hallo folgte ihm. Als es sich gelegt hatte und man hinaus zu ihm wollte, fand sich, daß er die unverschließbare Tür verrammelt hatte. Da kein Zuruf fruchten wollte, wurde Gewalt angewendet. Der Waschtisch und die Stühle, die er vorgesetzt hatte, flogen beiseite, und die ungeladenen Gäste traten ein. Die weiße

Nachtmütze guckte zwischen Kissen und Decke hervor; er hatte sich in sein Bett geflüchtet, wurde aber schonungslos hervorgezogen und in die Stube zurückgebracht.

„Laßt mich gehn! Ich bin müde, ich bin krank, ich muß tinctura solerius trinken!"

„Solaris heißt's, Herr Stadtrat!"

„Ruhe, silentius, sage ich Ihm! Was hat Er überhaupt hier in meinem Haus zu suchen?"

„Meinen Gewinn; hier sitzen Zeugen!"

„Fällt mir nicht ein! Hebe Er sich hinweg, und heirate Er Seinen Ziegenbock!"

„Das können wir nicht zugeben, Herr Stadtrat", lachte der Mohrenwirt, „selbst wenn Holfert dazu bereit wäre. Wir sind Zeugen Ihres Versprechens, das Sie halten müssen. Der Bock aber gehört mir, und ich verweigere meine Zustimmung zu der von Ihnen vorgeschlagenen Verbindung. Hilde, kommen Sie her, wir wollen einmal Sturm laufen!"

Püschel wurde umzingelt. Zehn Stimmen klangen bittend, ratend, warnend und drohend durcheinander, zwanzig Hände streckten sich nach ihm aus. Weder Abwehr, noch Einwendung wollten ihm etwas helfen. Endlich hielt er sich die Ohren zu und rief:

„Laßt los, ihr Sapperloter; ich will mich wenigstens erst wieder anziehen. So kann ich mein Jawort nicht geben!"

„Doch, doch; heraus damit! Oder sollen wir die Ziegenbockgeschichte ins Blatt rücken lassen?"

„Nein, nur das ja nicht! Ich will meinetwegen ja sagen, doch nur, wenn — wenn —"

„Nun, wenn —"

„Wenn der Mehlkl — der Holfert zugibt, daß mein Latein besser ist als das seinige!"

„Von ganzem Herzen gebe ich das zu, mündlich und schriftlich", rief der Buchbinder, ihn und Hilde zugleich umarmend. „Ich kann Ihnen versichern, so ein

Latein wie das Ihrige habe ich noch nie gehört und glaube auch nicht, daß es irgend jemand gibt, der ein solches Latein spricht wie Sie. Meine Herren, der Herr Kohlenwerksbesitzer, Hausapotheker und Stadtrat Püschel soll leben, auch die Ziege, der Bock und sogar der Rentner Koggelmann! Nun gibt's endlich einmal nach langem Regen Sonnenschein, oder, wie wir Lateiner sagen, post nubila phoebus, und —"

„Halt, falsch", fiel ihm Püschel in die begeisterte Rede; „post nutrio phoenix muß es heißen! Er hat keine schlechten Anlagen, und wenn Er mein Schwiegersohn ist, so gibt Er Seine Mehlkleisterei auf, tritt in mein Geschäft und wird dann auch ein richtiges Latein sprechen lernen. Jetzt aber zieh ich mich an; ihr bleibt hier, und Hilde, du gehst in den Keller! Du weißt schon, in die linke Ecke! Der Holfert hat endlich klein beigeben müssen, und dieser Sieg soll gefeiert werden: ab; basta selum!"

DIE ERBEN WIDER WILLEN

Es gibt Ähnlichkeiten, die wirklich erstaunlich sind. Zum Beispiel Wiesenburg, Wiesental, Wiesenberg! Diese drei beinahe gleichlautenden Namen stehen in gleichen Abständen auf der Karte, da die betreffenden Städte in vollständig gleichen Entfernungen voneinander liegen.

Wiesental hat einen Bahnhof. Fährt man von hier nach Westen, so gelangt man an einen kleinen Halteort, von dem aus die zwei Stunden lange Poststraße nach Wiesenberg führt. Und fährt man nach Osten, so kommt man an eine Haltestelle, von der aus man Wiesenburg in ganz derselben Zeit erreicht.

Einige Minuten vor Wiesenburg liegt seitwärts von der Straße und mitten unter schattigen Bäumen, die von einem eisernen Geländer umgeben sind, ein allerliebstes, im gotischen Stil erbautes Häuschen. Vorn hat es sechs Fenster, und auf dem Ziegeldach ist in abstechenden Farben ein „A — 1860 — H" eingedeckt.

Und einige Minuten vor Wiesenberg steht, mehrere hundert Schritte von der Straße gelegen, ein nettes, gotisches Häuschen von sechs Fenstern Breite mit derselben Inschrift auf dem Dach. Das Wiesenburger Häuschen bewohnt Herr Rentner August Hildebrandt, ein Junggeselle, und das Wiesenberger eine Rentnerin Fräulein Auguste Hildebrandt.

Herr Hildebrandt weiß nicht mehr genau, wie alt er ist. Er hat keine Zeit, auf die Zeit zu merken; denn das anderthalb Dutzend Hunde, das er besitzt, macht ihm genug zu schaffen, und außerdem muß er täglich einige Stunden auf den Kassenschrank verwenden, um die Nummern der darin aufgestapelten Aktien immer von neuem einzutragen.

Fräulein Hildebrandt wiederum kann nicht mehr

sicher sagen, seit wann sie die Zwanzig überschritten hat; die Jahre nehmen ihre Aufmerksamkeit weniger in Anspruch als die Katzen, wovon sie eine ganze Schar besitzt, und der Schreibtisch, worin ihre Pfandbriefe liegen.

Herr Hildebrandt hat wie jeder andere Mensch ein Herz, in dem Liebe und Haß hart nebeneinander wohnen; die Liebe gilt ausschließlich seinen Hunden und der Haß der ganzen übrigen Welt, von der er nichts sehen oder hören mag. Er hat darum seit langen Jahren sein Häuschen nicht verlassen und nur in den allerdringendsten Fällen Besuch angenommen. Ein dienstbarer Geist namens Christian besorgt die laufenden Geschäfte. Er seufzt unter der Last, die der Menschenhaß seines Herrn ihm auferlegt, zankt sich vom Morgen bis zum Abend mit ihm herum und ist schon unzähligemal von ihm fortgelaufen, aber immer wieder zurückgekehrt.

Fräulein Hildebrandt hat ihre Katzen mit ähnlicher Liebe in ihr Herz geschlossen; ebenso groß ist aber auch ihre Abneigung gegen jedes andere Geschöpf, den Menschen natürlich inbegriffen. Sie blickt täglich kaum einmal durchs Fenster, besucht den Garten noch viel seltener und setzt den Fuß nie über das Gittertor hinaus, das man leider hat anbringen müssen, weil es doch nun einmal Bedürfnisse gibt, die eine Verbindung mit der Außenwelt nötig machen. Diese Verbindung zu unterhalten, ist Sache eines weiblichen Wesens, das den Namen Christine führt, den ganzen Tag wie ein Rohrsperling über die Herrin schimpft und schon einige hundertmal fortgelaufen ist, um sich ebensooft wieder zu ihr zurückzufinden.

Herr Hildebrandt ist der Vetter von Fräulein Hildebrandt; sie ist also seine Base. Sie sind die einzigen Überreste einer sonst vollständig ausgestorbenen Verwandtschaft; der überlebende Teil müßte also eigentlich den anderen beerben. Um das nun zu hintertreiben, haben beide Kinder angenommen, er nämlich einen früheren Zögling des Wiesentaler Waisenhauses, der auf den Vornamen Paul hört, und sie ein Mädchen aus derselben Anstalt, das Pauline heißt.

Herr Hildebrandt hat für seinen Pflegesohn in so väterlicher Weise gesorgt, daß dieser die Universität beziehen konnte und jetzt beim Gerichtsamt in Wiesental als Referendar angestellt ist. Der junge Mann kommt jedoch wenig zu seinem schrullenhaften Pflegevater, dem ein näherer Verkehr unerwünscht ist.

Fräulein Hildebrandt dagegen hat Pauline auf das Seminar geschickt, um sie zur Lehrerin ausbilden zu lassen. Die Pflegetochter bekleidet gegenwärtig eine Stelle an der höheren Töchterschule zu Wiesental.

Woher nun so viel Haß bei so viel Ähnlichkeit? — Ja, das kam folgendermaßen.

Sie wohnten beide in Wiesental und hatten einander unendlich lieb. Er war der stattlichste junge Mann und sie das hübscheste Mädchen in der Runde. Wenn er sie mit seinem Wachtelhündchen besuchte, so empfing sie ihn mit tausend Küssen und zog ihn neben sich auf das Sofa. Das Hündchen saß dann, von ihrer weißen Hand gestreichelt, auf ihrem Schoß, und ihre dreifarbige Zyperkatze sprang auf seine Schulter, machte einen Chimborassobuckel und zog ihm den langen Schwanz liebkosend übers Gesicht. Das war eine selige Zeit. Leider besaßen beide eine jähe, stachelige Gemütsart. Es gab zahlreiche Zerwürfnisse, denen ebensooft die Versöhnung folgt. Bei diesem Auf- und Niederwogen ihres Glücks konnten Hund und Katze als Wärmemesser gelten, denn die Stimmung der Besitzer übertrug sich mit außerordentlicher Regelmäßigkeit auch auf ihre liebenswürdigen Geschöpfe. Schnurrte die Katze und wedelte der Hund, so waren wenigstens fünfzehn Grad über

Null, knurrte der Hund und fauchte die Katze, so ging man nicht fehl, zehn Grad unter dem Nullpunkt nach der Gradeinteilung Kupidos zu vermerken. Es gab aber nicht etwa große Sünden gegen Liebe und Treue, sondern nur jene kleinen, häßlichen Alltäglichkeiten, die das Gemüt erbittern, die Zufriedenheit wie ein schleichendes Gift zerfressen und langsam, aber desto sicherer zum unvermeidlichen Bruch führen. August fühlte, daß er sie nicht mehr leiden könne, und Auguste begann zu vermuten, daß er ihrer nicht wert sei. Sie teilten sich dies zankend mit und wälzten mit Empörung die Schuld von einer Achsel auf die andere. Der Hund zeigte die Zähne, die Katze zischte wie eine Klapperschlange und — Mensch und Tier ginge mit dem Schwur auseinander, sich nie wieder zu begegnen. Die Zyperkatze und der Wachtelhund haben diesen Schwur gehalten; dieser steht ausgestopft auf dem Kassenschrank und bewacht die Aktien seines Herrn; jene liegt in demselben Zustand auf dem Schreibtisch und blickt mit den künstlichen Augen auf die Herrin, wenn diese mit den Pfandbriefen raschelt. Die zwei Letzten vom Stamm der Hildebrandts sind durch den Geist des Hasses getrennt und von keinem versöhnenden Zufall zusammengeführt worden — der Himmel sei ihren Namen gnädig!

Herr August Hildebrandt zog, um allen Erinnerungen und Ärgernissen aus dem Weg zu gehen, nach Wiesenburg, wo er sich vor dem Ort ankaufte, um, mit aller Welt verfeindet, ein freiwilliges Einsiedlerleben zu beginnen. Christian war die einzige menschliche Seele, die sich ihm nahen durfte. Um das Herz des Verbitterten legte sich ein Band, das von Jahr zu Jahr stärker wurde, bis er es selbst glauben mußte, daß seine Liebe sich in den grimmigsten Haß umgewandelt habe.

Fräulein Auguste Hildebrandt war zurückgeblieben, doch nicht für lange Zeit. Sollte sie von sich sagen lassen, daß der Ungetreue, dessen Pflicht es gewesen wäre, um Verzeihung zu bitten, die Stadt verlassen habe, um ihrer etwaigen Annäherung auszuweichen? Nein; auch sie zog fort, und zwar nach Wiesenberg, um ihm zu beweisen, daß sie das nämliche haben könne wie er. Derselbe Baumeister, der ihm sein Häuschen gefertigt hatte, mußte das ihrige errichten; derselbe Möbelhändler stattete es aus; sie mußte alles bis auf das Tüpfelchen so bekommen, wie er es hatte, und sogar der Name ihres Dienstmädchens und der ihrer Pflegetochter mußten die gleichen sein. Wie sie sich von der Außenwelt zurückzog, so trat auch ihr Herz immer weiter nach innen, bis sie seine Stimme nicht mehr vernahm und die frühere Zuneigung in grimmen Haß verwandelt glaubte.

Soeben sitzt sie am Schreibtisch und rechnet zusammen.

Ihre Mienen zeigen eine Heiterkeit, die mit ein wenig Schadenfreude vermischt zu sein scheint.

„Endlich, endlich habe ich es errungen! Er ist besiegt; von jetzt an stehe ich um eine Steuerklasse höher als er. Oh, er wird sich ärgern, er wird geradezu wütend sein, wenn er es erfährt! Ich muß mir nur einmal vorstellen, wie sein verhaßtes Gesicht dabei aussehen wird."

Auf dem Schreibtisch steht ein mit schwarzem Flor verhüllter Rahmen; sie schlägt die Umhüllung zurück und betrachtet das nun sichtbar werdende Bild.

„Schade, jammerschade um den Menschen, daß er ein so schwarzes Herz hat! Es geht ihm gerade wie den Hunden, die er liebt, weil er weiß, daß ich diese Bestien nicht ausstehen kann. Auch er war unausstehlich und ist es auch noch, sonst hätte er längst ein Wesen gefunden, dem eine Verbindung mit ihm erstrebenswert erschiene."

In diesem Augenblick erschallt draußen vor dem Eingang ein markerschütterndes Geschrei. Sie springt empor und eilt hinaus. Ihre Lieblingskatze krümmt sich auf der Erde; der Schwanz ist ihr zwischen die Tür geklemmt.

„Himmel, was muß ich sehen! Doris, meine süße Doris, welches Ungeheuer hat dir das getan? Christine, Christine!“

Sie befreit das Tier aus der unangenehmen Lage, nimmt es liebkosend empor und ruft nach der Dienerin. Diese kommt mit zinnoberrotem Gesicht aus dem Garten herbeigelaufen.

„Bist du eben durch diese Tür gegangen?“

„Ja.“

„So! Und hast dabei meine Doris eingeklemmt, du leichtsinniges, unbarmherziges Geschöpf! Schau her, wie sie jammert und sich krümmt! Du wirst von Tag zu Tag unachtsamer, und wenn das so fortgeht, kann ich dich nicht länger gebrauchen.“

Christine stemmt die Arme in die Seiten und stellt sich breitspurig vor die Herrin hin.

„Was bin ich, und wie bin ich? Leichtsinnig bin ich, unbarmherzig bin ich, und unachtsam bin ich? Ja, leichtsinnig bin ich gewesen, sonst wäre ich nicht zu einer Herrschaft gezogen, die weiter nichts kann als Katzen hätscheln und Dienstboten schinden. Aber unbarmherzig? Was ist's denn anders gewesen als die reine Barmherzigkeit, daß ich so lange bei Ihnen ausgehalten habe? Und unachtsam? Gerade der Achtsamkeit wegen habe ich aus Versehen und in der Eile hier den Schwanz zwischen die Tür geklemmt! Draußen hängt die Wäsche im Garten; sie kostet mich manche Mühe und Anstrengung, und da zerren wohl an die zwanzig Katzen daran herum, reißen sie von der Leine herunter in den Schmutz und wälzen sich darin, als ob der Leibhaftige in sie gefahren sei. Ich springe hinaus, um zu retten, was noch zu retten ist, und bekomme nun den Hagel an den Kopf. Die Haustür ist kein Ort, wo man den Schwanz hinhält, das muß die Doris wissen, und wenn sie ihn dennoch hineinsteckt, so kann ich nichts dafür. Und wenn ich nicht mehr zu gebrauchen bin, so kann ich gehen. Eine solche Herrschaft bekomme ich in jeder Kurzwarenhandlung für drei Pfennige!"

„Nimm deine Zunge in acht, Christine, sonst mache ich heute einmal Ernst."

„Ernst? Denken Sie vielleicht, mir ist's ein Spaß? Also meine Zunge hat weniger Recht als ein Katzenschwanz! Der darf sogar zwischen die Tür gesteckt werden. Ich aber soll mich nicht verteidigen! Dieses Leben habe ich satt!"

„So kannst du gehen. Komm herein! Ich zahle dir deinen Lohn, und dann fort mit dir!"

„Schön! Einverstanden! Sie werden warten können, bis Sie wieder so eine bekommen, die die Geduld und Langmut selber ist." — —

Um dieselbe Zeit sitzt Herr Hildebrandt an seinem Geldschrank und schreibt Nummern ein. Es muß trotz der weiten Entfernung eine Art Gedankenübertragung zwischen August und Auguste stattfinden. Er flüstert vor sich hin:

„Morgen werden die Steuerzettel ausgefüllt; ich steige um eine Klasse höher. Das wird sie hören und ganz außer sich kommen. Wenn ich mir ihr Gesicht dabei vorstelle, so muß ich heimlich lachen. Ich habe es mehrere Jahre nicht gesehen und will versuchen, ob ich das Bild noch finde."

Er hat erst gestern das Lichtbild wohl eine halbe Stunde lang betrachtet und weiß genau, daß es im geheimen Fach bei den Wertsachen liegt. Der Mensch ist oft ein ganz wunderbares Geschöpf, das schließlich der selbsterfundenen Unwahrheit Glauben schenkt. Der ehrenwerte Herr Hildebrandt grübelt weiter:

„Sie ist schön, wahrhaftig sie ist schön, aber falsch und untreu wie die Katzen, die sie hält und die ich niemals habe leiden können. Wenn sie anders gewesen wäre, hätte sie schon längst einen Mann bekommen."

In diesem Augenblick erhebt sich draußen in der

Küche ein fürchterliches Geheul. Er springt auf und eilt hinaus. Christian hat einen Stock in der Hand und bearbeitet den schönsten Pudel, den man sich denken kann, aus Leibeskräften.

„Halt, Mensch, was fällt dir ein? Ich glaube gar, du willst den Leo ermorden?"

„Ja, ermorden will ich ihn, totgeschlagen wird er, der Halunke. Totgeschlagen wird die ganze Hundesippschaft, oder ich fahre noch vor Ärger aus der Haut."

„Laß ihn los, sag ich dir, sonst bekommst du selber den Stock!"

„Ich selber? Ei, sieh mal an! Was Sie da Schönes sagen!" Der gute Christian schleudert den gemaßregelten Pudel mit einem Ruck von sich und richtet sich würdevoll auf. „Ja, das traue ich Ihnen wirklich zu! Wie ein Hund wird man hier behandelt, und es ist ein blaues Wunder, daß man immer wieder herläuft, wenn man einmal so gescheit gewesen ist, fortzugehen. Frißt mir das Tier mein ganzes Fleisch, das ich für die halbe Woche eingekauft habe, vom Tisch herunter. Ich habe nun weder Saft noch Braten mehr und kann gleich wieder in der Stadt anderes holen. Die Hundewirtschaft wird mir nun endlich zu Gift. Entweder wird das Viehzeug abgeschafft, oder ich gehe meiner Wege."

„So geh!"

„Gut! Geben Sie mir mein Geld heraus! Ich gehe gleich und komme diesmal gewiß nicht wieder. Sie können lange suchen, ehe Sie einen wie mich finden."

„Du bekommst den Lohn ausgezahlt, packst deine Sachen und gehst!"

Nach kurzer Zeit wandert der Diener dem bekannten Halteort zu, wo er sich eine Fahrkarte nach Wiesental löst. So ist es stets gewesen, wenn er fortgegangen oder fortgeschickt worden ist. Dort hat er den Herrn Referendar aufgesucht, um ihm seine Not zu klagen, und ist dann immer mit der stehenden Redensart in seinen

Dienst zurückgekehrt: „Es fiel mir gar nicht ein, wiederzukommen, aber da mich der Herr Referendar bat, diesen Brief zu besorgen, so konnte ich nicht anders."

In Wiesental ist er noch nicht mit sich einig, ob er heute einmal Ernst machen oder den Referendar aufsuchen soll. Er tritt also in den Wartesaal, um Zeit zur Überlegung zu finden. Währenddessen kommt ein Personenzug aus der Wiesenberger Richtung, und unter den Ausgestiegenen befindet sich eine dicke Frauengestalt, die ihren zaudernden Bewegungen nach auch nicht mit sich einig zu sein scheint.

Es ist Christine. Bei jedem Bruch mit der Herrin ist sie nach Wiesental gefahren, um Fräulein Pauline aufzusuchen. Diese ist ein wahrer Engel und hat sie stets mit einem Schreiben zurückgeschickt, das mit den Worten übergeben wurde: „Eigentlich sollte ich mich gar nicht mehr um Sie bekümmern, aber weil ich zufällig Jungfer Paulinchen traf und es ihr nicht abschlagen wollte, so bringe ich noch einmal diesen Brief. Es ist aber der allerletzte."

Weil sie noch nicht weiß, ob sie sich zur Strenge oder Milde entschließen soll, so tritt sie in den Wartesaal und nimmt, da er klein und sehr besetzt ist, an dem Tisch Platz, wo Christian sich niedergelassen hat.

„Woher?" fragt dieser nach dem gegenseitigen Gruß, mehr aus Höflichkeit, als um eine Unterhaltung anzubahnen.

„Aus Wiesenberg."

„Aus Wiesenberg?" Seine Teilnahme beginnt zu erwachen. „Kennen Sie da einen Drachen, der Auguste Hildebrandt heißt?"

Sie zögert mit der Antwort und fragt dann: „Woher kommen Sie?"

„Aus Wiesenburg."

„Aus Wiesenburg? Kennen Sie da einen anderen Drachen, namens August Hildebrandt?"

„Das ist mein Herr."

„Nicht möglich!" rief Christine. „Der Wiesenberger Drache ist meine Herrin."

„Alle Wetter! Wie heißen Sie?"

„Christine. Ich bin fast fünfzehn Jahre dort im Dienst. Wie heißen Sie?"

„Christian, und diene grad ebensolang bei ihm. Was wollen Sie in Wiesental?"

„Ich bin abgezogen."

„Ich auch; es war nicht länger auszuhalten."

Die Unterhaltung wird von Minute zu Minute lebhafter, und bald kennt jedes die traurigen Erfahrungen des anderen. Sie beschließen, sich für heute Gesellschaft zu leisten, und wandern miteinander dem Städtchen zu, das in einiger Entfernung vom Bahnhof liegt. Sie besuchen weder den Referendar noch Fräulein Pauline und haben am Abend schon solches Wohlgefallen aneinander gefunden, daß sie Arm in Arm in den Anlagen spazierengehen und allerlei Pläne schmieden.

„Weißt du was, Christine? Ich hab das Leben hier satt; ich fahre nach Amerika. Machst du mit? Wir haben uns beide ein Sümmchen gespart und in Deutschland keine Verwandten und Angehörigen. Hier bleiben wir, was wir sind, drüben aber kommt man rasch vorwärts, und wir können dann auch in den Geldschrank greifen wie unsere beiden Drachen."

„Nimmst du mich denn mit?"

„Freilich; niemand paßt ja besser zusammen als wir."

„Als was denn?"

„Als meine Frau. Willst du?"

„Ja", bringt sie nach einer Pause der schicklichen Verschämung hervor.

„Abgemacht!" Eine kräftige Umarmung besiegelt den süßen Bund. „Aber ehe wir fortmachen, nehme ich noch Rache."

„Ich auch."

„Großartig! Wir haben uns genug gefallen lassen und wollen uns nun einmal eine Freude gönnen. Aber wie?“ Nach kurzem Nachdenken lacht er auf. „Ich hab’s. Hör einmal!“

Er beginnt ihr seinen Plan mitzuteilen, wird aber durch einen Aufschrei Christinens unterbrochen: „Himmel, rasch auf die Seite! Dort kommt Fräulein Pauline!“

„Das ist sie? Sapperlot, mit meinem Referendar, und noch dazu Arm in Arm wie wir! Komm hinter die Bäume!“

Sie glauben, nicht erkannt worden zu sein, haben sich aber geirrt, wie aus den Blicken des Pärchens, dessen Augen ihren hastigen Bewegungen verwundert folgen, zu ersehen ist. Der Mond ist zwar ein langjähriger Vertrauter der Liebenden, hat aber auch seine schwachen Augenblicke, in denen sein Licht das Plaudern nicht lassen kann. — —

Am anderen Vormittag sitzt der Herr Rentner August Hildebrandt an seinem Geldschrank und — — schreibt keine Nummern. Das ist eine außergewöhnliche Erscheinung, die ihren Grund in dem Verdruß hat, den ihm die Abwesenheit des Dieners bereitet.

Wie soll er es anfangen, einen neuen zu bekommen, wenn Christian nicht zurückkehrt? Nach Wiesental gehen, nachdem er sich so viele Jahre in der Stadt nicht hatte sehen lassen? Oder — nein, er will sich jetzt nicht weiter sorgen, sondern ruhig abwarten, ob der abtrünnige Diener sich nicht einstellen werde. Das Nötigste ist ja vorhanden, und das übrige muß sich später finden.

„An dem allen ist niemand anders schuld als sie, deretwegen mein Leben so einsam geworden ist. Sie mußte wissen, daß ich mir unsere Entzweiung so tief zu Herzen nehmen würde.“

Er stößt den Hund, der ihn liebkosend umstreicht, unwirsch von sich und greift nach dem Lichtbild.

„Was würde ich wohl tun, wenn ich ihr einmal begegnete? Und wie würde sie sich wohl dabei verhalten? Ich würde sie nicht sehen, sie nicht kennen, sie gar nicht bemerken. Diese schönen Züge konnten so schmählich täuschen — das vergebe ich ihr nie, nie! Ich hasse sie, hasse sie wie ihre Katzen, diese gleißenden, sanften Tiere, deren Krallen doch so spitz und scharf sind!"

Es klingelt am Eingang, den er von innen verriegelt hat. Er horcht auf. Sollte es Christian sein? Als er öffnet, sieht er sich einem weiblichen Wesen gegenüber, das ihn mit prüfenden Blicken betrachtet.

„Was wollen Sie?"

„Entschuldigen Sie, sind Sie Herr Hildebrandt?"

„Ja."

„So erlauben Sie, daß ich eintrete. Ich habe eine wichtige Botschaft zu bringen."

Er geht mit ihr ins Zimmer und blickt ihrer Mitteilung erwartungsvoll entgegen. Sie sieht sich in dem Raum um und bemerkt dabei das Bild seiner ehemaligen Geliebten. Bei dessen Anblick zieht sie ihr Taschentuch hervor und bricht in Tränen aus.

„Was weinen Sie?"

„Warum ich weine?" antwortete sie schluchzend. „Ach ja, Sie können es ja nicht wissen, daß sie gestorben ist!"

„Wer ist gestorben?"

„Wer anders als meine liebe, gute Herrin. Sie müssen sie doch gekannt haben; denn dort sehe ich ihr Bild, und sie hat Sie ja auch zum Universalerben eingesetzt."

„Wer ist — Auguste — — Fräulein Hildebrandt in Wiesenberg ist gestorben?" ruft er, und tiefe Blässe überzieht sein Gesicht. „Wann denn?"

„Vor vier Tagen. Sie hat keine besondere Krankheit gehabt, sondern sich langsam abgehärmt, und ist dann eingeschlafen. Ich habe sie gepflegt bis zum Tod und will nun ihren letzten Befehl erfüllen."

„Welchen?"

„Sie sagte mir kurz vor ihrem Tod: Laß mich begraben und dann gehst du nach Wiesenburg zu meinem Vetter! Er ist mein einziger Erbe und soll den Nachlaß sofort übernehmen."

Er hört kaum, was sie sagt. Es flimmert ihm vor den Augen; es schwirrt ihm um die Ohren; die Nachricht, daß seine Feindin gestorben sei, hat ihn mehr angegriffen, als es bei solchen Gefühlen zu geschehen pflegt. Er steht da und starrt auf das Bild, ohne zu bemerken, daß die Botin sich leise entfernt hat. Er gewahrt es erst, als er sich von seiner Bestürzung erholt hat und nun weiter fragen will.

„Sie ist fort. Sie hat keine Zeit und will vielleicht mit dem nächsten Zug zurückkehren. Ich hätte sie anders empfangen sollen. Aber Christian ist nicht da, und mich hat die Nachricht so angegriffen, daß ich nicht weiß, woran ich gedacht habe. Es ist aber auch gar keine Zeit, sich Gedanken zu machen: Ich muß auf der Stelle nach Wiesenberg!"

Er kleidet sich um, schließt die Hunde ein, denen er erst das nötige Futter vorlegt, und steht im Begriff, das Haus zu verlassen, als ihn die Schlüssel, die er abgezogen hat, in Verlegenheit bringen.

„Wohin tu ich sie? Mitnehmen? Nein, das ist zu unbequem. Ich lege sie auf den Kassenschrank, der Hausschlüssel kommt dort neben die Tür auf das Fenster, das ich nur anlehne, und das Gitter bleibt unverschlossen, damit Christian hereinkann, wenn er zurückkehrt."

So geschieht es, und dann schreitet er der Straße zu, die nach der Haltestelle führt. Die Botin ist dort nicht zu sehen, doch kümmert ihn das nicht. Er besteigt ein Abteil des Zuges und steht nach einigen Stunden vor dem gotischen Häuschen seiner einstigen Geliebten.

Er hat es zwar noch nicht gesehen, aber davon gehört; die Ähnlichkeit mit dem seinen kann ihn also nicht überraschen.

Das Gittertor steht offen. Er schreitet über den Hof und klingelt am Eingang. Alles bleibt still. Da versucht er das nächste Fenster zu öffnen, mehr unwillkürlich als mit einer besonderen Erwartung. Es läßt sich aufstoßen, und er fühlt mit der Hand den Schlüssel liegen. Er öffnet die Haustür und begibt sich in die Wohnung. Nun sieht er sich in den Räumen um, wo sie sich „langsam abgehärmt hat", gewiß nur um seinetwillen.

Auf dem Schreibtisch liegen sämtliche Schlüssel. Er nimmt sie und öffnet einen Raum nach dem anderen. Es ist ihm, als befinde er sich in den geheiligten Hallen eines Tempels. Sein Herz klopft ganz anders als bisher, so weich und nachgiebig; und als er dann ins Wohnzimmer zurückkehrt, öffnet er den Schreibtisch, auf dem sein eigenes Bild steht. In einem Fach bemerkt er alle jene nur der Liebe wichtigen Kleinigkeiten, die Auguste einst von ihm empfangen hat; da tritt es ihm feucht in die Augen, und er muß sich niederlassen, um auszuruhen von der inneren Qual so langer Jahre.

So sitzt er da. Viertelstunde um Viertelstunde vergeht; er merkt es nicht. Endlich weckt ihn ein lautes Kreischen in den oberen Räumen des Hauses. Er steigt die Treppe empor, öffnet eine Tür und sieht die hier gefangen gehaltenen Lieblinge der Toten. Freundlich schnurrend und katzbuckelnd schmiegen sie sich ihm an die Beine; er kann nicht anders, er muß sich bücken, um einer nach der anderen über das weiche Fell zu streicheln.

„Euch hat ihre Hand wohl tausendmal berührt; ihr sollt nicht verwaist sein! Ich will euch pflegen."

Er schließt wieder zu und steigt hinab. Die „falschen heimtückischen" Tiere sind ihm plötzlich teuer geworden.

Kaum weiß er, was er jetzt beginnen soll. Zurück nach Wiesenburg muß er; und doch kommt das Dienstmädchen nicht, dem er die Bewachung des Hauses anvertrauen könnte. Er, der Menschenscheue, geht in die

Stadt, sich einen Fuhrmann zu holen, der die Katzen nach dem Bahnhof bringen soll. Er findet auch einen solchen. Wasch- und Deckelkörbe sind zur Genüge da, und so schwer das Verladen der widerspenstigen Tiere fällt, es gelingt doch, und der Wagen geht ab. Nun legt er alle Pfandbriefe und die sämtlichen Wertgegenstände in eine vorgefundene Reisetasche, verschließt das Haus sorgfältig und wandert wieder der Haltestelle zu.

Die Zeit hat ihm nicht erlaubt, das Grab der Toten zu suchen und die sonst nötigen Förmlichkeiten zu erfüllen. Er kommt ja morgen wieder, wo er das Dienstmädchen sicher antreffen und alles Versäumte einbringen wird. An der Bahn holt er den Fuhrmann ein und gibt, ohne überflüssige Worte mit ihm zu wechseln, seine wunderliche Fracht auf, die sich in ihr Schicksal gefunden hat. — —

Am gleichen Vormittag sitzt die Rentnerin Fräulein Auguste Hildebrandt vor ihrem Schreibtisch und — durchblättert keine Pfandbriefe. Der Grund zu dieser Unterlassungssünde ist die verdrießliche Lage in die sie sich durch die übereilte Ablohnung ihrer Dienerin gebracht hat.

Was soll sie tun, um die Fortgegangene zu ersetzen? Etwa in die Stadt gehen und nach einem Mädchen suchen, sie, die den Ort vor vielen Jahren zum letztenmal betreten hat? Nein; jedenfalls kommt Christine wieder; so ist es stets gewesen, und so wird es auch heute wieder sein. Was für heute gebraucht wird, ist vorhanden, und das übrige muß man eben ruhig abwarten.

„An dieser Verlegenheit ist wieder kein anderer schuld als er, dem ich alles Unangenehme zu verdanken habe. Er wußte, wie schwer ich unter seinem Verrat leiden würde."

Sie wirft die Katze, die soeben auf ihren Schoß gesprungen ist, wieder hinab, ein Fall, der sonst gar nicht denkbar war, und greift nach seinem Bild.

„Wie lieb ich ihn gehabt habe, den Treulosen! Ich sehe es jetzt täglich an der Größe meines Hasses. Ich kann viel, ich kann alles vergeben, aber dies nie, niemals. Und wenn er mir zu Füßen läge und unter tausend Tränen um Gnade und Erbarmen flehte, ich stieße ihn von mir und würdigte ihn keines Worts. Er hat es nicht anders verdient; er hat kein Zartgefühl, er ist rücksichtslos und ungeleckt wie seine Hunde, von denen er nichts Besseres lernen kann."

Die Klingel wird gezogen.

„Das ist Christine. Gut, daß sie kommt!" Sie öffnet und ist erstaunt, einen fremden Mann vor sich zu sehen.

„Wer sind Sie?"

„Ich bin der Diener des Rentners Hildebrandt in Wiesenburg und komme — — —"

„Nein", fällt sie ihm rasch in die Rede, „Sie kommen nicht, sondern Sie gehen, und zwar sogleich!"

„Verzeihen Sie, Fräulein! Ich habe Ihnen — — —"

„Wollen Sie sofort diesen Ort verlassen, oder soll ich nach der Bedienung rufen?"

Der Mann blickt ihr lächelnd ins Gesicht.

„Ihre Bedienung ist nicht anwesend; ich brauche also keine Angst zu haben und sehe vielmehr, daß Sie sich vor mir fürchten. Darum will ich Ihnen nicht länger zur Last fallen, sondern Ihnen kurz meine Botschaft ausrichten. Mein Herr ist gestorben und gestern begraben worden. Sie sind seine Universalerbin, und er trug mir kurz vor seinem Tod auf, nach dem Begräbnis zu Ihnen zu gehen, damit Sie sich danach richten können. Guten Tag!"

Er geht. Sie aber hat die Tür erfaßt und sich daran gelehnt, kaum fähig, sich aufrecht zu halten. Sie ist nicht imstand, ein Wort auszusprechen, um den Mann zurückzurufen; sie zittert am ganzen Körper, und ihr Atem stockt unter dem Schreck, den die Botschaft ihr verursacht hat.

„Mein Gott", haucht sie endlich, „ist es denn möglich! Er ist tot, und ich habe ihn zuvor nicht mehr gesehen! Er ist schon begraben, und ich war nicht dabei! Welch eine Beruhigung wäre es für mich gewesen, mit eigenen Augen festzustellen, daß mein Todfeind keine Macht mehr über mich hat!"

Sie ahnt nicht, daß ihr mit diesen Worten ein unbewachtes Geständnis entschlüpft; auch zeigt sie in diesem Augenblick keine Spur von Beruhigung. Als sie jedoch ins Zimmer zurückkehrt, liegt eine leichenhafte Blässe auf ihrem Angesicht, und ihre Augen suchen angstvoll nach dem Bild, als könne sie es mit dem Tod des ehemaligen Geliebten auch verloren haben.

„Was ist nun zu tun? Ich kann nicht fort und muß doch fort. Daß auch Christine gestern ging!"

Sie schreitet fieberhaft aus einem Raum in den anderen; sie sinnt und sinnt, was sie beginnen solle, und bemerkt nicht, daß sie sich dabei zur Reise ankleidet. Endlich lockt sie die Katzen, die sie in eins der oberen Zimmer einschließt, steckt das nötige Geld zu sich und sieht sich auch jetzt noch ratlos den so plötzlich über sie hereingebrochenen Ereignissen gegenüber.

„Was tu ich nur mit den Schlüsseln? — — — Ich mache es wie früher, als wir noch in Wiesental wohnten und ich täglich mit ihm spazierenging: Ich lege sie auf den Schreibtisch, lasse das Zimmer unverschlossen und stecke den Haustürschlüssel hinter das herangezogene Erdgeschoßfenster. Ein Fremder findet ihn nicht, und wenn Christine zurückkehren sollte, kann sie ins Haus."

Sie führt diesen Vorsatz aus und wandert dann der Haltestelle zu. Dort braucht sie nicht lange auf den nächsten Zug zu warten. Sie steigt ein, erreicht den kleinen Haltepunkt und setzt hier ihre Wanderung fort, bis sie am Haus des Verstorbenen steht. Es ist ihr, als sei sie in der Heimat angelangt. Sie geht durchs offene Gittertor und klingelt. Kein Mensch läßt sich hören. Da stößt sie das Fenster auf und findet den Schlüssel. Sie öffnet und tritt aus dem Flur ins Zimmer.

Hier weht es sie an wie Geisterhauch; es ist ihr, als schwebten die zurückgelassenen Grüße des Toten in der lautlosen Stille, und sie sinkt erschüttert in einen Sessel.

Hier hat er gelebt und geatmet. Starb er mit einem Fluch auf den Lippen oder mit einem segnenden Wort für sie? Gewiß hat er wenigstens an seinem Ende ihrer freundlich gedacht, sonst hätte er ihr nicht ein so reiches Erbe hinterlassen. Und welche zarte Schonung von ihm, daß er sie seinen Tod erst nach der aufreibenden Beerdigung hat wissen lassen! Hat sie das alles um ihn verdient? Die Vergangenheit geht an ihr vorüber, und zum erstenmal kommt ihr die Erkenntnis, daß sie gefehlt, unverantwortlich gefehlt habe. Sie denkt an die einsamen Jahre, die sie vertrauert hat, an ihren Haß gegen ihn, der so wenig echte Weiblichkeit und Demut bei ihr gefunden, und sie möchte alles hingeben für einen einzigen jener glücklichen Tage der Liebe; sie möchte hinauseilen auf den Friedhof und ihn mit den Händen aus der Erde scharren.

So sitzt sie da, klagt an und gibt sich allein die Schuld, bis sie durch ein dumpfes Heulen aus ihrem Sinnen geweckt wird. Sie erhebt sich und geht hinaus, um den Verschlag zu öffnen, aus dem die Töne kommen. Es fehlt ihr der Schlüssel. Sie kehrt zurück und sucht, bis sie ihn auf dem Schrank findet. Als sie öffnet, springen ihr seine Lieblinge dankbar freudig entgegen. Er hat sie gepflegt, sie sind seine einzigen Freunde gewesen, und so läßt sie sich ihr zutrauliches Schmeicheln gefallen und findet, daß es gar keine so schlimmen „Bestien“ sind, wie sie sich immer eingebildet hat.

„Ihr habt den Herrn verloren“, tröstet sie, als könnten sie ihre Worte verstehen, „ihr sollt eine gute Herrin an mir finden. Ich nehme euch mit nach Haus.“

Sie sucht in der Küche nach Eßbarem, und als sie es gefunden hat, füttert sie einen nach dem anderen. Es ist ihr, als erweise sie damit dem Hingeschiedenen selbst eine Liebe.

Nun geht sie an das Durchsuchen der Zimmer. Ihr geübter Blick erkennt sofort, daß hier eine weibliche Hand gefehlt hat, aber sie sieht doch alles in einer anmutigen Nettigkeit, für die sie dem Verhaßten keinen Sinn zugetraut hätte. Als sie den Geldschrank öffnet, findet sie aus den sorgfältig geführten Büchern den Beweis, daß sie ihn mit ihrer höheren Steuerklasse doch nicht ausgestochen hätte. Sie zieht jedes Fach hervor und sieht nun unter einer Menge von Andenken, die sich nur auf ihre Person beziehen, auch ihr Lichtbild. Alles zeugt davon, daß er es oft hervorgezogen und betrachtet habe.

„Er hat mich lieb behalten, und ich — — — o ich undankbares, treuloses Geschöpf!"

Sie schlägt die Hände vor die Augen und weint bitterlich über die Verblendung, so daß die Hunde sie verwundert anblicken und in ihr herzzerreißendes Schluchzen mit klagendem Heulen einstimmen. Sie küßt die Bücher, worauf seine Augen geruht und worüber seine Hände geglitten; sie nimmt sein Brustbild von der Wand und drückt es inbrünstig an ihr Herz, als ob es der Tote selber sei; sie muß alles in die Hände nehmen, was er berührt und getragen hat, und immer ruft sie aufs neue: „Wie wollte ich jetzt ganz anders sein, wenn ich ihn noch lebend sehen könnte!"

So vergeht die Zeit. Sie denkt an keine der Förmlichkeiten, die sie zu erfüllen hat; sie weiß ja auch nur wenig oder nichts von ihnen und denkt erst an den Aufbruch, als ihr keine Frist mehr übrigbleibt.

„Jetzt muß ich fort; aber morgen komme ich wieder."

Sie nimmt alle Papiere und Sachen von Wert an sich, ruft die Hunde und verschließt das Haus gerade so, wie sie es vorgefunden hat. Freudig umsprungen von den vierbeinigen Gefährten, die ihr willig folgen und froh sind, ihre Freiheit wiedererlangt zu haben, schreitet sie durch die Abenddämmerung der Haltestelle zu. Sie ahnt nicht, daß diese Willigkeit der Tiere durch die Spur zu erklären ist, die sie von ihrem Herrn gefunden haben. Sie läßt sich auch nicht beirren durch die verwunderten Blicke, die man ihr wegen einer so zahlreichen Begleitung zuwirft. Sie löst für diese die nötigen Fahrkarten und steigt, als der Zug kommt, mit einem Gefühl ein, als sei sie durch den Schmerz um den Verstorbenen und die Reue über ihre Fehler von einem Druck befreit, dem sie im Laufe der Zeit sicher noch erlegen wäre. — —

Der Rentner Hildebrandt kommt mit seinen Katzen wohlbehalten zu Hause an. Um sie von dem Haltepunkt bis nach Wiesenburg zu schaffen, hat er sich einen zweiten Fuhrmann genommen, der ihm die Körbe in den Flur setzt und sich dann mit seiner Bezahlung entfernt.

Christian ist noch immer nicht da, doch findet Hildebrandt alles scheinbar unberührt. Nur als er die Hunde aus ihrem Gewahrsam befreien will, sind sie verschwunden. Die Tür ist verschlossen gewesen; sie müssen also durchs Fenster, das er der nötigen Luft wegen offen gelassen hat, gesprungen sein. Jedenfalls haben sie seine Spur verfolgt und werden morgen zurückkommen. Überhaupt würde ihm ihre Abwesenheit sonst viel mehr Sorge bereitet haben als heute, wo er sich körperlich und geistig angegriffen fühlt. Er öffnet die Körbe, um den Katzen ihre Freiheit zurückzugeben, versorgt die hungrigen Tiere mit Nahrung und legt sich dann zur Ruhe, die ihm aber noch lange versagt bleibt; denn die Ereignisse des vergangenen Tages ziehen in bald freundlichen, bald drohenden Gestaltungen an ihm vorüber und scheuchen den Schlaf von seinen Augen.

Als er erwacht, ist es bereits Mittag. Er erhebt sich und betritt das Wohnzimmer. Die Abwesenheit des Dieners gebietet ihm, dessen Verrichtungen nun selbst zu übernehmen.

„So ist's mit fremden Leuten!" seufzt er. „Sie nehmen keinen tieferen Anteil am Wohl der Herrschaft und handeln nur zu ihrem eigenen Vorteil. Wäre ich einstmals nicht so streng gewesen, so hätte eine Versöhnung sicher stattgefunden; sie hätte sich nicht zu Tode gehärmt, und ich könnte mich einer behaglichen Häuslichkeit erfreuen. Der Mensch ist das hartnäckigste Geschöpf, das ich kenne." — —

Die Katzen streichen durch das Haus; sie finden die Herrin nicht und kommen mit leisen Klagelauten zu ihm.

„Ihr werdet sie nie wiedersehen, ihr armen Tiere, und sie mit der Zeit vergessen; ich aber werde immer unter Vorwürfen und Klagen gegen mich selber an sie denken müssen."

Er sorgt für sie und sich und öffnet dann den Schrank. Kaum hat er das erste Fach herausgezogen, so fährt er entsetzt zurück.

„Leer! Himmel, ich bin bestohlen!"

Er sucht weiter und findet, daß ihm während seiner Abwesenheit sein ganzes Vermögen entwendet worden ist. „Alles fort, alles! So viele Hunde im Haus und dennoch bestohlen und beraubt. Ich muß sofort Anzeige machen! Aber wenn mir diese fortgelaufenen Geschöpfe wiederkommen, so nehme ich sie her und schlage sie tot, eines nach dem andern. Christian hatte recht; ich wollte, er hätte sie alle umgebracht."

Er läuft in höchster Wut im Zimmer auf und ab; da klingelt es, und als er öffnet, bringt ihm der Postbote einen Brief. Verwundert, daß er den Einsiedler einmal zu sehen bekommt, benutzt er diese Gelegenheit, seine Neugier zu befriedigen.

„Was ist denn gestern hier im Haus losgewesen? Es ist doch in der Dämmerung ein Frauenzimmer mit Ihren Hunden nach dem Bahnhof gegangen und damit in der Wiesentaler Richtung fortgefahren."

„Ein Frauenzimmer? Mit meinen Hunden? Nach Wiesental? Hatte sie einen Handkoffer oder etwas Ähnliches bei sich?"

„Jedenfalls. Ich habe sie zwar nicht selber gesehen, aber da — —"

August Hildebrandt klappt ihm die Tür vor der Nase zu und eilt zurück, um sich schleunigst umzukleiden.

„Ein Frauenzimmer? Das war keine andere als das Dienstmädchen der Verstorbenen! Sie hat gewußt, daß ich nach Wiesenberg gehe, und die Gelegenheit benutzt, mich auszuplündern. Die Hunde hat sie geködert — na, wartet, ihr Bestien, das soll euch gut bekommen! Welch ein Glück, daß ich weiß, wohin sie ist! Darum also hat sie sich nicht nach Wiesenberg zurückgetraut! Die Anzeige hier im Ort hilft mir nichts; ich muß die Verbrecherin verfolgen und mich in Wiesental an einen tüchtigen Kriminalisten wenden. Ich habe dort ja den Paul, der wird sie erwischen! — — Aber der Brief ist von ihm! Was schreibt er denn?"

Er öffnet den Umschlag und liest:

„Bester Papa!

Du hast bei der Annahme an Kindes Statt mir zwar die Bedingung gestellt, den persönlichen Verkehr mit Dir auf ein Mindestmaß zu beschränken. Gegenwärtig ist jedoch ein für mich höchst wichtiger Umstand eingetreten, der mich zu der dringenden Bitte veranlaßt, Dich wieder einmal besuchen zu dürfen.

Ich habe nämlich hier ein Mädchen kennengelernt, das sich meine vollste Achtung und Liebe erworben hat; sie erwidert beides, und ich bin sicher, mit ihr recht glücklich zu werden. Sie ist Lehrerin und, wie ich dir gleich heute offen sage, die Pflegetochter von Fräulein Hildebrandt in Wiesenberg. Die Meinungsverschiedenheiten, die dieser letzte Umstand herbeiführen dürfte, bewegen mich zu der oben ausgesprochenen Bitte.

Ist Christian wieder einmal auf und davon? Er war nicht, wie gewöhnlich, bei mir, sondern ich sah ihn heute abend zu meiner Verwunderung mit dem Dienstmädchen von Fräulein Hildebrandt hier Arm in Arm spazierengehen.

Eine möglichst umgehende Gewährung meiner Bitte erflehend, grüße ich Dich mit gewohnter Dankbarkeit.

Dein gehorsamer

Paul."

Der Brief hat einen unerhört aufregenden Inhalt, und Hildebrandt steigt in seinem Zimmer auf und ab, wie einer, der losschießen will und dennoch zaudert.

„Verliebt ist er? Ich werde ihm den Kopf waschen, dem unvorsichtigen Menschen! — — — Aber, hm, — — ich bin's ja auch gewesen, hm — — — und in die Pauline ist er vernarrt? Warum grad in die? Hm! Sie ist die Tochter dieser — dieser — hm, Hildebrandt, hast du den gestrigen Tag vergessen? — Und den Christian hat er gesehn — mit der Christine. Sie haben sich gegen mich verschworen, den Diebstahl verabredet. Ich lasse sie beide verhaften! Paul braucht nicht zu kommen, ich fahre selbst zu ihm!"

Er schließt die Katzen ein und verläßt das Haus. Auf der Straße kommt ihm ein neuer Gedanke.

Gestern abend sind sie in Wiesental gewesen? Wie nun, wenn sie nicht mehr dort weilen, sondern nach Wiesenberg gefahren sind? Sie wissen, daß ich zurück muß und das Haus also leersteht. Ja, ich verspüre in mir Anlagen zum Detektiv. Sie sind sicher hin, um das Haus auszuräumen, und wenn dies auch nicht der Fall sein sollte, ich muß dennoch zurück, um einen Mann anzustellen, der es während meiner Abwesenheit bewacht. Ich hätte gestern daran denken sollen!“

Er löst die Fahrkarte nicht bis Wiesental, sondern bis Wiesenberg, und nimmt, um schneller vorwärtszukommen, an der letzten Haltestelle einen Wagen. Bei dem Häuschen, das er geerbt hat, steigt er aus und öffnet. Alles ist so, wie er es gestern verlassen hat. Das beruhigt ihn. Er schließt auch den Schreibtisch auf und — stößt einen Ruf der Überraschung aus: Das ganze ihm geraubte Gut liegt hier. Alles, bis auf das kleinste Stück. Ohne sich zu fragen, wie es hierhergekommen ist, eilt er zum Fuhrmann hinaus und gebietet ihm, in die Stadt zu gehen und einen Hüter für das Haus zu besorgen.

Da erschallt auf einmal ein vielstimmiges Gebell von oben herab. Er steigt empor und öffnet die Tür, hinter der er gestern die Katzen gefunden hat; seine Hunde stürzen ihm jauchzend, heulend und kläffend entgegen.

„Meine Hunde!“ ruft er. „Wie sind die nach Wiesenberg gekommen?“

Er gönnt sich aber nicht Zeit, auf diese Frage näher einzugehen, sondern sorgt für die schadensichere Verpackung des so unverhofft wiedergefundenen Vermögens und setzt sich dann, nachdem der Fuhrmann seinen Auftrag ausgeführt hat und ein Aufseher angestellt ist, in den Wagen, um zur Haltestelle zu fahren. Denn nach Wiesental muß er, das steht fest.

Die Hunde folgen dem Fuhrwerk wie die wilde Jagd dem Geisterhirsch. Zwar müssen sie sich an der Bahn noch einmal zur Gefangenschaft bequemen, die aber nur bis zur Ankunft in Wiesental dauert; dort umspringen sie ihren Herrn von neuem.

Dieser lächelt still in sich hinein, daß er aus einem

Einsiedler auf einmal ein Richtiger Reiseonkel geworden ist, und schreitet der Wohnung seines angenommenen Sohns zu. Paul ist nicht zu Hause; die Wirtin sagt, er sei zu Fräulein Pauline Hildebrandt gegangen.

„Das trifft sich gut", denkt der Rentner; „ich gehe auch hin und werde sie überraschen."

Er erkundigt sich nach der Wohnung der jungen Dame und begibt sich sofort auf den Weg.

„Ich bin nur neugierig auf ihre Gesichter. Es ist eigentlich außerordentlich, einen Sohn zu haben, den man so wenig gesehen hat. Ja, die Einsamkeit stimmt das Herz feindlich und verändert die Seele, so daß die Augen wie durch schwarze Gläser blicken!" — —

Auch die Rentnerin Fräulein Auguste Hildebrandt kommt mit den ererbten Hunden wohlbehalten zu Hause an.

Christine ist nicht zurückgekehrt, und sie findet scheinbar alles so, wie sie es verlassen hat. Nur ihre Katzen sind verschwunden. Sie kann sich nicht erklären, auf welche Weise die Tiere aus dem Raum gekommen sind, als sie aber ein Fenster offen sieht, muß sie annehmen, daß sie dort hindurchgeklettert sind. Noch gestern würde ihr die Abwesenheit ihrer Lieblinge große Sorgen bereitet haben, heute, heute aber, nach den Erlebnissen dieses inhaltsschweren Tages, fühlt sie sich so abgespannt, daß es ihr geraten scheint, so bald wie möglich die Ruhe zu suchen. Sie füttert die Hunde, weist ihnen einen Platz für die Nacht an und geht dann schlafen. Aber noch stundenlang klingen die inneren Stimmen in ihr wider, bald anklagend, bald versöhnlich; der Schlaf flieht ihre Lider, wie die Seelenruhe bisher ihr Herz geflohen hat; und als sie endlich entschlummert, ist Mitternacht längst vorüber. — —

Sie erwacht ungewöhnlich spät und erhebt sich, um das Frühstück zu bereiten. Sie ist dabei die Handreichungen Christinens gewöhnt und seufzt:

„Es ist wirklich schrecklich, sich so allein zu wissen; auf fremde Leute ist kein Verlaß, und die einem nahstehen sollten, sind entweder tot oder unfähig zu einem befriedigenden Zusammenleben. Wie habe ich mir doch mein Los einst so ganz anders ausgemalt! Aber ich bin selbst schuld, daß es so gekommen ist! Das Weib hat die Aufgabe, sich zu fügen; ich erkannte dies nicht und muß nun die Folgen meines Starrsinns tragen."

Die Hunde sind unruhigt geworden. Sie öffnet ihnen das Verlies und bemerkt, daß sie in allen Winkeln nach ihrem Herrn suchen.

„Ihr werdet ihn nie mehr finden", meinte sie, als könne sie von ihnen verstanden werden, „aber ich werde seine Stelle ersetzen, so gut es mir möglich ist."

Nach dem Morgenbrot öffnet sie den Schreibtisch. Ein Schrei des Entsetzens entfährt ihren Lippen, und schrekkensbleich starrt sie auf die leeren Fächer.

„Fort, alles fort! Man hat mich beraubt!"

Mit zitternden Händen wühlt sie in dem zurückgebliebenen Inhalt, sinnt und vergleicht, und findet, daß ihr gesamtes Vermögen verschwunden ist.

„Nichts, nichts mehr da, nicht ein Groschen, nicht ein Pfennig mehr! Oh, diese Katzen, wie habe ich sie nur mit solcher Aufopferung hegen und pflegen können! Auch sie sind fort. Hätte ich nur den kleinsten Hund im Haus gehabt, so wäre mir alles erhalten geblieben! Christine hat recht, ich hätte die nutzlosen Tiere schon längst abschaffen sollen. Was ist zu tun? Ich muß sogleich in die Stadt, um Anzeige zu machen."

Noch ist sie mit Ankleiden beschäftigt, so klingelt es, und der Briefträger überreicht ihr einen Brief.

„Sind Sie hier bekannt?"

„Ein Postbote und nicht bekannt!" lacht er selbstbewußt.

„Wissen Sie nicht, ob gestern jemand bei meinem Haus gesehen wordem ist?"

„Ich selbst habe niemand gesehen, da ich nur mittags nach dieser Richtung komme, aber heute morgen erfuhr ich in der Stadt, daß gestern nachmittag ein fremder Mann bei Ihnen gewesen ist und Ihre Katzen nach dem Bahnhof schaffen ließ. Er hat eine sehr schwere Reisetasche getragen und ist in der Richtung nach Wiesental gefahren."

Er geht; sie aber bleibt in höchster Aufregung zurück.

„Ein fremder Mann! Das ist der Diener meines seligen August gewesen. Er hat gewußt, daß ich abwesend sein werde, und dies benutzt, sich in den Besitz meines Eigentums zu setzen. Aber warum hat er auch die Katzen mitgenommen? Ach ja, es sind seltene Tiere, deren Felle gut bezahlt werden. Er will sie schlachten und hat hier keine Zeit dazu gehabt. Nach Wiesental ist er? Da ist mir die Anzeige hier im Ort zu umständlich, zumal wir eine schlafsüchtige Polizei haben. Ich werde ihm schleunigst folgen und mich dort an einen tüchtigen Beamten wenden."

Sie öffnet jetzt den Brief. Er lautet:

„Liebste Mama!

Obgleich Du mir ausdrücklich befohlen hast, Dich möglichst wenig mit meiner Gegenwart zu behelligen, sehe ich mich heute doch gezwungen, mir die Erlaubnis zu einem Besuche bei Dir zu erbitten. Du darfst versichert sein, daß ich diesen Wunsch nicht aussprechen würde, wenn ich mich nicht durch eine wichtige Angelegenheit dazu veranlaßt sähe.

Zu Deiner Vorbereitung gestehe ich, daß ich mich der Liebe eines jungen Mannes erfreue, der eine sehr achtsame Stellung einnimmt und mir außer seiner aufrichtigen Zuneigung alle Gewähr für eine glückliche und sorgenfreie Zukunft bietet. Er ist Referendar und der Pflegesohn des Rentners August Hildebrandt in Wiesenberg. Dieser letzte Umstand macht mich für Deine Zustimmung bang, und darum halte ich eine persönliche Rücksprache für dringend notwendig. Kannst Du mir sie verweigern, Mama?

Christine ist wohl wieder einmal wanderlustig geworden? Ich bin ihr begegnet, obgleich sie mich dieses Mal nicht aufgesucht hat. Sie ging nämlich heute abend mit Christian, dem Diener des Herrn Hildebrandt, Arm in Arm hier spazieren. Hast Du schon ein anderes Mädchen bekommen oder kann ich Dir mit einer Empfehlung dienen?

Indem ich Dich von ganzem Herzen ersuche, meine Bitte einer möglichst gerechten Erwägung zu unterziehen, erwartet eine baldige Zuschrift

Deine gehorsame

Pauline."

Das Schreiben macht einen tiefen Eindruck auf die Leserin, die es zwischen ihre gefalteten Hände nimmt. Lächelnd blickt sie vor sich nieder.

„Sie liebt — sie liebt seinen Sohn, den er um meinetwillen im Erbe übergangen hat! Sie soll nicht so unglücklich sein wie ich, wenn dieser Paul — Wie? Referendar ist er? Das ist vortrefflich! Pauline soll nicht kommen, ich selbst suche sie auf und werde mich wegen des Einbruchs an ihn wenden. Er muß den Täter persönlich kennen und wird ihn desto leichter entdecken. Fort also, nach Wies — — —. Aber wie, wenn der Mensch seit gestern Wiesental verlassen hat? Er muß ja wissen, daß in Wiesenburg das Haus des Verstorbenen unbewacht ist! Und dazu ist die Christine mit ihm verbunden! Gewiß haben sie schon im geheimen Einvernehmen gestanden und werden nun diese Nacht nach Wiesenburg gegangen sein, um ihr Verbrechen fortzusetzen. Ich muß schleunigst hin, um Weiteres zu verhüten und für alle Fälle einen Wächter anzustellen. Nach Wiesental komme ich dann auch noch zurecht."

Sie schließt die Hunde ein und verläßt das Haus. Die Erregung läßt ihr den Weg doppelt lang erscheinen, und in der Bahn werden ihr die Minuten zu Ewigkeiten. Als sie endlich aussteigt, nimmt sie einen Wagen, der sie schnell zum Ziel bringt.

Kaum kann sie erwarten, das Haus zu betreten, worin sie gegen ihr Vermuten alles in Ordnung findet. Die Schlüssel liegen auf dem Schrank; sie öffnet ihn und stößt einen gleichen Schrei aus wie daheim, aber nicht vor Schreck, sondern vor Freude.

„Meine Pfandbriefe, mein Schmuck! Wahrhaftig, alles, alles ist hier! Die Diebe haben nicht geglaubt, daß ich heute wiederkomme, und mein Eigentum bis zu ihrer Rückkehr hier verborgen. Ich werde unverzüglich nach der nötigen Bewachung schicken."

Der Fuhrmann muß die Pferde aussträngen und in die Stadt gehen. Währenddessen packt sie den wiedergefundenen Raub ein und ist noch damit beschäftigt, als sich über ihrem Haupt ein lautes Katzengeschrei erhebt. Sie horcht auf.

„Katzen hier? Sollten sich welche vom Feld herein verlaufen haben? Aber nein, das ist ja die tiefe Baßstimme meines Schnurr, die man gar nicht verkennen kann!" Sie eilt hinauf und öffnet. „Wahrhaftig, meine, alle meine Katzen. Man hat sie noch nicht geschlachtet, sondern bis heute nacht hier versteckt. Ich schaffe sie wieder heim."

Der Bote kommt zurück und bringt zwei Männer mit, die bereit sind, das Haus bis auf weiteres zu bewachen. Es wird wieder angesträngt; sie steigt mit dem Gepäck ein, die Katzen nehmen Platz auf den Sitzen und in ihrem Schoß, und so macht sie sich wieder auf den Weg nach Wiesental, um den Referendar zur Festnahme der Verbrecher aufzusuchen.

Zwar bemerkt sie recht gut, daß die Blicke der Begegnenden verwundert oder belustigt auf ihren sonderbaren Fahrtgenossinnen ruhen, doch nimmt sie das mit stillem Lächeln hin. Wer ein ganzes Vermögen glücklich wiedergefunden hat, läßt sich durch nichts aus der Fassung bringen.

Ganz in der gleichen Weise und mit derselben Gesellschaft besteigt sie dann in Wiesental eine Droschke, um sich zu Pauline fahren zu lassen.

Das Mädchen sitzt am Tisch bei der Lampe und schreibt; da klopft es, die Tür geht auf, und — mit einem Laut des Erschreckens fährt sie empor, eine Schar Katzen kommt hereingesaust und hat im Augenblick auf Stühlen, Kommode, Sofa, Schrank und Tisch Platz genommen. Am Eingang aber steht eine hohe, stolze Frauengestalt, deren dunkle Augen forschend auf der im ersten Augenblick Erschrockenen ruhen.

Mit einem Freudenruf springt das junge Mädchen auf: „Mama!"

„Ja, ich bin's, Pauline!"

Sie liegen einander in den Armen, denn beide haben sich seit längerer Zeit nicht gesehen.

„Laß sofort den Referendar rufen!"

Pauline erglüht, da sie den Grund einer solchen Hast noch nicht kennt. Als ihr aber die Mutter in kurzen Worten mitgeteilt hat, was geschehen ist, verläßt sie das Zimmer, um nach Paul zu schicken. Die Rentnerin wirft einen forschenden Blick durch den Raum und kann nur wieder von neuem feststellen, daß sie ihre Wohltat einem würdigen Wesen angedeihen läßt. Mit gewinnender Freundlichkeit zieht sie darum die Rückkehrende neben sich aufs Sofa, wo sie durch den Referendar in der mitteilsamsten Unterhaltung unterbrochen werden.

Dieser ist dem Wunsch ohne Verweilen nachgekommen. Er weiß, daß Pauline gestern schreiben wollte; er sieht die Katzen und die fremde Dame neben dem Mädchen und sagt sich sofort, wen er vor sich hat.

Der Blick der Rentnerin ruht mit Wohlgefallen auf den offenen Zügen des Eingetretenen. Sie erhebt sich und reicht ihm die Hand.

„Sie sind der Referendar Paul Hildebrandt?"

„Das ist mein Stand und Name, gnädiges Fräulein!"

„Wie, Sie kennen mich?"

„Ich vermute nur, daß mir Fräulein Auguste Hildebrandt die Hand reicht, die ich mit Ehrerbietung in der meinen halte."

„Sie vermuten richtig. Bitte nehmen Sie Platz und gestatten Sie mir, mich zunächst an den Referendar zu wenden, ehe ich Sie ersuche, Herrn Paul Hildebrandt kennenzulernen!"

Er läßt sich nieder und hört mit steigender Aufmerksamkeit den Bericht an, den sie ihm von den Ereignissen der letzten beiden Tage erstattet. Noch hat sie nicht geendet, so erhebt sich draußen auf der Treppe und im Vorsaal ein furchtbarer Lärm. Befehlende, bittende und kreischende Menschenstimmen bilden mit einem vielstimmigen Gebell und Geheul von Hunden ein Durcheinander aus dem man endlich die rufenden Worte vernimmt:

„Auf mit der Tür, es kommt Besuch!"

Der Referendar erhebt sich und öffnet, wird aber beinahe zu Boden gerissen, denn eine Anzahl scharfer Hundeaugen haben die Katzen erblickt, und was nun folgt, ist nicht zu beschreiben. Die Hunde drängen sich im Nu in die Stube, und es beginnt ein Kampf, der seinesgleichen sucht. Die beiden Damen sind auf das Sofa gesunken und suchen sich soviel wie möglich der über sie herstürmenden Tiere zu erwehren: Paul hat die Geistesgegenwart, die Lampe zu verteidigen, während alle anderen nicht niet- und nagelfesten Gegenstände zu Boden gerissen und untereinandergeworfen werden; vor der Tür erheben sich drei zeternde Stimmen, die den Wirrwarr nur vermehren. Es tritt nicht eher Sicherheit für die Personen ein, bis sämtliche Katzen sich auf die hohen Möbel zurückgezogen haben, wo sie von den Zähnen ihrer Feinde nicht erreicht werden können.

Die eine der drei Personen vor der Tür ist August Hildebrandt; die anderen sind seine Gefangenen. Er muß sie festhalten, damit sie ihm nicht entwischen können, und darum war es ihm unmöglich, sich mit vermittelnder Strenge in den Kampf zu mischen. Jetzt aber schiebt er die beiden ins Zimmer, verschließt die Tür von innen und zieht den Schlüssel ab.

„So, jetzt seid ihr mir sicher!"

Dann schreitet er zur Tür der Nebenstube, öffnet sie, und auf einen befehlenden Zuruf geben die Hunde die Belagerung auf und ziehen sich vom Schlachtfeld zurück.

„August!" ruft es da vom Sofa her. Es ist die Rentnerin, die leichenblaß und zitternd dasteht, die Arme halb verlangend, halb abwehrend gegen ihn ausstreckt.

„Auguste!" antwortete er, fast ebenso erstarrt wie sie. Er hat sie erst jetzt bemerkt und glaubt, eine Erscheinung vor sich zu haben.

Sie nähern sich und weichen sich wieder aus; Furcht und Hoffnung strahlt aus ihren Mienen, bis sie endlich das Vertrauen fassen und sich einander in den Armen liegen.

„Du lebst! Ist es auch wahr?"

„Du bist nicht gestorben? Man hat mich belogen!"

„Belogen? Ja, ganz fürchterlich belogen, um mich zu berauben!"

„Und mich zu bestehlen. Aber ich habe alles wieder!"

„Ich auch. Ich fand es in deinem Schreibtisch."

„In mei — — Meinst du deine Aktien?"

„Ja."

„Die habe ich in Wiesenburg geholt, weil ich mich für deine Alleinerbin hielt."

„Und ich holte deine Pfandbriefe und deinen Schmuck aus demselben Grund in Wiesenberg."

Der Referendar hat die Lampe auf den Tisch gesetzt und verwendet kein Auge von der Szene.

„Vater!"

„Mein lieber Paul!"

Es folgt eine herzliche Umarmung zwischen den beiden, die sich ebenfalls seit langer Zeit nicht getroffen haben.

Dann fragt Paul, der vermöge seines im Amt geübten Scharfblicks die ganze Lage erfaßt hat:

„Wie bist du zu den Tätern gekommen?"

Er zeigt auf Christian und Christine; denn diese sind es. Sie sind mit Pack und Tasche ausgerüstet, als ob sie sich zur Reise begeben wollten.

„Ich sah sie vor mir herschreiten und erkannte sie auf der Stelle. Unten am Haus holte ich sie ein. Sie wollten fliehen, aber mit Hilfe der Hunde zwang ich sie mitzugehen."

„So laß uns einmal Klarheit bekommen, Vater!"

Er beginnt das Verhör. Nicht um sich zu bereichern, sondern aus Rache haben sie sich verabredet, ihre Herrschaft für tot auszugeben und auf diese Weise eine Verwirrung anzurichten, die nach allem Vermuten die Feindschaft der Hildebrandts bis auf das höchste steigern mußte. Die beiden Belogenen erzählen ihre Erlebnisse, und als nun alles aufgeklärt ist, fragt Paul das entlarvte Paar: „Wohin wollt ihr jetzt?"

„Nach dem Bahnhof. Wir fahren nach Amerika."

„Später vielleicht; jetzt aber noch nicht: Ich werde euch der Polizei übergeben."

„Halt, Paul", meint da der Rentner, „das gebe ich nicht zu! Christian hat mir fünfzehn Jahr lang treu gedient; ich will ihn nicht unglücklich machen, da sein Schwank mir zum Heil gewesen ist." Er zieht die Brieftasche und winkt den Diener herbei. „Hier, Christian, nimm's für deinen Hausstand, aber bleib im Land und nähre dich redlich!"

Während dieser Ermahnung hat auch die Rentnerin in die Tasche gegriffen.

„Da, Christine; du sollst nicht schlimmer wegkommen als dein Mitverschworener!“

Die so ganz wider Erwarten für ihre Tat Belohnten sind beschämt und vermögen kaum ihren Dank zu stammeln. Schon hat Christine die wieder geöffnete Tür in der Hand, da ruft der Rentner:

„Warte noch! Es kommt mir ein Gedanke! Ich mag die Hunde nicht mehr haben; ich schenke sie dir. Nimm sie mit und versteigert sie; das wird deine Mitgift vermehren.“

„Und ich mag von den Katzen nichts mehr wissen“, schließt sich ihm die Rentnerin an. „Nimm sie mit, Christine; du wirst sofort Käufer für sie finden!“

Die zwei Dienstboten sind über diese neuen Geschenke noch mehr erstaunt als über die ersten, doch hüten sie sich wohl, es abzulehnen; sie wissen, daß der Erlös für die ausgezeichneten Tiere nicht zu verachten sein werde, und sorgen dafür, daß nach Verlauf von einer Viertelstunde keins von ihnen sich mehr in der Wohnung der Lehrerin befindet.

Einige Minuten vor Wiesental liegt abseits von der Straße und von Bäumen umgeben ein in gotischem Stil erbautes Haus, das bald nach den geschilderten Ereignissen errichtet wurde und auf dessen Ziegeldach in abstechenden Farben ein „A. H. — 1878 — P. H.“ eingedeckt ist. Was dies zu bedeuten hat, ist nicht schwer zu erraten. Das Erdgeschoß bewohnt der Rentner August Hildebrandt mit seiner Auguste und den oberen Stock der Assessor Paul Hildebrandt mit seiner Pauline. Im Frühjahr ist Doppelhochzeit gewesen. Und im Dachgeschoß hausen Christian und Christine, die sich wieder mit ihrer Herrschaft ausgesöhnt haben.

PANKRAZ DER EHESTIFTER

„Pankraz!“ Keine Antwort ließ sich auf den lauten Ruf vernehmen.

„Pankraz Schmerl!“ wiederholte mit zorniger Baßstimme der ehrsame Schützenhauptmann und Fleischermeister Passelmüller. „Pankrazius Bonifazius Schmerl — Teufelsjunge — hörst du's denn, oder hörst du's nicht?“

Der Gerufene war gewiß nicht hier im Hof, sonst hätte er geantwortet, denn wenn der Meister sich dieses vollständigen Namens bediente, stand das Wetterglas allemal auf Gewitter.

„Wo der Tausendsassa nur wieder mal steckt? Und der Esel ist auch fort aus dem Stall! Ganz sicher ist da irgendeine Dummheit im Gang, denn seit der Junge im Haus ist, kommt man aus dem Ärger und — dem Lachen nicht heraus.“

Mit seinem Kleiderpack auf dem Arm trat er in den Hausflur und öffnete die Tür zur Wohnstube, aus der ihm schallendes Gelächter entgegentönte.

„Habt ihr den Pankraz nicht gesehen?“ fragte er.

„Den Pankraz?“ antwortete die Meisterin, die mit dem Dienstmädchen und den beiden Gesellen am Fenster stand. „Da komm her, wenn du ihn sehen willst!“

Er trat zu ihnen, und kaum hatte er einen Blick über den kleinen Vorgarten hinaus auf die Straße geworfen, so konnte er nicht anders, als mit kräftigem Lachen in die Heiterkeit der übrigen einzustimmen.

Draußen stand in zwei langen Gliedern eine Kompanie Jungens, die mit den abenteuerlichsten Waffen ausgerüstet waren; vor der Front aber hielt Pankrazius Bonifazius Schmerl, der Fleischerlehrling. Er saß verkehrt auf dem Esel, so daß dessen hintere Ansicht den hoffnungsvollen Sprößlingen der Lichtenhausener Bürger zugekehrt war, hielt in der Linken den Schwanz des geduldigen Tieres als Zügel und handhabte mit der Rechten an Stelle des Säbels eine alte Fliegenklatsche. Der Kopf war anstatt der Pickelhaube mit einem kupfernen Henkeltopf bedeckt, der Oberkörper steckte in einem abgetragenen Mieder der dicken Frau Meisterin, zwei gelbe Semmelzeilen vertraten die Stelle der Achselstücke, und ein gewaltiger Schnurrwichs von Strickgarn hing ihm von der Nase herab.

„G'wehr — — auffff!" kommandierte er.

„Heda, Pankraz", erscholl da die Stimme des Meisters; „willst du wohl gleich reinkommen mit dem Esel und mir meine Uniform ausputzen!"

Der Gerufene warf einen grimmigen Blick nach dem Fenster und wandte sich dann einem der Kameraden zu: „Leutnant Wolf, marschiere Er doch mal hin zum Meister Passelmüller, und frage Er, ob der Esel auch mit ausputzen soll!"

Der Leutnant folgte etwas zögernd dem Befehl, und Schmerl kommandierte weiter: „Le—e—egt — —annn!"

Mit einem raschen Ruck fuhren die kriegerischen Schützen mit den Waffen an die Backe.

„Ffffeuerrr!!!"

„Puffff!" ertönte es aus vierzig Kehlen.

Der Esel wurde durch diesen unvermuteten Lärm aus seiner ergebungsvollen Ruhe aufgestört; einen gefährlichen Angriff vermutend, beschloß er, zur schleunigen Verteidigung zu schreiten, klappte die Ohren zurück, fuhr mit dem Kopf zwischen die Vorderbeine und schnellte die Hinterhufe hoch in die Luft empor. Infolge dieses unvorhergesehenen Ereignisses verlor zuerst der kupferne Helm den Halt und fiel zu Boden; dem Reiter war in der Überraschung über das jugendliche Benehmen des alten Graupelzes der Schwanz seiner Rosinante abhanden gekommen, und da er seiner nicht wieder habhaft werden konnte, verlor auch er das

Gleichgewicht, schlug einen Purzelbaum und kam mit so kunstgerechter Genauigkeit auf den untenstehenden Henkeltopf zu sitzen, als habe er sich auf dieses Zirkusstück vorher besonders eingeübt. Doch schien diese innige Berührung keineswegs wohltuende Gefühle in seinem Busen zu erwecken, wie der unglückselige Ausdruck seines Gesichts bewies. Als es ihm nach mehreren vergeblichen Versuchen endlich gelang, sich zu erheben, bot er mit seiner schmerzhaft zusammengeknickten Gestalt einen so belustigenden Anblick, daß sämtliche Zeugen seiner Thronentsagung in ein dröhnendes Gelächter ausbrachen.

„Was?“ donnerte der Reiter zu Fuß in die beleidigende Lustigkeit seiner Truppe hinein, „euern eigenen Hauptmann wollt ihr auslachen? Wartet nur, ich werde — — halt“, unterbrach er sich, „dort kommt der Julius! Hurra, der Julius!“

Aller Ärger, aller Schmerz war verschwunden, und jubelnd sprang er einem jungen Mann entgegen, der die Straße heruntergeschritten kam. Es war der Sohn des Fleischermeisters Passelmüller, der zur Zeit in der benachbarten Kreisstadt in Stellung war.

„Pankraz, Herzensjunge, du bist doch immer der erste, der mich begrüßt. Komm her!“

Er hob ihn zu sich empor und küßte ihn herzhaft auf den Mund.

„Aber, was soll denn die Maskerade bedeuten? Hast gewiß wieder einmal den Hanswurst losgelassen!“

„Freilich! Morgen ist doch Vogelschießen, und da habe ich meine Truppen eingeübt. Aber komm nur; wir warten schon den ganzen Tag auf dich!“

Ihn bei der Hand fassend, zog er ihn mit sich fort. Die helle Freude lachte aus seinem Gesicht. Beim Fleischerhaus angelangt, schob er den Gast durchs Gittertor des Vorgärtchens und eilte, den Esel am Zaum nehmend, hinter ihm her. — —

Von einem Fenster des ersten Stockwerks aus hatten zwei Frauen der Übung der jugendlichen „Löffelgarde" zugesehen und auch den Ankömmling bemerkt. Die eine war eine ältliche, hagere Dame, deren scharfe, strenge Züge sich bei seinem Anblick zusehends verfinsterten. Die andere, ein junges Mädchen voll Anmut und Lieblichkeit, trat hoch errötend und mit freudiger Überraschung einen Schritt vom Fenster zurück, um der Mutter nicht den Eindruck merken zu lassen, den sein Erscheinen auf sie hervorgebracht hatte. Dieser aber war die freudige Erregung der Tochter nicht entgangen, und mit verweisendem Ton sagte sie:

„Bist wohl ganz glücklich, daß sich der Mensch wieder sehen läßt! Bilde dir nur nicht etwa ein, daß ich einen Verkehr zwischen euch dulde. Hier bin ich Herr im Haus, und der Metzgerbursch soll sich nicht unterstehen, meiner Tochter den Hof zu machen! Wenn ihr etwa glaubt, daß ich so viel Mühe, Zeit und Geld auf deine Erziehung verwendet habe, damit du Fleisch durch den Wolf drehen und Würste stopfen sollst, so irrt ihr euch beide gewaltig."

Frieda senkte schweigend das Köpfchen; eine Erwiderung durfte sie bei dem Starrsinn der Mutter nicht wagen. Diese fuhr nach einer kurzen Pause fort:

„Was ich für Absichten mit dir habe, das weißt du. Der Herr Schuldirektor Pappermann in Grünewalde ist ein angesehener Mann, hat die hohe Schule besucht und kann seiner Frau eine sichere und geachtete Stellung bieten. Er ist Vorsteher bei den Turnern, die mit zum Vogelschießen eingeladen sind, und wird morgen Wohnung bei uns bekommen. Da wird alles in Richtigkeit gebracht, und du magst dafür sorgen, daß ich mit dir zufrieden bin!"

„Der? Diese vierzigjährige, spindeldürre Latte?" platzte Frieda heraus.

„Latte? Der Herr Schuldirektor? Höre, Mädchen, laß

mich so ein Wort nicht noch einmal vernehmen! Hier bin ich Herr im Haus, und was ich befehle, das geschieht! Seine Schwester ist meine beste Freundin schon aus langen Zeiten her, und du kannst es dir zur Ehre schätzen, eine solche Schwägerin zu bekommen."

„Schon aus langen Zeiten her! Und der Direktor ist noch acht Jahre älter als sie! Mama, soll ich denn bereits zu den Mauerblümchen gerechnet werden, die um jeden Preis einen Mann haben müssen?"

„Eben deiner Jugend und Unerfahrenheit wegen siehst du jetzt noch nicht ein, wie gut ich es mit dir meine; aber die Einsicht kommt noch, und dann wirst du mir Dank wissen, daß ich so gut für dich gesorgt habe. Herr Pappermann ist nicht nur ein erfahrener, sondern auch ein sehr gemütvoller Mann und versteht es, eine Frau glücklich zu machen. Keiner kann meinen lieben Schiller so hinreißend vortragen; du hättest nur dabeisein sollen, als er bei seinem letzten Besuch das ‚Lied von der Glocke' vorlas; dieses Gefühl, dieser Ausdruck, diese Begeisterung, diese Bewegungen!"

Die gute Frau schwärmte nämlich für Schiller, und der Direktor hatte diese ihre Schwäche benutzt, sich in ihrem Wohlwollen festzusetzen. Bei der Erinnerung an die Vorlesung trat sie in die Mitte des Zimmers, warf die beiden Arme wegweiserartig in die Luft und säuselte mit dem mildesten Ton ihrer klanglosen und unbiegsamen Stimme:

„O zarte Sehnsucht, süßes Hoffen,
der ersten Liebe goldne Zeit!
Das Auge sieht — — —"

Hier wurde sie gestört; die Tür öffnete sich, und ein rundes, gutmütiges Gesicht blickte durch die entstandene Spalte.

„Darf ich herein, Milchen?"

Sie drehte sich um, zornig über die unwillkommene Unterbrechung ihrer künstlerischen Leistung.

„Was gibt's denn, Reichmann?" Sie hatte die Gewohnheit, ihren Gemahl nicht anders als bei seinem Familiennamen zu rufen.

„Ja, was ich dir sagen wollte, Milchen: Da ist morgen Vogelschießen, und mein Freund, der Stadtrat Korndörfer in Grünewalde, der zugleich Adjutant bei der dortigen Schützenkompanie ist — —"

„— hat ein Auge auf unsere Frieda geworfen", fiel sie ihm spitz in die Rede, „und möchte sich morgen als Einquartierung in unsere Wohnung legen. Nicht wahr, ich hab's erraten? Aber daraus wird nichts. Hier bin ich Herr im Haus, und kein anderer soll zu uns kommen als der Herr Schuldirektor Pappermann! Glaubst du etwa, daß ich mein Mädchen erzogen habe für so einen dicken Schmerbauch wie Korndörfer, der auch gerade so wie du dem lieben Gott die Zeit damit abstiehlt, daß er Borsdorfer Äpfel auf alte Weiden pfropft? Das wäre mir einer!"

Reichmann stand mit offenem Mund an der Tür. In der Hand hielt er ein Körbchen voll goldgelber Birnen, die er soeben im Garten aufgelesen hatte. Denn er war ein eifriger Obstbaumzüchter und hatte sowohl das kleine Vorgärtchen als auch den hinter dem Haus gelegenen großen Obstgarten des Fleischers gepachtet, um seiner unschuldigen Liebhaberei Genüge tun zu können. Dabei aber hatte er sich die Feindschaft zweier Personen zugezogen, die ihm viel zu schaffen machten, nämlich des Lehrjungen Pankraz Schmerl — der den Wohlgeschmack einer guten Birne sehr zu schätzen wußte und infolge der fühlbaren Zurechtweisungen, die ihm seine heimlichen Streifzüge eingebracht hatten, nicht gut auf ihn zu sprechen war — und seiner eigenen Frau Gemahlin: hier aber bloß deshalb, weil sie überhaupt grundsätzlich einen Widerwillen gegen alles hegte, was ihrem Mann Vergnügen bereitete.

Sie war eine vermögende Jungfrau in reiferen Jahren gewesen und hatte den armen Reichmann mit ihrer Hand beglückt, weil andere auf dieses Glück Verzicht leisteten; aber vom ersten Augenblick ihres Zusammenlebens an war sie „Herr im Haus" gewesen, und der Herr Rentner hatte immerfort nach ihrer Pfeife tanzen müssen.

„Ein Auge auf unsere Frieda? Wer hat dir das denn schon wieder gesagt? Das weiß doch der liebe Gott, daß ich vor euch Weibsen kein Geheimnis behalten kann. Alles müßt ihr ausgattern und —"

„Ich will dich schon begattern!" unterbrach sie ihn. „Glaubst du etwa, ich lege mich aufs Spionieren und Horchen? Da irrst du dich! Ich bin hier Herr im Haus und schon gescheit genug, eure Gedanken zu erraten. Der Korndörfer bekommt das Mädchen nicht, und wenn er zehnmal Adjutant ist, und in meine Stube soll er auch nicht treten; ich brauche den Platz für andere Leute!"

„Aber Milchen, ich habe ihn ja schon eingeladen und darf als Ehrenmann mein Wort nicht zurücknehmen. Er ist ein gewaltiger Obstbaukenner, und nach dem großen Liegel, der Apotheker in Braunau war und die schönen Aufsätze für die ‚Frauendorfer Blätter' geschrieben hat, gibt es — —"

„Komme mir nur nicht schon wieder mit deinem ‚großen Liegel', den du alle Augenblicke im Mund führst! Und was den dicken Stadtrat betrifft, so mach mit ihm, was du willst; steck ihn meinetwegen in den Holzschuppen oder in den Taubenschlag, aber bring ihn mir nicht in die Stube! Ich mag ihn einmal nicht leiden. Der Herr Schuldirektor Pappermann würde es sehr übel vermerken, wenn ich seinen Feind bei mir aufnähme."

„Was? Den Pappermann, die Zaunlatte, den Katzenbuckler, den Schillerverdreher willst du — — —"

„Wie heißt du den Herrn Direktor? Zaunlatte? Katzenbuckler? Schillerverdreher? Oder geht die ‚Zaunlatte' etwa auf mich, weil ich kein solcher Fleischklumpen bin wie du? Und wen meinst du denn eigentlich mit der ‚Katze', he? Du denkst wohl, ich habe dich geheiratet, um mir Anzüglichkeiten sagen zu lassen. Hier bin ich Herr im Haus, und wer nicht will wie ich, der hat's mit mir zu tun!"

Sie hatte ihn im Eifer des Schimpfens beim Arm erfaßt. Bei den letzten Worten schüttelte sie ihn so zornig, daß er das Körbchen fallen ließ. Die Birnen kugelten über die Diele hin und — „Sssssumssssumsssum" brummte es durchs Zimmer.

Das Obst war im Zickzack zerschnitten, ausgehöhlt und wieder zusammengesetzt worden. In jeder Höhlung hatte sich eine Wespe befunden, die durch das Auseinanderfallen der Früchte aus ihrem Gefängnis nun plötzlich befreit wurde.

Zornig und aufgeregt über den ihnen widerfahrenen Zwang schossen die wütenden Insekten in der Stube umher und fielen den drei darin befindlichen Personen ins Gesicht. Frieda verschwand mit größter Eile ins Nebenzimmer; ihre Mutter lief kreischend und schreiend hin und her und kauerte sich dann, ein Mundtuch über den Kopf nehmend, hinter dem Sofa nieder. Reichmann dagegen ergriff mit Eifer die Gelegenheit, einmal Mut zu zeigen und auf seinen ‚Herrn im Haus' Eindruck zu machen. Er hieb und stieß mit Todesverachtung nach den Tieren, die sich nun auf ihn warfen, hüpfte, sprang und rannte trotz seiner Beleibtheit wie besessen im Zimmer umher, riß die Lampe von der Kommode, den Drehspiegel vom Nähtisch und die Stutzuhr vom Schreibtisch, konnte sich aber trotz dieser schweren Opfer der gefährlichen Stacheln sowenig erwehren, daß er endlich die Tür aufriß, um das Schlachtfeld zu räumen.

Draußen stolperte er über Pankrazius Bonifazius Schmerl weg, der mit dem Ohr an der Tür lehnte, um mit großem Vergnügen das Unheil zu belauschen, das er angerichtet hatte.

Den Zusammenhang ahnend, hatte er den Jungen rasch beim Schopf, um ihn vom Dasein einer strafenden Gerechtigkeit zu überzeugen. Schmerl wehrte sich gegen die „schlagenden Gründe" nach besten Kräften; beide zogen und schoben sich hin und her, kamen dabei der Treppe immer näher, und eben ließ Reichmann den Wespenfänger auf einen Augenblick los, um ihm mit größerer Sicherheit eine Backpfeife zu versetzen, als er den festen Boden verlor und verkehrt die Stufen hinunterkollerte.

„Jemine, Herr Reichmann, Sie fahren ja heute fünfter Klasse!" rief ihm Schmerl noch nach, und dann war er in der Rauchkammer, die sich auf dem Hausboden befand, verschwunden. — —

Es war am Abend desselben Tages. Der Rentner Reichmann saß auf seinem Sofa und hielt mit beiden Händen die dicke Backe, die ihm von einem Wespenstich angeschwollen war, und sein „Freund", der Lehrjunge Schmerl, saß unten im Hof auf dem Hackklotz und hielt mit beiden Händen die Magengegend, sintemalen es ihm gerade an diesem Punkt seines Körpers trübselig zumute war, da ihm der Meister zur Strafe für seinen Streich das Abendessen entzogen hatte.

„Es gibt keinen leeren Raum in der Welt", heißt ein physikalischer Lehrsatz; unser Pankrazius Bonifazius aber hätte recht wohl beweisen können, daß es mit der Wahrheit dieses Satzes nicht zum besten stehe, denn sein Magen war vollständig leer.

Dazu fiel draußen im Garten eine reife Rettichbirne nach der anderen auf den glattgeschorenen Rasen herab; man konnte es ganz deutlich hören, und — so etwas hören und nicht zugreifen dürfen, das war noch viel schlimmer als der dumme Lehrsatz!

Hilfe gab es hier nicht. Denn auch der einzige, der

ihm sonst immer beizustehen pflegte, Julius, hatte ihm den Streich verwiesen und seinem Vater recht gegeben; so galt es also zu hungern, oder — na, die Rettichbirnen, die brachten ihm ja schließlich doch auch wieder eine Tracht Prügel und neues Fasten ein. So einem Lehrjungen geht es zum Verzweifeln schlecht; auf ihn hackt alles ein, und wenn er einmal aus Jugendlust einen kleinen Jux macht, so gerbt man ihm das Fell, daß die Schwarte raucht.

Daß er hat Lehrjunge werden müssen, wer anders ist denn daran schuld als nur der Filz, der Pappermann in Grünewalde, der eigentlich sein Onkel ist und für ihn sorgen könnte! Aber der hat sich nach dem Tod seines armen Schwagers um dessen Witwe und Kinder nicht bekümmert, und als jene einige Jahre darauf aus Abhärmung ebenfalls gestorben ist, sind die Waisen ins Gemeindehaus gekommen. Sie werden außer dem Pankraz, dem ältesten, noch heute von der Gemeinde erzogen. Dabei tut der Pappermann so fromm und barmherzig wie ein mongolischer Heiliger und lehrt in der Schule von der Nächstenliebe und einem halben Schock anderer guter Tugenden, die er alle zusammen mit dem Löffel gegessen hat. Oh, wenn man doch dem einmal so einen rechten Streich spielen könnte! Aber er wohnt in Grünewalde, und dahin kommt der Pankraz nicht.

Da öffnete sich leise die Hoftür, und vorsichtige Schritte nahten sich dem in trüben Gedanken versunkenen Jungen.

Es war Frieda. Als sie den Sitzenden erblickte, blieb sie stehen.

„Pankraz, was machst du denn hier draußen?“

„Die essen drin, und da bin ich ausgerissen.“

„Ausgerissen? Warum?“

„Es gibt geschmorte Kartoffeln, mein Leibessen, und das kann ich nicht erriechen; drum hab ich mich aus dem Staub gemacht.“

„Wunderlicher Kerl du! Ist Julius drin?"

„Freilich! Wenn's geschmorte Kartoffeln gibt, fehlt kein einziges!" grollte der durch den Hunger kirr gemachte Spaßvogel.

„Wird er vielleicht einmal herauskommen?"

„Soll ich's ihm sagen?"

„Wenn du willst, Pankraz; aber niemand darf es hören! Verstehst du?"

„Jawohl! Wird richtig besorgt." Mit diesen Worten stand er auf und ging in die Stube. Dort war man gerade am Abräumen, und Julius stand im Begriff, das Zimmer zu verlassen. Schnell war Pankraz hinter ihm her und richtete draußen im Flur die ihm aufgetragene Botschaft aus und fügte hinzu: „Fräulein Frieda ist in den Garten gegangen, denn im Hof ist's nicht sicher."

„Das ist wahr; ich werde sie also im Garten aufsuchen. Wenn wir nur nicht etwa überrascht werden!"

„Da laß nur mich sorgen; ich werde Wache stehen."

„Das wird wohl auch nicht viel helfen."

„Oho! Wenn ihr miteinander in die Laube geht, so stehe ich dafür, daß ihr nicht erwischt werdet, solange ich da bin."

„Dumm bist du nicht; das ist wahr. Also paß gut auf, und wenn du etwas Verdächtiges bemerkst, so kommst du gleich und sagst mir's!"

Er ging; Pankraz ließ ihn im Dunkel der Nacht verschwinden, bevor er vor sich hinbrummte: „Das wär' 'ne schöne Dummheit, hinlaufen und sagen! Da kommen sie ganz einfach nach und nehmen das ganze Nest aus. Der Julius versteht doch gar nichts vom auf die Heirat gehen; da fange ich's mal gescheiter an! Na, ich will aufpassen! Zu tun habe ich ja nichts, und wenn's auch was Notwendiges gäbe, ich machte doch nicht mit, denn wer nichts Geschmortes bekommt, der braucht auch nicht zu arbeiten; das ist so meine Meinung, und da wird mir jeder verständige Lehrjunge recht geben."

Leise schlich er sich hinauf in sein kleines Bodenkämmerchen und kam bald darauf mit einer Schachtel zurück. Nun rollte er den Klotz in eine Ecke, wo man nur bei wirklichem Suchen bemerkt werden konnte. Dann nahm der treue Wächter Platz.

Währenddessen saßen Reichmanns beieinander und fingen Grillen. Der dicke Rentner konnte wegen seiner geschwollenen Backe nicht gut reden, und seine dünne Frau Gemahlin wollte nicht; so herrschte eine lautlose Stille in dem Zimmer.

Da endlich hielt der gutmütige Reichmann das peinliche Schweigen nicht länger aus. Er zog, um die dicken Lippen auseinanderzubringen, eine Grimasse, als hätte er soeben ein halbes Dutzend Igel mit Haut und Stacheln verschluckt, preßte die Knie zusammen und die Hände an die Halsbinde und brachte infolge dieser Anstrengung den Namen seiner Eheliebsten hervor.

„Milchen."

Die Angeredete strickte, ohne eine Miene zu verändern, ruhig weiter.

„Mi — Mi — Milchen."

Keine Antwort.

„Mi—Mi—Milchen! So hö—höre doch!"

„Wo ist Frieda?" fragte sie kurz.

„Frie—Frie—Frieda?" fragte er und sah sich in der Stube um. „Wo i — i — ist sie denn?"

Keine Antwort auf diese kleinlaute Gegenfrage.

Wieder entstand eine Pause, die nicht eher unterbrochen wurde, bis Reichmann eine zweite und womöglich noch schauderhaftere Grimasse zog.

„Milchen! Mi—Mi—Milchen!"

„Sei ruhig!" herrschte sie ihn an. „Du ziehst ja ein Gesicht wie ein breitgequetschter Zylinderhut! Was bist du so dumm und schlägst dich mit dem giftigen Viehzeug herum. Es ist dir schon recht geschehen; Hochmut kommt vor dem Fall. Und jetzt läßt du das Mädchen fortlaufen, und wenn es zum Treffen kommt, so steckt sie mit dem Metzgerburschen in irgendeinem Winkel und lacht uns aus. Aber ich werde ihr den Text lesen!“ Damit erhob sie sich und legte den Strickstrumpf auf den Tisch. „Hier bin ich Herr im Haus, und ich leide nicht, daß hinter meinem Rücken Dinge vorfallen, die ich nicht zugeben kann.“

Sie schritt zur Tür. Reichmann hätte um des lieben Friedens willen sie gern zurückgehalten, aber es gelang ihm nicht.

„Mi—Milchen, so hö—hö—höre doch! — Weg ist sie, fo—fo—fort! Ach Gott, ist da—da—das eine Not! Ich möchte nur wi—wi—wissen, ob der gelehrte Liegel, der in Braunau Apothe—the—theker gewesen ist, auch eine solche Frau gehabt hat, die — — Was ist de—de—denn da wieder los!“ unterbrach er sich, als sich jetzt an der Hoftür ein markerschütterndes Kreischen hören ließ und seine Frau die Treppe mehr heraufgestürzt als gegangen kam.

„Mi—Mi—Milchen“, empfing er sie unter der Tür, indem er trotz des dadurch verursachten Schmerzes den geschwollenen Mund vor Erwartung so weit wie möglich auseinander riß; „was gi—gi—gibt’s denn?“

„Der ganze Hof ist voll Wespen, so daß kein Mensch durch kann, und ich wette, das Mädchen sitzt im Garten und meint es mit dem Passelmüller gut.“

„Der ganze Hof?“ fragte er erstaunt. „Voll We—We—Wespen? Jetzt, mi—mi—mitten in der Nacht? Du bist ni—ni—nicht gescheit!“

„Was? Nicht gescheit?“ rief sie, im höchsten Grad erzürnt über diese Beleidigung. „Willst du gleich auf der Stelle hinuntergehen und das Mädchen holen!“

„Ich? In dieser Fi—Fi—Finsternis? Und bei den vi—vi—vielen Wespen? Fällt mir gar nicht ein!“

„Was sagst du? Es fällt dir nicht ein, sagst du! Das ist auch nicht notwendig! Du sollst dir auch gar nichts einfallen lassen; denn hier bin ich Herr im Haus, und du gehst hinunter, und zwar auf der Stelle! Hast du's gehört?"

„Ja, mein gu—gu—gutes Milchen, ich ge—ge—gehe schon!"

Mit gewohntem Gehorsam folgte er dem Befehl und ging nach unten. — —

Pankrazius Bonifazius Schmerl hatte sich vorhin in seine Ecke gesetzt und die Schachtel mit liebendem Arm umfaßt. Es mußte etwas Lebendiges drin sein, denn in ihrem Innern wabbelte und krabbelte es mit eigentümlichen, klebrig knisternden Tönen herum, und der Lehrjunge hielt mit großer Vorsicht den Deckel geschlossen.

„'s war doch gut", meinte er leise, „daß ich heute das Wespennest gefunden habe; die Dinger sind zu gebrauchen. Wenn die Bohnenstange etwa herunterkommt, so werde ich ihr so rasch wieder hinaufhelfen, daß es eine Lust sein wird. Ich könnte mich eigentlich schon darauf freuen, wenn mich die Geschmorten nicht so gewaltig wurmten."

Es dauerte nicht lange, so vernahm er Schritte, die die Treppe herunterkamen. Sofort faßte er die Schachtel mit beiden Händen und schüttelte sie kräftig.

„Nur tüchtig schütteln! Je wilder sie werden, desto besser hilft's!"

Frau Reichmann trat in den Hof. „Sssssumssssum!" tönte es dort von der Ecke her gerade auf sie zu. Es war bloß eines der kleinen Tiere, das dem Lichtschein entgegenflog, den die Hauslampe verbreitetete. Die Frau stutzte. „Sssssumssssum!" kam es von neuem. Jetzt trat sie einen Schritt zurück. „Sssssumssssum!" In rascher Aufeinanderfolge wurde eins der Insekten nach dem anderen aus der Schachtel entlassen; sie nahmen alle die Richtung nach der Tür zu und zeigten eine so auffallende Zuneigung zu Milchen, daß sie unter lautem Schreien die Flucht ergriff.

„So, die ist abgetan!“ brummte Schmerl vergnügt; „die läßt sich heute nicht wieder unten sehen. Aber den Dicken wird sie herunterschicken; wie kann ich den verpankrazen? Die Wespen sind alle. — Halt! Warte! Ja, so geht's; ich gehe in die Rettichbirnen; da fängt er mich und bekümmert sich um die beiden Liebesleute nicht weiter. Es wird zwar eine tüchtige Tracht Prügel setzen und morgen wieder nichts zu essen, aber für den Julius und die Frieda lasse ich mich totschlagen und hungere nachher auch noch zehn Wochen dazu, besonders wenn's vorher eine Schürze voll Rettichbirnen gibt.“

Es war gerade die richtige Zeit zu dem Entschluß gewesen; denn eben schob sich die dicke Figur Reichmanns vorsichtig durch die geöffnete Hintertür. Als der Rentner nichts von den gefürchteten Tieren bemerkte, atmete er erleichtert auf und schlich sich, um die Tochter zu belauschen, über den Hof hinweg leise in den Garten. So geräuschlos wie möglich längs des Weißdornzauns hinschreitend, näherte er sich der Laube und stand jetzt nur noch einige Schritt von ihr entfernt, als er ein Geräusch vernahm, das seine Aufmerksamkeit auf sich zog. Er blieb stehen und lauschte.

In den Ästen und Zweigen des Rettichbirnenbaums raschelte es verdächtig. Das war jedenfalls ein Kerl, der hinaufgeklettert war, um ihn zu bestehlen.

Aber wer konnte es wohl sein? Der Lehrjunge sicherlich nicht; denn dem war jedenfalls die Lust zu neuen Dummheiten vergangen. Wer aber sonst? Reichmann wandte sich von der Laube ab und schlich leise auf den Baum zu. Richtig, da oben saß einer zwischen den Zweigen und pflegte sich in aller Seelenruhe an seinen Birnen. Der Lauscher konnte den schwarzen Punkt, der gegen den lichteren Himmel deutlich abstach, sehr wohl bemerken, auch vernahm er das pflückende Geräusch, mit dem der ungeladene Gast sich eine Birne nach der anderen aus den Zweigen langte.

Was war zu tun? Der Kerl mußte unbedingt gefangen und bestraft werden; denn so eine Unverschämtheit war geradezu unerhört. Wenn's dort in der Ecke auf dem alten Holzbirnenbaum gewesen wäre, das hätte noch angehen mögen; aber sich hier gerade in die schönsten Feinheiten zu setzen, das war zu toll! Jedenfalls hat der Spitzbube keinen schlechten Geschmack; aber nach Reichmanns Geschmack war die Geschichte auch nicht, und so mußte der Kerl festgenommen und ausgewichst werden. Doch wie; so ein Mensch ist immer gefährlich, und es ist nicht geraten, allein mit ihm anzubinden; aber fortgehen und Hilfe holen, das wäre die größte Dummheit gewesen; denn da hätte sich der Dieb inzwischen mit aller Gemächlichkeit aus dem Staub machen können. Um Hilfe rufen? Ja, das wäre wohl das beste gewesen, aber — wer kann denn mit so einem schiefen, angeschwollenen Gesicht ordentlich schreien?

Er legte die Hand an die schmerzende Backe und zog mit riesenhafter Anstrengung die Lippen auseinander.

„Heda, gu-gu-guter Freund", klang es in eigentümlich überschnappenden Tönen zwischen den Zähnen hervor, „das schmeckt—schmeckt—schmeckt wohl gut?"

Eine Birne fiel ihm als Antwort auf den Kopf.

„Tausendsa—sa—sapperlot, paß doch auf, wo du hi—hi—hinwirfst! Wer bi—bi—bist du denn eigentlich?"

Eine zweite Birne, jetzt besser gezielt, quetschte sich auf seiner Nase breit und fiel vollends zur Erde.

„I du Halu—lu—lunke, du!" schrie Reichmann und fuhr sich mit beiden Händen an den mißhandelten Riecher. „Willst du wohl die Bi—Bi—Birnen hängenlassen und gleich heru—ru—runterkommen!"

Ein dritter Wurf traf ihn, diesmal allerdings auf die zum Schutz vorgehaltenen Finger.

„Au! Wart nur, Bu—Bu—Bursche, dich will ich schon kriegen! Na, wird's bald oder soll ich hina—na—naufkommen?"

Statt aller Antwort schüttelte der droben Sitzende den Wipfel des Baumes mit solcher Kraft, daß ein förmlicher Birnenregen entstand und der Rentner sich am ganzen Körper beschossen fühlte. Das war ihm denn doch zu arg. Freiwillig kam der Dieb gewiß nicht herunter; er mußte herabgeholt werden, und da das Herbeischaffen einer Leiter nicht ratsam war, so faßte Reichmann den kühnen Entschluß, hinaufzuklettern, bevor er durch ein zweites Schütteln eine neue Beschädigung an Leib und Gut erlitt. Er umspannte also den schlanken Stamm des Baums mit beiden Armen und zog die Beine in die Höhe, um sich emporzuschieben.

Zwar hatte er in seinen jungen Jahren manchen Baum erstiegen und eine nicht gewöhnliche Geschicklichkeit im Klettern gehabt, aber damals war er ein schlanker Junge gewesen, und jetzt — jetzt war ihm der Bauch außerordentlich im Weg. Und dazu die Atemnot, die dumme Atemnot, die noch beitrug, ihm das Klettern zu erschweren! Ein Glück war's nur, daß zwei Meter über dem Boden sich ein Aststumpf befand, auf dem man sich ein wenig ausruhen konnte.

Wie ein Laubfrosch kroch der Rentner Zoll für Zoll in die Höhe und nahm endlich keuchend auf dem Stumpf festen Halt. Die Backe war vergessen, auch an die mißhandelte Nase dachte er jetzt nicht; Luft, Luft! Das war's, was er brauchte, und nach zehn Minuten hatte sich endlich seine Lunge erholt. Während dieser Zeit hatte der Birnengast ruhig weitergeschmaust. Der Kerl mußte einen wahren Wolfshunger besitzen und bedeutende Mengen Obst verschlungen haben.

Dieser Gedanke brachte den durch die Anstrengung etwas abgekühlten Zorn Reichmanns in neues Lodern. Doch wollte er es noch einmal auf dem Weg der Verhandlung versuchen:

„Nun, wie steht's! Wi—wi—wi—willst du kommen?"

Wie vorher, war eine Birne die Antwort; ihr folgten

mehrere, eine schnell nach der anderen, und dabei zeigte der Schütze eine solche Fertigkeit im Werfen, daß keine den Punkt verfehlte, den sie treffen sollte. Wutentbrannt umarmte Reichmann den Stamm von neuem und schob sich mit einem Eifer vorwärts, als müsse er heute abend noch den Mond erreichen.

Jetzt war für Pankrazius Bonifazius Schmerl der Augenblick des Handelns gekommen. Er stieg bis auf den untersten Ast hinab, nahm rittlings auf ihm Platz, schwang das Bein herum, umfaßte mit Händen und Füßen den Stamm und fuhr an ihm mit höchster Geschwindigkeit hinunter. Infolgedessen schlug er mit dem Teil seines Körpers, mit dem er am Nachmittag auf dem Blechtopf gesessen hatte, dergestalt auf den Kopf des emporkraxelnden Rentners, daß diesem Hören und Sehen verging und beide mit lautem Krachen selbander zur Erde fuhren. Reichmann schlug eine Purzelbaum rücklings über seinen eigenen Bauch hinweg; Pankrazius Bonifazius Schmerl machte einen Riesenschwung zwischen den Beinen Reichmanns hindurch, wobei dessen Perücke in seine Hände geriet; der Dicke, nur auf den Fang des Spitzbuben bedacht, griff mitten in der künstlerischen Um- und Durcheinanderwälzung mit beiden Armen nach dem Verbrecher, erwischte aber nur seine eigenen falschen Haare, da der gewandte Lehrjunge sich wie ein Aal den zehn suchenden Fingern entwand und augenblicklich im Dunkel der Nacht verschwunden war.

Mit Mühe erhob sich Reichmann. Die Knochen und Muskeln seines wohlgepflegten Körpers waren ihm vor Erstaunen über die ungewohnte Turnerei völlig aus Rand und Band geraten, und nur unter der größten Anstrengung und unter den ausgesuchtesten Gesichtsverzerrungen wurde es ihm möglich, seinem Rücken die ursprüngliche gerade Richtung wiederzugeben. In Ermangelung einer medizinisch heilsamen Einreibung rieb er sich die gequetschten, verbogenen und geschundenen Glieder mit der glücklich eroberten Perücke, die er erst dann bemerkte, als er sich damit an die blau angelaufene Nase fuhr.

„Was; Tausendsa—sa—sapperlot, da habe ich ja dem Kerl seine Perü—rü—rücke erwischt! Wart, Bu—Bu—Bursche, jetzt bist du geli—li—liefert! Die trage ich auf die Po—Po—Polizei, und dann —“

Vor Freuden über den Fang hätte er fast einen Luftsprung gemacht, zog aber mit einem stöhnenden „Au!“ das Bein wieder zurück, denn wurde ein solcher Scherz ihm schon im gesunden Zustand schwierig, so war er jetzt vollends eine Unmöglichkeit. Er kam sich vor wie der arme Lazarus im Evanglium und humpelte, nach allen Tonleitern klagend, im Dreizehnachteltakt durch den Garten und Hof in seine Wohnung zurück. Dort empfing ihn seine Frau mit erwartungsvollem Blick.

„Nun, hast du sie gesehen?“

„Nein, aber erwi—wi—wischt habe ich ihn“, antwortete er, während er sich gleichzeitig vorn und hinten kratzte.

„Erwischt hast du ihn? Also war er doch bei dem Mädchen?“

„Nein, aber auf dem Rettichbi—bi—birnenbaum hat er gesessen.“

„Du bist nicht klug! Der Passelmüller?“

„Der? Nein, der nicht, aber der Spi—pi—pitzube.“

„Hör mal, ich glaube, bei dir fehlt's ein wenig im Oberstübchen?“

„Ja, we—we—wenn's nur das wäre! Aber bei mir liegt's in allen Gliedern; man ist die Klet—te—terei nicht mehr gewohnt.“

„Geklettert bist du?“

„Ja und wie! Der große Li—lie—liegel, der Apotheker in Braunau war und die schö—schö—schönen Aufsätze für die ‚Frauendorfer Blätter‘ geschrie—rie—rieben hat, kletterte auch so — —“

„Laß um Gottes willen deinen großen Liegel beiseite und sage, warum du hast klettern müssen!"

Unter mancherlei Gesichtsverzerrungen und Gliederverrenkungen kam er dieser schwierigen Aufforderung nach und trat am Schluß seines Berichts aus dem Schatten, den der Lampenschein warf, in das Licht, um die Siegesbeute vorzuzeigen.

„Das ist sie, die Pe—Pe—Perücke!"

„Da hast du die seinige, und er hat wohl die deinige?" fragte sie, die jetzt erst bemerkte, daß der Schädel ihres Mannes nackt war.

„Die meinige? Die mu—mu—muß doch — — —"

Er fuhr sich an den Kopf und riß, als er dessen spiegelglatten Zustand bemerkte, trotz der Geschwulst den Mund vor Schreck weit auf.

„Meine A—A—Atzel ist weg! Mi—Mi—Milchen, die habe ich im Ga—Ga—Garten verloren!"

Er wollte im Sturmschritt davon eilen, um nach dem verlorenen Kleinod zu suchen; sie aber hielt ihn zurück.

„Zeig erst einmal diese her!"

Sie besah die fremde Perücke näher und brach dann in ein schallendes Gelächter aus.

„Wem gehört das Dings da, he?"

„Dem Spi—pi—pitzbuben."

„Dann bist du der Spitzbube selbst. Das ist ja deine eigene Borstenhaube."

„Meine — eigene —?" Er griff zu, beguckte sich den zerzausten Ersatz von allen Seiten, stülpte ihn auf den Kopf und meinte kleinlaut: „Aber wo ist denn dem Spi — pi—pitzbuben seine? Nun hat er doch keine."

„O du Dummkopf von einem Mann! Der hat gar keine gehabt."

„Aber wie wäre dann meine A—A—Atzel auf seinen Ko—Ko—Kopf gekommen?"

„Frag ihn selbst! Bei dir und deinem großen Liegel ist alles möglich!"

Der Kopf brummte ihm vor Verwunderung, aber er konnte den Zusammenhang nicht begreifen.

„Das geht nicht mit re—re—rechten Dingen zu", meinte er endlich vollständig ratlos; „ich will in die Ka—Ka—Kammer gehn und meine Ri—Ri—Rippen mit Opode—de—deldok einreiben." — —

„Die Grünewalder kommen! Die Grünewalder kommen!" rief es auf der Straße. Schmerl war gerade dabei, dem Herrn Schützenhauptmann den mit einem riesigen Federstutz geschmückten Bonapartehut zum letztenmal abzubürsten; bei diesem Ruf aber warf er die ehrwürdige Kopfbedeckung auf den Tisch und war mit einem „Meister, ich muß den Esel füttern!" zur Tür hinaus. Draußen aber ging er nicht etwa nach dem Stall, sondern er sprang auf die Gasse, um sich das Schauspiel der heranmarschierenden Grünewalder Schützen und Turner nicht entgehen zu lassen.

Mit wehenden Fahnen und klingendem Spiel kamen sie die Straße herauf, und es war ein gar kriegerischer Anblick, den die ehrsamen Spießbürger in der ihnen ungewohnten Ausrüstung boten. Voran ritt der Herr Stadtrat Korndörfer als Adjutant. Der alte fette Schimmel, worauf er saß, konnte jedenfalls nicht recht begreifen, was mit ihm und hinter ihm vorging; er zog den fast kahlen Schwanzstummel so eng wie möglich an den Leib und warf die Beine nach vorn, als liefe er auf Eiern. Auch der Reiter schien im unklaren zu sein, was er mit seinen Beinen anzufangen habe. Da sie in seiner nächsten Nähe jedenfalls am besten aufgehoben waren, so hatte er sie mit Hilfe der kurzgeschnallten Steigbügel voller Besorgnis in die Höhe gezogen und seinem runden Bäuchlein damit einen unbezahlbaren Dienst geleistet; denn dieses hatte, weil es ihm unter dem bunten Rock zu eng wurde, einige Knöpfe davon losgesprengt und legte sich nun mit vertrauensvoller Bequemlichkeit auf die über den Rücken des Pferdes emporragenden

Knie seines geliebten Herrn. Dem standen infolge der Anstrengung, sich auf seiner Rosinante zu erhalten, dicke Schweißtropfen in dem hochroten Gesicht; der Gaul hatte einen eigentümlich schüttelnden Gang, und es stand jeden Augenblick zu befürchten, daß er seinen Reiter zur Erde setzen werde.

Hinter den Schützen kamen die Turner. Über alle hinweg ragte die lange hagere Gestalt des Herrn Direktor Pappermann, der, im weißgewaschenen Drillichanzug und mit dem gestickten „Gut Heil!" um den dürren Leib, unendlich Mühe hatte, Schritt zu halten, da er mit einem einzigen Ausstrecken seines Beins einen Raum überstieg, den ein anderer nur nach zwei Schritten zurückgelegt hätte.

„Batail — — lon — — — hallllt!" kommandierte der Anführer der Grünewalder Gäste. „Rrrrrechts — — ummmm!"

Alle drehten sich auf die rechte Seite, nur einer nicht, und das war der Schimmel, der in frommer Unbefangenheit immer geradeaus weitertrollte. Sein Reiter gab sich die erdenklichste Mühe, ihn zum Stehen zu bringen, aber vergebens bis endlich Schmerl sich erbarmte, dem Tier in die Zügel fiel und es unter allgemeinem Hallo zu der ihm gebührenden Stelle führte.

„Augen rrrechts! — — — Augen gerrrraaaade aus! — — — Präsentiert das Gewehr! — — — Im Parademarrrrsch!" klangen die einzelnen Kommandos, und auf den letzten Ruf lösten sich die Abgeordneten aus den Gliedern, um den Fahnen das Ehrengeleit in das Haus des Herrn Schützenhauptmanns Passelmüller zu geben. Als der Schimmel diese Bewegung bemerkte, beschloß er, seine Kenntnisse auf dem Gebiet der Exerzierordnung durch schleunige Beteiligung an den Tag zu legen; verständnisvoll mit dem ehrwürdigen Graukopf nikkend, schritt er würdevoll nach der Pforte des Vorgärtchens.

Hier aber trat in dem zwischen dem Zaun hervorblickenden Grün dem streitbaren Roß eine Versuchung entgegen, der es unmöglich wiederstehen konnte. Die Beine breit auseinanderspreizend, bückte es sich nieder, um von den saftigen Blättern zu kosten, und dadurch bekam sein Rücken eine solche nach vorn gerichtete Neigung, daß der Herr Stadtrat mit anerkennenswerter Folgsamkeit über den Hals des Tiers zur Erde rutschte. Die Truppen sahen diesem Sonnenuntergang mit präsentiertem Gewehr zu, und trotz des militärisch ernsten Augenblicks lief ein schallendes Gelächter die lange Front hinunter. Der Schimmel hob den Kopf, um einen strafenden Blick über die Kompanie zu werfen, der Adjutant aber beeilte sich, ins Haus zu kommen, wo ihm der Meister mit heiterem Lachen entgegentrat:

„Willkommen, Herr Rat! Auf Wunsch des Herrn Rentners Reichmann ersuche ich Sie, mein Gast zu sein. Schmerl, hole den Schimmel!"

Allerdings war es eine Enttäuschung für Korndörfer, statt im ersten Stock, hier unten beim Fleischer einquartiert zu werden; und als nach dem „Rührt euch!" der Schuldirektor mit erhobenem Haupt und zweideutigem Blick an ihm vorüber und nach oben ging, waren es zwei sehr unangenehme Gefühle, die sein sonst so kaltblütiges Herz unter der dicken Specklage schneller klopfen ließen: der Ärger und die Eifersucht. — —

Abend war's, und tiefe Finsternis herrschte ringsumher; aber draußen über der Vogelwiese schwamm ein heller Lichtschein, denn Hunderte von Flammen erleuchteten die Zelte und Buden, in und zwischen denen eine heitere Menschenmenge sich bewegte.

In einem der Zelte saß Frau Reichmann, die sich mit dem Herrn Schuldirektor von der Gesellschaft zurückgezogen hatte, um mit ihm über den gemeinschaftlichen Heiratsplan zu verhandeln. Sie schienen am Schluß ihrer Unterredung angekommen zu sein; denn die Dame erhob sich jetzt, während sie ihrem Günstling die Hand bekräftigend entgegenstreckte.

„Abgemacht, lieber Herr Direktor! Sie bekommen meine Tochter, und mein Alter wird nicht erst lange darum gefragt. Jetzt aber lassen Sie uns sehen, wo er mit dem Mädchen steckt!"

In einem anderen Zelt saß Reichmann an der Seite des Stadtrats. Beide waren augenscheinlich etwas angeheitert; denn nur dann, wenn er einen kleinen Spitz besaß, wagte der Rentner, gegen seinen „Herrn im Haus" aufzumucken.

„Abgemacht, Stadträtchen! Du bekommst das Mädchen, und meine Alte wird nicht erst ewig darum gefragt. Jetzt aber wollen wir sehen, wo das Weibsvolk hingelaufen ist! Milchen hat es nicht gern, wenn man sie vernachlässigt."

Die Wespengeschwulst hatte sich gelegt, so daß er wieder wie ein vernünftiger Mensch reden konnte.

Während dieser beiden Heiratsabschlüsse standen Frieda und Julius miteinander in einem abgelegenen Winkel des Festplatzes und hatten einander so viel zu sagen, daß ein Ende ihrer Zwiesprache noch weit entfernt schien. Da kam Schmerl, der Wache gestanden hatte, gelaufen.

„Macht, daß ihr auseinanderkommt! Sie sitzen beisammen im Schützenzelt!" Und als Frieda beim Abschied eine Klage vernehmen ließ, tröstete er mit vielem Selbstbewußtsein: „Habt nur keine Sorge! Ihr kriegt einander, und die beiden Alten werden nicht erst viel gefragt. Laßt mich nur machen, ich habe so meine Gedanken!" — —

Die Nacht war bereits vorgeschritten, doch ging es auf der Vogelwiese noch lebhaft zu. Wenn sich auch die Menge nach und nach verlor, so hielten es doch die Schützen für ihre Pflicht, mit ihren Gästen bis zum Schluß auszuharren, und der Herr Hauptmann Passelmüller war natürlich derjenige, der sich dieser süßen Verpflichtung am allerwenigsten entziehen konnte. Auch Reichmann hatte sich heute frei gemacht und saß mit dem Adjutanten beim vollen Glas. Die leeren Flaschen vor ihnen bewiesen, daß sie dem Becher stark zugesprochen hatten.

Die Unterhaltung war schon längst an jenem Punkt angelangt, an dem der Geist immer leichter, die Zunge aber immer schwerer wird.

„Ich sage dir aber, Reichmännchen, daß der Birnbaum aus Ägypten stammt; ich hab's in alten Büchern gelesen, die noch dazu in Schweinsleder gebunden sind."

„Nein, da machst du dich geradeso sehr lächerlich, wie heute mit dem Schimmel. Die Birne stammt aus Syrien. Der große Liegel, der Apotheker in Braunau war und die schönen Aufsätze für die ‚Frauendorfer Blätter' geschrieben hat, sagt es auch; und was der behauptet, das ist richtig."

„Na, weißt du, Bruder, der Schimmel und der Liegel, das sind so zwei, die ihre eigenen Köpfe haben. Es gibt noch manch anderen, der zuverlässiger ist als der Liegel. Aber wir wollen uns heute nicht streiten! Mir ist's so eigentümlich im Kopf, und die Flaschen tanzen Doppelpolka vor meinen Augen. Komm, laß uns jetzt heimgehen!"

„Ich bin dabei, altes Haus! Meine Alte wird gar nicht wissen, wo sich ihr Herzallerliebster herumtreibt."

Sie tranken aus und traten den Nachhauseweg an. Die Landstraße, die in die Stadt führte und an beiden Seiten von Reihen hoher Pappeln eingesäumt wurde, war so breit, daß sich drei Wagen ausweichen konnten; trotzdem aber schien sie für die beiden seligen Nachtwandler zu schmal zu sein; denn sie fuhren, Arm in Arm, im Zickzack bald hinüber, bald herüber und stolperten immer über ihre eigenen Beine weg.

„Höre mal, Schatz", meinte Reichmann, „ich glaube,

du hast einen Spitz. Halte dich nur immer fest an mich! Die alte Straße hat sich heute ganz verschoben, und wir müssen sehen, wie wir glücklich durch die Pappeln hindurchkommen."

„Habe nur um mich keine Sorge! Mir ist's mehr um dich als um mich. Du hebst ja die Beine wie ein Droschkenpferd, das den Hahnentritt hat. Überhaupt kann ich mich ärgern, daß sie da Pappeln herstellen, die doch gar keine Früchte bringen; wenn ich etwas zu sagen hätte, so müßten lauter Obstbäume gepflanzt werden."

„Du hast ganz meine Meinung — hopp, Alter, komm, steh sachte wieder auf! Der große Liegel, der in Braunau Apotheker war, hält auch nichts von Pappeln. Er hat nämlich die schönen Aufsätze für die — — du", unterbrach er sich, „wer ist denn der lange Kerl, der da am Baum steht?"

„Ja, ich weiß es nicht! Komm, wollen mal sehen, was er da am Stamm herumzukrebsen hat. Heda, guter Freund, was gibt's hier Merkwürdiges, und wer sind wir denn?"

„Ich? Ich bin der Herr Schuldirektor Pappermann aus Grünewalde und wohne hier beim dicken Reichmann", antwortete der Angeredete, indem er, hin- und herwankend, mit einem Gegenstand, den er in der Hand hielt, unaufhörlich in die Pappel stieß. „Wenn ich nur das vermaledeite Schlüsselloch finden könnte! Durch das Gitter bin ich glücklich gekommen und durch das Gärtchen auch. Da stehen die beiden Nußbäume, und hier muß also die Tür sein! Aber das Loch, das alberne Loch! Der Schlüssel muß zu groß sein; ich bringe ihn nicht hinein!"

„Aber Herr Direktor", lachte Reichmann, „Sie sind ja gar nicht bei meiner Wohnung! Ich glaube, Sie haben einen Spitz. Das ist eine Straßenpappel, und wo soll da ein vernünftiges Schlüsselloch herkommen?"

„Bei Ihrer Wohnung? Fällt mir auch gar nicht ein,

Sie dummer Mensch! Einen Spitz! Bekümmern Sie sich doch um sich; Sie torkeln ja, daß es einen erbarmen möchte! Straßenpappel? Sie sind selber eine Straßenpappel! Ich werde wohl wissen, was ich vor mir habe! — Heda, Reichmann, ich bin's! So macht doch nur auf, ihr Leute!"

„Komm, Bruderherz", flüsterte taumelnd der Stadtrat, „der ist vollständig knüll. Laß ihn nur immer pochen! Das wäre mir ein Mann für dein Mädel; da bin ich doch ein anderer Kerl!"

„Hast recht, Goldjunge. Komm! Weißt du was? Ich werde ihm meine Alte herschicken; die ist ganz verliebt in den Menschen, und da mag sie ihn auch nach Haus schleppen."

„Bravo! An dir kann man seine Freude — hoppsa! Falle nicht in die Buttermilch, Gevatter! Nimm's nicht übel, aber du hast wirklich einen Affen!"

Mit engverschlungenen Armen wankten sie weiter. Zu Haus verabschiedete Reichmann sich von seinem Gast.

„Bist doch nicht bös, Herzensbruder, daß ich dich wegen meiner Alten nicht mit hinaufnehmen kann?"

„I bewahre! Ich habe da im Schlachthaus ein ganz hübsches Kämmerchen. Aber ich werde mich gar nicht erst zu Bett legen. Sie wollen nachher von der Vogelwiese hereinziehen und den Weckruf durch die Stadt machen; da muß ich auf sein."

„Wie du denkst! Ich werde auch nicht viel schlafen, ich bin von dem Krätzer ganz wirr im Kopf. Hier ist der Eingang zum Schlachtraum, und an der linken Seite ist die Tür zu deiner Schlafstube. Gute Nacht."

„Gute Nacht!"

Es war vollständig finster in dem Raum, aber vor den Augen des Stadtrats funkelte es in allen Regenbogenfarben. Er war so ziemlich selig und tastete suchend umher.

„Was sagte Reichmann? Die Kammer sei zur Rechten? Oder meinte er zur Linken? Nein, ich glaube, es war an der rechten Seite."

Er wankte nach rechts hinüber und schob sich an der Wand entlang. So geriet er an eine Tür. Zufrieden brummend riß der Herr Stadtrat sie auf und taumelte in den — Stall, der für das Schlachtvieh bestimmt war. Zur Zeit stand der Raum leer, da zum Vogelschießen alle Tiere geschlachtet waren. Aber infolge der Vorbereitungen zum Fest war der Stall noch nicht gesäubert worden.

Die hier herrschende dumpfe Luft wirkte so betäubend auf den Eindringling, daß er sich sofort niederlegte und in dem freudigen Gefühl, weich gebettet zu sein, gleich einschlief.

Nur einer hatte den Vorgang beobachtet: Das war Pankrazius Bonifazius Schmerl. Kurz vor dem Eintreffen der beiden Freunde war er nach Haus gekommen. Um nicht die Zeit zu verschlafen, war er auf den über dem Schlachtraum befindlichen Strohboden geklettert: Dort wollte er ein Nickerchen machen. Als er jedoch hörte, wie der Stadtrat Korndörfer in den Viehstall geriet, eilte er schleunigst hinab, um nach ihm zu schauen.

Grinsend überzeugte er sich, daß der dicke Schimmelreiter gut gebettet war. Dann trat er vors Hoftor. Er kam gerade recht, um zwei Personen durch die Pforte des Vorgartens treten zu sehen. Es war der Schuldirektor, der von seiner Freundin wirklich geholt worden war.

Droben in dem Zimmer, das Frieda bewohnte, war noch Licht. Die beiden Ankömmlinge blieben stehen.

„Warum das Mädchen nicht schlafen geht!" wunderte sich Frau Reichmann, indem sie emporblickte.

„Sie wird doch nicht etwa gar den — den — den Hassel- oder Passel- oder Prasselmüller bei sich haben, verehrteste Freundin?"

„Das wollte ich mir verbeten haben!"

„Verbeten hin, verbeten her, verehrteste Frau Freundin“, lallte der Betrunkene; „ich werde mich überzeugen.“

„Überzeugen? Auf welche Weise wohl?“

„Ich werde mir eine Leiter holen und auf diesen Baum steigen; da kann ich gerade in die Stube sehen.“

„Dazu fehlt Ihnen das nötige Gleichgewicht, lieber Freund.“

„Was? Glauben Sie etwa, daß ich betrunken bin? Ich bin so nüchtern, wie, wie, na, wie der Herr Schuldirektor Pappermann. Also eine Leiter!“

Ohne sich um die Gegenrede der Frau zu kümmern, taumelte er durch den Flur hinaus in den Hof, wo er am Tag eine Leiter bemerkt hatte. Diese lehnte in der Ecke, und zwar in der Nähe eines Ortes, an dem ein jeder Mensch sich zuweilen zu geheimnisvollen Zwecken einzufinden pflegt. Trotz der Veranlassung zur Vorsicht, die dieser Ort einzuflößen vermag, schoß der Herr Direktor im Eifer seines Vorhabens wie eine Lerche schief über den Hof hinüber und sprang infolgedessen mit gleichen Beinen und bis unter die Arme in jene dunkle Flüssigkeit, für die der Landmann eine besondere Vorliebe besitzt.

„Hilfe, Hilfe — ich ersaufe — ich verbrenne — ich ersticke — Hilfe, Hilfe!“

Schmerl war ihm nachgeschlichen, hatte ihn sofort beim Kragen und half ihm aus der Grube. Das kalte Bad und der Schreck hatten nicht etwa ernüchternd auf den Verunglückten gewirkt, sondern im Gegenteil: Sobald er das Trockene berührte, fiel er vollständig besinnungslos zur Erde. Der Lehrjunge ließ ihn liegen und ergriff die Leiter, mit der er nach dem Vorgärtchen zurückkehrte.

„Du bist's?“ fragte ihn die Dame. „Wo ist denn der Herr Direktor?“

„Der liegt im Hof. Deshalb werde ich mal hinaufgucken.“

Ohne eine Antwort abzuwarten, legte er die Leiter an einen Nußbaum, stieg hinauf und blickte in das Fenster.

„Nun?“ fragte sie, die nicht recht wußte, ob sie ihren Freund aufsuchen oder hierbleiben solle. „Siehst du etwas?“

„Freilich; sie sitzen auf dem Kanapee und haben einander beim Kopf.“

„Komm runter!“ befahl sie ihm entschlossen. Das war’s, was er wollte; im nächsten Augenblick stand er unten, und die tatkräftige Frau stieg die Leiter hinauf, um die beiden Liebenden auf frischer Tat zu ertappen. Als sie ihren Blick ins Zimmer warf, fand sie dieses leer, und zu gleicher Zeit bemerkte sie, daß Schmerl die Leiter weggenommen und an den anderen Baum gelegt hatte. Sie war gefangen; Pankrazius Bonifazius Schmerl aber kehrte leise kichernd in den Hof zurück, wo er den Betrunkenen beim Rockkragen faßte und unter die Pumpe schleifte, um ihm das duftende „Kölnische Wasser“ aus den Kleidern zu spülen. Einige Minuten lang ließ sich Pappermann den Guß gefallen; dann aber schien ihm die Besinnung langsam zurückzukehren. Er grunzte einigemal mißbilligend zu dem Bad und gab sich dann Mühe, auf die Beine zu kommen. Schmerl half ihm dabei nach Kräften und führte ihn in den Stall. Willenlos ließ sich der pudelnasse Heiratslustige neben seinen Nebenbuhler betten und war bald in einen tiefen Schlaf gesunken.

Nun lauschte Schmerl nach seiner Gefangenen. Diese verhielt sich ruhig; sie überlegte sich wohl, daß sie fürchterlich bloßgestellt sei, wenn sie Lärm mache, und glaubte zuversichtlich, daß der Junge die Leiter von selbst wiederbringen werde. Pankraz aber schlich sich an die Tür Reichmanns, an die er leise klopfte. Der Rentner war noch nicht zur Ruhe gegangen und öffnete.

„Was will denn die Pan-Kratzbürste bei mir?“ fragte er spöttisch.

„Herr Reichmann, es ist ein Spitzbube in den welschen Nüssen."

„In den Nüssen? Die sind ja noch nicht reif."

„Wenn auch; er ist aber droben auf dem Baum."

„Aber wie ist er denn hinaufgekommen? Die Bäume sind so dick, daß kein Mensch hinauf- oder herunterklettern kann."

Er hat sich die Leiter geholt. Aber ich habe sie ihm weggenommen, und nun kann er nicht herunter. Sie lehnt an dem anderen Nußbaum."

„Das hast du gescheit gemacht! Gewiß ist's derselbe Kerl, der gestern in den Rettichbirnen war. Ich werde mir Hilfe holen und den Menschen fangen."

„Hilfe? Es ist niemand da; sie sind alle noch auf der Vogelwiese."

„So?" meinte Reichmann, der infolge seines gestrigen Abenteuers nicht gesonnen war, eine zweite Rutschpartie zu machen. „Na, ansehen werde ich mir ihn doch. Ich steige auf den anderen Baum, und da kann er mir nichts anhaben. Komm!"

Gesagt, getan. Unten angelangt, erblickte er deutlich den Nußdieb zwischen den Zweigen und stieg ohne ein Wort die Leiter hinan. Sobald er zwischen den Ästen festen Fuß gefaßt hatte, begann er das Verhör.

„Heda, guter Freund, wer sind wir denn?"

„Halts Maul!" tönte es leise, aber barsch zurück; sie hatte ihren Eheliebsten sofort an der Stimme erkannt. „Schaffe mir die Leiter her, daß ich hinunter kann!"

„Wa—wa—wa—waaaas?" klang es aus dem Mund Reichmanns, und wenn es heller gewesen wäre, hätte man sehen können, wie er vor Verwunderung fast nach Luft schnappte. „Du bist's Milchen? So etwas ist doch selbst dem großen Liegel nicht zugestoßen, der Apotheker in Braunau war und die schönen Auf — — —"

„Halts Maul, sage ich, mit deinem ewigen Liegel und sorge, daß die Leiter bald herkommt, sonst falle ich hinunter! Ich habe den Wadenkrampf schon in allen beiden Beinen."

„Gleich, gleich, Milchen! Der Wadenkrampf ist gefährlich!" Er machte Anstalt, wieder hinunterzusteigen, fand aber zu seinem Schrecken, daß die Leiter fehlte. „Da hat der Racker von einem Jungen die Leiter fortgenommen! Der will mich auswischen für die Wespenkeile, die er erhalten hat. Na, warte nur, es soll noch besser kommen!"

„Brülle doch nicht so laut, daß man's zehn Häuser weit hört! Wenn die Nachbarn aufwachen und uns sehen, sind wir bloßgestellt für alle Ewigkeit."

„Das ist wahr, und da soll man dem Sapperloter wohl auch noch gute Worte geben? Wenn er nur wenigstens bald wiederkäme!"

Schmerl aber dachte jetzt nicht ans Wiederkommen. Ein leises Geräusch an der Hoftür ließ ihn vernehmen, daß Julius und Frieda aus dem Garten zurückkehrten, worin sie bisher gewesen waren; er rief jenen zu sich und teilte ihm heimlich mit, wen er auf den Bäumen gefangen habe. Der junge Mann lachte herzlich über den Streich und veranlaßte das Mädchen, ihn mit nach seinem Zimmer zu nehmen. Droben bog er sich zum Fenster hinaus.

„Guten Morgen, meine beste Frau Reichmann! Wie geht's?"

Die Angeredete schwieg, teils vor Wut, teils aus Scham; aber von dem anderen Baum her ließ sich eine klagende Stimme vernehmen:

„Herr Passelmüller, bitte, legen Sie uns doch die Leiter an! Meine Frau hat den Wadenkrampf, und auch ich kann mich hier kaum noch halten; der alte Nußbaum biegt und schüttelt sich hin und her, gerade als ob er einen zuviel getrunken hätte. Mir ist ganz jämmerlich zumut."

„Gut, ich will's tun! Aber eine Liebe ist der anderen wert: Sie geben mir die Frieda, und ich bringe die Leiter."

„Ja, das geht nicht; die Frieda habe ich dem Stadtrat versprochen."

„Dem Stadtrat?" fiel seine schönere Hälfte ein; „das sollst du nur wagen! Hier bin ich Herr im Haus und —"

„Freilich, freilich", unterbrach sie Julius; „es wird auch kein Mensch bestreiten, daß Sie da draußen Herr im Haus sind, sonst aber habe ich jetzt hier zu befehlen. Also die Frieda, oder ich lasse Sie sitzen, bis der Weckruf geblasen wird, und dann bekommen Sie ein Ständchen, wie es nicht besser sein kann."

„Nimmermehr! Die Frieda erhält der Herr Pappermann."

„Wie Sie wollen!" Er tat vom Fenster zurück und setzte sich zu dem Mädchen, das vor Angst zitterte und ihn vergeblich bat, die Eltern zu befreien.

Es verging eine geraume Zeit; draußen wurde es hell und heller; da rief es wieder bittend:

„Julius! Kommen Sie doch mal her!"

„Nun?" fragte der Gerufene, ans Fenster tretend.

„Sie sollen das Mädchen haben, aber holen Sie rasch die Leiter! Wenn der Baum so fortwackelt, so falle ich noch hinunter und breche Hals und Beine."

„Gleich, Herr Reichmann!" Mit lobenswerter Schnelligkeit begab sich der Sprecher nach unten, wo er den listigen Schmerl schon im Begriff fand, die Leiter anzulegen. Reichmann stieg taumelnd herab. Seine Frau schimpfte wie ein Rohrsperling, daß er gegen ihren Willen nachgegeben habe; so wurde sie in den Zweigen gelassen, während sich die beiden Männer ins Haus begaben. — —

Nach einiger Zeit erschollen von der Vogelwiese her die Klänge eines Marsches; die Schützen waren im Anzug. Milchen befand sich in einer schauderhaften Lage. Sie wußte, daß die ganze Truppe hier vor dem Haus halten würde, und was dann geschah, wenn man sie entdeckte, das konnte sie sich lebhaft vorstellen; aber sich um einen solchen Preis loskaufen, das war eine große Zumutung. Sie kämpfte mit sich selbst und konnte nicht eher zu einem Entschluß kommen, als bis sie die Trommeln und Blasinstrumente von weitem blitzen sah. Das gab den Ausschlag.

„Herr Passelmüller! — Herr Passelmüller!“ rief sie ängstlich.

„Nun?“ fragte der Gerufene zum Fenster heraus.

„Rasch, rasch, ich will hinunter; sie kommen schon!“

„Und Frieda?“

„Nehmen Sie sie in Gottes Namen!“

Im Nu war er im Hof, legte die Leiter an und half ihr beim Absteigen. Es war die höchste Zeit, denn der Zug befand sich schon in unmittelbarer Nähe und machte dann vor dem Hause halt. Hier wurde dem Hauptmann Passelmüller cin dreimaliger Tusch gebracht, dessen Klänge so laut in den Stall drangen, daß die beiden Schnarcher erwachten. Verblüfft starrten sich die zwei Nebenbuhler an. Sie konnten sich nicht erklären, wie sie auf ihr Nachtlager geraten waren. Ohne zu beachten, in welchem Zustand sich ihre Kleidung befand, eilten sie hinaus in den hellen, lichten Morgen.

Kein Mensch vermag das Hallo zu beschreiben, das ihnen ertönte; Tusch erscholl auf Tusch, Hoch auf Hoch: Die beiden Heiratslustigen sahen aber auch zu köstlich aus. Die Nachtruhe im Stall hatte nicht dazu beigetragen, den Eindruck eines regelrechten Katzenjammers zu verwischen.

Wer aber blieb der Held des Tages? Lieber Leser, ich will es dir verraten: Der Held des Tages, besonders in den Augen Frieda Reichmanns und Julius Passelmüllers, war der Schelm Pankrazius Bonifazius Schmerl!

WIE DEM STADTRAT EPPERLEIN AUS DER KLEMME GEHOLFEN WURDE

Der Sturm pfiff in Gis-Moll um die Dächer und Straßenecken; er trieb den großflockigen Schnee vor sich her, als wolle er die gute Stadt Schindelberg gänzlich verwehen. Wer nicht unbedingt auf die Gasse mußte, der blieb sicher in der warmen Stube sitzen oder machte sein Geschäft in möglichst geschützter Lage ab, wie da drüben hinter der Haustür das junge Pärchen, das fröstelnd in den Winkel gekrochen ist und zum wer weiß wievieltenmal die Lippen zum Abschiedskuß spitzt.

„Also, Peter", flüsterte das Mädchen, „um neun Uhr bist du da. Wenn du pünktlich kommst, sollst du auch etwas Gutes haben!"

„Was denn, Toni?"

„Na, allerlei Leckeres, was auf eurem Tisch gewiß nur selten zu sehen ist. Wir hatten kürzlich Gänsebraten, nachher Hasenbraten, dann Rosinentunke mit Henne, auch einmal ganze Pflaumen mit Eierkuchen. Von dem allen habe ich dir deinen Teil auf die Seite gesteckt."

„Sapperlot, ich komme, Toni, ich komme, und wenn es Mistgabeln schneit! Aber ist denn heute die Luft auch wirklich rein? So lieb ich dich habe und so sehr mir die Gans, der Hase und die Henne mitsamt dem Eierkuchen behagen würden — deiner Herrschaft möchte ich um keinen Preis wieder in die Finger laufen. Du weißt ja, wie es mir allemal gegangen ist, als dein kleiner ‚Gregorius' mich erwischt hatte. Kleine Kröten haben Gift; das trifft bei ihm bis auf den Tropfen zu!"

„Meine Herrschaft ist gut, wenn man einige Mucken nicht rechnet, die sie alle beide haben. Die Frau will, ich soll jetzt noch keine Liebschaft haben, sondern noch ein paar Jahre warten: dann bekomme ich sicher eine hübsche Ausstattung. Sie haben mich als arme Waise aufgenommen, und ich bin mehr Kind als Dienstbote bei ihnen. Und daß dich der Herr nicht gern leiden mag, das kannst du ihm auch nicht übelnehmen. Er ist Chirurgibus oder Gregorius oder wie es heißt, und ärgert sich gewaltig darüber, daß ihm deine Mutter die Kunden wegnimmt. An solche Dinge wie ans Besprechen glaubt er nun einmal nicht; er nennt es Betrug und Gotteslästerung, und euer ‚Köhlers Universalpflaster', womit ihr so große Kuren macht, davon will er erst recht nichts wissen. Drum hat er dir's getippt, wenn er dich noch einmal bei mir trifft. Heute aber kannst du getrost kommen; sie gehen ins Kasino, und wir sind bis zwölf oder eins allein und ungestört."

„Gut, ich will's versuchen. Stell die Lampe ans Fenster, wenn sie fort sind, damit ich weiß, woran ich bin!"

Sie hielt ihm den Mund zum letztenmal hin und huschte dann eilig über die Straße hinüber.

Der Herr Chirurgus und Stadtrat Epperlein saß behaglich im Großvaterstuhl hinter dem Ofen und zupfte Scharpie[1]. Es war ein kleines, aber äußerst bewegliches Männchen, in dessen Gesicht sich eine ungewöhnliche Gutmütigkeit erkennen ließ. Seine bessere, ruhigere und außerordentlich umfangreiche Hälfte hatte sich den Tisch an den warmen Ofen geschoben und beschäftigte sich, den dicken Mops auf dem Schoß, sehr angelegentlich mit einem Traumbuch und einer abgegriffenen Karte, deren Blätter sie in Reih und Glied vor sich legte.

„Eins — zwei — drei —vier — Unter, König, Sieben, Schellendaus! Ich dachte mir's wahrhaftig. Das Schellendaus bedeutet entweder Ohrfeigen oder Geld, viel Geld."

„Was hast du nur eigentlich heute mit deinen Karten?" fragte der Hausherr. „Gleich als du aufstandest, bist du nach ihnen gelaufen, und nun hat den ganzen lieben Tag das Teufelsbuch geherrscht. Hilf mir doch lieber

1 Ein früher viel verwendetes Verbandsmittel, das man durch Zerrupfen von Leinwand gewann.

hier beim Zupfen, damit ich fertig werde! Um acht müssen wir im Kasino sein, sonst kostet's zehn Pfennig Strafe."

„Teufelsbuch?" Sie warf ihm einen strafenden und zugleich mitleidigen Blick zu, nahm die Blätter zusammen, mischte sie und legte von neuem auf: „Fünf — sechs — sieben — acht — Ober, König, Unter, Schellendaus! Nein, das ist merkwürdig; immer wieder das Schellendaus! Das bedeutet entweder Ohrfeigen oder Geld, viel Geld!"

„Ja, Ohrfeigen, die wir bekommen, und Geld, das wir bezahlen müssen."

„Sei still; du machst mich irr!"

„Du mich auch! Solch eine feine Scharpie will mit Andacht gezupft sein, und bei deinem Geld oder den Ohrfeigen mag der Kuckuck andächtig bleiben! Gebrauchen könnten wir es schon, das Geld nämlich. Morgen über acht Tage ist die Hypothek heimzuzahlen, und ich weiß meiner Angst keinen Rat."

„Neun — zehn — elf — zwölf —", tönte es ruhig weiter, „Unter, Zehn, König, Schellendaus! Epperlein, nun sag mir einmal, ob dies nicht im höchsten Grad merkwürdig ist! Entweder Ohrfeigen oder Geld, vielleicht auch beides zugleich: die Karte trifft zu!"

„So nehme ich das Geld; was übrigbleibt, magst du für dich behalten. Aber nicht unter fünfhundert Taler darf es sein, sonst ist mir nicht damit gedient. Hätte ich das Geld doch damals von sonst wem genommen, nur nicht vom alten Leiermüller! Nun hat sein Sohn, der Dummkopf, ausstudiert, kommt als Arzt nach Schindelberg, sieht mich über die Achsel an, weil ich bloß Chirurgus bin, und kündigt mir endlich gar das Darlehen, um mich vor Ärger aus der Haut zu bringen. Er weiß wohl, daß jetzt in diesen schlechten Zeiten kein Geld zu haben ist; er hat selber keines, denn was verdient er denn, he? Die paar Kranken, die er gehabt hat, sind von ihm glücklich hinaus auf den Gottesacker geleiermüllert worden: nun hat niemand mehr Vertrauen zu ihm, und wenn er nicht vor Hunger pfeifen will, muß er in meine Hypothek beißen."

„Ärgere dich nicht, Epperlein, es kommt Geld!"

„Woher soll's denn kommen?"

„Hier liegt das Schellendaus. Es kommt Geld, und dabei bleibt's!"

„Laß dich nicht auslachen, Lieschen! Oder meinst du etwa, daß es diesen Winter Goldstücke graupeln werde? Ja, wenn ich des seligen Onkels Dukaten hätte, da wäre uns geholfen! Hast du denn keine Ahnung, wohin er sie gesteckt hat?"

„Das ist's eben, Epperlein. Es hat mir von dem Geld geträumt, darum suche ich in den Karten!"

„Geträumt?" rief der Chirurgus und fuhr vom Stuhl empor, daß die Scharpie in alle Winde flog. „Geträumt hat dir's? Gott sei Dank, endlich, endlich einmal! Ich habe den Garten umgegraben, den Keller ausgewühlt, den Schornstein eingerissen, alle Kisten und Kasten durchstöbert, aber nichts gefunden, und meine letzte Hoffnung darauf gesetzt, daß mir's einmal träumen werde, wo der Schatz vergraben liegt. Erzähl's, Lieschen, erzähl's!"

„Mir träumte, der selige Onkel, der sein Vermögen vor den Franzosen versteckt hat und dann am Lazarettfieber gestorben ist, ohne das Geheimnis aufzuklären, erschien mir und sagte:

‚Weißt du, Lieschen, wo ich meine Dukaten hingetan habe?'

‚Wohin denn?' fragte ich ihn.

‚Komm, ich will dir's zeigen!'

Er führte mich die Treppe herauf und hier herein in die Stube.

Als wir eintraten, saß der Köhlerpeter mit der Toni auf dem Sofa.

Sie hatten sich beide beim Kopf und waren sehr erschrocken, daß wir sie überraschten.

Der selige Onkel aber schüttelte sein Haupt.

‚Lieschen', sagte er, ‚ich kann dir den Ort nicht zeigen, weil du nicht allein bist!' Und damit war er verschwunden."

„Himmeltausendsapperlot!" rief Epperlein; „hat der Kerl wieder hier gesessen, und gerade zu einer Zeit, wo wir zu unserem Geld kommen sollten! Nun ist's wieder futsch, ich könnte ihn zerreißen! Na, laß dich nur wiedersehen, Halunke, nachher ist dir dein Brot gebacken! Ich schlag dir dein Köhlers Universalpflaster um die Ohren, daß deine Alte drei Monate lang an den Beulen zu besprechen hat! Was hast du denn gesagt zu den beiden?"

„Ich habe sie gehörig herangenommen. Da ist der Peter aufgestanden, hat mir etwas an den Kopf geworfen, ich weiß nicht mehr, was es gewesen ist, und —"

„An den Kopf geworfen? Dir? Der Frau Chirurgus und Stadtrat Epperlein? Den Kerl will ich hochnehmen, daß es pufft!"

„Ja, an den Kopf geworfen, daß mir Hören und Sehen vergangen ist. Und dabei hat es geklirrt wie lauter Gold, und die Dukaten des seligen Onkels sind in der Stube umhergekollert."

„I — — wirklich! Du hast sie doch gleich aufgelesen und nachgesehen, wo sie hergekommen sind?"

„Nein. Ich bin darüber aufgewacht."

„Das war ein Fehler, Lieschen, ein großer Fehler. Aber ihr Weiber wacht immer zur unrechten Zeit auf. Hättest du dich umgeguckt, so wüßten wir jetzt, wo sie stecken."

„Ich ärgere mich selber darüber und habe mir darum die Karten gelegt. Aber tröste dich, Epperlein, wir bekommen das Geld doch noch; das Schellendaus hat was zu bedeuten."

„Ja, Ohrfeigen!“

„Na, so ein kleiner Hieb wäre schon noch mitzunehmen, er brauchte doch nicht gerade mich zu treffen, aber die Dukaten müßten mit dabeisein.“

Epperlein wollte eine spitze Erwiderung vorbringen, zog aber vor zu schweigen, weil soeben das Dienstmädchen eintrat und das Abendbrot brachte. Sie hatte die eine Hand verbunden.

„Wie steht's, Toni, ist die Schwäre auf?“ fragte er.

„Nein.“

„Was, noch immer nicht? Das sind nun drei Tage, seit ich dir die Salbe gegeben habe. Zeig einmal her!“

Sie kam sichtlich in Verlegenheit und zögerte. „Hat es nicht Zeit bis nach dem Essen, Herr Epperlein?“

„Nein. Ich will jetzt gleich nachsehen!“

Er hatte ihre Unruhe bemerkt, nahm sie bei der Hand und löste den Verband ab.

„Was? Was ist denn das? Du hast ja ein Pflaster aufliegen? Von wem hast du es erhalten, und wo ist meine Salbe hingekommen?“

Sie schwieg.

Er zog das Pflaster los und untersuchte es.

„Dachte mir's doch! Köhlers Universalpflaster! Wann hast du dir's geholt?“

„Vorhin erst.“

„Und warum?“

„Weil — weil — weil die Salbe nicht helfen wollte.“

„Was? Meine Salbe nicht helfen? Ich werfe dich zur Tür hinaus, daß du zeitlebens an dein Universalpflaster denken sollst! Dein Pflasterpeter versteht sich wohl besser aufs Kurieren, als ich, he?“

„Nein, Herr Epperlein, das verstehen Sie natürlich besser als er, aber —“

„Ruhig mit dem Aber! Das Pflaster kommt herunter und die Salbe wieder drauf! Und wenn ich nur eine Ahnung davon bekomme, daß du dich wieder mit dem

Menschen abgibst, so ist es aus mit uns, nicht wahr, Lieschen?"

„Ja!" bestätigte kopfnickend die Hausfrau, dem Mädchen einen Wink gebend, sich zu entfernen.

„Das fehlte mir noch", brummte Epperlein, der sich nicht gleich beruhigen konnte, „mir den Universalkleister in die eigene Wirtschaft zu bringen! Zuletzt beuniversalschmieren sie mich selber noch in lebender Person! Doch rasch, Lieschen, damit wir fortkommen; der Herr Doktor Leiermüller wird wohl auch zugegen sein, und ich hoffe, daß du dir nicht von ihm den Hof machen läßt."

Das Abendessen wurde schweigend eingenommen; dann brach das würdige Pärchen auf, um an der wöchentlichen Versammlung der Schindelberger vornehmen Leute teilzunehmen.

„Geh zeitig schlafen!" befahl die Herrin der Toni noch. „Morgen ist Scheuertag; da mußt du um fünf Uhr munter sein."

„Ja, geh schlafen!" fügte Epperlein hinzu. „Das ist gut für deine Hand. Und laß es dir nicht einfallen, mit dem Pflasterpeter zu liebeln! Wenn wir auch nicht daheim sind, ich bekomme es doch heraus."

Das Mädchen nickte zustimmend, begleitete die Herrschaft bis an die Tür und verschloß diese zum Schein. Aber nachdem sie sich überzeugt hatte, daß jene sich wirklich entfernt hatte, öffnete sie wieder und eilte nach oben, um dem Geliebten das verabredete Zeichen zu geben.

Nach kurzer Zeit vernahm sie seinen leisen Schritt auf der Treppe.

Sie trat ihm entgegen.

„Geh in die Küche, Peter! Ich will unterdessen die Haustür verschließen, damit sich kein Fremder einschleichen kann."

Als sie wieder nach oben kam, fand sie ihn im Wohnzimmer, wo er es sich auf dem weichen Sofa gemütlich gemacht hatte.

„Ich glaube gar, du willst den Herrn spielen!" lachte sie.

„Warum nicht? Wer es gut haben kann, soll es sich auch gut machen, sonst ist er ein Dummkopf!"

„Aber wenn's die Herrschaft merkt?"

„Dann würde sie es auch merken, falls ich nur in die Küche ginge. Werden wir entdeckt, so bleibt sich's gleich; ich werde hier wie dort hinausgeworfen."

„Und ich habe die Folgen zu tragen. Kurz vorher erst habe ich eine Strafrede bekommen, die sich gewaschen hat."

„Warum?"

„Wegen des Pflasters. Er tat es nicht anders; ich mußte den Arm hinzeigen, und dann befahl er, ich sollte seine Salbe wieder nehmen."

„Laß das Pflaster nur heute noch liegen; morgen früh ist die Schwäre auf. Ich bin zwar kein Gregorius, aber mein Pflaster ist gut; es sind neunerlei verschiedene Kräuter drin. Ich habe es in einem alten Apothekerbuch gefunden; wenn es nicht so heilsam wäre, würde es niemand kaufen."

„Aber es ist am meisten schuld, daß ich dich nicht nehmen soll. Der Herr hat überhaupt jetzt schlechte Laune. Er hat früher einmal ein Kapitälchen auf das Haus nehmen müssen; das ist ihm jetzt von Doktor Leiermüller gekündigt worden. In acht Tagen soll er es schaffen und findet niemand, der so viel flüssig hat. Nun poltert er den ganzen Tag, und die Frau sitzt dabei und schlägt sich die Karten. Ich aber komme am schlechtesten dabei weg."

„Ja, das Geld ist jetzt verteufelt selten, Toni. Wäre ich nicht so ein armer Schlucker, so hätte ich dich schon längst von Gregoriussens fortgenommen, und du wärst meine Frau. Sparen geht langsamer als alles andere.

Ich wollte, ich stieße einmal mit der Nase an die Dukaten, die hier im Haus versteckt sein sollen. Da wäre deinem Herrn Stadtrat Epperlein und vielleicht auch uns mit geholfen."

„Da hast du recht; wenn man nur die richtige Nase hätte! 's soll gewaltig viel sein; der Herr spricht immer von zweitausend Dukaten."

„Zweitausend Duk—!" Die Dukaten blieben dem Burschen im Mund stecken; er hatte noch nicht zweitausend Groschen beisammen gesehen. „Ist der selige Onkel denn so überaus reich gewesen?"

„Ja. Er ist als Kind von Schindelberg fort und nach langen Jahren als reicher Mann wiedergekommen. Sein Vermögen hat er in lauter blanken Dukaten bei sich gehabt. Das war gerade zur Zeit, als die Franzosen ins Land kamen. Sie haben ihn einst des Nachts aus dem Bett geholt; denn er sollte ihnen als Führer dienen. Als er nach einigen Tagen zurückgekehrt ist, hat er schon kaum mehr reden können und ist am Spitalfieber gestorben. Das Geld, das er vor jenen versteckt hatte, ist bis heute nicht wiedergefunden worden."

„Hat er denn nicht vorher zu den Seinigen davon gesprochen?"

„Nein. Er soll sehr mißgünstig gewesen sein."

„So sind sie alle, die etwas haben; und unsereiner — na, Toni, wenn ich einmal meine Dukaten verstecke, so schreib ich dir's auf, wo sie liegen. Aber sag mal, wie steht es denn mit der Gans, dem Hasen, der Henne und dem Eierkuchen? Der selige Onkel ist der Kerl nicht danach, daß ich solche Sachen seinetwegen vergesse."

Bald sah er den Tisch gedeckt. Er schnalzte mit der Zunge und nahm Platz.

„Das ist ja der reine Hochzeits- oder Kindtaufsschmaus, Toni! Wenn die Herrschaften wüßten, daß ich hier sitze — horch, war nicht etwas unten an der Haustür?"

Sie lauschten. Wirklich wurde die Haustür von innen verschlossen.

Das Mädchen sprang erschrocken empor.

„Peter, die Herrschaft ist wieder da! Hilf Himmel, was machen wir?"

„Ich versteck mich in die Schlafstube."

„Da finden sie dich nachher."

„Ich krieche unter das Sofa."

„Das ist zu niedrig. Mach rasch, sie kommen schon!"

„Lösch das Licht aus und verstecke das Essen, Toni! Ich steige zum Fenster hinaus auf das Blumenbrett. Wenn sie zu Bett sind, läßt du mich wieder herein!"

Während die beiden im Zimmer herumschossen, schob sich die Frau Chirurgus und Stadträtin Epperlein langsam die Treppe empor. Ihr Männlein folgte.

„Puh, Lieschen, bin ich froh, in diesem Heidenwetter wieder unter Dach und Fach zu sein! Es ist kein Wunder, daß keine Menschenseele im Kasino zu finden war."

„Konntest auch so gescheit sein wie sie und zu Haus bleiben, Epperlein. Aber wegen der zehn Pfennig Strafgeld schleppst du mich lieber nach Sibirien oder gar unter die Zuaven und Turkos, wo der Schnee drei Kirchtürme hoch liegt. Hast du die Stubentür?"

„Ja. Komm herein!"

„Finster? Es war doch soeben noch Licht im Zimmer!"

„Das Mädchen wird gerade schlafen gegangen sein. Mach in der Küche Licht, Lieschen!"

Bald erschien die Frau mit einer brennenden Kerze. Der Schein des Lichts fiel jetzt auf das in der Eile halb offen gebliebene Fenster, und die Gestalt des auf dem Blumenbrett hockenden Liebhabers war deutlich zu erkennen.

„Herrgott, Epperlein", schrie die erschrockene Stadträtin, „das ist ein Gespenst! Alle guten Geister lo—"

„Gespenst? Fällt niemand ein. Halte einmal die Lampe hoch!"

Er trat zum Fenster und nahm die vom Schnee bedeckte Gestalt in Augenschein.

„Wer — wie — was — wo — ich glaube gar, da klebt Köhlers Universalpflaster! Ich konnte mir doch gleich denken, daß der Urian dabei ist, wenn's im Haus eine Teufelei gibt. Der Tisch ist gedeckt, und vor dem Fenster — na, warte Bursche, du sitzt mir gerade recht! Du hast dich selbst in die Universalpatsche gebracht; sieh nun, wie du wieder herauskommst!"

Er schob das Fenster zu, drehte den Wirbel vor und ging nach dem Schlafzimmer. Dabei sagte er zu seiner Frau:

„Das Fenster bleibt zu, hörst du? Gericht werde ich morgen halten; ihr sollt an den Epperlein denken, ihr Pflastervolk, ihr Schmierpack, ihr Universalköhlergesellschaft!" —

*

Peter saß am Tisch und las eifrig in dem alten „Kräuterbuch des berühmten und wundersam gelehrten Herrn Dr. Petri Andreä Matthioli, Stadtarzt und Kreisphysikus der guten Stadt Regensburg, gedruckt und mit vielen schönen Bildern versehen im Jahre p. Chr. nat. 1600". Die Mutter hockte vor dem riesigen Kachelofen und rührte eifrig in einem mächtigen Topf. Diesem entstieg ein Geruch, der nicht leicht mit dem Duft von „Eau de mille fleurs" zu verwechseln war. Ihr seliger Mann war Feldscher gewesen und hatte den Seinigen nichts hinterlassen als das Kräuterbuch und die Anweisung zu dem Pflaster, das sie soeben kochte.

Da wurde die Tür geöffnet, und Toni trat ein. Man sah es ihrem vom Laufen geröteten Gesicht an, daß sie nur auf ein eiliges Huscherchen herübergesprungen war.

„Guten Abend, Mutter Köhler, guten Abend, Peter! Hast wohl heute noch viel zu tun?"

„Es ist nicht so schlimm! Warum?"

„Weil du ein bißchen hinüberkommen könntest. Meine Herrschaft geht wieder ins Kasino."

„So! Hm, ich danke schön. Die Lust, auf dem Blumenbrett herumzureiten, ist mir vergangen."

„Heut geschieht so etwas nicht wieder. Es ist Neuwahl; da kommen sicher alle, und vor nachts zwei oder drei Uhr ist an das Heimgehen nicht zu denken."

„Und wenn der Kuckuck den Gregorius oder seine dicke Liese reitete, so sind sie wieder halb zehn da, und ich kanns zum zweitenmal versuchen, eiszapfensteif hinunter auf die Gasse zu fallen. Nein, nein, ich mach nicht mit!"

„Ich sage dir, heute geschieht es nicht; wir sind sicher."

„Und ich sage dir, du bekommst mich nicht hinüber, und wenn wir hundertmal sicher sind! Es möchte noch alles gehen: der Schreck, das Frieren draußen vor dem Fenster und auch der Sprung hinunter in den Schnee; aber daß ich bei all der Müh, die ich mir geben mußte, auch noch um die Gans, den Hasen, die Henne und den Eierkuchen gekommen bin, das ist gemein. Das hat nun alles der niederträchtige Mops gefressen."

„Da hast du schon recht. Und gerade wegen des Essens ist mir's am traurigsten gegangen. Aber ich habe die ganze Woche wieder gespart, und diesesmal bekommt's der Mops gewiß nicht."

„Mir ganz gleich! Ich bleib zu Haus, und wenn du eingelegte Bachstelzen hast."

„Die hab ich nicht, aber ein Stückchen Trüffelwurst und —"

„Kenne ich nicht, mag ich auch nicht. Ich bleib daheim!"

„Und Zuckergurken und —"

„Ich laß mich nicht begurken; ich bleib daheim!"

„Und — und — ja so, heute hatten wir Mehlklöße mit brauner Soße; da ist eine ganze Schüssel voll übriggeblieben."

„Mehlklöße? Die habe ich seit einem halben Jahr nicht gegessen. Hm! Sind sie gut?“

„Das will ich meinen! Die Frau hat sie selber gemacht, und die spart die Eier nicht.“

„Konntest sie uns doch lieber herüberbringen!“

„Das ist nicht notwendig. Für die Mutter habe ich bereits hier etwas —“ sie legte ein fettdurchtränktes Paket auf den Tisch — „aber du mußt schon zu mir kommen, wenn du dir eine Güte tun willst.“

„I nu, wenn sie wirklich so gut sind, so kann man schon etwas wagen. Setz also das Licht wieder ans Fenster, wenn sie fort sind. Ich komme.“

Er begleitete die Geliebte bis hinunter vor die Haustür, wo der übliche Abschied gefeiert wurde; dann eilte sie von dannen, um nicht etwa vermißt zu werden.

Drüben saß der Herr Stadtrat und Chirurgus Epperlein im Großvaterstuhl und fing fürchterliche Grillen. Zum Scharpiezupfen fehlte ihm heute die Geduld, denn morgen war der gefürchtete Zahltag, und alle seine Bemühungen, die fünfhundert Taler geborgt zu erhalten, hatten zu keinem Ergebnis geführt. Auch die dicke Hausfrau saß mit sorgenvollem Gesicht am Tisch und — legte sich die Karten.

„Sieben — Acht — Neun — Zehn — Unter — Ober — König — Grünunter! Hm, das ist der Gerichtsbote; das bedeutet entweder Auspfändung oder sonst Schaden an der Einrichtung! Das Schellendaus läßt sich nicht mehr sehen.“

„Hat dir's nicht wieder geträumt, Lieschen?“

„Nein; die ganze lange Woche nicht. Ein Traum ist auch ganz unmöglich; die Hypothek läßt einen ja gar nicht schlafen.“

„Ja, ja, ich bin gelaufen, daß mir die Beine brennen, aber Geld habe ich nicht bekommen. Heute noch war ich beim Stadtkassierer, der will es möglich zu machen suchen, mir die Summe wenigstens einstweilen vorzuschießen; im Kasino soll ich nachher Bescheid erhalten. Aber ob er es kann, ist noch sehr die Frage. Den Leiermüller, den mag ich nicht um Nachsicht bitten — und wenn ich das Geld vom Mond herunterreißen sollte. Herein!"

Es hatte geklopft.

Auf den Ruf Epperleins öffnete sich die Tür, und ein junger, stutzerhaft gekleideter Mann, den Klemmer auf der Nase, trat ein.

Es war der gefürchtete Gläubiger, der den Chirurgus auf eine feine Weise an seine morgen zu erfüllende Pflicht erinnern wollte.

„Ich komme in einer Berufsangelegenheit, Herr Kollege", entschuldigte er sich, nachdem er unter höflichen Verbeugungen Platz genommen hatte. „Sind Sie morgen vormittag auf ein halbes Stündchen verfügbar?"

„Es ist möglich, Herr Doktor. Womit kann ich dienen?"

„Ich habe eine Operation vor, bei der ich um Ihre Unterstützung bitten möchte."

„Gern, sehr gern, mein bester Herr Kollege!" stimmte Epperlein mit freudig glänzendem Gesicht bei. Eine gefährliche Operation, die der neue Arzt ohne seine Hilfe nicht zu vollbringen sich getraute, das war Balsam für sein Ehrgefühl. „Darf ich fragen, welcher Fall vorliegt?"

„Ein sehr gewöhnlicher, bei dem ich Ihre Gegenwart nur wünsche, um Ihnen zu zeigen, wie leicht und genau die neue Schule arbeitet. Es ist eine einfache Schieloperation, die ich auch ohne Hilfe in fünf Minuten vollende. Sie sollen die Güte haben, mir den Kranken zu halten."

„Wa—wa—wa—was? Den Kranken halten?" rief Epperlein aufspringend. Diese Bemerkung hatte ihn sofort wieder aus allen seinen Himmeln gerissen. Das war ja eine Zumutung, die gar nicht beleidigender sein konnte! „Sie haben sich wohl versprochen, Herr Doktor. Ein Chirurgus von meiner Erfahrung und Sicherheit kann einer Operation nur mit dem Instrument in der Hand beiwohnen."

„Nein, mein Bester, versprochen habe ich mich nicht. Meine Instrumente sind gut, und ich besitze auch Ruhe und Übung genug, um sie erfolgreich anwenden zu können."

„So will ich Ihnen einen guten Rat geben, mein sehr verehrter Herr Doktor Leiermüller: bitten Sie den Fleischermeister Winterfeld um seinen Lehrjungen, der stets den Schwanz halten muß, wenn eine Ziege gestochen wird. Der liebe Schlingel besitzt eine solche Gewandtheit in diesem Fach, daß er Ihnen bei Ihrer Operation von großem Nutzen sein wird. Bei einem guten Chirurgus aber kommen Sie mit Ihrem erstaunlichen Angebot an den Unrechten."

Der junge Arzt erhob sich und sah ihn freundlich lächelnd an.

„Keine Aufregung, Herr Kollege, bitte, keine Aufregung! Ich wollte Ihnen gerne meine Bereitwilligkeit zeigen, mich mit einem so erfahrenen Berufsgenossen in gutes Einvernehmen zu setzen; denn ich bin ein Feind aller beruflichen Gehässigkeiten. Doch wie Sie wollen! Jedenfalls aber verzichte ich nicht auf das Vergnügen, Sie morgen bei mir zu sehen, wenn auch der Grund Ihres Besuches kein ärztlicher sein wird."

Er stand schon im Begriff, sich zu entfernen, als das Dienstmädchen eintrat, um den Tisch zu decken. Sein Auge fiel auf ihre immer noch verbundene Hand.

„Was fehlt Ihnen hier, mein Kind?" fragte er.

„Es ist eine Schwäre, sagt der Herr", erwiderte sie.

„Wie alt ist sie?"

„Über acht Tage."

„Was haben Sie aufgelegt?"

„Der Herr hat mir eine Salbe gegeben."

„Und das Geschwür ist noch nicht auf?"

„Nein."

„So taugt die Salbe nichts. Kaufen Sie sich eine Schachtel von Köhlers Universalpflaster; das ist ausgezeichnet für solche Fälle und wird Ihnen rasch Heilung bringen. Ich habe die Ehre, Herr Kollege; Frau Stadtrat, gute Nacht!“

Der gute Chirurgus stand da wie vom Schlag gerührt. So eine Beschämung war ihm im ganzen Leben nicht vorgekommen. Als wieder Leben in seine erstarrten Glieder kam, stürzte er sich auf das Mädchen, als wolle er es zerreißen.

„Wer — wer hat dir geheißen, ihm zu antworten?“ schnaubte er sie an. „Hinaus; ich mag dich nicht mehr sehen! Hinaus, sage ich, oder du fährst wie eine Granate durch die Tür!“

Sie gehorchte dem Befehl und brachte ihre bedrohte Person schleunigst in Sicherheit.

Epperlein stieg mit so langen Schritten, wie ihm seine kurzen Beine nur immer erlaubten, in der Stube auf und ab.

„Ist das nicht zum Rasendwerden, Lieschen? Kommt mir der Mensch aufs Zimmer gestiegen, mutet mir zu, seinen Schielaffen zu halten, mahnt mich an die Hypothek und rät dann sogar meinem eigenen Dienstmädchen zu Köhlers Universalquacksalbe! Wäre er nicht so rasch davongegangen, so hätte ich ihn hinausgeleiermüllert, daß er sich mit einem ganzen Braubottich voll seiner elenden Universalkleckserei einschmieren müßte, der Pillendreher, der Pulverstößer, der — der Mixturgimpel, der!“

„Beruhige dich, Epperlein“, meinte die Hausfrau begütigend. „Es hat’s ja niemand gehört, und er ist nicht der Mann danach, daß du dich über ihn zu ärgern brauchst.“

„Das ist sehr wahr, Lieschen. So ein Grünschnabel kann mich eigentlich gar nicht beleidigen, aber über das Mädchen muß ich mich erbosen, das sich herstellt und ihm bereitwillig Rede und Antwort gibt. Die taugt zu weiter nichts als zur Liebelei und zur Speisung von Universalhungerleidern. Schaff sie mir aus dem Haus, sonst gehe ich selber!“

Die Stadträtin fühlte sich auch im höchsten Grad erzürnt; aber die Klugheit riet ihr, ruhig zu scheinen, um den Eheherrn nicht noch mehr aufzuregen. Deshalb hörte sie seine Ausrufe schweigend an und ging endlich in die Küche, um das Abendbrot selbst aufzutragen und so dem Zornigen den Anblick des Mädchens zu ersparen.

„So ist's recht, Lieschen“, meinte er, als sie dann den Tisch deckte; „sie darf mir nicht wieder in die Stube treten. Doch wir haben mit diesem Menschen die Zeit versäumt und wollen uns dazuhalten, damit wir ins Kasino kommen, sonst sind zehn Pfennig Strafe fällig. Er wird zwar auch dort sein, aber ich werde ihn nicht beachten.“

Das Essen wurde schweigend eingenommen, und ebenso schweigend verließ dann das Paar die Wohnung. Wenige Augenblicke später brannte das Licht am Fenster, und Peter erschien, um die Epperleinschen Mehlklöße einer gründlichen Behandlung zu unterwerfen.

„Gedeckt wird heute nicht!“ meinte er; „das ist gefährlich und macht zu viel Umstände. Bring die Schüssel her; ich mache mich sofort darüber; besser ist besser!“

„Du willst sie doch nicht etwa gleich kalt essen? Da schmecken sie nicht; sie werden aufgewärmt!“

„So mach rasch, sonst kommt der Gregorius und wärmt uns auch mit auf!“

„Oh, ich bin auch schon warm; vorhin habe ich sogar vor Wut gekocht, denn seit die Hypothek im Haus spukt, ist's nicht mehr auszuhalten. Denke dir nur, der neue Doktor war da!“

„Der Leiermüller? Das ist kein unrechter Kerl; er läßt die Leute leben. Seit er weiß, daß dein kleiner Epperlein mein Pflaster nicht leiden kann, gibt er sich die größte Mühe, es unter Dach und Fach zu bringen. Wir haben noch nie so viel davon verkauft wie jetzt, und wenn das so fort geht, so braucht die Mutter keine Sorge mehr ums liebe Leben zu haben."

„Ich wollte es ihr gern gönnen, wenn es nur uns beiden nicht solchen Schaden machte. Der Leiermüller hat mich nach meiner Hand gefragt und dabei die Salbe getadelt. Da kannst du dir denken, wie mir's gegangen ist. Wenn es nicht anders wird, so zieh ich ab. Der Mops hat's zehnmal besser als ich; heute hat sie ihn sogar mit ins Kasino genommen."

Sie hatten sich auf das Sofa gesetzt und klagten einander ihre Not.

Darüber verging eine geraume Zeit, und erst als der Kuckuck in der alten Wanduhr die zehnte Stunde rief, wurden sie durch ein lautes Zischen im Ofen an das Zugmittel erinnert, dem Toni die Gegenwart des Geliebten zu verdanken hatte.

„Du, die Mehlklöße brennen an! Die prägeln zusammen, und wir sitzen dabei und machen schlechtes Kalenderwetter. Nimm sie heraus; ich habe Hunger!"

Sie folgte der Aufforderung. Die Schüssel auf den Beinen, den einen Arm um die Hüfte des Mädchens und in der anderen Hand die Gabel, begann er den Schmaus, hatte aber kaum erst den leckeren Geschmack der Klöße wegbekommen, als es im Schloß der Haustür klirrte und vom Flur herauf sich laute Schritte vernehmen ließen. Im Nu sprangen beide auf; die Schüssel flog unter das Sofa, und gerade wie vor acht Tagen fuhren die Überraschten ängstlich suchend im Zimmer umher.

„Das sind Gregoriussens, Toni! Hab ich's nicht gesagt, daß die das leibhaftige Unglück wieder vor der Zeit nach Haus führen wird? Wo stecke ich mich nur hin?"

„Ich weiß es nicht. Mach nur schnell; sie sind schon auf der Treppe!"

„In die Kammer nicht, unter das Sofa nicht, hinaus aufs Blumenbrett erst recht nicht; wohin denn? Toni, ich steck mich in den Uhrkasten, weiter gibt's keine Rettung. Sorge nur dafür, daß sie gleich zu Bett gehen!"

Die Uhr war ein altes Familienerbstück und hatte einen Kasten, der lang und breit genug war, die schmächtige Gestalt Peters zur Not aufzunehmen. Dieser öffnete die Tür, stellte sich hinein und hörte im nächsten Augenblick auch schon die Gefürchteten in das Zimmer treten.

Er befand sich in einer keineswegs beneidenswerten Lage. Sollte er nicht verraten werden, so mußte die Uhr weitergehen; er durfte also nicht an den Pendel kommen, der hinter ihm an der Wand hin und her ging. Die Gewichte hingen weit hernieder und waren ihm im Weg; er steckte sie also kurz entschlossen in die beiden Hosentaschen, nahm die Ketten in die Hände und zog sie leise an, um die bewegende Last zu ersetzen. Infolge dieser Notwendigkeit war er zu einer Haltung verurteilt, die von Sekunde zu Sekunde unbequemer werden mußte. Der eiserne Haspen, der den Kasten mit der Mauer verband, hatte sich gelockert und hielt nicht mehr, deshalb teilte sich jede Bewegung Peters dem alten, wurmstichigen Gehäuse mit, und er sah sich gezwungen, die Ellbogen fest an die Seitenwände zu stemmen, um sich und seinen engen Zufluchtsort im Gleichgewicht zu erhalten.

Unterdessen war die dicke Frau Stadträtin lautlos eingetreten, hatte den Mops auf die Diele und sich auf das Sofa gesetzt und beobachtete mit finsterem Gesicht ihren Herrn Gemahl, der zorngerötet mit heftigen Armbewegungen im Zimmer auf und ab stampfte.

„Nein, was zu toll ist, ist zu toll! So viel Ärger, wie ich jetzt an einem Tag hinunterschlucken muß, hatte ich sonst in fünf Jahren nicht gehabt", schimpfte er. „Alles hat sich gegen mich verschworen, alles. Und morgen, wo ich das Geld zu schaffen habe, bin ich für alle Zeit unmöglich gemacht. Der Stadtkassierer soll mir in Zukunft vom Hals bleiben. Erst sperrt er einem den Mund auf, und dann, wenn es gilt, Wort zu halten, dann sagt er einfach: ‚Es geht nicht!' Aber ich bin Stadtrat, und er soll es mit mir zu tun bekommen!"

„Beruhige dich nur, Epperlein; wenn die Not am größten, so ist die Hilfe am nächsten, und das Schellendaus ist auch nicht so von ungefähr gewesen."

„Sei still mit deinem Teufelsbuch! Und das Sprichwort, das sollte eigentlich heißen: Wenn die Not am größten, so ist der Zar am weitesten. Von wem soll denn noch Hilfe kommen? Etwa von dem liebenswürdigen Herrn Doktor Leiermüller selber, der sich im Kasino hinstellt und über das Geschwür der Toni und meine Salbe öffentliche Glossen macht, so daß ich vor lauter Grimm und Wut davongelaufen bin?"

„Gerade dieses Davonlaufen war der größte Fehler, den du machen konntest; ihn mit Verachtung strafen, das wäre viel gescheiter gewesen. Nun lachen sie über uns, und wir, wir sind — was macht denn nur der Hund für einen Lärm da unterm Sofa? Joly, Joly, komm heraus! — Epperlein, sieh doch nach, was er hat; ich kann mich nicht gut bücken."

„Was soll er denn haben? Er wälzt sich vor Vergnügen, weil's ihm wohl ist, und ich werde gewälzt, weils anderen zu wohl ist. Komm her, Racker; von der Verzückung kann ich dir schon helfen!"

Er brachte den Hund am Schwanz hervorgezogen und langte dann noch einmal unter das Möbel hinein.

„Was ist denn das, Lieschen? Hier ist ja eine ganze Schüssel voll Mehlklöße! Wie kommen die unters Sofa? Und dabei warm; sie dampfen noch."

„Wahrhaftig, das sind meine Mehlklöße. Die standen in der Küche, als wir gingen; ich weiß es gewiß. Wie sind die hierhergekommen?"

„Wie? Da fragt diese Frau noch! Das ist doch wirklich ganz klar, wie sie unters Sofa geraten sind. Wenn bei uns die Mehlklöße verschwinden, so hat sicher der Universalgalgenstrick die Hand dabei im Spiel. Ich werde ihn einmal suchen."

„Rufe die Toni, Epperlein! Sie ist in der Küche."

„Du hast recht, Lieschen. Ich werde ihr ganz gehörig auf das Leder steigen."

Er ging hinaus und brachte die Angstvolle am Arm herbeigezogen. Die Schüssel ergreifend, hielt er ihr diese vors Gesicht und fragte mit zornbebender Stimme:

„Weißt du, was das für Zeug ist?"

„Ja."

„So sag einmal, sind es Mehlklöße oder Universalpflasterklöße?"

„Mehlklöße!"

„Na also —! Verstehst du mich? — Wo steckt der Kerl?"

„Wer denn, Herr Stadtrat?"

„Laß den ‚Stadtrat' jetzt beiseite; mit ihm machst du mich nicht kirr. Wo der Kerl ist, will ich wissen."

„Ich weiß doch gar nicht, wen Sie meinen, Herr Epperlein."

„So? Ach! Guck einmal, du weißt nicht, wen ich meine! Mach's kurz, sonst helfe ich nach! Wo hat er sich verkrochen? Heraus mit ihm!"

„Aber, Herr Epperlein, ich kann doch —"

„Herrrrrrr—"

Er brachte die Silbe nicht zu Ende. Peters wundersame Lage war während der letzten Minuten immer unhaltbarer geworden. Die künstliche Stellung, die er behaupten mußte, strengte ihn so an, daß seine Glieder ein Zittern befiel, das sich allmählich auch dem Kasten mitteilte und seinen Höhepunkt gerade in dem Augenblick erreicht hatte, als der Fuß des Chirurgus mit aller Kraft auf die Diele stampfte. Der Stoß traf unglücklicherweise das locker gelaufene Brett, auf dem der Uhrkasten stand. Dieser geriet dadurch ins Schwanken. Peter fuhr mit den Armen in die Höhe, um ihn zu halten, verlor das Gleichgewicht, schwankte einige Sekunden mit dem unglückseligen Gehäuse hin und her, und dann — krach und pardauz! — flogen beide, so lang sie waren, hin in die Stube.

Die überraschende Niederlage des alle viere von sich streckenden Helden rief einen unsäglichen Aufruhr hervor. Epperlein war erschrocken zurückgesprungen und schrie vor Entsetzen laut auf; das Dienstmädchen schlug die Hände über dem Kopf zusammen und suchte kreischend das Weite, stolperte aber dabei über den Mops, der vor Schreck und Fett nicht bellen konnte, sondern so unbeschreiblich gackernde Töne hervorzwang, als sei er in eine Henne umgewandelt worden. Da Peter die an den Ketten hängenden Gewichte in der Tasche hatte, so zog er auch das Uhrwerk mit in sein Unglück hinein. Es wurde von der Wand gerissen und der Frau Chirurgus und Stadtrat Epperlein mit solcher Heftigkeit ins Gesicht geschleudert, daß sie ein Zetermordio erhob, als sei der Himmel über ihr zusammengebrochen. Der Hausherr war der erste, dem die geordnete Sprache wiederkehrte.

„Um aller Heiligen willen, Kerl, wo kommt Er denn her?" rief er, den jungen Mann wie ein Gespenst mit weitaufgerissenen Augen anstaunend.

„Hm, gerade hier aus dem Uhrkasten heraus!" antwortete der Gefragte kleinlaut, indem er sich vom Boden emporkrabbelte und die Glieder befuhlte, ob er sie noch alle beisammen habe.

„Das sehe ich, Er heilloser Mehlkloß Er! Aber wer hat es Ihm geheißen?"

„Sie doch selber, Herr Stadtrat! Sie riefen doch ‚Heraus!' und da mußte ich —"

„Still, kein Wort mehr! Glaubt Er, daß ich mich noch

obendrein von Ihm zum Narren halten lasse? Ich werde Ihn lehren, meine Kuckucksuhr, die seit Menschengedenken da droben an der Wand —“ Er hielt mitten in der Rede inne. Bei den letzten Worten hatte er die Augen zu der Stelle erhoben, wo das Uhrwerk gehangen hatte, und dabei eine viereckige Vertiefung bemerkt, die bisher von dem uralten Zeitmesser verdeckt worden war.

„Was ist denn das für ein Loch da droben? Lieschen, guck einmal hinauf! Von dem habe ich noch gar nichts gewußt. Am Ende ist gar — Wolken, Blitz und Wurmkuchen! — gebt schnell einen Stuhl her, ich muß hinauf!“

Peter ergriff diese Gelegenheit, den Zürnenden in eine mildere Stimmung zu versetzen. Er war länger als Epperlein, darum schob er ihn auf die Seite, stellte sich auf den Stuhl und langte in die Vertiefung hinein.

„Nun, ist was drin?“

„Ja. Eins — zwei — drei — vier — fünf Beutel. Sapperlot, klingt das hell und schön! Hier ist der vorderste!“

Mit einem Freudenruf griff der Stadtrat zu und öffnete, vor Begierde zitternd, das Säckchen.

„Dukaten, blanke, goldene Dukaten! Lieschen, der Schatz ist da, hurrjeh, hurrjah, hurrjoh! Herunter damit, nur immer herunter, mein Prachtjunge! Der selige Onkel mag darüber lachen oder weinen, mir ist's ganz gleich! Lieschen, welch ein Glück, daß sich der Peter in die alte Kuckucksbude gemacht hat! Er soll die Toni haben, nicht wahr? Und das übrige wird sich auch noch finden. Her mit dem Geld! So! Hier, meine Alte, hast du die Säcke; der Universalschlingel hat sie dir beschert!“

Vollständig sprachlos drückte sie die Beutel an ihre breite Brust. Der Schlag, den sie von der herabstürzenden Uhr erhalten hatte, war vergessen, und mit entzücktem Ausdruck wanderten ihre Augen zwischen den glänzenden Gesichtern der beiden Männer und dem segensreichen Loch hin und wieder. Die jubelnden Laute hatten das Dienstmädchen wieder herbeigerufen; sie erschien mit vorsichtig prüfendem Blick unter der Tür.

„Nur immer herein, Toni“, ermunterte sie Epperlein. „Der Peter ist jetzt dein; denn wir haben das Dukatennest gefunden, und nun sollt ihr Hochzeit machen! — Lieschen, denke an den Doktor, was der für ein Gesicht machen wird, wenn ich ihm morgen seine Hypothek geleiermüllert bringe!“

„Siehst du“, meinte die Gattin jetzt siegesbewußt, „daß ich recht hatte mit meiner Hilfe in der Not! Das Schellendaus ist richtig zugetroffen: Geld und eine Ohrfeige; ich habe sie von der Uhr bekommen, mache mir aber nichts daraus. Und der grüne Unter hat seine Sache auch gut gemacht: Schaden am Hausgerät!“

„Tut nichts, Lieschen; die Uhr läßt sich wiederherstellen. Jetzt aber wollen wir vor allen Dingen einmal zählen. Peter, du kannst mit der Toni in die Küche gehen und dort deine Mehlklöße verzehren! Sie mag die Salbe herunternehmen und dein Universalpflaster auflegen; es ist sehr gut; ich werde es empfehlen, wo ich nur immer kann. Nehmt euch in Gottes Namen! Für eine Ausstattung werden wir sorgen, und einen Finderlohn sollst du noch eigens haben! Bist du zufrieden?“

„Hm“, antwortete der Gefragte, mit dem ganzen Gesicht lachend, „besser als vor acht Tagen, Herr Stadtrat. Ich danke auch schön und werde gleich nachher bei mir zu Haus nachsehen, ob hinter unserer alten Uhr vielleicht auch so ein Wespennest zu finden ist.“

Schmunzelnd ergriff er die Schüssel mit den Mehlklößen, und in Begleitung seiner überglücklichen Toni verschwand er fröhlich in der Küche.

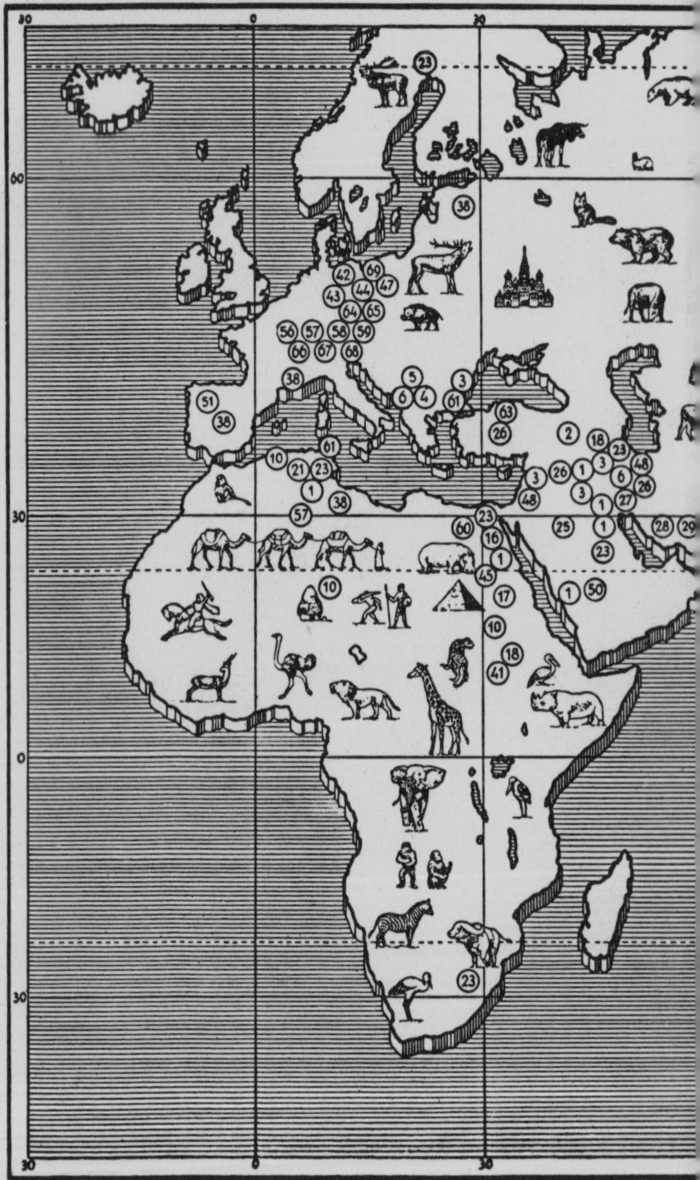

30
0
30
60
30
0
30
30
0
30
23
38
42
69
47
43
44
64
65
56
57
58
59
66
67
68
38
5
3
6
4
61
51
38
63
26
2
18
23
61
10
21
23
3
48
26
1
6
28
1
38
3
3
1
27
48
57
23
60
25
1
28
29
16
23
1
45
1
50
10
17
10
18
41
23